유머의 비평

유머의 비평

복도훈 비평집

도서출판 b

|차 례|

되는대로: "We are the talking dead!"

좀비 1 어이, 뭘 그리 열심히 들여다보는 거야?

좀비 2 ······.

좀비 1 10년 만에 만나자고 해놓고선 비 오는 날에 약속 잡아놓고, 유붕자원방래有朋自遠方來했는데 이렇게 스마트폰만 들여다보다니, 대체 뭘 보고 있는 거야? 원고 마감 지키지 못해서 죽을 지경인데, 불러놓고 이리 딴짓이야?

좀비 2 아, 미안. 걸어왔어? 달려왔어? 달려왔군. 그나저나 비가 많이 오네. 워킹 데드의 시대는 물 건너갔어. 신자유주의적 기동과 월경의 역량이 뉴밀레니엄 좀비에겐 필수 스펙이지. 세상 금방 안 망해. 그런데 산송장 좀비가 죽을 지경이라니,

요하너스 모레일서(1602~1634), 〈우는 헤라클레이토스 웃는 데모크리토스〉(1630)

웃기는군.

　좀비 1　뭐라는거야. 뛰는 좀비는 뭐고, 걷는 좀비는 또 뭐고. 그럼 나는 좀비도 있나? 그런데, 어디 보자. 뭐야. 그림 속의 백발 노인네와 빵모자 아저씨는? 아유 이 냄새! 사십 년은 감지 않은 머리네. 썩어 덜렁덜렁한 대가리 좀 치워봐. 가만있자, 지구본을 바라보는 한 명은 울고 있는 것 같은데, 다른 한 명은 웃고 있는 것 같고…… 그림 제목이 뭐야?

　좀비 2　요하너스 모레일서의 〈우는 헤라클레이토스 웃는 데모크리토스〉.

　좀비 1　요하…… 뭐? 다시 말해봐.

　좀비 2　요하너스 모레일서의 〈우는 헤라클레이토스와 웃는 데모크리토스). 요즘 꽂힌 그림이야. 우는 헤라클레이토스와 웃는 데모크리토스라는 말은 들어봤을 테고. 루크레티우스의 『사물의 본성에 관하여』를 읽으라고 자네가 내게 여러 번 얘기했잖아.

좀비 1 지금도 주머니에 들어 있어. 열 번 정도 읽었지. 무인도에 들어갈 때 단 한 권의 책만 가지고 들어가라면 난 이 책을 들고 갈 거야. 그런데 이 그림은 처음 보는군.

좀비 2 무인도에 들어가면 좀비는 굶어 죽어. 책 뜯어먹고 살 텐가. 그건 그렇고 루크레티우스의 철학적 선조가 데모크리토스니까, 자네도 모르진 않겠군. 세상은 물 불 공기 흙도 아니고, 신들이 만든 것도 아냐. 세상은 오직 원자와 허공으로 구성되어 있다. 혼과 몸, 자연, 심지어는 신들도 원자로 만들어졌다. 그러니 결국에는 허공 속으로 분해되어 사멸할 것이다! 불멸 따윈 없다! 사후세계도 없다! 그게 이 세계의 법칙이다! 세계는 존재하지 않는다는 법칙! 세계가 필연적이라는 것은 결코 필연적이지 않다! 심지어는 신들도 세계의 일부다! 기독교인들이 그와 후계자인 에피쿠로스, 루크레티우스까지 죽도록 미워했던 건 당연해. 그럴듯하지 않아? 게다가 이 양반, 우리 좀비의 유래에 관한 책도 남겼어.

좀비 1 줄줄 잘도 외우네. 그런데, 뭐? 좀비의 족보가 있다고? 어서 말해봐.

좀비 2 『하데스에 대하여』. 데모크리토스의 철학적 적수인 플라톤이 갖은 수로 데모크리토스의 책들을 역사에서 사라지도록 했다고 하는데, 이 책도 그래. 누가 소개한 내용인즉슨 데모크리토스는 죽은 듯 보였다가 다시 살아나는 것들에 관한 이야기들을 수집했대. 사라진 책의 내용을 상상해보면 재미있을 것 같지 않아? 저승인 하데스에 간 존재들이 얼마나 있겠어? 아내 에우리디케를 데리러 간 오르페우스, 하데스를 지키는 머리 셋 달린 케르베로스를 지상으로 끌고 간 헤라클레스 정도겠지. 아리스토텔레스가 당혹스러워하면서도 매혹되었던 나비의 유충에 관한 이야기의 출처도 틀림없이 이 책이었을 거야. 물론 데모크리토스는 의사 히포크라테스의 친구라는 소문도 있었으니까, 졸도나 심박동 정지 같은 임상 사례를 수집했겠지. 그럼에도 『하데스에 대하여』는 좀비들에 대해서도 서술하지 않았을까. 그나저나 원고 청탁받은 주제는 뭐야?

좀비 1 연타석 잘난 척에, 싱거운 결말에, 딴소리는. 청탁 주제는 '비평의 순간'. 청탁받자마자 아, 죽었군, 생각했지.

좀비 2 안 죽어. 우린 좀비잖아.

좀비 1 시에는 순간이라는 게 있는데, 비평에도 그런 것이 있을까. 많이 고민했는데도 한 줄도 안 나와. 내가 쓴 시도 있는데, 이걸 이번 글에 삽입해도 될지 몰라. 편집자가 **빼**라고 해도 버틸 거야. 종말의 풍경을 다소 멜랑콜리하게 묘사한 시야.

간만에 만난 친구를 위해 읽어…….

좀비 2 어, 사양할게.

좀비 1 제목은 「좀비」, 실은 내가 좀비가 되기 전에 쓴 마지막 시야.

아직 종말은 도착하지 않았다.

바스러지고 녹슨 자동차들,

그 안에서 지옥보다 영원히 소리 없이 울부짖을 그들.

나는 최후에 남아 있는 도로 위, 한 사람,

내가 죽기 전까지 종말은 수리되지 않을 것이다.

녹슨 하느님, 나를 물끄러미 바라보면서 주사위를 만지작거리고 있겠지.

황달 걸린 눈으로 하늘을 노려보는 내가 있는 한.

우리는 서로를 외면한 지 아주 오래. 그리고

종말은 나의 미래. 텅 비어 있어도,

그건 우주, 다른 세상, 흙 속으로 스며드는 더러운 눈, 피에 젖은 꿈.

살아 있어도 이 행성에서 나는 더는 아무것도 아니겠지만

누구도 더는 없어 고독이 무엇인지도 오래전에 잊었겠지만,

그때

멀리서 들리는 외침 소리.

오늘 오후에도 나는 내게 달려드는

살아 있는 시체의 정수리를 장도리로 무심하게 내리쳤고,

그의 해진 청바지 뒷주머니에 들어있던 지갑을 꺼냈다.

그가 신고 있던 신발은 군용 워커,

비교적 새것이었고 근사했지만 내 발에는

맞지 않았다. 주민등록증에 적힌 그의 이름과 증명사진,

문득

역사였고, 형이상학이었고, 종교였을.

번쩍이다가 어둠 속으로 잠겼다. 종말은

아직 오지 않았다.

그를 묻었고,

매장은 아마도 오래전 현생 인류가

어느 숲속에서 산수유 열매를 따다가

무심코 내디뎠던 문명의 일보 진전이었겠지. 꿈에

나타났겠지. 어제 죽은 자가. 다음날 그를 흙으로

덮었겠지. 그가 손에 쥔 사슴 뼈를 간

화살촉과 함께.

그를 묻었다. 곤죽이 된 푸른색 뇌와 함께

바스러진 역사와 형이상학, 종교는

도대체 무엇이었을까. 종말은 오지 않아서 사색하기 좋은
형이상학,

　　이미 도래해서 기분 나쁜 일신교,
　　역사의 두려운 피조물. 낳자마자
　　내다 버린 아이.

　　어디선가 새 한 마리 길게 울고,
　　햇빛은 창백하게 도로로 흐르고,
　　나뭇가지에 매달린 나뭇잎들이 떨어지고,
　　나무 사이에 끼었네, 고독한 산책자여,
　　아까부터 울부짖고 있네.

어때? 자네…… 자나?
좀비 2　아, 아냐. 다 들었네, 들었어. 잘 썼네, 잘 썼어.
좀비 1　정말?
좀비 2　앞으론 쓰지 말라고 마지막으로 칭찬해주는 거야.
그리고 심각한 척, 우는 시늉 좀 그만해. 이 그림을 보다 보니
그런 생각이 들어. 세계는 돌이킬 수 없는 고통이고, 이 무감한
좀비 세상, 함께 아파하는 것이 소중해. 하지만 고통을 대하고,
고통을 극복하는 데 한 가지 방식만 있는 건 아냐. 요즘 보면
다들 서로 민감한데, 그만큼 서로 무자비하거든. 만일 누가

충분히 민감해하지 않으면 민감하지 않다고 물어뜯을 듯이 서로에게 달려들어. 도리어 사람이 좀비 흉내 낸다니깐. 근데 그런 모습을 한참 들여다보면 어쩐지 우스꽝스럽게 보여. 고통과 상처를 숙주 삼아 자신을 포효하는 짐승으로 만드는 데만 몰두하고 있어. 이게 도덕이고 감수성이라는 거야.

좀비 1 이건 우리에게 필요한 덕목 아냐? 우리는 느끼지도 못하는 좀비니까.

좀비 2 그건 좀비에 대한 인간의 편견이야. 너무 잘 느끼는 것이 오히려 황량한 것일 수도 있어. 이 그림을 좀 봐. 헤라클레이토스는 비극의 철학자였지. 같은 강물에 두 번 다시 발을 담글 수 없다나. 그는 그렇게 말하고 우는 거야. 실제로 감정을 숨기는 성격도 아니었어. 시간의 불가역성, 돌이킬 수 없는 필연과 숙명의 힘 앞에서의 무력함. 그의 글들은 모순과 역설로 가득 차 있어. 세계는 조화로운 쓰레기 더미, 활에게 그 이름은 삶이지만 하는 일은 죽음. 그리스 비극작가처럼 태어난 이상 빨리 태어나기 전으로 돌아가라. 그에게 세상살이는 늘 불화와 투쟁이었어. 그러니 그가 지구를 내려다보며 할 일이란 결국 이 그림에서처럼 지구를 외면하고 두 손 모아 기도하면서 우는 것뿐.

좀비 1 뭐야, 헤라클레이토스가 틀렸다는 거야?

좀비 2 말 끊지 마. 고통에 민감해한다고 특별히 세계를 더 비극적으로 바라보는 건 아냐. 오히려 정서적 과잉은 도처에 황량함과 메마름만 남겨놔. 헤라클레이토스는 그게 더 슬펐을 거야. 그런데 데모크리토스는 고향 압데라 항구에 앉아 거기로 들어오는 배가 전해주는 소식들을 들으면서 크게 웃었대. 실제로 그는 '나는 우주에 대해서 이렇게 말한다'라는 거창한 말로 책을 시작했다고 하지. 마치 이 그림 속에서 지구를 내려다보면서 웃는 모습이 연상되지 않아? 데모크리토스는 삶의 목적을 유쾌함euthymia을 추구하는 거라고 했지. 아무튼 같은 철자로 쓰여 있어도, 같은 지구를 내려다보더라도 세상만사가 한 사람에겐 비극이었고, 다른 사람에겐 희극이었던 거야. 얼핏 보면 두 사람 기질은 상반되어 보이는데, 꼭 그렇지도 않아. 인생은 장기를 두면서 노는 아이, 왕국은 아이의 것이로다. 이건 헤라클레이토스가 한 말인데, 아무래도 우는 사람이 한 말은 아닌 것 같지 않나? 비슷한 말을 데모크리토스도 하잖아. 세계는 무대, 삶은 한편의 연극, 그대는 와서, 보고, 떠나네.

좀비 1 허허, 인용하기 참 좋아하는군. 도서관에 있으면 사방에서 책들이 자네에게 한마디씩 거들겠어. 야, 이 도둑놈아 하고.

좀비 2 히히, 자넨 뭐 다른가?

좀비 1 뭐, 청탁받고 할 수 없이 소설 속의 한 인물을 열심히 떠올리고 있지. 그의 삶과 행동, 생각을 되는대로 따라가 보면 뭔가 나올지도 몰라서. 알잖나. 책의 사유, 판단, 감정을 모방하고 그 척도로 살려고 하는 소설 속의 인물에 대해 나는 관심이 많아. 누군가가 '책에 따라 살기'(유리 로트만)라고 불렀던. 아무튼 그러다 보면 비평의 '순간'이 잡힐지도 몰라. 일단 제목만 정해뒀어. '되는대로'.

좀비 2 그 순간이 과연 올까. 그런데, 그 인물이 먹음직스러운가?

좀비 1 모리스 브로토라고, 프랑스혁명의 공포정치 때 단두대로 목이 잘린 노인네야.

좀비 2 맛없겠군.

좀비 1 아나톨 프랑스의 소설 『신들은 목마르다』(1912)에 등장하는 인물이야. 무시무시한 공포정치 시대에 늘 웃음을 잃지 않으려고 하고, 낡고 해진 프록코트 주머니에 늘 『사물의 본성에 관하여』를 넣고 다니면서 읽어. 감옥에서도 읽고 심지어는 형장으로 끌려가는 호송 마차 안에서도 차분하게 루크레티우스의 시구를 떠올린다네. 뭐라더라. "그리하여 우리가 죽으면……."

좀비 2 ……좀비가 되겠지. 킬킬. 아, 데모크리토스 얘기가 나와서 말인데.

좀비 1 안 웃겨. 또 샛길인가.

좀비 2 들어봐. 데모크리토스는 소크라테스와 동시대인이야. 소크라테스를 풍자한 희극작가 아리스토파네스의 친구였다고

도 하고, 히포크라테스가 그의 광기를 치료하기도 했다고도
해. 에피쿠로스가 데모크리토스를 비판적으로 계승해 원자론
을 발전시키잖아. 루크레티우스가 에피쿠로스를 뭐라고 찬양
하지?

좀비 1 어디 보자……. 잠깐, 3권의 앞부분에 나와. 사람
마음의 공포들을 흩어져버리게 하고, 가로막던 세계의 성벽을
떠나가게 한 영웅이라고 하지. 인간 영혼은 종교와 미신, 죽음의
검은색으로 차올라 살아 있는 동안 그가 누릴 즐거움도 그냥
놔두지 않는다고 했지. 거기서 벗어나는 것이…….

좀비 2 에피쿠로스 철학의 핵심이 뭐지?

좀비 1 뭐야, 지금 시험 보는 거야? 음, 원자론. 자, 지금
비가 내리고 있지? 원자는 마치 비처럼 수직으로 평행하게
낙하하지만, 허공으로 인해 직선에서 비스듬히 벗어나고, 결국
서로 충돌한다고. 아, 짜증 나네. 자네가 알고 있으면 직접
다 얘기해. 난 잘 테니까.

좀비 2 알았어. 그럼 소설 얘기 더 해봐. 신들은 목마르다?
에피쿠로스의 신은 아닌 거 같은데? 적어도 에피쿠로스와 루크
레티우스에게 신들은 지복을 누리고 인간사에 결코 개입하지
않지.

좀비 1 응. 『신들은 목마르다』에서 사람들의 피를 원하는
신들은 구체제와 종교를 몰아냈지만 이번에는 그 자신이 독단적

인 도그마가 되는 자코뱅의 신들이야. 주인공은 도덕적이고 동정심 많은 젊은 화가 가믈랭인데, 그리스 비극의 장엄한 세계를 부활시키려는 일종의 참여 예술가이지. 그런데 가믈랭은 혁명재판소의 배심원이 되면서부터 무자비해져. 그렇다고 그의 가슴이 메마르거나 한다는 얘긴 아냐. 그는 오히려 민중에 대한 사랑과 동정심, 그리고 조국을 수호하려는 불타오른 애국심으로 반동과 적을 색출하고 나중에는 심문 등의 절차 없이 즉결재판을 하게 되지. 그리고 그런 방식으로 이번에는 로베스피에르와 가믈랭이 단두대에 오르게 돼.『신들은 목마르다』를 처음 읽었을 때는 고야의 블랙 페인트 〈자식을 잡아먹는 사투르누스〉를 떠올렸어. 그저 대혁명의 공포정치를 비판하는 소설로만 읽었지. 그런데 이번에 다시 읽어보니, 도처에서 루크레티우스를 읽는 브로토가 새삼 눈에 띄었던 거야.

좀비 2   계속해 봐.

좀비 1   브로토는 귀족 출신의 징세청 부인이었는데, 대혁명으로 모든 재산을 몰수당하고 지금은 가믈랭이 사는 주택 맨 위층의 낡은 고미 다락방에 살고 있어. 그는 빵 배급을 받겠다고 아우성치는 사람들이 늘어선 긴 줄 속에서도 주머니에서 루크레티우스를 꺼내 읽으면서 천천히 한 걸음씩 나아갈 정도로 의연해. 또 오갈 데라곤 없는 늙고 병든 수도사를 자신의 다락방으로 데려와 그를 위해 조촐한 식사를 준비하지. 브로토가 손님을 위해 "빗물받이 홈통 속에 넣어 시원해지게 해두었던 포도주"를 꺼내는 장면은 내가 이 소설에서 제일 좋아하는 장면이야. 그때만큼은 피에 목마른 단두대의 신이 인간에게 주는 공포마저 아무것도 아니게 돼.

좀비 2 크아, 빗물받이 홈통 속에 넣은 포도주라, 그런데, 따로 몰래 모아 둔 재산이라도 있었나?

좀비 1 다 빼앗겼다고 말했잖아. 형장으로 끌려가기 전까지는 손재주가 좋아서 꼭두각시를 만들어 내다 팔면서 간신히 생계를 유지하지. 이 소설의 미덕이 뭔지 아나? 그 장엄하고도 피비린내 나는 역사의 소용돌이 속에서도 그만의 소소한 일상과 쾌락을 추구하고 평정심을 잃지 않는 또렷한 개인을 대비해 보여준다는 거야.

좀비 2 어떤 꼭두각시 인형을 만들지?

좀비 1 한번은 혁명을 주도한 쿠통, 생쥐스트, 로베스피에르에 대한 풍자가 뻔히 보이는 꼭두각시 인형들을 만들었는데, 모조리 압수당해. 반혁명적이라는 거지. 아, 그러고 보니, 자네가 보여준 모레일서의 그림을 떠올리게 하는 소설의 구절이 여기 있네! "이 현자는 자연이 지닌 힘의 덧없는 노리개들인 비참한 존재들이 대체로 부조리하고 고통스러운 상황에 부닥쳐 있음에 놀라지 않았다." 브로토가 꼭두각시 인형을 만드는 장면은 이렇게 모레일서가 그린 그림의 두 현자와 긴밀하게 연결돼.

그렇다고 브로토가 내내 평정심을 유지한 것은 아냐. 거지 소녀 아테나이스를 구해준 직후 그는 거의 처음으로 공포심에 사로잡히게 돼. 그 어린 소녀는 반혁명분자로 수배되어 도망 중이었거든. 결국 브로토는 귀족과 내통한 반혁명분자에다가 거지 소녀와 그렇고 그런 사이라는 말도 안 되는 이유로 기소를 당하게 돼. 하필이면 그때가 예심, 심문, 증인, 변호인 없이 순전히 조국애, 말하자면 루소적인 일반의지가 직접 인민을 재판한다는 목월법(1794년 6월)이 제정되던 때였거든. 바야흐로 공포정치가 시작된 거지. 브로토의 이웃이었던 가플랭은 브로토가 반혁명분자로 기소당하는 것에 아무런 유보 없이 동의한다네.

좀비 2 음, 그렇군. 그가 어떻게 죽나?

좀비 1 죽는 장면은 따로 나오지 않아.

좀비 2 그래? 그러면 이런 식으로 그의 최후를 상상해보면 어떨까. 브로토가 단두대 앞에 서기 십 분 전이야. 그러고는 간수에게 담배를 한 대 달라고 해. 그리고 건네받은 담배를 길게, 맛있게 피우다가 갑자기 비벼 끄는 거지. 땅에 떨어진 담배는 절반도 피우지 않은 거였어. 그리고 한마디 하는 거지. 뭐라고 했을까?

좀비 1 글쎄? 담배 잘 피웠습니다? 아니면 아, 이제 나 죽으러 가는구나? 제발, 살려주세요? 뭐야?

좀비 2 아까 자네가 짜증을 내는 바람에 내가 원자들의 클리나멘clinamen, 偏位을 이야기하다가 말았지. 에피쿠로스의 원자론은 단지 자연철학만은 아니야. 그건 삶에 대한 태도이기도 해. 그는 웃으면서 철학을 해야 한다고 말했지. 아마도 쾌락이란 건 고통, 공포, 두려움을 만드는 막막한 상황으로부터의 아주 미세한 이탈, 구부러짐, 딴청 부리기 같은 게 아닐까. 그건 단두대의 칼날이 내리치기 직전에 브로토가 극적으로 탈출하는 것 따위가 아냐. 브로토가 절반만 피운 담배를 끄면서 어떻게 말했을 것 같아?

좀비 1 몰라. 엄청 뜸 들이네.

좀비 2 브로토는 단두대 앞에서 최후로 말했다. '폐도 좋지 않은데 이것만 피우고 이제 담배는 정말 끊어야겠다.' 하하하. 안 웃겨?

좀비 1 썰렁하군.

좀비 2 흠, 내가 상상한 브로토의 농담 한마디로는 결코 필연의 엄혹한 현실을 빠져나갈 수는 없을 거야. 하지만 그가 농담하고 우리가 그것을 듣는 바로 그 순간만큼은 막막하고도 엄혹한 공포와 두려움과 고통의 현실에 굴복하지 않겠다는 쾌락이 고통을 구부리지. 그의 농담을 듣는 순간, 적어도 우리는 거기서 기묘한 위안을 받고 고통스러운 현실을 대하는 다른 삶의 자세 같은 걸 배우는 거고.

좀비 1 알겠네, 알겠어. 그런데 그게 '비평의 순간' 같은 건가?

좀비 2 몰라. 되는대로. 그냥.

좀비 1 됐네. 그나저나 갈수록 비도 많이 오고 시간도 많이 지나서 정말 원고 쓰러 가야겠어. 자네 말을 듣고 나니 뭔가 힌트를 얻은 것도 같고.

좀비 2 청탁받은 원고 매수가 어떻게 되나?

좀비 1 30매. 그런데 지금 벌써 45매야! 이제 그만!

좀비 2 그래, 알겠네. 잘 가게. 어, 벌써 가버렸네?

제1부

신을 보는 자들은 늘 목마르다
2017년의 한국문학과 '정치적 올바름'에 대한 비판적인 단상들

악의가 있지 않고서는 누구도 자신들과 다른 견해를 가질 리 없다고 생각하기에 그들은 그저 피고들의 사상만을 조사할 뿐이었다. 자신들이 진리와 지혜, 최고의 선을 소유하고 있다고 믿기에 실수와 잘못은 자신들의 반대자들 탓으로 돌렸다. 그들은 자기 자신이 강하다고 느꼈다. 신을 보고 있었던 것이다. ― 아나톨 프랑스, 『신들은 목마르다』(1912)

1. 아카이브는 불타고 있다

오세아니아의 공용어인 '신어new speaks'에 대해 1984년에 작성된 최초의 상세하고도 혁신적인 사용설명서의 후반부에는 신어의 최종 채택 원년인 2050년 이전에 출간된 문학 작품을 어떻게 다룰 것인지, 또 그것을 어떻게 번역할 것인지에 대해 숙고하는 대목이 나온다. 오세아니아 인민 가운데는 열성적인 당원들이 간혹 있어서 특정 문학 작품을 번역하거나 검열하는 대신 그것을 없애버리자는 의견을 내놓기도 한다. 그것은 영사英社(영국 사회주의)의 이념에 전적으로 부합하지는 않는다. 왜냐하면 우리는 그 작품들이 언젠가 절로 '자연사'할 것이라고 믿기 때문이다. 우리는 유연하며, 열려 있기에. 우리는 성급하고 초조한 검열관이 아니기에. 시간은 전적으로 우리의 편이기에.

우리가 참조하는 문서는 신어사전 제11판이다. 그렇지만 사전을 만들기 위해 참조했던 아카이브의 서류들을 점검할 필요가 있다고 판단했다. 아카이브는 초판 날짜가 찍히자마자 곧 잊히고 케케묵은 냄새만 풍기는 책과 먼지로 뒤덮인 서류들이 어지러이 가득 찬 바벨의 도서관이 아니다. 도서관의 출입구에 들어서자마자 아카이브는 서서히 불타오르기 시작한다. 그것은 스스로를 불사르면서 언젠가 한 줌의 재로 변해버릴 것이다. 그러나 우리가 보고 싶은 것은 비단 아카이브의 화염과 재가 아니다. 우리가 바라는 것은 완전한 무와 어둠의 도래다. 이것은 시詩다. 화염과 재만큼이나 무와 어둠도 옛적부터 시인들을 매혹시켜 왔던 것이 아닌가. 우리는 무와 어둠으로 가득 찬 '도래할 책'을 기다리고 있다.

"구어가 완전히 폐기되면 과거와의 유대는 단절될 것이다."[1] 얼마나 간결하면서도 우아하며 시적인 희망으로 가득 찬 문장인가. 도래할 신어의 사상적인 핵심은 이것이다. "신어의 목적은 영사 신봉자들에게 부합하는 세계관과 사고 습성에 대한 표현 수단을 마련해주고, 영사 이외의 다른 모든 사상을 가지지 못하게 하는 데 있다." 이 문장의 전반부는 현재에 당장 수행해야 할 과제를,

. .

1. 조지 오웰, 『1984』, 김기혁 옮김, 문학동네, 2009. 인용 쪽수 표기는 생략한다.

후반부는 미래의 기대를 함축하고 있다. 우리는 당분간 현재의 과업에 집중하겠다. 언어는 사고를 표현하는 것뿐만 아니라 그것을 선택하고 발화하는 사람의 신념과 이데올로기, 정서를 압축적으로 보여준다. 언어는 바로 그 '사람'이다. 신어의 철학적 요지는 언어가 존재의 집이요, 언어의 한계는 세계의 한계라는 구시대 철학자들의 언어철학과 닮았지만 그것과는 다르다. 언어는 그 자체로 세계관을 드러내는 것이 아니라 그것을 발화하는 발화자의 위치, 그가 쓰는 문장, 텍스트의 맥락을 통해 이해할 필요가 있다는 번거롭고도 의심스러운 옛 사고는 우리 자신의 언어 습관에 여전히 잔류하고 있다. 그러나 사라질 날이 머지않았다. 그 낡고도 복잡한 사상과 언어는 인위적으로 없애려 하지 않는다고 하더라도 언젠가는 자연 사할 것이다. 신어 사용설명서의 실제 집필자로 알려진 사상당원 오브라이언은 셰익스피어에서 디킨스 등의 문학을 신어로 번역하고 후에 원본을 폐기하는 일은 "어려운 일이어서 그 속도가 느리므로, 21세기의 10년대나 20년대 전에 매듭지어지리라 기대하지 않는다"고 썼다. 그가 언급한 '21세기의 10년대와 20년대' 사이에 차세대인 우리가 수행해야 할 중대한 과업이 놓여 있다.

도래할 무와 어둠을 반기는 미래의 시인인 우리가 해야 할 일은 언어와 구문, 문장에 내재된 편견과 사상의 오류를 비판하는 것이다. 이러한 과업을 위해서라도 아카이브에서 뽑은 특정 시기의 문서를 열람하고 검토하는 일은 불가피할 수밖에 없다. 문서에는 #2017-k

-critic-n5라는 파일명이 적혀 있다.

2. 문서 #2017-k-critic-n5-1

한 비평가가 이러한 도발적인 제목으로 글을 시작하고 있었다. "문학은 정치적으로 올발라야 하는가."[2] 이 글은 세목에서는 논란의 여지가 적지 않지만 최근 문예지에서도 수십 번 언급된 용어인 '정치적 올바름political correctness'을 겨냥하고 있었다(문서 [주 1]). 확실히 일군의 채식주의자들을 화나게 할 만한 그 글은 적어도 글을 쓴 필자의 경험 속에서만큼은 충분히 이해될 법도 하다. 물론 내가 만난 채식주의자 가운데 나의 육식을 꼬집어 문제 삼거나 채식의 당위를 일방적으로 들어야 했던 '불편한' 체험은 없었다. 어느 채식주의자 앞에서 자신의 불편했던 경험을 피력하는 비평가의 글이 독자들에게 '불편함'을 불러일으켰다면 그것은 채식주의자에 대한 다소 일방적인 매도 때문만은 아닌 듯하다. 나 역시 느꼈던 불편함은 비평가 이은지의 개별적인 '경험'이 어느 순간에 일반적인 '전형'으로 재빨리

2. 이은지, 「문학은 정치적으로 올발라야 하는가」, 『문학3』, 2017. 3. 7. http://www.munhak3.com/detail.php?number=970&thread=21r02r01(현재 홈페이지 주소 없음)

둔갑한 데서 비롯된 것이다. 물론 경험에서 전형을 번역해내는 일이 문제가 될 수는 없겠다. 그렇지만 전형은 특수와 제대로 충돌하지 않으면 특수에서 보편으로 지양된다기보다는 한낱 특수에서 특수로 미끄러지기 쉽다. 이은지는 자신이 만났던 채식주의자에게서 "특정한 도덕 및 신념에 반하는 것들을 울타리 밖으로 몰아내고, 울타리 안의 협소한 자기기만적 세계를 가꾸는 것을 정치적 실천으로 여기는 이"의 전형을 추출했다고 말하고 싶었을 것이다.

그렇지만 '정치적 올바름'을 "정치적 실천이기보다 자신의 신념을 그 누구에게도 훼손당하지 않겠다는 편협한 주관성의 표현"으로 타당하게 정의했음에도 불구하고 그 문장을 쓰는 필자에게서 느껴지는 일반화의 서두름이 다른 이에게는 불편함으로 다가오지 않았을까 싶다. 이은지가 어느 채식주의자와의 만남에 대한 술회에서 법의 울타리 안에서 진행된 촛불시위로 도약해 그것을 바라보며 "김빠진 축제"의 아쉬움을 느꼈다고 피력하는 대목을 읽을 때는 더더욱 그랬다.

그렇다고 내가 이은지의 문제 제기에 동의하지 않는다는 것은 아니다. 오히려 이 글의 과감한 문제설정 덕택에 나는 비평적인 문제의식을 이어받았다고 말하고 싶다. '정치적 올바름'이 지난 문예지들에서 이렇게까지 언급된 적이 드물었다는 나의 놀라움[3]은 이은지의 글 덕택에 착잡한 고민으로 바뀔 수밖에 없었음도 덧붙이고 싶다. 그 어휘는 때로는 냉소적 반어로, 때로는 옹호해야 할 당위로 흔들리면서 어지러이 발화되고 있었다. '정치적 올바름'이 무엇인가에 대한 확답은 쉽사리 나올 수 없다. 이은지의 글을 반박한 임지훈의 「비평은 정치적으로 올바를 수 있을까?」[4]는 '정치적 올바름'이 동시대의 문학이란 무엇인가에 대한 답변만큼이나 정의하기 어렵다는 곤란을 확인시켜주었다. 단일한 실체가 아니라면 동시대 문학 담론에서 '정치적 올바름'이 어떠한 방식으로 실제로 소용되고 있는지를 검토하고 해석하는 일이 따라서 필요하겠다.

문서 [주 1] #2017-k-critic-n5-1-PC1: 좌익 소아병

매리언 웹스터 사전에 따르면 '정치적 올바름'이라는 용어가 처음 쓰인 것은 대략 1934년이다. 그러나 그 용어에 내포된 사상과 관련된 최초의 비평적 언급은 소비에트 혁명가 레닌이 쓴 『공산주의에서의 "좌익" 소아병』(1920)[5]에 등장한다고 보는

3. 복도훈, 「'도래할 책'을 기다리는 '정신적 동물의 왕국'에 대한 비평적 소묘」, 『문학과사회 하이픈: 문학성—역사들』, 2017년 봄호. 이 책의 1부 3장['도래할 책'을 기다리며].
4. 임지훈, 「비평은 정치적으로 올바를 수 있을까?」, 『문학3』, 2017. 4. 11. http://munhak3.com/detail.php?number=1001&thread=21r02r01(현재 홈페이지 주소 없음)
5. V. I. 레닌, 『공산주의에서의 "좌익" 소아병』, 김남섭 옮김, 돌베개, 1989.

것이 통설이다. 이 책은 오세아니아 대학도서관의 특별 서고에서 먼지에 뒤덮인 채 발견되었다. 우선 책 제목 '좌익 소아병'이 '정치적으로 올바르지' 않은 표현임을 지적해야겠다. 거기에는 아동을 으레 미성숙한 존재로만 대상화하려는 혐의가 적지 않다. 젊고 열성적이지만 경험이 부족하고 순진한 좌익분자들이 스스로를 "겁나게 혁명적인" 것으로 착각하는 것을 책의 저자는 '아이小兒'의 치기稚氣로 비유했다. 레닌은 그늘 열성 혁명가들이 "모든 경우에 적용될 처방전이나 일반 법칙("어떤 타협도 안 된다!")을 만들어내는 것"을 "터무니없는 짓"으로 일축했다. 의회는 부르주아적 산물이기 때문에, 노동조합은 부르주아지와 손을 잡은 '귀족노조'들이 자리 잡고 있기 때문에 어떠한 경우에도 공산주의자들이 의회나 노동조합에 들어가거나 그들과 타협해서는 안 된다는 것이 '좌익 소아병자들'의 주장이다. '실용주의적 타협'은 그들의 혁명적 순수함과 도덕적 염결성이 타락하는 근본이기 때문이다. 오브라이언이 레닌의 책에서 많은 것을 배웠다고 고백한 것은 흥미롭다. 오브라이언은 레닌이 칭찬했던 혁명가의 활동, 곧 짜르 비밀경찰 조직 '검은 100명대'에 혁명가들을 침투시켰던 방식을 모방해 윈스턴과 같은 오세아니아의 반혁명분자를 색출할 수 있었기 때문이다. '이성의 간지奸智'는 짜릿한 반전을 선사하는 역사의 교훈이다.

3. 2017년의 한국문학과 '정치적 올바름'의 풍경들

'정치적 올바름'은 차별적이고도 편견을 조장하는 언행을 삼가는 문화 운동의 하나로 정의할 수 있다. 구체적으로 '정치적 올바름'은 사디즘적인 모욕과 무시의 누습적인 문화 관행에 대한 반발, 국내 예술과 문학계에 국한시켜 말해보면 #예술계–내–성폭력, #문단–내–성폭력 해시태그 운동과 따로 떼어 생각하기 어려울 것이다. SJW$^{Social Justice Warrior}$, 프로불편러의 문화 운동과 대동소이한 '정치적 올바름'의 주장은, 그 어휘를 명시적으로 쓰든 그렇지 않든 간에 문학 작품에 재현된 여성 혐오^{misogyny}와 남성 중심적인 문학(사)에 대한 반발과 페미니즘 문학, 성적·인종적 소수자 문학에 대한 옹호의 움직임 속에서도 엿보인다. 물론 페미니즘이나 퀴어 그리고 소수인종의 문화적 정체성 또는 차이를 옹호하는 운동을 '정치적 올바름'의 그것과 곧바로 등치시킬 수는 없다. '정치적 올바름'은 부당한 무시와 편견 속에 노출된 성적·인종적 정체성에 대한 동등하고도 형식적인 긍정을 유도하고자 하는 다문화주의적인 전략에 더 가깝다. 예를 들면 남녀관계의 불평등에 대한 여성의 반발은 여성을 부정했던 가부장제 사회와 남성연대의 문화에 대한 강한 부정으로 나타났다. 그것을 '관계의 부정'으로 부를 수 있다면, '관계의 부정'이라는 운동은 한편으로 그 부정이 향했던 타자(남성)=관계를 재소환하게 될 것이다. 무시와 모욕을 수행한 집단에 대한 공개적인 항의, 평등에의 요구와 관철을 통해 관계의 부정은 상호 부정된 관계의 불편한 동숙, 즉 '부정의 관계'로 전환된다. 이러한 움직임은 '인정anerkennung'에 대한 욕망으로, 만일 그것이 부정의 상호관계 속에서 전개될 경우에는 '인정 투쟁'으로 가시화될 것이다.

그러나 인정 욕망 또는 인정 투쟁이 무시와 편견으로 평가 절하된 정체성의 내용이나 집단의 차이에 대한 보다 면밀한 고찰을 수행하는 전략으로 곧바로 이어지는 것은 아니다. 관계의 부정은 부정의 관계로 쉽게 전환되지 않으며, 오히려 관계의 부정을 더욱 가속화하는 방식으로 자신의 정체성을 차별화하는 전략을 극단적으로 고수할 수도 있다. 집단의 결속을 강화하기 위한 분리주의, 집단 내부의 차이에 대한 상호토론과 논쟁보다는 몰인정과 검열, 배제, 낙인찍기 등의 형태로 관계의 부정을 '물화物化, reification'하는 위험한 움직임이 발생할 수도 있다.[6] 어떤 정체성 정치가 대개 문화적 인정에 대한 형식적인 주장을 공허한 방식으로 되풀이하거나 반대로 몰인정과 무시에 대한 반발만을 수행하는 데서 자기

• •

6. 낸시 프레이저, 「정체성 정치 시대의 사회 정의」, 『분배냐 인정이냐?』, 김원식 · 문성훈 옮김, 사월의책, 2014, 62~63.

존재와 운동의 의의를 재삼 확인하는 것에 그칠 경우, '정치적 올바름'에 대해 제기할 수 있는 비판은 정체성 정치가 수행한 '관계의 부정'이 물화 되는 위치 어디쯤을 향하지 않을까 싶다.

3-1. '충돌의 과정 없이' '깨끗이 도려내기'

'정치적 올바름'이 그와는 서로 다른 층위에 있을 문학에서의 어휘의 활용, 소재, 모티프, 재현 등과 만나는 경우에는 더욱 골치 아픈 문제들이 제기된다. 이은지는 "최근의 문단이 특정한 신념의 공동체를 자처하는 모습이 자못 우려스럽다"고 쓰고 있는데, 그것은 문인들이 그러한 신념의 공동체를 자처하지 말아야 한다는 뜻은 아닐 것이다. 그럴 수도 없고, 그럴 필요도 없으며, 그렇게 되지도 않는다. 그는 "정말로 정치적 신념을 실천하고자 한다면 문학은 좀 더 '오염'되어야 한다"고 하면서 "페미니즘 문학에는 페미니즘을 모르는, 혹은 페미니즘을 반대하는 현실이 기입되어야" 하며, "그런 더럽고 지저분한 충돌의 과정 없이 뜻하는 바를 거스르는 것들을 깨끗이 도려내고서 의미를 획득하는 문학은 신자유주의의 기율을 내면화한 자폐적 주체에 다름 아니다"라고 적고 있다. 다른 대목에 대해서는 충분히 수긍이 갔지만, 나는 방금 인용한 문장의 마지막 대목에서 뜬금없이 문학이 '신자유주의의 기율을 내면화한 자폐적 주체'로 귀결되는지 다소 의아했다. 내가 주목한 부분은 오히려 '충돌의 과정 없이 뜻하는 바를 거스르는 것들을 깨끗이 도려내고서 의미를 획득하는 문학'이라는 구절이었다. 나는 이은지의 이 말이 동시대의 한국문학의 현장에 등장하는 작품을 조금도 고려하거나 매개하지 않은 비평의 독단적인 고성高聲만은 아니라고 생각했다.

공교롭게도 이은지가 리뷰를 쓰기도 한 최은영의 중편 「그 여름」은 압델라티프 케시시의 영화 〈가장 따뜻한 색 블루〉(2014)를 연상하게 하는 레즈비언 커플의 사랑, 갈등, 이별 등을 '그 여름'이라는 추억과 회상 속에서 단지 "맑고 쓸쓸한 풍경"[7]으로만 그리는 소설은 아니었는지 반문하고 싶어진다. 물론 이 단편에서 이은지가 말한 '오염'을 기대하기란 어려우며, 또 그래야 할 이유도 없겠다. 하지만 회상의 장치는 두 연인이 헤어지는 데 계기가 된 "계급적 다름과 젠더적 같음"[8]의 간단치 않은 문제를 적당하게 봉합하는 데 그치고 말았던 것은 아닐까. 이은지의 리뷰 또한 '다름과 같음'의 문제를 인지했지만 그 문제의식을 이 소설을 읽어내면서 더 밀고 나가지는 않았다.

『2017년 제8회 젊은작가상 수상작품집』에 「그 여름」과 함께 실린 레즈비언 커플의 사랑과 죽음에 관한 이야기인 천희란의 「다섯 개의 프렐류드, 그리고 푸가」를 나란히 읽으면 「그 여름」

· ·

7. 하성란, 「심사평」, 『2017 제8회 젊은작가상 수상작품집』, 문학동네, 2017, 347.
8. 이은지, 「사랑이라는 역설」, 『2017 제8회 젊은작가상 수상작품집』, 273.

에 대해 가졌던 의구심은 더욱 짙어진다. 이 소설은 한국과 바젤이라는 공간적 차이를 설정하는데, 이러한 배경설정은 최은영의 소설이 시간적 회상의 장치를 마련하는 것과 함께 비교해볼 만하다. 그렇지만 두 소설 모두 동성애와 규범적 이성애의 갈등, '계급적 다름과 젠더적 같음'에서 비롯될 수 있는 적대의 요소는 지금 여기가 아닌 시공간의 배경으로 물러나 가라앉고 마는 것은 아닐까. 동시대의 가장 쟁점이 될 만한 문화적·신분적 인정의 문제는 왜 시공간의 격차를 지금 여기가 아닌 곳으로 설정해야, 다시 말해 배경으로 물러서도록 만들어야 쓸 수 있는 이야기가 되는 걸까. 물결무늬의 명암明暗 같은 아름다운 문체로만 남은 '레즈비언 커플의 사랑 이야기'가 그 자체로 못마땅할 이유는 없겠지만. 대체적으로 올해 『젊은작가상 수상작품집』에 실린 단편소설들은 한둘을 제외하고선 동시대적인 현실에서 파생되어 나올 법한 뚜렷한 경향성을 담지하고 있었다. 그러다 보니 작의가 앞서게 되었으며, 현실의 모순을 서사에 밀착시켜 힘겹게 마주하기보다는 인상적인 등장인물의 담화나 시적 이미지에 기대어 해소하려고 애쓰는 느낌이었다. 아이러니적 고백, 멜로드라마적인 회고, 서간체 등 그다지 새롭다고는 할 수 없는 소설기법의 여러 장치와 현실을 환기하는 중압감 있는 소재 및 모티브 사이에는 긴장보다는 어색한 간극이 두드러졌다.

차이, 소수, 다양성 등에 대한 문화적 자기주장과 재현이 지배문화의 획일성, 동일성에 대한 정당한 반발과 이유 있는 이의제기에서 터져 나온다고 하더라도 그것 자체로 차이, 소수, 다양성의 풍성한 증거가 될 수는 없겠다. 차이에 대한 요구와 재현이 단일한 목소리만 내거나 다른 목소리를 압도할 때 차이는 동일성의 다른 이름에 불과하다. 그들이 비판했던 지난날의 지배문화가 그랬던 것처럼.

3-2. 억압인가, 부인인가

서효인의 세 번째 시집 『여수』(문학과지성사, 2017)를 읽게 된 것은 신앙 간증을 다분히 연상시키는 것 같은 제목의 한 신문 기사[9] 때문이었다. 그러나 시인의 말을 빌리면 "온갖 곳에 염결성과 예민함을 드러내면서 하필 방종했던" 방식으로 자신의 시에 드러나게 된 여성 혐오적인 표현을 삭제하거나 수정한 부분이 막상 내가 『여수』를 읽을 때는 크게 신경이 쓰이지는 않았다. 『여수』를 읽으면서 나는 내가 가지 않았던 도시와가 보았던 장소를 시인의 경험과 겹쳐가면서 읽는 나름의 재미가 꽤 쏠쏠했음을 말하고 싶다. 그럼에도 시집을 읽고 나서

• •

9. 이윤주, 「"내 문학 작품 속 여혐 수정" 새 풍경」, 〈한국일보〉, 2017. 2. 23.

기사에 언급된 수정하기 이전과 이후의 시의 다른 표현을 비교해볼 수밖에 없었다.

기사에 따르면 「서귀포」에서 4·3 항쟁의 역사적 폭력을 재구성하는 장면을 서효인은 원래 '젊은 남자는 섬 말 쓰는 아녀자를 잡아서 궁둥이 사이에 대검을 꽂아 넣었다'로 썼다고 한다. 『여수』에 실린 「서귀포」에서 그 표현은 "미아들은 섬 말 쓰는 사람들을 잡아다 몸 어딘가에 대검을 꽂아 넣었다"로 바뀌었다. 원래의 표현이 왜 여성 혐오적인 표현이 되는지에 대한 문제는 일단 제쳐놓고 읽어보자. 물론 이 시구는 읽는 이에 따라서는 여성을 희생자로만 대상화하는 폭력적인 묘사라고 치부할 수도 있다. 그렇다면 새로 수정된 시구는 폭력에 대한 보다 성공적인 재현이라고 할 수 있을까.

수정된 후의 시구에 폭력의 주체로 등장하는 '미아'는 다른 뜻의 미아迷兒로 짐작된다. 토박이가 아니며 누군가의 아들이라는 '미아'의 다른 의미와 '길을 잃고 미혹에 빠진 젊은이'라는 확장된 은유를 염두에 두더라도, 이어지는 시구를 읽어보면 갸우뚱할 수밖에 없다. "우리 아버지가 이렇게 죽었어. 누군가의 아버지를 죽이면서"라는 구절에서 폭력의 주체가 남성임은 짐작된다. 그러나 '젊은 남자'를 '미아'로, '아녀자'를 '사람들'로 바꿀 경우에 표현은 중의적이 되기보다는 중립적으로 얼버무려진다는 생각이 든다. 폭력의 주체와 폭력의 희생 대상을 명시적으로 드러낸 수정되기 이전의 시구가 4·3 항쟁에서 발생했던 폭력의 한 양상을 오히려 거칠지만 또렷하게 상기시켰다고 읽을 수 있지 않을까.

한편으로 서효인은 「구미」의 "공장에 다니는 여공들"이라는 구절에서 '여공들'을 '젊은이들'로 바꾸었다고 말한다. 그렇게 해서 "마을의 노인들은 신작로 너머 공장에 다니는 젊은이들을 미워했다"는 구절이 얻어졌다. 그러나 "적대감에는 이유가 없다"라는 강렬한 구절로 시작하는 이 시에서 노인들의 알 수 없는 적의는 "입맛이 떨어진다고, 비린내가 난다"는 등의 환기를 통해 적실성을 얻는다고 볼 때, 적의의 대상이 '젊은이들' 대신 '여공들'이 아니어야 할 이유를 찾기란 딱히 어렵다. 만일 '여공들'이라는 표현이 문제였다면 시인은 「마산」의 첫 구절을 "자유무역단지에서 빠져나오는 이들은 여공이었다"로 쓰지 않았을 것이다. 공단 젊은 여성들의 고단하고도 희망 없는 삶을 그린 이 시에는 "우리가 모두 학부모가 되면, 그때 우리는 모두 괜찮을까"라는 구절이 등장한다. 원래 이 구절은, 기사에 따르면, "우리가 모두 아줌마가 되면, 그때 우리는 모두 괜찮을까"였다. 이번에는 '아줌마'라는 단어가 문제가 되었던 걸까. '아줌마' 대신에 중립적으로 성별을 환기하는 '학부모'라고 썼으면 이 시의 첫 구절은 왜 '여공' 대신에 남녀를 공통적으로 가리키는 '젊은이'로 쓰지 않던 걸까. 만일 '아줌마'라는 단어가 문제가 아니라면 '모두 아줌마가 되면'이라는 표현에서 무엇이 문제가 되는 걸까.

이렇게 쓰고 나니 약간 공허하면서도 조금은 우스꽝스러운 논의를 계속하고 있다는 생각이 들었다. 내가 방금 쓴 문장들은 시에 대한 해석이었을까. 시인이 수정한 표현은 이전의 작품보다 현재의 작품을 더 낫게 만드는 데 기여했을까. 수정되기 이전의 표현을 염두에 두고 작품을 읽는 것과 수정된 이후의 작품을 읽는 것에 별반 차이가 없다면 그것을 기사의 제목처럼 문학의 "새 풍경"이라고 할 수 있을까.

표현을 수정하거나 대체하는 이러한 자기검열은 기사에 의하면 "표현의 자유나 상상력을 억압"하는 일은 아니라고 간주된다. 그러나 누구나 그렇게 생각하지는 않는 것 같다. 나는 검열에 대해서는 표현의 자유와 상상력의 억압이니 하는 다소 소모적일 논쟁 이전에 그것이 프로이트적인 정신분석의 의미에서 '억압 verdrängung'의 한 작용으로 이해할 필요가 있다고 생각한다. 간단히 말해 나는 억압으로서의 검열을 특정한 욕망이나 충동의 자유로운 흐름에 대한 억누름 또는 상상력에 대한 훼방이 아니라 (무)의식적인 인지의 새로운 과정으로 이해하고 싶다. 억압은 억압된 욕망의 내용과 그것을 억압하려는 문화적인 현실에 대한 심의와 성찰을 동시적으로 이끌도록 만든다. 자아에 대한 억압의 행위자, 검열을 수행하게 하는 심급으로서의 초자아는 기존의 문화적 습속에서 볼 때는 자유로운 욕망을 꺾고 누르는 방해자로 간주되겠지만, 한편으로는 새로운 문화를 낳는 긍정적인 원동력이나 에너지로 바뀔 수도 있다. 이렇게 볼 때『여수』에서 수행된 서효인의 자기검열이 정신분석적 의미에서의 검열을 수행한 문학적인 예라고 간주할 수 있을지는 다소 의문이 든다. 오히려 시인의 자기검열에서 보이는 부분적인 비일관성 대신에 모종의 규칙을 의식적으로 도입하지 않기를 바랄 뿐이다. 공평을 기하자면 시인이 다른 곳에서 언급했던[10] '페미니즘'은 좋은 의미의 문화적인 초자아로 기능할 수 있을 것이다. 그런 의미에서『여수』에 실린 마지막 시「죄인의 사랑」은「송정리역」과 함께 시인의 수작이라고 할 만하다. 이 시는 시집을 관통하는 방랑과 여정의 기원에 자기 처벌이 있었음을 아프게 환기하고 있다.

자극적인 표현을 덜 자극적인 표현으로 바꾼다고 폭력이 줄어들 것으로 믿는 것은 '민간인 살상'을 '부수적 피해'로 바꿔 부른다고 민간인 살상이 줄어든다고 간주하는 것과 마찬가지이다. '정치적 올바름'의 언어검열이나 완곡어법은 언어의 해방이 아니라 언어의 감옥이 될 공산이 농후하다. 그것은 정신

··
10. 서효인,「다시 만날 세계」,『문학과사회 하이픈: 세대론—픽션』, 2016년 가을호.

분석적 의미에서 무의식적인 억압–검열보다는 상처와 폭력의 적대에 대한 체계적인 '부인verneinung'에 가깝다. 그것은 단지 덜 자극적이고 덜 불쾌한 표현의 규칙과 예시를 만들고 그 규칙에 자신의 이름을 서명해 넣는 일을 선호할 뿐이다.

3–3. 김훈의 '자연사'와 김현의 '자연사'

김훈의 장편소설 『공터에서』(해냄, 2017)는 소아의 성기를 관음적인 시선으로 묘사했다고 일제히 비난을 받았다. 이 문제를 기사화한 〈여성신문〉과의 인터뷰에서 시인 김현은 다음과 같이 말하고 있다. "김훈 작가가 인터뷰를 통해 밝혔던 '아재스러움' '꼰대스러움'이 의식적으로든 무의식적으로든 작품에 반영돼 있다." 그리고 "가부장 마인드를 갖고 있는 사람이 소설을 써냈을 때 소위 말해 '개저씨 문학'이 탄생하게 된다."[11] 한 개의 당구공이 다른 당구공을 밀어내는 식의 깔끔하고 매끄러운 인과라고 하겠다. '아재스러움' '꼰대스러움' '가부장 마인드'가 작품에 반영되어 '개저씨 문학'을 낳는다는 것이다. 나는 작가의 세계관과 작품의 재현은 일대일로 대응하기 어렵다는 것을 말하고 있지만, 김현의 논평이 의식(가부장 마인드)이

11. 강푸름, 「소설가 김훈, 신작서 '소아 성기 묘사' 논란… "관음적 시선 불쾌"」, 〈여성신문〉, 2017. 2. 15. http://www.womennews.co.kr/news/111659

존재(개저씨 문학)를 결정한다는 소박한 반영론의 산물임을 힘주어 지적하고 싶진 않다. 나는 김현의 문장을 반박하는 대신에 그 문장을 그에게 똑같은 방식으로 되돌려주고 싶어졌다. 의식이 존재를 결정한다는 당구공의 인과성은 김현이 시와 산문을 쓸 경우에도 그대로 경험되는 것인가.

— 김훈 작가가 인터뷰를 통해 밝혔던 '아재스러움' '꼰대스러움'이 의식적으로든 무의식적으로든 작품에 반영돼 있다. 가부장 마인드를 갖고 있는 사람이 소설을 써냈을 때 소위 말해 '개저씨 문학'이 탄생하게 된다.

— 시집 『글로리홀』에는 페미라이터 김현 시인의 '인권'과 '페미니즘'이 의식적으로든 무의식적으로든 작품에 반영돼 있다. 페미니즘 마인드를 갖고 있는 사람이 시를 써냈을 때 소위 말해 '페미니즘 문학'이 탄생하게 된다.

첫 번째 문장이 설득력을 준다면 두 번째 문장이 그러지 말라는 법도 없다. 첫 번째 문장에 대한 신뢰를 전제하는 한에서 두 번째 문장도 김현 시인과 시에 적용할 때는 적합하다 하겠다. 그러나 어떤 생각을 '(무)의식적으로' 가졌다고 그가 그 생각을 작품에 반영한다는 인과론은 작가 자신도 별로 믿지 않는 게 아닐까. 왕당파였던 발자크의 소설에서 왕당파적 세계관이 아니라 부르주아적 현실을 재현하면서 비판하는 리얼리즘을 읽어냈던 엥겔스는 괜한 말을 한 것은 아니었다. 『글로리홀』(문학과지성사, 2014)에서 과감하게 파괴적으로 펼쳐진 카오스적인 이형異形의 상처받은 말들 속에서 눈물 흘리는 자아와 세계의 잔해로부터 페미니즘적 세계 인식과 가부장 마인드에 대한 비판을 읽어낼 수 있다면 또 모를까. 어느 단편소설의 표현을 빌리면 세계관에 붓이 달렸다고 믿는 것은 문학 입문에서조차 다소 언급하기 민망한 믿음이다.

그저 인터뷰 수준에서 충분히 할 수 있는 말이라고도 달리 생각해 본다. 작가와 작품을 분리하는 것에 동의한다는 다른 글에서 시인 김현은 앞엣것과는 다르고도 강한 믿음을 드러내고 있다. 그는 작품에는 작품의 윤리가 있다고 말하면서 강력한 필치로 이렇게 쓴다. "나는 혐오와 차별에 힘을 실어주는 모든 작품의 자연사를 믿는다. 그런 자연사를 믿는 일이 한국문학의 미래를 믿는 일이라고 의심하지 않는다."[12] 도래할 미래에 대한 확신에 가득 찬 문장이다. 그런데 나는 김훈에 대한 김현의 인터뷰를 읽으면서 김현이 언급한 '자연사自然死'를 김훈이 자신

••

12. 김현, 「자수하세요」, 『서정시학』, 2017년 봄호, 36~37[『질문 있습니다』, 서랍의날씨, 2018].

의 소설들에서도 썼다는 사실을 떠올렸다.

김훈의 『칼의 노래』(생각의나무, 2003)에는 선조宣祖와 수구 세력을 위협하는 반란의 주동자로 소문이 난 '길삼봉'이 허깨비 인지 실체인지에 대해 묻는 대목이 나온다. 그 질문은 처음에는 '길삼봉이 누구냐'였지만 나중에는 '누가 길삼봉이냐'로 바뀐다. 질문이 바뀌는 순간, 조정에는 피바람이 불고 수천 명이 잡혀 와 죽는다. 물론 김훈의 소설은 여성 혐오적인 재현으로부터 스스로를 변호할 만한 자산을 별로 갖고 있지는 않아 보인다. 그러나 그의 소설에서 정교하게 가공된 '자연사'는 이데올로기적 허깨비의 무망함과 허무함을 꿰뚫어 본다. 김훈식으로 바꿔 물어보자. "'작가와 작품의 어떤 부분이 여성 혐오적인가'라는 질문이 '어느 작가와 작품이 여성 혐오적인가'라는 질문으로 바뀌었다. 그러자……" 김훈 소설에 대한 김현의 비판은 후자가 아닌 전자의 질문에 한정되어 있다고 확신할 수 있는가.

나는 김현이 인터뷰한 신문 기사와 문제가 된 소설에 대한 이런저런 반응에서 김훈 소설에 대해 새롭게 말해주는 것은 거의 아무것도 없다고 생각했다. 오히려 김훈 소설에 대한 거의 비슷한 비판적 인상과 코멘트, 논평이 더 흥미로웠다. 그것은 기사에서 말하는 것처럼 이전과는 다른 방식으로 더는 김훈 소설을 읽기 힘들어할 정도로 공감 능력이 확대된 독자들이 등장했다는 뜻은 아니다.

돌아가는 상황을 보면 '정치적 올바름'은 문학 작품의 여성 혐오적인 측면을 비판하면서 다르게 읽기를 제안하는 것에 별반 관심이 많지 않아 보일 때가 있다. 다르게 읽는 것은 다르게 상상하거나 다르게 살 가능성을 꿈꾸는 것이다. 한마디로 그것은 삶을 새롭게 꿈꾸는 일이다. 그러나 문학 읽기에서의 '정치적 올바름'은 그 문학 작품이, 아울러 그 작가가 '여혐'인지 아닌지, 읽어야 하는지 읽지 말아야 하는지 판정하고 판정의 목록을 작성하는 데 더욱더 관심이 많은 것 같다. 작품에 재현된 여성 혐오적인 불인정이나 무시의 언표가 곧바로 작가가 가졌을 것으로 짐작되는 편견과 동일한 것으로 취급된다. 남는 것은 작가의 신념에 대한 단속이다. 물론 여성 혐오적인 작품이 여성 혐오를 문화적으로 재생산하는 효과를 낳기에 재생산을 차단하자는 논의로 이어지지는 않을 것이다(픽션 [주 3]).

한편 특정한 문학 작품이 저절로 자연사할 것이라는 시인의 믿음은 모종의 진리를 전제로 한 것이리라. 물론 이 진리는 초시간적이거나 시간의 흐름에 저항하는 것은 아니다. 그렇다고 시간 속에 진리가 담겨 있다고 할 수 있을까. 시간이 진리를 증명하지는 않는다. 시간이 지나면 저절로 증명되는 진리란 없다. "작품의 윤리는 시간이 해결"해 주는 문제가 아니라, 시간 속에서 해결해야 하는 문제가 아닐까.

결국 '정치적 올바름'은 무시와 불의의 신분적 위계에 대한 비판을 통해 참여 동등의 요구를 옹졸하고도 피상적인 검열로 치환한다. PC를 police의 준말로 취급하거나 사상경찰로 부르는 것이 그저 우스꽝스럽기만 한 비아냥은 아닌가 보다. 랑시에르를 빌리면 '정치적 올바름'은 정치politics를 주장하면서 치안police을 뒷문으로 도입한다. 랑시에르의 '정치'와 '치안'이 이접dis-junction의 관계가 아닌 이분법으로 느슨하게 활용될 때, 그때, 정치는 선, 치안은 악이 된다. 그리고 이러한 구분을 낳는 것이 '정치적 올바름'의 환상이다. '정치적 올바름'은 정치가 아니다 (문서 [주 2]). 그것은 정치를 가장한 치안이다.

문서 [주 2] #2017-k-critic-n5-1-PC2: '최후의 인간'의 정치와 도덕

'정치적 올바름'은 극단적으로 도덕적이어서 문제가 아니라 그 도덕이 충분히 극단적이지 않다는 데서 문제가 있다. '정치적 올바름'이 그리 정치적이지 않다면 그것은 또한 그리 도덕적이지도 않다. '정치적 올바름'의 도덕은 위선으로 변질되기 쉽다. 슬라보예 지젝이라면 그렇게 말했을 것이다. 그에게 '정치적 올바름'은 "인종적이고/이거나 성적인 폭력의 더욱더 새로운, 더욱더 정제된 형식들을 적발해내려는 강박적 노력"으로 비판된다.[13] 지젝은 이러한 노력을 헤겔을 빌려 금욕주의Stoizismus의 공허한 자기의식의 한 판본으로 보았다. 그러나 지젝도 지적했

지만 '정치적 올바름'은 불법적인 욕망에 체계적인 금지 목록을 만드는 데 그치지 않고, 어느 순간, 금지 행위 자체를 즐기는 열정의 화신이 된다. 금욕주의는 욕망의 단순한 비워냄이 아니라 욕망의 특정한 양태로 이해할 필요가 있다. 자신과 타자에게서 불법적인 욕망을 끊임없이 발견하고, 비워 내거나 비난하는 행위에 PC주의자의 정체성이 자리한다. "그것은 문제를 살아 있게 하기 위해서 자꾸만 새로운 답을 내놓는다."[14] 그러나 속지 않으려는 자는 길을 잃는다. 리비도를 금지하려는 노력은 오히려 리비도 과잉이 된다. 리비도 과잉은 금지하는 대상에 대해 관심이 많은 한편으로, 금지하는 대상보다 대상을 금지하는 주체에 대해 더 많은 것을 말해준다.

헤겔은 정치적으로 올바른 언행의 작인에 위치한 '양심'의 자기기만에 대해 강력한 비판을 선취했다고 해도 좋을 것이다. 『정신현상학』의 「자기 자신을 확신하는 정신: 도덕성」의 세 번째 장인 '양심, 아름다운 마음, 악과 그 용서'에서 헤겔은 양심을 지녔다는 것을 언표하는 행위를 의무의 보편적 실천으로 착각하는 자기기만을 날카롭게 꼬집고 있다. 헤겔의 신랄한 말을 들어보자. "양심"은 "각기 다른 여러 도덕적인 실체들을

13. 슬라보예 지젝, 『부정적인 것과 함께 머물기』, 이성민 옮김, 도서출판 b, 2007, 410.
14. 슬라보예 지젝, 『부정적인 것과 함께 머물기』, 411.

거세하거나 근절시키는 부정적인 일자—^註 내지는 절대적인 자기"이며, "더 나아가서는 어떤 특정한 하나의 의무를 이행하기보다는 오히려 구체적으로 정당한 것이 어떤 것인가를 깨우치고 또 이를 행하는 의무에 준하는 단순한 행동일 뿐이다."[15] 한마디로 양심은 자신을 '절대'로 착각하는 도덕적 상대주의에 불과하다. 헤겔의 현상학은 '정치적 올바름'을 추동하는 양심이 위선의 다른 이름임을 폭로한다. 양심은 교활하다. 양심은 타자를 향할 경우 "악한 타자의 의식을 불량, 비천하다는 등으로 일컫는 열성"(796)으로 나타나지만, 그것은 다시 자신의 공명정대, 선함을 인정받으려는 욕망으로 복귀한다. 그것은 악한 세상에 대한 무력하고도 탄식 섞인 "판단"을 "현실적인 행위로 간주되도록" 할 뿐이다. 양심은 "행동하는 대신에 다만 흠잡을 데 없이 깨끗한 심정만을 토로함으로써 자신의 성실, 공정함을 입증하려"고 한다(797). 세상은 악하고, 나는 무력하다. 그러면서도 무력한 자신은 악한 세상과 타인에 대한 비판적인 감시자임을 기꺼이 자처하려고 한다. 그것을 곧바로 "위선"(797)이라고 지적하지는 않겠다. 나는 페미니스트를 희화화하는 여성혐오적인 소설로 읽힐 수 있음에도 '정치적 올바름'에 대한

· ·

15. G. W. F 헤겔, 『정신현상학 Ⅱ』, 임석진 옮김, 지식산업사, 1988, 766.
앞으로 인용할 경우 본문에 쪽수를 표시한다.

탁월한 소설적 비판을 수행한 필립 로스의 『휴먼 스테인』의 한 구절을 빌리고 싶다. "성실성이 도처에 닿아 있지. 거짓보다 더 나쁜 성실성. 타락보다 더 나쁜 순진무구. 온갖 탐욕이 그 성실성 아래 감춰져 있어."[16] 자신의 오점stain을 인정하지 않거나 타자와 화해하지 않으려는 "두 자아 사이의 한복판"에 "신"은 "그 모습을 나타"내지 않는다(809). 대신에 우리에게 도래하는 신은 다른 신일 것이다. 도처에 "자기만이 성자인 척하는 감정적 도취가 부활"[17]할 것이다.

헤겔은 확실히 나에게 유효한 참조점이지만 '정치적 올바름'도 특수한 역사적인 현상이고, 그 나름의 사회 정치적 맥락과 특수성이 있다는 점을 더불어 고려해야만 하겠다. 아마도 '정치적 올바름'에 대한 다른 사회문화적인 분석과 이해도 잠시 가능할 것이다. 사실상 치안이라고 불러도 좋을 기성 정치에 대한 오래된 불신과 환멸, 새로운 사회적 연대를 공통의 선善에 대한 목적보다는 세계의 온갖 악한 양상들에 대한 공통의 공포와 방어로부터 이끌어내는 '공포정치politics of fear[18]'의 후기근대적인

• •

16. 필립 로스, 『휴먼 스테인』 1, 박범수 옮김, 문학동네, 2009, 269.
17. 필립 로스, 『휴먼 스테인』 1, 13.
18. 나는 다음 두 책의 핵심 요지를 참고했다. 프랭크 푸레디, 『우리는 왜 공포에 빠지는가?』, 박형신·박형진 옮김, 이학사, 2011 및 프랭크 푸레디, 『공포정치』, 박형신·박형진 옮김, 이학사, 2013.

양상은 지금의 한국 사회가 마주하는 사태이기도 하다. 정치에 대한 담론은 그에 대한 환멸과 불신으로 도덕에 대한 일종의 예송논쟁으로 더욱더 변하는 중이다. 주체와 타자는 자신을 끊임없이 악한 외부나 비가시적인 낯선 타자로부터 침해받기 쉬운 취약한 정동으로 정의된다. 유동적이고 불확실한 상황에서 도덕은 '취약한 삶precarious life'의 권리를 침해할 수 있는 언행에 대한 제도적 규제와 금지 서약, 도덕적 자기 단속과 검열을 승인하는 것을 수용한다. 문화적으로는 취약한 정동으로서의 자신에게 불쾌와 해악을 줄 수 있는 타자의 문화적 모욕과 멸시의 언행, 각종 미디어와 문화상품에서 재현의 자극적인 양상을 즉각 나의 감수성을 침해하는 폭력으로 간주한다. 현실을 (재)구성하는 폭력적 과정으로서의 재현보다는 재현의 폭력에 대해 논의하는 것을 더욱 선호한다.

어쩌면 '정치적 올바름'은 니체가 『차라투스트라는 이렇게 말했다』에서 언급한 '최후의 인간the last man'에게 알맞은 정치이자 도덕이 아닐까. 미량의 독을 주입하는 방식으로 안락한 꿈을 꾸고, 보호받기 위해 온기를 필요로 하며, 위험과 모험에 내맡기지 않고, 예기치 못한 사건으로부터 자신과 타자를 보호하는 울타리를 만든다. 그가 살아가는 대지는 점점 작아질 것이다. 인간은 벼룩의 장수長壽를 누리겠지만 그 종족에게서 삶은 휘발된다.

4. 픽션 [주 3] "자극적인 내용과 이데올로기적 좌편향이 있으니 주의하시오"

최종판본의 신어사전을 만들려는 우리의 과업은 격렬한 이행기에 있다. 우리는 구어를 사용하는 과거를 최종적으로는 망각 속으로 이월하려고 하지만, 우리가 과거로부터 참조할 부분도 적지는 않다. 오브라이언이 레닌의 위장혁명가에서 위장경찰이 되는 법을 터득했던 것처럼. 다르면서도 비슷하게도 문학 작품의 재현과 이데올로기의 문제점을 작성한 아래 두 사례는 도래할 미래의 청신호 같았다. 2016년에 작성된 K대학의 다문화 문제 중재위원회 문건은 문학 작품에 '자극성 경고'라는 문구를 붙이고 상처받기 쉬운 학생들을 위해 작품을 가르치는 교수에게 감수성 훈련을 시행토록 했다. 한편으로 2015년 자유경제원에서 작성한 목록도 흥미롭다. 최인훈의 『광장』은 두 목록에서 모두 언급된다.

이광수의 『무정』? 자극적인 내용이 있으니 주의하시오: 여성 강간과 구타. 손창섭의 「잉여인간」? 자극적인 내용이 있으니 주의하시오: 성희롱 및 방조. 최인훈의 『광장』? 자극적인 내용이 있으니 주의하시오: 강간미수. 김승옥의 「생명연

습」? 자극적인 내용이 있으니 주의하시오: 돼지발정제 요힘빈 언급. 김수영의 「죄와 벌」? 자극적인 내용이 있으니 주의하시오: 아내 구타. 김훈의 『공터에서』? 자극적인 내용이 있으니 주의하시오: 여아의 성기 묘사.

박민규의 『삼미 슈퍼스타즈의 마지막 팬클럽』? 이데올로기적 좌편향이 있으니 주의하시오: 경쟁은 무조건 나쁜 것으로 치부할 우려. 최인훈의 『광장』? 이데올로기적 좌편향이 있으니 주의하시오: 남한의 고귀한 자유에 대한 왜곡의 우려. 신경림의 「농무」? 이데올로기적 좌편향이 있으니 주의하시오: 박정희 대통령의 산업화 과정을 비판 왜곡 우려. 황순원의 「학」? 이데올로기적 좌편향이 있으니 주의하시오: 전시에 적을 풀어주는 충동적인 행동 우려.[19]

목록은 더 늘어날 필요가 있다. 횔덜린은 어둠 속에서 신들의

· ·

19. 첫 번째 문건은 슬라보예 지젝, 「'정치적 올바름'의 덫」, 『왜 하이데거를 범죄화해서는 안 되는가』, 김영선 옮김, 글항아리, 2016, 51의 예시를 참조해 작성했다. 그중 하나를 들면 이렇다. "『죄와 벌』? 자극적인 내용이 있으니 주의하시오: 노파에 대한 잔혹한 폭력." 두 번째 문건은 다음 기사를 참조해 작성했다. 「황순원·최인훈·신경림… 헬조선 조장하는 문학교과서」, 『미디어펜』, 2015. 9. 26. http://m.mediapen.com/news/view/95561

임재를 기다렸지만 그는 틀렸다. 신들은 무와 어둠 그 자체다. 무와 어둠의 신이 가까이 있으면 있을수록 우리는 더욱더 목마를 것이다.

'정치적으로 올바른' 시대, 책 읽기의
괴로움

1. 루드빅의 '농담'

원고를 준비하기 위해 이런저런 글들을 읽는 내내 머릿속을 떠나지 않았던 옛 기억을 소환하는 것으로 글을 시작해야 할 것 같다. 대학 2학년이던 1993년 무렵, 소설을 제대로 읽기 시작한 지 얼마 되지 않은 나는 밀란 쿤데라의 소설에 빠져 있었다. 『참을 수 없는 존재의 가벼움』을 읽으면서 소설이 이렇게도 재미있고도 지적이며, 실험적일 수 있구나 경탄했던 나는 이어서 쿤데라의 『농담』을 읽기 시작했다. 수업이 시작되기 직전이었으리라. 한참 『농담』을 읽고 있던 후배에게 다가온 선배는 『농담』을 물끄러미 바라보면서 말했다. "너는 왜 그따위 반공소설을 읽고 있니?"

선배는 드물게 시와 소설을 모두 쓰고 있었던 문학회의 촉망받는 회원이었으며, 그 당시 PD 계열의 학생운동을 하고 있었다. 어안이 벙벙했던 후배는 선배에게 아무런 대답도 하지 못했다. 답을 듣기를 원한 질문은 아니었다. 후배는 집에 돌아와 선배에게 들었던 말을 다시 떠올렸고, 이십 년 넘게 지난 지금도 그 말을 잊지 않고 있다. 그러고 보니 『농담』의 주인공 루드빅이 복수를 다짐하며 고향으로 되돌아오기까지 이십여 년이 걸렸던가. 반공소설이라.

지적이고 쾌활하며 유머 감각이 있는 청년 루드빅은 자신보다 스탈린주의적 공산주의의 대의에 더 헌신적이었던 애인에게 보내는 엽서 말미에 불경스러운 농담 한마디를 적었다. 애인이 자신의 불만을 알아주기를 바랐던 것이다. "낙관주의는 인류의 아편이다! 건전한 정신은 어리석음의 악취를 풍긴다. 트로츠키 만세! 루드빅." 스탈린주의 시절에 금기어 트로츠키라니! 그다음은 어떻게 되었던가. 심문과 재판, 수용소행, 탄광노동 등으로 점철된 이십여 년의 기나긴 세월이 루드빅을 기다리고 있었다. 기껏 한마디 농담 때문에!

그따위 반공소설이라. 선배가 후배인 내게 한 말이 소설의 제목처럼 차라리 농담이었더라면. 그러나 그는 단호하고도 진지한 표정으로 후배에게 말을 했고, 선배의 진지함이란 당시 내게는 결코 무시하기 힘든 명령 같은 것이었다. 1991년 5월

투쟁을 직접 겪었던 선배들과 서태지를 좋아하는 탈정치적·개인주의적·소비주의적인 X세대로 호명되었던 새내기인 나 사이에는 아무래도 무시하기 힘든 경험의 간극이 자리하고 있었다. 또 신입생의 반공주의를 깨뜨리는 것이 당시 선배들의 학습 커리큘럼에 있었고, 최인훈의 『광장』의 이데올로기적 균형감조차도 선배들에게는 못마땅한 시절이었다.

쿤데라의 소설을 굳이 반공소설로 읽을 필요는 없다고 생각한 것은 문학비평가 김현의 유작 『행복한 책읽기』를 읽은 후였다. 김현은 자신의 일기에 『참을 수 없는 존재의 가벼움』을 '과격한 반공소설'이 아니라 오히려 파시즘을 비판하는 소설로 읽을 수 있다고 적었다. 쿤데라를 읽은 운동권 문학회 학생과 김현 사이의, 어긋난 것 같으면서도 나란했던 공통감각. 시대정신도 복잡 미묘한 결들을 갖고 있구나. 그럼에도 '반공소설 『농담』'이라는 꼬리표는 나이 먹을수록 쿤데라의 소설과 에세이를 더욱 좋아하게 되었음에도 불구하고 여전히 답을 재촉하는 것 같은 심문으로 내게 어느덧, 마음 깊숙이, 자리 잡게 되었다.

그렇다고 젊은 날, 내가 읽었던 시와 소설에서 모종의 규범적 도덕률이나 이념의 정당성을 끌어내려는 강압적인 독해의 분위기가 지배적이었다고 말하려는 것은 아니다. 『농담』과 관련되어 내가 겪은 작은 에피소드는 당시에는 인상적이었지만 어디까지나 일회적인 것에 지나지 않았다. 그러나 저 농담과도 같은 이십여 년 전의 에피소드는 최근에 내가 동시대의 소설과 비평을 읽고 그와 관련된 세간(주로 SNS)의 이런저런 평가들을 접하면서부터 더욱 생생하고도 또렷하게 상기되기 시작했다. 게다가 '너는 왜 그따위 반공소설을 읽고 있니?'는 더는 한 사람의 목소리가 아니었다. 선의와 정의감, 공감 능력으로 충만한 익명의 천사들이 부르는 단일하고도 단조로운 고음의 합창. 물론 지금은 누구도 『농담』을 '그따위 반공소설'로 읽지는 않을 것이다. 반공소설 대신에 다른 어휘가 그 자리를 차지한다면 또 모르겠지만.

'소설의 유일한 도덕은 인식이다.' 쿤데라가 자신의 산문에서 소설가 헤르만 브로흐를 인용한 구절을 읽다가 요즘 말로 '심쿵' 했다. 오늘날 문학을 둘러싼 사정은 브로흐의 말과는 정반대로 흘러가는 것처럼 보였기 때문이다. 그러다가 어떤 비평[1]을 읽게 되었다. 그 글은 문학의 누습과 관성을 앞지르는 독자들의 '인권감수성, 젠더감수성'에 대해 이야기하고 있었고, 텍스트 바깥의 성적 대상화의 상투적인 코드가 텍스트 안으로 들어왔을 때 생기는 문제점을 지적하고 있었다. 물론 글쓴이 자신은 작가와 작품에 대한 '윤리적 단죄'를 하려는 것도 아니고 '피씨함'을

· ·

1. 김미정, 「운동(movement)과 문학」, 『진보평론』, 2017년 봄호[『움직이는 별자리들』, 갈무리, 2019].

내세우려는 것도 아님을 연신 덧붙이면서. '그렇다고 자신이 지금 무엇을 하고 있는 것은 아니다'라는 식의 구문을 글에서 매번 반복하는 것이 조금 이상하게 들리긴 했지만, 굳이 문제 삼고 싶지는 않았다.

다만 인상적이었던 것은 글을 읽으면서 '미필적 고의'라는, 물론 일상에서도 종종 쓰이지만 엄연히 법률적 용어로 통용되는 구절과 마주했을 때였다. 한국어 사전은 '미필적 고의'에 대해 '자기의 행위로 인해 어떤 범죄 결과가 일어날 수 있음을 알면서도 그 결과의 발생을 인정하여 받아들이는 심리 상태를 말한다'라고 정의 내리고 있다. '범죄' 등의 법률적인 의미를 제거하고서라도 미필적 고의는 '의도한 것은 아니지만 결과가 그럴지도 모른다는 걸 전혀 모르지는 않은 상황에서 행위를 한 것 또는 그 상황을 인지함'을 뜻한다. 만일 '미필적 고의'를 사용할 수 있다면 어떤 맥락에서 가능한가. 작가가 범죄를 저지른 것이 아닌 이상, 소설(창작)의 한 표현으로부터 '미필적 고의'를 끌어내 작가에 대한 판단의 어휘로 사용할 수 있는가. 이러한 판단은 작가에 대한 비평인가 아니면 비평과는 다른 무엇인가. 한 중견 남성 작가가 발표한 소설에서 독자들에게 논란이 되었던 한 구절을 두고 인권감수성, 젠더감수성을 운운하다가 자신은 윤리적 단죄 등을 하려는 것은 아니지만 미필적 고의는 있다고 덧붙이기. 윤리적 단죄를 하려는 것이 아니라고 부연하면서도 작가와 텍스트에 미필적 고의의 혐의를 두고 최종 판결을 끌어내기.

콘데라가 프란츠 카프카의 『소송』에 대해 쓴 에세이를 염두에 두지 않더라도 그 어느 때보다도 요즘 세상은 카프카가 형상화한 보이지 않는 법정을 닮은 것 같다. 사람들은 가해자와 피해자로 나뉘어 소송 중이고, 그들의 어휘는 고발과 고백, 반박과 변명, 심판과 항소를 닮아가며, 평결과 선고의 정신은 다른 정신들을 못내 압도하는 것 같다. 순전히 텍스트 바깥에서 일어나는 일이 아니라 텍스트를 놓고 그 안팎을 법정처럼 드나들면서 벌어지고 있는, 문학과 삶이 난감하게 교차하고 갈라지는 최근의 곤혹스러운 풍경들이다. 나는 이러한 사태를 섣부르게 한탄하거나 비판하기보다는 정확히 이러한 사건들에 대해, 그 사건들이 이야기되는 방식에 대해 특별히 이름을 붙이고 싶어졌다. '소송의 서사.'

2. 무고함을 무고하는 말들, 소송의 서사

성적으로 고착된 편견을 재생산하는 문학 작품이 오히려 독자들의 인권감수성, 젠더감수성을 따라잡지 못하고 있다는 진단을 앞서 읽었다. 그리고 이러한 진단은 최근에 가장 많이 문학계에서 들리는 것이기도 하다. 문학과 인권. 그렇지만 나는 소설은 도덕과는 아무런 상관없다는 이야기를 서둘러 끌어오기보다는 소설의 역사를 돌이켜볼 때 소설이 인권에 기여하고 인권을 촉발·확산시킨 인상적인 사례를 잠시 상기해보고 싶다.

린 헌트가 『인권의 발명』에서 말한 것처럼, 18세기의 유럽소설의 독자들은 이른바 '공감 능력'을 확장하는 방법을 소설 읽기를 통해 익혔다. 책을 읽을 줄 알았던 귀족과 평민, 주인과 하인, 남성과 여성 그리고 성인과 아동 등은 서로의 사회적 경계를 넘으면서 소설의 주인공과 작중인물에 대해 깊이 동정하고 공감했다. 헌트는 장자크 루소의 서간소설 『신엘로이즈』의 불행한 여주인공 쥘리에게 동정과 공감을 보낸 이들이 여성 독자에게만 머무르지 않았다고 적고 있다. 루소를 비롯한 동시대인에게 '동정sympathy'이나 '공감empathy'은 인간 본성에 내재한 선천적 감각이자 도덕적 능력으로, 그것은 무엇보다도 타인의 고통을 자신의 고통으로 간주하는 상상력의 도움 없이는 계발하기 어려운 것이기도 했다. 소설을 읽으면서 주인공의 처지를 깊이 헤아려 마치 "그의 몸속으로 들어가 어느 정도는 그가 된 듯"한[2] 공감이란 아주 먼 시절의 이야기만은 아니다. 나는 문학이 반인권적인 스캔들로 취급받기에 이른 지금과는

··

2. 린 헌트, 『인권의 발명』, 전진성 옮김, 돌베개, 2009, 78.

확연히 다르게 소설(문학)이 인권을 촉발시킨 좋았던 옛 시절을 회고하려고 하는 것은 아니다. 헌트가 들려주는 역사적 설명은 대단히 현대적이다. 헌트의 이야기는 다만 18세기 서유럽에서 소설이 인권에 기여했던 아름다운 미담이나 순항順航의 사례가 아니라, 있을 수 있는 이런저런 찬사와 아울러 맹렬한 비난도 함께 이끌고 온, 소설의 문화적인 유산에 대한 것이다.

그렇다면 어떠한 비난이었을까? 물론 대개는 도덕적인 비난이었다. 소설을 싫어했을 법한 성직자들이 이러한 비난을 제출했다고 보기 쉽겠지만, 실제로는 물리학자 그리고 흥미롭게도 동시대의 시인과 비평가들도 비난의 대열에 대거 동참했다. 그들은 소설에서 "신적인 권리와 인간의 정의가 위반되고, 자녀에 대한 부모의 권위가 조롱받고, 결혼 및 우정의 신성한 유대가 깨어지는 것"을 발견해 비난하거나, 연애소설을 "음란"하다고 했다. 그들에 따르면 "비도덕적이고 비위를 거스르는" "소설의 증가는 매춘의 증가와 수많은 간통 및 치정에 의한 가출을 설명하는 데 도움이 될 것이다."(『인권의 발명』) 소설에 대한 도덕적인 비난에는 소설을 사회와 도덕을 설명하는 한낱 자료로 취급하는 태도까지도 포함되어 있었다. 그렇다면 소설은 새로운 도덕을 전파했기 때문에 비난을 받았던 것일까. 아니다. 헌트는 "소설은 명확한 도덕화를 통해서가 아니라 이야기에 참여하는 과정을 통해 효과를 낳는다"(『인권의 발명』)라고 썼다. 곧 새로운 전언이 아니라 전언을 전달하는 새로운 방식을 통해, 상상력의 매개를 통해. 비난을 받은 것은 새로운 도덕이 아니라 상상력이었다.

그렇지만 이러한 상상력을 못내 심기 불편해한 이들의 말은 늘 있어왔다. 수전 손택은 예술에 대한 도덕적인 시비에 대해, 그것은 매우 흔한 현상이라고 덧붙이면서, 위트 있게 꼬집는다. "예술작품이 '말하는' 바를 놓고 도덕적으로 시비를 가린다는 것은 예술작품을 보며 성적으로 흥분하는 것만큼이나 난데없는 일이다."[3] 인용한 문장 바로 몇 쪽 앞에서 '예술은 유혹이지 강간이 아니다'라고 했던 손택의 말은 이런 맥락에서 이해될 필요가 있다. 예술에 대한 강간은 '예술작품을 보며 성적으로 흥분하는 것'뿐만 아니라 그것이 말한 바에 대해 '도덕적으로 시비를 가리는' 난데없는 열정에 참여하는 일이기도 하다.[4] 유아 성기를 묘사한 소설의 한 대목에 쏟아진 수많은 비난, 허구의 작품에 2차 가해 요소가 있다는 열띤 주장, 작품의 특정 대목이 트라우마를 촉발시킬 수 있다는 식의 '촉발 경고trigger

..

3. 수전 손택, 『해석에 반대한다』, 이민아 옮김, 이후, 2002, 53.
4. 나는 '정치적 올바름'이 규제하고자 하는 특정한 태도, 몸짓에 대한 열렬한 금지가 금지 그 자체에의 열정으로 전치되는 현상에 대해 언급했다. 복도훈, 「신을 보는 자들은 늘 목마르다」, 『문장웹진』, 2017. 5. 이 책의 1부 1장.

warning'. 삶을 위협하는 불쾌와 공포는 텍스트(허구)에도 잠복하고 있으니, 그로부터 보호받아 마땅하다는 것이다.

그럼 한번 이런 상상을 해보면 어떨까. 헌트가 인용한바, 소설에 대해 쏟아진 앞의 도덕적 비난들이 타임머신을 타고 2세기 지난 오늘의 SNS에 링크, 공유, 리트윗되고, 맨션들을 재생산하는 일련의 장면들을. 이쯤에서 이러한 세태를 아이로니컬하게 환기하는 동시대의 한국소설을 읽어 볼 필요가 있다. 풍속을 저해하거나 새로운 풍속을 담아내지 못하는 소설(문학)에 대한 시비는 지금까지 늘 있었고, 앞으로도 계속 생겨날 것이다. 문제는 시비 자체가 아니라, 그러한 시비가 때로는 공동체를 수호하는 선량한 정의의 이름으로, 불관용한 타자에 대한 '피씨'한 이들의 응징으로, 무고無辜한 희생양을 색출하고, 악마화하며, 선고함으로써 만들어지는 무고誣告의 현실이고 사회정화의 서사이다.

3. 피씨의, 피씨에 의한, 피씨를 위한

구병모의 「어느 피씨주의자의 종생기」는 제목부터 앞서 묘사했던 세태와 풍속에 대한 아이러니한 함축을 담고 있는 단편이다. 소설은 서술자이자 주인공 '나'가 컴퓨터PC 모니터를 통해 자신이 팔로우한 작가 'P씨'의 트위터 계정에 올라오는 독자들의 '정치적으로 올바른politically correct', 이른바 '피씨'한 항의와 요구를 모니터링하면서 시작한다. 발단은 온라인에 캡처, 편집되어 게시판에 오른 P씨의 최근작 '사회파 스릴러 소설'의 몇몇 설정과 표현을 두고 책을 읽지 않은 독자들이 "그 편협함과 낡은 세계관에 경악"하거나 책을 읽은 독자들은 반대로 "스스로 둔감했음을 한탄"하는 글을 올리면서부터다.[5] 「종생기」는 P씨가 발표한 소설의 몇몇 문단을 누가 캡처, 편집해 게시판에 올렸는지를 언급하지 않음으로써 대다수가 P씨와 그의 작품에 대한 비난에 동참하는 익명적·집단적 힘을 실감하도록 한다. 그럼 P씨의 사회파 스릴러 소설에 담긴 '그 편협함과 낡은 세계관'의 요체란 무엇일까.

P씨의 소설은 외국인 노동자가 악인이라는 편견을 고착화하여 기피 대상으로 규정하는 데에 한몫하며, 매매혼이나 다름없는 현 사회의 뒤틀린 국제결혼문화에 대한 반성과 고찰 없이 외국인 신부를 사기꾼으로 몰아간 데다 그녀의 서툰 한국어를 지속적으로 드러내어 희화화하는 한편, 선한 행동에서 성스러

5. 구병모, 「어느 피씨주의자의 종생기」, 『창작과비평』, 2017년 여름호[구병모, 『단 하나의 문장』, 문학동네, 2018]. 앞으로 인용할 경우 「종생기」로 표시한다.

운 느낌마저 자아내는 청각장애인 여성이 주인공의 보조자에 그침으로써 장애인은 모두 착하고 순박해야 마땅한 사람들이라는 고정관념–강요된 이미지를 재생산 및 배포하는 이야기가 되었다. 특히 주인공이 제 분을 못 이기고 그녀에게 '병신'이나 '귀머거리'라고 반복적으로 토해내는 장면은 해당 인물의 내적 갈등을 보여주는 장치로 기능하기보다는 청각장애인에 대한 잘못된 인식과 명칭을 공고히 하며, 설령 그것이 주인공의 내적 갈등을 형상화하기 위한 장면이라고 주장한들, 반드시 한 주체의 인격을 짓밟음으로써 갈등을 표현할 수밖에 없다면 작가의 소양이 저급하다는 뜻이라는 사람들의 분석이 이어졌다.

에두르는 것 같으면서도 의뭉스럽게 할 말 다 하는 구병모의 만연체 문장이 빛을 발하는 부분인데, 인용한 부분만 놓고 본다면 마치 어느 비평가가 P씨의 소설에 대해 이른바 '피씨'한 비판을 한 것으로 읽어도 무방할 정도이다(요즘 위 인용문과 어슷비슷한 글들이 기하급수적으로 증가한 것은 평자들의 성숙한 인권감수성 덕택인가). 그다음에는 어떤 이야기가 전개될까. 예상 가능하게도 페이지마다 신랄하고 생생하게 작가와 소설에 대한 소송이 펼쳐진다. 우선 작가가 어떠한 해명도 하지 않는 데에 분개한 독자들이 출판사에 항의하며, P씨의 신상에 대한 온갖 추측들이 온라인에서 난무하기 시작한다. 사태는 점입가경, 마침내 P씨의 첫 번째 소설의 "의심스러운 대목이 깻단 속 낱알처럼 털려 나오기 시작"하지만, 어디 그뿐일까. 두 번째, 세 번째 소설도 차례로 소환되면서 뭇매를 맞고, 급기야 해당 출판사에서 부랴부랴 사과문을 올려놓지만, 이번에는 사과문에 대한 독자들의 "대규모 성토의 타래가 뒤를" 잇게 된다. 도대체 "저마다 입에 칼을 물고 손에 도끼를 들었는데도 구체적인 형태가 없는 전기적 신호의 공간"인 SNS에서 "전기포트 속 물방울"처럼 끓어오르다가 잠잠해지고 잠잠해진 것 같다가도 다시 끓어오르는 생리를 가진 말들은 왜 소송과 응징의 절차를 빼닮아 가는 걸까.

결국 P씨가 직접 나서서 자신은 "다큐가 아닌 소설"을 썼고, "소설로 누군가를 다치게 할 생각"은 없지만 "본의 아니게 어떤 개인이나 집단이 불편을 느끼셨다면 죄송"하다는 해명을 담은 글을 SNS에 올리지만, 그에게 되돌아오는 것은 도리어 신랄한 비난으로 끓는 '전기포트 속 물방울'의 말들뿐이다.

— 타인을 배려하고 균형을 맞추는 행위가 지나친 일이라는 분, 잘 가세요. 멀리 안 나가요.

— 양념 반 후라이드 반도 아니고 언제 균형 맞춰 달랬나요?

— 그놈의 소설적 과장과 허구는 왜 만날 약자만을 대상으로

하는지 모를……

— 그런 구린 방법을 써야만 내용 진행을 할 수 있다는 것 자체가 이미 자기가 얼마나 게으른지를 광고하는 거 아닌가…… 지금껏 버셨으면 이제 그만하심이.

'전기포트 속 물방울'의 말들이 잠잠해질 무렵, P씨는 "지난번 논란을 의식한 결과인지 상대적으로 안전한 수비 범위" 안에서의 인물과 사건, 갈등 구조를 바탕으로 신작을 발표한다. 그러나 P씨가 이른바 '피씨한' "폴리스 라인"을 주의한 결과는 어땠는가? '입에 칼을 물고 손에 도끼를 든' 독자들은 이번에는 소설에 묘사된 여주인공의 일련의 행동을 "한국 사회가 엄마에게 답습하기를 요구하는 모습의 전형" 등으로 문제 삼는다. 그렇다면 P씨가 온라인에서 완전히 자취를 감추기 직전에 발표한 "어른을 위한 동화" 같은 소설은 또 어떻게 되었을까. 이번에는 전작보다 더 '피씨'했나 보다. 외려 "차포 다 떼고 뭐 하자는 건지 모르겠다는 의구심"을 불러일으키는 P씨의 소설에 대해 독자들은 마침내 이렇게 선고한다. "지금은 밋밋하고 굴곡 없고 좋은 게 좋다는 식이고 더 이상 볼 필요가 없겠네요. 하차합니다." 그리고 P씨는 말 그대로 온라인에서 영구히 하차(당)한다.

「종생기」는 다만 일인칭 서술자이자 주인공이 PC 모니터에서 작가 P씨와 그의 작품을 둘러싸고 벌어지는 SNS의 공격적이고도 무책임한 '피씨'한 말들이 전개되는 살벌한 풍경을 묘사하는 데 머무르고 마는 소설은 아니다. 「종생기」는 P씨와 그의 작품을 둘러싸고 벌어지는 정글과도 같은 온라인의 잔인한 생태계를 바라보는 '나'의 처지를 간간이 환기한다.

소설에서 짐작할 수 있듯이 '나'는 거의 혼자 아이들을 책임져야 하고, 친정과 시가의 질병과 빚보증 문제, 남동생의 사업실패 등 "크고 작은 환난이 생겨 늘 신경이 곤두선 상태"를 살아가는 기혼 여성이다. 이에 비해 소설가 P씨는 사생활을 거의 드러내지 않아 그가 간간이 올려놓은 사진과 소설 속 주인공과 정황 등을 유추한 독자들에 의해 30대 중반의 남성에다가 미혼이며, 높은 수준의 문화생활을 영위하는 인물로 상상된다. P씨의 다음과 같은 마지막 트윗은 특히 그가 남성에다가 미혼이라는 독자들의 심증을 확증하는 증거로 보였을 것이다. "현실에서만큼은 누구에게도 피해를 주지 않고 올바르게 살아가려고 노력 중이며 무엇보다도 저한테는 아내가 없습니다."

그러나 소설의 아이러니한 결말에서 명확해지는 것처럼 '나'와 P씨는 동일 인물이다. '나'=P씨는 트위터 용어로 이른바 '알계정'을 파서 이 모든 사태를 지금까지 지켜보고 있었으며, 현실에서도 이따금 P씨의 작품을 동네 학부모에게 선물하는 등 자신이 바로 그 작가임을 드러내지 않으면서 지냈던 것이다. 다시금 '나'의 괴로운 일련의 처지들(남동생은 협박조로 도움을 간청하고, 친정엄마는 아버지의 병원 검사비 영수증을 사진으로 찍어 보내고, 출판사는 계약파기를 원하는 '나'의 요청을 들어주는 등등)이 소설의 마지막 부분에서 환기되고, 서술자이자 주인공, P씨이자 '나'는 말한다. "돌보아야 할 남편과 아이들, 엄마 아빠 동생까지 있는데 유일하게 나한테 없는 건 아내였다."

'무엇보다도 저한테는 아내가 없습니다'라는 P씨의 문장과 '유일하게 나한테 없는 건 아내였다'라는 '나'의 서술이 아이러니하게 포개지면서 소설은 깊은 여운을 남긴다. 지금까지 '나'=P씨가 한 일이란 "흘러가는 말들을 포착하여 언제 부서져도 이상하지 않은 물방울의 표면에 새겨나가는 일"이었건만, 이제 '나'=P씨는 "말의 죽음을 맞이하기에 가장 적절한 시간"을 견뎌 나가야 한다. 그뿐만 아니라 무엇보다도 기혼 여성 생활인으로서 '나'를 둘러싼 상황은 더욱 나빠질 것 같으니, 도대체 '나'=P씨에게 작가로서의 무수한 책임을 요구했던 저 익명적인 힘의 정체와 그들의 집단적인 무책임성은 무엇이란 말인가.

4. "너는 다 알지도 못한 채……"

『농담』의 루드빅은 애인에게 보내는 엽서에 문제가 된 구절을 쓰게 된 경위로 당 학생위원회의 위원들에게 심문을 당한다.

하지만 루드빅이 자신을 변호하면 변호할수록 그는 사회주의적 낙관주의에 회의와 냉소를 보내는 반역자임이 더욱 확실해진다. 『농담』에서 심문과 답변으로 반복되면 될수록 주인공의 유죄가 확증되는 학생위원회 사무실이라는 부조리한 무대는 카프카의 『소송』에 등장하는 법정, 쿤데라가 좋아했던 작품인 아나톨 프랑스의 『신들은 목마르다』의 자코뱅당 공안위원회 재판정, 아서 쾨슬러의 장편 『한낮의 어둠』의 무대인 침침하고도 음산한 스탈린주의 재판소를 연상시킨다. 쿤데라는 자신의 소설을 인용하면서 '보이지 않는 법정'의 지침에 따라 입장과 판단을 옮기는 '전기포트 속 물방울'과 같은 말들에 내포된 '소송의 정신'을 지적한다. "'이로써 우리는 적어도 너 안에 숨어 있는 것을 알게 됐어.' 피고인이 말하고 중얼거리고 생각하는 모든 것, 그가 자기 안에 숨기고 있는 모든 것이 법정의 처분에 맡겨지기 때문이다."[6]

핵심은 '알게 됐어'일 것이다. 사실 이 법정의 무대는 비평의 장과도 무관하지는 않다. 물론 법정은 텍스트가 한낱 오독되는 공간이 아니다. 괴상하게 읽히고 해석되더라도 그 행위는 비평

..

6. 밀란 쿤데라, 「안개 속의 길들」, 『배신당한 유언들』, 김병욱 옮김, 민음사, 2013, 338. 큰따옴표 안에 인용된 『농담』의 한 구절을 국역본은 다음과 같이 옮기고 있다. "그렇게 해서 적어도 우리는 네가 누구인지를 알게 된 거지." 밀란 쿤데라, 『농담』, 방미경 옮김, 민음사, 2011, 66.

이라고 해도 좋다. 하지만 SNS의 '보이지 않는 법정'은 다르다. 법정은 텍스트의 모든 것에 의미가 따라붙는 해석 과잉의 공간이다. 법정을 지배하는 것은 사실 비평이라기보다는 피고의 모든 것을 알고 있다는 전능한 해석적 편집증이다. 「종생기」에서 P씨='나'가 누구인지에 대해, '아내가 없는' 기혼 여성으로 그녀가 어떻게 살고 있는지는 SNS의 그 누구도 모른다. 심지어 '나'가 문제의 작가 P씨라는 것은 '나'의 이웃도 모르는 일이다. 누구도 모르지만 P씨와 그의 작품에 대해 모든 것을 '알고 있'는 SNS에 의해 P씨='나'는 단죄를 당한다.

같은 잡지에 「종생기」와 함께 실린 정용준의 단편 「눈구름」의 후반부에서 주인공 해영은 SNS에서 정의로운 심판자 행세를 하는 '테바tebah'가 자주 드나드는 카페를 찾아가 그의 일거수일투족을 지켜보다가 이렇게 중얼거린다. "너는 다 알지도 못한 채 그들을 까발렸어."[7] 그리고 해영은 카페 바깥에 위치한 화장실에 가는 '테바'를 조용히 뒤따라간다. 그에게 앙갚음을 하기 위해서다. 「종생기」의 작가 P씨='나'의 실제 삶이 온라인에서의 '조리돌림'을 통해 망가져 내리게 된다면, 「눈구름」의 해영과 엄마 소아는 "언제 또 이사를 가야 할지 몰라 이젠 이삿짐도 풀지 않고 임시적으로" 생활하는 것 말고는 다른 도리가 없을

⋯

7. 정용준, 「눈구름」, 『창작과비평』, 2017년 여름호.

정도로 그들 모녀의 삶과 정신은 극도로 피폐해져 있다. 소설에는 정확하게 밝혀져 있지는 않지만 해영의 쌍둥이 동생 해경이 행한 어떤 일로 인해 '악마', '살인자'로 낙인찍힌 해경과 가족의 신상은 모조리 밝혀지고, 세간의 비난은 모녀 주변을 깨어날 수 없는 악몽처럼 따라다니며 어슬렁거린다. 예를 들면 해영이 간호사로 근무하고 있는 병원의 다른 간호사들은 해영이 들을 수 있을 만한 곳에서 때로는 고의적으로 동생에 관한 이야기를 꺼내는 식이다. 무엇보다도 소아의 증상은 정신분열증이라고 해도 좋을 정도로 극히 심각하다.

해경을 잃고 엄마는 인격이 나뉘어버렸다. 바깥에선 사과하는 기계였고 반성하는 로봇이었다. 사람들과 눈만 마주쳐도 고개를 숙이고 누군가 해경의 일을 꺼내면 자동반사적으로 반성하고 사죄했다. 하지만 집 안에서는 돌변했다. 소리를 질렀고 이를 갈며 사로잡힌 짐승처럼 울어댔다. 동공이 풀린 눈동자 안쪽에 푸른 연기 같은 광기가 떠 있었다.

끊임없이 귀에 들리는 "사린, 사린, 사린"과 같은 죄의식 가득한 환청('살인, 살인, 살인')에 시달리는 엄마보다는 덜하더라도 해영의 삶도 별반 다르지 않다. 비록 죄를 짓지는 않았더라도 세상이 요구하는 피상적인 도덕률과 가혹한 초자아의 시선에 의해 삶과 정신이 너덜너덜 난도질당한 그녀의 처지는 "허파" 속에 들어와 앉은 "눈구름"의 이미지로 형상화된다. "눈이 내리면 몸속에 눈이 쌓였고 눈보라는 그치지 않았지. 남들은 모두 가벼운 옷을 입고 저 햇살 속을 거니는데 나는 집 앞 마트를 가는 것도 두려워 움츠러들었네. 발 닿는 모든 곳에 깔린 검은 얼음. 사람들은 무심히 어깨를 툭, 치고 걸어가네."

우연찮게 병원의 다른 간호사로부터 감정을 잘라버렸다는 인물에 대한 이야기를 듣게 된 후, 해영은 그가 "쏘울트레인에 불을 지른 뒤 출구를 걸어 잠그고 내부에 있는 사람들이 타죽을 때까지 태연하게" 지켜봤던 서준 임을 알게 되고, 그에게 수십 차례 편지를 보내 자신의 막다른 고통을 털어놓는다. 마침내 해영은 서준을 만나러 교도소에 가며, 그에게 "타인에게 공감하는 능력"을 제거할 수 있는지에 대한 이야기를 듣고, 의사 한을 소개받는다. 소설에서 일련의 치료와 상담을 통해 해영이 점차로 죄책감에서 벗어나 자신의 망가진 삶의 끔찍한 심연을 응시하면서 타인들에 대한 죄책감 일변도의 태도를 바꾸는 변화의 계기나 과정은 덜 핍진하고, 다소 모호하게 그려져 있다. 이야기의 하중은 아무래도 끊임없이 모녀를 괴롭혔던 특정인에 대한 복수의 다짐과 실행 쪽으로 기울어질 수밖에 없겠다. 해영은 자신과 엄마에게 가해지는 세상의 무고誣告와 기나긴 소송으로 인해 생겨난 죄의식과 자기 비방의 굴레를 복수로 돌파하고자 했던 것이다. 복수의 상대는 물론 앞서 언급한 것처럼 "죄인들과 악인들의 콘텐츠를 팔아" 온라인에서 군림하는 심판관인 '테바'다. 그는 한마디로 말해 모녀를 죄책감의 진창으로 몰아넣었던 초자아의 시선을 응축하는 존재라고 할 수 있다. 그런데 초자아란 무엇인가. 모든 것을 알고, 잊지 않고, 감시하는 눈초리이다.

그리고 무엇보다도 초자아는 공소시효의 종결 없이, 어디에나 정보원들이 도사리고 따라붙는, 최후 심판의 마지막 날까지 기소를 연장시키는 소송의 정신이기도 하다. 해영이 테바로부터 처음 받았던 편지에 도사리는 것은 다름 아닌 초자아의 눈이었다. "이제는 다 잊고 편하게 사십니까? 모두 다 잊었지만 나는 잊지 않았습니다. 신은 눈동자처럼 다 지켜보고 계십니다."

그런데 이렇게 전능해 보이는 무소불위의 초자아가 실제로는 카페에 앉아 고작 "한 시간 동안" "한 일이라곤 노트에 만년필로 히브리어를 공들여 베껴 쓴 뒤 사진을 찍고 흐뭇하게 바라보는 것과 노트북과 휴대폰의 화면을 번갈아 보며 낄낄거리거나 혼잣말로 낮게 욕설을 내뱉은 게 전부"인 데다가 "왁스로 조잡하게 붙여놓은 납작한 뒤통수와 좁은 어깨, 탁자 밖으로 왼쪽 다리를 꺼내놓고 달달 떠는 모습"을 보이는 "하찮은 사람"에 불과했다면? 그리하여 그동안 해영이 테바에게 당한 "수모"는 테바에 대한 "수치"로 바뀐다. 수모는 수치와 같지 않다. 감정의 이러한 전환은 중요해 보인다. 수치는 전능한 타자가, 순간, 아무것도 아닌 존재로 바뀌었을 때 찾아든 것이다. 해영이 느낀 '수치'란 타자의 이 '아무것도 아님'에서 온다. 「눈구름」은 이러한 전환을 더 밀고 나가지는 않고, 해영의 복수로 곧장 치닫는다. 소설은 지금까지의 사건을 들려주는 해영에게서 소아가 발견한 "공포의 정체"가 동생 "해경의 표정"이었음을 알게 되는 것으로 끝난다.

소설의 마지막 대목은 심판자를 심판한 해영이 '공감 능력'이 거세된 괴물이 되었다는 의미인지(해영은 거울에서 서준의 모습을 보기도 한다), 소아가 해영의 표정에서 본 공포가 초자아적 죄책감에서 자유로워진 자의 섬뜩한 표정인지는 애매하게 읽힌다. 아무래도 후자보다는 전자에 가깝게 읽히긴 하지만, 또 누가 알랴.

5. 소송의 시대, 저스티스맨의 메타서사

물론 한 계절에 비슷한 문제의식으로 같은 잡지에 발표된 겨우 두 편의 단편소설을 읽고 현실의 특수한 경향을 지나치게 일반화하려고 하는 것은 아닌가 하는 생각이 들기도 한다. 비록 트위터에 실시간으로 올라오고 캡처되는 이미지와 속보, 140자의 글이 제아무리 중요하다고 하더라도 그것을 현실의 전부로 오인하는 사람들이 많은 것도 사실이고, 또 우리 삶의 경향이 갈수록 SNS를 중심으로 구조화되면서 발생하는 문제 또한 현실의 중요한 일부이더라도. 아마도 문제는 트위터와 같은 SNS의 매체적인 속성이 아니라, 우리 삶의 중요한 핵核, 우리가 우리 삶에 관해 이야기함으로써 생겨나는 계급적·성적 정체성 등의 자기표현과 관계 맺기가 트위터를 비롯한 SNS 문화의 협소한 규칙들을 닮아가고 있다는 것이다.[8] 아이러니하게도 「눈구름」의 해영이 자신의 내부로부터 뿌리 뽑고 싶었던 '공감 능력'은 타자의 고통과 처지를 십분 헤아리는 역량이 아니라 그녀에게는 끊임없이 삶을 짓누르는 초자아의 죄책감을 발생시키는 근원이었다. 요즘처럼 '공감 능력'이 타인의 고통에 대한 무감함을 지적하고 고통에의 동참을 권유하기 위한 설득의 노력보다는, 자신들의 통감痛感에 별 반응을 보이지 않는 이들에 대한 즉결의

••
8. 다음 문장들은 마치 한국의 트위터 문화에 대한 논평처럼 읽힌다. "비판자들은 자신들이 규범(이성애라는 강제된 규범 등등)을 얼마나 거부하는지 강조하길 즐기지만, 정치적 올바름이라는 도그마에서 조금이라도 벗어나는 것에 대해 "트랜스포비아"(트랜스젠더들에 대한 적대적 태도)나 "파시즘"이니 하는 식으로 비난하는 그들의 입장이야말로 가치 없는 규범에 다름 아니다. 공적 관용과 개방성이 실제로 다른 견해들에 대해 취하는 극도의 불관용과 결합한 이러한 트위터 문화는 비판적 사유 자체를 불가능하게 만든다." 슬라보예 지젝, 「코빈의 교훈: 진짜 도덕적 다수가 좌파라면 어쩔 것인가?」, 최재봉 옮김, 〈한겨레〉, 2017. 7. 6.

비난과 낙인, 배제로 사용되는 때도 달리 없는 것 같다. 그렇게 보면 「눈구름」에서 사회 정의를 위한 심판자들에 둘러싸여 '살인자', '악마' 취급을 받는 동생을 둔 모녀는 그들 앞에서 제아무리 깊숙이 연신 머리를 조아려도 시쳇말로 '공감 능력 빻았다'는 손가락질을 받게 되지 않을까. 적어도 해영이 '공감 능력'을 없앤다는 소설의 설정은 더는 그들 모녀를 응시하고 손가락질하는 초자아적인 죄책감으로부터 자유로워지고자 하는 필사의 몸부림으로 읽을 수도 있지 않을까 싶다.

최근 1년 동안 내가 특별히 주목해서 읽었던 산문과 소설은, 이제 막 부상하는 서사의 우세종이라고 아직까지는 단정 짓기 어렵더라도, 고발과 고백, 고백과 변명, 탄원과 항변, 미필적 고의와 무고함 사이의 공방, 기소와 심판, 보복과 복수로 유형화되는 서사들이었다. 그리고 이러한 서사에 의해 정체화되는in-dentifying 인간관계는 축어적·비유적 의미에서 가해자와 피해자, 고소인과 피고소인, 심문자와 변호인, 피고인과 재판관, 선인과 악인 등으로 대부분은 이분법적으로 명징하게, 더러는 모호하게 분화되어 갔다. 물론 세계는 온라인이든 오프라인이든 '보이지 않는' 가상의 법정을 닮아가고 있었다. 소설은 판단 위주의 서술자의 논평이 증가하는 한편으로, 교술敎述과 전언傳言이 큰 부담 없이 독자에게 무난하게 수용되는 것으로 보인다. 나의 관심은 이러한 서사와 인물, 세계가 허구에서 급증하는 경향뿐만 아니라 그것들이 서로를 엮어가면서 직물texture로 형상화되는 특별한 방식이다. 이 글에서는 간략하게 언급하고 넘어갈 수밖에 없지만, 최근에 출간되거나 지면에 발표된 한국소설 중에서 도선우의 장편소설 『저스티스맨』은 구병모 소설의 무대인 SNS의 가상의 법정과 삶에 대해 무기한 기소를 하는 소송의 현실에 응수하는 정용준의 복수극을 결합한 것 같은 일종의 '자경단 서사'이자 '사회파 추리소설'로, 앞서 언급한 서사의 경향성을 두루 갖추고 있는 장편소설임을 언급하고 싶다.

『저스티스맨』은 술에 취한 채 길거리에서 배설하는 모습이 찍힌 사진이 SNS에 의해 올려지게 되어 일명 '오물충'으로 낙인찍힌 한 인물이 사회에서 완전히 자취를 감춘 이후에 벌어지는 의문의 연쇄살인 사건에 대해, 나중에 수십만 명 이상이 드나들 정도의 포털 카페를 운영하는 닉네임 '저스티스맨'이 사건들 사이의 인과성을 치밀하게 추적하고 꽤 설득력 있는 추리와 논평을 부기하는 방식으로 전개된다. 소설에서 나중에는 '킬러'로 불리는 연쇄살인범에 의해 처단되는 인물들은 하나같이 자기 정의감에 사로잡혀 사회적 풍속과 도덕, 질서를 흐트러뜨리는 '오물충들'에 대한 공개적인 신상털기, 주홍 글씨로 낙인찍기 등을 주도했던 이들이다. '구성', '잿빛 무지개'에서 시작해 '다섯 길 깊이', '부활절과 토템'으로 끝나는 소설의 각 장은 저자와 소설의 서술자가 밝힌 것처럼 잭슨 폴록의 액션페인팅의 제목에서 따온 것으로, 소설은 "누리꾼의, 누리꾼에 의한, 누리꾼을 위한 광狂케이블만이 존재"[9]하는 SNS 세상의 이야기를 마치 폴록의 액션페인팅이 줄 법한 어지러운 "혼돈의 향연"으로 박진감 있게 이끌어간다.

저스티스맨은 물론 정용준의 소설에 등장하는 SNS의 '관종'인 테바와 같은 인물이지만, 소설에서 그의 위치는 모호하고 그래서 매력적이다. 저스티스맨은 단지 온라인에서 정의의 심판자로 군림하면서 자기 정의와 정치적 올바름에 쉽게 도취되는 흔한 관종이 아니라, 정의의 심판자 역할을 하는 관종의 심리와 행동의 동기를 꽤 날카롭게 간파하는 비평가이기도 하다. 『저스티스맨』의 서술자는 서사학의 용어를 빌리면 '논평'의 역할에 매우 충실한데, 그렇다고 이 소설이 판단과 논평에 의해 서사의 심급이 결정되는 소설이라는 뜻은 아니다. 소설의 서술자는 추리소설 특유의 긴박감을 이끌어내는 이야기꾼으로, 때로는 그 자신이 저스티스맨이 되거나 그의 목소리를 빌리는 복화술사로 SNS의 '보이지 않는 법정'의 정의, 정치적 올바름의 행태에 대한 메타비평을 수행하기도 한다.

하지만 무고한 타인의 사생활을 폭로하는 데 앞장섰던 인물들이 처단되는 것을 지켜보던 네티즌들에게 '연쇄살인마'가

· ·

9. 도선우, 『저스티스맨』, 나무옆의자, 2017.

어느 순간에 법망 바깥에서 사회 정의를 수호하는 배트맨과 같은 자경단의 역할을 담당하는 것으로 간주되기 시작하자 저스티스맨은 그것을 암암리에 묵인한다. '연쇄살인마'가 '킬러'로 바꿔 불리기 시작하는 움직임에 대한 저스티스맨의 묵인이란 무엇인가. 그것은 그가 연쇄살인 사건에 대한 자신의 그럴듯한 추리와 논평이 수많은 열광적인 지지자들과 추종자들을 낳게 되자 도무지 떼어내기 힘든 유혹의 괴물이 되어 그에게 달라붙게 된 자기현시와 권력욕의 부산물이다. "혼란스러운 난장판"이 되어버린 게시판을 살인사건과 그 원인에 대한 명민하면서도 선명한 분석으로 일거에 정리해버리는 그의 "문장 하나하나"가 어느새 "그 자체로 권력이 되어가고 있었"던 것이다.

그[저스티스맨–인용자]는 그늘에 가려진 미필적 고의의 혐의자들이라는 부분을 재차 언급하며 그 의견에 지지를 보냈고 그의 지지는 곧 법, 엄지 모양 추천 마크 옆의 숫자가 폭발적으로 치솟았다. 법망에 걸리지는 않으나 도의적인 책임에서는 절대 벗어날 수 없는 자들. 숨은 악의 향연 범죄의 근원 저스티스맨의 댓글은 어느덧 교주의 포고령이라도 되는 듯한 위력을 지니게 된 것이다.

지금까지 연쇄살인범(킬러)에 의해 살해된 자들의 공통점은 그들이 '미필적 고의의 혐의자들'로 지목한 무고한 타인들을 SNS의 말로 공개 처단한 이들이었다는 것이다. 그리고 이들을 다시 총으로 처단했던 '킬러'는 마침내 "토템"으로 숭앙된다. 하지만 소설의 남은 이야기가 들려주는 것처럼 온라인의 정글 생태계에서 토템은 열광적인 숭앙뿐 아니라 참혹한 경멸을 받게 되고, 마침내…… 『저스티스맨』은 어쩌면 프로이트가 『토템과 터부』에서 들려준 어둡고도 무서운 원시의 서사, 곧 증오에 의해 결집되는 군거의 충동, 관용적이고도 계몽된 이들 조차 빠져드는 충동이 빚어낸 파국을 SNS의 시대에 맞게 새롭게 쓴 이야기이지 않을까.

6. '오물충'의 인간 조건

글 첫머리로 돌아가 보면 이십 년도 더 지난 그때, 어쩌면 선배는 『농담』을 읽던 내게 정색한 표정으로 '그따위 반공소설' 을 읽느냐고 타박한 게 아니었을지도 모른다. 먼저 소설을 읽은 독자로 선배는 내게 짐짓 엄숙한 표정을 가장해 마치 루드빅처럼 농담을 한 것이고 오히려 나는 루드빅을 심문하던 동료들처럼 경직되어 선배의 농담을 농담으로 받아들이지 못했던 것은 아니었을까. 선배의 의중은 생각보다 확고한 것이 아니었을지도 모른다. 쉽게 판단하거나 재단하지 않고 머뭇거리며 결단을 유보하고 뒤로 물러서기란 얼마나 힘든 것일까. 나는 너를 알고 있다는 말은 얼마나 폭력적인가. 『저스티스맨』의 최초 희생양이 '오물충'으로 명명되었다는 것은 내겐 적잖이 흥미로웠다(문학에서 스스로를 '오물'로 정의한 최초의 인간은 누구인가. 그 자신이 수수께끼였던 오이디푸스이다). 인간 실존이란 그토록 참아내기 힘든 오물이기에. 실존의 견딜 수 없는 '도덕적 모호함'(오물)이 '모호한 도덕'(오물충)으로 성급히 재단되고 타매唾罵되는 분위기 속에서 소설이든 뭐든 한층 신중하게 읽을 때다.

도덕적 판단을 중지한다는 것, 그것은 소설의 부도덕이 아니라, 바로 소설의 도덕이다. 즉각적으로, 끊임없이 판단을 하려드는, 이해하기에 앞서 대뜸 판단해 버리려고 하는 뿌리 뽑을 수 없는 인간 행위에 대립하는 도덕 말이다. 이 맹렬한 판단 성향은 소설의 지혜라는 관점에서 보면 더없이 고약한 어리석음이요 다른 무엇보다 해로운 악이다. 소설가가 도덕적 판단의 정당성을 절대적으로 반대해서가 아니다. 다만 소설가는 그것을 소설 저 너머로 보내 버린다.[10]

새로운 사회 정의든 정치적 현안이든 긴급한 사항에 의해 가려지고 뒤로 미뤄지는 수수께끼 같은 인간 실존의 문제에 대한 한결같은 문학적 숙고. 그러나 선과 악의 마니교적인 명암과 빗금으로도 명확히 식별되거나 나눠지지 않는 회색지대에 대한 문학의 상상과 숙고는 어떤 경우에는 뒤로 밀쳐진다는 생각이 들 때도 있다. 심지어는 오늘날의 문학조차도 이러한 상상과 숙고에 대한 헤아림보다는 긴급한 전언과 그것의 전파에 가치를 부여하는 등의 정치적 올바름을 노래한다. 지금은 그렇게 긴급한 때며, 더는 뒤로 미룰 수 없다고. 그러나 긴급하고도 미룰 수 없는 정치적 현안과 인권이 소중하다면, 마찬가지로 선을 긋듯이 명확히 나누어지지 않는 실존의 수수께끼에 대한 상상과 숙고, 그것을 빚어내는 형식에 대한 고려가 뒷전이어야 할 까닭도 없다. 여러모로 책 읽기가 괴로운 때이다. 소설에 대한 쿤데라의 의미 있는 찬사와 옹호로부터 멀리 떨어진 현실을 살아가고 있다는 탄식을 하고 싶지는 않다. 다만 이해함 없이 판단이 섣부르게 앞서는 것이 도무지 '뿌리 뽑을 수 없는 인간 행위'의 근저에 있는 것이라면, 그러한 인간 조건이란 비극적임을 절감할 뿐이다.

· ·

10. 밀란 쿤데라, 「파뉘르주가 더는 웃기지 않는 날」, 『배신당한 유언들』, 15.

새로 출범한 문재인 정부에서 SNS의 정의로운 힙스터들까지 너도나도 사회 정의를 외치고, 공감 능력과 인권감수성을 강조하는 세상이다. 적폐를 청산하는 사회 정의의 실현이든, 인권감수성의 확장이든 그 무엇이든 그것은 이미 시대의 중요한 사명이자 절실한 공통감이다. 하지만 이러한 의제에 혹여 가려질 수도 있을 인간 실존의 회색빛 수수께끼를 탐구하는 일이, 항간에서 말하듯이 어떻게 한낱 원론적인 답안이며 고답적인 형식주의에 불과한 것일까.

'도래할 책'을 기다리며

1999년 겨울, 계간지 『문학동네』는 '90년대 한국문학이란 무엇인가'라는 주제로 당시 편집위원이던 비평가 네 명의 글을 싣는다. 그 글들은 90년대 한국문학을 비평적으로 진단·회고하는 한편으로 다가올 밀레니엄의 문학적인 향방을 가늠하며 예측하고 있었다. 그 가운데 하나인 「비루한 것의 카니발 —90년대 소설의 한 단면」의 필자 황종연은 토마스 만의 걸작 『파우스트 박사』(1947)의 강렬하면서도 인상적인 유비를 담은 한 문장을 인용하면서 글을 시작하고 있었다. "예술가는 범죄자와 미치광이의 형제다."[1]

• •

1. 황종연, 「비루한 것의 카니발」, 『문학동네』, 1999 겨울호[『비루한 것의 카니발』, 문학동네, 2000, 13].

「비루한 것의 카니발」은 1990년대 한국소설에서 반사회적인 범죄와 패륜, 일탈과 광기 등을 구현하는 문학적 사례인 장정일과 최인석의 소설을 주로 분석함으로써 지배문화와 사회에 이의를 제기하는 반문화counter-culture의 면모, 문학의 새로운 가능성을 타진하는 유려한 글이다. 황종연은 이들의 소설에서 한낱 치기 어린 모반이나 타락한 지배질서와 공모하는 범죄적 반항으로 환원되지 않을 '진정성authenticity' 있는 삶의 비전을 포착한다. 스스로를 비루하게 만드는 도착倒錯의 도저한 정열(장정일), 야수의 원한 어린 포효와 범죄적인 일탈(최인석)은 물론 그 자체로서 찬양되거나 환영할 만한 것은 아니다. 그러나 장정일의 경우에는 초현실주의적 퍼포먼스를 연상하게 하는 반反오이디푸스의 내러티브를 통해 작중인물의 인생유전을 구현해냄으로써, 최인석의 경우에는 무저갱의 심연에 다다르는 파멸에의 유혹에도 불구하고 유토피아에 대한 강렬한 희구를 알레고리로 형상화해냄으로써 그들의 소설은 진정성의 문화적 이상과 요구를 드러낼 수 있었다. 황종연은 글을 마무리하면서 1990년대 한국소설에 출연出演한 탕아들이 타락에의 정열과 도착, 패악, 파멸로 몸소 구현하고자 한 진정성의 이상이 21세기에도 전승 가능한 문학적 유산일 수 있음을 신중하게 피력한다.

'예술가는 범죄자와 미치광이의 형제다.' 그런데 다시 인용해 놓고 보니 착잡하고도 어지럽게 울린다. 영광의 후광인 줄 알고 둘렀다가 발가벗겨져 버려 초라하게 쪼그라든 남근만 남긴 채 전락해버린 것 같은 말. 진정성이라는 어휘도 혼돈 속에서 소용돌이치는 것 같다. 마치 당장이라도 기각하거나 폐기하지 않으면 안 되는 어떤 흉기로 보인다. 진정성은 예술가가 범죄자와 광인과 모반을 획책, 종용하거나 합리화하는 데 동원한 타락한 어휘에 지나지 않는 것 같다. 문학의 자율성도 더는 얼굴을 들 수 없을 지경에 이른 것 같다.

「비루한 것의 카니발」에는 문학의 자율성에 대한 신뢰를 피력하거나 하는 명시적인 대목은 없다. 그러나 이 글에는 지배질서와 공모하지 않는 반문화의 문학적 가능성을 타진하는 측면에서 문학이 여전히 문학일 수 있다는, 문학에 대한 어지간한 신뢰가 전제되어 있다. 반문화적 상상력을 창조적으로 흡수·활용하고 자신만의 법칙에 따라 움직이는 문학의 자율성에 대한 믿음이 거기에 있다. 그러나 지금 시점에서 문학의 자율성은 문인이 음흉하게 휘두른 남근의 구차한 자기변명과 초라한 항소처럼 들리며, 그의 작품은 저자가 저지른 악행, 모의, 일탈의 수집품이나 증거물처럼 읽히기도 한다. 2차 가해, 그보다는 짐짓 점잔 빼는 신조어인 재현의 폭력을 운운하기도 한다. 문학의 자율성에 따라붙는 작가와 작품의 분리라는 규칙은 작품을 작가로 환원하지 말라는 '의도의 오류'로 방어해봤자 무너져 내리는 모래성에 불과해 보인다.

사정이 이렇다 보니 혼란도 가중된다. 작가와 작품을 당구 큐와 당구공처럼 일대일의 조야한 반영으로 간주하기에 이르렀다(1980년대 비평에서 만날 수 있었던 반영론도 이렇게까지 조악하지는 않았다). 재현은 거울반사가 되었다. 이쪽에서는 낭만주의 예술(가)의 누추한 신화가 망치로 부서져 내리고 있는데, 저쪽에서는 자기 체험의 문학이라는 낡은 관념이 슬그머니 뒷문으로 들어온다. 그런데 범죄적, 도덕적 추문의 당사자로 고발된 작가의 작품을 이미 읽었던 경우에 내가 정작 실감했던 것은 이전보다 더욱 벌어지는 작가와 작품 사이의 아찔한 심연이었다. 오호라, 나는 문학은 작가적 생체험의 표현이라는 낭만주의적 관념과 작가와 작품은 분리된다는 현대문학 개론의 상식을 모순되게 체감하는 분열된 자아로다. 글쎄, 작가와 작품을 분리하기 어렵다, 작가와 작품을 분리해야 한다는 말들 모두 난감하게 들릴 뿐이다.

'예술가는 범죄자와 미치광이의 형제다.' 물론 누군가는 어디까지나 문학 작품 안에서만 허용될 수 있는 낭만주의의 낡아빠진 수사에 불과하다고 할 것이다(『파우스트 박사』에서 천재적인 작곡가 아드리안 레버퀸은 악마와 결탁해 삶을 희생하고 예술을 얻지만, 자신 이외에는 누구도 파멸시키지 않았다). 또 누군가는 '예술가는 …… 형제다'에서 범죄자, 미치광이와 공모하는 저자author의 남근적인 초상을 지적할 수도 있겠다.

지난 2015년 상반기 이후, 한국문학 안팎을 둘러싼 현실을 조금이라도 들여다본 독자라면 누구나 거기서 먹먹한 혼돈과 수렁을 감지하고 있다는 사실이 지금 우리에게 주어진 통각痛覺/統覺인 것 같다. 내가 하고 싶은 일은 이 수렁의 한가운데서 방치되고 있기에 점증하고 있는 혼란을 조금이나마 정돈하고 줄여보고자 하는 것이다. 무엇보다 내 안에 소용돌이치는 혼란을 응시하고 명확하게 정리하는 것이 급선무겠다. 발터 벤야민이 말했을 것이다. 혼란한 묘사와 혼란한 것에 대한 묘사는 다르다고.

우선 문학의 자율성을 문학의 신비화와 성급하게 등치시켜야만 하는 걸까 생각해 본다. 이론가들이 일제히 달려들어 문학의 자율성을 구성주의적으로 탈신비화하더라도 문학에 대한 애정과 신뢰를 여전히 간직할 수는 있다. 문학은 아무래도 문학에서 파생된 이론보다는 문학을 낳은 삶과 더 가깝기 때문이다(삶이 문학을 추문 거리로 만드는 경우를 염두에 두더라도). 살다 보면 이따금 모든 것을 역사화하라는 탈구조주의적인 명령에 신물이 날 때도 있는 법이다. 내가 이해하는 문학의 자율성은 문학이 그 자체로 자족적이라는 주장도, 구원의 메시지를 전하러 온 UFO를 바라보듯 문학을 경배한다는 의미도 아니다. 그것은 문학이 다른 무엇 곧 이론이나 다른 예술, 신문잡지의 기사, 심지어는 삶으로도 쉽게 환원되지 않는 나름의 존중할 만한 법칙과 생명력을 갖고 있다는 뜻이다. 이에 비해 문학의 신비화는 이를테면 '예술가는 범죄자와 미치광이의 형제다'라는 진술문을 그 발생과 맥락에서 떼어 액자에 담아둔 채 수행문으로 읊는 것이다. 거봐, 그래도 된다잖아. 문학의 신비화는 문학에 대한 물신숭배가 된다. 문학을 숭배한다고 해서 문학에 애정과 신뢰를 갖고 있다고 할 수 있을까. 우상 앞에 무릎 꿇는 행위에서 해방과 자율을 기대하는 일은 어렵지 않을까. 물신숭배는 타율적인 강제나 억압과도 무관한 도착적인 애착이다. 나는 숭배하는 대상 앞에 무릎을 꿇는 수동적이고 도구적인 객체인 척하지만, 오히려 숭배하는 대상을 교묘하게 이용한다. 정확히는 문학을 빌려, 문학 뒤에 숨어, 문학을 참칭僭稱한다.

'예술가는 범죄자와 미치광이의 형제다.' 『파우스트 박사』에서 이 구절은 실제로는 작곡가 레버퀸이 한 말이 아니라 악마가 유혹하듯 속삭이면서 레버퀸에게 건넨 말이다. 소설에서 박학다식한 악마는 구태의연한 부르주아적 질서와 예술에 대한 파괴와 혁신, 패러디와 풍자를 통해 새로운 것을 만들어내려는 후기 낭만주의·모더니즘 예술가, 비평가의 냉소적인 화신처럼 그려진다. 예술가가 범죄자와 미치광이의 형제라는 말은 신이 물러난 세속의 시대에 예술가가 신의 위치에 올라서게 된 낭만주의에 그 기원을 두고 있다. "예술가가 된다는 것은 하계의 신들에게 스스로를 봉헌한다는 것을 의미할 뿐이다. 파괴의 열광 속에서 먼저 신성한 창조의 의미가 계시된다. 오로지 죽음의 한가운데에서만 영원한 삶의 섬광이 일어난다."[2] 이 단장은 온몸에 후광을 두른 예나 낭만주의자가 아니라 레버퀸의 악마가 했다고 해도 좋다. 슐레겔은 언제, 어떻게 유한한 인간에서 불멸의 악마로 변한 것일까.

문학사의 낡아빠진 상식이 된 지 오래고, 뜯어먹을 것이라고 는 거의 남아 있지 않은 시체 취급받더라도 낭만주의의 어떤 관념들은 여전히 유통되기도 한다. 최근 몇 년 동안 문학비평계 에서 '도래할 책'(도래할 시, 도래할 문학)에 대해 타는 목마름으 로 부르던 무수한 주문呪文을 복기해 봐도 좋겠고, 최근에 문예 지에서 보이는 것처럼 다른 삶과 문학에 대한 이유 있는 열망을 떠올려 봐도 좋겠다. 도래할 책이라는 관념은 당장에 실현 불가 능하더라도 밤하늘에 쏘아 올린 마그네슘 탄의 섬광처럼 순간적 인 현현으로 번쩍이는 진정성의 미학적 변주라고 해도 좋다. 황종연이 종종 염두에 두는 한 비평가의 정의를 참조하면 진정 성은 "세계와 그 안에 자리하는 인간의 위치에 대해서는 폭넓은 견해를, 삶의 사회적 환경에 대해서는 덜 포용적이고도 덜 온화 한 관점을 갖고 있는 자아를 구성하는 진실함에 대한 절박한 개념화이자 그러한 자아가 경험하는 열렬한 도덕적 경험"[3]이다.

●●

2. 프리드리히 슐레겔, 「이념들」, 필립 라쿠―라바르트·장―뤽 낭시, 『문학적 절대』, 홍사현 옮김, 그린비, 2015, 329.

3. Lionel Trilling, "Sincerity: Its Origin and Rise", *Sincerity and Authenticity*,

거슬러 올라가면 진정성은 투명한 마음의 목소리를 좇아 진실을 희구했던 장자크 루소의 비전, 내적 삶의 이상과 외적 현실의 불일치로 갈가리 찢기는 헤겔의 '불행한 의식'에서도 발견된다. 그런데 진정성은 태생부터 불안정하고 위태롭다. 진정성은 불안정하고 위태로운 관념이 아니라, 불안정함과 위태로움을 동력으로 삼는 관념이다. 진정성은 '나는 진실하고 참된 존재'라는 낭만주의적 환상을 낳지만 그것과는 엄밀히 구별되어야 한다. 그래서 진정성은 상태보다는 순간에 가깝다. 그것은 늘 자기기만으로 타락할 위험 속에 처해 있다. 나는 예술가=천재와 초월적 자아에 몰두한 예나의 '문학공화국'(실러)을 지켜본 헤겔이 '진정성과 그 기만'을 날카롭게 해부했다고 본다. 헤겔은 그 어떤 문화연구자보다도 내게는 동시대적인 인물이다.

'불행한 의식'은 『정신현상학』에서 다양하게 변장한다. 특히 「정신적 동물의 왕국의 기만」이라는 장에서는 작품을 구현하기 위해 자신 속으로 침잠하는 '성실한 의식ehrliche bewußtsein'으로 가면을 바꿔 쓴다. 여기서 도래할 책을 소망하는 성실한 의식을 진정성으로 불러도 좋다. 헤겔은 미완의 작품을 앞두고 고뇌에 **빠진**, 고뇌에 불타고 불행의 수렁으로 기꺼이 굴러떨어지는 작가의 (무)의식을 묘사한다. 그러나 핵심은 그가 그러한 불행을

• •

Cambridge, Massachusetts: Harvard University Press, 1971, 11.

도착적으로 즐기며, 작품의 실현을 위해서라면 자기든 타자든 가리지 않고 계기와 수단으로 삼는 방식으로 자신을 천재나 조물주로 간주한다는 것이다(한국소설에서 이와 비근한 실례 는 걸작을 쓰겠노라는 핑계로 온갖 일탈과 사기를 획책하다가 자멸하는 김승옥 소설의 문청들이다).

그런데 왜 헤겔은 작가를 '정신적 동물'이라고 불렀을까. 경멸이나 조소의 뉘앙스가 없지는 않다. 헤겔이 지켜본바, 자연 적 필연성에 따라 움직이는 동물처럼 작가 또한 작품에 매진하 는 자신의 이기적 본능에 충실한 한낱 정신적 동물에 불과하다. 성실한 의식은, '어둠 속에 가려진 가능성'을 '현재 속의 밝은 대낮'으로 옮기는 데에 열중한다. 그러나 그것은 예컨대 밤에는 꽤 그럴듯해 보였던 문장이 아침이 되면 놀라울 정도로 조야해 지는 참담함을 체감하고, 그것을 반복할 수밖에 없는 불행한 의식이기도 하다. 그럼에도 도무지 포기할 줄을 모르는 성실한 의식은 다시금 미지의, 미완의 작품을 향해 달려든다. 작품은 무한한 과제, 도래할 '미래의 책'이 된다.[4] 이때 성실한 의식 내부에 앞서 언급했던 자기기만이 독사처럼 고개를 치켜든다. 낭만주의의 에덴동산에는 애초에 사탄의 뱀이 숨어 있었나

· ·
4. 김상환, 「인문학과 정신적 동물의 왕국」, 『철학과 인문적 상상력』, 문학과 지성사, 2012.

보다. 성실한 의식의 자기기만은 작품에 이르지 못하는 자신의 무능력, 절망, 희열, 고뇌의 제스처를 유치하게도 신성화한다.[5] 헤겔은 무척이나 신랄하다. 성실한 의식의 기만적 정체는 "뺨을 맞으면서도" "뺨을 맞게 된 원인이 자기 자신에게 있다는 데 대한 만족을 취하는" "말썽꾸러기 어린이"였구나.[6] 이 녀석이 젊어서는 슐레겔이 되고 나이 들면 악마에게 영혼을 팔 수도 있겠구나. 이런 곳이 문학공화국이고, 도래할 공동체란 말인가. 만인이 만인을 자기 창작의 수단과 기회로 삼는 한낱 동물의 왕국에 불과할 뿐인걸.

'예술가는 범죄자와 미치광이의 형제'라는 언표는 낭만주의 작가의 성실한 의식에 배태되어 있었으며, 그의 온갖 패덕, 광기, 일탈의 욕망과 환상도 거기에 뿌리를 두고 있었다. 그러나 오해하지 않았으면 좋겠다. 나는 모종의 사태를 자연화하기 위해서 지금까지 이렇게 말한 것은 아니다. 우리는, 적어도 남성 문인은 낭만주의적 저주의 밈meme이라는 문학 유전자를 물려받고 이 땅에 태어났으니 그동안은 어쩔 수 없었다고 말하려는 것도 아니다. 한때는 낭만주의 문학에 구현된 악이 위선적인 현실을 뒤흔드는 기능을 담당하기도 했다. 그러나 낡은 사회

· ·
 5. 김홍중, 「진정성의 기원과 구조」, 『마음의 사회학』, 문학동네, 2009.
 6. G.W.F. 헤겔, 『정신현상학 I』, 임석진 옮김, 지식산업사, 1988, 506.

질서에 맞서 반란을 수행하는 것이 더는 아닌, 그 사회와 공모하는 일탈과 패륜의 습벽은 진정성의 타락한 한 표현에 불과할 뿐이다. 이 점에서는 예술도 예외가 아니다. 유하 감독의 영화 〈비열한 거리〉(2006)를 떠올려보면 좋겠다. 이 영화는 원래 '비루한 것의 카니발'을 제목으로 삼으려고 했다. 영화는 건달인 병두와 건달의 삶을 영화로 만들기 위해 교묘하게 그를 이용하는 영화감독 민호를 나란히 보여줌으로써 '예술가는 범죄자와 미치광이의 형제'라는 언표를 충실히 구현해낸다. 그럼으로써 〈비열한 거리〉는 범죄와 공모하는 예술가의 자기기만을 전경화한다. 성실한 의식의 자기기만은 진정성에 내포된 범죄와 광기의 엄연한 한계로 「비루한 것의 카니발」에서 황종연이 이미 지적한 것이었다. "사회를 지배하는 타락한 이성이 억압된 광기의 복권을 통해 타파되리라고 믿는다면 그것은 아무래도 순진한 생각이다."[7]

물론 헤겔의 서술은 '성실한 의식'의 자기기만을 날카롭게 지적한 것이지만, 그것은 어디까지나 작가와 작품의 관계를 염두에 둔 것이라는 엄연한 한계가 있다. 그러면 작가와 독자의 관계는 어떠한가. 헤겔을 보완할 필요가 있겠다. 여기에 성차性 差가 끼어들기 때문이다. 그 당시 독일에서 '영원히 여성적인

7. 황종연, 「비루한 것의 카니발」, 『비루한 것의 카니발』, 30.

것' 운운했던 괴테 같은 남성 저자 '나'와 그를 숭배하던 '나 아닌' 여성 독자와의 전이轉移, 애증병발의 관계망에서 예술가= '초월적인 나가 주조되었다는 지적은 음미해볼 만하다.[8] 낭만 주의의 천재나 '초월적인 나唯我'는 작품을 핑계로 자신을 학대 하고 타인을 괴롭히는 데서 작품의 동기와 삶의 즐거움을 되찾 는 낭만주의의 못된 아들娩兒들이 저지르기 쉬운 타락에의 유혹 과 무관한 것은 결코 아니었다. 글쎄, 더러운 목욕물을 버려야 하는데 아이까지도 함께 버려야만 하는가 싶기도 하겠지만, 아이와 더러운 목욕물을 함께 버려야 한다는 요구 또한 만만찮 은 듯하다.

시대는 변했고, 또 그래야 했다. 이제 우리는 위선적인 부르주 아 세상에 대한 반역을 선언하고 자신을 신으로 간주했던 낭만 적 영웅을 문학에서 좀처럼 만나기 어려운 현실을 살고 있다. 모반을 획책하고 도발하는 비루한 영웅조차 한국문학에서는 원래부터 희귀했다. 문학 속 탕아들에게서 기대할 수 있었던 진정한 삶에 대한 열망은 다만 허무맹랑한 꿈이 되었나. 요즘에 는 비루한 탕아가 퇴장한 문학의 무대에 세상의 타락을 고발하 며 탄식하고 자책하는 '아름다운 영혼schöne seele'들이 올라섰다.

· ·

8. 프리드리히 키틀러, 『기록시스템 1800.1900』, 윤원화 옮김, 문학동네, 2015, 219.

우리는 도처에서 '정치적으로 올바른' 나와 너를 마주하고 있다(한 문예지에 이 말은 스무 번 가까이 적혀 있었다). 얼마 전까지도 비평은 '문학의 정치'를 이야기하고 있었다(그전에는 '문학의 윤리'였다). 그러다가 최근에는 정치적으로 올바른 문학을 이야기하기 시작했다. 나는 문학의 정치(윤리)에 대한 숱한 비평이 혹시 정치(윤리)를 작품을 위한 기회와 수단으로 삼은 것은 아니었는지 자문한 적이 있다. 지금 문학의 정치(윤리)는 정치적으로 올바른 문학으로 변장을 서두르는 것은 아닐까. 재빠른 변신은 다소 석연찮다.

한편으로 루소가 그랬던 것처럼 진정성에는 장애물 없는 투명한 자기와 타자의 축제적인 만남에 대한 간절한 염원과 이상이 있었다. 그러나 진정성은 정치적 올바름으로 급속하게 대체되어 가고 있다. 포스트모던한 SNS의 시대에 우리는 갈수록 주체가 아닌 정동affect으로 마주친다. 타자는 불투명한 존재가 아닌, 쾌와 불쾌를 주는 정동으로 지각되고 경험된다. 나는 너의 혐오 정동과 언행을 적발하고 나의 언행에서 혐오를 비워냄으로써 네게 정치적으로 올바르게 된다. 나도 네게 그래야 한다. 나와 너는 서로에 대해 도덕적으로 투명해질 것을 요구해야 옳다. 나와 너의 투명함을 요구하는 진정성은, 그러나 루소가 염원한 것과는 다르게, 축제의 즐거움이 아닌 정치적 올바름의 금욕으로 전치되는 것 같다. 물론 온갖 차별적 언행을 자신의 안팎에서 부단히 찾아내지 않으면 안 되는 아름다운 영혼의 수도승적인 강박에도 쾌락은 있다. 쾌락을 검열하고 금지하는 일은 종종 검열하고 금지하는 쾌락으로 바뀌기도 하니까. 문단에서도 최근에 비슷한 주문이 있었던 것 같다. 지금은 문학이 아닌 삶을 이야기하고, 쾌락 대신에 도덕을 요구한다. 합쳐보면 그동안 비도덕적인 쾌락을 맘껏 즐겼으니까 이제는 조신하게 살 때도 되었다는 말인가.

지금까지 나는 범죄자와 미치광이와 동숙했던 문학의 진정성에 대해 비탄의 만가輓歌를 부른 것이 아니다. 작가와 작품, 작가와 독자, 작품과 독자 사이에는 불투명한 심연이나 위험한 장애물이 놓여 있다는 이야기를 했을 뿐이다. 제아무리 위태롭게 흔들린다고 하더라도 진정성은 유효한 관념이다. 진정성이 역사 속에서 수행해 온 미학적·윤리적 의의와 성취는 문화적 현대성의 엄연한 일부를 이룬다. 도래할 책에 대한 염원이 있는 한, 여전히. 그런데 도래할 책에 대한 열망은 결국엔 어떻게 살 것인가라는 물음으로 이어지는 것이 아닐까. 한국 문단이라는 '정신적 동물의 왕국'에서 비평가인 나는 무엇을 할 수 있을까.

비평가는 무엇보다 읽는 이겠다. 작품은 타인의 꿈이다. 타인의 꿈을 따라가는 것은 종종 길을 잃는 일이다. 읽기는 나를 응시하는 혼란과 수렁을 들여다보는 것, 법칙 없는 광기에 나를 내맡기는 행위이다. 그 위험에 자신을 던지지 않으려는 게으른 읽기가 도처에 팽배하고 있다. 원리주의는 멀리 있지 않다. 전체를 보면 그런 기운이 느껴진다고 말하거나, 세계관이 그러하니 작품도 그렇다거나, 여기에 이렇게 쓰여 있으니 '빨갰다'고 고발하는 지저귐을 경계할진저. 그러니 잘 읽어야 한다. 누군가 말하기를 "읽기에 윤리가 있는 이유는 거기에 아무런 법칙이 없고, 우리는 어떻게 해야 할지 모르기 때문이다."[9] 읽기에 수반되는 현기증, 곤혹감, 망설임을 즐기자. 그것들을 읽기의 윤리로 못 박을 필요는 없다. 읽기가 작품으로부터 '어떻게 살 것인가'라는 답 없는 물음을 끊임없이 제기하는 것이라면.

9. 자크 데리다 외, 『이론 이후 삶』, 강우성 옮김, 민음사, 2007, 213.

유머의 비평

축제, 진혼, 상처를 무대화한 비평의 10년을 되돌아보기

1. 저자의 종생終生

구병모의 「어느 피씨주의자의 종생기」(이하, 「종생기」)는 제목이 환기하는 것처럼 한국 인터넷 풍속도의 한 단면을 묘사하는 흥미로운 단편이다.[1] 소설에서 '피씨'는 'P씨'로 불리는 작가, 퍼스널 컴퓨터personal computer, 정치적 올바름political correctness, 경찰police 등 여러 문자적, 비유적(풍자적) 의미들을 함축하고 있는 낱말이다. 「종생기」는 서술자 '나'가 성별, 나이, 거처 등 신상이 알려지지 않은 작가 P씨의 트위터 계정과 그의 소설에

· ·

1. 구병모, 「어느 피씨주의자의 종생기」, 『창작과비평』, 2017년 여름호[『단 하나의 문장』, 문학동네, 2018].

대한 트위터리안들의 비난과 야유를 모니터링하는 내용, 그리고 실생활에서 겪는 '나'의 궁핍한 사연과 처지를 함께 서술하고 있다.

'나'가 모니터링하는 P씨의 계정과 그 주변에서 일어나는 사건의 핵심인즉슨 P씨 소설들의 인물, 줄거리와 구성, 묘사와 서술의 일체가 한마디로 '정치적으로 올바르지 않다'는 비판의 글타래들이다. 그것들에 따르면 P씨의 소설은 여성 등을 포함해 사회적 소수자에 대한 차별을 확대 재생산하는 설정과 묘사, 서술로 가득 차 있다. 트위터리안들의 '정치적으로 올바른' 의혹과 야유는 작품에서 P씨로 소급되어 결국에는 "작가의 소양이 저급하다"는 확신으로 낙착된다. 물론 사태는 여기서 끝나지 않는다. 자신의 의도는 그것이 아니었음을 여러 차례 사과와 양해로 표명하고 잇따른 신작 발표에도 불구하고 P씨에 대한 SNS의 매서운 반응은 도무지 그칠 줄 모른다. 소설과 작가에 대한 비난을 멈추지 않던 이들은 "무엇보다도 저한테는 아내가 없습니다"라고 남긴 트윗에서 P씨를 높은 수준의 문화생활을 즐기는 미혼 남성으로 추정하는데, 그에 따라 P씨와 그의 작품들에 대한 비난은 더욱더 거세어진다. 그런데 소설은 P씨의 계정에서 일어나는 사태를 지켜보던 '나'와 P씨가 동일한 인물임을 알려준다. 그것은 '나=P씨'를 제외한 누구도 모른다. 실제로 '나=P씨'는 "돌보아야 할 남편과 아이들,

엄마 아빠 동생까지 있는데 유일하게 나한테 없는 건 아내"인 삼십 대 중후반의 기혼 여성이었다. 소설은 계정을 닫고 "말의 죽음을 맞이하기에 가장 적절한 시간"으로 되돌아가는 '나=P씨'의 쓸쓸한 독백으로 끝을 맺는다.

「종생기」는 트위터를 비롯한 SNS 문화의 병리학적인 세태를 풍자하는 한편으로 '저자의 소멸', 독자가 텍스트 해석의 주권자가 된 오늘날의 문학 환경에 대해서도 시사하는 바가 적지 않다. 사실 소설에서 P씨의 작품에 대한 온라인의 거센 반응들 몇몇은 관습적인 재현의 누습陋習이나 폭력을 비판하는 세간의 문화비평의 한 대목을 읽는 것을 방불케 할 정도이다. 또한 작가와 작품의 분리 또는 연루에 대한 최근의 논란을 환기시키기도 한다. 어떻게 보면 「종생기」는 작가와 작품보다 작품과 독자의 관계가 더 중요해졌다는 사실을 알려준다.[2] 이 소설에서 일어나는 해프닝은 비평가들이 신비평의 용어로 '감정(영향)의 오류fallacy of affect'로 부를 만한 사항이다. 그렇지만 감정의 오류라는 지적이 SNS에서 통할 리 없겠고, 오늘날의 현장비평에서 그것은 작품에 반응하는 감상(감정)의 차이 정도로 이해된다. 이 소설은 작가가 작품으로 말하고자 했던 의도가 사라지거

· ·

2. 이지은, 「몹(mob)잡고 레벌업: '만렙'을 향한 한국문학의 도정」, 『문학3』, 2017년 3호.

나 무시되고, 작품의 의도와 그에 대한 평가가 해석의 갈등을 만들지 않고 따로따로 공회전하며, 독자들의 작품 해석에 의해 저자가 특정한 정체성(성별, 계급 등)으로 식별되는 우리 시대에 좀 더 중요하게 부상하는 메타비평적인 함의와 질문마저 내포하고 있다. '근대문학의 종언' 논쟁에서 페미니즘 비평에 이르는 지난 10여 년간의 한국 비평의 주요 작업과 논쟁을 회고하면서 구병모의 단편을 먼저 떠올린 이유는 무엇이었을까.

소설에서 환기되듯이 '저자의 소멸'은 단지 특정한 저자author=권위authority의 소멸을 뜻하는 것만은 아니다. 또한 그것은 오늘날 문학이 사소해졌다는 만시지탄이나 저자의 소멸과 나란히 거론되는 독자 중심 시대에 대한 비평가의 직업적 한탄만을 의미하지도 않는다. 구병모의 소설이 내게 중요했던 것은 지금도 논란이 되고 있는 작가와 작품, 작품과 독자의 관계 변화, 곧 작가에서 작품으로, 작품에서 독자로의 거의 확고부동한 중심 이동이 지난 10년간 한국의 문학비평에서 일어났던 여러 논의나 논쟁의 핵심과 맞물리면서 은밀하게 진행되고 있었던 것은 아닌가 하는 생각을 확신시켜 준 계기가 되었기 때문이다. 나는 이러한 일련의 변화와 흐름 속에서 문학의 언어와 재현에서도 중요한 의미론적인 변동이 일어났다고 생각한다. 이러한 변동은 나름대로 한국문학에서 언어와 재현에 대한 새로운 논의의 지평을 열었지만, 동시에 문학에 대한 이해를 협소한 병목 구간으로 밀어 넣는 결과를 낳았다고도 생각한다. 한국의 비평극장에서 어떠한 일이 벌어졌는지를 하나씩 검토해 보도록 하자.

2. '건너뛴 것에 대한 청구서'

돌이켜보면 2005년 전후에 벌어진 가라타니 고진의 '근대문학의 종언'론과 그에 대한 한국 비평의 반응은 '정치'와 '문학'의 지위에 대한 인식론적인 변동을 가져온 중요한 비평적 사건이라고 할 만하다. 그렇지만 '근대문학의 종언'이라는 어휘에서 환기되었던 헤겔적인 종말=목적론은 한국의 문학비평에서 일부를 제외하고는 의미 있게 받아들여지지 않은 것 같다. 과연 도덕적, 정치적 과제를 오랫동안 짊어져 왔던 한국에서 문학의 지위란 예전의 영광과 부담을 더는 누리지 못하게 되었는가, 정치적, 도덕적 부담감으로부터 해방된 문학이란 가라타니의 말처럼 그저 '오락'에 불과한 것인가라는 여러 반문이 있었다. 누군가는 이러한 종언에서 감지되는 '비평의 우울'에 충실할 것을 주문했으며, 또 누군가는 문학이 그 자신으로 회귀한 자율과 해방의 형태를 '문학의 윤리'라고 명명했다. 한편으로 어떤 이는 문학을 떠나기 전에 가라타니가 근대 리얼리즘 문학의 대항마로 제시했던 "르네상스적인 것의 회복"[3]을 가능하게 할 문학의 다른 모습을 스스로 거둬간 것에 대한 애석함을 표명했다. 그리고 앞선 이들보다 신참들은 가라타니의 문제의식을 우회함으로써 '문학의 정치'라는 과제에 몰두했다.[4]

이쯤에서 가라타니의 문제적인 문장을 다시 읽어볼 필요가 있겠다. "문학의 지위가 높아지는 것과 문학이 도덕적 과제를 짊어지는 것은 같은 것이기 때문입니다. 그 과제로부터 해방되어 자유롭게 된다면, 문학은 그저 오락이 되는 것입니다."(53) 이어서 그는 "문학에서 무리하게 윤리적인 것, 정치적인 것을 구할 필요는 없다고 생각합니다"(53)라고 덧붙인다. 문학이 짊어졌던 도덕적, 정치적 과제를 내려놓는 것은 문학에게는 분명

••

3. 가라타니 고진, 『근대문학의 종언』, 조영일 옮김, 도서출판b, 2006, 180. 앞으로 인용할 경우 본문에 쪽수를 표시한다.
4. 신참들 가운데 한 명이었던 나는 가라타니의 비평, 특히 그의 '근대문학의 종언'을 여러 차례 비판한 적이 있다. 그중 하나에서 나는 '근대문학의 종언'이 문학이 끝났다는 선언을 가라타니의 '예언'으로 읽었고, 그가 예언하는 자=사건의 필연성을 강요하는 교주가 되었다고 생각했다. 그때 나는 쓰는 자, 사전(死前)의 입장에 선 가라타니보다도 읽는 자, 사후(事後)의 입장에 선 가라타니를 읽었다. 말하자면 사후의 입장에서 사전의 입장을 비판했다. 따라서 이 글은 가라타니가 저자로서 의도한 것, 사전의 입장이 무엇이었는지를 다시 살펴봄으로써 나 자신에게 행하는 비판이기도 하다. 복도훈, 「가라타니 고진을 '읽는다는 것」, 『문학동네』, 2014년 여름호. 이 책의 4부 3장[가라타니 고진을 '읽는다'는 것].

해방, 자유이다. 다만 이러한 문학의 해방과 자유는 오락의 형태를 띤다는 것이다. 전자와 관련하여 가라타니의 말은 어느 정도 설득력이 있었다. 이데올로기 또는 역사의 종언 이후 문학의 지위가 달라졌다는 것은 일본에서뿐만 아니라 한국에서도 '상실의 시대'라고 할 수 있는 1990년대 이후에 해방과 애도가 착잡하게 뒤섞인 공통감으로 다가온 측면이 있었기 때문이다. 그러나 가라타니가 마치 『맥베스』의 마녀처럼 모호하게 말한 '오락'은 제대로 해명된 적이 없는 예언이자 수수께끼 같은 어휘이다. 적어도 그가 말한 '오락'은 문학이 정치와 사회, 도덕과는 무관한 엔터테인먼트 대중 문학이 되었다는 의미는 아니었기 때문이다. 종언이라는 어휘에서 환기되는 우울과 나란히 놓고 보면 '오락'은 오히려 대상(정치)의 상실에서 오는 우울을 대면하는 또 다른 태도나 분위기에 더 가깝다. 오락은 정치의 짐으로부터 벗어난 문학의 특별한 내용 형식이 아니라 종언 이후의 문학이 지향하는 태도, 문학을 둘러싼 분위기, 감정과 같은 것이다. 가라타니는 「근대문학의 종언」을 발표한 이후 거의 10년이 지나 「이동과 비평」에서는 이렇게 쓰고 있다. "근대 문학은 종교에서 유래하는 도덕적 과제를 떠맡은 것입니다. 문학이 종교에서 해방되었다 해도 이 과제로부터 해방된 것은 아닙니다. 다른 형태로 그것을 짊어지게 됩니다. 그것이 사회주의라는 과제로서 나타났습니다. 즉, 종교를 대신하여 문학을 제약하는 것으로 등장한 것이 '정치'입니다."[5] 별로 달라진 것 없이 이전 진술을 반복한 것으로 보이며, 인용한 문장 자체도 사태에 대한 반복을 가리키는 수사로 이루어져 있다. 그리하여 이중의 반복에서 뜻밖에 감지되는 강박이 방금 읽은 문장에서 도드라진다. '다른 형태로 그것을 짊어'진다는 표현이 그것으로, 여기에는 종교(정치)의 부담에서 해방된 문학은 다른 형태로 무엇인가를 다시 떠맡을 수밖에 없지 않을까 하는 불안이 도사리고 있다. '다른 형태로 그것을 짊어진다는 것'은 「근대문학의 종언」에서 "건너뛴 것에 대한 청구서는 어쨌든 어딘가에서 지불하게 될 것입니다"(63)라는 말로 지나가듯이 표현된 적이 있다. 이 '청구서'는 무엇인가.

대상의 상실, 우울 그리고 해방(오락). 프로이트의 논의를 빌리면, 가라타니가 말하는 오락은, 그것이 종언 이후의 문학을 둘러싼 하나의 감정인 한, 내 생각에는 '조병躁病 manic'으로 이해하는 게 타당해 보인다.[6] 조병은 애도와 우울에 대한 프로이트의

5. 가라타니 고진, 「이동과 비평: 트랜스크리틱」, 조영일 옮김, 『자음과모음』, 2015년 가을호, 212.
6. 나는 김연수의 장편소설들을 분석하면서 80년대 후반에서 90년대 초반으로의 역사적 변동에서 발견되는 상실의 흐름 이면에 새로운 시대의 시작을 재빨리 알리려는 조병이 자리 잡고 있는 것은 아닌지 질문한 적이 있다. 복도훈, 「화염과 재: 김연수 소설이 말하면서 말하지 않은 것」, 『눈먼 자의 초상』, 문학동네, 2010, 507~516.

연구에서 별로 주목받지 못한 것으로, 프로이트에게는 때로는 대상 상실을 극복한 애도의 징표로, 동시에 그것보다는 대상 상실을 극복하지 못한 위장된 우울의 연장으로 이해된다. 이 글의 맥락에서 이데올로기, 역사, 문학의 '종언'에서 감지되는 우울로부터의 일시적인 해방이란 우울의 또 다른 연장이었다. "조병의 당사자는 마치 걸신들린 사람처럼 새로운 대상 카섹시스를 찾아 나섬으로써 그의 고통의 원인이 되었던 대상에게서 자신이 이제는 완전히 해방되었음을 그대로 나타내 보이는 것이다."[7] 조병은 자아가 대상 상실을 극복한 것의 표현인가. 프로이트가 말한 것처럼, 조병에서 "자아가 극복한 것, 그리고 자아가 쟁취한 것은 자아에게 은폐되어 있을 뿐이다."[8] 은폐된 그것이 가라타니의 말을 빌려 '건너뛴 것에 대한 청구서'라고 할 수 있지 않을까. 그리고 이 청구서는 반복 강박의 형태로 자아에게 어떤 식으로든 되돌아오지 않을까. 그리하여 2008년경에 제기된 '문학의 정치'는 가라타니의 문학 종언론에 대한 한국 비평의 대응이 되었다. 그즈음에 '문학의 윤리'는 '문학의 정치'에 대한 논의로 바통을 넘겨준다. 조병을 앓던 당사자인 문학비평이 새로운 대상 카섹시스로 찾아 나선 것은 극복되었거

· ·

7. 지그문트 프로이트, 「슬픔과 우울증」, 『무의식에 관하여』, 윤희기 옮김, 열린책들, 1997, 265.
8. 지그문트 프로이트, 「슬픔과 우울증」, 『무의식에 관하여』, 264.

나 떠났다고 믿었던 정치였다. 정치는 저절로 회귀한 것이 아니라 최소한 2008년부터 한국 사회의 민주주의의 위기가 사회 전반적으로 뚜렷하게 가시화되던 때와 맞물리면서 문제적인 것으로 다시금 등장한다. 그럼에도 그것은 가라타니의 '정치의 문학'의 정치, 즉 문학에게는 자아 이상이나 초자아로 기능하던 정치는 아니었다. 새로 등장한 정치는 상실된 대상과 자아가 융합되는 것과 같은 축제적인 기분, 조병에 어울릴 만한 다른 정치였다. 자크 랑시에르의 '문학의 정치'가 평단에서 호출되었으며, 시인 김수영이 부활했다. '정치의 문학' 대신에 '문학의 정치'를 제기한 이는 흥미롭게도 비평가가 아닌 작가(시인)였다. 작가의 물음은 의도와 재현, 저자와 작품 간의 불일치의 문제를 중심으로 회전했는데, 사실 그것은 근대문학의 문제의식을 얼마간 닮아 있었다. 하지만 이러한 문제의식은 작가와 작품의 불일치 문제를 작품과 독자의 감응이라는 다소 떠들썩한 교감의 축제를 수행하는 방식으로 해소한 것이었다.

3. 축제의 무대: 정치의 문학에서 문학의 정치로

시인 진은영이 「감각적인 것의 분배」에서 제기한 '문학(시)의 정치'는 작가가 작품을 쓸 때마다 체감하던 의도와 재현,

저자와 작품 사이의 간극, 불일치의 경험에서 비롯된 것이다. 그리고 이 불일치의 경험은 개별적이지 않고 보편적이다.

　　이주노동자와 비정규직 노동자들의 투쟁을 지지하며 성명서에 이름을 올리거나 지지 방문을 하고 정치적 이슈를 다루는 논문을 쓸 수도 있지만, 이상하게도 그것을 시로 표현하는 것은 쉽지가 않다. 사회참여와 참여시 사이에서의 분열, 이것은 창작 과정에서 늘 나를 괴롭히던 문제이다. 나는 이 난감함이 많은 시인들이 진실된 감정과 자신의 독특한 음조로 새로운 노래를 찾아가려고 할 때 겪는 필연적 과정일 거라고 믿고 싶다.[9]

　　진은영이 여느 비평가 이상으로 랑시에르의 논의를 충실하게 받아들이고 김수영의 시론을 새롭게 해석하면서 수행한 것은 "사회참여와 참여시 사이에서의 분열" "난감함", 요컨대 불일치에 내재된 불가능성을 가능성으로 전환시키려는 집요

. .

9. 진은영, 「감각적인 것의 분배」, 『문학의 아토포스』, 그린비, 2014, 16. Le partage du sensible(감각적인 것의 나눔)은 기존의 치안을 공고히 하는 '감각적인 것의 분할(나눔)'로도, 기존의 치안을 해체하고 재배치하는 '감각적인 것의 분배(나눔)'로도 읽을 수 있다. 이 용례에 대해서는 자크 랑시에르의 『정치적인 것의 가장자리에서』(길, 2013)의 번역자인 양창렬의 제안을 참조.

하고도 인상적인 노력으로 요약 가능하다. 랑시에르의 '문학의 정치'는 어떤 의미에서는 가라타니식의 '정치의 문학'을 부정 신학적인 방식으로 분절해 나가는 작업을 닮았다. 랑시에르에 따르면 '문학의 정치'는 문학을 정치의 수단으로 삼는 것이 '아니며', 문학을 정치와 일치시키고자 하는 아방가르드적 활동도 '아니다'. 또한 그것은 '작가의 정치'가 '아니며', 작가가 저술을 통해 다양한 정치 사회적인 정체성을 표상하는 작업도 '아니다'. 다시금 그것은 '작가가 정치적 참여를 해야 하느냐'도 '아니며', '예술의 순수성에 전념해야 하느냐' 하는 문제도 '아니다'.

'문학의 정치'는 문학과 정치를 각기 별개로 취급하는 '감각적인 것의 나눔'의 낡은 방식, 정치와 문학에 공통으로 들러붙어 서로를 분할하려는 '치안'을 지속적으로 문제 삼는 작업이다. 랑시에르에 따르면 문학(예술)과 정치는 "불일치의 형태로, 감각적인 것의 공통 경험을 재편성하는 조작으로 서로 맞붙어 있다".[10] 그렇지만 글쓰기의 좌절과 불가능성마저 동반하는 시인의 난감함, 요컨대 의도와 재현의 간극, 불일치는 오히려 시작詩作의 구성적 조건으로 전환된다. "문학의 정치는 문학이 그 자체로 정치 행위를 수행하는 것을 함축한다."[11] 이 말은

10. 자크 랑시에르, 『해방된 관객』, 양창렬 옮김, 현실문화, 2016, 91.

문학은 지배적 삶의 형태에서 떨어져 나오는 방식으로, 또한 삶과 문학의 나눔을 문제 삼는 일련의 문학적인 행위를 통해 삶과 분리되지 않은 정치를 수행한다는 뜻이다. 요컨대 진은영과 랑시에르의 '문학의 정치'는 이러한 수행적인 실천이다. 작가와 독자, 쓰기와 읽기, 시와 소설 등의 장르의 물화된 경계, 분할을 온통 뒤흔드는 해방의 축제로 그것들과 결별하자! 시인 자신이 말한 것처럼 비록 이러한 축제가 "어쩌면 낭만적으로 들릴 수도" 있더라도.

재건축 철거에 맞서 투쟁 중인 건물에서 아방가르드 시인들의 작품을 낭송하기, 학습지 노동자들이 농성 중인 광장을 향해 떠오르는 달을 보면서 왕유와 소동파를 베껴 쓰기, 투쟁 기금으로 마련한 백설기를 먹으며 카프카의 소설들과 말레비치의 「검은 사각형」과 만난 첫인상에 대해 쓰기.[12]

관객은 자기 앞에 있는 시의 요소들을 가지고 자기만의 시를 짓는다. 관객은 퍼포먼스에 참여한다. 퍼포먼스를 자기 방식대로 다시 하면서, 예를 들어 퍼포먼스가 전달한다고 간주

11. 자크 랑시에르, 『문학의 정치』, 유재홍 옮김, 인간사랑, 2009, 9.
12. 진은영, 「시, 숭고, 아레테: 예술의 공공성에 대하여」, 『문학의 아토포스』, 203.

되는 생의 에너지를 회피하면서 퍼포먼스를 단순한 이미지로 만들고 이 단순한 이미지를 자신이 책에서 읽었거나 꿈꾸었던, 자신이 겪었거나 지어냈던 이야기와 연결시키면서 말이다. 그리하여 관객은 거리를 둔 구경꾼인 동시에 자신에게 제시되는 스펙터클에 대한 능동적 해석가이다.[13]

나란히 인용된 진은영과 랑시에르의 문장은 '누가 쓴 것이든 무슨 상관이냐'라고 해도 좋을 정도로 언뜻 구별 불가능해 보이는데, 이러한 축제는 관객, 무대, 배우 등의 분할선의 간극이 폐지되는 연극의 무대에서 해방의 정점에 달한다. 랑시에르 자신의 말을 빌리면, 바로 "그것이" 랑시에르의 미학의 정치의 "요점이다".[14] 그런데 이것은 진은영이 애초에 제기했던 작가의 의도와 재현의 불일치라는 문제에 대한 해결인가(의도와 재현의 불일치는 해결 가능한 문제인가). 진은영에게는 그렇다. 그런데 그것은 쓰는 진은영이 아니라 읽는 진은영의 편에서, 정확하게는 저자가 독자가 되고 독자는 저자가 되는 **"특정한 문학적 감응 관계 속에서 작동하는 모방과 전염"**[15] 덕택에 가능해진

· ·
13. 자크 랑시에르, 『해방된 관객』, 24.
14. 자크 랑시에르, 『해방된 관객』, 24. 랑시에르의 정치학이 축제적인 연극의 스펙터클을 모델로 하고 있다는 견해에 대해서는 피터 홀워드, 「평등의 무대화」, 윤원화 옮김, 『자음과모음』, 2010년 봄호.

것이다(의도와 재현의 불일치는 해결 가능한 것이 되어버렸다).
들뢰즈와 가타리에게서 빌려온 감응, 모방, 전염은 이즈음 우세
한 비평 용어로 부상하고 있었다. 그 어휘들은 자신의 속성을
좇아 마치 바이러스처럼 확산되면서 언어의 의미를 바꿔놓게
된다.

　그런데 감응, 모방, 전염이라는, 호환 가능한 정동affect의 어휘
들은 이 글의 문제 틀에서 볼 때 저자와 작품, 의도와 재현의
불일치에서가 아니라 작품과 독자의 일체화된 감응에서 얻어진
것들이다. 감응은 의도와 재현의 불일치를 해소한다. 언어는
의미를 전달하는 매개체가 아니라 정동의 운반체, 정동 그 자체
가 된다. 유일한 저자는 작품에 능동적으로 감응하는 독자이다.
작품은 무엇을 의미하느냐 하는 문제보다도 네가 작품을 어떻게
느끼느냐는 물음이 중요하게 된다. 네가 작품에서 체험한 것,
작품과 네가 하나가 되는 것, 작품에 대해 너와 내가 느끼는
것이 더욱 중요해진다. 롤랑 바르트의 말을 빌리면, 독자는
작품을 읽는 자가 아닌 쓰는 자가 된다. 저자와 의도와 작품의
불일치는 중요하지 않게 되었다. 결국 '문학의 정치'는 가라타니
의 '정치의 문학'이 떠난 빈자리를 차지한 새로운 카섹시스의

• •
15. 진은영, 「문학의 아토포스: 문학, 정치, 장소」, 『문학의 아토포스』, 166.
　　강조는 저자.

대상이 된다. 그에 따라 저자와 독자, 작품과 언어에 대한 의미론적 변환도 수반되었다. 그즈음 작가들은 '누가 쓰는가'보다 '누가 써도 무슨 상관인가'라는 비인칭의 실험에 주력했으며, 비평가들은 '언어(작품)의 의도(의미)는 무엇인가'보다 '언어(작품)는 무엇을 수행하는가' 또는 '언어의 영향(효과)은 무엇인가'에 몰두하고 있었다. 문학에서 중요하게 된 것은 여전히 언어와 작품이었지만, 언어는 정동을 어떻게 효과적으로 불러일으킬 수 있는가(문학), 또 작품은 무엇을 수행할 수 있는가(정치)에 열중했다. 전前 주체적, 비인격적 몸을 관통하는 정동을 공유하는 무수한 공동체가 명명되었다. 의도가 사라진 자리를 차지한 것은 작품에 감응하는 신체, 언어, 정동이었다. 그러나 신체, 언어, 정동에 대한 비평의 강조는 저자와 작품을 '우연'으로 간주하는 것을 자연스럽게 여기는 태도를 낳았다. 어디까지나 작품과 독자의 관계가 우선이었다.

4. 의도의 부활

이번에는 가라타니의 '정치의 문학'에서 '정치'가 의미하는 바가 무엇이었는지, 그에 따라 문학에서 무엇이 중요했는지를 질문해 보도록 하겠다. '정치의 문학'에서 '정치'에는 두 가지 뜻이 내포된 것으로 보인다. 하나는 문학에 짐을 지웠던 사회주의 이념(이데올로기)이며, 다른 하나는 그러한 이념에 내포된 보편성에 대한 열망이다. 가라타니에게 '정치'는 "자본주의와 국가의 운동"(86)에 대한 질문, 곧 그에 대항하는 보편성이 무엇인가라는 질문이다. 보편성에 대한 물음은 한마디로 누가 옳고 그른가에 대한 신념을 표명하거나 논쟁을 열 가능성과 관련이 깊다. 그것은 또한 저자가 작품으로 말하고자 했던 바가 무엇인지에 대한 의견들이 불일치할 가능성을 열어놓는 일이기도 하다. 가라타니가 근대문학은 끝났다고 말했을 때, 그것은 동시에 문학의 짐이었던 정치가 어떤 식으로든 끝났다는 뜻이며, 비록 정치가 끝났다고 보편성에 대한 물음이 중단된 것은 아니라는 의미이기도 하다.

당연히 '정치의 종언'은 가라타니가 말한 것처럼 이데올로기의 종언, 역사의 종언이었다. 그렇다면 이데올로기와 역사가 끝날 때 끝나는 것은 무엇인가. 미국의 마르크스주의 비평가 월터 벤 마이클스는 역사가 끝날 때 끝나는 것은 "사회적 조직의 이상적 형태에 대한 근본적인 의견 불일치"[16]라고 말한다. "이데올로기적 갈등은 보편적인 것이다. 왜냐하면 이해관계의 갈등

· ·

16. 월터 벤 마이클스, 『기표의 형태』, 차동호 옮김, 앨피, 2017, 46. 앞으로 인용할 경우 본문에 쪽수를 표시한다.

과 달리, 이데올로기적 갈등은 의견 불일치와 관련되기 때문이다. 그리고 보편화되는 것은 바로 이 의견 불일치의 가능성이다"(65). 의견, 진리, 이데올로기는 서로에게 강요되는 것이며, 그렇기 때문에 그것은 보편적인 '신념'으로 표명된다. 그것은 당신이 옳거나 틀렸을 수도 있다고 주장하는 것이다. 그러면 이데올로기와 역사가 끝날 때 시작되는 것은 무엇인가. 역사의 종언 이후에 우세해진 반정초주의 이론은 서로에게 강요되고 짐이 되는 의견, 진리, 이데올로기가 문화적으로 상대적일 뿐이고, 또한 그러한 의견에 대한 강요는 폭력적이며, 보편성에 대한 기대와 열망은 특정한 주체가 특정한 신념을 지역적으로 표명하는 것에 불과한 것으로 다시 쓴다. 당신이 말하는 보편성이란 인종 중심적, 젠더적인 편견의 반영이며, 보편성의 기준이란 한낱 문화적(지역적)인 것에 지나지 않는다. 보편성이 아니라 신체(인종, 젠더)와 언어(문화)가 중요하다. 당신은 주장하는 것이 아니라 내게 강요하는 것에 불과하며, 사실상 나와 다른 언어로 말할 뿐이다. 만일 당신이 여전히 보편적인 '신념'을 주장한다면 그것은 이데올로기적 '광신'일 뿐이다. 따라서 "역사의 종말이 가져오는 실질적인 결과"는 "사람들이 생각하는 것들 간의 차이(이데올로기적 차이)와 사람들이 소유하는 것들 간의 차이(계급적 차이)를 사람들이 누구로(혹은 무엇으로) 되는 것들 간의 차이(정체성적 차이)로 대체"(57)한다. 그뿐만 아니라, 이데올로기가 아닌 정체성을 역사의 종말 이후 정치학의 새로운 주인공으로 무대에 올려놓는다.

문학비평가이기도 한 마이클스는 문학비평에서 역사의 종말 이후의 '정치'의 이러한 변동(이데올로기에서 정체성)에 대응하는 것으로 작품 속에서 작가의 의도가 무엇인지에 대해 해석(논쟁)하는 것보다 작품이 독자에게 어떻게 느껴지는가에 대한 논의(의견의 차이에서 주체 위치의 차이)로 대체되는 경향을 이야기한다. 반정초주의 이론가 스탠리 피시의 말을 빌리면 작품은 의견 불일치, 해석의 갈등을 유발할 이유가 없다. 독자들은 한 편의 시로 표현한 작가의 의도를 추적하면서 서로 피곤한 논쟁을 벌이는 것보다 "저마다 자신이 지은 시"(68)를 읽는 시인이 되는 게 훨씬 낫다. 이러한 견해는 저자의 권위에 짓눌렸던 독자를 저자와 동등한 반열에 올려놓음으로써 비싼 등록금을 내고 피시의 수업을 듣던 수강생들이 평소에 가졌던 불만을 틀림없이 완화시킬 수 있었을지도 모른다.

앞서 나는 「종생기」에서 P씨의 소설들을 비난하는 독자들의 '감정의 오류'는 더는 감정의 오류로 부르기 어렵게 되었다고 말했다. 동시에 그것은 '의도의 오류'를 의도의 오류로 부르지 못하는 결과를 낳는다. '감정의 오류'는 작품의 의미와 가치를 독자의 쾌와 불쾌와 같은 감정에 귀속시킬 때 발생할 수 있는 오류이다. 구병모의 소설에서 독자들은 P씨의 작품에 대해 불쾌를 토로한다. 그리고 독자들이 느끼는 불쾌는 소급되어 작가 P씨의 정체성에 대한 심문으로 이어져 작품의 재현 방식을 작가의 의도로 규정한다(풍속소설로서 「종생기」의 가치는 오늘날 무엇인가를 읽는 일은 독자뿐만 아니라 작가의 정체성을 규정하는 일이 되어가고 있음을 알려준다는 것이다). 그것은 분명 의도의 오류로 보인다. 의도의 오류는 작품에 대한 독자(비평가)의 해석을 작가(세계관)에게 소급시키는 것이 잘못임을 지적하는 비평 용어이다. 작품은 "탄생하는 순간 작가를 떠나 그의 의도나 통제가 작용할 수 있는 범위를 벗어나 세상에 맡겨"지기 때문이다.[17] 대체로 현대 비평(해체론, 독자반응비평 등)은 신비평의 노선을 따라 작품을 작가의 의도에서 벗어난, 독자의 손아귀에 우연하게 쥐어진 자연적인 대상으로 간주한다.

얼핏 보면 의도의 오류는 감정의 오류와 배치되는 것처럼 보인다. 그러나 의도의 오류는 작품을 작가(세계관)와 동일시하는 것뿐만 아니라 독자가 작품을 읽음으로써 작품이 말하고자 한 것, 작품을 통해 작가가 말하고자 한 것을 유추하려는 노력까지 싸잡아 오류로 간주해버렸다. 의도 자체가 오류가

17. W. K. 윔사트 · M. C. 비어즐리, 「의도론적 오류」, 『20세기 문학비평』, 윤지관 외 옮김, 까치, 1984, 109.

되어버림으로써, 즉 의도가 사라져버림으로써 감정의 오류의 오류 또한 더 이상 오류가 아니게 되었다. 감정의 오류는 단지 감정의 차이일 뿐, 오류가 아니다. 흔한 말로 그건 네 견해이며, 네 취향의 강요에 불과할 뿐이라는 것이다. 우리는 다음과 같이 말하는 것에 이미 익숙해졌다. "네가 원하는 것과 내가 원하는 것의 차이는 단지 너와 나의 차이다. 네가 보는 것과 내가 보는 것의 차이는 단지 네가 서 있는 곳과 내가 서 있는 곳의 차이다." 요컨대 그것은 너와 나의 "주체 위치상의 차이", 서로 다른 정체성의 차이일 뿐이다(28). 만일 여전히 오류가 있다면 그것은 다만 작가의 오류, 작가의 정체성의 오류(차이)일 뿐이다. 따라서 내가 그렇게 읽은 것은 네가 그렇게 썼기 때문이라고 말할 때 거기에는 여전히 의견 불일치가 있다. 하지만 내가 그렇게 읽었기 때문에, 네가 그렇게 썼기 때문에 너는 그런 사람이라고 말할 때 의견 불일치는 사라져버린다. 그러나 구병모의 소설이 알려주는 것처럼, P씨를 삼십 대 후반의 고급 문화생활을 하는 남성 작가의 정체성으로 확정하려는 독자들은 P씨인 '나'의 정체성에 대해서는 정작 아무것도 모른다. 「종생기」에서 읽을 수 있는 것은 P씨의 작품이 아니라, 작품에 대한 독자들의 반응뿐이다. 저자의 작품과 의도를 「종생기」에서는 그 누구도 읽을 수 없다. 그러나 누구도 읽을 수 없다고 해서 이것들이 사라진 것이라고 할 수 있을까. 그렇다

면 의도는 왜 중요한가. 저자의 의도가 독자의 반응보다 중요하다고 말하는 이유는 무엇인가.[18]

5. "모든 소들이 검게 보이는 밤"

되풀이하자면 저자의 의도를 복원한다는 것은 저자의 세계관을 묻거나 그를 특정한 정체성으로 귀속시키는 것보다 작품에 대한 의견 불일치의 가능성을 열어놓는 일이 더 중요하다는 뜻이다. 또한 의견 불일치의 가능성을 열어놓는다는 것은 작품의 특정한 의미, 가치, 도덕 등에 대해 해석을 하고 논쟁을 벌일 수 있는 공통의 지평을 마련할 수 있다고 주장하는 것이다. 작품 해석을 통해 저자의 의도를 묻는다는 것은 작품을 쓴

• •

18. 테리 이글턴의 『문학 이벤트』는 유명론적인(해체론적인, 독자반응주의적인) 경향이 현저히 강한 오늘날의 문학 이론에 맞서 작품과 저자의 의도가 가진 중요성을 별도로 언급한다. 그건 그렇고 이 책의 옮긴이는 여러 군데에서 신비평의 특허품인 '의도의 오류'를 '의도적 오류'로, 한 군데에서는 '국제적 오류'라고 번역해 놨다. '의도적 오류'는 너그럽게 넘어간다손 치더라도 '국제적 오류'는 다분히 의도적이라고 할 만큼 의미심장한 오류로 보인다. 물론 intentional을 international로 잘못 읽어서 벌어진 해프닝이겠다. 아무래도 이것은 '의도의 오류'가 한국에서뿐만 아니라 전 지구적인 문학 환경에서도 심심찮게 일어나는 일임을 암시하는 것 같다. 테리 이글턴, 『문학 이벤트』, 김성균 옮김, 우물이있는집, 2017.

저자에게 인터뷰를 요청해 이 작품이 당신이 의도했던 그것인지를 확인하려는 작업이 아니다. 작품 해석은 "그가 해당 저작을 특정 태도나 특정 논의 등등에 대한 공격, 혹은 방어, 아니면 비판 혹은 기여로 의미했음이 분명하다고 말할 수 있는 것",[19] 즉 저자의 의도를 추론하는 일을 포함한다. 그것은 당신과 내가 작품에 대한 해석을 두고 의견 불일치를 최대한 열어놓음으로써 무엇인가를 함께, 요컨대 보편성을 함께 열어젖힌다는 의미이다. 물론 누군가는 여전히 "보편성의 숨겨진 편향과 배제"를 비판할 수도 있겠다. 하지만 그가 그렇게 반론을 제기할 때, 그는 "이미 보편성이 개방시킨 영역 내에서 그렇게 하고 있음을 잊어서는 안 된다."[20]

따라서 '정치의 문학'의 편에서 '문학의 정치'를 검토하는 작업은 다만 정치의 문학을 되살리거나 그로 돌아가자는 구호를 외치는 것이 아니다. '문학의 정치'에 대한 논의는 '정치의 문학'을 계승한 것인가, 그것과 단절한 것인가 하고 묻는 것보다 '정치의 문학' 이후 무엇이 '문학과 '정치'에서 더 중요해졌거나

19. 퀜틴 스키너, 『역사를 읽는 방법』, 황정아 · 김용수 옮김, 돌베개, 2012, 163.
20. 슬라보예 지젝, 「계급투쟁입니까, 포스트모더니즘입니까? 예, 부탁드립니다!」, 주디스 버틀러 외, 『우연성 · 헤게모니 · 보편성』, 박대진 · 박미선 옮김, 도서출판b, 2009, 151.

더 사소해졌는지를 따지는 쪽으로 나가야 한다. '정치의 문학' 이후의 문학에서 중요하게 된 것은 저자가 아니라 독자였다. 그것은 작품과 독자가 교감하는 비인격적 신체, 정동, 언어가 저자의 의도보다 더 중요해졌다는 뜻이다. 문학은 문학을 우연한 것으로 간주하는 태도를 최우선시했다. 문학이 정치의 필연으로부터 해방되자 문학은 우연성의 기표가 되었다. 문학을 우연한 것으로 여기는 태도는 문학을 한낱 사소한 것으로 취급하는 겸손함으로 보인다. 그러나 그것은 실제로 문학이 무엇이든 수용하고 무엇에든 감응할 수 있는 전능함의 기표로 간주하는 것이었다. 문학은 스스로를 아이러니로 간주했다. 이 아이러니는 현실(자기와 타자)을 작품을 위한 기회, 계기로 취급하기도 했다. 그즈음에 유행하던 '도래하는 문학' '미래의 책'은 문학의 태도를 미려하게 치장하는 수사에 가까웠다.

그렇다면 '문학'과 '정치'에서는 무엇이 사소해졌는가. '문학의 정치'에서 '정치'는 '정치의 문학'의 '정치'보다는 덜 부담스럽고 더 발랄하며, 문학을 위해서는 아무래도 더 좋은 것이 되었다. 어쩐지 '문학의 정치는 문학이 그 자체로 정치 행위를 수행하는 것을 함축한다'는 랑시에르의 말은 편안하게 들렸다. '문학이 그 자체로 정치 행위'라면 정치에 대한 별도의 부담을 지지 않아도 이미 정치를 수행하고 있다는 안도감을 낳은 것은 아니었을까. 이러한 안도감은 상당수의 '문학의 정치' 논의에서

(나를 포함해) 비평가들이 '치안'을 곧바로 '정치'의 대당對當에 위치시키고 '치안'의 실체와 면면이 무엇인지, 그것은 어떻게 작동하는지에 대한 질문과 탐구가 별반 없었다는 사실에서도 엿보인다. 랑시에르의 '치안'은 단순히 문학의 '정치'에 반하는 마니교적인 '악'으로 위치 지어졌다. 그즈음에 치안은 이명박 정권, 폭력 경찰, 관료적이고도 무능한 의회정치, 예외 상태 등과 동일시되는 방식으로 다소 균질화되었다. 치안에 대한 균질화는 마치 '모든 소들이 검게 보이는 밤'(헤겔)을 닮게 된다. 그리하여 현실을 불법적인 예외 상태로 지속적으로 목소리를 높여 고발하고 탄핵하는 것만이 문학이 할 수 있는 최대치의 윤리와 정치가 되었다. 그러나 그것은 객관적인 대상을 사악한 필연으로 치부하는 것이기도 했다. 물론 문학이 자기 자신을 한낱 무력한 것, 힘없는 것, 덧없는 우연으로 간주했기 때문이다. 문학은 그렇게 악을 고발하는 자신을 탄식하는 '아름다운 영혼'이 되었다. 비록 보잘것없어 보이더라도 그것은 자신 안에 남은 '한 줌의 도덕'의 미광微光을 밝히는 일이었다. 그것이 문학의 윤리였지만 문학의 정치로 간주해도 상관없었다. 윤리와 정치는 얼마든지 교환 가능한 용어였기에. 문학의 이러한 흐름은 용산 참사를 전후로 '문학의 정치'의 비평 언저리에서는 한동안의 대세이기도 했다.

6. 진혼鎭魂의 제단: 세월호 참사 이후의 문학

'문학의 정치' 관련 비평들이 한창 제출될 무렵은 문학비평이 외국 이론(자크 랑시에르, 슬라보예 지젝, 알랭 바디우, 조르조 아감벤의 철학)에 현저하게 의존하는 때이기도 했다. 따라서 비평이 이론을 수용할 경우에 발생할 수 있는 여러 쟁점이 수면 위에 떠올랐다. 이 분야에서 중요한 작업을 전개한 황정아는 예를 들어 바디우의 '사건' 개념을 '타자에 대한 환대'(레비나스)와 연결 짓는 김형중의 독법을 비판한다.[21] 그리고 이러한 비판은 타자에 대한 환대, 차이의 윤리가 예술의 형상을 부여받는 것에 대한 황정아의 다른 비판과도 연결된다. 실제로 황정아는 랑시에르의 논의를 빌려 정치가 윤리로 환원되거나 미학이 윤리로 전환될 때 발생하는 예술의 두 가지 모습, 치유와 화해를 도모하는 '합의의 예술'과 재앙(악)에 대한 '증언의 예술'(리오타르)을 비판하고 있다.[22] 그런데 한편으로 그것은 진은영이 랑시에르의 논의를 빌려 "타자의 윤리가 전제하는 절대적 타자

· ·

21. 황정아, 「'윤리'에 묻혀버린 질문들」, 『개념비평의 인문학』, 창비, 2015, 59.
22. 황정아, 「자끄 랑시에르와 '문학의 정치'」, 『개념비평의 인문학』, 278~282.

의 형상"에 대해 비판하는 것과도 닮아 있다. 진은영은 말한다. "절대적 타자의 형상은 가족 이미지의 배타성을 계속 보존하고, 가족/타자라는 이분법적 분할의 고정성을 유지할 때만 가능한 것이다."[23] 환대의 윤리는 초대하는 자(식탁, 가족)/초대받는 자(이방인)의 분할을 재생산하며, 공동체의 논리로 흡수되면서 그 고유한 타자성이 해소될 위험성이 크다. 그런데 김형중의 바디우 읽기에 대한 황정아의 이의 제기는 이론적으로는 얼마간 타당해 보이더라도,[24] 그것은 김형중의 실제 비평의 입장을 별로 고려하지 않은 것이기도 하다.

내가 읽은 한 김형중의 비평은 처음부터 5·18 광주에 대한 문학적 재현과 애도의 윤리학을 일관되게 변주하고 전개해 왔다. 그것은 어떤 의미에서는 '절대적 타자', 희생자=죽은 자에 대한 기나긴 애도 작업이었으며, 희생자의 원혼을 달래는 인륜성의 탐구였다. 두 가지 흥미로운 일이 생겼다. 먼저, 진은영·황정아의 비판을 거슬러 '문학의 정치' 이후의 비평은 김형중의 논의 쪽으로 나아갔다. 그리고 진은영, 황정아가 비판한 절대적 타자의 형상에 대한 미학적 재현, 윤리화의 문제가 실제

• •

23. 진은영, 「소통, 그 불가능성의 가능성」, 『문학의 아토포스』, 293.
24. 하지만 바디우가 이민자의 권리를 옹호하는 "여기 살면, 여기 사람(one est ici, one est d'ici)" 활동을 수행했다는 사실을 염두에 두면 '사건으로서의 이방인'이라는 김형중의 바디우 읽기가 꼭 자의와 무리만은 아니겠다.

비평에서는 다시금 문제적인 것으로 떠올랐다. 랑시에르가 비판한 리오타르와 아감벤이 랑시에르보다 중요해졌다. 문학은 재난을 증언하거나 참척慘慽의 고통을 앓는 이들을 치유하고자 했다. 희생자들 그리고 그들을 구하려고 하지 않은 국가와 결별한 유가족國/家, 마땅히 환대해야 할 이방인은 국가로부터 내쳐진 그들이었다. 내가 염두에 두는 것은 물론 세월호 참사에 대한 문학의 대응이다. '문학의 정치' 논의에서 보였던 축제의 해방감은 세월호 참사에 대한 문학의 대응에서는 애도(형식)와 우울(내용)로 전치되었다.

> 문학은 항상적으로 중음의 상태를 살아야 한다. 왜냐하면 마지막 애도, 결코 종결될 수 없고 종결되어서도 안 되는, 절대적인 애도 하나가 남아 있기 때문이다. 그것은 바로 죽은 자들, 우리에게 트라우마를 가져다주었으나 정작 자신들은 외상 후 스트레스 장애조차 겪을 수 없었던 이들 몫의 애도다.[25]

어쩌면 김형중의 '절대적 타자에 대한 환대(타자에 대한 절대적 환대)'는 결코 살아 있는 자에게 베풀 수는 없는 불가능한

. .

25. 김형중, 「우리가 감당할 수 있을까?: 트라우마와 문학」, 『후르비네크의 혀』, 문학과지성사, 2016, 82.

윤리였는지도 모르겠다. 만일 '절대적'이라는 말을 쓸 수 있다면 그것은 오로지 죽은 자, 죽었으나 원혼의 중음신으로 허공을 떠도는 이에 한에서일지도 모른다. 그리고 그 점에서는 진은영 또한 예외는 아니었다. 진은영이 참사의 희생자를 수동적인 동정과 연민의 대상으로 간주하는 것에 민감하게 거리를 두면서도 곡비哭婢가 되어 참사 희생자의 목소리로 낭송한 (그리고 SNS로 빠르게 전파된) 놀라운 시(「그날 이후」, 2014)[26]는 김형중이 말한 '절대적 타자에 대한 환대'의 극적인 예라고 할 수 있지 않을까. 문학과 관련되어 세월호 참사는 "기의와 기표의 약속이 무참히 깨지는"[27] 언어의 비명이었으며, "'재현 불가능한 것들의 재현의 역사'에 편입되어야 할 사건"[28]이었다. 언어는 발화와 의미화 불가능성과 마주치는 경악이었으며, 시의 수사는 망자를 부르는 돈호법이었다. 소설과 산문은 참사를 목격하고 증언하는 불가능성과 좌절의 목격자이자 증언자였으며, 비평은 이러한 시와 산문을 침통한 마음으로 들여다보는 '통감의 해석학'(김홍중)이 되었다. 슬픔과 죄책의 표출과는 다른 방식

· ·
26. 진은영, 「그날 이후」, 『나는 오래된 거리처럼 너를 사랑하고』, 문학과지성사, 2022.
27. 김애란, 「기우는 봄, 우리가 본 것」, 『눈먼 자들의 국가』, 문학동네, 2014, 14.
28. 김형중, 「문학과 증언: 세월호 이후의 한국문학」, 『후르비네크의 혀』, 109.

으로 언어와 문학을 고민하는 일이 도무지 쉽지 않았던 것도 그즈음의 솔직한 심정이었다.

증언의 문학은 작가와 독자, 작품이 동참하여 공포와 무력과 고통의 목격자이자 증언자가 되고자 했던 진혼의 제의였다. 이러한 진혼의 무대에서는 공포와 무력과 고통 등의 정동과 동일시되는 삶의 경험이 압도적인 것이 된다. 그러나 매개 없는 직접성에의 호소, 항시적인 예외 상태를 살아간다는 파국의 감각, 전율과 공포와 슬픔의 경험을 일방적이고도 압도적으로 언어화하는 것만이 문학의 유일한 방편이었을까. 서동진은 "세월호 참사를 한국 사회에서 감정의 세계로서 세계를 체험하고 재현하는 담론적 전환의 임계점"[29]으로 간주했는데, 이러한 감정(정동)이 압도적인 "재난 이후의 문학"은 "경험의 직접성에 넋을 잃은 채 경험이 얼마나 매개되어 주어지는지를 잊는"다고 비판한다.[30] '후르비네크의 혀'(김형중)와 '트라우마적 리얼리즘'(서동진)의 대치. 다소 매정하게 들리는 서동진의 '바깥의 시선'은 문학 쪽에서 반증 가능한 사례를 즉시 들이밀어 비판하는 것으로 무마하기에는 호소력 있는 부분이 적지 않다.

. .

29. 서동진, 「마음의 관상학에서 벗어나기: 감정과 체험의 유물론 1」, 『말과 활』 2016년 가을 혁신호, 263.

30. 서동진, 「서정시와 사회, 어게인!」, 『문학동네』, 2107년 여름호, 293[서동진, 『동시대 이후: 시간—경험—이미지』, 현실문화A, 2018].

7. "피스톨로 쏜 것처럼"

　서동진의 비판에는 언어와 타자, 세계를 위협적인 상해(傷害)로 감각하며 주체를 상처의 돌기 주위로 회전하는 피해자의 형상으로 인지하는 행태가 우리의 세계 경험의 주된 흐름으로 자리 잡았다는 현실 인식이 작동하고 있다. 그의 의도는 언어가 감정, 효과, 감응이자 그 자체로 세계 체험의 전부라는 지배적인 인식이 타당한지를 문제 삼자는 것이다. 나는 작품의 의도와 효과에 대한 논의로 되돌아가 서동진이 비판했던 내용을 최근 한국문학의 주요한 한 경향과 관련지어 보겠다.

　내가 작품을 읽을 때 나는 작품의 의도와 작품의 효과를 함께 읽는다. 해석은 작품의 의도를 복원하는 일이지만, 해석은 당연히 작품의 효과를 음미하는 일까지 그 안에 포함시킨다. 내가 작품을 읽으면서 느꼈던 쾌와 불쾌는 작품의 의도를 묻는 일과 뒤섞여 있다. 어떤 작품에서 불쾌한 장면을 반복적으로 읽을 때 나는 작품을 읽는 것을 그만두거나 다 읽고 나서 작품(작가)을 비난할 수 있다. 그리고 불쾌한 장면이 작품의 의도와 관련되어 제시될 수도 있다. 그리하여 나는 작품 읽기를 그만둘 수도 있지만 반대로 작품 읽기를 계속할 수도 있다. 독자가 작품의 폭력적인 장면을 읽을 때 그는 보통 폭력을 읽는 것이 아니라 폭력의 재현을 읽는 것이다. 그런데 독자의 반응이 작가의 의도보다 중요한 것으로 간주될 때, 독자가 작품을 읽으면서 작품을 창조하는, 저마다 자신이 쓴 작품을 읽는 작가가 될 때, 의도는 중요하지 않게 취급된다. 따라서 독자가 (불)쾌한 장면에 대한 반응으로 작품을 읽을 때, 작품을 자신의 경험으로 간주할 때, 작품을 모방, 감염의 효과로 이해하는 일이 우세하게 될 때, 그리고 비평이 작품의 의도를 묻기보다 작품을 정동의 생산으로 간주하게 될 때, 어떠한 일이 일어나는가.

요컨대 폭력의 재현은 재현의 폭력이 된다. 읽기가 그러하다면 글쓰기는 어떻게 될까. 작품은 폭력의 재현(의도)이 아니라 폭력의 경험(효과)을 창출하는 작업이 된다. 앞서 세월호 이후의 문학의 주요 화두였던 '재현 불가능한 것의 재현'은 글쓰기와 글 읽기를 하나의 목표로 묶어버린다. 그것은 작가와 독자 모두가 폭력의 경험을 최대한 되살리는 일에 몰두하기를 합의하는 것이다. 폭력의 재현represent은 폭력의 체현embodiment이 된다. 작품을 폭력의 체현으로 읽고 쓰는 것은 언어를 정동으로 느끼고 신체로 경험하는 것을 그리고 그렇게 읽고 쓰는 것을 중요하게 만들었다. 문학의 사례를 몇 가지 더 들어보겠다.

시에서는 진은영, 이영광 등의 시인들이 세월호 참사 희생자의 목소리를 빌리거나 희생자로 빙의하여 희생자들을 애도하는 진혼곡을 내놓았다. 소설에서도 언어를 정동과 신체로 간주하는 의미론이 등장했다. 정용준의 장편소설 『바벨』에서 '펠릿'은 말을 잃어버린 미래의 인류가 말 대신에 토해내는 일종의 형광 물질이다. 그것은 "말하는 사람의 감정과 기분에 따라 색깔과 질감"이 달라지는 말이며, "육체의 언어이고 표정의 언어"이다.[31] 김솔의 장편소설 『너도밤나무 바이러스』(문학과지성사, 2017)는 책을 디지털 정보로 환원하는 일을 바이러스의 감염으로 인식한다. 비평에서도 이런 문장은 종종 만날 수 있게 되었다. "쓰는 이는 기쁨, 슬픔, 안타까움, 분노 등등을 쓰기도 하지만, 실은 기쁨, 슬픔, 안타까움, 분노 등 '이' 쓰는 것이기도 하다."[32] 내가 쓰는 것이 아니라 귀신이 쓴다고 해도 무방하겠고, 그들이 느끼는 바를 느끼는 것은 그들과 전적으로 일체화된다는 뜻이기도 하겠다. 그럼 문학비평가는 앞으로 소설 속의 누가 아프다고 하면 함께 아프다고 떠는 사람(감성자empath)이라는 것인가.[33]

• •

31. 정용준, 『바벨』, 문학과지성사, 2014, 52, 119.

32. 김미정, 「'나—우리'라는 주어와 만들어갈 공통성들」, 『문학3』 2017년 1호, 15[「'쓰기'의 존재론: '나—우리'라는 주어와 만들어갈 공통장」, 『움직이는 별자리들』, 갈무리, 2019]. 김미정의 문장과, 글쓰기를 신의 운동 즉 문학을 우연적인 것=기회원인적인 것으로 간주했던 독일 낭만파의 인식에는 흥미로운 공통점이 있다. "내가 글을 쓰면 신이 펜을 움직이며, 손을 움직이는 나의 의지를 움직인다. 결국 글쓰기는 신의 움직임이다." 칼 슈미트, 『정치적 낭만주의』, 조효원 옮김, 에디투스, 2020, 141.

33. 감성자와 문학비평가의 차이에 대해서는 월터 벤 마이클스, 『기표의

언어에 대한 이러한 의미론적 변화는 각론으로 더 탐구해볼 만한 중요한 현상이다. 그런데 감정에의 현저한 언어적 몰입이 인간과 세계를 파악하는 불가항력의 최종심급이 된 것은 아닌가. 감정은 세계 해석의 방법이 아니라 세계가 되었다. 혐오 발화도, 혐오 발화에 대항하는 방식에서도 언어는 정동이고 세계이다. 그것은 도덕을 감정과 직류로 연결하는 생각을 선호한다.

언어=정동=세계에서 출발하는 도덕론을 살펴보자. 그것은 타자의 고통에 대한 주체의 반응을 즉각적으로 도덕의 유무와 관련짓는다. 이러한 세계는 도덕을 타자의 고통을 느끼고 반응하는 감정의 강도強度로 측정한다('공감 능력'이라는 유행어를 보라). 하지만 도덕은 타자의 고통을 잘 느끼는 것만큼이나 거리를 두고 판단하는 능력에서도 나온다. 감정이 도덕의 지진계가 아닌 것처럼, 도덕은 감정의 표출 여부에 대한 측정기가 아니다. 테리 이글턴이 꼬집은 것처럼, 타자의 감정을 공유하는 태도 그 자체는 도덕과 별 관련이 없다. 도덕을 감정의 공유와 강도로만 이해하는 사람들은 실제로는 "극도로 민감하면서도 무지막지한 이기주의자들"[34]인 경우가 적지 않다. 언어가 감정

형태』, 143, 각주 75.
34. 테리 이글턴, 『낯선 사람들과의 불화』, 김준환 옮김, 길, 2018, 128.

이 되고 감정이 도덕이 되는 세계에서 우리는 서로에 대해 너무도 친밀하거나 지나치게 적대적일 뿐이다.

이 모든 이야기는 아도르노의 표현을 빌리면 궁극적으로는 매개 없는 주관성, 즉 자신이 객체임을 인식하지 않으려는 주관성의 극대화로 설명될 수 있지 않을까. 그는 헤겔을 빌려 "'피스톨로 쏜 것처럼' 갑자기, 직접, 절대적인 것을 파악할 수 있다고 믿는 사유"[35]를 비판한 적이 있다. 아도르노는 그것을 개인의 주관성이 증대되는 만큼이나 세계의 사물화가 가파르게 진행되는 매개의 과정으로 파악했다. 이것을 다시 금융자본주의 현실의 한 증상으로 이해하는 것도 나쁘지 않을 것이다. 칼 마르크스가『자본』2권에서 일찌감치 말한 것처럼, 노동력 상품을 판매하는 과정이 생략된 G-G'(자본-자본')의 금융 투기 자본주의에서는 매개 과정을 생략한 인식과 언어의 양상이 현저해진다. 그것은 매개 없이도 절대적인 것을 거머쥘 수 있다는 환상을 증가시킨다.[36] 한편으로 도무지 어찌해볼 수 없는 이러한 세계에서는 '시종侍從의 도덕'(헤겔), 주인에게 불평불만을 제기하는 것에 만족하는 노예의 인정 투쟁이 압도적이게 된다.[37] 갈수록

··
35. 테오도르 W. 아도르노,『변증법 입문』, 홍승용 옮김, 세창출판사, 2015, 79.
36. 가라타니 고진,『트랜스크리틱』, 이신철 옮김, 도서출판 b, 2013, 236.
37. 서동진,「'·을질'하는 자들의 이데올로기적인 미망: 문화비평의 윤리를

'정치적으로 올바른' 우리는 저임금 노동자 등이 받는 굴욕과 수치, 혐오 발화에 민감해한다. 그리고 주인이 노예와 한낱 다를 바 없는 한 인간임에 주목해 주인의 위신을 깎아내리는 것에 최선을 다한다. 그만큼 불평등이나 실업에 대한 관심은 덜 갖게 된다. 서동진의 비판은 사회적 모욕과 상처에 대항하는 최근의 '정체성 정치'와 관련되어서도 중요한 시사점을 제공해주는데, 특별히 문학과 관련하여 한 편의 글을 집중적으로 읽어보고자 한다.

8. '매 맞는 아이'의 극장

'문학의 정치' 논의가 제기되기 한 해 전에 비평가 황종연은 박민규, 이기호, 백가흠의 소설에서 한국 사회의 점증하는 불평등을 읽어내고 '사회적인 것'(천부인권, 상호 존중과 호혜의 이상이 경제, 공론장, 인민주권의 제도화를 통해 구현되는 과정에서 상상되는 어떤 것)의 대대적인 실종이 지각되고 상상되는 방식을 이야기한 적이 있다. 황종연은 세 작가의 소설에서 "공통적으로 나타나는 굴욕적이고 압제적인 사회 경험의 한 상징이

• •

생각하며」, 『말과활』 9호, 2015년 8~9월호.

그들의 작중인물이 맞고 있는 매"[38]라는 사실을 추출한다. 그리고 이 소설들의 주된 남성 주인공들의 '매 맞는 환상'에 대한 프로이트의 분석을 정체성 정치의 역학에 응용하여 그 정치의 역설과 관련짓는다. 황종연의 분석은 이 글이 발표된 10여 년이 지난 지금, 더욱 유효하게도 사회적인 것의 한 단면을 분석하는 중요한 기틀을 제공한다고 할 수 있다. '매 맞는 환상'은 자아가 자신을 박탈한 사회를 향한 비난과 복수에 대한 열망을 그 사회로부터 정당하게 인정받고 싶다는 욕망 및 소원과 함께 반복적으로 상연할 때 생겨나는 모순을 기반으로 한다. 여기서 정체성 정치의 모순과 역설이 발생한다. 정체성 정치의 당사자는 자신을 "처벌하고 상해하는 사회를 규탄하는 이면에서" 자신에 대한 "처벌과 상해에 대한 욕망을 생산"하는 것이다 (194).

매 맞는 아이의 장면과 벌 받는 정체성의 장면 사이에는 일정 정도 유사성이 있다. 첫째 단계에서 때리기의 주체와 대상이 불분명한 장면에는 굶어 죽는 아이, 강간당하는 여자 같은 식의, 처벌이나 상해를 가하는 구조의 인격화를 통한

* *

38. 황종연, 「매 맞는 아이들의 정치적 상상력: 2000년대 소설의 한 단면」, 『탕아를 위한 비평』, 문학동네, 2012, 191. 앞으로 인용할 경우 본문에 쪽수를 표시한다.

그 구조로부터의 퇴각이 대응되고, 환상을 일으킨 아이가 아버지에게 맞고 있는 둘째 단계에는 인종, 젠더, 성에 관한 사회적인 유별 표시 때문에 자유와 평등의 이상으로부터 소외를 당한 정체성들의 그 이상에 대한 피학증적 애착이 대응되고 셋째 단계에는 그 애착이 거의 위장된, 처벌과 상해에 책임이 있다고 믿어지는 각종 이데올로기에 대한 비판이 대응된다.(194)

황종연이 참조하는 미국의 정치사상가 웬디 브라운에 따르면 매 맞는 아이의 환상에서 가장 중요한 장면은 주체가 자신을 상해하는 사회(아버지)에 대한 가학과 그 사회로부터 처벌받고자 하는 피학을 꿈—작업과 같은 무의식적인 공정工程으로 무대에 올리는 두 번째 단계이다. 왜냐하면 이 무의식적인 행위에서 주체의 계략이 드러나기 때문이다. 그것은 처음에는 자신이 사회로부터 받은 상처를 상연함으로써 자신에게 상처를 가한 사회를 비난하는 것으로 보인다. 그러나 사회로부터 받은 상처를 분노로 전치해 사회를 비난하는 행위로부터 주체가 만족을 얻을 수 있다면, 그 사회는 또한 항상 비난받아 마땅한 처벌의 형상 그대로 주체에게 언제까지나 남아 있어야 한다.

웬디 브라운이 중요하게 인용하는 프로이트의 문장은 사회적 상처로부터 만족을 얻는 주체의 모순을 정확히 가리키고 있다. "따라서 그런 환상을 품고 있는 사람들은 그들이 아버지의 부류에 포함시킬 수 있는 사람들 모두에 대해 특히 민감하고 참을성 없는 반응을 보이게 된다. 그런 부류의 사람들에게 쉽사리 마음이 상하고, 그런 식으로 (그들 자신이 슬퍼지고 손해를 입도록) 아버지에게 매를 맞는 상상 속의 상황을 현실화시키는 것이다. 그러므로 나는 어느 날엔가 그 환상이 바로 편집증의 망상적 소송광訴訟狂의 기초라는 것이 밝혀지게 된다고 하더라도 놀라지 않을 것이다."[39] 요컨대 매 맞는 아이는 도처에서 자신에게 상처를 입히는 사회(타자)의 형상을 발견하는 데 몰두하면서 이렇게 말하길 좋아하는 아이다. '내가 존재하기 위해서는 너는 나에게 해를 끼치는 바로 그 형상으로 언제까지나 똑같이 남아 있어야 해.'

따라서 조남주의 『82년생 김지영』(민음사, 2016), 강화길의 『다른 사람』(한겨레출판, 2017)과 같은 최근의 페미니즘 소설은 어쩌면 프로이트의 '매 맞는 아이'의 정체성 정치의 여성주의적 버전을 무대에 올렸다고 말할 수도 있을 것이다(두 소설은 말과 시선이 그 자체로 상처로 지각되고 경험되는 것을 강조한

39. 지그문트 프로이트, 「매 맞는 아이」, 『억압, 증후 그리고 불안』, 황보석 옮김, 열린책들, 1997, 165.

다). 나는 여기서 다만 짧은 가정을 내세우는 것으로 본격적인 분석을 대신하려고 한다.[40] '매 맞는 아이'의 환상의 3단계는 소설에서는 각각 배경, 플롯, 서술로 구체화된다고 할 수 있다. 첫 번째와 세 번째의 의식적 환상부터 설명해 보겠다.

첫 번째 단계에서는 어떤 아이가 아버지에게 맞고 있는 전형적인 이미지나 장면이 상연된다. 그것은 소설에서 특정한 정체성이 사회로부터 처벌받는 것에 관한 여론을 이야기 진행을 위한 배경으로 제시하는 것에 대응된다. 예를 들면 '남자로부터 폭력을 당한 여자' 등에 대한 사회적 여론의 이미지(『다른 사람』)에서 여성의 사회적 차별에 대한 통계자료(『82년생 김지영』)의 제시가 배경으로 환기되는 것이다. 세 번째 단계의 환상에서 매를 맞고 있는 아이들은, 프로이트도 말한 것처럼, 공교롭게도 모두 남자아이들이다. 이러한 대상 선택은 앞의 소설들이 서술하는 것처럼 정체성에 대한 사회적 처벌에 상응하는 원망과 복수의 대상이 그 사회의 주요 행위자들 가운데 명시적으로 선별되어 비판되는 과정에 대응된다(소설이 진행됨에 따라 남자들 가운데 일부는 그가 여자에게 특별히 가해하지 않았더라

. .
40. 이 글에서는 이러한 가정을 뒷받침할 만한 비평을 대신 제시하고자 한다. 『82년생 김지영』의 동화적 수난 서사에 대해서는 김영찬, 「비평은 없다」, 『惡』, 2017년 하반기. 『다른 사람』의 서사에 내재된 "폐쇄적인 정체성 정치"에 대해서는 심진경, 「새로운 페미니즘서사의 정치학을 위하여」, 『창작과비평』, 2017년 겨울호, 55.

도 가해를 한 다른 남자들과 함께 가부장제를 지탱하는 상징적 작인으로 취급된다).

그리고 가장 중요한 두 번째 단계에서 매 맞는 아이의 무의식적 환상은 앞의 소설들의 배경과 서술의 의도, 형식과 내용 등이 한 데로 수렴되는 플롯의 짜임을 분석함으로써 밝혀질 수 있을 것이다. 예를 들면 세 번째 환상에 대응하는 서술의 결말에서 가해자에 대한 비난과 복수의 상상적 실현은 물론 사회적으로 상징적인 모순에 대한 피해자의 격렬한 반응이겠다. 하지만 '관계의 부정'은, 두 번째 단계의 피학증이 알려준 것처럼, 정체성이 자신이 비난하고 소거하려는 타자에 의해 상징적으로 매개되어 있음을, '부정의 관계'를 좀처럼 인정하려 들지 않는다. '부정의 관계'는 정체성 정치(서사)가 스스로 닫아버리거나 밖을 향해 열거나 할 때의 내기이다.

만일 닫아버릴 경우, 정체성 정치(서사)는 자신을 가해한 사회를 '소송광'처럼 줄기차게 비난하지만 실제로는 자신의 이상에 따라 사회를 바꾸려는 실천 대신 도덕주의적moralistic 해결에 몰두하게 된다. 브라운은 역사 이후의 정치에 내재한 도덕주의적 성향(윤리적 지혜인 도덕moral을 모색하는 대신에 도덕률에 집착하는)이 현저해지는 경향을 분석한 바 있다. 예를 들면 프로이트의 매 맞는 아이 가운데에서도 어떤 부류의 소송광은 위험하다고 간주되는 언어와 행동을 자신과 타인에게도 금지하는 정치적 올바름에 몰두한다. 이것은 사회를 바꾸려는 '행동'이 아니다. 그것은 자신의 사회적 실존이 늘 위협받고 있다는 피포위 심리siege mentality에 의존하는 '반동reaction'이며, '시종의 도덕'이다. 예를 들면 정치적 올바름과 같은

> 도덕주의적 담론이 언제나 '실천'에 대한 일정한 불안감을 품고 있는 것이라면, 그것은 또한 행동=작용에 대한 이상한 대체물로서 작동한다. 그것은 니체가 행동처럼 행세하는 '반동'이라고 불렀던 것이다. 도덕화하기는 일정한 것들, 말이나 행동들을 금지하는 것을 목표로 하거나 아니면 아주 협소한 말과 행동의 집합을 강제하는 것을 목표로 한다. 후자 또한 물론 금지의 한 형태이겠다. 그것의 기능은 개방하기보다는 제한하는 것이며, 고무하기보다는 훈육하는 것이다. 이것은 다시금 도덕주의의 반지성주의적 힘을 소환하며, 지성적 삶의 내재적 풍요로움과 그것이 근본적으로 민주주의적인 실천을 위해 갖는 특수한 가치에 반하는 등 돌리기를 소환한다.[41]

이렇게 볼 수 있다면 언어가 차별이나 배제를 낳기에 금지해

••

41. Wendy Brown, *Politics Out of History*, Princeton: Princeton University Press, 2001, 40~41.

야 한다는 정치적 올바름의 강박적인 경직硬直이 정동의 언어가 수행하는 히스테리적인 활기와 결코 무관하지 않음도 이해된다. 그것은 모두 언어를 정동=세계로 간주하는 담론의 지배적인 경향이 낳은 쌍생아이다. 이것이 지금까지 읽은 한국문학의 한 단면에서 추론한 사회의 모습이다. 그것은 상처의 사회, 브라운의 말을 빌리면 '상처의 상황(국가)states of injury'이다.

나는 한국문학에서 새롭게 융성하는 문학적인 감수성이나 비평 담론에 대해 너무 이르거나 단정적인 판단을 내린다고 생각하지는 않는다. 또한 정치적 올바름이 강화되는 추세를 비판한 것[42]은 열린 논쟁을 하자는 것이었다. 그러나 '누가 인간인가'라는 보편적인 물음이 이내 '정치적 올바름을 말하는 이는 누구인가', 요컨대 '그는 누구인가'라는 당사자성의 확인, 정체성의 심문으로 환원되는 것은 아무래도 이상하다. 나는 내 글들에 제기된 일련의 비판에 일일이 응수하지는 않겠다. 다만 나는 글머리로 되돌아가 가라타니가 인용한 것으로, 상처의 언어와 감정, 도덕주의로만 세계를 감수하고 이해하려는 현저한 경향에 맞서서 프로이트가 제시한 유머의 가치를 잠시 환기하고 싶다.

• •

42. 복도훈, 「신을 보는 자들은 늘 목마르다」, 『문장웹진』, 2017년 5월호. 이 책의 1부 1장.

9. 유머의 비평

가라타니 고진은 공산주의 국가들이 붕괴되고 이데올로기의 종언이 떠들썩한 냉소로 전 세계에 고지되던 즈음에 「유머로서의 유물론」[43]을 썼다. 이 글의 내용은 가라타니가 여기저기서 나쓰메 소세키 소설의 세계 지향적 태도를 언급할 때도 등장한다. 요절한 친구였던 마사오카 시키에게 사생문寫生文을 배웠던 소세키는 「사생문」에서 어떤 '정신 태도'를 강조한다. 그중 하나는 어른이 아이를 대하는 것 같은 태도이다. 가라타니는 시키가 죽기 전에 쓴 사생문인 「사후死後」[44]를 든다. 자신이 죽으면 시체가 어떻게 처리될지에 대해 온갖 상상(매장은 숨 막히고, 화장은 뜨겁고, 수장은 물을 먹을 것 같아 곤란하고, 미라가 되는 것도 곤란하다는 둥)을 하는 데서 발생하는 이 글의 골계와 해학은 결코 피할 수 없는 죽음을 대하는 정신의 서늘한 태도에서 비롯된다. 듣기에 절망적인 이야기이지만 이

· ·
43. 가라타니 고진, 「유머로서의 유물론」, 『유머로서의 유물론』, 이경훈 옮김, 문화과학사, 2002.
44. 마사오카 시키, 「사후」, 『마사오카 시키 수필선』, 손순옥 옮김, 지만지, 2013.

상하게도 웃게 된다. 그것은 가라타니가 소세키를 따라 강조하는 사생문의 세계 지향적 태도와 동일하다. 실제로 「사생문」은 "자신은 울지 않으면서 울고 있는 다른 사람을 서술하는" 작가의 언뜻 몰인정해 보이는 태도를 "울지 않아야 할 사건을 쓰면서도" 우는 다른 작가들의 태도와 구별 짓는다.[45] 마치 어른이 아이를 대하는 것 같은 사생문의 정신 태도는 프로이트가 「유머」에서 말한 것처럼 어른이 상처받은 아이를 보며 미소 짓는 유머의 의도와 같다.

프로이트의 설명을 따라가 보겠다. 한마디로 유머는 초자아가 자아를 대하는 태도이다. 보통 초자아는 자아에게 도덕적인 짐으로 간주될 때가 많다. 하지만 프로이트는 초자아의 다른 기능, 자아를 위무하는 기능에 대해서도 주목한다. 유머는 "자신을 어른의 위치에 놓음으로써 자신을 아버지와 동일시하고 다른 사람들은 아이처럼 취급하면서 우월성을 획득하는 것이다."[46] 그러나 자칫 오해하기 쉬운 '우월성'이란 자신이 다른 이들을 내려다보는 오만한 메타 초월적인 위치에 서 있음을 뜻하지 않는다. 그것은 자신을 희극적으로 이중화하는 것이다.

••

45. 나쓰메 소세키, 「사생문」, 『나쓰메 소세키 문학예술론』, 황지헌 옮김, 소명출판, 2004, 62~63.
46. 지그문트 프로이트, 「유머」, 『창조적인 작가와 몽상』, 정장진 옮김, 열린책들, 1996.

유머는 그것을 듣는 "관객"을 필요로 한다(관객이나 청자는 다른 사람이겠지만 화자의 다른 모습이기도 하다). 두 가지 뜻이겠다. 수직인 것 같지만 수평의 무대이며, 화자의 의도가 중요하다는 것. 나의 의도는 지금까지 은유화한 축제의 무대(문학의 정치), 진혼의 제단(치유와 증언의 문학), 매 맞는 아이의 극장(정체성의 문학)과는 조금 다른 극장을 제안하려는 것이다.

계속해 보면, 청자는 화자가 농담을 하기 전에 어떤 "심적 충격을 드러내는 징후들을 보일 것"이라고 생각한다. 화자는 화를 낼 수도, 하소연할 수도, 괴로움을 드러낼 수도, 두려워할 수도, 대경실색할 수도, 절망할 수도 있을 것이다. 청자는 화자의 표정과 언행에서 감지되는 감정을 예상하지만, 예상과 달리 화자가 "정서적 표현"을 하는 대신에 농담을 하게 되자 청자는 뜻밖의 즐거움을 얻게 된다. 정서적 지출(소비)을 할 필요가 없어진 것인데, 프로이트는 이를 "감정지출의 경제학"으로 불렀다. 유머의 효력은 이뿐만이 아니다. 유머의 청자는 유머의 화자를 모방하기도 하는데, 이러한 미메시스의 작용이 고통의 즉각적인 표현이나 그를 통한 공감대 형성보다 덜 가치 있는 것은 결코 아니다. 유머가 "막막한 현실 상황에도 불구하고 끝내 굽히지 않으려고 하는 쾌락 원칙"이라면, 그것은 상처를 중심으로 자아와 세계를 조직하지 않겠다는 '성숙'의 표현이다. 결국 유머에서 중요한 것은 농담이 아니다. 그것은 '의도', "유머가 드러내는 의도, 즉 이 드러남을 통해 유머를 보인 당사자와 주위의 사람들에게 미치는 의도"이다. 초자아(어른)는 자아(아이)에게 말한다. '봐라, 이게 그렇게 위험해 보이는 세계란다. 그러나 애들 장난이야. 기껏해야 농담거리밖에는 안 되는 애들 장난!'

가라타니 자신은 공산주의의 소멸에 상처받고 상실의 시대를 살아간다는 이들에게 농담을 건넸을 것이다. 이념은 원래 실현되지 않는 거야. 따라서 사멸하는 일도 없겠지(탈이데올로기의 시대를 희희낙락하며 살아가는 이들에게도 농담을 건넸을 것이다. 자본주의의 이념이 실현되었습니까. 오, 기쁜 소식이네요. 그렇지만 실현되었으니 언젠가는 사멸하겠군요). 그러나 그것은 무엇보다도 자신에게 건네는 위로였다. 결론적으로 가라타니의 '근대문학의 종언'론은 종언 이후의 문학의 태도(오락)가 있었다면 정치의 태도(보편성)도 있었으며, 그로부터 배워야 할 것('건너뛴 것에 대한 청구서')이 여전히 남아 있음을 우리에게 상기시켰다. 비평이 내가 세상에게 받은 상처로 세상을 비난하고 나를 비난하는 일을 즐기는 열망으로부터 지금보다 조금 더 거리를 두려는 노력이었으면 좋겠다. 그리고 그러한 노력의 견본들을 발굴하는 일이었으면 더 좋겠다. 발굴할 것이 더는 남아 있지 않다고 누군가는 떠나가더라도, 발명할 것은 여전히 남아 있기에.

정치적 올바름입니까, 혐오입니까?
ㅡ아뇨, 괜찮아요!
슬라보예 지젝의 '정치적 올바름' 비판을 중심으로

1. 거짓된 이중 협박

자크 라캉의 정신분석에는 사람들이 선택과 배제의 양자택일을 강요당하는 상징계The Symbolic를 살아간다는 것을 환기하는 개념이 있다. 그것은 '강요된 선택'이다. 강도가 당신을 위협한다. '돈이냐, 목숨이냐.' 만일 당신이 목숨을 택하면 돈만 잃되, 당신이 돈을 선택하면 돈과 목숨 둘 다 잃게 된다. 그런데 강요된 선택 가운데 거짓된 것은 없을까. 더 정확하게는 강요된 선택의 외관을 둘렀지만 사실상 이중 협박double blackmail이라고 할 만한 그릇된 양자택일이 있을 수 있지 않을까.

2016년 미국에서 제작된 것으로 보이며 인터넷에서 쉽게 볼 수 있는 '정치적 올바름political correctness'에 대한 세 컷짜리

카툰은 강요된 선택의 외피를 뒤집어쓴 이중 협박, 그릇된 양자택일의 프로파간다라고 할 만하다. 첫 번째 컷에서 남자가 여자에게 말한다. "정치적 올바름 때문에 힘들어 죽겠어요." 두 번째 컷에서 여자가 남자에게 대답한다. "좋아요, 그러면 '정치적 올바름'을 빼놓고 말해봐요." 세 번째 컷에서 다시 남자가 말하는데, 그 컷은 첫 번째 컷을 반복하면서 첫 번째 컷에서 남자의 발화에 숨겨진 내용을 폭로한다. "여성과 소수자를 모욕하고 무시할 수가 없으니 힘들어 죽겠네." 그러자 같은 컷의 오른쪽 하단에는 자그마한 글씨로 여자가 혼잣말을 한다. "후련하신가?"

카툰 작가는 남자의 발화 위치를, 그의 발화에서 암시된다고 여겨진 여성 혐오와 소수자 혐오를 폭로한 것이다. 분명히 정치적 올바름 때문에 힘들고 피곤하다고 말하는 여성 혐오자와 인종주의자 등은 넘쳐난다. 그러나 여성 혐오와 인종주의에 맞서는 방식으로 정치적 올바름에 대해 비판적일 수도 있다. 후자를 염두에 두면 '정치적 올바름'에 대한 카툰의 요구는 정치적 올바름에 반대하는 사람들을 한꺼번에 여성 혐오자나 인종주의자로 몰아가는 낙인찍기를 수행하고 있다. '정치적 올바름이냐, 혐오냐'는 선택의 강요는 비단 다른 나라에서만 일어나는 현실의 한 예화는 아닐 것이다. 슬라보예 지젝이라면 이러한 선택의 강요란 실제로는 양자택일의 거짓 협박에 지나지 않음을 알고 거부해야 마땅하다고 할 것이다. 나아가 정치적 올바름에 대한 비판이 혐오 세력에게 힘을 실어준다는 협박도 거절하라고 할 것이다. 이렇게 볼 때, 세 컷 짜리 카툰은 있을 수 있는 네 번째 컷을 삭제한 것으로 볼 수 있으며, 따라서 카툰의 거짓된 양자택일에 대한 지양을 통해 네 번째 컷을 위한 빈자리를 마련할 필요가 있다. 이 글의 제목에서 '아뇨, 괜찮아요'는 양자택일의 대상을 선언적 분리('또는')로 삭제하지 않고 양자의 내속적인 차이(적대)를 보다 분명히 드러내려는 변증법적인 의도를 내포하는 진술이다.[1]

• •

1. 슬라보예 지젝, 「계급투쟁입니까, 포스트모더니즘입니까? ― 예, 부탁드립니다」, 슬라보예 지젝 · 주디스 버틀러 · 에르네스토 라클라우, 『우연성, 헤게모니, 보편성』, 박대진 · 박미선 옮김, 도서출판 b, 2009, 131~132.

슬라보예 지젝은 초기 저서에서 근래의 칼럼들에 이르기까지 수십 년간의 방대한 글쓰기 이곳저곳에서 좌파이론가로서는 거의 드물고도 지속적으로 '정치적 올바름'의 '비정치성'과 '올바르지 않음'을 다양하게 비판해 왔다. 그리고 정치적 올바름의 담화규칙을 가볍게 무시한 트럼프에 대한 아이로니컬한 대선 지지 선언 이후 미투 운동에 대한 칼럼 등에서 정치적 올바름에 대한 지젝의 비판은 수위와 강도를 더해가고 있다. 정치적 올바름에 대한 지젝의 비판은 얼핏 보면 그의 저술에 담긴 이론적인 핵심들과는 거리가 멀어 보인다. 또한 그의 글쓰기 스타일인 숱한 여담의 한 사례로 제시되는 정도에 불과해 보인다. 게다가 정치적 올바름에 대해 지젝이 수행해 온 비판적인 정의와 개념화는 때로는 다소 느슨하고 포괄적일 때도 있다. 그럼에도 지젝이 비판하는 '정치적 올바름'을 탈이데올로기적인 후기 근대에서 현저해진 주체성과 타자성의 양태, 대안적인 사회, 문화, 정치 담론 및 실천에 내재한 교착상태를 드러내는 중요한 증상 symptom으로 분석할 필요가 있다.

정치적 올바름에 대한 지젝의 비판은 페미니즘 운동, 소수자

• •

지젝이 인용한 영국 코미디언 그룹인 막스 브라더스의 농담('커피로 하시겠습니까, 차로 하시겠습니까 — 예, 부탁드립니다')이 갖는 변증법적인 의미와 가치에 대해서는 켈시 우드, 『한 권으로 읽는 지젝』, 박현정 옮김, 인간사랑, 2018, 29~30.

적 정체성의 인권과 인정에 대한 다양하고도 마땅한 요구가 급속도로 부상하고 있는 한국의 사회적 현실에 비추어 보면 그 적용이 부적합하거나 때 이른 것처럼 보인다. 또한 사회적 소수자, 이민자 등에 대한 시민사회적인 존중과 배려의 풍속, 요컨대 시민인륜civility이 현저하게 결락된 한국 사회에서 소수자에 대한 관용의 화용론이기도 할 정치적 올바름의 요청은 필요불가결할 뿐만 아니라 필수적 사항인 것처럼 보인다. 무엇보다 돌이키기 힘들 정도의 사회적 해악으로 증가하는 혐오발화를 효과적으로 제어할 만한 시민 도덕이나 사회규범이 별반 마련되지 않은 사회적인 온도 차를 짐작하면 더더욱 그러하다. 따라서 정치적 올바름은 새로운 시민 사회운동을 수행하는 주체들에게 때로는 거의 필수적인 도덕적·정치적인 기율이자 품행으로 전제되기도 한다.

그러나 앞으로 살펴보겠지만, 정치적 올바름의 수행성이 과연 민주주의적 자유와 평등의 해방적인 실천에 얼마나 효과적으로 기여할 수 있는지, 사회적 불평등의 온갖 불만을 소수자에 대한 혐오로 전치시키는 광범위한 갈등에 대한 대안이나 해결책으로 정치적 올바름 전술이 과연 타당한 것인지에 대해서는 따져볼 여지가 여전히 적지 않다. 더욱더 문제가 되는 것은 이러한 질문 자체를 사전에 봉쇄하여 반지성주의를 조장·확산시키는 경우이다. 항간에는 정치적 올바름과 정체성 정치에

대한 있을 수 있는 비판을 페미니즘에 대한 비평적 반동backlash
과 성급하게 등치시키기도 한다. 물론 이러한 태도는 페미니즘
을 정치적 올바름과 정체성 정치의 전술 전략의 평평한 결합으
로 축소하면서 그에 대한 어떤 비판도 허용치 않으려는 편협함
과 옹졸함을 스스로 드러낼 뿐이다. 대안적인 사회운동의 봉기
에 적절한 때와 장소가 없는 것처럼, 그에 대한 있을 수 있는
비판에도 시기상조란 없지 않은가. 이 글은 정치적 올바름에
대한 지젝의 비판을 유형화한 다음, 그에 내재한 정치적 효과와
한계를 살피고자 한다. 이를 통해서 지젝의 비판이 계급, 젠더,
인종이 교차하면서 사회적 적대antagonism를 가시적으로 드러내
는 한국 사회에 필요한 해방적인 사유에 약간이나마 기여할
수 있는 바를 모색하고자 한다.

2. 이데올로기적 커플: 금욕주의자와 아름다운 영혼

"정치적 소수 집단에 경멸적이거나 그들을 배제하는 것으로
여겨질 수 있는 언어 사용과 행동을 의도적으로 피하기. 의사소
통 정책의 일환으로 정치적 올바름을 택하는 기관과 조직은
그에 따라 인종차별주의적 · 성차별주의적 · 기타 차별/편견의
언어 사용을 금하며, 어떤 상황에서는 정치적으로 중립적인

용어를 사용하라고 요구한다."[2] 좌파의 문화이론 사전에 등록된 '정치적 올바름'에 대한 항목은 차별적인 언행을 줄이거나 교체하는 정치적 올바름의 불가피성과 함께 그것의 딜레마를 부각시키고 있다. 예를 들어 '니거nigger'는 흑인을 향하는 모욕적인 발화일 수 있지만, 흑인들 자신에게는 연대의 표현일 수 있다. 『혐오 발언』의 저자이자 페미니스트인 주디스 버틀러는 '퀴어queer'가 끊임없는 재맥락화와 재전유 또는 수행적인 패러디를 통해 더는 혐오 발언이기를 중지할 뿐만 아니라, 성 소수자 집단의 주체적이고도 평등한 상징성을 드러내는 인상적인 사례들을 제시한 바 있다.

버틀러는 혐오 발언에 대한 국가적, 사법적 규제 대신에 해체주의적 해석 투쟁을 통해 혐오 발언을 체계적으로 수행하는 구조와 권력을 약화시키는 데서 혐오 발언에 대항할 강력한 가능성을 제시한다. 국가와 법이 혐오 발언을 직접적으로 규제하기 시작하는 것을 용인하면 혐오 발언에 대항하고 그것을 전복할 주체의 역량과 가능성을 스스로 줄이는 일이다. 마찬가지로 혐오 발언에 대한 국가의 법적 개입은 주체의 안전과

· ·

2. 이안 뷰캐넌, 「정치적 올바름」, 『교양인을 위한 인문학 사전』, 윤민정·이선주 옮김, 자음과모음, 2017, 510. 나의 전제는 정치적 올바름에 대한 우파의 편집증적이고도 피해망상적인 비난을 거부하는 동시에, 해방적 보편성, 계급투쟁 등에 대해 '정치적으로 올바른' 좌파가 비난을 하는 방식도 문제 삼는 데 있다.

신변 보호에 대한 국가와 법의 통치역량을 불가피하게 강화한다. 따라서 버틀러는 혐오 발언을 한 개인이나 공동체에 대한 책임을 직접적으로 묻는 사법적, 국가적 규제 대신에 혐오 발언이 수행되는 역사적인 맥락에 초점을 맞춘다. 버틀러에 따르면 주체는 인종차별(또는 성차별)의 역사적 맥락의 부산물이며, 혐오 발언은 역사적인 맥락 속에 오래도록 집적集積된 것을 주체가 재인용하는 어떤 것으로 간주한다. 그러나 버틀러에 따르면, 혐오 발언의 주체를 기소한다고 할 때 실제로 '누구를 또는 무엇을 기소하는가?'라는 난제가 발생한다. "만일 그런 발언이 기소되어야 한다면, 언제 어디서 기소가 시작되며 언제 어디서 끝나게 될까? 이는 자신의 시간성으로 인해 재판으로 회부될 수 없는, 어떤 역사를 기소하고자 하는 노력과 같은 어떤 것은 아닐까?"[3] 그런데 버틀러식의 맥락 의존적인 입장은 혐오 발언을 하거나 그럴 가능성이 있는 주체가 끊임없이 죄책감을 느끼고 스스로를 감시하면서 맥락과 거리를 두려는 정치적 올바름의 입장과 조만간 나란히 할 수밖에 없다.[4] 그것은 문제를 부각시키지만 해결할 수는 없다. 지젝이 정치적 올바름에 대해 갖고 있는 의구심 또한 여기에 있다.

· ·
　3. 주디스 버틀러, 『혐오 발언』, 유민석 옮김, 알렙, 2016, 100.
　4. 레나타 살레츨, 『사랑과 증오의 도착들』, 이성민 옮김, 도서출판 b, 2003, 193.

지젝에게 '정치적 올바름'은 이데올로기의 종언(역사의 종언) 이후 전개되는 전 지구적인 정치의 교착상태 곧 민족주의적(인종주의적) 근본주의의 발흥과 해방적인 사건 없는 자유민주주의의 맥 빠진 정치의 교착상태에서 자유주의 이데올로그나 좌파가 처한 곤경의 한 단면을 압축하는 이데올로기적인 사례이다. 지젝에게 정치적 올바름은, 정치적 올바름 자신이 그러한 것처럼, 발화 스타일 또는 발화 위치, 자유주의적 또는 좌파적인 주체의 도덕적·정치적 태도 또는 지향성, 타자(사회적 소수자)에 대한 입장, 관용이나 의례, 언어와 화용론, 문화적 재현방식 등에 다양하게 걸쳐있는 이데올로기이다.

문화이론가 스튜어트 홀은 정치적 올바름의 부상이 이데올로기의 종말 이후에 정치의 문화화, 언어론적 전환, 정체성 정치의 동시다발적인 융기와 발흥 속에서 언어, 재현, 개념 등의 영역을 놓고 치러진 우파들과의 헤게모니적인 문화 전쟁과 무관하지 않다고 지적한다.[5] 그러나 홀에 따르면 공적 영역에 어울릴 것 같은 어조로 사적 영역에 대해 문제 제기를 하는 방식, 어떤 것이 다르게 불리면 그것은 존재하지 않을 거라는 극단적인 유명론, 개인이 대문자 진리Truth를 목격한다고 하는 정치적

5. 이에 대해서는 문형준, 「정치적 올바름과 살균된 문화」, 『비교문학』 73집, 한국비교문학회, 2017, 105.

올바름의 특징은 마치 장구한 전략적인 목표는 포기한 채 수행되는 단기적인 전술적 기동전에 가깝다. 홀이 직간접적으로 관찰한바, 무엇보다도 "도덕적 독선의 강한 압박은 정치적 올바름이 내는 가장 특징적인 '목소리'"이다.[6] 정치적 올바름은 독단적인 진정성, 참된 양심에 호소해 '진리의 정치'가 아니라 그것의 이미지를 구축하는 것에만 전념한다는 것이다. 홀의 이러한 지적은, 곧 살펴보겠지만, 지젝이 정치적 올바름의 당사자의 발화가 아니라 발화 위치를 문제 삼는 것과 일맥상통한다. 홀에 따르면,

> 정치적 올바름은 언어와 문화가 말하고 의미하려고 하는 바를 바꿔왔지만, 그 의미와 문화가 어떻게 작동하는가에 대한 개념을 바꾸지는 못했다. 이것은 비단 언어의 문제만은 아니다. 정치적 올바름의 일반적인 전략은 잘못된 관념이나 의미의 가면을 벗겨 그것들을 참된 것으로 대체한다는 정치학의 개념에 의존한다. 정치적 올바름의 전략은 '참된 양심true consciousness'으로 잘못된 인종차별적, 성차별적, 동성애공포증적 의식을 대체하는 식으로 '참 정치politics as truth'의 이미지를 내세운다.

• •

6. Stuart Hall, "Some 'Politically Incorrect' Pathways through PC", *The War of the words: The Political Correctness Debate*, ed. Sarah Dunant, London: Virago, 1994, 168.

그러나 그것은 지식의 '진리'가 언제나 맥락 의존적이고, 담론으로 구성되며, 권력관계와 연관되어 진리가 된다는 것, 그렇게 진리의 정치가 만들어진다는 것에 대한 근본적 탐사를 이해하려 들지 않는다.[7]

지젝이 자신의 저술(『부정적인 것과 함께 머물기』)에서 명시적으로 정치적 올바름에 대해 문제 제기 한 대목을 인용해보면 그것은 "인종적이고/이거나 성적인 폭력의 더욱더 새로운, 더욱더 정제된 형식을 적발해내려는 강박적 노력"으로 정의된다. 그런데 지젝은 정치적 올바름을 "자신의 향유jouissance를 희생"하려는 "백인 남성 이성애자"의 "강박신경증의 약점"과 결부시키고, 그것의 유래를 "자신 안에서 좀 더 새로운 죄의 층위를 발견해내기 위해서 자신의 생을 바친 초기 기독교 성자의 노력"과 연결 짓는다. 그리고 정치적 올바름의 태도(어조, 목소리)가 헤겔을 빌리면 "금욕주의적 자기 굴욕과 관련하여 비난했던 발화된 내용과 발화행위 위치 간의 적대와 동일한 것을 함축한다"고 지적한다. 그러나 정치적 올바름은 백인 남성 이성애자의 특권을 희생하는 척하면서 오히려 자신의 확고부동한 위치를 고집하는 자기기만으로 나타난다. 따라서 지젝의 좌파 정치학

• •

7. Stuart Hall, "Some 'Politically Incorrect' Pathways through PC", 181.

의 관점에서 정치적 올바름이란 "극단적 좌파의 위장된 표현"이 기는커녕 "부르주아 자유주의의 주요한 이데올로기적 방패"인 것이다.[8]

정치적 올바름에 대한 지젝의 초기 분석에서 도출된 핵심은 정치적 올바름을 수행하는 주체의 특징, 즉 그의 발화 내용이 아니라 발화행위 또는 발화 위치이다. 그런데 지젝은 정치적 올바름을 수행하는 주체에 대한 분석과 나란히 후기근대적인 주체성에 대한 별도의 분석에서 "타자들의 현존 그 자체가 폭력으로 지각되는"[9] 주체의 새로운 출현과 그의 경험 양태에 관해서도 이야기하고 있다.

지젝에 따르면 이데올로기의 종말, 역사의 종말은 이데올로

8. 슬라보예 지젝, 『부정적인 것과 함께 머물기』, 이성민 옮김, 도서출판 b, 2007, 411. 헤겔의 말을 덧붙이면 금욕주의자는 "자유의 개념'에 숭고한 느낌을 갖고 그것에 매달리는 것을 "생동한 자유"로 오인하는 데서 오는 내적 분열을 조만간 권태감과 공허감으로 드러낼 수밖에 없는 존재이다. G. W. F. 헤겔, 『정신현상학 I』, 임석진 옮김, 지식산업사, 1988, 275. 그런데 지젝이 비판적으로 언급한 스토아적인 금욕주의는 개방적인 다문화주의적 교육정책과 관련하여 정치적 올바름을 어느 정도 장려하는 마사 C. 누스바움의 다음 진술에서는 꽤 긍정적인 의미로 사용된다. "스토아철학의 밑바탕에는 개인과 집단에 대한 증오는 개인적·정치적으로 유해하고, 교육자들은 여기에 저항해야 하며, 생각과 말이라는 내적 세계는 궁극적으로 증오에 저항해야 하는 장소라는 타당한 견해가 자리잡고 있다." 마사 C. 누스바움, 『인간성 수업』, 정영목 옮김, 문학동네, 2017, 111.

9. 슬라보예 지젝, 『부정적인 것과 함께 머물기』, 421.

기적 대타자The Other의 철수로 끝나는 것이 아니라 온갖 정체 모를 타자들(라캉 정신분석의 대상 a)의 생생한 '억압된 것의 귀환'으로 이해할 필요가 있다. 예를 들면, 정체 모를 테러리스트는 더 이상 이데올로기적·정치적인 적이 아니라 전 인류에 범죄를 저지르는 근본악의 화신이며, 심지어는 당신의 이웃조차 그러한 테러리스트나 범죄자일지도 모른다. 역사의 종말과 같은 이데올로기적 패러다임의 변화는 구체적인 생활세계에서 타자에 대한 주체의 지각과 감각의 대대적인 신경증적 변화를 수반한다. 이데올로기적 대타자의 철수(또는 온갖 위협적인 타자들, 대상 a의 귀환)로 인해 '타자들과의 모든 접촉은 폭력적인 침해로서 지각되고 경험'되는 후기근대적인 주체성이 출현한 것이다. 정치적 올바름의 주체의 증상은 타자들과의 접촉에서 올 수 있는 폭력과 상해의 지각과 경험(향유)을 끊임없이 단속하는 의례와 규율을 자신에게 부과하는 강박신경증의 그것이라고 할 수 있다. 그런데 강박신경증적 주체의 출현은 타자의 현존을 폭력적인 침해로 경험하는 희생자적인 주체, 사악한 세계의 피해자로 자신의 정체성을 세계(타자)에 호소하고 인정받으려는 히스테리증적 주체의 출현과 동시 발생적이다. 이 둘은 잘 어울리는 이데올로기적인 커플을 이룬다.

지젝은 헤겔을 빌려, 정치적 올바름의 강박증적 주체를 금욕주의자로 부른 것과 마찬가지로, 히스테리증적 주체를 '아름다

운 영혼die schöner Seele'으로 부른다. '아름다운 영혼'은 『정신현
상학』에서 '자기 자신을 확신하는 정신'이라는 항목에서 '양심'
과 관련이 깊다. 요약하면 양심은 특정한 의무를 행동으로 실천
하기보다는 정당한 것이 무엇인가를 신념과 비평으로 표현한
다. 더 정확하게는 양심은 신념과 비평의 표현으로 자신의 의무
를 실천한다고 말하는데, 왜냐하면 행동은 타자에게 죄지을
수 있기 때문이다. 양심은 "악한 타자의 의식을 불량, 비천하다
는 등으로 일컫는 열성"으로, "이 열성에 넘치는 의식"을 자신의
"진정한 의무"로 칭한다.[10] 그러나 양심은 결국 자기 마음의
순수성을 보존하기 위해 현실과의 모든 접촉을 피한 채 아집의
무기력으로 빠져들거나 끊임없이 타자를 비난하기만 하는 '아
름다운 영혼'에 불과하다. '아름다운 영혼'은 자신이 비난하는
악한 세계의 진행과 자신은 무관하다고 믿는 위선자일 뿐만
아니라, 바로 그 세계를 적극적으로 구성하는 데 기여한 존재이
다. 지젝에 따르면 '아름다운 영혼'은 "세계의 사악한 진로들을
개탄하면서도 동시에 그러한 세계의 재생산에 능동적으로 참여
하는"[11] 자기모순적인 태도를 갖고 있는데, 이것은 정치적으로

· ·

10. G. W. F. 헤겔, 『정신현상학Ⅱ』, 임석진 옮김, 지식산업사, 1988, 796.
11. 슬라보예 지젝, 『분명 여기에 뼈 하나가 있다』, 정혁현 옮김, 인간사랑,
2016, 59. '아름다운 영혼'은 지젝의 첫 번째 저작 『가장 숭고한 히스테리환
자』(1988)(주형일 옮김, 인간사랑, 2013)부터 등장하는 개념이다.

올바른 금욕주의자가 온갖 향유를 금지하는 와중에 금지 자체에 몰두하게 되는 자기역설적인 태도와 비교해볼 만하다.

요컨대 지젝에게 '정치적 올바름'은 후기근대적인 주체성의 특정한 양태로 출현하되, 금욕주의와 아름다운 영혼, 강박신경증과 히스테리증, 이른바 남성과 여성의 성차sexuation로 표식되기도 한다. 이쯤에서 정치적 올바름의 주체가 대면하는 타자 혹은 타자성의 양태는 무엇인지를 물을 차례인 듯하다. 이러한 질문은 정치적 올바름의 담론과 실천이 윤리적으로도 정치적으로도 타자와의 실재적인 만남을 체계적으로 회피하는 시도가 아닌가 하는 질문으로 바꿔 물을 필요가 있겠다. 그러한 타자와의 만남에 대한 회피는, 지젝에 따르면, 도처에서 타자와의 만남을 희생자를 만드는 경험으로 치환하고 타자의 침해에 대해 규제를 가하거나 그와 비슷한 방식으로 초자아적인 죄책감에 근거해 스스로 규제의 규범화를 적극적으로 장려하는 방식으로 나타난다.[12] 정치적 올바름이 유별나게 강조하는 타자의 침해와 자기 단속을 악순환하는 리비도 경제는 지젝의 정치학에서 가장 핵심적인 요소인 계급 적대와 성적 적대를 체계적으로 은폐하거나 위장, 전치하는 이데올로기적인 책략으로 기능한

· ·

12. 슬라보예 지젝, 『지젝이 만난 레닌』, 정영목 옮김, 교양인, 2008, 266~267; 「반인권론」, 김영희 옮김, 『창작과비평』, 2006년 여름호, 388.

다. 지금까지 살펴본 것처럼 지젝이 주로 미국의 사례를 중심으로 정치적 올바름의 담화와 실천이 다양한 방식으로 본격화된 1990년대부터 그에 대해 좌파적인 비판을 수행하기 시작했다는 것은 눈여겨볼 만한 부분이라 하겠다.

3. 토템과 터부: 이데올로기적 항산화물 또는 대리보충

머리말에서도 환기했지만, 항간에는 '정치적 올바름'이나 그것을 수단으로 활용하는 '정체성 정치'에 대한 비판을 페미니즘, 소수자 정치에 대한 '백래시' 그 자체로 간주하기도 한다. 그러나 이러한 비난에 대해서는 그러한 비난을 하는 상대방에게 그것을 그대로 되돌려주는 것이 효과적이다. 즉 페미니즘이나 소수자 정치에 대한 좌파적인 비판이, 그 비판에 대한 응수로 백래시라는 반응을 불러일으킬 만큼, 정체성 정치와 정치적 올바름에 대한 비판과 과연 곧바로 등치될 수 있는가라고 되물어보는 것이다. 문제 삼아야 할 것은 자신이 옹호하는 이론과 실천에 대한 비판적 이의제기를 사전 차단하고 봉쇄하거나 반대로 그것을 숭배하는 반지성주의다.

이 글의 맥락에서 지젝은 후기근대적인 정체성 정치나 포스트모더니즘을 표방하는 문화연구에서 종종 보이는 '이데올로기적 항산화물', 즉 특정한 개념에 대한 길들임을 통한 사유 금지denkverbot에 대해 말하고 있다. 그는 『전체주의가 어쨌다구?』에서 자유민주주의적 합의 아래에서 전체주의라는 개념이 그에 대해 어떠한 진지한 사유도 허락할 필요가 없는 근본악으로 규정되며, 이러한 규정은 자유민주주의적 합의의 환상을 지속하는 방식으로 작동한다고 말한다. 한편으로 '이데올로기적 항산화물'의 사유 금지는 이른바 급진적 학계에서도 모종의 불문율로도 나타난다. 스튜어트 홀은 정치적 올바름이 참된 양심에 의해 온갖 혐오에 맞서 참 정치의 이미지를 내세우지만, 그것은 진리가 지식의 구성적 산물임을, 맥락화의 전적인 효과임을 깨닫지 못한 결과라고 말했다. 그러나 정치적 올바름은 다만 언어와 담론을 탈맥락화하여 특정 언어나 발화를 문제 삼는 방식으로만 표현되지는 않는다. 오히려 그것은 적극적으로 (재)맥락화를, 발화행위의 위치를 폭로하는 보다 진화된 방식으로 작동하기도 한다.

  지젝 자신도 정치적 올바름에 대한 초기의 비판에서는 이점을 지적하지는 않았으나 나중에는 다음과 같이 쓴다. "정치적으로 올바른 문화연구는 진리(관여된 주체적 입장)와 지식을 혼동함으로써 — 그 둘 사이를 갈라놓는 간극을 부인하거나 지식을 진리 아래 직접 복속시킴으로서 — 어떤 문제에 접근하는 진지한 태도를 결여하고 있는 데다가 오만하기까지 한 것에 대한 대가를 치르게 된다."[13] 여기서 '지식을 진리 아래 직접 복속시킨다는' 서술이 의미하는 바는 지식이 특정한 역사적 맥락에 위치한 발화행위(진리)의 부산물일 뿐만 아니라, 오로지 그것이라고만 말하는 것이다. 예를 들면, 데카르트의 '코기토 에르고 숨Cogito ergo sum'(지식)은 사유하는 서구 남성 주체(진리)의 산물에 불과하다고 폭로하는 것이다. 지젝은 '정치적으로 올바른' 학계의 "논쟁에서 자동적으로 점수를 따는 가장 손쉬운 방법"으로 "상대의 입장이 역사적 맥락 속에 적절히 '위치 지어져 있지' 못하다고 주장하는" 사례를 들고 있다.[14] 물론 그는 특정 지식이 진리의 산물임을 부각하는 방법에 일정하게 동의하지만 그러한 방법의 상투적인 역사화(맥락화)에 저항하는 '실재 The Real'로서의 지식을 고수하고자 한다.[15]

한편으로, 맥락화하라는 명령의 상투화와 함께 나란히 문제 삼아야 할 것은 특정 개념(전체주의)에 대한 터부뿐만 아니라 토템적 숭배이다. 누군가가 개념을 탈맥락화하거나 역사적인 맥락에 제대로 위치시키지 못한다고 비난할 때, 그러한 비난이

• •
13. 슬라보예 지젝, 『전체주의가 어쨌다구?』, 한보희 옮김, 새물결, 2008, 341.
14. 슬라보예 지젝, 『전체주의가 어쨌다구?』, 12.
15. 다양한 방식의 역사적 맥락화에도 불구하고 다만 그것으로 환원되지 않는 데카르트의 코기토가 가지는 고유의 급진성에 대해서는 슬라보예 지젝, 『까다로운 주체』, 이성민 옮김, 도서출판b, 2005, 9~15.

개념의 토템화로 이어질 경우에는 별다른 설득력을 얻지 못할 것이다. 예컨대 '젠더'와 '인종'처럼 사태와 결부되면서 다루기 민감해지는 개념이 있다. 그런데 누군가가 그 개념의 토템화를 비판할 때 비판에 정당한 이의를 제기하는 대신 비판을 무효화하기 위해 앞서의 탈맥락화, 물신화와 같은 어휘를 남용하는 경우를 떠올려보자. 아도르노는 개념들은 사태와 맞닥뜨리면서 그 자체로부터 요구하는 바에 따라 이해되어야 한다고 말한다. 그런데 만일 사태와 맞닥뜨리는 대신에 외부에서 가져온 임의적인 어휘를 개념을 변호하는 데 사용할 경우 그 논변은 궤변이 되기 십상이다.[16] 개념은 학문의 전쟁터에 던져진 무기이지만, 개념의 생명력을 단축시키는 것은 개념에 대한 일체의 비판을 사전 차단하려는 움직임이다. 그것이야말로 개념에 대한 토템숭배, 즉 물신화이다. 개념에 대한 토템숭배는 물론 학문적인 게으름의 산물이겠지만, 그보다는 개념을 통해 수행하려는 이론적 투쟁의 자기방어가 다다를 수 있는 막다른 교착 상태이다.

정체성 정치의 예를 들기는 했지만, 정체성 정치는 순전히 그것의 특수주의와 당사자성으로만 축소되지는 않을 것이다.[17]

16. 테오도르 W. 아도르노, 『변증법 입문』, 홍승용 옮김, 세창출판사, 2015, 46.
17. 이 글의 맥락에서 정체성 정치는 여성과 소수자의 (때로는 폐쇄적인)

지젝 또한 정체성 정치의 특수주의 그 자체를 문제 삼는 것은 아니다. 정체성 정치는 차이를 내포하는 특수주의에서 시작한다. 그렇지만 정체성 정치가 정치의 최상의 모델은 아니며, 자동적으로 보편성을 담보하지도 않는다. 지젝은 '자기 자신의 특권적 경험은 불량하고 반동적인 논거'라는 질 들뢰즈의 말을 인용하면서 "누군가의 특수한 발화 위치가 그 말의 진정성을 정당화하거나 심지어 보증한다는" "열성 당원들의 널리 퍼진 주장", 곧 당사자성에 대해서 강한 의문을 제기한다. 에르네스토 라클라우와의 논쟁에서 지젝은 일련의 정체성 정치(성적, 소수자적, 인종적 등등)의 특수한 종種들 각각이 다른 종(과 자신은 어떻게 같고 또 다른가)에 대한 자신의 관점과 종 그 자체에 대해 질문하는 방식으로 보편성을 탐문하거나, 라클라우의 표현을 빌리면 보편적 표상기능을 점유할 가능성을 탐사한다.[18]

• •

당사자성(당사자주의)을 내세우는 정체성 정치를 뜻한다. 그런데 그것은 한편으로는 난민, 이주노동자, 여성, 소수자 등의 권리 주장에 맞서 자신들의 사회적 박탈감과 좌절을 앞서의 난민, 여성 등에게 공격적으로 드러내는 또 다른 정체성 정치(주로 남성-노동계급-실직자 등의)의 반영적인 형태로 이해할 필요가 있다. 지젝의 정치학은 이처럼 상이한 정체성 정치의 좌절되고 뒤틀린 인정과 공격적인 원한 감정을 '정치적으로 올바르지 않다'고 비난하거나 외면하는 것이 아니라, 그것들을 공통적으로 승화시킬 보편적 공적 공간의 재창출을 도모하려는 것이다. 이에 대해서는 켈시 우드, 『한 권으로 읽는 지젝』, 602~603.

18. 슬라보예 지젝, 「자리를 점유하기」, 『우연성, 헤게모니, 보편성』, 432 각주 9; 에르네스토 라클라우, 「보편성의 구성」, 『우연성, 헤게모니,

실천적으로 매우 어려운 작업이겠지만, 보편을 표상할 가능성을 내포한 각각의 정체성은 자신의 차이 안에서, 차이를 보존하면서도 등가 연쇄를 맺는 방식으로 보편적인 연대를 창출할 수 있다. 그러나 지젝은 만일 정체성 자신의 '진정성'을 다른 정체성과의 차이에서만 찾는 '변형주의적 조작'에 머무는 정치는 궁극적으로는 '해방적 정치의 토대를 침식'할 우려가 있다고 비판한다.

　같은 이야기를 정치를 개념으로 사유하려는 일체의 시도나 논쟁에 대해서도 할 수 있다. 결국 논변은 주어진 개념을 방어하기 위해 다른 개념이나 어휘를 외부에서 덧붙이는 것이 아니라, 개념을 자신의 서술 속에서 지양하는 움직임으로 전개되어야한다. 이러한 매개 활동에서 자신의 생명력을 점차 획득하는 개념은 사태에 대한 적실한 판단과 사유를 제공하는 무기가된다. 정체성 정치에 대한 논쟁이 옳고 그름에 대한 토론 대신에도덕적 우월성이나 토템화된 당사자성을 주장하는 방식으로축소되는 양상은 한국에서도 이전보다는 한층 현저하게 증가하고 있다. 협소한 당사자성에만 입각하면 어떤 사태가 초래하게될까. 논쟁에서 자신이 옳고 타인이 틀렸다고 말하는 것은 나의 정체성이 진리 주장의 형식이 되고 타인을 비진리의 존재로

보편성』, 410~411.

낙인찍는 것으로 자신의 옳음과 타인의 틀림을 입증하는 것으로 변하기 십상이 된다. 도덕주의적인 우월성이 논쟁의 승패 여부를 가르고, 금기가 논쟁을 대체하며, 제기될 수 있는 논쟁의 어휘들은 곧잘 검열의 대상이 된다. "명제들은 참이거나 거짓이라고 판정되는 것이 아니라 순결하거나 불결하다고 판정된다. 명제뿐만 아니라 간단한 단어도 순결하거나 불결할 수 있다."[19] 결국 당신은 나의 주장이 틀렸다(옳다)고 말하는 게 아니라, 그저 내가 틀린(옳은) 존재라고 규정하고 있을 뿐이다. 이것은 자신의 정체성 표현으로는 효과적일지는 모르지만, 정체성을 가로지르는 연대의 창출에는 거의 유효하지 않은 전술이다. 오히려 그것은 끊임없는 분열을 조장하고 획책할 뿐이다.

물론 맥락화(역사화)를 강조하기 또는 정체성 정치처럼 당사자성에 입각하는 방식으로 발화하기의 증가하는 특징은 결국에는 우리가 "의견의 차이"를 강조하는 이데올로기의 시대가 아닌 "주체 위치의 차이"[20]가 현저하게 중요해진 정체성의 시대를 살고 있음을 역설逆說한다. 따라서 주체의 발화 위치를 끊임없이 검열하거나 드러내는 'X로서 말하는데'와 같은 당사자주의적인 발화 양태는 더욱더 권장되고 확산될 것이다. 마찬가지로

● ●

19. 마크 릴라, 『더 나은 진보를 상상하라』, 전대호 옮김, 필로소픽, 2018, 95.

20. 월터 벤 마이클스, 『기표의 형태』, 차동호 옮김, 앨피, 2017, 130.

언어와 발화가 정체성의 표현 수단이자 정체성 구축의 우세한 수단이 될 것이다. 또한 발화의 교정을 통해 도덕적·정치적 교정이 가능하다는 정치적 올바름의 화용론이 대세가 될 것이다. 그러나 정치적 올바름의 화용론은, 지젝에 따르면, 이데올로기적 간지奸智로 작동하면서 권력 담론이 정치적 올바름의 담론을 자신에게 유리하게 전유하는 것으로 더욱더 잘 기능한다. 적을 죽이는 일을 '타깃의 소멸'로, 민간인 살상을 '부수적인 피해'로, 해고를 '구조조정'이라고 고쳐 부르면서 말이다. 결국에 그것은 라캉의 용어로 '실재'와의 마주침을 체계적으로 회피하려는 노력에 지나지 않는 것이다.[21]

정치적 올바름은 민주주의적 자유와 평등의 표현이 아니라 그것의 '대리보충supplement'으로 기능한다. 정치적 올바름에 내재한 문제는 지젝 그리고 웬디 브라운 등이 비판한 관용의 자유주의적 이데올로기가 처한 교착상태와 얼마간 닮았다.[22] 정치적 올바름은 민주주의적 자유평등의 덕을 실천하는 것으로 권유되고 통용되기보다는, 소수자에 대한 자유주의적 주체의 관용을 통해 평등과 자유를 '대리보충'하는 기제로, 혐오 발화를

• •

21. 슬라보예 지젝, 『나눌 수 없는 잔여』, 이재환 옮김, 도서출판 b, 2010, 312~313.
22. 웬디 브라운, 『관용: 다문화제국의 새로운 통치전략』, 이승철 옮김, 갈무리, 2010, 62~65.

관리하고 규제하기 위한 방편으로 강요된다. 거기서 주로 장려되는 것은 감수성 훈련, 태도의 치료와 개선뿐이다.[23] 그뿐만 아니라, 정치적 올바름은 바로 그러한 방식으로 소수자를 관용하는 방식 그대로 소수자를 불관용하는 타자를 불관용하는 특정한 정체성의 생산에 기여한다. 그것은 대개 소수자에 대한 불관용의 혐오 발화를 적발하거나 혐오 발화를 하는 존재를 불관용하면서 소수자를 관용하는 자신의 도덕주의적 우월성을, 그러한 관용을 가지고 있지 않다고 여겨지는 자들과 차별화하면서, 은밀하거나 공공연하게 내세운다. 따라서 정치적 올바름은 차별을 포용하기보다는 차별로 다른 차별을 맞세운다. 그것은 소수자에 대한 차별을 행하는 혐오 발화의 주체를 불관용하고 그들과 위계적인 구별 짓기를 행한다. 이것은 물론 정치적 올바름이 직접적으로 혐오 발화를 낳는다거나 혐오 발화의 위선적인 이면에 불과하기에 전혀 쓸모없다는 이야기가 아니다. 마찬가지로 그것은 혐오 발화가 정치적 올바름을 효과적으로 무력화한다는 뜻도 아니다.

한편에서는 소수자를 참을 수 없어 하며, 다른 한편에서는 소수자를 참을 수 없어 하는 타자를 참을 수 없어 한다. 정치적 올바름은 혐오 발화를 관리하고 규제하려 하지만, 그것의 중단

· ·
  23. 웬디 브라운, 『관용』, 42.

을 효과적으로 수행하지는 못한다. 최악의 경우, 정치적 올바름은 혐오 발화의 주체를 그저 불관용할 수 있을 뿐이다. 이것은 일종의 악순환에 불과하다. 지젝이라면 혐오 발화에 대응하려는 정치적 올바름은 혐오 발화의 불관용을 '재귀적으로 규정re-flexively determinate'할 수 있을 뿐이라고 말했을 것이다.

4. "그러니까 네가 종인 거야": 문화비평 안에서의 계급투쟁

정치적 올바름과 같은 이데올로기적 전치에 의해 차폐된 실재를 끊임없이 되살려내려는 지젝의 노력은 「라라랜드: 레닌주의적 독해」와 같은 '문화비평 안에서의 계급투쟁'으로 표출되기도 한다. 그런데 '정치적으로 올바른' 비난에 따르면 "게이가 많은 도시 로스앤젤레스를 배경으로 하는" 〈라라랜드〉(2016)에는 "게이 커플이 없다는 것이다." "할리우드 영화에서 성소수자와 소수민족이 잘 드러나지 않는 것에 대해 불만을 표하는 정치적으로 올바른 좌파들이, 하층 계급 노동자들이 철저히 드러나지 않는 것에 대해서는 아무런 불평도 하지 않는 것은 어찌 된 일일까? 노동자들이 안 보이는 것은 괜찮고, 게이와 레즈비언만 도처에 있으면 만사 오케이란 말일까?[24] 만일 한국에서 〈라라랜드〉에 대한 '정치적으로 올바른' 문화비평이 쓰인다면 그것은 어떤 모습일까? 가령 그것은 '평범한 대로' 듣기 좋은 '음악'이 흘러나오는 〈라라랜드〉의 판타지에 몰입하는 관객들의 꿈을 그런대로 이해하려고 하지만, 뮤지컬 영화로서의 〈라라랜드〉에 대한 일련의 비평을 '형식주의'라고 싸잡아 비난하면서, 〈라라랜드〉의 현실 도피적인 꿈에서 깨어나 헬조선의 아픈 현실 속에서 오늘도 나는 촛불을 든다고 말하는 류의 문화비평이 아닐까. 누군가에게 〈라라랜드〉의 LA에는 성 소수자가 등장하지 않는다면, 다른 누군가에게 LA에는 '트럼프가 싫어한다는' '키 작은 노동자들'이 등장하지 않는다. 〈라라랜드〉는 '젊은 백인 미남미녀'가 자신의 화려한 꿈을 펼치는 자기계발 서사에 불과하다는 것이다.[25] 그런데 이러한 류의 문화비평은 '젊은 백인 미남미녀'가 일자리를 구하러 가는 노동자라는 초보적인 사실을 간과할뿐더러, 영화에서 사랑 대신에 경력을 택한 미아와 그 선택을 지지해준 세바스찬의 행위act에서 대의에 대한 헌신과 사랑에 대한 충실성을 읽어낼 여력과 가능성은 없다. 지젝이 어디선가 언급한 우화를 비틀면, '정치적으로 올바른' 문화비평은 어두운 곳에서 잃어버린 바늘을 찾는 소년의 행위와 닮았다. 누군가 그에게 바늘을 왜 이곳에서 찾고

24. Slavoj Žižek, "La La Land: A Leninist Reading". http://thephiloso phicalsalon.com/la-la-land-a-leninist-reading, 2017. Feb. 19.

25. 천정환, 「'라라랜드'를 거부하며」, 〈경향신문〉, 2017. 2. 8.

있냐고 묻자, 소년이 대답했다고 한다. "여기가 제일 어두우니까요." 소년은 밝은 곳에 바늘이 떨어져 있을 거라고는 조금도 생각하지 않는 것이다.

정치적 올바름의 행위자는 자신의 올바름을 증명해줄 수 있는 타자를 끊임없이 찾아다니거나 '좋은' 주인을 원하면 아무래도 그만이라고 말한다. 지젝은 정치적 올바름의 발화에는 특정한 타자에 대한 주체의 환상이 작동한다고 말한다. 그 타자는 일종의 '안다고 가정되는supposed to knowing' 특권화된 타자의 형상이다. 그들은 영화 속에 결코 모습을 드러내지 않은 성소수자 또는 외국인 노동자들이거나 폭력에 의해 희생된 무구한 희생자(아름다운 영혼)로, 정치적으로 올바른 문화비평은 존재하지 않는 어둠 속에서 그들이 보낸다고 간주되는 환상적인 응시에 매혹된다. 한편으로 희생자적, 소수자적인 타자성에 붙박인 순진한 응시, 환상적인 매혹과 함께 거론되어야 할 것은 또 다른 타자 즉 지배계급 또는 '갑질'하는 자들에 대응하는 '을들'의 방식에서 현저해지는 어떤 경향이다. 한마디로 그것은 나쁜 주인에 대한 비난 이면에 좋은 주인에 대한 환상을 품는 것이다. 헤겔은 『역사철학강의』에서 종從의 도덕에 대해 이야기한다.

심리학자는 위대한 역사적 인물이 사생활에서 지니고 있는 특수한 사실들에 강한 집착을 보인다. 인간인 이상 당연히 먹고, 마시고, 친구들과도 교제하고, 때로는 감동도 하고 격앙도 한다. "종의 안중에는 영웅은 없다"는 유명한 격언이 있다. 나는 전에 이에 덧붙여서 말했었다. "그것은 영웅이 영웅이 아니라서가 아니라 종이 종이기 때문이다." 괴테는 내가 한 이 말을 10년 뒤에 가서 되풀이하고 있다. 종은 영웅의 장화를 벗기기도 하고 그의 잠자리를 돌보기도 한다. 또 그가 샴페인을 즐겨 마신다는 것도 알고 있다. 그런데 역사기술에 있어서 이와 같은 종의 본성을 가진 심리학자에 의해 기술되는 역사적 인물은 화를 당할 것이다. 그 어떤 인물이라 해도 수평선상으로 끌어내려져, 이러한 인정에 정통한 종의 도덕과 같은 줄에 세워지기도 하고, 운이 나쁘면 그보다 몇 계단 더 격하되기도 한다.[26]

이 흥미로운 문단에 등장하는 심리학자는 자신의 안중에 영웅 따위는 없다는 '종의 도덕'에 매혹되는 오늘날의 문화비평가이다. 정확하게 말하면 심리학자–문화비평가는 주인–영웅

• •

26. G. W. F 헤겔, 『역사철학강의』, 권기철 옮김, 동서문화사, 2008, 41~42. 이 구절에 대한 탁월한 논평으로는 서동진, 「'·을질'하는 자들의 이데올로기적 미망 — 문화비평의 윤리를 생각하며」, 『말과활』 9호, 2015년 8~9월.

이 '사생활에서 지니고 있는 특수한 사실들', '먹고, 마시고, 친구들과도 교제하고, 때로는 감동도 하고 격앙도' 하는 사실들을, 때로는 추문까지도 낱낱이 알고 있는 종의 이미지에 한참이나 매혹되고 있다. 물론 그가 자신의 '종의 본성'에 너그럽기 때문일 것이다. 종은 주인-영웅의 위선을 발견하며, 그를 도덕적으로 비난할 수 있을 것이다. 심지어는 그의 사회적 위신과 명망을 스캔들 폭로로 단숨에 몰락시킬 수도 있을 것이다. 그러나 그것은 결국에는 영웅-주인을 격하시킴으로써 도덕적인 자기만족('인정')을 얻는 것에 불과하다. 이것을 다른 말로 바꿔 쓰면, 만일 우리는 그가 좋은 자본가이기만 하다면, 만일 그 기업이 '정치적으로 올바른' 사회적 기업이기만 하다면 아무래도 괜찮다고 여기는 것이다. 물론 헤겔의 위 구절에 대한 논평에서 서동진이 지적했듯이 종의 도덕의 수평선은 그 나름의 평등주의의 구현이기에 애써 깎아내릴 이유는 없다. 또한 우리가 수많은 을들이 갑의 갑질에 의해 겪는 굴욕과 모멸에 분노를 거둬야 할 이유도 없다.

그렇지만 인정과 불인정으로 패러다임화된 사회 속에서 관점의 근본적인 이동이 포착된다. 가난한 사람은 사회적 소수자와 마찬가지로 주변화된 정체성으로 함께 묶이며, 예컨대 프란체스코의 빈자는 혁명의 주체가, 청빈이 급진적인 윤리가 되는 것이다.[27] 계급적인 "차이"는 계급적인 "편견"의 문제로 재정의

되는데,[28] 이러한 정의는 계급 정치를 정체성 정치의 하위 범주로 가두는 것이 되고 만다. 물론 충분히 이유 있는 반론, 예를 들면 사회적 인정과 부의 재분배가 동시에 중요하다고 말할 수도 있다. 그러나 한편으로 이러한 계급적인 편견이라면, 을이 겪을 모욕과 굴욕이 정말 문제가 된다면, 주인도 그런 문제가 교정되어야 할 '인정'의 중요한 방식임을 결코 모른다고 할 수 있을까.[29] 주인은 그저 자기만족적이거나 노예의 반란에

27. 월터 벤 마이클스, 『기표의 형태』, 333. 마이클스는 가난을 하나의 정체성으로 취급하는 『제국』의 저자들인 안토니오 네그리와 마이클 하트의 존재론적 정치학에 대해 의문을 표하고 있다. 마이클스는 카트리나 재해에 대해 조지 W. 부시 대통령이 거의 고의적일 정도로 미온적으로 대처한 행동을 가난한 이들에 대한 차별이 아니라 흑인에 대한 차별의 결과로 보는 시각에 대해서도 마찬가지로 비판적이다. Walter Benn Michaels, "Introduction", *The Trouble with Diversity: How We Learned to Love Identity and Ignore Inequality* (2nd edition), Picador, 2016, 11.

28. 월터 벤 마이클스, 「계급이 인종보다 중요하다」, 곽영빈 옮김, 『자음과모음』, 2014년 겨울호, 340.

29. 삼성전자는 미국 최대의 성 소수자 축제인 프라이드 위크를 맞아 뉴욕의 삼성 마케팅센터에서 성 소수자를 위한 문화행사를 마련하고 지원했다. 삼성은 "진보 성향의 젊은 소비자층에 긍정적 브랜드 이미지를 심기 위해 성 소수자와 이민자, 여성 등 소수자의 인권을 지지하는 일에 적극적으로 앞장서고 있"는 미국의 유수한 다른 기업들의 사례를 따른 것이다. 김용원, 「삼성전자, 미국 뉴욕 마케팅센터에서 성 소수자 위한 행사 열어」, 『BUSINESS POST』, 2018. 7. 3. 그런데 인용한 기사에 다양한 사회적 소수자는 얼마든지 포함될 수는 있어도 거기서 예외인 단 하나의 존재가 있다. 이 금지된 존재는 물론 국내외에서 노동 탄압으로 악명 높은 삼성에게는 노동자일 것이다. 여기서 알 수 있는 사실은

아무런 대비가 없는 무방비한 존재가 결코 아니다.

허먼 멜빌의 단편 「필경사 바틀비」에서 바틀비를 고용한 변호사는 바틀비를 고용한 이후부터 구치소에서 그가 자진自盡할 때까지 돌보려고 했던, 도덕적으로는 크게 나무랄 데라고는 없는 '좋은' 주인이다. 그러나 변호사는 '그러지 않고 싶습니다 would prefer not to'라고 말하는 바틀비의 이유를 추궁하고, 그 이유를 심리적으로 파고들거나 자유와 필연, 의지 등의 형이상학적인 문제로 해석한다. 변호사는 바틀비에게 굴욕과 수치심을 주는 것을 조심하는 만큼이나 그를 달래고 어르며 회유한다(물론 늘 그런 것은 아니다. 그렇지만 변호사가 설령 굴욕과 모멸을 준다 한들 바틀비가 눈 하나 깜짝할 리는 없겠다). 바틀비가 죽고 나서, 변호사는 수신배달 불능 편지dead letters를 태우는 일을 맡았다가 해고된 비정규직 출신의 바틀비에 관한 소식을 뒤늦게 듣고 애달파한다. 이 정도라면 변호사는 바틀비에게 좋은 주인이 아닌가. 종의 불평이라면 변호사는 사무실의 다른 서기들에 대한 세심한 업무 배려로 그들을 잘 다독이질 않았나. 따라서 헤겔은 종이 불평하는 방식을 이미 잘 알고 있는 주인을 두고 '종의 안중에는 영웅은 없다'고 말하는 종에게 오히려

• •

자본은 단 하나, 불평등을 제외하고는 차이, 다양성을 사랑하고 또 얼마든지 장려한다는 것이다.

이렇게 대꾸할 것이다. '그러니까 네가 종인 거야.' 그러나 주인이 도무지 정체를 알 수 없는 종도 있다. 바틀비는 변호사에게 도대체 왜 그러는 걸까. 그러자 바틀비가 변호사에게 되묻는다. '이유를 말해주지 않으면 모르시겠습니까?'

지젝이 바틀비의 거절의 정치학[30]을 요청하는 이유는, 예를 들면, 끊임없이 상해와 위협을 강조하고 조장하는 '공포의 정치'[31]에 즉각 반응-react(반동)하지 않으면 안 되는 강박적인 행동의 넘침이 자본이라는 추상적 실재가 지배하는 세계에 오히려 부합하는 것이며, 그렇기에 때로는 그로부터의 근본적인 물러섬, 바틀비식의 근본적인 정초의 몸짓이 더욱더 절실하기 때문

. .

30. 슬라보예 지젝, 『시차적 관점』, 김서영 옮김, 마티, 2009; 『헤겔 레스토랑』 & 『라캉 카페』, 조형준 옮김, 새물결, 2013.
31. 여기서 '공포정치'는 자코뱅의 테러 정치가 아니라 불확실성의 위험사회 속에서 단자화되고 형해화된 개인과 공동체의 구조적 취약성을 파고들어 그들에게 공포를 조장하는 방식으로 작동하는 후기 근대의 신종 이데올로기로, 좌 우파 모두 활용하는 특색이 있다. 프랭크 푸레디는 공포정치가 신자유주의의 가속화로 인해 전통적인 윤리 체제가 붕괴된 이후에 정치적 올바름과 같은 '새로운 에티켓'을 요구한다는 사회학적인 분석을 내리고 있다. 프랭크 푸레디, 『우리는 왜 공포에 빠지는가?』, 박형신 · 박형진 옮김, 이학사, 2011. 특히 7장 '새로운 에티켓'을 참고할 것. 한편으로 지젝 자신도 헤겔이 말한 풍속(Sittlichkeit), 즉 불문율로 유지되어 오는 사회적 삶의 규칙들의 관행, 윤리적 · 관습적 실체의 붕괴를 메우려는 정치적 올바름의 강박적 규칙의 등장에 대해 언급하고 있다. 슬라보예 지젝, 「코빈의 교훈: 도덕적 다수가 좌파라면 어쩔 것인가?」, 최재봉 옮김, 〈한겨레〉, 2017. 7. 6.

이다. 그렇지만 이쯤에서 사악한 세계로부터의 물러남과 거리 두기가, 그리고 그러한 물러남과 거리두기를 요청하는 비평이 아름다운 영혼이 수행하는 것과 별로 다를 바 없지 않을까라고 되물을 수도 있겠다. 칸트식으로 말해 그것이 이론에서는 쓸모가 있을지는 모르지만 실천으로는 부적합한 것은 아닌가. 만일 지젝의 이론적인 곤경이 있다면, 그가 '사회는 존재하지 않는다'는 계급 적대보다도 '성관계는 없다'는 성적 적대를 다루는 방식에, 즉 자신의 언표 행위 위치가 분명하게 드러나는 방식에 있을지도 모르겠다.

5. 동의와 그 불만

지젝이 자신의 저술에서 '정치적 올바름'에 대해 별도의 장을 할애한 경우가 딱 한 번 있다. 그는 『왜 하이데거는 범죄화해서는 안 되는가』에 실린 「정치적 올바름의 덫」의 절반 이상을 성관계에서의 '동의consent'의 곤경(불만)에 대해 다루고 있다. 그리고 그가 쓴 일련의 칼럼들[32] 또한 미국의 미투 운동과 관련되어

●●
32. 슬라보예 지젝, 「성적 자유, 1968년 그리고 2018년」, 강영민 옮김(2018. 3. 8), http://fabella.kr/xe/blog11/83200; 「거대한 각성과 그것의 위험들」 (2018. 3. 11), 이성민 옮김, 개인 블로그, http://thephilosophicalsalon.

쟁점으로 부상하고 있는 성관계에서의 '동의'를 논의의 중심에 놓고 있다(미투 운동 등에 대한 지젝의 절반의 동의와 절반의 비판은 항간에서는 별다른 설득력을 얻지 못하고 있는 것 같다). 그런데 '동의'는, 보다 폭넓은 관점에서 볼 때, 즉 근대 서구 민주주의의 사회계약의 성립과 역사에서 여성들의 지난한 민주주의적 참정권 획득 과정, 여성들의 연애와 결혼에 이르는 불리한 계약, 그리고 그와 관련되어 발생하는 민주주의적 전제와 현실 사이의 간극을 가장 첨예하게 벌려놓는 개념이다.

페미니스트 정치학자인 캐롤 페이트먼은 특히 성적 동의와 완전히 대립될 뿐만 아니라 그에 대한 쟁점과 논란이 동의('누구의, 누구에 의한, 누구를 위한 동의란 말인가'라는 반문과 이의에 부딪힐 수밖에 없는)의 대전제로 흡수되고 마는 '강간'에 대한 일련의 사법적 논의 등을 검토하면서 막막한 결론을 내린다. 페이트먼은 말한다. "여자와 동의의 문제에서 가장 현저한 측면"은 "두 동등자들이 창조하기로 자유롭게 동의하는 개인적 삶의 형태를 구성함에 있어 우리에게는 도움이 될 언어가 없다"는 것이다.[33] 그런데 지젝은 "동의해야 동의하는 것이다"[34]라는

· ·

com/a-great-awakening-and-its-dangers/; 「Yes, Yes, Yes가 No가 될 수 있을까?」, 강영민 · 김강기명 옮김(2018. 3. 22), http://fabella.kr/xe/blog11/83243.

33. 캐롤 페이트먼, 「여자와 동의」, 『여자들의 무질서』, 이평화 · 이성민

규칙의 명시적인 도입을 통해 성적 존중을 장려하려는 새로운 문화에서 오히려 주관은 취약하기에 복잡한 규칙들에 의해 보호받아야 한다는 자기애적인 주관성의 단면을 읽어낸다. 페이트먼이 민주주의에서 성관계에서의 자유로운 동의의 언어가 없다고 말한 그곳, 공백에 명시적인 규칙을 집어넣는 것('동의해야 동의하는 것이다')에 반대해 지젝은 오히려 '성관계는 없다' 즉 동의의 불확실성과 불가능함을 유지하는 것이 섹스의 가능성의 조건이라고 말하고 있는 것 같다(물론 '동의에 도움이 될 만한 언어가 없다'는 페이트먼의 말은 '동의해야 동의하는 것이다'와 같은 것이 아님을 염두에 둘 필요가 있다). 지젝은 마크 허만의 영화 〈브레스드 오프〉(1996)의 사례를 다양하게 변주하는 사고실험을 수행하는데, 여기서는 영화에 나오는 대사만 인용하겠다. 여자주인공이 데이트 후에 자신의 집 앞에서 남자주인공에게 묻는다. "커피 한잔할래요?" 남자가 대답한다. "저는 커피 안 마셔요." 여자가 다시 말한다. "괜찮아요. 집에 커피는 없거든요." 그리고 그들은 여자의 집에 함께 들어간다. 이것이 성관계에서 전형적인 암묵적 동의의 한 방식이다. 섹스는 그 자체로 섹스가 아니라 그것의 불가능성('성관계는 없다')으로

옮김, 도서출판b, 2018, 146.

34. 슬라보예 지젝, 『왜 하이데거를 범죄화해서는 안 되는가』, 김영선 옮김, 글항아리, 2016, 44.

인해 환영적인 보충('커피 한잔할래요?')을 필요로 한다. 그런데 지젝은 이러한 노골적이면서도 은밀한 여자의 신호를 남자가 그녀를 이른바 '존중'하기 위해 명시적으로 약속을 하는 경우를 상상한다. '좋아요. 분명히 해둘게요. 당신은 커피를 마시자고 말했고, 그것은 섹스하자는 말인 것 같은데. 맞죠?' 이처럼 규칙을 명시해버리는 경우, 유혹의 게임은 끝장난다.[35]

지젝은 유혹의 과정에 명시적인 규칙이 개입되는 사례를 일일이 열거하면서 '왜 직접적인 유혹은 작동하지 않을까?'라고 묻는다. 한마디로 섹스에 대한 직접적인 언급 없는 〈브레스드 오프〉의 두 남녀의 대화에서 억압된 것은 섹스가 아니라 섹스에는 없는 것, 즉 '성관계는 없다'이다. 그리고 섹스를 커피로 대체한 것은 부차적인 억압이며, '커피 한잔할래요?'의 기능은 근본적인 억압('성관계는 없다')을 애매하게 만드는 '환영적인 틀'을 유지하여 궁극적으로 두 남녀의 섹스를 가능하게 만든다는 것이다. 지젝은 말해진 것과 말해지지 않은 것의 미묘한 불균형과 긴장을 유지하는 대신 명시적인 계약서에 서명하는 방법으로 남녀 간의 불균등한 폭력을 피하고 성관계를 가능하게 만든다는 발상에 회의적이다. 그는 몇몇 페미니스트의 주장에 기대어 명시적인 성적인 계약이야말로 오히려 자본주의적인

· ·

35. 슬라보예 지젝, 『왜 하이데거를 범죄화해서는 안 되는가』, 47~49.

시장의 계약과 섬뜩하게 닮아간다고 비판한다.[36] 무엇보다도 동의의 모호성, 지젝이 생각하기에 민주주의의 근본적인 애매성을 명시적인 계약으로 바꾸는 과정에서 초래되는 것은, 취약한precarious 것으로 주체성을 자리매김하는 방식에서 일어나는 주체성에 대한 현저한 자기비하적인 지위 격하이다.

지젝은 미투 운동과 관련된 논란 많은 논평에서 성행위의 책임을 여자에게 돌리는 것 못지않게 일어나는 것으로 성행위의 책임을 남자에게 돌리는 현저한 현상을 보면서, 여성들의 이유 있는 정치적 각성이 주체의 피해자성에 근거하고 의존하는 경우에 대해 우려를 표한다. 그는 미투 운동의 주체에게서 "자기 자신을 자신의 운명에 대해 궁극적인 책임이 있는 것으로 경험했던 자유로운 주체와 자기 말의 권위를 자기 통제를 벗어난 환경의 피해자라는 지위에 근거 짓는 주체의 기이한 결합"[37]을 보고 있다. 그러나 페이트먼이라면 지젝의 논평에 대해 어떻게 대답할까. 그녀는 그에게 불확실성의 동의의 열린 공간이 사실상 강간과 같은 비동의의 사건에서 여자들의 입을 틀어막은 채 불리한 방향으로 진행되어 온 역사를 상기시킬 수 있을 것이다. 또한 지젝이 동의의 애매하고도 불확실한 열린 공간을

• •

36. 슬라보예 지젝, 「Yes, Yes, Yes가 No가 될 수 있을까?」에서 인용.
37. 슬라보예 지젝, 「거대한 각성과 그것의 위험들」에서 인용.

옹호할 때 그는 헤겔의 풍속, 사회적 삶의 묵시적인 관습에 대한 참조와 존중으로 종종 되돌아간다. 그런데 거기에는 암묵적인 유혹이 가능했던 '좋았던 옛 시절'에 대한 돌이킬 수 없는 회향적인 태도만 있을 뿐이다.

그렇다면 정치적 올바름의 차가운 화용론, 곧 내가 정말 타자를 존중하는지에 대한 의도를 타자에게 지속적으로 검증받는 것[38] 이외에 다른 소통의 방법이나 연대의 표현은 달리 없는 것일까. 지젝은 한 동영상 강좌[39]에서 그에 대한 한 방편을 자신의 개인적인 경험을 통해 제안한다. 이를테면 약간의 저속한 농담과 접촉을 통해 상호 간의 진정한 친밀함을 구성하는 어떤 특정한 분위기를 만드는 것이다. 그것은 정치적으로 올바른 담화가 병리적으로 의심이 될 만한 향유를 제거하려고 애쓰는 방식이 아니라, 약간의 저급한 농담을 주고받으면서 차라리 상호 간에 내재한 향유를 반半공개적으로 드러내놓고 인정하는 방법이다(친구의 업적을 칭찬하면서 그에 대한 질투를 억누르는 것이 아니라, 오히려 노골적으로 드러내는 것과 같은). 어느 책 사인회에서 지젝은 그에게 사인을 받으려는 두 흑인과 나눈 우정의 순간을 상기한다. 지젝이 '노골적인' 인종차별의 어휘로

· ·

38. 슬라보예 지젝, 『분명 여기에 뼈 하나가 있다』, 104.

39. Slavoj Žižek, "Political Correctness Is a More Dangerous Form of Totalitarianism", bigthink.com, 2015. 4. 16.

흑인들에게 말을 건넨다. "어이, 형씨들, 솔직히 난 누가 누군지 구별이 잘 안 가요. 흑형이든 황형이든 어슷비슷해 보인다니깐." 그러자 그들은 지젝과 포옹하면서 이렇게 말했다고 한다. "괜찮으니, 흑형Nigger이라고 하쇼." 물론 이러한 유머러스한 대화는 옹호보다는 '정치적으로 올바른' 반박을 더 낳을 수 있을 것이다. 그것은 옆에서 그들의 대화를 지켜보는 사람들에게 도리어 진땀이 나도록 하는 아슬아슬한 광경이기도 할 것이다. 그러나 지젝의 요점은 이를 통해서 오히려 정치적 올바름의 규칙을 뛰어넘어 우정이 발생하는 순간이 존재한다는 것이다. "저열한 친근함을 약간이나마 교환하지 않는다면, 타자와의 진정한 소통은 없는 것입니다." 그러나 지젝이 소통으로 제시한 사례가 알려주는 것은 그것이 더할 나위 없이 효과적이라기보다는, 정치적으로 올바르게 타자를 대하는 차갑고도 유머 없는 태도가 앞으로 더욱더 지배적인 소통방식으로 통용될 거라는 사실은 아닐까 싶다.

6. 보편성의 내용을 위한 투쟁

지금까지 슬라보예 지젝이 여러 저술과 칼럼 등에서 비판한 정치적 올바름의 여러 양태와 증상에 대해서 살펴보았다. 정치적 올바름의 문화와 운동은 노동계급 중심의 좌파 정치의 퇴색, 이데올로기의 종말, 정체성 정치의 전 지구적인 발흥이라는 역사적 맥락 속에서 특히 미국을 중심으로 등장했지만, 현재는 미국뿐만 아니라 한국에서도 사회적·문화적인 쟁점으로도 부상하고 확산되고 있다. 지젝은 초기 저술부터 일관되게 정치적 올바름을 자본주의 세계에 대한 대안적인 이론과 실천들에 기생하는 일종의 '자생적 이데올로기'(루이 알튀세르)이자 자본주의에 대항할 급진적 행위를 차단하는 이데올로기적 차폐막으로 간주하고 있다. 또한 그것은 관용 담론과 비슷하게 자유주의 이데올로기의 형식적인 자유와 평등을 내속적으로 대리보충을 할 뿐, 실질적인 평등과 자유의 실현과 확장으로 나아가지는 못한다고 진단한다. 지젝의 평가로는 소수자적인 정체성들에 대한 인정과 차이의 관용을 위한 정치적 올바름의 문화적인 투쟁은 궁극적으로는 자본주의적 실재인 경제적인 계급 불평등을 은폐하는 탈정치로 귀결되고 만다는 것이다. 따라서 정치적 올바름은 지젝의 급진정치 이론의 정립과 관련된 혁명적 주체성의 구성과정에서 반드시 돌파해야 할 스킬라(금욕주의자)와 카리브디스(아름다운 영혼)로 비유할 수 있겠다. 스킬라와 카리브디스는, 마치 강박증자와 히스테리증자가 더할 나위 없는 최상의 커플을 이루는 것처럼, 서로가 서로를 깊이 반영하는 거울 쌍이다. 지젝이 라캉의 이론을 빌려 행위act라고 부른 것은 불법적인 향유를 누릴 것에 대한 죄책감에 근거한 강박적인 의례와 몸짓으로 대타자의 지위를 존속시키고, 마찬가지로 대타자를 비난하지만 자기 자신을 희생자의 위치에 놓는 방식으로 대타자에 의존하는 이데올로기적 매듭을 자르는 방법일 것이다. 그것은 어떻게 가능한가.

지젝은 '이데올로기는 개인을 주체로 호명한다'(루이 알튀세르)를 수정한 '초자아는 주체를 개인으로 호명한다'(에티엔느 발리바르)라는 구절을 인용한다.[40] 초자아는 주체로 하여금 걱정을 끊임없이 만들고, 홀로 고립되어, 마치 카프카의 장편소설 『소송』의 주인공 K처럼, 스스로를 기소된 개인으로 간주하게 한다. 개인은 타자와 세계에서 일어나는 각종 불의에 대한 거의 '선험적인a priori' 죄인으로 사회적 삶을 살아간다. 그러나 그는 자신을 둘러싼 죄 많은 세계와 싸우는 대신에 다만 죄를 짓지 않기 위해, 불법적인 향유를 차단하기 위해 끊임없이 자기 자신과만 대면할 뿐이다. '정치적으로 올바른' 개인의 심리적 리비도 경제는 단지 그가 끊임없이 가책을 느낀다는 이야기만은 아니다. 사르트르의 '앙가주망engagement(참여)'에 대한 프레드릭 제임슨의 해석을 빌리면[41], 가책은 자신을 과거 및 과거의 행동과

••
40. 슬라보예 지젝, 『자본주의에 희망은 있는가』, 박준형 옮김, 문학사상, 2017, 142~144. 번역 수정.
41. 프레드릭 제임슨, 『변증법적 문학이론의 전개』, 여홍상·김영희 옮김,

떼어놓을 수 있는 반면에 문제가 되는 것은 '가책에 대한 두려움'이다. 가책에 대한 두려움은 미래를 향한 어떠한 발걸음도 결국 후회를 가져올지 모른다는 식으로 스스로를 더욱더 옥죄고 고립시킨다. 그것은 마치 자신의 머리칼을 필사적으로 붙잡으면서 늪으로 빨려 들어가는 뮌히하우젠 남작처럼 자멸적이다.

제임슨은 사르트르 소설(『자유의 길』)의 한 주인공(레지스탕스 대원)이 영웅적인 방식으로 자신이 직면해 있는 현재의 상황에 대한 충실성 속에서 미래에 어떠한 일이 자신에게 닥칠지도 모른다는 두려움을 완전히 무시하는 경우를 예로 들고 있다. 그러나 제임슨이 엄연한 한계를 지적한 것처럼, 그것은 극한상황을 가정할 때 상상해 봄 직한 하이데거적인 기투의 윤리이다. 그보다는 제임슨이 '가책에 대한 두려움'에 앞서 언급한 가책, 다른 말로 '추문'(타인의 응시에 의해 자신이 사로잡혀 있다는 감각)에 연루됨에서 돌파구를 찾아야 할 것 같다. 사르트르에 따르면 추문은 내가 그 사태에 직접적인 책임이 없고 죄인과 무고한 이를 똑같이 질책하는 일이 내게는 전적으로 부당하다는 사실에서 처음 감각된다. 그럼에도 이중의 자기성찰을 통해 나는 근본적으로 추문의 사태에 연루되어 있고, 거기에 마땅한 책임이 있으며, 모종의 투쟁과도 관련되어 있다

◦ ◦

창작과비평사, 1984, 278~279.

는 불가피한 의식을 갖게 된다.[42] 그것은 흔하게 죄책감을 토로하는 정치적 올바름의 고백이나 희생자임을 대전제로 내세우는 정체성 정치의 비탄과는 결정적으로 차이 나는 앙가주망이다.

오늘날 한국 사회에서 민주주의는 새로운 도전과 내용의 확장을 요구하고 있다. 내란에 준하는 일련의 반헌법적인 불법을 자행한 지난 10년간의 한국의 통치 권력은 2017년의 촛불 운동과 헌재 판결로 종식되었다. 그리고 새로운 정부에서 그 어느 때보다 여성과 소수자의 인권, 난민에 대한 사회적 시민권 등에 대한 요청과 논의가 매우 활발하게 진행되고 있다. 2015년부터 본격적으로 진행된 한국의 페미니즘 운동은, 여러 논란에도 불구하고, 한국 민주주의가 촛불 운동으로 완수된 것이 아니라 그것이 여성과 소수자의 지위 등과 관련된 사회적 투쟁의 요구와 내용이 그동안 배제되어 온 텅 빈 보편자임을 일깨웠다. 인권, 민주주의는 그 자체로 보편성도 아니며, 특수한 요구에 의해 기만적인 일자로 그저 기각될 뿐인 특수성도 아니다. 그것들은 항상 구체적인 특수성의 요구에 의해 분열과 침식을 내재하고 있는 텅 빈 기표로서의 보편성이다. 보편성의 실정적인 내용은 비어 있기에, 보편자의 내용을 위한 투쟁은 계속되어야 한다.

· ·

42. 프레드릭 제임슨, 『변증법적 문학이론의 전개』, 300.

지금까지 살펴본 것처럼, 정치적 올바름을 전 지구적인 자본주의-자유주의의 전일적인 지배가 낳은 새로운 전체주의의 한 경향이라고까지 명명하는 지젝의 자못 혹독한 비판은 자본의 거짓 보편성에 맞서 경제적 계급투쟁을 최우선 전략으로 놓는 그의 급진정치학의 관점에서 비롯된 것이다. 그것은 궁극적으로 새로운 정치적 주체성의 창출과도 관련되어 있다. 최소한 끊임없이 자신과 타자의 언행이나 풍속을 도덕주의적으로 단속하는 데 만족하거나 스스로를 사태의 희생자로만 여기면서 좌절된 사회적 인정을 원하는 정치적 올바름의 행위자를 해방정치를 위한 공간을 창출하는 주체성으로 간주하기는 어렵지 않을까. 이 글은 '정치적 올바름'에 대한 지젝의 비판이 한국 민주주의의 자유와 평등을 위한 담론 투쟁에 얼마간 비판적인 지렛대를 제공할 것이라는 기대로 작성되었다. 적어도 이를 성급하게 반동으로 치부하려는 반지성주의적 태도만 아니라면 공통의 사회적 의제를 마련하기 위한 논의는 지속될 수 있을 거라고 생각한다.

제2부

"여기 사람이 있었다"

르포르타주, 죽음의 증언 그리고 삶의 슬로건

1. 림보의 한 가운데서

"나를 거쳐서 길은 황량한 도시로 / 나를 거쳐서 길은 영원한 슬픔으로 / 나를 거쳐서 길은 버림받은 자들 사이로."[1] 나는 단테가 막 지옥문 앞에 도착해 읽은 문장과 최근 몇 년간 한국에서 벌어진 잔인한 정치적, 경제적 폭력의 참상 그리고 그로 인해 완전히 바스러진 삶과 죽음에 대한 참혹한 증언들을 어쩔 수 없이 몽타주하게 된다. 날 것으로 육박해오는 것 같은 현실을 가공架空의 말로 버팀 삼아 가까스로 견뎌내어야 했다.

• •

1. 단테 알리기에리, 「지옥편」 3곡, 『신곡』, 1~3절. 인용은 단테 알리기에리, 『신곡』, 박상진 옮김, 민음사, 2007, 26. 이하 「지옥편」을 인용할 경우, 본문에 곡수와 절수를 표시한다.

고통스러운 증언이 있고, 그 증언을 듣는 고통스러운 침묵이 있다. 하나의 고통이 다른 고통을 침묵 속에서 부끄러워하고 있었다. 그런데 참혹한 살풍경에 대한 생존자와 기록자의 증언은 어떻게 말의 까마득한 공백을, 침묵의 컴컴한 아가리를 벌리고 있었던 것일까. 나를 언어도단에 빠지게 한 몇몇 르포르타주(이하, 르포로 약칭)는 자연사나 돌발사가 아닌데도 불구하고 자연사나 돌발사로 처리되고 마는, 철저하게도 그리고 처절하게도 정치적 죽음에 대한 증언이었다. 해고노동자인 남편이 보는 앞에서 아파트 베란다로 걸어가 마치 삶과 죽음의 경계란 없다는 듯이 그 너머로 추락해버린 아내의 마지막 침묵, 망루에서 화염에 휩싸인 철거민들과 경찰의 끝내 들리지 않는 비명, 해고는 살인이고 철거는 죽음이며 이 모든 재난은 산재라는 도처의 피 묻은 절규, 해고에 저항하면서 죽어간 노동자들을 애도하는 추도사를 읽는 어느 목소리의 흐느낌, 법정에서 들려오는 심판의 목소리와 유가족들의 항의, 한숨, 울음소리. 내가 있는 곳은 현실이었지만 그렇게 지옥이었다. 그리고 두려움으로 가득 차 온몸을 부들부들 떠는 단테가 지옥의 입구에 들어서자마자 아케론강에서 그의 귀로 파고드는 온갖 "알 수 없는 수많은 언어들, 끔찍한 얘기들, / 고통의 소리들, 분노의 억양들, 크고 작은 목소리들, / 그리고 손바닥 치는 소리들"(3곡, 25~27절). 어떻게 저 소리들은 듣지 않으려

해도 끊임없이 들리고, 또 산자가 죽은 자를 죽은 자가 산자를 이승과 저승을 넘나들면서 서로 부르며, 우리의 억울한 죽음을 너희가 살아 반드시 증언하라고 호소하는 돈호법의 형태를 띠고 있는가. 그런데 또한 그 돈호법은 도무지 외면하려 해도 끝내 보여지지 않을 수 없는 고르곤의 얼굴과 마주하라는 정언명령이기도 했다.

그러나 우리는 단테의 지옥을 비스듬하게 거슬러야 한다. 또 차마 말할 수 없는 것이라 해도 말해야만 한다. 우리는 지옥을 관상觀想하고 있는 것이 아니라, 그처럼 지옥을 빼닮은 현실 한복판에서 현실을 들여다보고 있는 것이다. 단테의 지옥은 우리에게 더 이상 하느님에게 영원히 버림받은 자들, 예수그리스도 탄생 이전에 태어난 선인善人들, 신성모독꾼들, 협잡꾼들과 사기꾼들, 고리대금업자들, 정치적 죄인들이 영원히 고통받는 곳이 아니다. 오히려 지옥의 끝 모를 어둠은 천국을 감싸 도는 과도한 광채와 찬양 때문이 아닐까 싶었다. 완전히 투명한 빛으로 감싸여 천사들의 끝없는 할렐루야로 가득 찬 천국은 이제 오로지 후안무치한 1%의 자본가와 그의 하수인들이 희희낙락거리며 거주하는 그들만의 유토피아일 뿐이다. 과도하게 밝은 빛으로 둘러싸여 천사들의 합창 소리를 받으며 천국의 권좌에 앉아 있는 하느님—자본에게 선고를 받아 죽어도 빚을 갚지 못하고 영원히 속죄해야 하는, "벌거벗은 지친"(3곡, 100절)

영육들이 오히려 지옥에 있다. 자본의 서치라이트와 할렐루야로 눈부시고 시끄럽기만 한 천국에서 무저갱에 있는 사람들은 보이면서도 보이지 않고, 그들의 목소리는 들리면서도 들리지 않는다. 그러면 한국문학은 그들의 들리지 않는 목소리와 그들의 보이지 않는 얼굴을 얼마만큼, 어떻게 보고 듣는 것일까. 그런데 어쩐지 아케론강과 화염으로 둘러싸인 진짜 지옥 사이에 있는, 흥미롭게도 수많은 문사文士가 거주하는 제1지옥, "희망 없는 희망"의 림보limbo에서는 "단지 한숨 소리"만이 "영겁의 허공을 / 언제까지라도 떨게 하고 있었"다(4곡, 42절, 26~27절). 지옥의 압도적인 풍경에 실어증 걸린 단테처럼 한국문학도 말할 수 없는 것과 대면하여 겨우 이렇게 말할지도 모르겠다. "거기서 본 이들은 이루 다 열거할 수 없다. / 해야 할 긴 얘기가 날 앞으로 떠밀고, / 말이 사실에 미치지 못할 때가 많으나"(4곡, 145~47절). 참으로 보고 들어야 할 이야기는 많은 것 같은데도 이상하게 한 마디도 제대로 발음하기 힘들다. 그런데 이러한 말할 수 없는 무기력을 그저 무관심과 무능함으로 간주하고 목청 높여 탓해야 하는 것인지, 아니면 섣부른 현실 참여에의 욕구를 미적 변용의 힘으로 적절히 제어하는 도중에 문학에 값하는 것의 도래를 천천히 도모해야 하는 것인지. 그런데 우리는 여전히 미적 자율성과 문학의 이름으로 말하는 것에 익숙하다. 시대의 참상에 대한 증언은 미와 형식에 대한 무관심 속에서 너무 직접적으로 말하고 있는 것은 아닌가라고. 그럼에도 '말이 사실에 미치지 못할 때가' 많은 것 또한 진실은 아닐까.

다큐멘터리 필름, 영화와 애니메이션이 어쩌면 문학보다도 '말이 사실에 미치지' 못함에도 불구하고 거기에 도달하려는 현실대응력에서는 더 민첩하고 더 핍진할지도 모르겠다. 용산 참사에 대한 다큐멘터리 영화 〈두 개의 문〉(2012)에서 용산 철거민 사망 사건 진상조사단원은 어쩔 수 없이 먼 각도를 잡아 불타는 망루를 비추던 카메라가 용산 참사의 "진실에 접근하기 위해서 우리가 가질 수 있는 게 너무 없다는 굉장한 무력함의 증거"라고 말한다. 이 무력함을 토로하는 목소리 옆으로 분노하는 혼령의 목소리가 끼어든다. 온통 빨간 딱지가 붙은 집안에는 목매달아 자살한 아내의 시체가 식탁에 널브러져 있고 벌거벗은 파산자가 어두운 구석에 놓여 있는 소파에서 들려오는 환청을 듣는다. "놀고먹어도 잘 먹고 잘사는 그놈들은 애완견 같은 놈들이야. 개 같은 놈들이라구. 그놈들 먹이가 되는 우리들은 돼지들이구. 우리는 죽어서 팔다리가 찢겨나가야 가치가 생긴단 말야."(연상호, 〈돼지의 왕〉, 2011). 그런가 하면 대물림한 빚을 갚아야만 하는 딸은 한 아버지에게 다른 아버지를 죽여 달라는 기도를 한다. "저를 가엾게 여기신다면 제발 좀 죽여주세요. 제발 우리 아버지를 죽여주세요. 저를 가엾게 여기신다면 제발 우리 아버지 좀 죽여주세요. 제 눈앞에 우리 아버지 시체를 보여주세요. 하느님 아버지, 제발 좀 죽여주세요.'(변영주, 〈화차〉, 2011). 차라리 저주인 이 목소리는 곱씹으면 씹을수록 더할 나위 없는 신성모독이다. '하느님 아버지'에게 '우리 아버지'를 죽여 달라는 이 목소리에서 서로 다른 두 아버지는 한 아버지로 합체된다. 그 순간, 소원의 목소리는 저주의 목소리, 독신瀆神의 목소리가 된다. 빚을 지고 대물림하는 아버지, 자식을 채무자로 만드는 무능력한 아버지, 그런 아버지는 시체−아버지다. 그리고 만일 '우리 아버지 시체'를 눈앞에 보여주지 못하면, '하느님 아버지' 당신도 '아버지 시체'다! 결국 모든 것은 돈 때문인가. "돈. 모든 것의 시작이자 끝이지. 사랑, 명예, 폭력, 분노, 증오, 질투, 복수, 죽음."(김기덕, 〈피에타〉, 2012) 사채업자 아들에게 어느 날 홀연히 찾아온 엄마가 말한다. 엄마의 대사는 영화의 스토리를 이룬다. 아들은 자신에 의해 손이 잘려 나가고 불구가 되는 채무자들이 저주하던 방식대로 죽음을 선택한다. 그런 식으로 어머니와 아들은 속죄할 것이다. 그러나 자본이라는 채무의 신−아버지는 살아서도 죽어서도 빚진 자들을 결코 사면하지 않을 것이다. 〈화차〉에서 자식은 부모의 빚을 떠안고, 〈피에타〉에서는 자식의 빚을 부모가 떠안는다. 단테가 지옥편 일곱 번째 노래에서 묘사한 스틱스강처럼, 빚의 소용돌이는 분노와 불안에 떠는 채무자들을 삼켜버린다. 그럼에도 왕국의 찬란한 빛과 찬송의 영광은 지상 최후의 채권자인 자본이라는 하느님으로 귀속된다. "이제 우리는 자본이라는 신에게 빚을 잔" 것이다. 앞서 일별한 영화들에서도 드러나는 것처럼 "연속된 금융 위기 이후 현대 자본주의의 주체 형상은 '빚을 진 인간Homo debitor'의 모습으로 육화되는 것처럼 보인다."[2] 그런가 하면 우리가 읽게 될 여러 르포는 이 빚진 인간들의 또 다른 벡터인 해고당사자들과 철거민들의 삶과 죽음, 투쟁을 강렬하게 증언한다는 데서 영화만큼이나 문학을 앞서는 것 같다.

2. '르포문학'에서 르포르타주로

몇몇 논평이 주목한 것처럼, 특히 80년대 한국문학의 장에서 기존의 보도 방식에 맞서 특히 노동 현장의 삶에 대한 증언과 폭로를 통해 잠시나마 문학 계급장을 달았던 르포가 최근에 집중적으로 쏟아져 나오고 있다.[3] 2000년대에 한정해 말하자면,

• •

2. 마우리치오 라자라토, 『부채 인간』, 허경·양진성 옮김, 메디치, 2012, 60, 67.

3. 이 글에서 읽을 르포는 다음과 같다. 조혜원 외, 『여기 사람이 있다』, 삶이보이는창, 2009; 희정, 『삼성이 버린 또 하나의 가족』, 아카이브, 2011; 공지영, 『의자놀이』, 휴머니스트, 2012; 고병권, 『점거, 새로운 거번먼트』, 그린비, 2012. 그밖에 르포가 포함된 다음 텍스트도 본문에서

오수연이나 김곰치 등과 같은 작가들이 이라크 전쟁, 팔레스타인 봉기의 한복판에서 새만금 방조제 건설, 평택의 대추리 미군기지 건설 현장에 이르는 투쟁에 근거하여 주목할 만한 르포를 써왔지만 문학 장에서는 별다른 평가를 받지 않았다. 그런데 최근 1~2년 사이에 쏟아져 나온 르포는 하나의 글쓰기 장을 형성할 만큼 지난 5년간 이명박 정부의 집권 하에 일어났던 용산 참사, 두리반 투쟁으로 알려진 도심 재개발과 철거, 얼마 전 스무 세 번째 노동자들의 자살과 죽음을 불러온 평택 쌍용차 노동자들의 해고, 4대강 건설과 제주도 강정마을 해군기지 건설, 약품 중독에 의한 삼성반도체 노동자들의 잇따른 병사病死와 후유증, 노동자들의 해고를 철회하기 위해 한진중공업 85호 크레인에 올라선 김진숙과 희망버스로 상징화된 연대투쟁, '월가를 점령하라'라는 슬로건의 월스트리트의 반자본주의 투쟁 등의 중요한 사건들을 기록하고 있다. 또 2009년에 창간된 반년간 잡지 『리얼리스트』는 "순도 높은 언어를 길어 올리는 문학적 실천과 약자를 향해 연대의 손길을 내미는 사회적 실천을 동시에 이루며 가야 한다"[4]는 기치 아래 동시대의 사회 정치적

. .

언급한다. 김진숙, 『소금꽃나무』, 후마니타스, 2007; 송경동, 『꿈꾸는 자 잡혀간다』, 실천문학사, 2011.이 책들을 인용할 경우 본문에 책 제목과 쪽수를 표시한다.

4. 『리얼리스트』 창간호, 2009년 겨울호, 2.

문제를 다룬 르포를 집중적으로 싣고 있다.

'시와 정치'에 대한 논쟁이 환기하는 것처럼, 르포의 융성과 그에 대한 논의도 문학에서 '80년대적인 것의 귀환' 또는 '억압된 것의 귀환'이라고 부를 수 있을지 모르겠다.『리얼리스트』의 창간사와 거기에 실린 르포 등을 읽다 보면 80년대의 실천적 글쓰기 또는 실천적 문학 장르인 '르포문학'에 대한 논의를 아무래도 떠올리지 않을 수 없다. 80년대 문학에서 르포는 무엇보다도 독재정권의 언론통제와 조작에 맞서는 대안적인 "언론의 기능"과 더불어 "질문이 봉쇄"된 "사회의 막힌 숨통"을 터준다는 데서 "숨쉬기운동"인 동시에 "질문 양식"의 글쓰기, "사회적 상상력과 역사적 상상력"을 함께 일깨우는 "르포문학"으로 논의된다.[5] 특히 80년대적 문화 게릴라 전술의 일환으로 방금 인용한 내용이 서문으로 실린 무크지『르포時代』(1983)는 창간호만 남겼지만, 르포에 대한 본격적인 논의와 탐구를 촉발시켰다는 데서 다시금 상기될 필요가 있다.『르포시대』에 기대어 말해보면, 80년대의 르포는 대략 세 층위에서 '르포문학'으로 정위定位된다고 할 수 있겠다.

첫째, 앞서 말한 것처럼 유언비어를 살포하고 왜곡을 일삼는

• •

5. 오효진 외,「어둠을 져갈 한 마리의 속죄양」,『르포時代』, 실천문학사, 1983, 10. 인용할 경우 본문에 쪽수를 표시한다.

주류언론에 맞선 대안 언론으로서의 기능. 둘째, 기존 문학의 직무유기에 대한 '외곽'의 비판을 담당하는 전술로서의 문학. 『르포시대』에 기고한 시인 황지우가 언급하듯이, '르포문학'은 "오늘날 우리의 문학이 거의 자포자기하고 있는 지금·이곳의 삶의 현장을 문학의 또 다른 장르로써 표현'하고 "언론과 문학의 일부에서 묵인되고 있는 어떤 직무유기"(199)를 일깨우는 역할을 떠맡아야 했던 것이다. 『르포시대』의 해설을 쓴 채광석은 이와 관련해 "현장에 대한 재인식과 더불어 '발의 의식화'"(333)가 진정한 '르포문학'의 가장 중요한 전제라고 힘줘 말한다. 여기서 '발의 의식화'는 피해자인 동시에 역사의 주체인 민중의 생성적인 민중 의식을 르포작가가 부단히 자기화하는 의식화 과정이기도 하다. 셋째, 문학 장르로서의 위상 정립. 르포는 "직접 전달 효과가 큰 사실성 장르"로 다른 문학 장르에 비해 상상력의 제약이 따른다고 하더라도 "현실의 본질에 보다 접근하는 장르로서의 의미"가 부여되어야 하는 실천적 문학 장르, 곧 '르포문학'인 것이다.[6] 공지영이 『의자놀이』의 서문에서 "처음으로 문학 아닌 책"을 썼다고 말하면서 르포라기보다는 "사실 에세이"라고 굳이 명명한 것을 보면(5), 확실히 80년대의

· ·

6. 김도연, 「장르 확산을 위하여」, 성민엽 편, 『민중문학론』, 문학과지성사, 1984, 125.

'르포문학'과 차이 나는 르포에 대한 작가의 인식을 얼마간 실감할 수 있겠다. 거기에는 "현실이 다 그러니 소설이 무슨 재미가 있겠는가"(107)라는 픽션에 대한 회의가 암암리에 들어서고 있다.

르포에 대한 두 논평[7]은 80년대 '르포문학'에 대한 논의를 얼마간 이어받으면서도 미세한 차이를 드러내고 있다. 역사학자인 김원은 최근 1~2년간에 출간된 르포를 집중적으로 읽으면서 이천 년대 르포의 특이점을 잡아낸다. 그는 70~80년대의 "르포의 목적"이 주로 '폭로'에 맞춰져 있는 데 비해 이천 년대의 르포는 비가시적인 유령과도 같은 사회적 서발턴subaltern이 겪는 "차별" 그리고 그들의 "트라우마와 고통"을 기록하는 한편 "비가시화"되는 서발턴을 정치적 의제의 한가운데로 가시화하는 작업을 수행하고 있다고 평가한다(193~197). 그는 그럼에도 여전히 "르포의 가장 큰 기능 가운데 하나는 '폭로'"(199)라고 강조한다. 또한 그는 "관찰자나 지배적 질서의 공범자로부터 벗어나기와 성찰성"과 그리고 서발턴의 목소리를 적극 "들어주기"가 기왕의 '르포문학'과 변별되는 최근 르포의 특징이라고 말한다(202). 특히 '비정전 문학'이자 '정전으로서의 역사 서사

· ·

7. 김원, 「서발턴의 재림: 2000년대 르포에 나타난 99%의 현실」, 『실천문학』, 2012년 봄호; 손남훈, 「'리얼'을 향한 르포의 글쓰기」, 『오늘의 문예비평』, 2010년 가을호. 인용할 경우 본문에 인명과 쪽수를 표시한다.

와의 충돌과 거리두기'를 강조하는 대목에 이르면 이천 년대의 르포는 80년대적 민중 의식의 체현인 실천적 글쓰기로서의 '르포문학'과 차이 나는 것으로 읽힌다. 80년대 '르포문학'과 이천 년대 르포 사이의 연속과 단절은 손남훈의 논의에서도 재확인할 수 있다. "르포는 문학을 의식하지 말고, 그러면서도 미학적 재구성의 가능성을 포기하지도 않은 채, 나름의 글쓰기로서의 정치성을 발현해야 한다."(93)

손남훈은 80년대 '르포문학'이 염두에 두었던 '지금 여기'의 삶의 현장성에 육박하는 '리얼'에의 충동을 강조하면서도 기존의 '르포문학'이 문학에 편입되려고 하면서 예술적 재구성의 노력을 방기하는 자기모순적인 태도에 대해서는 비판적이다. 르포도 이른바 '문학'이어야 하지만 장르의 위계에 종속될 필요는 없다는 것이다. 손남훈의 글에서 르포의 필수요건인 '리얼'의 요체는 "체험과 경험의 빈도수"가 아닌 "삶의 지배적인 벡터와 그 역능들에 대한 르포 기록자의 적확한 시선이 간취할 수 있는 권리"로 정의된다. 여기서 '벡터'는 삶의 다양하고도 복잡한 욕망들이 상호 교섭하는 지금 여기의 삶의 현장이 되겠고, 그 벡터를 그려내는 언어는 그것이 "전달할 내용보다는 그 언어가 환기할 맥락이 주목되는 언어"가 될 것이다(88). 욕망의 다기多岐한 복잡성을 그려내는 만큼 그에 따른 굴곡과 변형이 따르는 언어를 세심히 고려해야 한다는 것이다. 80년대식 '르포문학'이 "왜곡된 사실, 숨겨진 진실을 곧고 바르게 펴주는" 글쓰기였다면(『르포시대』, 9), 오늘날의 르포는 시뮬라크르와 음모론에 맞서 "진실이 없음에도 진실에 다가서려는 모순적인 글쓰기"여야 한다는 것이다(손남훈, 78).

김원과 손남훈의 논의를 종합하면 최근 르포는 80년대의 '르포문학'처럼 지금 여기의 삶의 현장에 여전히 충실한 동시에 기존의 정전 문학과는 차별된 방식으로 미학적 가능성을 타진하되 타자, 서발턴의 목소리에 들어 있는 욕망의 복잡성을 고려하고 한낱 관찰자가 아닌 기록자의 자기성찰과 자기 연루를 기록자가 끊임없이 되묻는 글쓰기다. 물론 80년대 '르포문학'과 최근의 르포에 대한 논의를 읽으면서 여전히 그 차이만큼이나 유사성이 두드러짐을 재확인할 수도 있겠다. 역사의 주체인 80년대의 민중은 "가난한 사람들 중에서도 가장 가난한 사람들"(『점거, 새로운 거번먼트』, 264)인 이천 년대의 서발턴으로, 르포문학 작가가 갖춰야 했던 민중 의식의 자기 각성은 서발턴의 목소리를 듣는 르포 기록자의 자기반성으로 대체되었을 것이다. 그리고 "보고자가 그것을 의도하지 않을 때" "르포의 감동"이 올 수 있다는 황지우의 우려(『르포시대』, 199)는 르포의 '미학적 가능성'에 대한 기대로 전치되었다고 해도 좋을 것이다.

3. 삶과 죽음의 의자놀이

누군가 말한 것처럼 개인에서 국가에 이르는 부채를 자산으로 증식하고 독점하는 신자유주의의 경제적 폭력은 공권력이라는 이름으로 폭력을 독점한 국가의 강화와 맞물리며, 이때 국가는 "가능한 한 최소의 통치"가 아닌 "가능한 한 최소의 민주주의"라는 무시무시한 형태로 나타난다.[8] 예를 들면 도심 재개발의 비극을 상징하는 용산 참사, 해외 자본에 의한 매각과 기술유출에서 참극의 싹이 트게 된 쌍용자동차 파업 노동자들의 부당해고와 정치적 죽음들은 민주주의 국가에서라면 도저히 일어날 수 없는 예외적인 사건이 아니라, 바로 자본과 결탁한 국가가 공동체의 최소한 형태인 가족까지 무자비하게 파괴하는 등 최소한의 민주주의적 통치마저 무시하고 있음을 자인하는 핵심적인 사건들이다. 이 글에서 살펴볼 르포에 기록된 죽음과 철거, 해고, 질병에 따른 개인과 가족 공동체의 파탄과 망실에 대해 르포 기록자들은 그것들이 그 누구에게도 예외 없음을 증언하고 있다. 용산 4구역에서 7년간 도서 대여점을 운영하다가 하루아침에 쫓겨나게 되었고 용산 참사의 현장에 있었던 박선영 씨는 말한다. "비정규직이 또 다른 철거민인 거 같아요. 일터에서

8. 마우리치오 라자라토, 『부채 인간』, 217.

쫓겨나고 집을 얻지 못하면 또 세입자가 되는 거고 그렇게요. 그래서 우리나라 국민들이 철거가 남의 일이 아니라는 걸 알아야 돼요."(『여기 사람이 있다』, 218) 비정규직이 곧 철거민이며, 그것이 1%의 '그들'을 제외한 그 누구에게도 예외가 될 수 없음에 대해 시인 송경동은 극명한 점층법의 언어로 이어받는다. "철거는 단지 집을, 가게를 빼앗는 것이 아니다. 철거는 모든 것을 빼앗는 것이다. 먼저 지푸라기라도 잡는 심정으로 삶의 기본적인 평화를 갈구했던 가난한 마음과 의지를 철거한다. 이 사회에 대한 믿음을 철거한다. 다음으로는 관계를 철거한다. 10년, 20년 가꾸어 온 삶의 공동체, 이웃들과의 관계를, 세계와의 관계를 철거한다. 그것은 마치 물고기에게서 물을 빼앗는 것과 같은 잔인한 일이다. 나무를 흙에서 뽑아내 따로 살라는 말과 같다. 아이들에게서 친구를 빼앗는 것이며, 낯익고 친숙한 모든 풍경으로부터 소외를 경험하게 하는 것이다. 내용적으로 그것은 삶의 죽음이다."(『꿈꾸는 자 잡혀간다』, 195~196)

삶의 죽음, 죽음의 삶. 자본의 이윤 증식을 위한 무자비한 철거와 끝없는 해고 가운데 삶은 죽음과 그 어느 때보다 친숙해지며, 인간은 그가 거주했던 세계뿐만 아니라, 다른 인간과의 관계에서도 가장 낯선 존재가 된다. 아마도 우리 시대의 그 어떤 문학보다도 때로는 리얼하게 웹툰에서 그려내는 연쇄살인범들(황준호, 〈인간의 숲〉, 2012)과 좀비의 형상(모래인간, 〈좀비를 위한 나라는 없다〉, 2012)은 이처럼 관계의 파괴와 출구 없는 삶의 미래를 호러의 형태로 극단화한 것이리라. 공지영의 표현을 빌리면, 삶은 누가 먼저 그 의자에 앉게 되느냐에 따라 고용과 해고, 삶과 죽음이 결정되는 '의자놀이'에 내몰리는 생존survival이다. 조만간 우리는 정통소설보다는 호러소설이나 웹툰 등에서 삶과 죽음의 의자놀이를 더욱더 잘 체감할지도 모르겠다. 이쯤에서 공지영의 르포인 『의자놀이』를 조금만 더 읽어보겠다.

『의자놀이』에서 논란이 되면서도 문제적인 부분을 하나 짚는다면, 그녀가 쌍용자동차 노동자들에 대한 정리해고 방식이 이중구속double bind으로 노동자들의 삶과 죽음을 결정짓는 게 아닌가 하는 일종의 정신분석적 해석이다. 공지영이 언급하는 이중구속의 사례(89)는 아들에게 '넌 날 사랑하지 않는구나'라고 말하는 어머니에게 다가가는 아들을 막상 껴안지도 않고 거부하는 어머니와 그 때문에 혼란해하는('안아달라는 건가, 말라는 건가') 아들의 모습에서 환기된다. '넌 내 말을 듣지 마.' 이것은 명령인가 명령 거부인가 그리고 그 거부는 명령인가 아닌가. 그 명령에 따라야 할지 말지 도무지 결정이 불가능한 이중구속. "상하이차는 파업 후 쌍용자동차를 인도의 마힌드라 사에 넘겼다. 상하이차로서는 만족스러운 해결이었을 것이다. 여기에 쌍용자동차 해고자들의 어려움이 있다. 예를 들면 한진

중공업은 조남호 회장이라는 대상으로 상징적 대치상황이 정리된다. 현대자동차 하면 정몽구 회장, 삼성 하면 이건희 회장 같은 식이다. 그런데 쌍용자동차에는 대상이 없다. 그들은 마치 유령과 싸우는 것 같다. 유령과 싸우면 싸우는 사람이 제정신을 잃게 된다."(166) 공지영에 따르면 쌍용자동차 노동자들은 누구에게 자신들의 메시지를 전해야 할지 혼란스러웠고, 그들이 해고에 직접 책임이 없는 대리인을 궁극의 적으로 삼을 수도 없었다는 것이다. 누가 책임자이고 적인가. 쌍용자동차 노동자들의 주요 사인死因 가운데 하나가 공권력의 물리적 폭력만큼이나 '외상후 스트레스 장애'에서 비롯된 이유도 여기서 약간 짐작할 수 있겠다. 파업에 따른 책임과 실직의 고통은 고스란히 해고당사자와 그들 가족의 몫으로 귀결되었던 것이다.

그러나 책임 당사자가 모호하다는 것이 적의 실체가 불분명하다는 결론으로 곧장 이어질 수 있는 것은 아니다. 모호함이 있다면 그것은 자본(가) 대 노동(자)라는 '상징적 대치 상태'에도 불구하고 어디까지나 자본이라는 추상적 실체의 모호함일 뿐이다. 해고 책임을 소거하는 당사자가 바로 자본이며, 마힌드라사에서부터 기업의 인수합병을 승인한 국가, 어쩔 수 없다며 정리해고 명단을 발표하면서 용역을 고용했던 노무 관리자들이 자본의 대리인들, 책임의 당사자들, 이른바 적敵들인 것이다.[9] 공지영의 정신분석적 논평은 이처럼 명백한 한계가 있다. 그럼에도 쌍용자동차 노동자들의 해고 사태에서 보인 '의자놀이'가 누구에게도 예외가 될 수 없다는 진실을 지적했다는 데서는 얼마간 유용하다.

이중구속은 이중배제를 낳는다고 할 수 있다. 타자의 모호한 메시지를 받는 나는 메시지의 배후를 찾지 못해 분열되거나 그 메시지는 나와는 전혀 무관한 것이 되거나 하는 식으로.[10] 해고노동자들의 삶과 죽음을 둘러싼 공지영의 논평을 동심원으로 확대해 나가면, 정리해고가 삶의 해고가 되는 이 세계는 메시지를 분열로 체험하는 우울증자와 그것은 아무래도 나와는 상관없는 것으로 간주하는 냉소주의자가 서 있는 진영으로 분할된다. 그리고 그들 사이의 미친 의자놀이는 자본의 운동처럼 계속된다. 그렇게 전자는 이 세계에서 죽은 자, 배제된 자 후자는 어쨌든 산 자, 살아남는 자가 된다. 우리가 서 있는 장소는 더 이상 어떤 메시지도 상징화시키기 힘든 정신병의 공간이다. 자본이 자신을 지키기 위해서라면 모든 것을 파멸시켜도 무방하다는 결말을 보여주는 장준환의 영화 〈지구를 지켜

· ·

9. 이러한 맥락에서 이선옥은 공지영의 『의자놀이』를 정당하게 비판한다. 이선옥, 「22명의 죽음, 미운 놈은 미워하며 살자」, 〈프레시안〉, 2012년 5월 10일.

10. 대리언 리더, 『광기』, 배성민 옮김, 까치, 2012, 111. 공지영이 제시하는 이중구속의 사례는 리더의 책에도 소개되어 있다.

라!)(2003)의 비극적 주인공 병구가 상상했던 것처럼, 우리가 듣는 메시지란 상징적 현실 너머, 외계에서 들려오는 것이 된다.

"고통은 있는데 고통의 원인 제공자는 종잡을 수가 없"다는 것(166)은 원인 제공자가 유령처럼 존재하지 않는다는 뜻은 아니리라. 그러면 우리는 쌍용자동차 해고 사태와 관련된 현실의 참상에 대해 한 걸음 더 접근한다. 이중구속은 이중 배제다. 주체는 분열증적 우울과 공황 속에서 삶과 죽음의 의자놀이라는 극단적 상황에 내몰리거나 그런 메시지는 아무래도 그네들 사정이고 자기와는 무관하다는 냉소로 현실에서 마침내 물러나 귀를 닫아버린다는 점에서 그러하다. 공지영이 우려했듯이, 쌍용자동차 분향소 앞을 자기와는 아무래도 상관없다며 무심하게 지나가는 회사원들, 우리들, 이 잠재적 냉소주의자들은 미래의 우울증자들이기도 하다. 그 누구도 거기서 예외라고 할 수 없다. 증언을 기록으로 남기는 르포작가조차도.

그래서 그런지 최근의 르포에 기록자의 자기 연루의 목소리가 두드러지는 것은 아마도 이 때문일 것이다. 삼성반도체 노동자들의 죽음과 병고의 증언을 기록한 한 저자는 이렇게 심경을 토로한다. "그제야 나는 알았다. 삶의 희극과 비극을 논하는 건 그 삶을 지켜보는 자들의 이야기일 뿐이라는 것을. 그들은 지켜보는 자가 아니라 살아가는 자들이었다. 희극과 비극으로 자신의 삶을 평하거나 감상에 젖지 않았다."(『삼성이 버린 또 하나의 가족』, 13) 최근 르포에서 기록자가 환기하는 무력함, 한숨, 추도시를 낭송하면서 어느 시인이 토로했던 괴로움 등은 기록자조차도 자신이 증언한 사건에서 결코 예외가 아님을 역설하는, 상황에 대한 자기 연루의 증거가 아닐까.

4. 르포, 증언과 슬로건의 글쓰기

이쯤에서 르포를 최근 몇 년 동안 진행되었던 '문학의 정치' 논쟁과 결부시킬 필요가 있겠다. 특히 논쟁의 중심점에서 거의 해석의 독점적 지평으로 참조되었던 자크 랑시에르의 '문학의 정치' 논의는 르포와 그리 편안하게 연결되지 않는다. 랑시에르가 '문학의 정치'는 "문학이 그 자체로 정치 행위를 수행하는 것을 함축"한다고 말한 것을 다시금 상기해 보자. 그러면서 그는 '문학의 정치'로 오해될 몇 가지 사례를 배제한다. 랑시에르를 통해 우리가 정치적 배제와 포함의 산술算術을 익힌바, 배제는 언제나 포함하는 배제다. 그가 '문학의 정치'에서 배제하는 것에는 "작가가 저술을 통해 사회구조, 정치적 운동들, 또는 다양한 정체성들을 표상하는 방식"이 포함된다. 그렇다면 르포는 랑시에르가 '문학의 정치'가 아니라고 배제했던 바로 그 글쓰기에 포함될 것이다. 르포는 '문학의 정치'가 아니라 단지

'정치의 문학'일 뿐이다. 그런데 반드시 그러한가.

랑시에르는 '문학의 정치'에 대해 이렇게 말하기도 한다. "문학의 정치는 특정한 집단적 실천 형태로서의 정치와 글쓰기 기교로 규정된 실천으로서의 문학, 이 양자 간에 어떤 본질적인 관계가 있음을 전제로 한다."[11] 여기서 랑시에르의 논의는 '문학의 정치'를 '문학이 그 자체로 정치 행위를 수행하는 것'으로만 한정 짓지 않을 여지를 남긴다. 그는 '정치와 문학'의 분리와 결합 가능성도 염두에 두고 있다. 그렇다면 '글쓰기 기교로 규정된 실천으로서의 문학'에 '사회구조나 정치적 운동들을 작가가 저술을 통해 표상하는 글쓰기 방식'인 르포가 포함되지 말아야 할 이유란 딱히 없다. 랑시에르가 '글쓰기의 민주주의'로서 문학을 제안하고 있다는 것도 한편 고려해 보자. 그것은 무엇보다도 들리지 않는 소음을 들리는 목소리로 끊임없이 기입하는 것이며, 또 그것이 '문학의 정치'이다. 이 또 다른 '문학의 정치'는 문학/비문학의 경계를 지우며, 작가/비작가의 위계마저도 무시한다. 플로베르의 『보바리 부인』만큼이나 평등을 요구하는 '프롤레타리아트의 밤'의 산물인 노동자들의 시와 산문, 그들의 목소리를 듣고 기입하는 르포도 '문학의

<hr />

11. 자크 랑시에르, 『문학의 정치』, 유재홍 옮김, 인간사랑, 2009, 9. 인용한 구절들은 모두 같은 쪽이다.

정치'를 구현한다.

그동안 우리는 너무 『보바리 부인』만을 포함하는 방식으로 노동자들의 시와 산문, 르포를 배제한 '문학의 정치'를 말해온 것은 아니었을까. 우리가 읽는 르포가 반드시 죽음과 그에 대한 추도사로 채워진 것만은 아닐 텐데, 85호 크레인에 올라선 '새로운 천사'[12] 김진숙의 『소금꽃나무』는 자전적 이야기, 추도사, 인터뷰, 르포 등의 묶음으로 충분히 주목할 가치가 있다. 이 규정될 수 없는 장르 혼성에서 흘러나오는 김진숙의 목소리는 얼마나 혼성적인가. '자본'과 그에 복무하는 '미디어'를 다음과 같이 신명 난 언어로 풍자할 때, 그녀는 노동자이면서 작가다. "열심히 일한 당신 떠나라고 밀어내는 것도 자본이고, 이제 와서 아빠 힘내시라고 노래 불러 주는 것도 자본이고, 집도 사고 차도 사야 하는데 당신이 아프면 큰일이라고 걱정해 주는 것도 자본이고, 사고가 나면 남편보다 먼저 달려와 주는 것도 자본이고, 소리 없이 세상을 움직이는 것도 자본이고, 또 하나의 가족이 된 자본은 이제 안아 달라고 부르짖습니다." (『소금꽃나무』, 220) 김진숙의 언어에서 자본의 전능함은 반드시 전능함만은 아니게 되며, 이 '반드시 아님'은 자본의 틈새에

· ·

12. 윤인로, 「파루시아의 역사유물론: 크레인 위의 삶을 위하여」, 『역사비평』, 2011년 겨울호[『신정-정치』, 갈무리, 2017].

서 숨 쉴 수 있는 삶과 그를 위한 언어가 깃드는 최소한의
둥지가 된다.

랑시에르는 치안과 정치를 구분한다. 치안은 거기, 85호 크레
인 위, 남일당, 대한문에는 아무것도 볼 것이 없다고 말한다.
그곳은 그저 크레인일 뿐이며, 선량한 시민들의 자유로운 통행
공간일 뿐이다. 이에 반해 정치는 거기, 85호 크레인 위, 남일당,
대한문에는 해고와 철거는 죽음이라고 부르짖는 노동자들의
목소리가 있고, 그것은 계속 들려야 하며 명명 가능한 것이어야
한다고 말한다. 우리가 읽은 르포는 그런 의미에서 '문학의
정치'를 수행한다고 할 수 있지 않을까. 여기서 르포를 문학적
글쓰기/비문학적 글쓰기로 나누는 '감각적인 것의 나눔[분할]'
을 내파하는 글쓰기로 적극 고려해야 할 필요가 있겠다. 르포를
문학으로 대접해달라는 이야기가 아니다. 르포가 문학에 대해
굳이 애원해야 할 필요는 없다. 그보다는 문학이 자신의 문학성
을 고집하고 위계화하려는 '감각적인 것의 나눔[분할]' 방식에
대해, 문학이 치안으로 존재할 수도 있는 방식에 대해 의문을
던지는 것으로 르포가 기능하는 것은 어떨까 제안하고 싶다.[13]

• •

13. 여기에는 르포에 대해 일전에 내가 논평했던 방식에 대한 자기비판이
    포함된다. 그때 나는 소설(픽션)의 우위를 암묵적으로 가정한 채 르포를
    "현실 그 자체를 알리려는 단일하고도 계몽적인 의도로 언어를 재현의
    수단과 기능으로 일정하게 제한"하며, 르포에 의해 재현된 "현실은 그
    낱낱의 세목이 아무리 다양하고 풍부하더라도 언어가 붙잡으려 따라다니

이것은 예를 들면 최근에 보다 직접적이고도 정면 돌파의 방식으로 당대 현실의 사건을 적극 삽입한 손아람의 『소수의 견』(2010), 주원규의 『망루』(2010), 김현영의 『러브 차일드』(2010) 그리고 간접적인 환기의 방식으로 김연수의 『파도가 바다의 일이라면』(2012) 등이 그랬던 것처럼 용산 참사나 한진중공업 크레인 시위 등을 픽션의 형태로 분절하며 변형할 때, 즉 논픽션이 픽션화하는 경우에 생길 수 있는 미적 변용의 정도를 측정할 때도 유용하다.

논픽션을 픽션화하는 작품들이 반드시 즉물적이거나 소재주의인 방식으로 정치적 사건 등을 언급하려는 조급성에 노출되는 것은 아니며, 픽션들이 반드시 전자보다 덜 소재주의적이고도 다면적인 전위의 방식으로 '문학의 정치'를 구현하고 있다고 볼 근거도 없다. 물론 리얼한 것에 대한 논픽션의 조급한 요구가 언어와 형식을 세심히 고려하는 픽션에 대한 미학적 방기로 나타날 수 있다. 그만큼 미적인 것에 대한 픽션의 요구가 합의의 불문율이 되어 재현에의 노력에 대한 성마른 기각으로 표현될 수도 있지 않을까.[14] 그보다 당장의 솔직한 심경은 용산 참사나

는 개별적 사실의 집합에 머무를 소지가 있다"고 말했다. 그러나 이 말은 개별 르포 텍스트에 대한 비판은 될 수 있어도 르포 글쓰기 장르 자체에 대한 비판이 될 수는 없다. 복도훈, 「연대의 환상, 적대의 현실」, 『눈먼 자의 초상』, 문학동네, 2010, 238.

쌍용자동차 파업 사건 등은 문학으로 재현하기가 쉽지 않다는 미학적 고려가 갈수록 경화硬化되어 가고, 그것은 끝없이 무너져 내리는 현실과 그렇게 목소리를 잃어가는 사람들을 어떤 식으로든 재현하거나 환기하기를 회피하는 무능력의 합의로 은밀하게 바뀌고 있는 것은 아닌가 하는 우려다.

이쯤에서 르포 글쓰기는 현실에 대한 미적, 정치적 실천의 첨병으로 여기서 증언과 슬로건의 언어를 특별히 고려해야 할 필요가 있겠다. 정치적(문학적) 치안에 맞서 삶은 비참한 생존이 아니라고 항의하는 증언, 그리고 사건과 파장의 역학 속에서 사태에의 정치적 개입을 뜻하는 슬로건. 먼저, 증언이란 무엇인가. 우리는 조르조 아감벤이 증언에 대해 정식화한 것을 참조할 필요가 있다. "증언은 말을 못하는 자가 말을 하는 자에게 말하게 만드는 곳에서, 말을 하는 자가 자신의 말로 말함의 불가능성을 품는 곳에서 발생하며, 그렇게 침묵하는 자와 말하는 자"는 "불가능한 식별역에 들어서게 된다."[15] 우리가 읽은 대부분의 르포는 보고와 폭로이면서도 말하기 힘든 것을 말하는, 말하기가 그것의 불가능성을 내포하는, 말하는 것과 침묵하

· ·
14. 김예림, 「'존중' 없는 사회의 대중문화, 그 욕망과 미망에 대한 단상」, 『문학과사회』, 2012년 여름호.
15. 조르조 아감벤, 『아우슈비츠의 남은 자들』, 정문영 옮김, 새물결, 2012, 181.

는 것의 역설인 증언이었다. 그것은 사건 당사자의, 자신의 삶이 살아남음이 된 자의, 실어증에서 겨우 빠져나온 사람의 증언과 그의 증언을 이어받은 기록자의 증언으로 구성되어 있다. 증언은 증언의 발화 가능성과 불가능성, 재현 가능성과 재현 불가능성의 이접이다. 그래서 증언은 재현, 모사와 같은 미학적 미메시스의 문제를 다시금 숙고하게 만든다. 또 증언은 단지 르포와 같은 논픽션만의 언어 구성체가 아니다. 나는 일전에 황정은 소설의 중핵에 증언이 자리 잡고 있다고 말했다.[16] 그리고 르포로부터 배울 수 있는 언어의 두 번째 사용법인 슬로건.

우리는 슬로건을 단지 선동적인 정치적 주장을 담은 부담스러운 명령문, 프로파간다로만 이해할 필요는 없다. 철학자 알랭 바디우 등이 프랑스의 불법체류자들의 권리를 옹호하기 위해 내세운 '여기 살면, 여기 사람On est ici, on est d'ici'이라는 뛰어난 슬로건은 영토와 인종, 국민이라는 개념 전체를 일거에 의문에 부치는 탁월한 정치적 개입이자 언어의 전술이다. 이 슬로건은 "내가 살던 데서 살고, 장사하던 데서 계속 장사하겠다는 게 그렇게 잘못된 거고 터무니없는 요구인가요?"(『여기 사람이

• •

16. 복도훈, 「인형과 난쟁이: 소설가 황정은과 나눈 말들의 풍경」, 『문예중앙』, 2010년 겨울호. 이 책의 2부 4장.

있다』, 240)라는 용산 철거민 지석준 씨의 반문과 얼마든지 공명한다. 이처럼 슬로건의 언어는 호소이면서 정치적 반문의 언어, 공명의 언어이자 다른 언어를 생성하는 증폭의 언어다. 2011년 가을부터 시작되었던 '월스트리트를 점령하라' 점거 투쟁의 현장을 담은 고병권의 르포에는 슬로건을 정식화하는 대목이 있다. "김진숙 씨가 85호 크레인에 올라간 사건, 그의 절규가 만들어 낸 파장에 참여하면서 어느 시인은 자신이 받은 절규, 자신이 경험한 사건을 시로 번역하고 전달 증폭시킨다. 모두가 파장 즉 운동을 통과함으로써 스스로 전달의 매체, 증폭과 번역의 기계처럼 작동한다."(『점거, 새로운 거번먼트』, 221) 이것이 바로 "발화가 정세의 사태에 대한 기술이 아니라 개입"[17]이 되는 슬로건이다.

지금까지 르포를 읽으며 만날 수 있었던바, 증언이 삶이 한낱 생존으로 환원될 수 없다는 저항이라면 슬로건은 적극적으로 삶의 정치를 구축하는 연대의 언어 프로젝트다. "우리는 솔직히 말해서 인간이기 이전에 실험동물이었어요."(『삼성이 버린 또 하나의 가족』, 235)라는 노동자들의 증언은 우리는 더 이상 자본에 의해 "처분 가능한 존재"(『점거, 새로운 거번먼트』, 267)가

· ·

17. 장–자크 르세르클, 「정확함의 사도 레닌, 혹은 재활용되지 못한 마르크스주의」, 『레닌 재장전』, 이재원 옮김, 마티, 2010, 417.

아니라는 항의의 슬로건과 이제는 한 몸으로 뒤섞인다.

5. 여기 사람이 있었다

글을 쓰기 시작할 무렵, 용산역에 갈 기회가 있었고 약속 시간보다 일찍 그곳에 도착해 용산 참사 현장으로 갔다. 포장마차와 집창촌이 들어서 있던 역전 사거리의 건물들마저 철거된 용산역 부근은 참사 이후에도 여전히 도심 재개발에 따른 온갖 사회적 증상을 언제 터질지 모르는 시한폭탄을 내장한 장소로 보였다. 용산 참사를 상징적으로 드러내던 건물인 남일당마저 철거된 그 빈자리는 황량하기에 이를 데 없었다. 마치 인간사에는 아랑곳하지 않는 하느님의 무심한 눈길을 닮은, 부자들과 부의 상징인 화려한 씨티 타워 세 채가 뿜어내는 적막한 불빛 아래에 놓인 참사의 현장은 주차장과 잡풀들로 가득 찬 공터로 남겨져 있었다. 건설사들의 이권 다툼으로 용산 재개발이 늦춰질 뿐만 아니라 백지화마저 검토되고 있다는 최근의 보도를 접한 터라, 분노는 더욱 치밀어 올랐다. 겨우 잡풀로 가득한 공터와 임시주차장을 만들기 위해 다섯 명의 무고한 철거민들과 한 명의 젊은 경찰의 목숨을 앗아 간 것인지, 입이라도 달려 있다면 무슨 변명이라도 해봐라. 그렇게 혼자 중얼거리며 스마트폰 카메라로 현장을 담던 중 간이철판으로 담장을 줄줄이 세운 곳에 붙어 있던 글씨가 눈에 들어왔다. "여기 사람이 있었다."

그랬다, 여기 망루에는 분명 사람이 있었다. 남일당을 기웃거리던 사람들에게 '거긴 아무것도 없으니 그냥 지나가시오'라고 말하는 경찰들의 공허한 목소리와는 달리, 거기에는 분명 '사. 람. 이. 있. 었. 다.' 남일당 빈터에는 더 이상 아무것도 없는 게 아니라, 여전히 무엇인가가 '더' 있다. 남일당의 불탄 자리, 김진숙이 내려온 85호 크레인 위, 월스트리트의 주코티 공원. 비어 있어도 결코 비어 있을 수 없는 빈자리들, 이 비어 있음 주위를 떠도는 언어들. 우리는 단테가 묘사한 아케론강 강가에서 한 발자국도 더 나가지 않았다. 다만 우리는 계속 들어야 하며, 또 반문할 따름이다. "지금 들리는 것이 무엇입니까? / 이렇게 고통을 당하는 자들은 누구입니까?"(3곡, 32~43절)라고.

애도와 인륜

세월호 참사 100일에 부쳐

"인간들에게 죽은 자식을 보는 것보다 더 큰 고통이 어디 있겠느냐?"

—에우리피데스, 『탄원하는 여인들』

1

기포氣泡처럼 떠오르던 분절되지 않은 단말마의 언어, 어찌할 바를 모를 주춤한 몸짓, 황망하게 바라보던 수면의 캄캄한 이미지, 심지어는 갑자기 막 터져버리는 울음까지 모조리, 세월호世越號라는 낱말 앞에서는 떠오르자마자 가라앉아버리고 말았다. 그렇게 참사가 발생한 지 100일이 지났다······.

2

참척慘慽. 누구나 그랬듯이 세월호 참사에 대한 잇따른 방송

속보를 지켜보고 그와 관련된 주요 기사와 논평을 읽어가면서 그리고 노란 리본이 무수히 달려 있는 분향소를 멈칫, 지나쳐 가면서, 슬픔과 분노가 뒤섞인 채 도무지 무슨 말을 어떻게 할 수도 없고 하지 않을 수도 없었던 내 머릿속을 내내 떠나지 않았던 단어. 거센소리 자음이 연이어 발음되면서 가팔라지고 위태로워지는 말, 자식이 부모나 조부모보다 먼저 죽는 단장지애斷腸之哀의 사건. 인류의 무참함과 숭엄함을 동시에 지칭하는 명사. 미디어도 포커스를 맞췄고 실제로도 그러했듯이 세월호 피해자들의 상당수는 단원고 학생들이었으며, 부모와 조부모, 친척이 상주가 될 수밖에 없었던 압도적인 현실을 어떤 식으로든 가까스로 지칭할 수밖에 없었던 참혹하게 무기력한 말. 그런데 무엇보다 '참척'은 여러 가지로 신神을 원망스럽도록 떠올리게 만든다. 그 역시 참척의 고통을 겪었던 소설가 박완서가 생전에 다음과 같이 썼듯이. "그저 만만한 건 신이었다. 온종일 신을 죽였다. 죽이고 또 죽이고 일백 번 고쳐 죽여도 죽일 여지가 남아 있는 신, 증오의 마지막 극치인 살의殺意, 내 살의를 위해서도 당신은 있어야 돼. 나는 신의 생사를 관장하는 방법에 도저히 동의할 수 없고, 특히 그 종잡을 수 없음과 순서 없음에 대해선 아무리 분노하고 비웃어도 성이 차지 않았다."(박완서, 『한 말씀만 하소서』)

거슬러 올라가면 무구한 아이들의 죽음을 신의 무력함, 나아가 신의 죽음과 연결시켰던 도스토옙스키의 『카라마조프가의 형제들』의 주인공 이반 카라마조프의 절규에 찬 반문 속에서, 그리고 대심문관의 심문 속에서 신과 그의 아들은 끝끝내 침묵하는 존재였다. 한편으로 그리스 비극에서 만날 수 있는, 그리스와 트로이의 전쟁에서 살아남아 포로가 된 어머니와 아내, 누이의 비통한 울부짖음 속에서 호명되는 신은 장례를 치르는 임무와 관련하여 가족과 매우 긴밀한 존재였다. 고대 그리스에서 장례는 신의 법칙이었고 그것을 고수하는 것은 인륜적 행동이었다. 그러나 유래를 알 수 없는 이 신들도 이반과 대심문관의 신처럼 철저히 침묵하는 존재인 것은 매한가지. 그러면 세월호 참사에서 비롯된 참척의 저 끝날 수 없는 슬픔은 삶과 죽음을 연결 짓는 애도의 몸짓에서 번쩍이는 인륜성의 형해와 잔존, 곧 신의 침묵을 여전히 환기한다고 말할 수 있을까. 우리는 이 신의 철저한 침묵으로부터 무엇을 건져 올릴 수 있을까.

3

그러나 세월호 참사에서 비롯된 참척의 슬픔은 신의 종잡을 수 없음과 침묵을, 가장 사악하고도 무례한 방식으로 일부 성직자들이 함부로 말했듯이 신의 존재와 운행運行을 증명하지도 않는다. 오히려 참척의 슬픔은 국가의 무력함, 죽음, 나아가 그것의 괴물성을 선포하는 분노였다. 인재人災를 재빠르게 자연재해로, 슬픔과 분노의 걷잡을 수 없음을 국가적 애도로 둔갑시키고 완화하는 것 외에는 어떠한 조치와 수단도 강구하지 않는 국가, 급기야 자신은 재난 컨트롤 타워가 아니라고 발뺌하는 정부에게 분노를 표출하는 유가족과 시민을 향해 경찰력을 행사하는 데는 더할 나위 없는 유능함을 발휘하는 국가. 세월호 참사가 일어나기 바로 직전에 발생했던 세 모녀의 자살을 상기해 보자. 이 아노미적 자살은 IMF 이후 생활고로 급증한 가족의 붕괴와 원자화된 형태로 각자도생各自圖生할 수밖에 없는 생존의 비참함과 돌봄과 살핌, 나눔이라는 사회적인 의무와 권리의 실종을 다시 한번 극명히 환기시킨 상징적 사건이었다(엄기호, 「견딤의 시간 혹은 견딘다는 것」, 『말과활』 4호, 2014년 5~6월 호). 마찬가지로 세월호 참사는 어떤 측면에서는 자본과 국가의 가공할 만한 협치로 사회적인 것, 공공적인 것의 싱크홀을 드러내었을 뿐만 아니라, 그 공동空洞 속으로 맨 먼저 굴러떨어져버린 것이 가족, 즉 인륜성의 최소한의 형태임을 일러준 사건이라고 할 수 있지 않을까.

우리는 2014년 4월 16일부터 이상하게도 뒤틀린 시간을 살고 있다. 그 시간은 부모보다 자식이 먼저 죽게 된 집단적 참척에서 비롯된 전도된 시간이며, 돌이킬 수 없고, 반복 불가능한, 남겨진

자에게는 끔찍하게 공허할, 생중사의 시간이다. 그 와중에 에우리피데스의 희곡 『탄원하는 여인들』을 읽었다. 그리스 내전에서 남편을 잃고 슬픔에 젖어 자살한 여인 아우아드네의 아버지 이피스는 딸의 죽음에 비통해한다.

"아아, 왜 사람들은 두 번 청년이 되고, / 두 번 노인이 될 수 없는 것일까요? / 집안 살림을 살다가 무엇인가 잘못되면, / 우리는 다시 생각해 보고 바를 수 있지만, / 인생은 그럴 수가 없지요. 하지만 우리가 / 두 번 젊고 두 번 늙을 수 있다면, 실수를 / 하더라도 두 번째 인생에서 바를 수 있을 텐데. / 하지만 자식 잃은 부모의 심정이 어떤 것인지 / 경험할 수 있었다면, 나는 결코 / 지금처럼 딱한 처지가 되지는 않았을 것이오. / 그건 그렇고, 몰락한 나는 이제 뭘 하지요? / 집으로 돌아갈까요? / 가서 썰렁한 빈 방들과 / 의지가지없는 내 인생을 바라다볼까요?"(에우리피데스, 『탄원하는 여인들』)

세월호 참사는 우리네 삶의 시간을 뒤틀어버렸다. 나중 갈 자가 먼저 가고, 먼저 갈 자가 나중 가게 되었다. 꿈들이 수장되는 방식으로 참사는 우리들의 미래를 삼켜버렸으며, 그 미래를 공허하게 만들었다. 세월호 참사는 2014년 4월 16일에 일어났지만, 미래의 참사다. 세월호 이전도, 그 이후도 존재하지 않는다.

세월호 참사는 앞으로 우리가 자본과 국가의 협치를 수수방관하는 한 언제든 반복되고 지속될 현재진행형의 미래다. 2014년 4월 16일, 그때부터 "시간은 이음매에서 벗어나 있다The time is out of joint." 추모의 노란 리본은 언제 붙였다가 떼어내야 하는 건지, 정말로 뗄 수 있는 것인지, 그 시점을 우리는 도대체 어떻게 알 수 있을까.

4

헤겔이 근대 여명기에 공동의 삶에 대한 사회적 상상의 한 방식으로 인륜성Sittlichkeit을 적극적으로 고려했을 때, 그가 참조한 것은 소포클레스의 비극 『안티고네』였고, 구체적으로는 아테네와 테바이의 내전과 장례식이었다. 전사戰士의 장례식을 두고 고래로부터 불문율로 내려온 신의 정의에 기초한 친족의 법과 도무지 그 기원을 짐작할 수 없지만 어쨌든 인간이 만든 성문화된 국가의 법이, 절대적 인륜성과 최고의 인륜적 실체가, 가족과 국가가 충돌한다. 게다가 그 가족은 국가의 대표자인 크레온의 친족이기도 했다. 가족과 국가는 처음부터 얽혀있었다. 안티고네는 테바이를 침공한 아르고스의 일곱 전사와 함께 전사한 오빠이자 반역자인 폴리네이케스의 금지된 장례를 치르고 크레온으로부터 사형선고를 받아 그녀 자신도 국가의 반역자가 된다. 누가 장례를 치를 만한 인간이고, 누가 그렇지 않은 (비)인간인가. 안티고네와 크레온의 충돌은 결국 가족과 국가 양자의 뒤얽힌 몰락을 가져온다. 그런데 『안티고네』는 헤겔의 의도와는 달리 시민 사회를 상징하는 코러스의 중재를 통해 가족과 국가의 변증법적 화해를 끌어내는 것이 아니라 오히려 그것들의 분절과 이접을 사유하도록 이끄는 비극 텍스트이다.

인륜성에 대한 헤겔의 고심은 『인륜성의 체계』 『정신현상학』 『법철학』에 이르기까지 좌충우돌하는 양상을 보여주는데, 그것은 그의 변증법적 체계의 핵심에 자리하고 있으면서도 그 핵심은 어딘가 자기 자신으로부터 끊임없이 이탈하거나 튀어나오는 핵심에 가깝다. 따라서 인륜성은, 장례 의식이라는 인륜의 수행을 안티고네가 국가와 대립하면서까지 끝까지 고집할 때 뒤틀어질 때처럼, 뭔가 괴물적인 것에 가까워진다. 헤겔의 인륜성에 대한 통상적인 해석은 다음과 같을 것이다. 인륜성은 보통 자신이 속한 공동체에 대해 갖는 도덕적 의무들로 정의된다. 예를 들면 국가는 사회를 보호하고 가족을 방어하는 인륜적 실체며, 가족은 국가를 위해 복무할 시민과 사회를 만들어내는 친족 공동체로 인륜적 실체의 최소 단위다. 아들은 국가를 방어하는 군인으로 키워지고, 딸은 군인을 키워 보내는 대신 남은 가족을 돌본다. 아들과 딸이, 낮과 밤이 조화되는 이상적 국가란,

헤겔의 표현을 빌리면, '인륜적 생명die sitteliche Lebendigkeit'의 본질이자 실체이다. 헤겔은 부지불식간에 근대국가의 군림과 통치의 핵심에 생명이 가로놓여 있음을 직감했다. 가족에서 출발하는 생명은 근대국가의 치명적인 아킬레스건이었다.

그런데 '생명', 이것은 『인륜성의 체계』에서 가족, 특히 아이를 이해하는 핵심적인 어휘이며, 신의 보호 아래에 있는 절대적인 어떤 것임에 유의할 필요가 있겠다. "아이는 현상에 대립하여 절대적인 것, 관계의 이성적인 것, 영원하고 존속하는 것, 스스로를 재생산하는 총체성이다."(G.W.F. 헤겔, 『인륜성의 체계』) 가족관계에서 아이는 상속자일 뿐만 아니라, 아이의 존재로 인해 다른 가족 구성원도 존재의 상속자가 된다. 헤겔이 이렇게 말했을 당시, 생명을 양육하는 가족은 "모든 존귀한 것을 경멸하는 야수성", "즉자가 된" "부의 덩어리" 곧 탐욕스러운 경제 동물로 구성된 시민 사회의 대항마로 인식되었다. 지금 내 생각은 가족, 시민 사회, 국가라는 각각의 인륜적 실체와 체계는 헤겔적인 이행과 지양을 통해 종합되는 것이 아니라, 각각이 특수하게 분절된 상태임을 다시금 염두에 두자는 것이다. 특히 가족과 국가가 그리스 비극의 여러 사례에서처럼 극명하게 대립될 때, 가족은 절대적 인륜적 체계로 불리지만 실제로는 부패하고 썩어버린 절대정신인 국가라는 괴물에 대항하는, 국가 편으로 흡수되기 쉬우면서도 어쩌면 국가에 가장 극렬히 저항할 수 있는 대항 괴물 또는 정치적인 것의 영점零點이기도 하다. 누군가가 그러한 가족을 온건하게 '민주적 가족'이라고 불렀음에도 불구하고.

그러면 헤겔이 가족과 국가 사이의 중간 항으로 부른 시민 사회의 형편은 지금 어떠한가. 그것은 경제적으로 이기적인 동물과 '천민Pöbel'이 구별 불가능하게 뒤섞여 있는 '덩어리 Haufen'에 불과하며, 각각은 서로가 서로에게 으르렁거리는 늑대가 되는 경우를 제외하고는 고립된 원자로 존재할 뿐이다. 헤겔이라면 개탄했을 법하게 이러한 원자들의 덩어리인 국가는 결단코 인륜성의 수호자이자 담지자가 아니다. 헤겔이 해체 상태에 있는 국가라고 명명한 덩어리 국가 또는 원자화되고 동질적인 개별자들의 집단인 국가에서 "정부는 누구도 동의하지 않는 법의 멍에를 씌워 사적 의지를 뭉개는 개별자에 대한 전제 정치로만 살아남을 수 있다."(찰스 테일러, 『헤겔』) 신자유주의적 전체주의 국가라는 게 만일 존재할 수 있다면, 그 국가란 "국민을 각자에 대한 책임으로부터 '해방시켜', 직접적인 공동체적 연대의 공간을 좁히고, 사람들을 추상적 개인들로 축소시키는" 최종심급이자 작인일 것이다(슬라보예 지젝, 『헤겔 레스토랑』). 공개적으로 비난하길 좋아하면서도 은밀하게는 그렇지 않기를 바라는 것과는 달리 국가는 단 한 번도 무능해 본 적이 없는 생명 통치 기계라는 우울한 인식이 더 중요하지 않을까.

헤겔 또한 『법철학』에서 국가를 이기적인 개체 덩어리의 왕국, 즉 부를 독점한 극소수가 나머지 대대수를 배제한 '미개한' 천민을 자유방임, 방치하는 경제 동물의 왕국으로 만들고 싶지는 않았던 것 같다. 그런데 이러한 국가를 지키기 위해 군대에 보내진 아들들이 서로 총구를 겨눌 때, 가족과 국가는 여전히 상호보완의 인륜적 실체라고 말할 수 있을까. 그런데 이러한 국가는 한편으로 가족의 인륜적 생명을, 필요하다면 앗아가면서까지 부의 덩어리를 수호하는 데 여념이 없다. 순진하기 짝이 없는 질문을 던져본다. 어떻게 국가는 생명보다 이윤을, 아니 생명을 이윤으로 계산하게 되었던 것일까.

5

세월호 참사는 국가의 분절, 국가가 國─家로, '국'이 '가'를 역사적으로 전유해 온 열정적 애착의 관계가 탈구되었음을, 자신이 수호하려는 그 국가로부터 완벽하게 버림받는 가족이 국가와 분리되는 절박한 신호임을 일깨운 사건은 아니었을까. 어느 날 밤, 협동조합 〈가장자리〉에 모인 몇몇이 나눴던 애초의 생각은 이러했다. 나는 불현듯 '안티고네'가 떠올랐고, '민주적 가족'의 정치적 가능성, 가장 비정치적인 것으로 정치에 항상 전유되어

왔던 가족의 엄청난 인륜적 잠재력 또는 무기력의 현장들을 이야기했다. 세월호 참사를 통해 사회는 존재하지 않음의 적대를 새삼 보편적으로 인식할 수 있는 것으로 계급, 젠더 등과 더불어 가족의 인륜성과 그로부터 비롯되는 증여와 상호호혜의 위력 또한 고려되어야 하는 것이 아니겠는가 하는 물음과 반문도 있었다. 또한 어떻게 계급과 젠더 그리고 가족 등 각각의 차이나는 특수성이 등가 연쇄로 엮어지면서 그 자신의 보편성을 주장할 수 있겠느냐는 물음과 반문도 제기되었다.

세월호 유가족 대책위원회의 대국민 호소문(2014. 5. 19)은 국가에 대한 탄원이자 호소의 형식으로 이루어져 있다. 또한 이 호소문은 그것을 한번 들은 이후에는 도무지 계속 들리지 않을 수가 없는 돈호법의 절박함마저 내포하고 있다.

우리는 결코 여기를 떠날 수가 없습니다. 저 깊은 바다에서 아직도 우리를 찾고 있는 우리의 딸들, 함께 아파하는 국민 모두의 아들들이 여기에 있기 때문입니다. 우리는 이 빗줄기가 두렵지 않습니다. 왜냐하면 우리 선생님은 그 깊은 바닷속에서 우리 아이들을 끌어안고 있기 때문입니다. 저 바닷속에 깊이 잠들어 있는 우리의 가족들을 위해 지금 우리에게 두려운 것은 아무것도 없습니다.

그런데 국가에 대한 유가족 호소문의 수사는 그것이 호소인한에서 '국'과 '가'의 오래된 애착과 연루를 그저 단적으로 보여주고 있는 것일까. '이게 나라인가'라는 질문에는 진정한 나라라면 이러이러해야 한다는 요구가 들어가 있다. 어떤 이들은 원래이런 게 나라가 아니었느냐는 허무주의적 냉소주의에 빠져버리고 말았다. 그들은 그렇게 말함으로써 각자의 생명과 안전의보장은 각자의 서바이벌 매뉴얼을 계발하는 것에서 시작할수 있다는 식으로 그들이 염오厭惡하던 자유방임적 시장의 수사修辭에 완벽히 함몰되고 말았다. 자유방임은 자유의 이름으로행하는 방관이며 방치이다.

　일단 유가족의 탄원과 호소는 국가의 뻔뻔스러운 침묵과협잡에 가까운 무능함을 폭로함과 동시에 도무지 회피할 수없는 연루로 '무책임의 체계'인 국가를 책임을 져야 하는 존재로꽉 붙들어 맸다. 그런데 한편으로 탄원은 상호인정에의 욕망이다. 그것은 내 것과 네 것을 동등하게 인정하자는 불평에 찬협의가 아니다. 탄원은 죽음에서 삶을 욕망하고 상실 속에서나 자신의 변형을 꿈꾸며, 그러한 변형이 타자와 연관이 있음을부인하지 않고 그런 방식으로 상실된 미래의 간절한 복원을탄원하는 것이다. 나는 앞서 인륜성의 실체인 생명과 관련하여아이는 우리를 존재의 상속자로 만든다고 했다. 마찬가지로우리도 상실된 미래의, 죽은 아이들과 남아 있는 유가족과 함께 탄원하는 존재의 상속자이다.

6

내가 슬퍼할 때 나는 누군가를 상실해서 슬퍼할 뿐만 아니라, 상실된 존재의 일부분을 공유하고 있던 나 자신, 나의 조각을 상실해서 슬퍼하기도 한다. 또한 그 슬픔은 내가 상실했지만 결코 알 수 없는 누군가라는 존재의 조각과 타자성의 고유함을 일깨운다. 이런 식으로 슬픔은 다만 나르시시즘적인 우울증으로 함몰되지 않고 나와 타자의 연루, 인연, 책임을 일깨운다. 비록 거기까지는 아니더라도 프로이트는 적어도 주체성은 자기 자신을 격앙되게 비난하고, 한탄하고, 슬퍼하고 혐오하는 자기 자신을 솔직히 표현하는 데서 인지된다고 말한 적이 있다. 우리 는 세월호 참사를 마치 꿈속에서 천천히 피 흘리면서 바로 내 앞을 걸어가는 누군가를 제아무리 걸음을 빨리하더라도 결코 따라잡을 수 없을 때의 착잡한 심정과 무기력함으로 응시 했다. 아니, 우리 자신이 오히려 응시의 주체가 아닌 대상이었다.

마찬가지로 억울하게 죽은 단원고 아이들의 활짝 웃는 생전의 사진 한 장은 우리에게 강력하게 무엇인가를 호소하고 있었다. 그것의 회피할 수 없는 정면성正面性은 절대적 이미지로 다가왔다. 본다는 것의 불가능함과 그것의 보이지 않을 수 없음을 우리에게 강제로 떠맡긴다는 데서 그 사진은 절대적이었다. 세월호 참사에 대한 온갖 소식을 보고 들으면서 우리는 뭔가를 분명히 잃었고, 그것이 우리 자신의 일부인지 우리의 부모이거나 자식, 형제자매의 또 다른, 가능한 두려운 미래인지 어떤지 알지 못한 채로 슬퍼하면서 좌절하고 한탄했다. 물론 인간적 취약성과 죄책감을 공유하고 나누는 방식을 통해 슬픔을 윤리적 책임감으로 승화하는 작업이 필요할 것이다. 더불어 참사의 원인에 대한 질문을 집요하게 함께 던지고 공유함으로써 슬픔과 한탄을 수행적인 분노와 탄원의 동력으로 바꿔야 할 것이다. 이것이 우리가 세월호 참사의 망연자실한 목격자에서 정치적 애도의 주체로 거듭나는 한 방법은 아닐까.

다시 『탄원하는 여인들』로 되돌아가 본다. 이 작품은 공교롭게도 안티고네가 매장이 금지된 오빠 폴리네이케스의 주검을 새떼와 개떼들로부터 보호하던 테바이의 이웃 나라인 아테나이가 무대인 비극이다. 테바이의 일곱 전사의 시신 또한 폴리네이케스처럼 테바이에서 장례를 치르지 못한 채 썩어가고 있었으며, 보다 못한 전사의 어머니들이 아테나이의 주권자 테세우스에게 탄원하고 간청한다. 고민 끝에 테세우스는 위험을 무릅쓰고 직접 군대를 이끌고 테바이와 전투를 치르면서 마침내 일곱 전사의 시신 모두를 되찾아 온다. 그는 테바이로 떠나기 전에 탄원하는 여인들 앞에서 이렇게 말했다.

> 그러나 왕은 자라나는 젊은이들을 위협으로 느끼고는, / 젊은이들 가운데 가장 용감하고, 지적 능력이 탁월해 / 보이는 자들을 죽인다네. 자신의 독재 권력이 염려되어. / 봄철에 들판에서 키 큰 곡식 줄기를 베어내듯 / 누군가 가장 용감한 젊은이들을 솎아낸다면, / 도시가 어떻게 강해질 수 있겠는가? / 무엇 때문에 자식들을 위해 부와 재산을 모으겠는가? / 이런 노력이 독재자의 재산을 늘려줄 뿐이라면. / 무엇 때문에 딸들을 집안에서 요조숙녀로 키우겠는가? / 독재자가 원할 경우 기쁘게 해주고, 부모의 눈물을 / 짜내려고?(에우리피데스, 『탄원하는 여인들』)

주권자가 탄원하는 여인들의 청을 들어주면서 이렇게 말하고 있다!

헤겔이 인륜성을 고안하면서 그리스 비극을 참조했을 때, 인륜성은 가족의 요구와 국가의 요구가 합치하던 좋았던 옛 시절의, 상실된 대상에 대한 향수 어린 표현적 복원으로 보일 수도 있다. 확실히 헤겔에게 인륜성은 안티고네 또는 테바이의 탄원하는 여인들이 그러했듯이 애도 의식의 산물이었으며, 어쩌면 인륜성 그 자체가 이제는 애도의 대상이라고 할 수 있겠다.

그러나 인륜성을 한 번도 가져보지 못한 채 상실된 어떤 것이라는 말은 대단히 냉소적으로 들린다. 세월호 참사는 무수히 비통한 죽음과 생존자들의 고통을 낳았다. 사람은 삶과 죽음을 모두 사는 존재이다. 죽은 이들의 가족을 포함한 친족과도, 죽은 자가 속해 있던 공동체와도 그 어떠한 사회적·정치적 화해를 아직 끌어내지 못한 중음신中陰身들이 살아생전에 남긴 두려움과 호소, 탄원을 도대체 어찌하면 좋다는 말인가.

지금 이 글을 마무리하는 때는 참사가 발생한 지 100일째 되는 날이다. 열 명의 실종자가 여전히 바다 밑에 있고, 지상으로 올라온 주검의 원혼은 조금도 달래지지도 않았으며, 주검을 욕되게 하는 자들이 주변에서 전염병처럼 넘쳐나고 있다. 누구는 살기 위해 그것을 잊어야 하고, 누구는 책임을 회피하기 위해 그것을 잊어야 하며, 누군가에게 그것은 결단코 잊힐 수 없다. 정치권력이 움직이면 주검도 움직인다고 했다. 주검이 움직이면 정치권력도 움직일 수 있을까. 원통한 죽음을 공유하려는 산 자들의 인륜적 연대는 어떤 방식으로 가능할까. 무수한 질문들만 뒤로 남겨둔 채 이쯤에서 치열하게 무력無力하고 싶었지만 결국 그러기에는 힘들었던 이 글을 멈춰야겠다.

"내 귀에 폭탄"

〈더 테러 라이브〉 또는 실재의 서사

1. represent

그날 아침 아홉 시 삼십일 분 경, 신생 라디오 방송 '데일리토픽'을 진행하는 여의도의 SNC 방송국 앵커 윤영화(하정우 분)는 한 청취자의 전화를 받게 된다. 평상시와 별로 다름없는 차량정체 소식 그리고 대통령의 국회 연설 방문으로 마포대교에 잠시 교통통제가 있을 거라는 교통정보 뉴스 방송이 끝난 후에 윤영화는 정부의 세제 개편안에 대한 방청자들의 의견을 접수하기 위해 미리 걸려온 청취자의 대기 전화를 받는다. 전화기 너머에서는 서울 창신동에 살고 있으며, 일용직 건설노동자로 일하고 있는 박노규라는 남자의 목소리가 들려온다. 그런데 그는 통화를 하자마자 다소 격앙된 목소리로 세제 개편안에 대한 의견 대신에 자신이 집에 혼자 살고, 가구라고는 TV와 냉장고밖에 없는데도 전기세가 한 달에 17만 원이나 나왔다는 불평을 윤영화에게 다짜고짜 늘어놓기 시작한다. 한전에 전화를 했더니 전기세를 내지 않으면 전기를 끊겠다는데 대한민국의 "선량한" 국민인 자신에게 국가가 이렇게 해도 되는 거냐는 박노규의 불평. 윤영화는 주저리주저리 계속될 것만 같은 그의 불평을 더는 듣지 않고 적당한 선에서 "전기세도 세금이다"라는 말로 간단히 요약하고, 다른 청취자와 전화통화를 시작한다. "끊지 마세요"라는 박노규의 목소리를 한 귀로 흘려들은 후에. 그러나 다른 청취자와 윤영화가 주고받는 목소리 사이로 분절되지 않은 욕설이 뒤섞인 "끊지 말라니까"라는 박노규의 분노한 목소리가 굉음처럼 끼어들며, 그때부터 모든 것들은 뒤틀어지고 낯설어지기 시작한다. 박노규는 윤영화에게 다리에 폭탄을 터뜨리겠다고 말하며, 그의 황당한 말을 들은 윤영화는 박노규에게 욕설을 퍼부으면서 어서 폭탄을 터뜨려 보라고 응수한다. 그리고……

……폭탄은, 터진다.

김병우 감독의 〈더 테러 라이브〉(2013)는 영화 초반부터 기호, 호명, 내러티브 등 재현representation의 문제를 걸고넘어지는 영화이다. 폭탄을 터뜨리겠다는 박노규의 경고는 윤영화에게 행위력이라고는 조금도 없는 빈 깡통과도 같은 소음으로 들린다.

그러나 폭탄이 실제로 터지면서 박노규의 경고는 현실이 된다. 말은 사물이 아니며, 더구나 행위도 아니다. 그러나 어떤 말은 사물을 불러오며, 행위를 수반한다. 그럼에도 말과 사물, 말과 행위 사이에는 결코 좁힐 수 없는 간극이 있다. 이 간극은 물론, 기호의 사슬이자 연쇄인 상징계the symbolic라고 할 수 있다. 그런데 이러한 간극, 우리가 말하기도 하고 침묵하기도 하는 이 상징적 간극이 철폐될 때, 실재the real가 출현한다. 실재는 언어도단의 경지가 아니라, 상징계의 조각 하나가 상징계를 뚫고 터져 나오면서 지르는 단말마의 비명과도 같다. 박노규의 경고와 행위는 일치하면서 윤영화를 둘러싼 상징계를 순식간에 암전暗轉에 빠뜨린다. 방송국으로 들려오는 경고의 목소리와 방송국 바깥에서 터뜨려진 폭탄의 간극, 말과 사물의 간극은 철폐된다.

그뿐만 아니다. 말은 사건을 수반한 것뿐만 아니라, 예기치 못한 그 사건으로 인해 말은 사물의 지위에 오른다. 물론 헤겔은 말했다. 코끼리는 코끼리라는 개념 속에 현존한다고. 그러자 라캉은 칠판에 '코끼리가 있습니다'라는 문장을 적은 뒤에, 강의실 문을 열어 코끼리가 들어오게 했다. 기표의 사슬 속에 자리 잡고 있던 수강생들은 놀라 나자빠졌다. 코끼리는 코끼리라는 개념, 즉 코끼리라는 기표 속에는 현존하지 않았던 것이다. 강의실 문을 열고 들어온 '코끼리'는 칠판에 적은 '코끼리' 즉 기표를 힘주어 증명한 지시 대상이나 기의에 불과할까. 칠판에 적은 '코끼리'라는 기표를 뚫고 솟아 나온 저 괴물을 도대체 무엇으로 불러야만 좋을까. 그리고 기표를 뚫고 들어온 괴물 때문에 칠판에 적은 '코끼리'는 한순간에 숭고한 대상으로 변한다. 말은 자신을 넘어서서 실재의 침묵으로 나아갔던 것이 아니라, 그것을 뚫고 솟아 나왔으며, 말은 말을 초과하는 말이 되었다.

마포대교를 폭탄으로 날려버린 박노규의 말은 말이되 '의미와 재현representation'이 뒤틀어지고 불가능해진 말이지만, 〈더 테러 라이브〉는 한국 영화사상 최초로 출현한 폭탄 테러리스트의 재현 불가능한 말과 욕망을 한 시간 반의 서사로 재현해야만 한다. 여기서 〈더 테러 라이브〉는 리얼리즘의 공식을 따르는 서사가 아니라, 의미와 재현의 문제를 건드리는, '실재의 서사narrative of the real'가 된다. 윤영화는 과거에 좌천되기 전 유명한 TV 앵커로 "항상 낮은 편에서 공정하고 바른 뉴스, 전하겠습니다"라고 자신을 소개하던, "대한민국에 윤영화 씨를 모르는 사람"이 한 사람도 없을 정도로 앵커의 대표상징이자 대한민국 국민의 대변자였다. 박노규에게 앵커 윤영화는 낮은 편을 대변하고, 그들의 말에 담긴 욕망을 풀이해 주며, 나아가 그들을 대표하고representing, 중재하는 '매체media'였다. 그런 윤영화가 자신의 이력을 차곡차곡 잘만 쌓아놓았더라면, 그는 언젠가 정당의 공천을 받고 국민을 대표하는 국회의원 한자리를 차지했을지도 모르겠다. 그런데 지금 윤영화는 아내에게 이혼당하고 아홉 시 TV 앵커의 자리에서도 좌천된 인물이다. 따라서 평소 약삭빠르고 기회주의적이었던 그에게 테러리스트의 느닷없는 출현이야말로 일생일대의 호재가 된 것이다.

윤영화는 테러리스트 박노규를 이용하고 끌어들여 자신의 실추된 지위와 명예榮華를 회복해야 한다. 윤영화는 분노로 가득 찬 박노규의 목소리怨嗟를 기꺼이 상연映畵할 것이다. 박노규 역시 윤영화를 필요로 하기는 마찬가지이다. 마르크스의 말을 빌리면, 테러리스트로 그 정체가 드러나는 박노규는 스스로를 대변할 수 없다. 누구도 그의 말을 들어주지 않았다. 그는 다른 누군가에 의해 대변되어야 한다. 박노규와 윤영화는 서로를 필요하면서 represent의 각자 다른 판본을 욕망한다. 테러리스트 박노규가 '대표'를 욕망한다면, 앵커 윤영화는 '재현'을 욕망한다. 대표를 욕망하는 것과 재현을 욕망하는 것은 이들에게는 너무도 다른 욕망하기이다. 그러나 두 욕망은 적어도 한 가지에서는 확실히 겹친다. 두 인물이 욕망의 공모자가 된다는 것. 박노규와 윤영화가 욕망의 공모자가 된다는 것은 서로에게 필요한 협상을 마쳤다는 뜻이기도 하다. 이제 그들은 서로의 욕망을 욕망할 것이다. 그들은 서로를 '대표하고 대변하는representing' 것이다. 즉, 박노규는 윤영화와, 윤영화는 박노규와 동일시하거나 서로의 입장을 바꿔 가면서 연기할 것이다.

2. 테러리스트와 테러

"저도 이름이 있습니다." 테러리스트는 처음부터 이름을 밝혔다. 박노규. 테러리스트에게 자수하라고 윽박질러 대는 경찰청장 주진철이 들고 흔들어대는 신상명세서에도 잘 나와 있듯이, 그는 주민등록번호와 주소, 가족 사항 등이 빼곡하게 적혀 있는 대한민국 국민이다. 그러나 국민이 테러리스트가 되는 순간, 그 국민은 국민이기를 중지한다. 다시 말하면, 인간이기를 중단한다. 장자크 루소가 말한 것처럼, 인간은 한 국가의 국민으로 포함되면서 비로소 인간일 수가 있다. 테러리스트는 비인간非人間, 괴물이다. 당연히 그는 대표되기를 중지해버린 (비)존재이다. 박노규는 더 이상 대한민국 국민이 아니다.

테러리스트는 흥미로운 (비)존재이다. 테러리스트는 그의 현존이 재현을 넘어서고 파괴한다는 데서 현기증 나는 과잉이지만, 재현의 편에서는 전적으로 결여인 (비)존재이다. 그러나 〈더 테러 라이브〉의 초점은 국민에 의해 선출된 대변자인 국가 또한 국민이 여전히 국민이면서 인간일 때도 결코 그의 말을 들어주지 않았다는 것에 있다. 2011년 세계 선진국 정상회담 당시 마포대교 야간 보수공사에 동원된 세 명의 노동자가 2만 5천 원의 야근 수당을 받기 위해 일하다가 사고로 물에 빠져 죽었다. 그러나 국가의 책임 있는 보상과 사과는 조금도 이루어지지 않았다. 국민의 대표임을 내세우는 국가는 국민을 대변하지 않았다. 게다가 대통령이라는 국가 최고의 대표는 박노규의 요구를 들어줄 수 없을 것이다. 지하 벙커에 숨어 있는 대통령은 테러리스트와는 어떠한 협상도 하지 않을 것이다. 테러리스트는 대변되기를 거부당했으며, 대통령(국가)은 대변하기를 거부했다. 대통령의 책임 있는 사과를 요구하는 테러리스트는 처음부터 불가능한 요구를 한 것이다. 대통령이 사과하는 순간, 국가는 테러리스트를 대변하는 일을 승인하는 것이기 때문이다. 다리를 폭파하고 무고한 인명을 살상하면서 다른 국민들에게 충격과 공포를 안겨주는 범죄는 전적으로 테러리스트에게 귀속되어야만 한다. 그러나 테러리스트의 불가능한 요구는 그가 박노규라는 이름을 가진 국민이었을 때 행한 요구가 국가에 의해 받아들여지지 않았기 때문에 생겨난 것이다. 대변되기를 거부당한 테러리스트가 국가 최고의 대표에게 자신이 대변되기를 절실히 요구하고 있는 상황에 이른 것이며, 국민이 테러리스트가 될 때만이 대변하기를 거부해 온 국가는 그의 목소리에 어쨌든 비로소 귀를 기울일 수 있는 상황과 맞닥뜨리게 된 것이다.

이렇게 테러리스트와 국가는 represent(재현과 대표)의 양극단에서 만난다. 프레드릭 제임슨은 "미적 형식이나 서사 형식의 생산"은 "해결 불가능한 사회적 모순들에 상상적 또는 형식적 '해결들'을 제공하는 기능을 지닌" 행위라고 말했다.[1] 〈더 테러 라이브〉가 상영되고 영화의 시간적 배경이기도 한 2013년이라는 현시점에서 '사회적 모순들'에 대한 극단적인 '상상적' 해결책으로 테러리스트와 폭탄테러가 출현했다는 것은 어떤 의미를 갖는 것일까. 이러한 물음이 〈더 테러 라이브〉를 represent를 둘러싸고 정치적이고도 미학적인 문제 틀을 생산하는 영화로 만든다. '박노규'라는 국민의 이름은 비록 그가 죽지 않았더라도 이미 죽은 이름이고, 여전히 살아있더라도 유령과 같은 비존재이다. 그의 목소리는 죽은 자의 목소리를 복화술로 흉내 낸 것이다. 관객들도 알게 된다. 박노규는 마포대교 보수공사에서 죽은 세 명의 인부 중 한 명이고, 박노규를 연기하는 인물은 국가에서 장학금을 받고 공부하는 죽은 그의 아들인 1992년생의 대학생 박신우(이다윗 분)이며, 〈더 테러 라이브〉는 바로 '다윗'이 국가라는 '골리앗'을 상대로 벌이는 무모한 도발 행위임을.

테러리스트의 테러 행위는 또 어떠한가. 테러는 '재현과 대표'를 산산조각 내버리는 '낯설게 하기'라는 점에서 정치적인 행위일 뿐만 아니라 미학적인 행위이기도 하다. "상상을 넘어선

• •

1. 프레드릭 제임슨, 『정치적 무의식: 사회적으로 상징적인 행위로서의 서사』, 이경덕·서강목 옮김, 민음사, 2015, 98.

극단적 형태의 다다이즘이나 초현실주의적 퍼포먼스라고도 볼 수 있"는 테러는 "사회적 규칙 내에 새로운 변화를 만들기보다는 사회적 규칙 그 자체를 폭파시키는 것을 목적으로 한다. 그것은 마침내 사회가 내파할 때까지 가지적 물질 공간을 쥐어짜며 신체를 파열시킬 뿐만 아니라 우리의 정신 역시 약탈"한다. 테러는 "일상을 알 수 없는 돌연변이로 변이시키는 궁극적인 낯설게 하기이다. 그것은 문자 그대로 또 상징적으로 우리의 발아래에서 우리가 딛고 있는 바로 그 지반을 붕괴시킨다. 충격과 분노는 테러의 부수적 효과가 아니라 테러를 구성하는 본질의 일부인 셈이다.[2] 그러나 테리 이글턴이 말한 것처럼, '일상을 알 수 없는 돌연변이로 변이시키는 낯설게 하기로서의' 테러는 재현과 대표를 파괴하는 동시에 '스펙터클한 볼거리'로 제시된다는 데서 독특하다. '더 테러 라이브The Terror Live'라는 제목의 의미는 폭탄테러가 스펙터클한 '표상representation'으로 시청자들에게 생중계되며, 그 시청자들은 바로 관객인 우리라는 뜻이다.

한편으로 서사의 수준에서도 〈더 테러 라이브〉는 관습화된 서사(플롯)의 코드를 뒤집는다. 테러리스트에게는 대통령의

··
  2. 테리 이글턴, 『성스러운 테러』, 서정은 옮김, 생각의나무, 2007, 158, 160.

진심 어린 사과를 받아내는 것이 테러를 일으킨 궁극적인 목적일 것이며, 그것이 〈더 테러 라이브〉 서사의 전체 얼개를 이룬다. 그러나 이 서사는 다른 서사들과 충돌하면서 점점 더 파국으로 치닫고 뒤틀린다. 첫째, "방송이 우선"이지 "사람이 우선"이 아닌 방송국에서는 시청률을 올리는 것이 급선무일 것이다. 방송국장 차대은(이경영 분)은 윤영화에게 테러리스트와 윤영화의 대화와 협상의 서사와 플롯을 "휴먼 코드"로 가자고 말하며, 윤영화도 거기에 응한다. 윤영화가 도무지 협상이 불가능할 것만 같았던 테러리스트를 마침내 설득시키고 굴복시키는 방식으로 시청자들에게 감동을 선사하고 시청률도 높이자는 것이다. 그러나 '사람보다도 방송'을 중요하게 생각하는 방송국이 정작 서사는 '휴먼 코드'로 잡는 아이러니는 테러리스트가 전 국민이 지켜보는 앞에서 대통령이 직접 나와 사과를 하라는 요구로 인해 깨져버리고 만다.

둘째, 경찰청의 대테러국장인 박정민(전혜진 분)의 계획, 차라리 계략이나 음모plot라고 할 만한 서사는 차대은의 서사에 끼어들고 그것을 훼방한다. 한마디로 요약하면, 박정민의 서사 플롯은 윤영화가 테러리스트와 협상을 진행하면서 테러리스트를 사살하거나 생포할 시간을 최대한 확보하는 것이다. 마포대교에 갇힌 인질들을 구하겠다는 것이나 윤영화의 이니어에 설치된 소형폭탄을 제거하겠다는 것은 한낱 구실이고 제스처에 불과한 것이다. 대통령이 출연한다는 식의 거짓 정보를 윤영화와 테러리스트에게 흘림으로써 시간을 끈 다음에 테러리스트를 잡겠다는 것이다. 그러나 경찰의 이러한 플롯(음모) 또한 테러리스트의 치밀한 계획을 따라잡지 못한다. 차라리 테러리스트의 계획, 서사는 테러 현장인 마포대교에서 자신의 의도와는 다르게 인질이 죽어 나가고 남은 인질 구출 직전에 다리가 완전히 무너져 내림으로써 파국으로 치닫게 된다. 모든 서사는 무고한 인질들로 인해 교란된다.

3. 믿음에 대하여

〈더 테러 라이브〉는 오늘날의 지배적인 이데올로기인 냉소주의를 과녁으로 겨냥하는 영화로 읽힌다. 냉소주의는 한낱 믿음 없음이 아니다. 신학자 존 밀뱅크의 말을 비틀면, 일신교의 하나님에 대한 믿음을 조소하는 냉소주의는 불신이나 무신론이 아니라, 오히려 하나님 이외의 모든 것을 믿는 행위이다.[3] 말하자면, 냉소주의의 최소형식은 '믿지 않음을 믿는 행위'이다. 이러

3. 존 밀뱅크, 「이중의 영광, 또는 패러독스 대 변증법」, 슬라보예 지젝·존 밀뱅크, 『예수는 괴물이다』, 배성민·박치현 옮김, 마티, 2013.

한 전제를 경유하여 질문해 보자면, 이 영화를 보는 내내 들법한 관객의 의문은 무엇일까. 그것은 박노규의 불가능해 보이는 요구, 즉 대통령의 사과가 정말 실현될 수 있는 것인가 하는 의문이다. 불가능한 것에 대한 지속적인 요구는 차라리 믿음의 문제에 가깝다. 더 정확히 말하면, 대통령의 사과에 대한 고집불통 같은 테러리스트 박노규의 일신교적인 요구는 너무 황당하게 보여서 그것은 '미친 믿음'(광신)의 수준으로 고양된 것처럼 보인다. 대통령의 사과 단 한 마디면 되는 것이며, 사과를 들으면 곧바로 자수하겠다는 것인데, 박노규를 제외한 그 누구도, 마찬가지로 관객도 박노규의 요구가 실현 가능할 것이라고 믿지 않기 때문에 '대통령의 사과'라는 기표는 기표를 초과하는 기표, 말을 초과하는 말로 고양된다.

박노규의 첫 번째 요구로 보수공사 중에 죽은 세 노동자와 가족, 장례비 등에 대한 보상은 방송국에서 이미 해줬다. "21억 7천9백24만 5천 원." 돈을 지불한 대가로 방송국은 차대은의 말처럼 78%까지 시청률을 올리면 그만이고, 테러리스트는 매체를 빌려 자신의 요구사항을 이야기하면 된다. 그러나 테러리스트의 두 번째 요구사항은 방송국조차도 난감하기에 이를 데 없다. 전 국민이 보는 앞에서 대통령의 사과를 도대체 어떻게 받아낼 수 있단 말인가. 대통령은 사과할까. 관객들은 대통령이 사과하리라고 믿고 있는 것일까. 영화는 테러리스트를 제외한 그 누구도, 관객도 대통령이 사과할 거라고는 믿지 않을 것으로 가정하고 시작한다. 그런데 이러한 가정은 보다 깊은 냉소를 반영하고 있다. 이 냉소는 실제로 대통령이 사과한다고 하더라도 그것이 그렇게도 대단하냐는 것이며, 겨우 대통령의 한마디 사과를 받기 위해서 저 금시초문의 끔찍한 테러를 일으켰느냐는 반문과 통한다. 그런데 이러한 냉소적 반문이 영화에서 대통령에 대한 사과를 더욱 불가능한 요구로 만드는 것은 아닐까. 사실 우리는 대통령의 사과를 믿지도 않거니와 대통령이 사과해도 별로 감동하지 않는 냉소의 시대를 살고 있다. 이 점에서 테러리스트의 요구는 시대착오적이다.

영화 안팎에서 유일하게 믿는 자는 테러리스트 혼자이다. 윤영화는 다만 테러리스트의 요구를 재현하고 대변할 뿐이다. 그런데 정말 테러리스트 자신도 대통령이 진정 TV 앞에서 고개를 숙이고 사과할 것이라고 믿는 것일까. 이 문제는 애매하지만 중요하다. 영화의 마지막 장면에서 윤영화는 방송국 건물에 간신히 매달린 나이 어린 테러리스트를 보며 묻는다. "왜 그랬어? 너 애초에 나 믿은 거 아니잖아?" 실제로 테러리스트는 윤영화를 믿지 않았던 것 같으며, 영화 중반에서 윤영화의 비리가 낱낱이 밝혀질 때는 더욱 그러하다. 다만 테러리스트 박신우는 죽은 아버지, 박노규에 대해 이렇게 말할 뿐이다. "그 사람은요. 윤영화 씨 뉴스만 봤어요. 물어보면, 그냥 저 사람 말은 믿을 수 있대, 병신같이." 아들이 죽은 아버지의 이름과 목소리를 빌려, 그의 '믿음'을 충실히 대변하고 실행하는 것이다. 그것은 마치 예수가 스스로를 하나님의 아들로 간주하여 그의 이름과 목소리를 빌려 믿음을 대변하고 실행하는 행위와도 흡사하다. 그것은 무조건적이며, 스스로에게 부과한 정언명령과도 같다. 따라서 대통령의 사과에 대한 테러리스트의 무조건적 요구는 자신에게 부과한 정언명령의 고집스러운 차원에서 나온다. 테러리스트가 괴물인 것은 그가 충격과 공포의 스펙터클을 펼치는 존재여서가 아니라 이러한 고집 때문이다.

알랭 바디우를 인용하면서 국가에 대한 테러리스트의 공격과 파괴를 한낱 스펙터클한 '가상에의 열정passion of the semblance'으로 귀착되고 마는 '실재에의 열정passion of the real'에 내포된 한계라고 지적하기란 별로 어렵지 않다. 바디우의 말을 빌리면, "우연적 절대성 속에서 드러나는 실재는 가상을 의심할 수 없을 정도로 충분히 실재적이지는 않다. 실재에의 열정 역시 필연적으로 의심이다. 그 어떤 것도 실재가 실재라고"[4] 직접적으로 주장할 수는 없는 노릇이다. 다시 말해 일상의 현실을 가상으로 간주하고 그것을 뒤흔들고 교란하는 동시에 진리와

• •

4. 알베르토 토스카노, 『광신: 어느 저주받은 개념의 계보학』, 문강형준 옮김, 후마니타스, 2013, 88에서 인용; 알랭 바디우, 『세기』, 박정태 옮김, 이학사, 2014, 104~105.

덕, 정의와 같은 실재의 범주를 직접 움켜쥐기 위해 벌인 테러처럼 '실재에의 열정'에서 추동된 행동은 실재의 범주 이외의 대상(가상)에 대한 의심을 끊임없이 낳는다. 또한 그러한 의심에 의해 '실재에의 열정'은 도리어 강화된다. 따라서 실재는 대상에 대한 정화淨化를 향해 필연적으로 나아가지 않을 수 없으며, 그런 식으로 실재에의 열정은 자신이 의심하는 바로 그 가상에의 열정으로 변한다. 이런 차원에 한정해서 본다면 〈더 테러 라이브〉의 테러리스트는 믿는 듯 보이지만 진정으로 믿지는 못하는 자로 보인다. 하지만 정말 그러할까.

4. 미하엘 콜하스

하인리히 폰 클라이스트의 중편소설 「미하엘 콜하스」(1810). 이 중편소설은 〈더 테러 라이브〉에 내포된 믿음의 문제를 좀 더 보편적인 차원에서 논의하기 위해 별도로 중요하게 언급해야 할 작품이다. 「미하엘 콜하스」는 루터가 살았던 독일농민전쟁 시대 전후를 빌린 이야기로, 말 장수이자 "선량한 시민의 모범"[5]

● ●

5. 하인리히 폰 클라이스트, 「미하엘 콜하스」, 『버려진 아이 외』, 진일상 옮김, 책세상, 2005.

이었던 주인공 미하엘 콜하스는 이웃 제후국가의 성주인 폰 트롱카에게 말 두 마리를 강제로 빼앗겼다가 되돌려 받는데, 말들은 이미 심하게 학대당하고 여위게 된 채였다. 콜하스는 트롱카에게 사과와 보상을 요구하지만, 무시당한다. 그러나 사소하다면 사소하다고 할 수 있는 이 사건은 얽히고 꼬여 전쟁마저 불러오게 된다. 콜하스는 "자신의 힘으로 자기가 당한 모욕에 대해 명예를 회복하고, 미래의 시민들에게 질서를 보장해 주어야 한다는 의무감"으로 용병들을 모아 트롱카 성주 등과 전쟁을 벌이며, 민중의 세력을 등에 업은 콜하스의 봉기에 놀란 루터는 중재와 협상에 나선다. 이 이야기는 콜하스가 모든 보상과 명예를 회복한 뒤에 당당히 단두대 앞에 서는 것으로 끝난다. 「미하엘 콜하스」를 읽다 보면, '문학계의 임마누엘 칸트'(에른스트 블로흐)라고 할 만한 콜하스가 "심판의 천사"인 지 "살인 방화범"인지, 독일의 봉건제도와 싸운 의적인지 원조 파시스트 광란자인지 언뜻 구별할 수 없어 보인다.

「미하엘 콜하스」에서 모든 문제의 원인은 말 두 마리였다. 그렇다고 고작 말 두 마리 때문에 도시를 불태우고 살육을 행한 것은 아니다. 콜하스에게 말馬은 "사소하고 우연한 문제의 조각"인 동시에 "엄청난 실재의 힘이 투여된 무엇"이거나 "사물의 존엄으로 상승"된, "승화"된 사물로 실체 변환된 숭고한 대상이다.[6] 그 이전에 말은 다만 존재의 한 조각일 뿐이었다.

"콜하스에게 말이 문제가 아니었다. 그 일이 개 몇 마리 때문이었다 할지라도 그는 같은 고통을 느꼈을 것이다." 그러나 "존재의 한 조각은 주체화를 통해 사건이 된다." 미하엘 콜하스를 "괴물적으로 만드는 것은, 정확히 말해 그 대가가 어떠하든 시민적 덕성과 정의에 끝까지 매달렸던 방식에 있다. 콜하스의 경우, 죽은 말에 대해 적절하게 보상해달라는 '평범한' 요구가 '존엄한 사물'의 지위까지 높아졌다."[7] 그런데 이런 경우에 콜하스에게 '실재에의 격정'은 실재의 범주와 존재자(대상) 사이의 격차를 지우기 위한 '가상에의 격정'으로 귀착된 것이라고 말할 수 있을까. 정반대다. 콜하스의 경우에 말이라는 평범한 존재자가 실재의 지위로 고양된 것이며, 그때 존재와 실재의 격차는 존재하지 않는다. 결론부터 말하자면, 「미하엘 콜하스」의 말은 〈더 테러 라이브〉에서 '대통령의 사과'와 흡사한 지위를 차지하고 있다. 반복하면, 그것은 말을 초과하는 말이다.

단지 「미하엘 콜하스」와 〈더 테러 라이브〉의 유사성을 지적하는 것이 능사는 아니리라. 콜하스가 정의의 화신이자 민중의

· ·
6. 슬라보예 지젝, 「변증법의 확실성 대 패러독스의 모호한 변덕」, 『예수는 괴물이다』, 428. 지젝은 테리 이글턴이 「미하엘 콜하스」를 분석한 내용을 인용한 것이다. 테리 이글턴, 「실재계를 그린 허구들」, 『낯선 사람들과의 불화』, 김준환 옮김, 길, 2018, 296~305.
7. 슬라보예 지젝, 「변증법의 확실성 대 패러독스의 모호한 변덕」, 429.

영웅으로 읽힐 수는 있어도 박노규로 가장한 박신우는 영웅이라고 말하기는 어렵다. 오히려 〈더 테러 라이브〉의 진정한 영웅이 있다면, 그들은 자신의 자식들을 차 밖으로 먼저 탈출시키고 자신은 다리 아래로 떨어져 죽은 아버지나 고립된 인질들과 끝까지 함께 하고 끝내 운명을 달리한 윤영화의 전 부인인 취재기자 이지수(김소진 분) 등이다. 그럼에도 테러리스트 박신우의 불통의 고집과 요구, 어리석게 보이는 믿음信愚이 실재가 가상일지도 모른다는 의심으로부터 추동되는 것은 결코 아니며, 그렇기 때문에 여전히 우리는 그를 옹호해야 할 이유가 없지 않다. 어쩌면 우리들 의심 많고 냉소적인 대다수에게 믿음이란 윤영화가 귀에 낀 이니어처럼 허구(가짜)임을 잘 알면서도 혹시나 하는 두려움 때문에 결코 빼낼 수 없는 '내 귀의 폭탄과도 같기에.

그렇다고 〈더 테러 라이브〉에서 테러리스트가 마냥 자신의 이른바 미친 '똘끼'로 충만한 범죄의 화신인 것도 아니다. 오히려 이 영화에서 진정한 범죄자는 사회 그 자체이다. 테러리스트 한 명을 둘러싸고 약자의 고통과 분노를 한낱 테러리스트의 발광으로 치부하는 국회와 대통령과 같은 대표의 집합체인 국가, 인질을 구하기보다는 테러리스트를 사살해서 성과를 올리겠다는 경찰과 같은 이데올로기적 국가 장치 그리고 시청률 올리기에만 급급한 상업 미디어가 이 영화에서 진정한 범죄자들이라고 말할 수 있지 않을까. 그리고 아마도 이 모든 악과 범죄를 응시하는 방식으로 그들과 부득불 공모한 관객들인 우리도.

따라서 〈더 테러 라이브〉의 마지막 장면, 마침내 박신우의 손을 잡은 윤영화가 죽어가는 박신우처럼 버림받은 처지임을 깨닫고 방송국을 폭파시킬 기폭장치를 넘겨받는 장면을 급작스럽고 어색한 전환으로 간주하거나 대통령이 테러에 대한 승리를 자축하는 국회를 박살 내려는 손쉬운 결말로 관객의 분노를 배설물로 취급했다는 견해는 옳지 않다. 영화의 마지막 장면은 기폭장치라는 '존재의 작은 조각'으로 국가라는 표상=재현=대표의 최고 심급을 타격하는 '사건'으로 읽어야 마땅하다. 이것이 야말로 〈더 테러 라이브〉가 '실재의 서사'인 이유이다.

인형과 난쟁이
소설가 황정은과 나눈 말들의 풍경

그날 밤 G는 꽁치구이와 술을 탁자에 두고, 곡도와 나눠 먹으며 말했어.

"병아리 얘기는 어때?"

"들어나 보죠."

음. 병아리가 있었어. 봄에 학교 앞에서 파는 백 원짜리 병아리. 이 병아리가 죽었어. 뭣 때문에 죽었더라. 하여튼 죽었으니까, 마당 구석에 있던 화단에 무덤을 만들어주었어. 꽃삽으로 동그란 구멍을 판 다음, 거즈로 둘둘 말아서 묻은 거야. 많이 울었지만, 무덤을 만들어 주었으니까, 춥지는 않을 거라고 생각했지. 다음 날 아침에 일어나서 마당으로 나갔더니 창 밑의 수챗구멍 근처에 기묘한 것이 있었어. 내가 묻은 병아리였어. 전날 화단에 묻을 때까지만 해도 멀쩡했던 솜털이 모조리

벗겨져서, 분홍색이었어. 등도 분홍, 머리도 분홍, 배도 분홍. 벌거벗은 죽은 병아리. 새로운 거즈로 말아서 다시 무덤을 만들어 주었지만, 이튿날 아침이 되고 보니 또 벌거벗은 채로 내 방 창 밑에 와 있었어. 밤새 누가 무덤을 파내고 거기까지 옮겨놨는지는 몰라도, 아무튼 끈질긴 녀석이었지. 이걸 나흘이나 반복했으니까. 닷새째 아침에, 수챗구멍 근처에서 나는 다시 병아리를 발견했고, 발로 그걸 슬쩍 밀어서 수챗구멍 속으로 넣어버렸어. 그러면 더는 그걸 보지 않아도 된다고 생각한 거였겠지. 그런데 구멍이 좁아서, 걸려버린 거야. 입구로부터 오 센티미터쯤 아래쪽에서. 그로부터 한 달, 매일 아침 수챗구멍 곁에 서서 조금씩 가라앉는 병아리를 내려다보았어. 시간이 지날수록 줄어들고 썩어가면서, 병아리는 아주 조금씩, 아래쪽을 향해 가라앉는 거였어. ……음."

"끝인가요?"

"아니, 뭐. 일단은 여기까지."[1]

* *

1. 황정은, 「곡도와 살고 있다」, 『일곱시 삼십이분 코끼리열차』, 문학동네, 2008. 이 글에서 읽는 황정은의 작품은 다음과 같다. 단편 「모기씨」 「오뚝이와 지빠귀」 「모자」는 『일곱시 삼십이분 코끼리열차』에, 「대니 드비토」 「옹기전」 「묘씨생(猫氏生)」 「낙하하다」는 『파씨의 입문』(창비, 2012)에 실려 있다. 장편소설로는 『백(百)의 그림자』(민음사, 2010; 창비, 2022), 르포산문으로는 「입을 먹는 입」(『문학동네』, 2009년 겨울호). 앞으로 인용할 경우 본문에 작품명을 표시한다.

애도

　'일단은 여기까지.' 이 대목을 보라. 황정은의 단편 「곡도와 살고 있다」의 마지막 부분이다. 처음에는 병아리의 안타깝고도 애처로운 죽음을 애도하는, 그러나 애도를 완수했다고 하지만 뭔가 찜찜한 이물감이 오랫동안 피부에 흔적으로 남아 가시지 않는 독특한 환상적 이야기라고 생각했다. G가 화단에 병아리의 무덤을 처음 만들어 주었던 장면까지가 현실이라고 생각했으며, 수챗구멍에 병아리가 털이 다 벗겨진 채로 다시 나타난 이후부터는 G의 환상이라고 생각했다. 죽은 병아리가 자꾸 되돌아온다는 것은 애도를 완수하려는 힘겨운 몸짓이 환상으로 나타난 것이라고. 기적이 아니고서야 어떻게 죽은 병아리가 실제로 되돌아올 수 있겠는가. 솜털이 완전히 벗겨진 분홍색 몸뚱어리의 병약한 병아리가 어떻게 여러 밤을 보낼 수 있을까. 더군다나 거즈로 말아서 무덤에 다시 데려놓은 벌거벗은 병아리가 창 밑에 와 있는 장면이란 고딕소설에 나올 법한 악몽이 아니고서야 무엇이랴. 급기야 황정은 소설에서 언어는 죽은 것을, 망각된 것을 되살리는 역할인 애도 작업과 관련이 있다고 생각했다. 그래서 죽은 병아리가 자꾸 살아서 되돌아오는 것이고, G가 곡도에게 들려주는 이야기는 그 병아리가 어떻게든 살아 돌아왔으면 했던 강렬한 소망을 서사적 퍼포먼스를 통해 곡진히 표현한 것이라 생각했다.

그 연장에서 이런 해석도 가능하다. 위 대목은 자꾸만 되돌아오는 죽은 병아리가 이승 바깥으로 무사히 빠져나가기를 바라는 G의 애도 의식이 무대화된 것이다. 그러한 애도 의식이 황정은 소설에서 언어가 맡는 역할이라고 생각했다. '언어는 제의적祭儀的이다. 황정은 소설에서 언어는 근본적으로 애도와 관련이 있다'고 메모했다. 죽은 자는 이미 죽었더라도 언어 속에서는 여전히 살아 있으리라는 언어의 주술적 역할에 대한 믿음이 소설가 황정은에게 강력한 것은 아닐까 생각하면서. 그래서 그녀의 소설에서 환상은 현실과 그다지 다른 것은 아니었을까 하고. 아무렇지도 않게 죽은 할머니가 돌아오고, 지하철에 몸을 던진 두리안이 아무렇지도 않게 되살아나고 아무렇지도 않게 아버지가 모자가 되는 등 황정은 소설에서 환상은 세계의 비밀을 드러내는 장치라고. 그리하여 인용한 저 대목을 언어를 통해 죽은 것을 소환하고 살아 있게 만드는 황정은 소설의 원초적 장면으로 생각했던 것이다. 그렇게 생각하면서 소설가를 만나기로 한 합정역에 거의 다다랐다. 일본에 가 며칠 쉬다가 (아예 안 돌아올지도 몰라요) 오겠다고 하면서 출국 전에 뵙자고 했다. 소설가가 미리 와 기다리고 있었다. 한눈에 보아도 여러 겹의 옷을 껴입은 데에다가 폭이 넓고 두꺼운 흰색 목도리까지 둘러 한겨울에 완전무장한 소설가 황정은 특유의 인사를 받았다.

그동안, 건강하셨어요?

증언

다시, 위 인용문을 보라. 그런데 인용한 대목에서 환상적이랄 만한 것도, 그러한 장치라고 할 만한 것이 아무것도 없다면? 죽은 줄로만 알았던 병아리가 연거푸 살아 돌아온 놀라운 장면을 그저 놀라운 그대로 기술한 것이라면? 병아리는 불가사의할 정도로 끈질기게 살아 돌아온 것이다. 그래서 급기야 반복되는 애도의 제의마저 귀찮아져 버린 G는 이제 수챗구멍에 있는 병아리를 발로 밀어 넣으려 했던 것은 아닐까. 어서, 빨리, 죽으라고, 이제 가라고.

잠시, 여기서 묘한 심술궂음이 느껴졌다. 죽은 이를 달래는 애도조차 귀찮아지는 일상의 업무일 수도 있음을. 황정은 소설에는 특이하게도 심술궂은 피조물들creatures이 많이 출현한다. 「곡도와 살고 있다」에서, 들려주는 이야기가 재미없으면 이른바 '불만에 가득 찬 곡도의 달리기'로 집 안을 어지럽히는 '곡도',

「대니 드비토」에서 동거인이었던 유도 씨를 죽을 때까지 괴롭히는 유라의 '원령怨靈', 「모기씨」에서 하반신불수인 체셔를 끊임없이 괴롭히는 젤라틴 덩어리인 '모기' 등. 황정은의 피조물들은 바로 주인공 옆에, 명백히 '이곳'에 있음에도 불구하고 '이 세계'에 속한 존재는 아니다. 이 글은 이러한 피조물들에 대한 궁금증으로부터 출발했다.

G는 병아리가 죽는다고, 죽었다고, 죽을 것이라고 생각하고 애도를 행하는데, 거꾸로 병아리는 G에게 항의하듯, 죽지 않았음을, 여전히 살아 있음을, 어쩌면 죽었더라도 살아 있을 것임을 고집스럽게 증명하려 한다. G가 겪은 이 불가사의한 목격담은 이제 증언testimony에 가깝게 된다. 비평가 차미령 또한 황정은과 나와 함께 셋이 술 마시는 자리에서, 그리고 다른 글에서 나보다 먼저 그에 대해 언급했다.[2] 덕분에 나는 황정은 소설에서 증언이 갖는 위상에 대해 확신을 가지게 되었다. 소설가 황정은이 애독하는 작가는 아우슈비츠에서 살아남은 생존의 경험을 증언으로 남긴 이탈리아의 작가 프리모 레비이다. 이 글을 쓰면서 『이것이 인간인가』를 뒤늦게 읽었다. 그 책엔 이렇게 쓰여 있었다. "나는 연필과 노트를 들고 아무에게도 말할 수 없는 것을 쓴다." 그러자

. .

  2. 차미령, 「소설과 정치」, 『문학동네』, 2009년 봄호[「2010년대 소설의 사회적 성찰」, 『버려진 가능성들의 세계』, 문학동네, 2016].

나는 레비에 대한 작가론이라고 할 수 있을 조르조 아감벤의
『아우슈비츠의 남은 자들』의 한 대목을 떠올렸다. "증언이란
말할 수 없음을 현실화하려는 말하기의 역량이다. 말할 수 있음
이라는 이러한 가능성을 통해 말할 수 없음이 그 자신의 현존을
부여받게 된다. 이것이 증언이다." 증언은, 비트겐슈타인식으로
말해, 말할 수 없는 것에 대한 말하기이자 말할 수 없음 바로
그것에 대한 말하기이기도 할 것이다. 말할 수 없는 것은 결국
말할 수 없는 것일지도 모른다. 대신 그것을, 그것에 대해 쓸
수 있다. 말할 수 없는 것에 대해 그리고 말할 수 없음에 대해.
증언은 이 둘 사이의 진자운동이다.

　내친김에 나는 소설가에게 아감벤의 책에 담긴 우화 같은
한 대목을 들려줬다. 아감벤은 한 목격자가 보는 압도적이면서
도 불가사의한 현실을 마치 메두사의 눈을 들여다보는 행위에
비유했어요. 메두사의 눈을 쳐다보는 행위는 실제로는 불가능
한 경험이죠. 메두사의 눈을 목격한 사람은 존재하지 않거나
이미 돌로 변해버린 사람뿐입니다. 그럼에도 문학과 미술은
메두사와 메두사의 눈에 대해 이야기하고 그리는 등 그것을
재현하려고 노력했는데, 여기에 증언이 갖는 역설이 있어요.
'아무도 본 사람이 없는데, 홀로 그것을 말해야 한다는 것.
동시에 본 사람은 많은데, 누구도 그것을 말하지 못한다는 것.'
반복되는 얘기처럼 들리지만, 이 둘 사이를 왕복운동 하는 어떤

말의 행위가 증언일 겁니다. 그리고 아마도 〈작가선언 69〉에 참여하게 되면서, 그리고 용산 참사 현장인 남일당에서 함께 피켓시위 조가 된 소설가와 나는 그 이후로도 용산이라는 저 구멍 난, 화염에 휩싸이고 잿더미가 된 기표의 재현 및 그 가능성과 불가능성에 대해 여러 차례에 걸쳐 대화를 나눴던 것 같다. 소설가가 말했던 것처럼, "진정 무서운 것은 그것이 거기 없는 듯 돌아보지 않는 사람들이며, 이곳에 나타나지 않는 사람들이었다."(「입을 먹는 입」) 뛰어난 소설가가 쓸 수 있을 최고의 산문인 「입을 먹는 입」은 용산 참사에 대한 산문적 재현이라기보다는 모두가 고의적으로 잊으려는 집단적 망각에 대한 일갈一喝이다. 이 고의적인 망각, 돌(아)보지 않음에 대한 묵시록적 우화가 「옹기전」이리라. 이 단편에서 사람은 잊으며, 피조물은 기억하는 존재이다.

막간의 대화: 현실과 환상

그런데,

— 모기씨, 곡도, 이 녀석들은 대체 어디에서 나타나 왜 이리도 주인공들을 괴롭힌답니까?(비평가)

— 글쎄요, 좀 많이 심술궂죠? 녀석들이 심술궂은 이유는 녀석

들이 출현한 이유와 같을 텐데요. 그건 세상에 너무 많이 눌린 몸과 의식이 복수하려고 그러는 거 같아요. 그건 어쩔 수 없이 제일 먼저 자신을 괴롭히게 돼요.(소설가)

— 그 반대편에 '자발적으로' 몸이 기우뚱해지면서 작아져 버려 마침내 오뚝이가 되어버린 기조, 고용을 근심하는 「오뚝이와 지빠귀」의 '오뚝이'와 같은 존재가 있겠죠?(비평가)

— 오뚝이는 능률과 효율만을 권하는 이 세상에 대한 일종의 자발적 항의라고 생각하면서 만들어낸 존재랍니다.(소설가)

— 너무 아픈데요. 기조가 딸랑딸랑 소리 내면서 오뚝이가 되어가는 과정은 그대로 몸이 마비되어버리는 과정이기도 하잖아요.(비평가)

— ……(소설가)

이렇게,

한참 동안 커피를 마시면서 에두른 이야기를 하다가 소설가가 평론가에게 글의 첫머리에 인용한 문제의 대목에 대해 드디어 말을 꺼냈다. (사실, 이 순간을 오래 기다렸다.) 복도훈 씨가 인용한 장면은 실제로는 환상이 조금도 가미되지 않은 사실이랍니다. 제가 어릴 적에 직접 경험했던 사건이에요. (아, 정말요?) 처음에는 순수하게 애도하려고 했지만, 나중에는 애도의 의식마저 귀찮아져 버리는 게 사람이더라고요. 잊고 싶은 거겠죠. 그러면서도 자꾸 되돌아오는 병아리에 신경이 마구 쓰여 결국에는 무심해지려고 해도 결코 무심해질 수 없게 되었죠. (마치 저 이야기가 일종의 목격담이나 증언처럼 들리는데요.) 특히 자기를 파묻어 준 사람의 창가에 와 있을 때 병아리는 섬뜩하게 '인간적으로' 느껴지기도 하는데요. 어떤 표정마저 아른거려요. 마치 소설에 출현하는 '모기'(「모기씨」)나 '곡도'(「곡도와 살고 있다」), '몸'(「묘씨생」)이라는 고양이처럼 동물인 동시에 동물이 아니며, 인간이 아니면서도 인간을 닮은 이런 존재의 기원이 바로 끈질기게 되돌아오는 이 병아리 이야기에서 비롯된 것은 아닐까.

그리하여 병아리는 G 앞에서 압도적으로 현존할 뿐만 아니라, 급기야 G를 질리도록 만든다. G는 털이 온통 빠져 저 벌거벗은 분홍색 병아리의 엄연한 실존 앞에 망연자실할 뿐이다. 벌거벗은 병아리는 고집스럽게도 살아 돌아왔고, 그런 방식으로 자신의 살아 있음을 끈질기도록 G에게 주장하는 것 같다. 병아리는 본능에 충실한 동물이기를 멈추는 듯하며, 분명 인간은 아니면서도 '인간적'으로 느껴진다. 동물이되 동물이 더 이상 아니며, 인간의 속성을 갖고 있되 인간은 분명히 아닌 이러한 존재를 도대체 뭐라 불러야 좋을까. 여기서 황정은 소설의 저 낯선 피조물들이 출현하는 것은 아닐까 생각해 본다. 소설가가 들려준 이 모든 이야기가 실제로 일어난 현실이고, 게다가 놀라운 현실이고, 급기야 놀라운 현실이기 때문에 오히려 비현실적이고 낯설고 환상적으로 느껴지는 것이라면? 이것을 초현실이라고 불러야 할까. 황정은이 들려준 저 병아리 이야기에는 특별한 환상의 꾸밈도 장치도 비약도 없다. 비록 '환상'이라는 개념을 유보조건으로 달고 붙이더라도, 황정은 소설에서 환상이란 현실의 넘침과 범람일 경우가 많다. 지극히 현실인데도 불구하고 느껴지는 이 낯섦, 돌출이란 도대체 무엇이란 말인가? 소설가가 "내 눈의 원근이 기묘하게 비틀리는 기분"(「오뚝이와 지빠귀」)으로 노련하게 표현한 적 있는 이 감각이 황정은 소설의 고유한 스타일을 만드는 것은 아닐까.

'지빠귀는 짓빠, 짓빠 하고 우나?'

저는 복도훈 씨의 첫째 해석에도 동의해요. 아무튼 그 체험을 하고 나서 뭔가를 본다는 행위, 볼 수밖에 없다는 그것에 대해 말해야겠다는 생각이 들었어요. 언어가 애도의 역할을 한다는 것은 일반론이다. 그런데 황정은은 언어로 애도를 수행할 뿐만 아니라, 언어에 대한 애도를 수행하고 있다. 무슨 말일까. 애도를 수행할 언어를 애도하기.

언어에 대한 애도, 언어를 달래는 행위는 그 언어가 이미 죽은 언어임을, 그것의 화용론을 비우고 텅 비게 만드는 제의를 수반한다는 점에서 언어에 대한 일종의 '낯설게 하기'다. 어떤 언어는 그 쓰임새만으로도 누군가에게 대단한 폭력이 된다. 이것은 과민반응이 아니다. 멀리서 오는 손님들에게 전구 한 알씩을 덤으로 얹어주던 오무사 노인과 연인인 무재와 은교 등 무수한 사람들의 일터이기도 했던 『백의 그림자』의 전자상가를 '슬럼'이라는 한마디로 간단히 쓸어버리는 태도를 예로 들면 어떨까. 한번, 상기해 볼까요. "누군가의 생계나 생활계, 라고 말하면 생각할 것이 너무 많아지니까, 슬럼, 이라고 간단하게 정리해버리는 것이 아닐까."(『백의 그림자』) 생각할 것이 너무 많아지니까, 간단하게 정리해버리기, 그렇게 '버리는' 식으로 말하기. 여기서 언어는 추방령이다. 황정은의 소설에서 언어에 대한 낯설게 하기는 언어가 생각을 말할 때 쓰는 게 아니라, 망각하기 위해 사용되는 어떤 것이라는 근본적인 통찰을 낳는다. 언어의 쓰임에는 고의적인 망각, 집단적인 기억상실증이 있다. 그러한 언어는 심판의 언어, 법의 언어다. 언어가 무엇을 곰곰이 생각하기보다는 재빨리 그것을 치워버리려고 할 때, 서둘러 어떤 사항에 대해 결정을 내리려 할 때 언어는 법에 가까워진다. 그래서 '슬럼'이라는 말은 선고宣告가 된다. 언어가 추방이고 선고일 때, 그것을 애도하고 비워버리기. 아마도 그것이 소설가로 하여금 말과 말 사이에 가로놓인 침묵과 여백에 주의를 기울이도록 만든 것이리라.

황정은은 『백의 그림자』에서 은교와 무재가 주고받는 저 독특하고도 인상적인 여백의 대화술로 독자들에게 다르게 말하는 어법을, 다르게 듣는 방법을, 그 소중함을 알려준 소설가이다. 이미 여러 차례 언급된 것처럼, 말과 어법, 어조에 대한 그녀의 성찰은 남다르게 섬세하다. 앞서 말한 언어에 대한 애도의 제의도 이런 것이다. 어떤 단어(슬럼)를 여러 번 반복하면 그 단어에서 의미가 모조리 빠져나가고 기호만 남으면서 순간 낯설어지는데, 이제 '낯설게 하기'를 거친 '슬럼'은 텅 빈 기호가 되면서 그 말의 쓰임새에 달라붙어 있던 폭력의 화용론은 무화된다. 황정은은 이런 감각에, 언어를 낯설게 하기에 노련하다. 2009년에 한 출판사의 출장 일정에 끼어 소설가와 나는 일본에 간 적이 있다. 나쓰메 소세키의 장편소설 『마음』에 등장하는, '선생'과 제자 '나'가 처음 만났던 에노시마江の島로 향하는 전철 안에서 소설가와 나는 많은 대화를 나눴다. 그 대화들은 소설가가 그즈음에 읽고 있다던 비트겐슈타인식의 우화를 연상시켰다. 한 토막을 떠올려, 재조립해 본다.

음, 고양이가 야옹야옹, 하고만 운다고 여기는 것은 이상하지 않나요. 야옹야옹이 왜 고양이의 유일한 울음소리여야 할까요. 소설가 김태용의 단편을 읽다가 무릎을 치며 공감한 적이 있어요. 그의 소설에서 개는 멍멍이 아니라, 뭐뭐하고 짖더군요. 저, 그렇게 짖는 개 정말 본 적 있어요. 개는 왜 멍멍하고 짖고,

고양이는 왜 야옹야옹해야 하는 거죠? 그럼, '지빠귀는 짓빠, 짓빠 하고 우나'요?(「오뚝이와 지빠귀」) 음, 「묘씨생」을 읽어볼까요. 누군가가 '몸'이라고 이름을 지어준 고양이는 어떻게 울까요. 이 고양이는 홀로 살아남은 것을 알고는 미요미요, 외롭거나 배고파 서러우면 와옹와옹, 문을 열어달라고 떼를 쓰면서는 묘오묘오 웁니다. 호오, 하고 비슷한 처지의 곡씨 노인이 말하면 묘오, 하고, 불만일 때는 야오야오 하는 등 말하고 울며 소리치고 떼쓰는, 인간의 표정을 짓지만 인간은 아닌, 인간과는 적대적인, 인간이 정말 불구대천의 천적天敵인 그런 고양이랍니다, 음⋯⋯ 문득, 소세키 소설의 첫 문장이 떠올랐다. "나는 고양이이다. 아직 이름은 없다."(『나는 고양이이다』) 그럼, 이름 없는 저 피조물의 형상과 그것의 유래에 대해 본격적으로 이야기해 볼까요.

오드라덱

이야기는 다시, 몇 년 전으로 거슬러 올라간다. 문단의 어느 시상식 뒤풀이 자리. 그때 소설가 황정은을 처음 만났다. 첫 단편집 『일곱시 삼십이분 코끼리열차』가 출간되기 전이었고, 아버지가 느닷없이 모자로 변한다는 사연의 단편소설인 「모자」

가 문학판 여기저기서 조금씩 회자되던 때였다. 나는 조금 취해 있었던 것 같다. 소설가의 옆자리로 술잔을 들고 이동해 앉자마자, 인사를 건네고, 느닷없이 이렇게 말했다. "오드라덱^{Odradek}." 나는 황정은에게 그렇게 말했고, 눈이 동그래진 소설가는, 그때 오드라덱이라는 말은 알아들었지만 그것이 무엇을 뜻하는지는 잘 몰랐다고 다시 만나게 되었을 때 내게 말했다. 그때 말씀해주셔서 오드라덱이 등장하는 「가장의 근심」을 읽었답니다. '오드라덱'은 카프카의 장편^{掌篇} 「가장^{家長}의 근심」에 나오는 말하는 피조물이다. 기억나는 건, 화자인 가장이 자신이 죽고 난 후 아이들만 남아 있을 때도 실을 질질 끌며 계단을 내려가는 실패 모양의 육각^{六角} 피조물 오드라덱이 여전히 살아 있을 것 같아 걱정스럽다는 대목이었어요. 그게 '가장의 근심'이겠죠. 오해 마시길. 나는 여기서 황정은의 소설과 카프카의 소설을 비교하려는 것도, 영향 관계를 측정하려는 것도 아니다. 이른바 '카프카적'이라는 것이 있다면, 앞으로도 말하겠지만, 그것은 황정은의 인물들이 겪고 살아내는 죄 많은, 빚을 대물림하는 숙명적 현실에 대한 알레고리이지, 단순히 작품의 영향 관계 따위가 아니다. 소설가는 언젠가 그러한 숙명을 막막하고 아프게 적은 바 있다. "빚을 갚기 위해 빚을 지고, 빚의 이자를 갚기 위해 또 다른 빚을 지고, 전심전력으로, 그 틈에 점점 불어나는 먹고 사는 비용의 빚을 져가는 일의 연속"(『백의 그림자』)이라고. 황정은의 소설에서 '카프카적인 것'은 이것 이외에 그 어떤 것도 아니다.

다시 문제의 피조물들로 눈을 돌리자. 모기, 곡도, 집 안의 원령, "세 개의 점이 하나의 직선 위에 있지 않고 면을 이루는 평면은 하나 존재하고 유일하다"라고 중얼거리는 또 다른 부스러기 원령(「대니 드비토」, 「낙하하다」), '서쪽에 다섯 개가 있어'라는 말을 반복하는 항아리, 다섯 번 죽고 다섯 번 태어난 고양이 '몸', 그리고 사람의 머리 앞에 일어서서 '차피, 차피'라고 속삭이는 섬뜩한 그림자 등등. 앞에서 나는 황정은 소설에 이처럼 사람도 동물도 아닌, 그러나 사람의 형상을 띠고 있고 동물의 형상을 띠고 있는, 말을 하더라도 단조로운 기계음 같은 것을 발음하는 피조물들이 무수히 등장한다고 말했다. 이 글이 황정은 소설에 등장하는 피조물의 생김새와 유래에 대한 호기심에서 시작된 것이라고. 사람보다 더 많이 생각하고, 주로 등이 굽어 있거나 아픈, 오랫동안 한자리만을 고집스럽게 지키고 있는, 그래서 뭔가를 증언하려는, 세계에 그것들을 위한 '자리'는 더 이상 없지만, 그럼에도 분명히 '거기'에 존재하는 역설의 피조물들.

예를 들면, 「모기씨」의 '모기'는 어떻게 나타나게 되었을까. 주인공 체셔는 교통사고로 어머니를 잃고 하반신 마비 상태다. 아버지는 중국으로 가면서 체셔에 대한 간호와 뒷바라지를 서서히 저버리게 되고, 도우미인 미오가 체셔를 돌보게 된다. 참으로 가혹한 상황이다. 그때, 모기가 나타났던 것. 처음에는 유리병 속에 들어 있던 장구벌레라고 짐작했던 그것은 천장에서 미오의 손등으로 떨어진 다음, 벽에 달라붙으면서 불룩 솟아오르더니, '안녕'하며 미오에게 인사를 보내는 모기가 되었다. 그런데 그것은 정말 모기였을까. "그것은 사실 곤충과는 전혀 닮지 않았고, 사람의 형태를 하고 있었다. 윤곽이 그랬다. 머리가 하나, 몸통의 좌우와 상하로 팔이 한 쌍, 다리가 한 쌍씩 있었고, 무엇보다 직립해 있었으므로. 처음에는 지점토 반죽처럼 밋밋한 얼굴에 눈코입이 없었다. 눈코입이 없잖아, 라고 체셔가 생각하자 눈코입이 생겨났다."(「모기씨」) 왼쪽보다 긴 오른쪽 팔을 이상한 각도로 꺾어서 등을 긁는 모기는 게다가 "푸딩 같은 젤라틴 덩어리"로, 이 "모기가 움직이는 모습은 움직인다기보다는 흐르고 있다고 말할 수 있을 정도였다." 이렇게 모기는 카프카의 오드라덱이나 그레고르 잠자처럼 그 형상이 잘 그려지지 않는, 기형奇形이라는 '탈형상의 형상'에 가깝다. '모기'만 그러한 것이 아니다. 「곡도와 살고 있다」에서 G가 키우는 피조물인 '곡도' 또한 단일한 '실체'가 아니다. 빛이 실체가 아니라 빛에 대한 잔상으로 이루어진 이미지의 다발인 것처럼, "카레색 궤적을 그리며 벽이나 천장까지 타고 돌아다니는" 곡도는 부분들도 곡도, 부분들의 합도 곡도인 그런 피조물이다. G는 어깨,

뺨, 턱, 팔뚝, 등, 뒤통수, 배꼽, 발등 그리고 '거기'에 이르기까지 "곡도의 무더기" 속에 "짓눌리게" 된다. 다시 「모기씨」로 돌아가면, 체셔가 젤라틴 덩어리인 모기에 잠기기도 하고, 모기가 체셔의 목구멍으로 넘어가는 등 체셔의 삶을 옥죄는 이 악몽 같은 피조물은 "중력이 몇 배나 확실하게 등뼈에 실려"오는 미오의 몸과 실존, 처지를 안팎에서 옭아매면서 내리누르는 압박이자 숙명 그 자체이다.

법

그리하여 체셔는 체념한다. "다리가 무겁게 가라앉아서 그 반고체의 표면으로, 즉 모기 밖으로, 나가는 것은 이제 영영 수가 틀려버린 것 같았"다고. 비록 체셔만이 보고 느끼는 환각이더라도 체셔에게 '모기'의 존재는 그녀에게 닥친 불행한 육체적·정신적 실존의 중핵에 자리 잡고 있는 것으로, 자신에게 닥친 돌이킬 수 없는 현실적 처지가 불구의 몸과 운명으로 육화된 것이리라. 아버지가 떠난 와중에 임금을 지불받지 못한 미오는 결국 체셔의 곁을 떠나가게 된다. 그리하여 체셔는 이제 완벽히 버려진, 유기된 상황 속에서 모기와 살 수밖에 없는 처지였던 것. 모기는 정말로 심술궂게 체셔를 괴롭히는데, 가령 사탕과 초콜릿을 먹어버리고, 방 안을 뛰어다니고 텔레비전 안테나를 부러뜨리며, 잠자리를 독차지한다. 「모기씨」뿐만 아니라 황정은 소설에서 중력의 필연성은 결락缺落의 주인공을 예외 없이 누르고 찌그러뜨린다. 예외 없이 그들에게 가해지는 세계의 폭력은 황정은 소설에서 재현되는 세계를 항상적인 예외 상태로 만든다. 그리고 그러한 폭력은 황정은 소설의 주인공들에서 일그러진 몸의 고통으로 핍진하게 표현된다. 그들이 겪는 몸의 고통은 거의 대부분 '등'에 집중되어 있으며, 극심한 경련과 마비를 동반한다. 반신불수인 체셔의 무거운 등뼈, '곡도의 무더기'가 올라탄 G의 등, 원령이 달라붙은 유도 씨의 어깨와 목, 차피, 차피(어차피, 어차피)라고 속삭이면서 "강하게 반발하는 어떤 함"(『백의 그림자』)이 가하는 무재의 등, 고양이 '몸'의 뒤틀린 뼈와 울퉁불퉁한 머리 모두 불가항력적인 압력으로 짓눌려 있다. 심지어 르포에서조차 황정은은 국가가 가하는 무자비한 공포와 협박 속에 무방비로 노출된 망루 사람들이 겪는 몸의 마비와 경련, 구부러짐의 순간을 결코 놓치지 않는다. "법정 구석에서 땀을 흘리며 그 광경을 지켜본 사람의 눈에 참으로 참담했던 것은, 정당하게 재판받을 권리를 말하기 위해 치켜든 망루 사람들의 팔이 부들거리고 있었으며, 그나마도 곧게 치켜들지 못하고 구부러져 있었다는 점이었다."(「입을 먹는 입」) 소설가는 법정에서 정말 '국가를 실감했다'고 말한다.

국가에 대한 실감이 몸의 경련과 마비라는 극한 증상으로 나타났다고 말하는 것조차 부끄러울 뿐이다(이 글을 쓸 무렵, 죽을 길이 아니라 살길을 찾아 끝내 망루에 올랐던 철거민들에게만 중형이 선고되었다는 소식을 들었다. 국가란 오직 타도해야 할 대상으로서만 그 존재 이유가 있는 것일까).

황정은의 소설에서 몸의 일그러짐이나 그것을 체현하는 기형적인 피조물의 연원은 개인적인 불행에서 효율만을 강조하는 사회의 따돌림과 굴욕, 국가의 합법화된 폭력, 집단적인 망각과 치매증적인 현실, 그리고 그것을 전달하는, 망각을 부추기는 언어에 이르기까지 다양하다. 그리고 이쯤에서 황정은 소설에서 피조물들의 미학이라고 부를 만한 것을 정식화할 필요가 있겠다. 그의 소설에 출몰하는 무정형의 기형적인 몸과 피조물들은 불행과 운명을 살아가고 견디는 실존 깊숙이까지 치명적으로 침투해 들어와 기생한다. 그의 소설에서 이 피조물들은 세계와의 어떠한 거리도 확보하지 못하고 있다. 그 세계란 것이 거의 불가해한 운명이 되어 직접적인 공포의 현전으로, 내버림으로, 선고와 형벌을 통해 끝없는 속죄를 요구하는 악마적 중력으로 피조물을 직접적으로 짓누르거나 찌그러뜨리기 때문이다. 그리고 바로 이 짓눌린 피조물의 원한 어린, 가학적인 어떤 형상은 또다시 황정은 소설의 주인공이기도 할 연약한 실존에 착 달라붙어 그를 괴롭힌다.

나는 그 형상이 「입을 먹는 입」과 같은 르포에서는 법과 관련이 있다는 생각을 해봤다. 예를 들어 이런 선고를, 법의 언어를 눈여겨보자. "화염병이라고 단언할 수는 없으나 화염병이라고 보이므로 화재 책임은 철거민들에게 있다."(「입을 먹는 입」) 이러한 선고에서, 법정의 말에서 우리가 진실로 대면하는 것은 무엇인지 생각해 보자. 단지 이것은 억울하고도 부당한 판결의 한 가지 사례일까. 다른 판결이 있고, 있다면 제대로 된 심판은 정녕 가능한 것일까. 오히려 과실 책임을 일방적으로 철거민들에게 부과하는 이러한 화법이 삶을 한낱 목숨으로 만들어 간다면? "내가 알지 못하는 사이 이러한 화법이 이 세계의 어떤, 노골적인 패턴이 되어가고 있는"(「입을 먹는 입」) 것이라면?

　세계가 법정인 곳에서 삶은 즉결심판이며, 법의 저울에 올려놓은 고깃덩이이다. 그렇게 생각했다. 적어도 작가의 언어는 사람으로 하여금 모르는 사이에 죄를 짓게 만들고 또 모르는 사이에 빚을 지도록 하면서도 한편으로는 끊임없는 속죄와 참회, 제물을 요구하는 저 법, 법의 언어와 맞서고 있다고. 법의 언어는 물론 망각과 치매의 언어, 언어의 망각일 터. 소박하게라도 법이 사람의 살림살이에 대해 생각해 본 적이 정말, 있을까.

기괴奇怪, Ungeheuer

　그렇다면 황정은 소설의 이러한 미메시스를 '황정은 소설의 미학'이라고 이름 붙일 수 있는 것일까. 이것은 미메시스가 아니라, 차라리 미메시스적 곡예나 파괴에 가깝지 않을까. 좀 거창하게 들리더라도 불가피한 이야기를 해보자. 나는 칸트가 숭고와 대비되는 의미에서 언급한 단어이자, 카프카가 그레고르 잠자를 부른 명칭이었으며, 벤야민이 카프카에 관한 에세이에서 카프카를 따라 그대로 썼던 기괴奇怪, 기형, 괴물이라는 다양한 뜻의 독일어 단어인 '운게호이어Ungeheuer'를 잠시 빌린다. 기괴Ungeheuer는 숭고Erhabene와 다르다. 후자인 숭고가 주체와 세계(대상) 사이에 거리를 전제한다면, 전자인 '기괴'에서는 그 거리가 조금도 확보되지 않는다. 제아무리 사나운 허리케인과 화산폭발이더라도 그 장면을 바라보는 나와의 안전한 거리가 확보되면, 그것은 숭고다. 그러나 '기괴'에서는 허리케인과 화산폭발은 압도적으로 눈앞에 현전하며, 나는 결코 안전하지 못하다. 세계는 주체를 압박하면서 일그러지며, 세계의 부스러기들, 곧 일그러진 형태의 피조물들은 불행한 실존에 찰싹 달라붙고 옭아맨다. 이 기괴한 피조물들을 명명할 수 있는 수사가 있을까. 운 좋게도 나는 어떤 책을 읽다가 그와 비슷한 표현을 발견했고,

기뻤다. "운게호이어는 종족 안에 그 존재가 없는 피조물을 함축하며, 희생제의에 적합하지 않은 불결한 동물이자, 하느님의 질서 안에 그 존재가 없는 피조물이다." (에릭 L. 샌트너, 「기적은 일어난다」, 『이웃』) 황정은 소설의 미학은 최근 십여 년 이상 한국소설의 상상력에서 우월한 자리를 차지한 저 '숭고'가 '기괴'로 이행함을 알리는 징표라고 생각한다. 다시금 그 징표란 주체가 세계로부터 결코 안전한 거리를 확보하지 못한 채 세계에 의해 직접 짓눌리고 있다는 정치적인 징후로 바꿔 읽을 수도 있지 않을까.

황정은 소설의 피조물들은 왜 그토록 지겹게도 오래 살고, 죽으려고 해도 죽지 못하며, 그저 바닥없이 추락하거나 상승하기만 하는 것일까. 그것들은 또 왜 그토록 심술궂어서 산 자들을 무던히도 괴롭히는가. 황정은 소설의 어떤 피조물들에게 그것은 확실히 운명의 저주라고 할 수 있을 터이다. 그 저주는 바로 죄의 상속, 빚 갚음, 부채감과 관련이 있지 않을까 싶다. 생애 내내 탕감될 수도, 갚을 수도 없는 빚의 상속이기에, 삶이란 빚 갚기와 속죄하기의 연속이기에 죽음으로도, 희생으로도 대신 갚을 수 없다. 황정은 소설의 인물, 가령 『백의 그림자』의 무재는 자신의 아버지를 이야기하면서 "개연적으로" 곧 필연적으로 빚을 짊어지면서 태어나 사는 삶이 어떤 것인지를 이미 이야기한 적이 있다(「낙하하다」는 그것의 극한을, 가장 추상화된 형태로, 시공간만 남긴 채 끝없이 '아래로 상승하는' 지옥의 고통을 그린 작품일 것이다).

물론, 황정은 소설의 피조물들이 모두 같은 역할을 하는 존재는 아니다. '곡도'와 '모기' 등은 이른바 괴롭히는 축으로, 「대니 드비토」의 '원령', 『백의 그림자』의 '그림자'와 비슷한 계열에 속하는 피조물이다. 그런데 사실 이렇게 읽으면 황정은 소설은 괴기물이 아닌가. 작가에게 물었다. 소설 읽기 수업 시간에 『백의 그림자』를 읽혔는데, 어떤 학생은 사람이 죽거나 사라지거나 체념할 때 일어서는 '그림자'를 두고 이 작품을 괴기소설이라고 하던데요? 그럴 수 있어요. 이런 무서운 이야기를 본격적으로 쓸 생각은 없나요? 네, 있어요.

그리고 그 맞은편에 두리안, 오뚝이, 항아리, 고양이 '몸' 등이 있다. 이들은 똑같이 흉물이고 저주받은 피조물이라는 점에서 공통적이지만, 앞의 괴롭히는 축들과는 조금은 다른 역할을 소설에서 맡고 있다. 황정은 소설의 피조물들은 그들이 대상의 역할을 맡을 때 주체(주인공)에게 가해진 속박과 예속에 대한 뼈아픈 살(殺)의 증인이 된다. 이에 비해 이 피조물들이 주체의 역할을 떠맡을 경우에는 불가능해 보이지만 실제로 일어났던 어떤 사건을, 벌어져서는 안 되는 일을, 망각한 것을 증언한다. 실제로 「옹기전」의 항아리는 결코 버려지지 않고 주인공인 소년에 의해 되살아나서, 입 모양새를 갖춰서라도 자신이 묻힌 그곳을 증언하며, 또 그의 존재 자체가 바로 잊힌 것, 파묻고 돌아보지 않는 행위에 대한 증언이기도 하다. 이 피조물들은 '증언의 문서보관소'(아감벤), '망각된 것의 보관창고'(벤야민)이다. 리필을 부탁했지만, 드립 커피는 리필이 안 된단다. 블랙커피 한 잔을 더 주문했다. 벤야민의 꼽추난쟁이 이야기는 어떨까요? 이것만 이야기하고 일어날까요. 좋아요, 들려주세요.

"꼽추난쟁이를 위해 기도를"

발터 벤야민은 오드라덱은 사물들이 망각된 상태 속에서 갖게 되는 형태라고 말했어요. 비슷하게 황정은 씨의 소설에서 피조물들은 언어가 뭔가를 고의적으로 잊어버릴 때 취하는 형태라고 말할 수 있지 않을까요. 그것들은 오랫동안 살아남아 여전히 뭔가를 보고 느끼고 있죠. 그것들은 그 자체로 무엇에 대한 증언이며, 증언하는 삶이죠. 황정은 씨 소설을 읽다 보면, 그리고 소설의 피조물들을 상상하다 보면, 벤야민의 산문 「꼽추난쟁이」(『일방통행로』)에 등장하는 '꼽추난쟁이'를 떠올리게 된답니다. 등이 굽어 있고, 짓눌린 채로 자신과 타인을 괴롭히던 이 모든 피조물들의 선조先祖.

벤야민은 인생의 절반을 지나면서부터 실패와 불행, 가난, 상처 받은 사랑과 고독으로 점철된 삶을 살다가 히틀러의 유대인 박해를 피해 프랑스에서 스페인으로 넘어가는 국경 검문소 근처에서 끝내 스스로 목숨을 끊었죠. 우울한 토성 자리에서 태어난 이 유대계 지식인은 「꼽추난쟁이」에서 인생의 고비마다 이상하게 마주치는, 절망과 불운의 사형집행인이자 심술궂은 악의로 자신을 괴롭히던 꼽추난쟁이에 대해 이야기합니다. 어두운 지하실 방 안에서 옴짝달싹 못 하게 어린 자신을 노려보던 섬뜩한 시선, 벤야민이 실수로 물건을 깨뜨릴 때마다 어머니가 '재수꾼'이 왔다며 한탄한 바로 그 재수꾼, 삶이란 실패와 가난의 벽돌이 차곡차곡 쌓이게 되는 일임을, 거꾸로 집과 정원과 책상과 의자가 줄어드는 경험을 뼈저리게 겪는 일임을 알게 될 때마다 마주치게 되는 저 꼽추난쟁이. 꼽추난쟁이는 누구였을까요. 혹시 그것은 벤야민 자신은 아니었을까요. 집과 정원과 책상과 의자가 낮아지고 줄어드는 사태는 점점 세상에 짓눌리는 난쟁이가 되어가는 자신의 경험이 아니었을까요. 여기서 자신이 아닌 세상이, 집이, 버스가 커졌다고 생각하지만 오뚝이처럼 줄어드는 기조(「오뚝이와 지빠귀」)를 다시 떠올렸어요. 갑자기 꼽추난쟁이의 심술궂은 웃음, 오드라덱의 웃음소리가 들리네요.

그렇지만 꼽추난쟁이, 오드라덱은 피해야 하거나 대결해야 할 피조물들일까요. 그들은 푸닥거리해서 쫓을 수 있는 존재일까요. 그런데 그레고르 잠자가 정말 흉측한 기물奇物이었을까요, 아니면 그의 삶에 흡혈귀처럼 달라붙어 피를 빨아 먹다가 막상 쓸모가 없어지자 그를 저버린 잠자의 식구들이 진짜 흉물들은 아니었을까요. 황정은 소설의 저 피조물들은 피할 수 없는 빚의 대물림, 짓누르는 운명이 취한 살과 뼈의 모양새는 아니었을까요. 벤야민은 기도합니다. "언젠가는 메시아가 바로잡아 주게 될 기형"을 위해. 그 피조물들 역시 불쌍하고 안타까운 존재들이기는 마찬가지였던 거죠. 그래서 「꼽추난쟁이」의 마지막 대목에서 꼽추난쟁이는 어린 벤야민에게 자신을 위해서도 기도해달라고 부탁합니다.

이 꼽추난쟁이는 벤야민의 생애 마지막에도 다시 등장합니다. 질긴 녀석이죠? 그런데 여기에 극적이라고는 할 수 없는, 미세하지만 결정적인 반전 같은 것이 있답니다. 벤야민은 진보와 발전으로 명명되는 지배자와 정복자의 역사와 한판 승부를 두는 역사유물론을 구상해냅니다. 2차 세계대전이라는 아마겟돈이 시작되었고, 스탈린과 히틀러가 폴란드를 분할하면서 밀약을 체결했던 때였어요. 벤야민의 눈앞에는 오직 역사의 잔해 이외엔 보이지 않았을 겁니다. 그는 그 파국의 역사를 거슬러 올라가고 싶어 했고, 그것을 역사유물론이라고 명명했죠. 그런데 역사유물론이라는 체스 인형을 조종하는 것은 실제로는 다른 피조물이었답니다. 그것은 인형을 조종해서 승리를 이끌지만 정작 자신은 "왜소하고 흉측해졌으며 그 모습을 드러내서는 안 될" 신학이라는 꼽추난쟁이였죠. 「역사철학테제」(1940)에 등장하는 이 꼽추난쟁이는 벤야민이 운명의 교차로마다 만났던 꼽추난쟁이와 다른 존재일까요. 글쎄요. 제가 읽은 한, 벤야민에 대한 주석가들은 그것을 거의 지적하지 않더군요. 저는 같은 존재로 보았답니다. 왜냐하면 지금껏 꼽추난쟁이는 구원을 가장 시급히 기다리는 억눌린 자들과 닮은 표상, 그들의 억눌림을 증언으로 육화한 피조물이었기 때문이죠. 메시아가 오면 바로잡아 줄 그런 기형, 메시아가 오면 바로잡아 줄 그런 눌린 자들의 표상. 그럼, 약한 손놀림만으로도 눌린 자들의 원한, 분노, 아픔, 이루지 못한 소망 모두를 바로잡아줄 그런 기적은 가능할까요. 불가능한 일이 눈앞에 일어남을 말하는 것이 증언이었다면, 이제 증언도 기적입니다. 기적 또한 불가능한 일이 실제로 일어났음에 관한 이름이니까요.

그럼 황정은 소설의 피조물들을 '바로잡아 줄' 메시아는 도래할 수 있을까요. 평론가는 그저 황정은의 꼽추난쟁이들을 위해 기도할 수 있을 뿐인데요. 그동안 잊고 있었는데, 『백의 그림자』의 마지막 장면은, 생각해 보니, 기적입디다. 늘 사람 앞에서 일어서던 그림자가 이제 연인인 무재와 은교 뒤를 따라오게 되었으니까요! 아, 원고매수가 넘쳤다고요? 너무 길었네요. 이제 나갈까요. 그래요, 무사히 잘 다녀오세요. 네, 건강하게 다시 뵈어요.

　안녕히.

　안녕히.

아무것도 '안' 하는, 아무것도 안 '하는' 문학

우기雨期에 읽는 소설들, 무위無爲의 주인공들

1. 장마라는 수상한 신호

한재호와 문진영 그리고 박솔뫼와 황정은, 우리가 읽을 이 네 명의 젊은 작가들이 최근에 선보인 장편소설[1]은 유독 장마철을 배경으로 선택하고 있다. 그런데 작가들이 한데 모여 소설의 배경에 대해 입을 모은 것 같은 이 소설들에서 장마가 자아의 심정을 수식하는 상관물이거나 때론 자아마저 잠식해버려 그와 하나 되는 사례가 있을까. 우리가 읽을 소설에서 장마만큼 압도

1. 한재호, 『부코스키가 간다』, 창비, 2009, 이하, 『부코스키』로 표기; 문진영, 『담배 한 개비의 시간』, 창비, 2010, 이하, 『담배 한 개비』로 표기; 박솔뫼, 『을』, 자음과모음, 2009; 황정은, 『백의 그림자』, 민음사, 2010. 앞으로 인용할 경우 작가와 작품명을 표시한다.

적으로 자아를 침잠시켜버리는 세계의 은유가 또 있을까. 장마
만큼 자아를 항상 제 자리에 오래 머무르게 하고 끈질기게
감각하고 사유하도록 강제하는, 자아 그것의 객관적 상관물인
예가 있을까. 그러면 장마는 해마다 여름이면 주기적으로 찾아
오는 자연현상일 뿐일까. 장마는 그저 자연일까. 장마 시즌의
무료함을 무덤덤하게 처리하는 다음 문장을 읽으면 그런 것도
같다. "어느 날은 비가 오고, 어느 날은 오지 않고, 어느 날은
온종일 쏟아지기도 하고, 어느 날은 금세 그치기도 하고……
그렇게 몇 주가 지나갔다."(한재호, 『부코스키가 간다』)

　한재호 소설의 어조가 전반적으로 그렇긴 하지만 이 덤덤하
고도 무심한 문장에는 희미한 기다림 같은 것이 없지 않다.
또 그 기다림이 지루하다는 것을 알면서도 그것을 심드렁하게
인정하는 자아에서 꿈틀대는 삶의 기미도 조금은 보인다. 그런
데 이런 장마가 만일 반짝거리고, 꾸물꾸물하고, 툭툭거리는
표정마저 지니게 될 때, 그때 장마는 지루하게 반복되는 한철의
자연적 현상이더라도 '뒤끝' 있는 날씨로 세계에서 자아로 다가
와 어느새 옆에 있게 된다. "팔월엔 비가 내렸다. 거의 매일
내렸다. 퍼붓듯 쏟아지다가 반짝 갰다가 꾸물꾸물 어두워졌다
가 툭툭 떨어지다가 다시 한차례 퍼붓고 점차 가늘어져서 그
비가 밤새 이어지는, 뒤끝 있는 날씨가 계속되었다."(황정은,
『백의 그림자』) 그런가 하면 장마철의 빗소리는 어떠한가. 그것

은 다음 문장에서 운율과 리듬을 품은 시가 되어 어느새 한 사람의 자아 속으로 "조금씩 조금씩" 스며든다. "그의 목소리는 빗소리를 닮아 있었다. 가만히 듣고 있으면 마음이 조금씩 조금씩 평온해졌다. 그것은 마치 깊은 어둠 속에 누워 있는 것처럼 수선스러운 마음의 동요들을 천천히 지워가는 그런 평온함이었다. 그와 함께 있으면, 아무것도 하지 않아도 조금씩 조금씩 이 세상에 익숙해질 수 있을 것 같은 기분이 들었다."(문진영, 『담배 한 개비의 시간』) 그래서 장마는 『담배 한 개비』에서 무료함의 징조 단위로 기능할 뿐만 아니라, 해^{年}가 바뀌도록 반복되더라도 주인공에게 삶의 특정한 패턴을 형성시켜 준다는 점에서 지루하지 않을 수도 있는 어떤 것으로 변하기도 한다. 비록 다른 누군가에게 반복되는 생활과 노동의 패턴이 끝없이 이어지는 지루한 장마로 비유되더라도 말이다. 그리고 이쯤에 오게 되면 장마는 순간의 충만함과 그 순간의 덧없음을 수식하는 문학적 비유로 옷을 갈아입게 된다. 장마철의 빗소리, 그것은 반복되는 공허한 시간에 대한 청각적 표상이기를 멈추고, 충만한 순간으로 세계의 진행을 일순간에 정지시킨다. "장마철이 좋았다. 빗소리는 모든 것을 선명하게 했다. 나무의 녹색과, 흙냄새와, 차의 맛은 이전보다 선명하고 분명했다. 게다가 장마철에는 빗소리를 하루 종일 들을 수 있었다. 그보다 더 좋은 것은 없었다. 셋은 그 모든 것을 함께했다. 그들은 어떤 것을 추억하지도 기억하지도 불러내지도 않았다. 다만 그 순간 속에 있었다. 그들은 무엇이 벌어졌는지 어떤 것을 함께하고 있는지 그리고 앞으로는 어떤 시간을 보내게 될지 아무것도 아는 것이 없었다. 그런 식의 생각은 조금도 하지 않은 채 그저 방 안에서 빗소리만을 들었다. 그런 시간이었다.”(박솔뫼, 『을』) 장마철의 어떤 순간은 더 이상 도착이 지연되는 시간이 아니라, 이미 도착한 시간, 삶의 충만한 순간이 된다.

지금까지 장마와 관련된 대목을 인용한 소설들에서 장마는 먼저 자연이 내리는 주기적 질서의 일부분으로 묘사된다. 장마는 무더위와 교대하고 습기를 몰고 오거나 하는 등 우연적이고도 변덕스러울 뿐만 아니라, 한없이 지루하게 반복적이다. 우리가 읽을 소설에서 장마가 신호하는 바는 제각각이며, 저마다의 자아가 당장 속해 있는 사회 현실에 대한 징후로 해석할 수 있다. 달이 변하고 해가 바뀌어도 언제까지 계속 이어질 것만 같은 기나긴 장마란 실은 변화 없는 삶, 변화의 가망이란 없어 보이는 엔트로피적 현실에 대한 은유가 아닐까. 언제까지고 눅눅한 촉감으로 권태롭게 계속 웅크리고 머물러 있을 것 같다가도 변덕을 일으켜 폭우나 더위를 쏟아지게 하거나 청명하게 끝났다 싶으면 또다시 지루하게 비를 뿌리는 등, 장마철만큼 삶을 형성하는 원초적 질료가 미끈한 방바닥을 만지는 것 같은 느낌을 주는 경우도 별로 없다.

이렇게 누군가에게 장마는 눅눅한 지루함과 끈질긴 무료함으로 삶의 살갗에 착 달라붙어 반복되는 현실의 상수常數, 권태로운 삶에 대한 상관물일 것이다. 또 누군가에게 장마란 폭우와 열대야, 습기와 열기로 지루하게 변덕스러운 현실이지만, 언젠가는 끝나고야 말, 삶에 대한 변수變數일 수 있다. 아니면 이래도 저래도 그만일 뿐. "막연하게나마 변화를 기대하지 않은 건 아니었지만, 여름은 끝나지 않았다. 꾸준히 비가 내린다는 게 아직도 계절이 바뀌지 않았음을 증명했다. 비가 오고 안 오고 반복된다는 것, 여러 가지 일들이 동시에 진행되고 있다는 것. 그리고 또 뭐가 있을까?"(『부코스키』) 또 뭐가 있을까. 장기하의 노랫말인 '별일 없이 산다'처럼, 당장은 별다른 것이라곤 별달리 없을 게다.

방금 여러 편의 소설에서 따온 장마에 대한 인용문들이 그러한 것처럼, 장마 시즌에 자아가 겪는 느낌은 우리가 인용문들에서 읽은 것처럼, 보통 어떤 목표를 향해 진전하는 와중인 현재진행형이라기보다는 한국어 시제의 관행에서는 좀처럼 표현하기 어렵거나 드문 현재완료와 전前미래 시제 사이에서 시계추처럼 자주 흔들리는 것 같다. 계속 반복되다 보니 현재가 마치 과거인 것 같은 공허한 경험의 연속, 그리고 이 경험의 공허 위로 피어오르는 담배 연기처럼 덧없는 현재 속으로 사라지기에 십상인 우리네 삶에도 새로운 사건이 과연 찾아올 것인지, 그리고 그런 희미한 예감을 기대해도 좋은 것인지. "매년 돌아오는 장마 시즌의 무료함"(『부코스키』)에 상응하는 시간, 공교롭게도 『부코스키』와 『담배 한 개비』의 작가가 모두 '담배 한 개비의 시간'이라고 부른 무료한 시간이 있다. 이 무료함 속에는 외출을 하기에도 그렇고, 일이 있더라도 하기에도 안 하기에도 그런 망설임 같은 것이 오뚝이처럼 흔들린다. 이것을 뭐라 부르면 좋을까. 망설이다가 주저앉고, 기약 없이 기다리며, 흥미롭다가도 무료해지고, 그런 식으로 결정은 유예되고 미뤄질 뿐이다. 그러나 당장은 답답하더라도 그런 삶을 미련이나 원한 없이 살아내기. 그것을 잠시 무위無爲라 불러보면 어떨까도 싶다.

　장마는 어쨌든 쨍하고 엄습하는 햇빛과 함께 갑작스럽게 끝나기도 한다. 그런 장마의 "여름은 늘 문득 끝나 있는 법이다"(『담배 한 개비』). 장마가 주는 눅눅함과 무료함이 그저 인생이 일시적으로 스쳐 지나가는 한 때의, 습하고도 끈적끈적한 무정형적인 삶의 질료에 대한 이름일 뿐이라면 차라리 다행이겠다. 그 시즌을 인생의 한때로 경험하고 회고하게 되는 사람은 행복하겠다. 그런데 우리가 읽을 소설에서 장마는 각자 다른 색의 옷을 입은 자아에게 좀 더 다른 의미를 품고 저마다 달리 찾아오는 것 같다. 이제 '장마'는 순환적이고 주기적으로 찾아오는 자연이기를 멈춘다. 그러나 이 장마에는 무위와 권태를 앓는 미정형의 삶을 옴짝달싹 못 하게 불가항력으로 잡아매는 사회경제적 환경이 넘실대고 있으며, 그것이 장마라는 '자연'의 형태로 드러난 것으로 보인다. 물론 해마다 반복되는 장마 시즌의 이 '자연'은 우리가 읽을 젊은 작가들의 소설에서 이젠, 반드시 자연스럽지는 않은 그런 '자연'이고, 또 세계이다.

2. "딸리는 스펙" "아무것도 아닌 컨셉"으로 살기

비 오는 날, 정각 아홉 시면 부코스키라고 불리는 낯선 사내를 미행하는 백수가 있으며, "하고 싶은 것도" "되고 싶은 것도" 없이 "줄곧 아무것도 하지 않고 살아왔다"고 고백하는 편의점아르바이트생이 있다. 또 어느 한곳에 잠시 머무르며 생계에 필요한 일자리를 갖는 일 이외의 재화에 대한 세속적인 추구나 그것을 달성하기 위한 방편으로 활용되는 인간관계에 자발적으로 등 돌리는 노마드적인 젊은이들이 있고, 반대로 수년 동안 살아왔던 삶의 터전이 단 한 번에 철거되는 현실로부터 밀려나는 와중에 있는 한 쌍의 착한 연인이 있다. 한재호, 문진영, 박솔뫼, 황정은에 이르는 젊은 작가들이 최근에 형상화한 이 주인공들에게서 어떤 주체의 모습을 발견하고, 또 어떤 문학의 표정을 상상해볼 수 있을까. 이 작가들이 그려낸 젊음의 초상에는 스펙을 쌓기 위해 절치부심하는 우리 시대 젊은이들의 모습도,『탑시크릿』과 같은 자기계발서를 들고 다니면서 처세와 헬스 등 자기 규율의 콘셉트를 열심히 실천하려는 속물들의 그림자조차 발견하기가 쉽지 않다. 그들은 대체로 자발적이든 비자발적이든 간에 자기 계발과 속물 되기를 적극 권유하고 강요하는 세상의 대오에서 이탈한 사람들이다. 그렇다고 이 주인공들이 자신들이 배제된 그 시스템에 저항하거나 분노하는 목소리나 제스처를 적극적으로 표현하는가 하면 딱히 그런 것도 아니다.『부코스키』식으로 말하면, 이 젊은이들의 일부는 "시스템이 좋고 싫고 간에 자기가 못"낀 것일 뿐이라고 스스럼없이 인정하는 편이다. 또한 "결국 문제가 되는 건 나이를 먹을수록 딸리는 내 '스펙'이 아닐까"라고 자조적으로 말하면서도 문제를 굳이 시스템 탓으로 돌리려 하지도 않는다. 그렇다고『부코스키』의 이런 '나'의 모습이 체제에 순응하거나 시스템에 편입되고 싶은 욕구의 다른 표현이라고 서둘러 단정 짓기도 어렵다. 그러기에 '나'는 누군가에게 인정받고 싶어 하는 욕망이라곤 눈 씻고도 찾아보기 어려운 존재이다.『부코스키』식 어법으로 말하면, 어쩌다 보니 그냥 그렇게 된 것이다.

『부코스키』는 집에서 이력서를 쓰는 일 이외엔 별다른 일이 없던 대학졸업생 백수인 '나'가 비 오는 날이면 어김없이 외출하는 수상쩍은 남자 '부코스키'에 관한 소문을 듣고 그를 뒤쫓는다는 이야기이다. 그런데 『부코스키』의 '나'는 다른 일이라면 열정이나 큰 관심을 보이지 않는 자신이 '부코스키'를 왜 그토록 부지런히 좇을까에 대해 곰곰이 생각하다가 이렇게 결론을 내리는 젊은이이다. "무슨 일이든 바쁘게 일하는 공간에 있고 싶은 거랄까." 어떻게 보면 『부코스키』의 플롯을 이루는 '나'의 "멘체이싱 게임", 곧 "잘 모르는 사람을 관찰하고 좇는 게임"은 "쓰레기 같은 이력서"를 고치고 다듬어 회사에 집어넣고 면접을 보고, 당락當落을 기다리는 데서 오는 무료함을 잊기 위해 시작한 것인지도 모른다. '88만원 세대론'을 비판하는 인터넷 기사를 보여주는, 우연찮은 하룻밤으로 함께 있게 된 여자친구 '거북이'에게 "그거나 그거나"라고 심드렁하게 대꾸하거나 미국산쇠고기수입반대집회를 연상하게 하는, 비 내리는 새벽까지 이어진 밤샘시위를 인터넷방송으로 시청하면서 "덕분에 심심하진 않"다고 생각하는 '나'의 모습에는, 현실에 일부러 거리를 두려는 것도 적극적인 관심을 에둘러 표현하는 것도 아닌, 딱히 뭐라고 말하긴 힘들지만, 현실에 반응을 보이는 자아의 형상이 희미하게나마 일관되게 있다.

그런 점에서 소설의 마지막 대목에서 부코스키를 좇는 일이 결국 자신을 발견하는 일에 다름 아니었음을 어렴풋이 깨닫는 '나'가, "해야 할 일이란 그토록 많아"라는 자크 프레베르의 「꽃집에서」라는 시구절을 반복해 읽는 장면은 예사롭지 않게 보인다. 소재 선택이 다소 의도적이라는 느낌을 주기는 하지만, 인용한 프레베르의 시는 이런 내용이다. 꽃집에서 꽃을 사고 꽃집 처녀에게 돈을 건네려던 한 남자 손님이 갑자기 가슴을 움켜쥐고 쓰러지자, 처녀는 이 급작스럽고도 당혹스러운 상황에 도무지 어찌할 줄을 모른다. 「꽃집에서」의 마지막 연이다. "남자는 죽어가지 / 꽃은 부서지지 / 그리고 돈은 / 돈은 굴러가지 / 끊임없이 굴러가지 / 해야 할 일이란 그토록 많아." '할 일이란 그토록 많아'라는 구절도 아이러니하지만, 그 구절이 주인공의 처지를 환기하면서 빚어내는 두 배의 아이러니를 한번 생각해 보자. 당장 무언가를 해야 하는데도, 할 일이 정말 많은데도, 꽃집 처녀는 정작 아무것도 하지 못한다.

그런데 『부코스키』의 '나'는 왜 이 시를 반복해서 읽었을까. 꽃집 처녀의 망설임, 행동의 마비 반대편에 권태롭고 할 일 없이 분주하기만 했던 지난날 '나'의 자화상이 새겨져 있었던 것은 혹시 아닐까. 비 오는 날이면 부코스키를 뒤쫓고, 미행자로 몰려 경찰서에 들르기도 하며, 놀이터에서 혼자 노는 아이와 시시콜콜한 농담을 따먹고, 판본이 다른 입사원서를 작성해 보내는 등 할 일이 많은데도 결국 그 모든 것은 아무것도 하지 않는 것에 진배없는 백수의 자화상. 기운 없는 미취업생들에게 툭하면 지방의 공장에서 일하라고 버럭 고함을 질러대는 CEO를 편들어 말하는 게 아니다. 거기에 바로 작가가 암시하는 문학에 대한 생각이 엿보인다. 어떻게 보면 연거푸 반복되는 "담배 한 개비만큼의 시간"의 무위를 돋을새김하는 일이 문학이 아닐까. 취업, 돈벌이, 돈벌이를 위한 스펙 쌓기, 그것들을 위해서는 아무것도 하지 않거나, 가령 부코스키를 미행하는 일처럼 그 어떤 재화의 생산과도, 도표로 짜인 삶의 목표와도 무관한 것을 열심히 하는 것, 그것이 무위의 실존이며, 지금, 문학이 막 보여준 한 표정이지 않을까.

물론 부코스키를 미행하는 '나'가 또 다른 누군가에게 미행당하는 부코스키 신세가 되는 탐정소설의 플롯이 일러주듯이, 『부코스키』는 자아에 대한 새로운 형식의 탐색담이다. 그렇지만 『부코스키』의 서사는 성장이나 입사를 향해가는 도정 어딘가에 있을 법한 방황과 일탈의 서사가 아니라, 언제든 장마 시즌이 되찾아 올 것을 예감하고 그것을 견디는 "서른 살 소년"의 미결정과 망설임의 태도를 가능한 한 보존하고 존중하는 자아에 대한, 화려하지는 않지만 의미 있는 탐구이다. 그런 면에서 보면 『담배 한 개비』의 '나' 또한 『부코스키』의 '나'로부터 그리 멀리 떨어져 있지 않은 곳에 사는 동족同族이다. 두 소설의 주인공 모두 삶에 내재한 망설임과 유예를 소중히 생각하고 그것을 지속적으로 성찰하는 데서 삶을 발견하는 젊은이들이다.

『부코스키』의 '나'가 자신만의 감정이나 생각에 대해 다른 사람에게 애써 말하기보다 굳이 침묵하는 편이라면, 『담배 한 개비』의 '나'는 시스템에 편입하지 못할 것이라는 두려움 또는 그 시스템에 편입할지도 모를 두려움을 표현하는 데 상대적으로 더 적극적이다. '나'는 "바깥쪽으로 떨어진다면, 바깥쪽에 속하게 된다"고 겁을 내는 한편으로, 정작 자신의 궤도 위에서 바쁘게 달리는 사람들을 보면서 "나는 그 속에 끼어들기가 두려웠다"고 고백하기도 한다. 삶에 "참여한다기보다는 존재한다"고 말하거나 "아무런 의지도 없는 나 같은 식물"로 소외된 자신의 처지를 비유하며 어떤 경우에는 그것을 속 편한 것으로 인정하기도 한다. 한재호의 소설만큼이나 고성과 다변보다 적당히 맺고 끊는 말줄임표와 미묘한 침묵이 우세한 문진영의 『담배 한 개비』는 이처럼 자기성찰이 주조음인 소설인데, 거기에는 자기성찰에 흔히 따라붙을 수도 있을 삶을 속단하는 잠언 식의 말투나 특수한 처지를 과장되게 일반화하는 수사가 덜한 편이다. 『담배 한 개비』에서 대학 휴학생으로 강남 번화가의 한 편의점에서 일하는 '나'는 아침 여덟 시까지 출근하고 오후 네 시에 퇴근하는 등 기계적인 일과日課가 반복되는 것을 오히려 다행으로 생각하는 젊은이이다. "하지만 나는 이 반복이 그다지 지루하다고 느껴지지 않았다. 어디로 어떻게 가야 할지를 전혀 모르는 내게 일시적으로나마 어떤 궤도가 주어졌다는 사실이 차라리 감사하기까지 했다."

"최저임금의 경계"에서 일하고 있는 자신의 처지를 떠올리면서도 그러한 상황에 대해 특별히 이의를 제기하지는 않는다는 점에서 '나'는 『부코스키』의 주인공만큼이나 자신을 둘러싼 시스템에 감정의 날을 세우지 않는 편이다. 『부코스키』의 '나'와 비슷하게 『담배 한 개비』의 '나' 역시 시스템으로부터 인정받을 기회도 욕망도 거의 없다.

가까운 사람들과의 관계에서도 '나'는 소극적이지도 적극적이지도 않다. 다만 '나'는 최소한의 삶을, 식물 같은 자신의 삶을 유지하는 방편의 연장으로 사람들과 적당한 거리를 두고 관계를 이어가는 편이다. 편의점 단골 고객으로 자신에게 관심을 기울이던 광고회사의 회사원이 식사를 하자고 제안했을 때 '나'는 웃으면서 고개를 젓는다. 그러자 그는 다시 찾아오지 않고, '나'는 지금까지의 만남을 상기하며 이렇게 생각하기에 이른다. "나는 일련의 관계들을 겪으면서 그것들이 참으로 부질없다고 생각했다. 우리가 주고받는 모든 안녕, 모든 대화의 방식과 혹은 입 밖에 내지 않고 공유하는 감정, 눈빛의 종류, 친절의 깊이, 그 모든 것들이 마치 성냥개비를 쌓아 올린 듯 위태롭다고. 어느 순간 후, 불면 힘없이 무너져 버리고, 다시 쌓아 올릴 의욕 같은 것을 영원히 상실해버리는 것이다." '나'의 이러한 결심에는 망설임이라곤 조금도 없겠지만, 또한 그렇게 결심하게 된 '나'의 심중에 관계란 그런 방식으로 맺고 끊어야 한다는 자신만의 원칙이나 단호함이 강하게 드러나지도 않는다. 취업준비생인 선배 M과의 만남 또한 그렇게 간헐적으로 끊어졌다 이어지는 방식으로 지속된다. 소설은 '나'와 M, 둘 중 한 사람이 상대방에게 자신의 속마음을 드러내거나 상대방이 그 마음을 눈치채도록 만드는 방식의 플롯을 피하고, 두 사람 사이에 약간의 긴장과 너무 서운하지는 않은 무심함, 그럼에도 비슷한 처지를 공유하고 나눠 갖는 데서 오는 편안함에 방점을 찍으면서 둘의 만남을 이어 나간다.

『담배 한 개비』에서 '나'와 M의 만남에서 유추할 수 있듯이, 이 젊은이들은 연애뿐 아니라 삶의 한가운데 참여하는 다른 방식에서도 특정한 목표를 설정하려고 하지 않으며, 그를 위한 이런저런 수단도 굳이 궁리하려 들지 않는다. 그래서 그런지 소설의 마지막 부분, 여행하면서 평생을 살고 싶어 했던 노마드적 충동을 가진 여자인 '물고기'와 절에 들어가 살고 싶다던 동료 아르바이트생 J가 둘만의 여행을 떠났다가 교통사고를 당해 J가 즉사하고 '물고기'가 코마 환자가 된 비극적 상황은 안타깝게 읽힌다. 굳이 그 커플이 용기를 내어 서로의 마음을 확인하고 새로운 삶을 시작하려던 그 순간을 교통사고로 처리했어야 했을까라는 의문도 든다. 타인과의 관계 맺기에 망설임과 부질없음을 느끼는 주인공의 모습을 떠올려보면 그 의문은 더해진다. 그럼에도 소설에서 유일하게 사건이라고 부를 만한 물고기와 J의 연애, 그리고 그들이 당한 비극적인 교통사고는 '나'가 살아온 무정형의 삶, 그리고 M과의 미적지근한 관계에 단호한 결단을 재촉하는 측면도 있다. '나'는 그리고 M은 어떤 결단을 내릴까. 코마 상태의 '물고기'를 들여다보면서 "그러나 지금 이 순간만큼은 완벽하다. 이 순간에는 아무것도 결여되어 있지 않다. 나는 아무것도 후회하지 않고, 아무것도 기대하지 않는다."라고 선언하는 듯한 '나'는 어떤 결단을 내린 것일까. 더 이상 지금처럼 살지 않겠다는 뜻일까, 다음 생에서 그렇게 살지 않겠다는 것은 무슨 뜻인가. 소설은 바로 이 정점에서 다소 모호하게 끝을 맺는다.

이제 막 각각 한 편의 장편소설을 세상에 내놓았을 뿐인 한재호와 문진영이라는 젊은 작가, 그리고 그들의 소설에 등장한 무색무취의 젊은이들이 갖는 생각과 행동에서 주체성의 새로운 모습이나 삶의 독특한 형상을 추출하기란 쉽지 않아 보인다. 그렇지만 늘 권태로워하는 모습, 반복되는 따분한 삶에 익숙해지려는 노력, 담배를 태우며 소일하는 등의 무심한 행위에서 애써 어떤 의미를 발견하려 하거나 반대로 그 의미를 축소할 필요는 없다. 차라리 그렇게 의미와 목적을 벗어버린 그들 행동의 무의미성에 주목해 보는 것은 어떨. 세상과 자신을 권태로워한다는 것은 자아와 세계를 지겨워하고 의미를 발견하지 못하는 부정적인 태도가 아니다. 권태는 세상에 참여하고 사람들 속으로 나아가는 것에 대한, 나름의 논리가 있는 거절의 한 방법일 수도 있다. 당장은 자신의 삶에 대한 무료함과 권태를 지독히 체감하고 있더라도 말이다. 한재호, 문진영 소설의 주인공이 겪는 권태는 반복된 노동과 생활의 기계적 습속에서 비롯되는 권태와는 다소간 거리가 있다. 성찰적인 권태라고 불러보면 어떨까.

군이 말하자면, 젊은 작가들의 주인공들이 겪고 있는 권태와 무위는 오히려 지크프리트 크라카우어가 「권태」라는 글에서 말한 적 있는 '위태롭고도 급진적인 권태' '제대로 된 권태'의 견지에서 한번 곱씹어 볼 만하다. 크라카우어의 생각은 이렇다. 사람들은 필요한 최소한의 것을 얻기 위해 자신을 소모시키는 밥벌이를 위해 희생하고 있으며, 그 희생을 노동윤리라는 말로 포장하고 정당화한다. 그런데 크라카우어의 생각에 따르면, 이것이야말로 삶의 마모, 자아 상실의 지름길이다. 왜냐하면 그런 방식으로 사람들은 노동에 중독되어 결국 자신을 영원히 잃어버리기 때문이다. 노동을 통해 참된 자아를 찾는다거나 권태를 쫓아낸다는 발상 역시 기만적이다. 노동 속에서 자아를 찾는다는 생각은 노동자들을 일터로 내모는 자본(가)의 수단일 뿐이기에. 또한 끊임없이 반복되는 노동 역시 권태롭기 때문에 노동이 권태를 쫓을 수 있다는 생각은 자기모순일 뿐이다.

크라카우어가 권유하는 권태는 "목표 없는 내적 동요를, 충족

되지 않는 욕구를, 나아가 존재하지 않으면서 존재하는 것에 대한 진절머리를 느껴[2] 보는 것이다. 권태에게는 그것을 멀리하려면 할수록, 쫓으려면 쫓을수록 오히려 주체의 실존 깊숙이 침투해 달라붙는 질료적인 끈적끈적함이 있다. 차라리 권태를 적극 살아버리는 것은 어떨까. 하이데거가 특유의 장황한 지루함으로 권태에 대해 분석한 바를 요약하면, 권태는 현존재의 비밀을 틀어쥐고 있다. 권태는 한낱 세계를 향한 자아의 불만족스럽고도 비본질적인 신경질이 아니다. 권태를 겪는 자아는 아무것도 하지 않고 하지 않으려는 방식으로, 제 몫의 참여를 독촉하는 세계를 밀쳐내고 거절한다. 한재호와 문진영 소설의 배경에 권태의 질료적 등가물인 장마가 잠복하고 있던 이유를 알 것 같다. 직관적으로 보아도 자아와 세계를 잇고자 할 때, 권태와 장마처럼 끈적끈적하게 잘 달라붙는 것도 없다. 권태가 자아의 증상인 그만큼 장마는 세계의 증상이다. 이제 권태를 내 몸처럼 아끼고 사랑할 때이다. '삶의 한가운데'는 바로 '권태의 한가운데'였던 것이다.

<hr />

2. 지크프리트 크라카우어, 「권태」(1924), 『미학과 그 외연』, 김남시 옮김, 월인, 2010, 238.

3. 연인의 기호학

앞서 우리는 한재호와 문진영의 소설을 읽으면서 '무위'라는 어휘를 '아무것도 하지 않는 것' '아무것도 하지 않으려고 하는 것'이라는 정도의 상식적인 뜻으로 썼다. 그런데 그 상식에 비추어 보면 두 소설의 주인공들이 소설 속에서 아무것도 하지 않는 것은 아니다. 오히려 그들은 무엇을 하려고 하거나 굳이 뭔가가 되려 하지 않고, 또 굳이 그렇게 애쓰려고 하지 않는 것이다. 한재호와 문진영의 소설은 젊은이의 성장기 또는 반反성장기로 읽을 수 있다. 결국 『부코스키』가 '삼십 세 먹은 소년'에 관한 우화라면, 『담배 한 개비』는 "나는 자라는 데 지쳤다"로 수렴되는 고백이다. 그렇지만 성장–반성장의 코드 안에서만 두 소설을 읽게 되면 '아무것도 아닌 컨셉'으로 살기, '딸리는 스펙의 인생'이 열어놓은 삶의, 또는 주체의 다른 가능성에 대해 그만큼 주목하기가 어려워지지 않을까도 싶다. 굳이, (반)성장의 의미에 목을 맬 필요가 없다.

이쯤에서 무위라는 개념에 대해 정확히 짚고 넘어가야 할 필요가 생긴다. 예를 들면 철학자 장–뤽 낭시는 『무위의 공동체』에서 '무위無爲, désœuvrement, unemployment'에 대해 이렇게 적고 있다. "과제 내에서 또는 과제 너머에서, 과제로부터 빠져나오는 것, 생산과 완성을 위해 할 일이 더 이상 없으며, 다만 우연히 차단되고 분산되며 유예에 처하게 되는 것.'[3] 낭시는 어떤 목적을 완수하고서도 끈질기게 남아 있는 인간의 부정성negativity, 잠재력과 소진消盡의 가능성을 탐사한 바타유의 "쓸모없는 부정성"이라는 말을 초석 삼아 무위의 개념을 다듬는다. 무위는 작동하지 않음, 목표나 과제를 성취하려고 하지 않는 행위 전반을 뜻한다. 그래서 무위는 한가로운 소일消日이나 옴짝달싹할 수 없는 권태와도 닮아 있다. '무위'는 얼핏 행동이나 타인과의 관계에 있어서 수동적이고 세상사로부터 거리를 두거나 멀찌감치 물러나는 수도승의 초연한 태도를 연상시키지만, 딱히 그런 것만은 아니다. 목표를 이루는 데 동참하지 않는 것, 시스템의 일부분으로 작동하지 않으려고 하는 것, 거리를 애써 두려는 노력은 수동적인 만큼이나 능동적이다. '무위'는 나중에도 다시 이야기하겠지만, 허먼 멜빌의 단편 「필경사 바틀비」의 불가사의한 문학적 형상인 바틀비의 말, '그렇게 안 하고 싶습니다I would prefer not to'라는 거절refusal의 양태와도 닮아있다. 나아가 '무위의 공동체'는 공동사회든 이익사회든 간에 합일을 목표로 하지 않으며, 연합을 이루거나 지고의 상태로 고양하려 하는 집단이 아닌 한에서, 공동체의 다른 가능성을 시사한다.

이쯤에서 『무위의 공동체』의 저자가 연인의 존재, 그 실존이

3. 장-뤽 낭시, 『무위의 공동체』, 박준상 옮김, 인간사랑, 2010, 79.

공동체의 본질인 무위를 드러내 준다고 했던 말이 우리의 논의에서 유용해 보인다. 그런데 낭시가 말하는 연인은 이념이나 관념이 아니다. 낭시가 연인의 눈빛, 대화, 입 모양새, 목소리, 표정, 입맞춤 같은 접촉에 주목한다는 점을 염두에 두면, 무엇보다 연인을 감싸고 껴안는 감각의 여러 기호들이 연인의 실존을 증명할 것이다. 이 부근에서 박솔뫼와 황정은의 장편소설을 읽는다.

『백의 그림자』와 『을』에는 각각 한 쌍 그리고 서너 쌍의 연인이 출현한다. 그런데 그들이 출현하는 방식이 적잖은 흥미를 자아낸다. 어떻게 보면 『백의 그림자』와 『을』은 연애에 관한 소설이라기보다는, 연인에 관한 소설이라고 할 수 있다. 얼핏 읽으면 두 소설 모두 한 쌍의 연인이 차츰 가까워지거나 기약 없이 만났다가 헤어지는 연애 이야기이다. 그러나 두 소설 모두 실은 연인의 출현, 곧 연인이 세상에 출현하는 방식, 세상을 그들만의 만남과 대화를 위한 배경으로 물러나게 하거나 사라지도록 만드는 방식에 관한 이야기이다. 낭시의 어법을 빌리면, 연인은 그들 자체가 독립된 세계, 곧 세계 속의 세계이므로 기존 세계와 불화하거나 충돌한다. 또한 모리스 블랑쇼의 『기다림 망각』과 같은 누보로망이 시사하듯, 연인에겐 연인 이외의 다른 세계, 다른 공기란 필요하지 않다. 연인의 출현에 관한 소설로 읽으면 『백의 그림자』는 전자에, 『을』은 후자에 가까운 작품이다. 논의의 편의를 위해 우리는 먼저 투명하게 울림 있는 문장으로 낯선 시공간 속에서 조우한 연인들, 그들의 만남과 헤어짐의 여정을 섬세하게 그린 박솔뫼의 『을』을 읽으려고 한다.

　『을』의 인물들과 이야기처럼, 최소한의 삶의 도구만을 갖춘 채 지속적인 인생 목표나 계획 없이 오로지 끊임없는 여정과 방랑을 통해 존재하는 삶, 때로는 짧은 인연으로 타인과 스치긴 하지만 타인에게 집착하지는 않는 노마드의 초상을 담은 로드무비 스토리는 이제 한국문학에서도 더 이상 낯설지만은 않아 보인다. 가까운 예로 배수아의 여러 소설을 떠올려 봐도 괜찮을 것이며, 이국을 배경으로 하는 최근의 소설들을 염두에 둬도 좋을 것이다. 굳이 말하면 『을』도 비슷한 범주에 묶이는 작품이지만, 색다른 면이 있다. 먼저 그것은 작중인물들의 무위의 삶과 시간, 사물들에 대한 그들 나름의 특별한 감각이다. 『을』의 작중인물들은 자신의 삶을 유지하기 위해 무엇인가를 갖기보다는 버리기를, 복잡해지기보다는 단순해지기를, 한곳에 머물러 있기보다는 떠나는 것을 좋아하는 젊은이들이다. 소유보다는 존재를 정주보다도 유목을 선택하는 삶, 말보다는 침묵에 행위보다는 무위에 이르는 그런 삶. 그래서 "시간이 지날수록 점점 간소해지고 싶고 간단해지고 싶고 가벼워지고" 싶어 하는 것은, 사람들이 모여들었다가 떠나는 장기 투숙 호텔에서 하우스키퍼로 일하는 작중인물 '씨안' 만의 것이라기보다는 모든 인물들이 상이한 방식으로 원하는 것이다. 그들은 자신이 소일하는 시간, "딱히 뭘 하는지 알 수 없는 시간"이라고 씨안이 부른 틈새의 시간에 민감하면서도 그 시간을 익숙하게 보낸다. 을과 민주 같은 『을』의 연인들은, 크라카우어의 말을 다시 참조하면, "자아가 현존하기 위해서는 아무 목표도, 종착지도 없는 곳에 오래 머무르는 것이 필요하다"(「권태」)는 삶의 진실을 대개 일찌감치 체감한 이들이다.

　『을』에서 '을'과 '민주'가 있는 배경은 그들이 기거하는 장기 투숙호텔이 있는, 그러나 시공간이 불투명한 이국의 한 대학도시이다. 그런데 이 이국의 도시에는 연인들의 실존, 그들의 만남과 헤어짐에 영향을 주거나 미치는 세계의 구성 요소들이 특별히 없다. 소설에 등장하는 각종 사물과 공간은 낯설고 모호한데도 연인들은 오히려 그것들을 금방 떠날 것처럼 친숙하게 대한다. 소설은 도입부에서 10여 장을 넘기고 나서야 이름이 주는 첫인상과는 다르게 민주가 연하의 남자이며, 을이 연상의 여자임을 밝혀준다. 소설은 배경에서 인물과 성별에 이르기까지 이처럼 하나같이 모호하다. 앞서 우리는 『을』이 연인의 출현에 관한 소설이라고 말했다. 인용문에서 볼 수 있는 것처럼, 『을』의 주인공들은 서로를 이민주와 노을이 아닌 '민주'와 '을' 로 부른다. 성을 뺀 나머지 이름을 나누면서 그들 각각은 고유명

으로 귀속된다. 을과 민주, 연인으로서 그들의 실존은 묵담默潭
과도 같은 문장 위로 선명하게 떠오른다.

그는 걸으며 노을을 생각했다. 노을이 이민주를 '민주'하고
불렀듯이 이민주도 노을을 '을'이라 불렀다. 노을에게 이민주
가 여전히 민주이듯, 이민주에게 노을은 을이다. 다만 이제
더 이상 서로를 바라보며 이름을 부르지 못할 뿐이다. 이민주는
방을 떠났고 노을은 그것을 허락했다. 노을은 잠들기 전 천장을
바라보며 '민주, 민주'하고 낮게 소리 내 보다 잠이 들 것이다.
이민주는 홀로 오랫동안 걸을 것이다.(박솔뫼, 『을』)

을과 민주가 함께 있지 않을 때 그들의 생각을 지배하는
것은 각자의 아득한 옛 기억뿐이다. 을은 어린 시절 고향의
공장지대에서 규칙적으로 들려오던 침묵을 닮은 기계음을 떠올
리며, 언젠가 그 소리의 진원지로 되돌아갈 생각을 하고 있다.
민주는 오로지 그의 기억 속에만 존재하는 인물인 윤, 바원과
셋이서 함께 보내던 침묵의 숲과 늪지에 대한 아득한 기억을
간직하고 있다. 현실에 대한 유일한 접촉이라고 할 수 있는
그들의 일상생활에 대한 소설의 묘사는 음식을 만들거나 청소를
하는 등 어떤 행위와 동작의 반복에 초점을 맞춘다. 그러면서
『을』은 그런 작중인물의 몸짓, 응시하는 눈빛, 나직한 말투,

오래가는 침묵, 일그러지거나 희미하게 미소 짓는 표정 등을 카메라의 시선으로 자세히 따라잡는다. 작중인물들의 몸짓은 그들이 나누는 대화보다 압도적이며, 그들의 의사소통은 말의 주고받음보다는 몸짓의 연기라고 할 수 있는 팬터마임과 비슷하다.

사실 『을』의 인물들은 저마다 독특한 감각의 소유자들인데, 그중에서 을은 특출난 편이다. 외국어 강사인 을은 유년 시절에 공장 지대에서 들려오던 기계의 단조로운 소음을 떠올리며 거기서 오히려 아늑함과 침묵을 느끼는 인물로 훗날 소음이 들리는 비행장에서 일하겠다고 다짐한다. 말이 의미와 결부된다면 행동은 목적과 결부될 것인데, 이것은 참으로 목적 없는 다짐이다. 『을』의 인물들은 대개 이런 식으로 지배적인 문화적 규약을 이탈한다. "을을 흥미롭게 하는 것은 동사의 변화나 다른 뜻을 일곱 개쯤 가지고 있는 같은 발음의 단어였다. 소통의 매개가 아니라 기호의 등가물이 되는 것들을 을은 사랑했던 것이다." '기호의 등가물이 되는 것들'이란 무엇일까. 단적으로, 『을』에서 말은 소통의 수단이 아니다. 말은 인물의 표정, 몸짓, 침묵에 우선권을 주장하지 않고 기호 중의 하나가 된다. 『을』을 읽는 재미는 소통이나 재현의 매개체로 기능하던 말이, 쓸모를 다한 기계처럼 작동을 서서히 멈추고 침묵과 무의미, 표정과 몸짓에 점차 동화되어 가는 것을 지켜보는 데서 온다.

『을』은 작중인물인 '프래니'가 302호 손님이 '주이'와 함께 있는 것을 보고 권총으로 302호 손님을 살해하는 충격적인 사건을 제외하고는 사건이라고 할 만한 것이 거의 일어나지 않는 소설이다. 그렇지만 이 결정적 사건으로 인해 소설의 주인 공이자 연인인 '을'과 '민주' 사이에 있었던 편안함과 고요는 사라지고 그전부터 서서히 자라오던 불안과 긴장이 급속도로 증폭되며, 그런 방식으로 그들은 서로와의 이별을 차분히 준비한다. 그런데 『을』은 최정우가 지적한 것처럼[4], 연인의 실존 또는 공동체의 (불)가능성에 대해 숙고하도록 이끈다. 『을』은 관계의 가능성과 불가능성에 대해, 숫자로는 '둘' 또는 '셋'에 관해 묻고 있는 작품이다. 을과 씨안이 각각 극장에서 본 영화에는 멸망한 세상에 두 사람만 남은 것처럼 사는 부녀父女가 문명 이전의 자연 상태로 되돌아간 것 같은 장면들이 나온다. 거칠고 황량한 근친상간적 행위, 그것과는 어울리지 않는 행복감이 그들에게 있다. 그런데 어느새 한 젊은 남자가 이 '둘' 사이에 끼어들고, 그리하여 '셋'은 이제 노동을 해야 하는 문명인다운 고민을 하기에 이른다. "그들은 음식을 나눠 먹으며, '더 먼 곳에 있는 가게를 가야 하지 않나' '기름과 가스를 어떻게 쓰는

4. 최정우, 「제1회 자음과모음 신인문학상 당선작 『을』 심사평」, 『자음과모음』, 2009년 겨울호, 20~21.

것이 좋을까' '겨울이 곧 올 텐데 준비는 어떻게 하는 것이
좋을까' (…) 같은 건설적인 주제를 두고 열띤 토론을 했다."
소설은 "두 명이 있을 때는 다른 할 일이 없다는 듯 뒤엉켜
딩굴기만 했으나 세 명이 되자 그들은 나라라도 세울 듯이
열심히 일했다"고 적고 있다. 무위와 계획, 자연과 문명이 갈등
하고 있는 것일까. 아무튼 이 원초적인 신화적 장면에서 '둘'은
결국 다른 '하나'를 살해하고 '셋'은 깨진다. 그러나 '둘' 역시
'셋' 이전의 '둘'로 되돌아갈 수는 없다. 남은 '둘'이 "아버지와
딸인지 딸과 젊은 남자인지 젊은 남자와 아버지인지 알 수"도
없다.

　　을과 씨안이 각각 본 이 가공의 영화는 앞으로 『을』에서
작중 인물들에게 일어날 사건의 미장아빔mise en abyme에 해당하
는 텍스트이다. 『을』에서 이 미장아빔은 민주의 과거 속에서
민주가 바원, 윤과 함께 셋이 되었을 때, 현재 시간에서 프레니와
주이 사이에 302호 손님이 끼어들 때, 그리고 을과 민주의 삶에
씨안이 합류할 때, 반복된다. 결국 모든 관계는 파괴적으로
또는 자연스럽게 해체되고 만다. 이제 우정도 사랑도 없이
『을』의 이방인들은 처음에 그렇게 호텔로 찾아왔듯이 그렇게
각자의 길을 떠난다. 애초에 모든 관계라는 것이 처음부터 존재
하지 않았던 것처럼.

　　어떤 독자에겐 『을』의 이야기가 너무도 이국적이어서 비현

실적이며, 너무도 근원적이어서 허무하다는 느낌이 들기도 할 것이다. 『을』을 읽으면서 종종 멍한 진공과 질식감이 극단으로 오가는 것 같은 느낌이 찾아드는 이유도 소설에서 '세계'라고 할 만한 것이 이방인들에게는 거의 존재하지 않기 때문일 것이다. 『을』은 연인들이라는 매우 촘촘하고도 밀도 있는 꽉 찬 물질에 우연찮게 끼어들어 간 기포 하나 때문에 모든 일이 생긴 것 같은 소설이다. 『을』덕택에 우리는 연인의 실존, 그들의 기호론, 공동체의 조건을 배우게 되었다. 그러나 이제는 현실 안팎에서 현실을 위협하고 또 그 현실로부터 위협을 받는 연인의 공동체가 구체적인 세목으로부터 탄생하는 소설로 이동할 때이다. 황정은의 장편소설 『백의 그림자』가 우리의 손을 잡아줄 것이다.

분량이 비교적 짧은 장편인데도 황정은의 『백의 그림자』는 읽고 나면 한편으로는 슬프기도 하고 한편으로는 기분 좋은 여운이 오래 남는 소설이다. 『백의 그림자』에서 두 연인인 무재와 은교는 그들의 살림살이의 공간인 전자상가를 철거하는 현실에 함께 맞서 불화하는 모습을 보이지는 않는다. 그렇지만 그들이 이 세상에 존재한다는 바로 그 엄연한 사실(오히려 세상이라는 '존재'에 틈새와 균열을 낸다는 점에서 이 연인의 만남을 '사건'이라고 해야 하지 않을까)이, 현실은 그토록 잔인하고 사람의 살림살이를 무참히 짓밟으며 타인의 불행에 그토록 무관심한 곳임을 역설한다. 그래서인지 『백의 그림자』에서 할 말을 멈춘 연인의 침묵에는 답답한 현실에 목이 막히고 할 말을 더 잇지 못해 어쩔 줄 몰라 하는, 슬프게 구겨진 표정이 서려 있다. 물론 그 침묵은 일부러 두 사람이 말을 억누르거나 해서 생긴 불편하고 어색한 그것은 아니다. 오히려 두 연인이 나누는 말과 말 사이의, 대화와 대화 사이의 여백은 또 다른 누군가를, 아마도 독자를 향해 속삭이고 말을 건네는 듯하다. 그 침묵은 은교와 무재라는 '연인'이 나눠주는 것이며, 그것은 또한 오무사 할아버지가 각양각색의 전구를 사러 멀리서 오는 손님들에게 덤으로 하나씩 얹어주는 조그만 전구 한 알 같다. 모름지기 나눔이란 그런 게 아닐까 싶다.

　『백의 그림자』를 읽으면서 어떻게 저 연인은 전자상가의 각 동이 차례차례 무너져 내리고 그들 자신은 오래된 삶의 터전에서 속절없이 밀려나는데도 그런 잔인한 현실에 강하게 이의를 제기하거나 행동을 수반하는 분노를 터뜨리는 모습을 보이지 않을까 하는 생각이 잠시 들기도 했다. 은교와 무재, 조용하고 온화한 두 연인은 전자상가가 하나씩 무너지는 것을 속수무책으로 지켜만 보는 것 같다. 또한 이 소설 속에서 듣기에 고통스러울 정도로 저마다의 안타까운 그림자의 사연을 가진 유곤 씨나 다른 인물들처럼, 은교와 무재는 당하면 당하는 대로, 부숴버리면 부서지는 대로 안간힘을 쓰다가 그냥 병들 것만 같은 평범한 사람들이다. 그러나 소설이 현실에 대응하는 방식은 적극적인 분노와 저항의 표출에 있지 않다. 소설은 오히려 연인이 대화하고 술을 마시거나, 정전된 한밤중에 전화를 걸어 서로의 존재감을 확인시켜 주거나, 배드민턴을 치거나, 음식을 해서 나눠 먹는 등 '연인의 나눔'이라고 할 만한 모습을 묘사하는 데 주력한다. 그럼으로써 소설은 그들이 음식을, 대화를, 이야기를, 노래를 나누는 사이사이로 수십 년간 전구를 팔던 오무사와 할아버지를 끝내 사라지게 한 현실을, 그리고 그 현실에 좌절하고 분노한 사람들의 그림자를 일으켜 그것을 따라가면 삶이 끝장나고 마는 것임을, 결국 세상살이란 아버지가 소년에게 빚을 대물림할 수밖에 없는 것임을 강하게 환기시킨다.

이 무심하고도 인정이 가파르게 마른 현실을 마냥 인정하지는 않겠다는 듯 『백의 그림자』의 에필로그에서 작가는 두 연인이 만나고 사귀어 온 과정을 섬세한 해피엔딩으로 갈무리한다. 그렇지만 두 연인의 행복한 결합이나 미래지향적 합일을 지향하는 방식으로 주인공들의 사랑을 그리고 있는 것은 아니다. 다만 작가와 독자는 함께 소설의 마지막 대목의 연인들, 곧 "이 밤에, 또 다른 귀신을 만나고자 하는 귀신"처럼 어둠 속을 걷는 두 연인의 마지막 모습을 "어둠의 입"이 삼키지 않았으면 하고 마음속으로 바라고 또 바랄 뿐이다. 신형철이 언급한 것처럼,[5] 작가는 사랑이라는 말을 한 번도 쓰지 않으면서도 은교와 무재라는 한 쌍의 연인을 연인으로서의 단독적 실존으로 부각시키는 데 정성을 들인다. '연인은 사회를 파괴하는 존재'라는 블랑쇼의 몽롱한 화두는 두 연인이 철거를 집행한 서울시청에 화염병을 던지는 도심 테러리스트라는 뜻은 아닐 것이다. 서로의 가난한 몫을 나누는 둘의 실존으로 말미암아 그들이 속해 있는 사회가 두 연인의 실존에 그토록 위협적이며 불완전하고 모순투성이인 상징계로 증명된다는 뜻이리라.

『백의 그림자』는 두 연인의 발자취를 천천히 쫓으면서 우리가 사는 그토록 무심한 현실, 단 하루 만에 수십 년 된 전자상가를 부수고 어느새 그 자리에 공원을 세우면서도 그 자리에 원래 무엇이 있었고 또 누가 살고 있었는지를 까맣게 잊어버리는 현실에 분노하고 작중인물의 처지에 공감하도록 독자를 이끈다. 연단에 서서 열렬히 웅변을 토하는 대신에 독자 옆에 앉아 나지막하게 속삭이는 방식으로. 그러나 소설에서 끈질기게 작중인물에게 달라붙어 체념과 포기, 심지어 죽음마저 강요하는 세상은 '그림자'로 여전히 도처에서 출몰한다. 무재는 소년 시절의 '그림자' 이야기를 은교에게 무덤덤하게 들려주는데, 그림자가 어떻게 사람을 죽음으로 이끄는지를 서술하는 다음의

· ·

5. 신형철, 「『백의 그림자』에 부치는 다섯 개의 주석」, 『백의 그림자』, 188~189.

인용문은 귀신의 등장보다도 오싹하면서도 귀신보다 허망한 게 사람 목숨일 수도 있음을 아프게 환기시킨다. "어딘가에서 다름없는 자신의 모습을 목격했다면 그것은 그림자, 그림자라는 것은 한번 일어서기 시작하면 참으로 집요하기 때문에 그 몸은 만사 끝장, 일단 일어선 그림자를 따라가지 않고는 배겨낼 수 없으니 살 수가 없다, 는 등의 이야기를 아무 곳에서나 불쑥 말하곤 하다가 그는 귀신같은 모습이 되어 죽고 맙니다."

그럼에도 『백의 그림자』는 전자상가를 밀어낸 그 자리에 유원지를 세우기로 합의하고 담합하는 그런 현실로부터 한 발짝 비켜서서 세상과 맞서는 공동체를 출현시키는 방식에 관한 소설로 의미 부여해도 좋은 작품이다. 여기서 그 공동체의 이름은 물론, 연인이다. 은교와 무재라는 연인 또한 세상과 사회의 부분집합으로, 주민등록상으로는 대한민국의 시민이거나 전자상가 '나동'에서 일하는 직업인에 속하고 분류되어 있겠지만, 그들은 그런 방식으로만 실존하지 않는다. 연인이란 그들이 포함되어 있는 바로 그 사회에 대해, 사회의 구멍이자 바깥인 데서 독특한 공동체로 실존한다. 그러나 사회나 국가 편에서 연인의 실존이란 재화의 생산을 강요하는 수단으로 복무하려 들지 않는다면, 쓸모없는 '무위의 공동체'에 다를 바가 없다. 연인의 공동체는 위협하고 위협받으면서 위태롭다.

한편으로 『백의 그림자』의 두 연인이 나누는 대화를 가만히 듣고 있다 보면, 우리는 대화라는 것에 대해서, 대화 사이의 행간에 대해서, 소통이라는 것에 대해서, 말과 침묵에 대해서, 그리고 그것을 주고받으면서 나누는 연인이라는 존재, 그리고 방금 '우리'라고 부른 통념에 대해서 처음부터 다시 생각하게 된다. 『백의 그림자』를 읽으면 연인들의 대화라면 모름지기 이런 것이 아닐까 싶어지는데, 은교와 무재 커플이 보여주는 연인은 소통을 위해 힘겹게 말을 잇는 존재들이 아니다. 메아리 처럼 반향 되고 울림 있는 두 연인의 대화에서 무엇보다 감동적 인 것은 은교와 무재가 대화를 주고받는 독특하고 인상적인 방식들이다. 예를 들면, '가마'나 '슬럼'이라는 말처럼, 무심코 사용하지만 말의 쓰임이 자칫 누군가에게 폭력적이거나 상처를 줄 수 있음을 상기시키는 대목들은 말속에서 말하는 것을 업으 로 삼고 있는 사람들마저 숙연하게 만든다. 말마다 소통을 강조 하지만 정작 폭력과는 거리가 먼 소통이란 어휘를 폭력으로 기가 막히게 둔갑시키는 청와대 벙커의 임차인은 은교와 무재에 게 국어책 읽는 법부터 배울 필요가 있겠다. 이것은 어쩌면 슬픈 소설이기도 한 『백의 그림자』를 나름대로 즐겁게 읽는 방법이기도 한데, 그 방법이란 독자가 일인이역이 되어 두 연인 의 대화를 가만가만 따라 해보는 것이다.

그렇게 나직한 어조와 잡히지 않을 것만 같은 목소리의 결, 저음이더라도 분명하게 또박또박한 발음, 갑자기 대화가 중단되더라도 서로에게 어색하거나 불편하지 않은 침묵이 저절로 떠올려지는 그들의 대화는 어떤 경우에는 서로에게 들려주는 노래, 음악을 닮아간다. 은교와 무재의 대화를 듣다 보면 그들의 대화는 마치 노래를 부르기 직전의 잘 준비된 발성 연습처럼 들린다. 그래서 그들의 대화는 종종 "노래할까요"라는 무재의 제안으로 이어진다. 상가가 철거된 뒤로 자꾸 목이 막히고 그림자가 일어서는 가위눌림이 반복되던 무재의 처지를 생각하면 '노래할까요'라는 무재의 제안은 안간힘 같아서 안쓰럽게 들린다. 그럼에도, 아무런 변화 없이 언제나 계속될 것만 같은 장마의 현실, 그림자가 끊임없이 일어서서 "차피, 차피"라고 속삭이며 약한 사람을 체념과 죽음으로 잡아끄는 현실이 장마로 계속되더라도, 다음 인용문에서처럼 이렇게 나란히 우산을 쓰고 앉아 있는 모습으로부터, 은교와 무재라는 연인, 곧 하나의 주체이자 세계가 태어나는 것을, 우리는 마침내 목격하게 될 것이다.

의자가 젖었을 텐데, 앉을 수 있을까요?
라고 묻고, 그보다 거기 앉는다고 재미가 있을까요, 라고 생각하고 있는데 무재 씨가 그쪽으로 걸어가서 긴 의자를 살펴본 뒤에 나를 불렀다. 이쪽은 괜찮아요, 하며 앉혀주는 대로 앉고 보니 내가 앉은 자리엔 물기가 그다지 느껴지지 않았다. 무재 씨가 간격을 두고 앉았다. 등나무 밑에서 나란히 우산을 쓰고 앉아 있었다. 빗물이 고인 벽돌 바닥에 젖은 등나무 꽃이 여기저기 흩어져 있었다. 등나무 지붕에서 우산으로 이따금 빗방울이 떨어졌다. 툭, 툭, 하는 소리를 우산 속에서 듣다 보니 재미는 몰라도 의기소침했던 것이 얼마간 가라앉는 듯했다.

노래할까요.(황정은, 『백의 그림자』)

4. 무위無爲의, 문학

세기말, 합스부르크 왕가의 비엔나를 배경으로 한 오스트리아 소설가 로베르트 무질의 미완의 대작 『특성 없는 남자』에는 무질 특유의 에세이적 성찰이, 주인공 울리히의 내면에 대한 고도로 통찰력 있는 대목들이 적지 않게 등장한다. 그중 서술자가 '현실감각'과 '가능성 감각'에 대해 설명하는 구절들[6]은 무위의 주체성이라고 부를 만한 것에 관한 이 글의 관점과 관련하여 음미할 가치가 있다. 『특성 없는 남자』의 서술자에 따르면 제대로 된 사람이라면 모름지기 '현실감각'이 있는 만큼 '가능성 감각'도 있어야 한다. '가능성 감각'은 무엇을 뜻할까. "현실감각

6. 로베르트 무질, 『특성 없는 남자』 1, 박종대 옮김, 문학동네, 2023, 22.

이 있고, 누구도 그것의 존재 타당성을 의심하지 않는다면 가능성 감각이라 불릴 만한 것도 마땅히 있어야 한다." 무질에게 그것은 먼저 통사 문법부터 바꾸는 일이다. 우리가 보통 나쁜 의미에서 실용주의자라고 부르는 사람들, '가능성 감각'이 없는 사람들은 이런 식으로밖에 말할 줄 모른다. "여기에 이런저런 일이 일어났고, 일어날 것이고, 일어나야 한다." 이 문장은 일어나는 모든 일을 돌이킬 수 없는 인과적 필연으로 속박해버린다. 이제 그 문장은 이렇게 고쳐 써야 한다. "여기선 이런저런 일이 일어날 수 있고, 일어났어야 하거나 일어났을지 모른다." 그래서 우리는 "그건 원래 이러해서 이러이러하다" 대신에 "아냐, 어쩌면 다를 수도 있었어"라고 생각하는 법을 배우게 된다. '가능성 감각'은 "존재하는 것을 존재하지 않는 것보다 더 중히 여기지 않는 능력"이다. 그럼 '가능성 감각'을, 앞서 우리가 읽어왔던 권태나 무위를 다르게 고쳐 쓴 말로 조심스레 이해해도 좋지 않을까. 세상이 요구하는 단일한 생존의 문법에 다르게 존재하려는 가능성. 그것은 존재론적 항변이다. 『을』의 표현을 빌리면 이렇다. "왜 그래야 하는 것인가. 왜 선택을 하려 하고 결정을 하려 하는 것인가. 그것이 가능하지 않은 영역에서 왜 가능하기를 바라는 것이지?" 이렇게 문학은 필연의 문법을 우연의 비문非文으로 덧칠하고, 과거완료 시제를 가능성의 여백을 남기는 전미래 시제로 고쳐 쓰는 교활한 필경사의 솜씨를 요구한다. 세계문학은 그런 필경사를 적어도 한 명은 갖고 있다.

이제 이 글을 쓰면서 계속 머릿속에 떠올리고 있었던 작품인 허먼 멜빌의 「필경사 바틀비」(이하, 「바틀비」)에 대해 말할 차례가 온 것 같다. 국내에도 최근 「바틀비」에 주목하는 글들이 여럿 나왔는데, '바틀비'를 학계와 비평계의 유명인사로 만든 '그렇게 안 하고 싶습니다'에 집중하느라 모두들 바쁘신지 의외로 주목하지 않는 표현이 하나 있다. 그것은 「바틀비」에 단 한 번 등장하는 단어, '문학literature'이다. '문학'이라는 표현 덕택에 우리는 「바틀비」가 철학적 논의의 대상이 되더라도 여전히 문학임을 상기할 수 있으며 또한 문학이, 문학의 조건이 무엇인지를 다시 생각할 겨를을 갖게 된다.

「바틀비」에서 '문학'이라는 단어는, 변호사인 화자가 바틀비에 대한 이야기를 막상 시작하려고 하니 당혹감을 느낄 수밖에 없다고 실토하는 대목에서 출현한다. 여기서 화자는 교양 있는 부르주아답게 아마추어 문학론을 전개하고 있는데, 그게 꽤 흥미롭다. "다른 필경사에 대해서라면 그런 종류의 글을 전혀 쓸 수 없다. 나는 이 사람에 대한 충실하고 만족스러운 전기를 쓸 만한 자료란 존재하지 않는다고 믿는다. 그것은 문학에는 돌이킬 수 없는 손실이다. 바틀비는 1차 자료 말고는 어떤 것도 확인할 수 없는 그런 존재 중의 하나인데, 그의 경우에는 1차

자료란 것이 얼마 안 되는 것이다."[7] '1차 자료 말고는 어떤 것도 확인할 수 없는 그런 존재'인 바틀비 그리고 바틀비에 대한 재현이 곤란한 지경에 이르게 된 문학, 그런 문학의 실존. 인용한 문장은 마치 문학에 대해 있을 수 있는 한 가지 정의처럼 들린다. 그런데 변호사의 문학론은 지금까지 우리가 글을 쓰며 걸어온 길 한가운데로 합류하면서 전혀 다른 의미를 띠게 된다. 「바틀비」에서 단 한 번 언급되는 저 '문학'이라는 어휘, 곧 실용성과 동정심, 냉정과 관용 등을 균형감 있게 갖춘 월스트리트의 부르주아 변호사가 발음한 '문학'이라는 기표는 "로마의 석고상"처럼 무심하게 서 있는 바틀비 그리고 그의 '그렇게 안 하고 싶습니다'라는 발화와 부딪히면서 파열된다.

「바틀비」의 화자가 믿는 바에 의하면, 문학이란 전기傳記처럼 그것을 쓰기 위한 자료가 충분히 뒷받침되어야 하는, 「바틀비」를 염두에 둔다면 일종의 자아의 일대기이다(「바틀비」가 바틀비에 대한 투명한 재현이 아니라, 당혹스럽게 꼬여버린 변호사의 자기 고백이 된 것은 최고의 아이러니이다). 그런데 변호사가 마주친 그 남자는 업무의 효율과 편의를 위해 설치해 놓은 칸막이 건너편에 있는, 고용인과 가장 가까운 거리에 있으면서

• •

7. 허먼 멜빌, 「필경사 바틀비」, 『필경사 바틀비 외』, 한기욱 옮김, 창비, 2010, 49.

도 가장 멀고도 수수께끼 같은 존재였다. 바틀비는『문명 속의 불만』에서 프로이트가 말한바, 이유 없이 불쾌하고 적의를 드러내는, 그래서 도무지 내 몸처럼 사랑하라는 명령을 받들기 힘든 두려운 '이웃Nebenmensch'이다. 바틀비는 이해 불가능하고 골치 아픈, 친구인지 적인지 도무지 분간하기 어려운 타자이다. 월스트리트 CEO의 생각에 바틀비의 전기에 필요한 자료들이 존재하지 않는다면, 문학이란 결국엔 쓸모없어지는 것이나 마찬가지일지도 모른다. 그런데 우리가 말하고 싶은 건 다른 게 아니다. 문학은 바로 이 쓸모없음에서 다시금 시작한다는 것이다. 문학은 도무지 글쓰기가 불가능한 바틀비와 같은 대상 또는 그런 대상 앞에서 좌절하는 글쓰기의 불가능성과 마주친다는 것이다. 문학은 바틀비를 형상화할 자료가 이름을 제외하곤 아무것도 없다는 사실을 '문학에는 돌이킬 수 없는 손실'로 생각할 필요가 없다는 것이다. 그리고 그것이 문학이다.

우리가 생각하는 문학은 한편으로는 바틀비가 '구조조정'으로 쫓겨나기 전까지 수신불능배달 우편취급소에서 취급한 '편지letter'같은 것이기도 하다. 누군가는 반지를, 다른 누군가는 삶의 희망을 담아 보냈지만 끝내 배달되지 못하고 불구덩이 속, 혹은 죽음으로 가버린 배달불능 우편dead letter. 그런데 문학을 뜻하기도 하는 'letter'라는 단어는 다시 각별한 울림을 갖는다. 이 단어는 「바틀비」에서 적어도 두 번 중요하다. 첫째, 지금까지 말한 것처럼, 바틀비의 전기를 쓰기 위해 필요한 자료라고는 '바틀비'라는 이름밖에 없는, 글쓰기letter의 불가능성에 직면한 문학의 향방을 가늠해 보자. 그러나 문학은 자료도, 심지어는 이름도 없는 인물, 시스템으로부터 소외된 것이 아니라 시스템이 배제해버린 또는 시스템을 자발적으로 거절하는 존재, 가령 『백의 그림자』에서 만날 수 있었던 은교와 무재, 오무사 노인과 같은 작중인물들, 『을』에서 만날 수 있었던 연인들, 바로 그들의 목소리가 되고 그들의 귀가 되는 것이 아닐까. 종종 우리가 깜빡해버리더라도 바틀비처럼, 그들은 "항상 거기에 있다."(「바틀비」) 바틀비라는 형상에 주목해야 하는 첫째 이유이다.

둘째, 아무것도 하지 않는 바틀비에게 편지를 부쳐달라는 화자와 다른 작중인물의 요구사항을 거절하는 바틀비의 '무위'를 생각해 보자. 「바틀비」의 화자는 바틀비의 괴상한 행동을 "소극적 저항"이라고 불렀지만, 그런 뜻이라면 '그러지 않는 게 좋습니다'라고 말하는 바틀비의 '무위'는 웬만한 저항보다 더 적극적일 수도 있다. 그것은 이 글의 문맥에서는 재화의 (재)생산에 너나 할 것 없이 달려드는 스펙의 긴 행렬에서 이탈하며, 자기 계발에 매진하는 속물이기를 그만두고, 한 나라의 망상적인 지도자가 선호하기에 더욱 불길해 보이는 '네 멋대로 해라'라는 초자아의 명령에 복종하지 않으려는 거절의 표현이기도 하다. 여기서 이 글의 범위에서 다루기는 어려울 '무위'의 정치적인 가능성 또한 고민해볼 수 있을 것이다.[8] 다시 작품으로 돌아온다면, 한재호와 문진영의 소설에 등장한 젊은이들이 보여준 무위와 권태, '딸리는 스펙'과 '아무것도 아닌 컨셉'으로 세상의 대오에 합류하기 어렵고 합류하지도 않으려는 이들의 조용한 거절이, 세상으로 편입되기 전의 한철의 방황으로 끝나는 것이 아니었으면 하는 바람이 있다. 『부코스키』의 '나'는 어디까지나 취업준비생이며, 『담배 한 개비』의 '나' 또한 언젠가는 복학을 하게 될 휴학생 신분이다. 지루한 장마처럼 젊음도 언제까지나 계속되는 것처럼 보이지만 장마와 달리 젊음은 해가 거듭 바뀌면 영영 돌아오지 않을 수도 있다. 젊음이란 다만 어디까지나 시한부로 연장되는, 그만큼만 유예되는 삶이기에. 젊음 특유의 망설임과 머뭇거림, 무위와 권태로운 반복은

· ·

8. 「바틀비」에는 바틀비가 기거하던 법률사무실의 새 주인이 된 변호사가 전 주인인 화자에게 항의하는 대목이 있다. 새 주인은 사무실 근처를 떠나지 않는 바틀비 때문에 고객이 발길을 돌리는 데다가 가뜩이나 폭도에 대한 두려움도 퍼져 있으니 바틀비를 처리해 달라고 부탁한다. 여기서 '폭도'란 「바틀비」가 발표되기 사 년 전에 일어난 '애프터 플레이스' 시위 군중을 말한다. 오페라하우스 무대 위에 자신들의 영웅이던 배우를 세우자면서 노동자들이 일으킨 이 시위는 계급투쟁의 성격이 강했다. 경찰이 시위대에 발포해 수십 명이 죽고 다쳤다. 멜빌은 시위를 비난하는 글을 썼지만, 소설에서 바틀비는 시위 장소 근처에 있었다. 흥미로운 아이러니이다. 그런데 소설은 바틀비가 구치소로 이송될 때 그를 따르던 무리를 잠깐 언급한다. 이들은 누구였을까? 멜빌이 비난하던 바로 그 '폭도'? 소설이 언급하듯, 동정심과 호기심 많은 사람들?

근대에 이르러서 갖게 된 젊음의 유동하는liquid 특질만큼이나 응결되는solid 특질이기도 하다. 그럼에도 한재호와 문진영의 첫 소설이 장마철로 비유되는 현실에 민감한 감수성의 촉수를 뻗친 채 '삶의 한가운데'로 한 발자국씩 나아가고 있음에 동의하지 않기란 힘들다.

「바틀비」를 읽고 나서 아무리 상상하려고 해도 바틀비의 얼굴은 잘 그려지지 않는다. 어쩌면 '그렇게 안 하고 싶습니다'라는 바로 그 말이 바틀비의 단 하나의 표정이고 얼굴이고 주체일 것이다. 그리고 문학일 것이다. 우리는 말이 소통에 힘겹게 복무하고 여분의 침묵을 불편해하는 데서 벗어나 상대방의 표정과 눈빛으로 언어를 읽고 침묵을 공유하는 연인의 실존을 박솔뫼와 황정은의 소설을 통해 배웠다. 그리고 한재호와 문진영의 작품을 통해 무위의 권태가 실존과 무관한 것이 아니라, 실존의, 삶의 한가운데에 있음을 이해했다. 이미 각자의 방식대로, 지금까지 우리가 읽어온 것처럼, 조금씩, 한국의 젊은 문학은 저마다 그 가능성들을 지금 눈앞에서 실험하는 도중이다.

제3부

책에 따라 살기

최인훈의 『화두』에 대하여

1. "물구나무선 마음의 나라"

처음 최인훈의 소설을 읽었을 때 내가 그의 소설에 매료되었던 이유는 무엇보다도 최인훈 소설의 주인공들이 책을 읽는 철학도이거나 문학도라는 단순한 사실 때문이었다. 처음 읽은 최인훈의 소설은 『광장』이었고, 그때 나는 스무 살이었다. 그때까지의 내 보잘것없는 독서에서 책을 읽고 사유하는 소설의 주인공은 토마스 만의 장편소설 『마의 산』의 한스 카스트로프와 『광장』(1961)의 이명준뿐이었다. '관념 철학자의 달걀' 이명준 쪽이 아무래도 더 친숙했다. 나는 사백여 권 남짓한 책이 가득 꽂힌 책장과 그가 두꺼운 책 한 권을 다 읽고 나서 '깊은 밤 괴괴한 풍경'을 물끄러미 내다보는 창慇 있는 밀실을 부러워했다. 그즈음 이 책 저 책 가리지 않는 나의 무절제한 남독濫讀도 시작되었다.

사백 권 남짓한 책들. 선집이나 총서, 사전류가 아니고 보면, 한 책씩 사서는 꼬박 마지막 장까지 읽고 꽂아놓고 하여 채워진 책장은 한때 그에게는 모든 것이었다. 월간 잡지가 한 권도 끼지 않았다는 게 자랑이다. 그때그때, 입맛이 당긴 책을 사서 보면, 자연 그다음에 골라야 할 책이 알아지게 마련이다. 벽 한쪽을 절반쯤 차지하고 있는 이 책장을 보고 있으면, 그 책들을 사던 앞뒷일이며, 그렇게 옮아간 그의 마음의 나그네길이, 임자인 그에게는 선히 떠오르는 것이고, 한 권 한 권은 그대로 고갯마루 말뚝이다.

책장을 대하면 흐뭇하고 든든한 것 같았다. 알몸뚱이를 감싸는 갑옷이나 혹은 살갗 같기도 하다. 한 권씩 늘어갈 적마다 몸속에 깨끗한 세포가 한 방씩 늘어가는 듯한, 자기와 책 사이에 걸친 살아 있는 어울림을 몸으로 느낀 무렵이 있다. 두툼한 책 마지막 장을 닫은 다음, 창문을 열고 내다보는 눈에는, 깊은 밤 괴괴한 풍경이, 무언가 느긋한 이김의 빛깔로 색칠이 되곤 했다.

『광장』을 되풀이해 읽을 때마다 이 대목과 마주치면 가슴이 두근거리곤 했다. 그 시절의 나는 내가 읽던 소설의 주인공에게서 닮고 싶은 이미지의 자취를 부단히 좇고 발견하려고 했을 뿐만 아니라, 때로는 주인공처럼 말하고 행동하려고까지 했다. 이명준이 나였고, 내가 이명준이었다. 돌이켜보면 이러한 무모한 동일시가 얼마나 부끄럽고 무안한 짓이었는지를, 그리고 그보다는 덜하더라도 은근히 재미있었던 일이었는지를 새삼 따로 상기할 필요는 없겠다. 최인훈 소설에서 책 읽는 주인공은 이명준만은 아니었다. 그다음에 읽은 『회색인』(1963)의 주인공 독고준도 있다. "책 속으로 망명"한 독고준의 이야기에서 책은 "거꾸로 선 세계, 물구나무선 마음의 나라"라고 불렀던 유년 시절의 충만하고 행복한 심상과 연결된다. 특히 어린 독고준이 책을 읽는 방에서 이따금 들리던, "비가 오는 날이면 철, 철, 철, 떰벙떰벙, 하는 소리", "책을 읽고 있는 사이 그 소리는 어디론가 사라졌다가 그의 주의력이 느슨해지면" "다시 기어들었"던 "그 소리"는 초등학교 방과 후 집에 돌아와서, 왜 그랬는지는 지금도 잘 모르겠지만, 슬레이트 지붕으로 떨어지는 빗소리가 텅텅 울리는 내 방의 책상 밑으로 기어들어가 엎드린 채 에리히 케스트너의 성장 소설 『하늘을 나는 교실』을 몇 번이고 되풀이해 읽던 기억을 떠올리게 했다. 독고준이 『강철은 어떻게 단련되었는가』를 되풀이해 읽으면서 "책 속에 씌어진 집과 수풀, 강과 도시, 붉은 벽돌집과 학교, 구름과 햇빛, 짜르의 기병들과 노동자들의 지하실, 희랍정교의 중과 수도원 학교"를 연상한 것을 따라서 나도 『하늘을 나는 교실』에서 가난, 전쟁, 이웃 학교 학생들과의 패싸움, 어머니, 연극, 함박눈과 어두운 숲, 겨울날의 도보여행, 행복한 크리스마스 같은 어휘들을 떠올려 봤다. 그리고 그 행복했던 시절은 조만간 끝나고 말 것이었다.

『회색인』의 서술자는 어린 독고준이 "풀이나 나무나 꽃을 보아도 그가 읽은 책 속의 어느 것과 겨눠 보지 않고서는 그것들을 마음에 새겨둘 수 없었"던, "그의 주인공들을 통해서만 세계를 받아들"이는 태도가 "다 나쁜 것이 아니었으나 다 좋은 것은 아니었"던 것이라고 말한다. 책 속의 상상의 세계와 현실이 아무렇게나 뒤섞여 있어도 마냥 좋았던 '물구나무선 마음의 나라'는 곧 깨지고 말 것인가. 1985년인가, 나는 초등학교에 처음 들어선 도서관에 꽂혀 있던 탐정소설들을 빌려다가 읽었고, 셜록 홈즈, 브라운 신부, 푸아로 등의 이름을 들었으며, 어느 날 소망하는 직업란에 결국 '탐정'이라고 제법 용감하게 써냈다. 칠판 위에 대통령의 사진이 걸려 있었고 대개의 남자아이가 직업란에 대통령과 군인을, 여자아이들은 선생님과 간호사, 더러 가정주부를 써넣었을 무렵이었다. 다음날 담임선생은 나를 따로 부르더니 이렇게 말했다. '탐정은 우리나라에 없는 직업이니 다른 직업으로 바꿔 써내라.' 먹먹했다. 할 수 없이 나는 아버지 직업을 따라 '공무원'으로 다시 적어냈지만, 주눅이

들었던 그때는 도무지 이렇게 항변할 수가 없었다. '제가 우리나라 최초의 탐정이 되겠습니다.' 수십 년도 더 된 생생한 기억이지만, 내 물구나무선 마음의 나라는 이미 금이 간 후였다. 나는 결국 선생님께 하지 못했던 이 답변을, 그 후로 이십 년도 더 지난 어느 날, 갑자기 생각해냈다. '제가 우리나라 최초의 탐정이 되겠습니다.'

지금은 셜록 홈즈처럼 방 안에 앉아 문학 작품이라는 사건을 해독하는 비평가라는 탐정이 된 것은 아니냐고 위무해보곤 하지만, 선생님의 면전에서 그 답을 즉시 생각해내지 못한 나의 주눅과 둔함을 되새기면 아쉽고 쓸쓸한 느낌은 여전하다. 그런데 대작 『화두』에서 최인훈 자신이라고 해도 좋을 주인공 '나' 또한 공교롭게도 물구나무선 마음의 나라가 왜, 어떻게 깨지게 되었는지를 상세히 회억하고 있었다. 소설 제목 '화두'는 바로 이 '왜, 어떻게'였으며, 그에 대한 아주 긴 답변이었다.

2. 잎새소리, 실루엣, 그림자, 그늘……

『화두』는 책 읽기에서 시작해 글쓰기로 끝나는 소설이다. 그리고 책 읽기와 글쓰기를 이어주는 끈으로 서술자이자 주인공인 '나'가 북한의 W시 고등학교 1학년 시절에 읽었던 조명희의 단편소설 「낙동강」이 자리 잡고 있다. 『화두』는 「낙동강」의 첫 구절에 대한 '나'의 인용과 풀이로 시작해 대하장강大河長江이라고 할 만한 사유와 성찰, 망명과 귀환의 기나긴 여정을 돌고 돌아 다시 「낙동강」의 첫 구절을 인용하면서 『화두』의 첫 대목을 쓰는 장면으로 끝난다. "낙동강 칠백 리, 길이길이 흐르는 물은 이곳에 이르러 곁가지 강물을 한 몸에 뭉쳐서 바다로 향하여 나간다."[1] 비유컨대 책 읽기의 강은 글쓰기의 바다로 향해 나아가는 것이다. 최인훈의 『화두』는 '나'의 「낙동강」 읽기와 그 안팎을 넘나든 삶의 수수께끼를 새로 쓴 소설이라고 해도 좋다. 소설의 시작과 끝은 거대한 타원을 이룬다. 타원의 출발점에는 「낙동강」과 관련된 아득하고도 아름다운 회상이 감각적인 실루엣으로 너울거리며, 타원을 완성하는 마지막 점에서는 온갖 험난한 역정을 경유해 마침내 출발점으로 되돌아간 정신이 감각의 몽환적인 실루엣과 다시 합쳐진다. 마치 저자 헤겔이 '감각적 확신'에서 출발한 '사유의 오솔길'이 '정신의 오디세이'라는 변증법적인 항해 끝에 '절대지'의 이타카로 돌아온 한 권의 책인 『정신현상학』의 '감각적 확신'을 이번에는 저자가 아닌 독자 헤겔이 펼치는 것을 방불케 한다. 그런 의미에

• •

1. 최인훈, 『화두』 1권, 민음사, 1994, 9. 『화두』 2권, 543. 앞으로 인용할 경우 권수와 쪽수를 표시한다.

서 『화두』는 매우 헤겔적인 소설이다. 헤겔에게 경험이란 대상에 대한 자기의 경험이자 그것을 의식하는 자기의식의 경험이기도 하다. 『화두』의 '나'의 수많은 회상과 체험은 주인공 '나'의 회상과 체험인 동시에 『화두』라는 작품 자체의 실현을 위해 재구성되는 회상과 체험이다. 다시 말하면 『화두』는 『화두』라는 작품을 구성하기 위해 무던히도 '나'의 최초의 회상과 체험으로 되돌아가는 전진과 회귀의 반복 운동이다. '나'의 개별적인 회상과 체험은 작품이라는 정신의 자기실현 과정이 된다. 작품 『화두』는 명확하게 『화두』 속의 다른 작품인 「낙동강」에 대한 '나'의 회상과 체험을 두제곱 한 기나긴 변증법적 운동이자 운동의 실현인 것이다. 최인훈이 헤겔주의자라는 것은 이런 뜻이겠다. 그럼 최인훈의 정신의 고향, 항해 전의 '이타카'인 W시 고등학교 1학년 교실에는 무엇이 놓여 있었을까.

「낙동강」을 생각할 때마다 부스럭거리는 오동나무 잎새 소리와 책장에 어룽지던 나무 그림자가 꼭 끼어드는 것은, 거기가 W시 이외의 어떤 다른 곳도 아니고, W고등학교 1학년 교실 아닌 어떤 다른 장소도 아닌 그 자리에서 읽은 「낙동강」이라는 뜻일 테고 그래서 그때 그 자리의 나와 그리고 거기다 「낙동강」을 합친 어떤 사건이 〈나의 낙동강〉이다.(1권, 10)

아름답고도 몽환적인 장면이다. 최인훈이 읽은 「낙동강」은 '부스럭거리는 오동나무 잎새 소리와 책장에 어룽지던 그림자'의 공감각적인 실루엣과 함께 기억되는 'W고등학교 1학년 교실의' 소설, '나의 낙동강'이다. 바람소리와 햇빛과 그림자가 어울려 책장에 만들어내는 실루엣은 낙동강이라는 소설과 나란히 또 하나의 책, 기호가 되어 해독을 기다리고 있는 것은 아닐까 싶다. 최인훈의 이러한 감각은 "어린 시절의 독서가 특히 우리에게 남기는 것은 우리가 책을 읽었던 시간과 장소에 관한 기억들"[2]이라는 프루스트의 말을 자연스럽게 떠올리게 한다. 그런데 특정한 시간과 장소를 매개하고 그것을 떠오르게 하는 사물 주변의 감각적 실루엣은 책에 대한 방대한 사유를 담고 있는 『화두』에서 글자를 배우기 이전의 '나'의 원초적인 기억 하나와 긴밀하게 연관되어 있다. 삶의 다섯 번째 기억에서 어린 '나'는 아버지 책장에 있던 그림책 한 권을 꺼내 물끄러미 들여다보고 있다. '나'는 책의 실물, 약화略畵와 도안圖案의 형태로 그려진 실물이 아니라 그 실물 곁에 어른거리는 그림자, 실루엣이 더 인상적이라고 느낀다. "실루엣이 되자면 그 물체 주변이 어슴푸레하거나, 강한 역광이래도 물체의 구체성이 전혀 지워지지는 않는다. 실루엣은 아마 약화와 문자의 중간

2. 마르셀 프루스트, 『독서에 관하여』, 유예진 옮김, 은행나무, 2014, 26.

형태일 것이다. 내가 감동한 첫 책은 이렇게 그림책이었다.'(2권, 93) 이러한 실루엣과 그림자, 사물 주변에 어른거리는 그늘은 『화두』에서 매우 다양하고도 방대하게 변주되는데, 핵심은, 앞서 말한 것처럼, 실루엣과 그림자, 사물의 그늘이 하나의 수수께끼, 기호가 되어 무언가 해독을 절실하게 요구하고 기다린다는 진실이다.

『화두』에는 내가 가장 좋아하며 되풀이해 읽은 프루스트적인 대목이 하나 있다. 마찬가지로 책과 관련된 기억이며, 게다가 프루스트의 『잃어버린 시간을 찾아서』가 직접 언급되는 부분이기도 하다. '나'는 젊은 시절 복무했던 옛 군부대의 터를 방문한다. 그곳은 군 복무 시절의 '나'가 "하루 종일 천막에 가까운 숲의 나무 그늘 아래에서 책을 읽으면서 지냈'(2권, 233)던 곳이다. '나'는 '숲의 나무 그늘 아래에서' 무슨 책을 읽었던가. '나'는 잡지 『사상계』에 번역되어 실린 프루스트의 『잃어버린 시간을 찾아서』의 일부분을 읽고 있었고, 거기서 어떤 '혼란'을 경험한다. 소설의 주인공은 애인을 그녀의 집으로 데려다주고 나오다가 문득 그녀가 자신의 집에서 미리 기다리게 한 다른 남자를 만나고 있을 것으로 의심한다.[3] 그녀의 집 불 켜진 창문 앞에

● ●

3. 여기서 연애담의 주인공은 '나'가 아니라 스완과 오데트이다. 오데트를 사랑하면서 끊임없이 그녀를 질투하고 의심하는 스완의 괴로운 경험, 특히 오데트의 집 창문을 바라보면서 주위를 서성거리는 스완의 절망적인

서성거리던 주인공은 덧창을 두드리고, '누구세요'라는 그녀의 목소리를 듣자, 대답을 하지 않고 그곳을 떠난다. 그러고는 이내 후회한다. 게다가 이미 돌아서서 자신의 집으로 향하고 있었기 때문에 그녀의 집에 다른 남자가 있었는지 그렇지 않은지에 대한 진실은 영원히 알 수 없게 된다. 그러나 "소용없는 후회이며, 미심쩍은 순간은 그렇게 영원한 것이 되었다."(2권, 234) 다시 옛 군부대 터를 찾은 '나'는 거의 프루스트적인 비의지적 기억에 이끌려 그때 읽었던 『잃어버린 시간을 찾아서』를 읽으면서 가졌던 어떤 '안타까움'을 갑자기 상기한다. 『화두』에 따르면, 잡지에 번역된 프루스트 소설의 일부분은 거기서 딱 끝나고 말아 '나'는 주인공의 궁금증이 얼마나 절실했을 것인지를, 또 주인공의 전후 사정을 알 수 없는 데서 비롯되는 독자로서의 안타까움을 회고한다. 소설은 여기서 매력적인 마술을 부린다. 이 '안타까움'이 책의 내용에 대한 '나'의 반응에만 머무르지 않고 책의 안팎에서도 마치 겹겹의 주름처럼 접히고 반복되기 때문이다.

그 후 '나'는 잡지를 잃어버렸고, 미국에 있을 때 프루스트의

• •

모습은 다음에 기록되어 있다. 마르셀 프루스트, 『잃어버린 시간을 찾아서 2: 스완네 집 쪽으로 2』, 김희영 옮김, 민음사, 2012, 153~168. 소설에서 스완이 질투로 눈먼 채 바라본 오데트의 창문에 어른거리던 환영적인 실루엣은 스완에게는 해독해야 할, 그러나, 그냥 되돌아감으로써 영원히 풀 수 없게 된 수수께끼의 기호로 변한다.

영문판 전질을 샀지만, 정작 읽은 부분은 잡지에 실렸던 부분이 아니라 전질의 마지막 권(『되찾은 시간』)이었다. 귀국하고 나서 보니 '나'는 또 어떤 이유에선지는 몰라도 마지막 권을 제외하고는 남은 책 모두를 미국에 남겨 뒀던 것이다. 그 후 '나'는 도서관에서 프루스트의 문제적인 대목이 실린 『사상계』를 다시 복사했지만, 얼마 지나지 않아 그것마저 잃어버리게 된다. 프루스트 소설 속 주인공 행동의 안타까움이 그것을 읽는 '나'의 안타까움으로 전이되며, 소설의 한 대목과 관련되어 수십 년이 지나면서 '나'가 겪었던 기이한 여러 에피소드는 이 안타까움이 겹겹이 쌓인 퇴적층이 된다. 이처럼 『화두』는 책 안팎을 넘나드는 '나'의 경험과 회상이 중층적으로 반복되고 있다. 그리고 이 '안타까움'은 해독을 기다리는 '화두'로 변한다.

어쩐지 그 대목은 자꾸 내 손에서 벗어나는구나 싶은 실없는 생각이 가끔 드는 때가 있다. 그것은 주인공의 생애에서 영원히 사라지고 만 그 기회와는 다른 성질의 상실감인데도 내 기억 속에서는 비슷한 사건인 듯이 헝클어진 실타래처럼 얽혀있다. 그리고 그 구도 속에는 세탁차가 호스를 드리우고 있던 냇물이 있고, 우리나라의 어느 냇가에나 풍성한 보물처럼 깔려 있는 여러 종류의 새알처럼 탐스러운 그 둥글둥글한 자갈밭이 그러다가는 여름 햇빛의 열기 때문에 그 속에서 무엇인가가 부화되

어 나오지 않을까 싶게 따뜻하게 깔려 있다.(2권, 234~235)

인용한 대목에서 '둥글둥글한 자갈밭'은 마치 '무엇인가가 부화되어 나오지 않을까 싶'은 '새알'로, 해독을 기다리는, 화두의 껍질을 품은 수수께끼의 기호로 변한다. 그런데 최인훈이 책을 읽던 나무 그늘, 책에 어른대는 실루엣은 「낙동강」을 읽던 때의 행복한 기억과 부딪히는 또 다른 괴로운 기억, 즉 그늘이나 모호함, 실루엣이라고는 조금도 품고 있지 않는 다른 괴로운 기억과 연관된다. 그것은 읽기와 쓰기와 세계를 문제적으로 연관 짓는 불길한 실체로 출현할 것인데, '나'가 W시 중학교 시절 학교의 분단 벽보 주필 자리에서 해임된 사건으로, 행복했던 독서 체험과 다른 글쓰기 체험에서 비롯된 것이다. 바야흐로 해방 직후의 북한이었고, 자아비판의 문화가 생활양식 전반을 지배하던 시절이었다.

3. "책환상"과 불행한 의식

시 쓰기만큼이나 문학비평의 세계에 서서히 매료될 무렵, 나는 매혹적인 글 하나를 되풀이해서 읽었다. 지금도 밑줄과 메모가 제법 남겨져 있는 김현의 「책읽기의 괴로움」은 바로

『광장』과 『회색인』의 주인공인 이명준–독고준의 남독과 탐독의 상상 세계를 상세하게 다루고 있었다. 김현의 글은, 『화두』의 중요한 구절을 빌리면, "책 속에 있는 사람을 굳이 책 밖의 사람들의 탁본拓本이라고 생각하지 못하고 다른 방식으로일망정 책 바깥 사람들에 못지않은 힘과 권리를 가지고 살아 있는 사람으로 알고 싶어 한 〈책환상〉"(1권, 50)을 규명하고 있었다. "나도 최인훈의 회색인에 가깝다. 나는 내 자신이 불행이고 결핍이다"[4]로 끝나는 김현의 글은, 자신이 해석하는 바로 그 대상과의 동일시가 그리 부끄러운 일이 아님을, 또한 책 읽기가 한낱 '도피주의'나 '지적 놀음'이 아님을 나와 타자에게 합리화하거나 납득시키거나 항변하는 중요한 근거가 되었다. 그럼에도 책 읽기는 고통스럽다. 왜 그런 것일까? 첫째, 우리는 책을 읽듯 세계를 읽을 수 없기에. 둘째, 책 속에서 읽은 대로 세계를 살아갈 수가 없기 때문에. 김현은 최인훈의 책 읽기 즉 '책환상'을, 명시적으로 언급하지는 않았지만, 아마도 가스통 바슐라르의 책 읽기의 행복, 르네 지라르의 욕망의 중개자, 미셸 푸코의 도서관 환상 등을 염두에 두고, 개인의 경험을 넘어선 문화적인 행위이자 사건으로 격상시키고 있었다.

두 번째 경험과 관련되어 『화두』의 '나'는 H시에서 W시의

4. 김현, 『책읽기의 괴로움 / 살아 있는 시들』, 문학과지성사, 1992, 233.

중학교로 전학 온 지 얼마 되지 않아 분단 벽보에 쓴 글의 한 대목 때문에 지도원 선생에게 공개적인 자아비판을 받게 된다. "전학 수속하러 왔을 때 학교 운동장에 널려 있던 바윗덩어리가 어수선해 보였다는 대목"(1권, 26)이 문제가 된 것이다. '나'에겐 별로 문제가 되지 않을 법한 그 대목이 문제가 된 것은, 지도원 선생에 따르면, 재건의 시기에 자력으로 건설한 학교에 치워지지 못한 바윗덩어리가 널려 있다고 지적하는 일이란 "온 인민이 참가하고 있는 이 거대한 역사적 위업에 대해 자각하지 못하고 자랑스러움이 없는 사상적 태만에서 나온 반동적 생활 작풍"(1권, 27)에 불과한 것이었기 때문이다. 공교로운 우연의 일치라고 해도 좋을까. '나'가 책을 읽던 시냇가에 풍성하게 깔려 해독을 기다리는 기호를 품고 있는 새알을 닮은 무수한 조약돌과 '나'의 작문 속 학교 운동장 여기저기에 널려 있던 바윗덩어리가 서로 상반된, 충돌하는, 이원적인 화두로 변한다고나 할까. 후자의 바윗덩어리처럼 무거운 화두는, 물론, 교실에서 지도원 선생의 공개적인 심판을 거쳐 '나'에게 질문으로, "〈자아〉의 해체를 경험하게 하는 힘"(1권, 35)으로 되돌아온 화두겠다. 거기에는 시냇가 나무 그늘에 앉아 프루스트를 읽거나 오동나무 잎새 소리와 책장에 어룽지던 그림자로 기억되는 「낙동강」 읽기와 연관된 어슴푸레한 실루엣이라고는 없다. 지도원 선생의 공개 비판에 의해 '나'는, 『정신현상학』의

한 대목을 빌리면, 마음이 수많은 갈래로 갈기갈기 나눠 찢기는 '불행한 의식'이 된다. 물론 '불행한 의식'은 '화두'를 품은 의식으로 성장하겠지만.

책 속에서 읽은 대로 살아갈 수 있을까. '나'의 글에 대한 공개적인 재판이 있은 후, '나'는 글쓰기와 관련된 돌이킬 수 없게 행복한 경험을 갖게 되고, 그것은 공개적인 자아비판에 따른 자아 상실감을 상쇄하고 만회하기에 어느 정도 충분해 보인다. "〈현실〉과 〈책 읽기〉와 〈글쓰기〉 사이를 잇는 실핏줄이 생겨나는 움직임 비슷한 일이 국어 시간에 일어났"던 것이다(1권, 72). '나'는 「낙동강」에 대한 독후감을 쓴 것이 아니라, 밤의 과수원에서 '나'와 친구와 여학생이 함께 「낙동강」을 읽고 그에 관해 이야기하는 최초의 소설을 쓴다. 거기에도 '그림자'가 어른거린다. "밤중에 나는 잠이 깨어 뒤척이다가 마당으로 나왔다. 달은 없고 별밭이 무섭게 찬란했다. 집도 과수원도 멀리 둘러쳐진 산마루도 별빛 때문에 한층 더 깊은 그림자로 서 있었다."(1권, 83) 이 별밭의 이미지가 『회색인』에서 "별하늘을 보는 것은 언제나 좋았다. 책 읽는 것 다음으로 좋았다"(45)는 문장으로 변주됨을 잠시 상기해 봐도 좋겠다. 국어 선생은, 이번에는 지도원 선생과는 다르게, 학생들에게 공개적으로 읽힌 '나'의 작문이 "작문의 수준을 넘어섰으며 이것은 이미 유망한 신진 소설가의 〈소설〉이라고 선언"(1권, 83)한다.

    지도원 선생에 의한 공개적인 자아비판과 국어 선생의 칭찬에 의해 소설가의 사명을 부여받은 일은 '나'의 의식과 무의식의 내면에서 내내 부딪히고 겨루는 '화두'가 될 것이다. "이 축복된 소명의 의식과 위협적인 재판의 전과 사이의 모순이 나의 생애를 두고 나의 무의식과 나의 이성의 공간, 나의 의식의 모두를 지배하려고 싸운다. 한 장면은 피고로서의 나를 확보하려 한다. 다른 장면은 가치 있는 재능으로서의 나를 축복해 준다. 게다가 이 두 장면에서 단죄하고 축복하는 이유가, 죄의 증거와 축복의 원인이 같은 사물이다. 같은 것을 놓고 한편에서는 탄핵하고 다른 쪽은 축복한다."(1권, 84) "〈자아비판회〉와 〈문학 시간〉"을 끊임없이 진자운동을 하는 '나'의 불행한 의식은 「낙동강」에 대한 더욱 심화된, 그렇지만 "픗대도 없고 앞뒤도 없는 책 읽기"의 경험으로 이어진다(1권, 102). 만약에 「낙동강」의 공산주의 투사 박성운이 소설의 결말과는 다르게 죽지 않고 해방 후에 교실에 나타난다면 그는 지도원 선생으로 모습을 드러낼 것인가, 국어 선생으로 등장할 것인가. 그는 '나'의 작문에 대해 공개적인 자아비판을 요구할 것인가, 새로운 소설가의 등장을 축복해 줄 것인가. "박성운은 소설 속에만 있는 〈이상자아〉인가?" 아니면 "지도원 선생처럼, 증거와 추궁 사이에 있는 그토록 엄청난 거리를 태연히 무시하고, 과장된 추궁을 밀고 나가는 그런 생활풍속의 실천자가 되었을까."(1권, 86~87)

『화두』는 '나'가 「낙동강」의 작가 조명희가 망명했던 소비에트에서 1938년에 스파이로 몰려 총살되었다는 충격적인 소식을 접한 후, 훗날 그의 마지막 행적을 찾아 이제는 구사회주의 국가가 된 러시아를 방문하고 돌아와 소설의 첫 장을 쓰는 것으로 끝나는 소설이다. 「낙동강」 읽기는 '나'의 글쓰기를 둘러싼 공개적인 자아 심판과 소설가적 사명에의 약속 사이의 찢김이라는 소외된 교양 체험을 넘어 문화적인 사건으로 확대된다. 최인훈은 이렇게 쓰고 있다. "나의 사적인, 마음속의 재판과 축복의 의식을 20세기의 지구 규모에서 벌어지고 있는 현실의 드라마의 미니어처라는 형식으로 작가로서, 의식하는 생활의 영위자로서의, 나 자신의 생애의 상징이라고 파악하게 되는 나를 발견한다."(1권, 87) 조명희는 1937~38년 무렵, 스탈린이 주도한 구舊볼셰비키에 대한 잇따른 재판과 처형, 일명 '모스크바 재판'의 와중에 스파이로 몰려 처형된 것으로 알려져 있다. 조명희는 "근심 마우. 한 사나흘 있으면 돌아올 테요. 소비에트 정권 앞에 난 아무런 죄진 것이 없소."(2권, 259)라고 말한 후, 영영 돌아오지 못했다. 『화두』 2권의 8장은 모스크바 재판을 비판한 소설가 아서 쾨슬러, 조지 오웰뿐만 아니라 재판을 옹호한 메를로퐁티와도 같은 지성을 사로잡았던 "그 피 묻은 도착倒錯된 화두"(2권, 257)에 대한 매우 정밀한 사색과 분석을 담고 있다.

'나'가 해방 후에 공개적인 자아비판으로 수모를 겪은 일은 이미 모스크바 재판에서 태동, 확산되고, 이식된 것의 재생이었다. 조명희의 죽음은 이번에는 지도원 선생과 국어 선생 사이에서 그때까지 '나'가 줄타기하고 유지해 왔던 구도, 곧 자신이 만든 가상의 재판에서 한편으로는 지도원 선생에게 자신의 무죄를 변명하거나 반대로 지도원 선생의 편에서 자신을 단죄하기도 하고 또 한편으로는 '나'의 자아를 지키려는 반면 그것을 지도원 선생이 요구한 자아에 가깝게 만들려고 했던 '불행한 의식'의 곡예라는 구도마저 허물어뜨린 사건이었다. 왜냐하면 모스크바 재판이 바로 이 불행한 의식을 법정에 세운 재판이었기 때문이다.

모스크바 재판에서 피고로 법정에 세워진 볼셰비키 당원들의 핵심 딜레마는 이것이었다. "어느 이익을 택할 것인가. 몇 사람의 혁명가들의 개인적인 명예인가, 역사와 인민대중의 객관적, 집단적 이익인가."(2권, 250) 피고인들이 자신의 결백과 무고를 주장함으로써 역사와 인민의 일반의지를 구현한 당을 욕보일 것인가, 자신을 고발함으로써 당을 구할 것인가. 모스크바 재판에 대한 서구 지식인들의 도덕적 비난, 결백한 자를 죄인으로 몰아 처형한다는 비난에 맞서 메를로퐁티는 이 재판이 가진 실존주의(삶과 죽음의 역설)에 주목하면서도 마르크스주의적 "역사의 총체적 의미"라는 도래하지 않은 이름으로 현존하는 것을 판단했다는 점에서 이 재판을 혁명적이라고 치켜세운다.[5] 모스크바 재판의 최후진술에서 볼셰비키 지도자였던 니콜라이 부하린은 공교롭게도 헤겔을 빌려 자신을 '불행한 의식'으로 불렀다. 현실의 과정으로서의 혁명을 믿기에 당을 따르면서도, 이념으로서의 혁명을 믿기에 당을 비판할 수밖에 없었던 부하린의 딜레마. 소비에트 경찰에게 끌려간 조명희의 심중도 그와 같았을까, 달랐을까. 조명희도 부하린처럼 당 앞에서 항변을 했을까, 아니면 자신에게 사형선고를 내린 당의 요구를 '역사의 총체적 의미'로 받들었을까. 게다가 조명희는 나라를 빼앗긴 노예의 처지에서 해방 노예들의 가나안 땅으로 들어간 것이었는데, 그의 가나안도 결국 노예들이 세운 노예국가에 불과했던 것일까.

그런데 '나'가 이 모든 유추와 사색을 흥미롭게도 책 읽기와 다시 연관시킨다는 점이 내겐 아무래도 흥미롭다. '나'는 볼셰비키의 지침서였던 『강철은 어떻게 단련되었는가』의 주인공이 간 길을 조명희도 걸어갔으리라고 결론적으로 추정한다. 그리고 수십 년도 더 지나 이번에는 최인훈이 조명희가 간 그곳을, 그의 발자취를 뒤쫓는 것이다. 한 권의 책이, 「낙동강」이 이 머나먼 삶과 소설 쓰기의 길을 이끌었다. "고등학교 문학 시간의 한 단원에 대한 완전 학습이 이루어지자면 이렇게 한 생애가

* *

5. 모리스 메를로퐁티, 『휴머니즘과 폭력』, 박현모 외 2인 옮김, 문학과지성사, 2004, 72.

필요하고, 역사가 갈 데까지 가기 전에는 정답이 나오지 않는 것이 내가 산 세월의 문학 시간이었다."(2권, 270) 이쯤 되면 책 읽기는 다만 현실을 "반성케 하는 표지들"을 훌쩍 넘어서지 않겠는가. 이것은 거의 '책에 따라 살기'(유리 로트만)의 양태라고 불러도 좋지 않을까. 부하린이 최후진술에서 헤겔을 인용하고, '나'는 조명희의 최후를 소설의 주인공이 간 길에 비유하는 어떤 사태. 더 따져봐야 할 문제겠지만, 모스크바 재판 또한 삶이 역사를 배반하는 비겁이 되고 죽음이 역사를 만드는 영광의 거름이 되는, 삶과 죽음의 역설을 포괄한 절대의 언어로 쓴, '역사의 총체의 의미'를 담은 소비에트의 '단 한 권의 책'(말라르메)은 아닌가.[7]

4. 책에 따라 살기

다시 말해 『광장』의 이명준은, 김현의 말을 빌리면, 다만

..
6. 김현, 「책읽기의 괴로움」, 232.
7. 이러한 관점은 상부구조도, 하부구조도 아닌 언어가 현실을 창조하는 유일무이한 수단이라고 봤던 스탈린−소비에트 공산주의에 대한 보리스 그로이스의 도발적인 생각에도 나타나 있다. 보리스 그로이스, 『공산주의 후기』, 김수환 옮김, 문학과지성사, 2017.

'책 읽기의 영광과 비참'을 보여주는 문화사적 계보(돈키호테, 엠마 보바리)에 속하는 한 인물에 불과한가. 오히려 이명준은, 책 속에서 읽은 대로 살 수 없어서 죽은 것이 아니라, 그가 읽은 대로 살려고 했기 때문에 죽은 것은 아닌가. 최인훈에게 「낙동강」의 주인공은 박성운만이 아니다. 박성운은 '나', 모스크바 재판에서 처형된 볼셰비키 부하린이고, 부하린이 처형될 즈음에 처형된 작가 조명희이며, 『강철은 어떻게 단련되었는가』의 주인공이자, 한편으로는 지도원 선생, 국어 선생이기도 하다. 이쯤 되면 책 읽기는 도서관 환상이나 욕망의 중개자를 넘어, 현실을 창조하려는 움직임의 맥락에서 이해해야 하지 않을까. 돈키호테의 기사도와 보바리 부인의 사랑을 다만 '우스꽝스러운 비참함'으로 간주해야 할까. 그것은 그들을 소설에서 비웃고 조롱하는 현실원칙에 선 자들의 판단과 결국 닮게 되는 것은 아닐까(책상물림, 관념적 지식인 운운하는 이명준에 대한 숱한 비난을 상기해보라).

문학은 삶을 재현한다. 당연히 문학은 문학을 모방하려는 삶도 복원한다. 그러면 거기서 "삶이 문학을 복원하려 노력하는"[8] 움직임 또한 주시할 필요가 있지 않을까. 책을 읽고 새로운 세상에 눈을 뜬 식민지 노예는 "문학 작품이 제시하는 모델에

8. 유리 로트만, 『문화와 폭발』, 김수환 옮김, 아카넷, 2014, 87.

따라서 자기 자신을 새롭게"[9] 바꾸려고 한 것은 아닐까. 애초에 최인훈이 읽었던 「낙동강」에서 박성운은 애인 로사에게 이렇게 말하지 않았던가. "당신 성도 로가고 하니, 아주 로사라고 지읍시다, 의. 그리고 참말로 로사가 되시요."[10] 식민지 조선 여성의 '로사' 룩셈부르크 되기, 『강철은 어떻게 단련되었는가』의 주인 공 되기, '나'의 박성운 되기······. 거기에 최인훈이 살다간 식민 지 모더니티의 한 '비밀arcanum'이 숨어 있는 것은 아닐까. 책에 따라 살기, 나는 이것을 최인훈이 남겨놓은 화두로 생각하고 싶다. 그러나 책에 따라 살기의 영광과 오욕의 문화사에 대해서 는 다른 장을 빌려 말할 수밖에 없겠다.

추기

이 글을 쓰는 도중 최인훈 선생님과 동갑내기이자 최인훈의 소설에 대한 여러 평문을 쓴 또 다른 위대한 헤겔주의자인 문학비평가 김윤식 선생님의 부고(10월 25일)를 들었다. 황망하 기만 한 내 머릿속에 떠오른 것은 최인훈의 『소설가 구보씨의

9. 김수환, 『책에 따라 살기』, 문학과지성사, 2014, 31.
10. 조명희, 「낙동강」, 『20세기 한국소설 4: 최서해 이기영 외』, 창비, 2005, 264.

일일』(1976)의 한 대목(3장 「이 강산 흘러가는 피난민들아」)이었다. 거기에는 소설가 구보씨가 한심寒心 대학 도서관에 근무하는, 다분히 김윤식을 연상케 하는 김학구金學求씨를 만나, 헤겔의 테마인 주인과 노예의 변증법, 혁명의 역설과 딜레마에 관해 토론하는 장면이 등장한다. 2018년 들어 정치가, 철학자 그리고 문학가들의 잇따른 부고를 접했다. 그리고 2018년은 또한 내게 세 명의 위대한 헤겔주의자가 작고한 해로 기억될 것이다. 임석진, 최인훈, 김윤식이 그분들이다. 나는 최인훈의 소설로 별밭을 바라보면서 행복해하고 책에 따라 살려고 하다가 좌초한 불행한 의식을, 김윤식의 비평으로 뱃고동 소리가 들리는 고향을 등지고 떠나는 오디세우스의 여정을 체험했다. 그리고 임석진 선생의 번역으로 이 모든 것의 원전인 헤겔을 읽었다. 당장은 별과 길과 지도가 한꺼번에 사라진 듯 먹먹하기만 할 뿐이다. 언젠가 이 상실감에 대해 말할 날이 올 것이다.

삼가 임석진, 김윤식 그리고 최인훈 선생님의 명복을 빈다.

"다시 시도하라. 또 실패하라. 더 낫게 실패하라."

김태용론

1. 음독의 글쓰기

언젠가 소설가 김태용이 황혼이 내리던 선상船上에서 독자들에게 낭독하는 자신의 문장을, 문장을 낭독할 때의 표정을 그리고 그 독특한 낭독의 음조와 표정으로 인해 마치 「차라리, 사랑」(『풀밭 위의 돼지』, 문학과지성사, 2007)에 등장했던 작중인물들인 '상황주의자의 퍼포먼스'(김형중)처럼 보였던 그 문장에 서려 있던, 글쓰기가 숙명임을 예감한 한 작가의 표정을 머릿속에 동시에 떠올려 보며 나는, 흉내 내본다, 김태용의 문장을, 예를 들면, 머리와 꼬리가, 처음과 끝이 맞물리고 처음이 끝이 되었다가 끝이 다시 처음이 되는 우로보로스 같은 문장, 머리가 꼬리이고 꼬리가 머리인 그러나 머리가 꼬리인 것과 꼬리가 머리인 것이 꼭 같지는 않은 문장, 처음이 끝이 되는 것과 끝이 처음이 되는 것이 동일하지는 않은 문장, 차이 나는, 다른, 빙글빙글 돌고 있으면서도 왔던 곳으로는 결코 되돌아가지 않는 문장, 시작도 끝도 없는 문장, 그러나 출발점이 있기에 어딘가에서 반드시 종착점이 있어야 하는 문장, 한 권의 유한한 책인 동시에 책이기를 부정하는 무한한 문장, 무한하지만 닫힌 우주와도 같은 문장, 그래서 작가에게는 억울한, 독자에게는 다행인, 노동하는 작가에게는 이제 마침표만 남아 다행인, 그러나 김태용의 문장에 겨우 맛을 들인 틀림없이 다수는 아닐 어떤 독자에게는 아쉬울 수도 있을 그런 문장, 어떤 대목에서는 묵독보다는 음독이 차라리 어울리는, 그러나 계속되는 음독音讀을 중단하지 않으면 음독飮毒의 위태로운 지경에 이를 문장, 묵독으로 이내 돌아서지 않으면 안 될 숙명을 지닌 음독의 문장, 약이면서 독인, 그래서 음독陰毒을 품은 채 차가운 배를 백지에 대고 기어가는 징그럽고도 예쁜 뱀처럼 굴곡이 있는 그런 문장을 내 나름대로 가까스로, 누군가가 보기엔 명백히 어설프도록 흉내 내면서, 나는 이 글을 시작하려고 한다, 헉헉, 숨 고르고, 겨우. 말을 증식시키고 모방하기, 적어도 김태용의 소설을 '읽는' 한 방법이 아닐까 하고, 잠시 멈춰, 생각하면서.

2. 어렵게? 어려운!

김태용의 소설집 『풀밭 위의 돼지』와 장편소설 『숨김없이 남김없이』(자음과모음, 2010. 이하, 『숨김없이』)를 앞에 둔 채, 해가 저물도록 우두커니 쳐다보면서 이 소설들을 관통할 만한 키워드를 이리 고르고 저리 골랐지만, 아무런 단어도 떠오르지 않았다. 그러다가 갑자기 '노동'이라는 낱말이 엄습했다. 김태용 소설에서 "뭐냐?"(「벙어리」)라는 낱말이 어둠 속에서 튀어나와 주인공을 습격하는 것처럼. 노동이라니. 뭐냐? 두 가지 의미에서 그랬다. 글쓰기에 대한 김태용의 무의식을 짐작하게 하는 소설 속 중요한 단어인 "작문"을 이렇게 해보았다. '김태용의 소설은 읽는 독자에게도 노동이며, 쓰는 작가에게도 노동이다.' 쓰고 나니, 뭔가 허전했다. 읽어보니, 부연 설명이 한참이나 필요한 문장이었다. 문장과 문장 사이의 간극과 심연은 크레바스를 연상시켰으며, '읽는 독자'와 '쓰는 작가'라는 어휘는 뻔해 보이는 동어반복이었다. '김태용의 소설은 읽는 독자에게도 노동이며, 쓰는 작가에게도 노동이다.' 방금 쓴 문장 때문에 작가 김태용의 항의를 받을 게 분명했다. 쓰고 읽는 게 노동이라니. 즐겁게 읽으라고 즐겁게 썼는데.

그럼에도 김태용의 소설을 읽는 일이 어떤 독자에게 노동의 힘겨움을 안겨 주리라는 것은 그리 과장된 추측이 아닐 것이다.

분산되고 산만한 정신으로도 고급한 소설을 얼마든지 읽을 수 있겠지만, 적어도 김태용의 소설을 그런 방식으로 읽기란 쉽지 않으니까. 아니, 그의 소설은 주의가 분산되고 산만한 사람들로 하여금 문학의 진정한 독자가 되도록 옭아매고 강제한다고나 할까. 소설은, 문학이란 원래 집중력을 갖고 읽어야 하는 것이라고 강제적으로, 갈수록 문학 독자도 줄어들고 있는데, 이건 웬 느닷없는 곤조일까. 그럼에도 김태용의 소설이 다른 작가들의 소설에 비해 쉽게 읽힌다고 말하는 사람을 아직까지 만나본 적이 없다. 작가를 직접 만났는데도 자신의 소설이 쉽다거나 어렵지 않다고 말한 적도 아직까진 없었다. 그리고 김태용과는 작풍이나 문학적 견해가 다른 작가들의 소설에 비해 읽기가 어렵다고 느끼는 독자의 평균적인 감각으로도 김태용의 소설은 읽기 어렵고, 아마도, 김태용의 소설은, 작가 김태용만큼이나 글쓰기의 노동을 업으로 삼는 다른 작가들에게는 미안한 얘기이지만, 작가에게도 쓰기 어려울 것 같다. 다른 누구보다도 김태용이 그것을 잘 알고 있을 것 같았다.

만일 작가가 그 사실을 알고 있다면 독자를 배려해 글쓰기의 눈높이를 낮출 일이다. 그런데 왜 이렇게 쓰냐고 따지게 되면 김태용도 할 말이 없진 않을 것이다. 확실히 김태용의 소설은 읽기 어려우며, 그만큼 쓰기도 어려워 보인다. 실제로 김태용은 자신의 소설에서 읽기란 정말 어려운 것이며, 쓰기도 정말 어려윘다고 여러 번, 절박하게, 고백하고 있다. 낱말을 이해하기 위해 펼쳤던 사전은 낱말들의 무덤이었을 뿐이며(「편백나무 숲 밖으로」), 물리 선생이 주도하던 작문 시간은 형벌과 치욕이 었다고(『숨김없이』). 결국 우리가 말하고자 하는 것은 이것, 김태용 소설은 읽기의 어려움에 관해 이야기하는 소설이며, 쓰기의 어려움에 관해 이야기하는 소설이라는 것이다. 말하기의 어려움에 관해 이야기하는 소설이고, 침묵의 어려움에 관해 이야기하는 소설이라는 것이다. 침묵에 도달하기 위해 엄청난 말들을 늘어놓는 수다이며, 단 한마디의 말을 발음하려고 끝없이 아우성 거리는 침묵이라는 것이다. 빼기 위해 더하는 산수이며, 지우개로 쓰고 연필로 지우는 작문이라는 것이다. "검어질수록" "부정적으로 환해"지는(『숨김없이』) 세계이며, 벙어리가 떠버리를, 떠버리가 벙어리를 연기하는 주체라는 것이다.

김태용의 소설을 읽다 보면, 누구나 아무렇게 말하고 누구나 아무렇게 쓴다는 그토록 자명한 사실이, 자연과 문명이 사람에게 선사한 선물이자 저주이며, 약이고 독인 것처럼 자꾸만 생각하게 된다. 이것은 김태용 소설에도 작가 김태용에게도 말하고 읽고 쓰는 자연인이면서 문명인인 우리 모두에게도 마찬가지로 해당하는 참으로 난감한 진실이다. 그렇게 이중삼중으로 '어려운' 소설을 작가가 쓰고, 그렇게 이중삼중으로 '어려운' 소설을 독자가 읽는다. 그런데 이쯤에서 분명해져야만

하는 진실이 있다. 김태용의 소설은 어렵게 씌어진 소설이 아니며, 그의 소설은 어렵게 읽는 소설이 아니라는 것. 이것은 김태용 소설은 쓰기 어려운 소설이며, 읽기 어려운 소설이라는 말과는 조금은 다르다. 김태용은 '어렵게'와 '어려운'의 차이가 단지 품사의 속성에서 비롯된 차이가 아니라, 그것을 무심코 뒤섞었을 때 오해와 오독이 발생하는 차이로 이해하고 있는 작가이다. 그럼에도 김태용이 소설을 쓰거나 독자가 그의 소설을 읽을 때 발생하는 '어렵게'와 '어려운'의 혼동으로부터 작가와 독자가 자유롭기도 쉬워 보이지 않는다. 김태용 소설이라는 이 물건을 도대체 어찌하면 좋을까.

3. 사전읽기와 작문시간

　　계속해서 읽을 수 없었다. 특정 단어를 읽게 되면 그 단어의 풀이가 이해되지 않아 풀이에 나온 단어를 다시 찾아야 했고, 다시금 단어의 풀이에 나오는 단어를 찾아 사전을 뒤적거려야 했다. 단어 사전의 뒤로 갔다가 앞으로 갔다가 아래로 갔다가 옆으로 갔다가 위로 갔다가 하면서 세월을 탕진했다. 확고부동한 고정된 의미를 찾기 위해 끊임없이 무의미한 작업을 계속해야만 하는가. 세계는 언어로 된 구성물이고 세계를 이해하는 것은 단어 사전을 완독하는 것과 같다는 누구나 떠올릴 만한 하찮은 명제를 얻은 나는 단어 사전 읽기를 포기했다.(「편백나무 숲 밖으로」, 이하 「편백나무」)

김형중이 『풀밭 위의 돼지』에 실린 해설에서도 언급한 바 있는 이 문장들은 끝없이 미끄러지는 글쓰기, 결코 고정되고도 안정된 의미를 부여받지 못하는 기표의 사슬 등 확실히 후기구 조주의적 개념에 어울릴 법한 인용문처럼 읽힌다. 그런데 사실 어린 시절에 국어사전을 뒤적거리면서 소설의 화자처럼 당혹스 러운 경험을 한 번쯤은 해본 적이 있을 것이다. 아니면 부모님과 같은 어른들에게 그런 식으로 질문해 그들을 당혹스럽게 만든 적도 있을 것이다. 사실 낱말에 대한 뜻풀이를 이해하기 위해 「편백나무」의 '나'처럼 정색하고 사전에 달려들기 시작하면, 결국 '단어 사전 읽기를 포기하는' 낭패한 결과를 만나기 십상이 다. 그래서 인용문의 저 문장들은 언어학자 로만 야콥슨이 분석 한 적 있는 실어증 환자의 고백처럼 읽히기도 한다. 김태용 소설은 마치 하나의 낱말을 이해하기 위해 펼친 사전에서 해당 낱말의 의미를 풀기 위해 또 다른 낱말을 끊임없이 헤매는 일과 닮아 있다. 그 사전은 아무리 두껍고 분량이 많더라도 쪽수가 제한되어 있고 결국 끝나는 장이 분명히 있을 텐데, 김태용 소설의 주인공들에게 그 사전은 무한한 우주로 경험될 만하다. 이것은 우주에 대한 정확한 정의다. 우주는 끝없이 열린 무한이 아니라, 실어증 환자의 단어 사전처럼 닫힌 상태로 무한하다. 그 실례가 장편소설인 『숨김없이』일 것이다.

확실히 김태용의 소설에는 위의 인용문처럼 자신의 소설 쓰기를 지칭하는 것 같은 문장들이나 구절들이 적지 않게 흩어져 있다. 김태용의 소설은 멈추려고 해도 기관이 의지대로 움직이지 않는 "불수의근의 이야기", 끊어질 듯 이어지고 이어질 듯 끊어지는 "불연속적인 막간극의 연속"(『숨김없이』)이 될 수밖에 없다. 나아가 김태용의 소설은 "이야기가 아니었다. 이야기를 닮아가는 이야기. 이야기를 닮아가려다 실패한 이야기. 애초에 실패를 목표로 이야기를 닮아가는 척하다가 실패한 이야기. 그러니까 이야기에 대해 회의하면서 이야기에 도전장을 내민 불가능한 이야기라고 할 수 있다."(『숨김없이』) 했던 말을 비슷한 말로 반복해야 하는 글쓰기의 링반데룽. 처음부터 다시 시도하기 위해 원점으로 귀환해야 하는 불가피한 선택. 그래서 원점으로 돌아왔지만 애초의 원점은 사라져버리고 만 이상한 귀환. 이것은 마치 「편백나무」에서 숲속의 빈터를 찾으려고 들어갔지만, 숲 전체가 텅 비어 있기에 빈터가 없고, 숲을 나오자마자 비로소 숲속의 빈터가 보이는 어리둥절한 시차視差의 경험과도 닮았다. 그 앞에서 화자가 망연자실하며 "도무지 내가 쉴 곳은 없구나"(「편백나무」)라는 탄식을 쏟는 것도 이해가 갈 법하다. 아마도 자신이 쓰고 있는 이것이 정말 소설이라면, 소설이란 글쓰기란 무엇인가에 대한 하나의 물음이자 대답이어야 한다는 것은 작가 김태용이 소설에 대해 갖고 있는 가장 어려우면서도 가장 기본적인 생각일 것이다. 그리고 이렇게 불가피한 동어반복에는 운명의 입김마저 서려 있다.

김태용의 소설은 언어로 말해진 모든 것을 언어를 통해 근본적으로 다시 생각하려는 픽션이라고 할 수 있다. 그것은 언어를 철저히 불신하면서 언어를 사용해야 하는 숙명적인 딜레마를 "붉은 반혼"(「벙어리」)처럼 지니고 태어난 소설이다. 굳이 말하면 그것은 다음과 같은 것을 탐구하는 메타픽션이다. 허구가 어떻게 만들어지는지, 언어가 얼마나 불가피한 허구인지, 언어가 현실을 반영한다는 것이 얼마만큼이나 허구인지에 대한. 그 앞에서 정말 할 말을 잃을 법도 하며, 끊임없이 그것들에 대해 말할 법도 하다. 김태용 소설에 등장하는 주인공이 벙어리와 떠버리, 그리고 그 변종들(『숨김없이』에서 각각 '뭐'와 '주둥이')인 것은 결코 우연이 아니다. 그런데 이 모든 일은 결국 어릴 적 주인공을 괴롭히던 낱말 사전 읽기와 치욕의 작문 때문에 일어났다.

다시금 「편백나무」로 돌아가 보면, 거기에는 김태용 작가가 생각하는 글쓰기의 근원이 짐작되는 구절들이 있다.

나는 세상의 어떤 말과 언어에도 눈과 귀를 기울이거나 그것을 해석하고 이해하기를 주저한다. 그것은 나의 단어 습득 능력과 언어 구사 능력이 보통의 사람들보다 현저히 떨어진다고 스스로 판명했을 때부터 생긴 언어에 대한 혐오증에서 비롯된다고 변명을 늘어놓고 싶지는 않다. 자연스럽게 나는 언어로 해석되어지지 못하는 것에 관심을 더 기울였다. 그것은 알 수 없는 감각의 형태로 바뀌어 나에게 해석되지 않는 방식으로 해석을 거부하라고 요구했다.(「편백나무」)

　인용문에서 특히 두 번째 문장을 주목해 보자. 화자는 말과 언어에 대한 근본적인 불신을 다름 아닌 말과 언어로 말하면서 언어로 해석되지 못하는 쪽으로 관심이 기울어진다고 말한다. 김태용이 관심을 갖는 대상은 아마도 그의 소설에서 '퀠퀠퀠'과 같은 돼지의 음성처럼 언어로 해석되지 못하는 것일 텐데, 「편백나무」에서 서른 살 생일을 맞아 생일을 자축하는 화자는 그런 이유를 다음과 같은 미묘한 부정문으로 표현하고 있다. '그것은 나의 단어 습득 능력과 언어 구사 능력이 보통의 사람들보다 현저히 떨어진다고 스스로 판명했을 때부터 생긴 언어에 대한 혐오증에서 비롯된다고 변명을 늘어놓고 싶지는 않다.' 방금 읽은, 네 개의 문장이 모여 하나의 문장이 되는 복합문은 처음에는 평서문으로 순항하다가 마지막에서 '싶지는 않다'는 부정형

어말어미의 빙산과 느닷없이 부딪히면서 지금까지 읽어온 기나긴 평서문('그것은 ~비롯된다')을 통째로 무너뜨리고 가라앉힌다. 이 부정문은 마치 화자가 단어 습득 능력과 언어 구사 능력이 문제가 되어 언어에 대한 혐오증이 생겼고 그로 인해 언어로 해석되지 못하는 음성이나 표정, 몸짓 또는 의성의태어처럼 미메시스의 흔적이 묻어난 언어나 기호에 관심을 기울였다고 말하려는 것처럼 보인다. 그래서 '변명을 늘어놓고 싶지 않다'는 마지막 구절은 의도적으로 속내를 감추려다가 무심코 어떤 잉여를 드러낸 진술로 읽힌다.

김태용 작가의 초상을 머릿속에 떠올려보면, 이러한 변명은 확실히 그에게 어울리는 악덕은 아닌 것 같다. 사실 그에겐 보다 은밀한 다른 악덕이 있는 것 같다.『숨김없이』에서 서술자는 지겨운 이야기의 연속인 세상보다도 더 길고 지루한 이야기를 시작해야겠다고 다짐하는데, 이러한 위악의 제스처는 독자에게 가히 고문이 되지 않겠는가. "세상은 지겨운 이야기의 연속이다. 이제 지겨움을 달래기 위한 보다 더 길고 지루한 이야기를 해야겠다. 나는 이야기에 종지부를 찍은 마지막 인간으로 기록될 것이다. 기록할 수 있는 인간이 남아 있다면 말이다." 어떤 (가령 나 같은) 독자는 당연히 이렇게 생각하고도 남을 것이다. 방금 인용한 문장 다음에 바로 이어지는 문장처럼. "이런 뭐 같은 경우가."

『숨김없이』의 첫 번째 장인「때늦은 모든 것」에 등장하는 '남성'이 한 이런 다짐에는 사실 복수의 원초적인 감정이 숨어 있다. 학교에 가는 유일한 즐거움이었던 작문 시간을 담당해 오던 작문 선생이 갑자기 죽고 대신 들어온 물리 선생은 물리 시간의 "작용과 반작용"을 이해하지 못하는 '남성'의 작문을 보고 "책상 위에 올라가 무릎을 꿇고 의자를 들게 하는" 벌까지 세운다. 사실 '남성'의 작문은 그가 생전의 작문 선생에게 보여주고 싶었던 마지막 작문이었으며, 이것을 끝으로 글쓰기를 그만 둘 만큼 공을 많이 들였던 것이었다. 물론 '남성'이 평소 작문시간에 좋은 점수를 받은 것은 아니다. "나쁜 글의 표본"으로 '남성'의 글은 자주 채택되었으며, '남성'이 작문 선생으로부터 받은 작문에 대한 지적은 "언어 밖으로 물러나라는 선고"에 다름 아니었다. 그런데, 바로, 그 때문에 "어떻게 하면 법칙에서 벗어날 수 있을까 궁리"하면서 '남성'은 글쓰기의 매력에 점점 이상하게 빠져들게 되었던 것. 그래서 '남성'의 작문은 작문 선생에 대한 구애의 편지에 가깝게 된다. "사실은 당신이 왜 좋은지 저는 알지 못합니다. 하지만 이 마지막 문장을 지우기 위해 너무나 많은 문장을 썼습니다." 그렇게 글쓰기란 "하고 싶은 말을 써나가는 것이 아니라 지워 나가는 거라고 생각"하기에 이른다. 김태용은 여기서 세상을 이루는 두 근본적인 요소를 이야기하고 있다. 말, 그리고 말을 주고받은 결과로 발생하는,

말의 여분으로서의 폭력.

작가에게 세상이란 오해로 가득 한 말과 그 오해를 견디지 못한 폭력으로 구성된다. 그렇게 작문 선생이 있었지만, 물리 선생도 있었다. 이들은 김태용 소설에서 각각 어머니와 아버지의 변형으로 추측된다. 비록 작문 선생이 "언어의 구렁텅이에 자신을 몰아넣"었더라도 작문 선생은 글쓰기 때문에 물리적인 처벌을 가한 물리 선생과는 다른 존재이다. 이 작문 선생은 누구의 변형일까. 흥미롭게도 김태용 소설에서 일찍 죽은 사람은 비단 이 작문 선생만은 아니다. 「벙어리」에서 주인공인 '나'를 낳아준 어머니도 일찍 죽었다(『숨김없이』에서 작문 선생은 여자일까, 남자일까. 죽은 어머니의 이형태일까. 작문 선생은 작가 김태용이 사용하기를 꺼리는, 성구분이 포함된 지시대명사로 표기되지 않는다. 작문 선생은 그냥 작문 선생이지만, 작문 선생에서 어머니가 연상되지 말라는 법은 없다. 어떻게 보면 김태용 소설은 어머니의 죽음으로 실어증을 앓게 된 아이가 어머니의 말로 되돌아가려는 필사적인 노력일지도 모른다). 그녀가 죽고 나서 '나'는 일부러 말을 하지 않게 되고 귀머거리 흉내를 냈으며, 그렇게 아버지의 말을 듣지 않다가 아버지에게 귀를 얻어맞고 다치게 된다. 따라서 김태용의 소설은 어떻게 보면 말로 아버지 같은 세상에 가하는 복수가 되는 셈이다(김태용의 소설에서 물리 선생이나 아버지의 변형태는 작문 선생이나 어머니의 변형태보다 압도적으로 많다. 가령 「벙어리」에서 후임병을 구타한 죄를 물어 '나'에게 글쓰기를 강요하는 상관이나 『숨김없이』에서 개를 잡아먹는 전쟁광인 대령이 그러한 존재들이다. 작가는 소설 속에서 이들에게 어김없이 복수를 가한다).

자, 그렇다면 김태용이 총을 겨눈 방향은 잘못된 것이 아닐까. 복수를 하려면 소설에 등장하는 아버지와 그 분신들에게 할 것이지, 우연찮게 그의 책을 집어 든 독자에까지 작가는 왜 총을 겨누는가. 적어도 김태용의 저 아버지들은 김태용이 쓴 것 같은 책 따위란 읽지 않으며, 그런 것이 없어도 잘 살 것 같고, 또 읽어도 그저 퀠퀠퀠퀠퀠 돼지처럼 냉소를 보낼 뿐인데 (「풀밭 위의 돼지」). 퀠퀠퀠퀠퀠퀠!(이 실용적 세기에 무용한 소설 나부랭이 따위라니!)

4. 떠버리와 벙어리

이렇게 쓰고 나니, 작가뿐만 아니라 그의 소설의 주인공이라고 할 만한 인물들과 동물들이 소설 밖으로 한꺼번에 나와 항의할 것 같았다. 그러자 그들 중 일부가 실제로 작품 속에서 걸어 나왔다. 한 녀석은 앞으로 가려고 했는데, 다른 녀석은 뒤로 가려고 했다. 머리와 심장, 팔다리는 둘인데 몸이 한사람인 결합쌍생아였다. 한 놈은 말이 많았으며, 다른 놈은 말이 없었다. 그들은 김태용 소설에서 '벙어리'와 '떠버리'라고 불렸으며, 간혹 '뭐'와 '주둥이'라고 불리기도 했다. 먼저, 벙어리가 말한다. "실어증과 벙어리의 차이가 의학적으로 명확하게 규명이 나 있는지 어떤지 나는 알고 싶지 않다. 실어증 환자는 벙어리가 되는 것을 두려워한다. 벙어리들도 실어증에 걸릴까 봐 노심초사 전전긍긍하면서 침묵의 세계를 견딘다."(「벙어리」) 참으로 이상한 문장이다. 실어증과 벙어리의 차이를 알고 싶지 않다고 말하면서 곧바로 실어증 환자와 벙어리의 차이를 말하는 문장이기 때문이다. 그러니까 이 문장을 말하는 녀석은 벙어리이지만, 녀석이 말한 이 문장은 떠버리의 것이다. 복화술인가? 말한 것과 말해진 것이 차이 나는 문장이고, 빼기 위해서 더한 꼴이 된 문장이다. 그래서 실어증 환자가 벙어리라는 것은 통념에 불과하다. 어떤 실어증 환자는 벙어리가 아니며, 어떤 실어증 환자는 떠버리인 것이다. 벙어리와 떠버리는 실어증 환자의 두 유형, 짝패이다. 도대체 이들은 어떻게 태어났을까.

왜 이렇게 추운 날 차가운 음식을 먹느냐 (중략) 어머니는 이한치한이라는 말로 설명을 해주려고 했지만 그 설명이 나에 게는 잘 이해되지 않았다. 이한치한이라는 말은 나의 의문과 같은 뜻이 담겨 있을 뿐이고, 단지 언어만 바뀐 것이다. 나는 어른들이 어떤 현상과 단어의 뜻을 알지 못하기 때문에 또 다른 언어로 무지를 숨긴 채 도망치고 있다는 것을 깨달았다. 언어는 현상의 의미나 사건의 진실을 밝혀주는 것이 아닌 오히려 의미와 진실을 은폐시키기 위해 사용하는 도구에 불과할지도 모르겠다는 생각이 들었다.(「풀밭 위의 돼지」)

'왜 이렇게 추운 날 차가운 음식을 먹느냐'는 아이의 질문에 어머니는 '이한치한'이라고 대답한다. 그런데 '이한치한'은 질문에 대한 대답이 되자마자 또다시 아이에게 새로운 질문으로 변신한다. 이한치한이 뭐지? 아마도 여기에서 부모는 제대로 된 답을 하지 못했을 것이다. 아이는 이한치한에 대한 지식을 얻는 대신에 부모에 대한 지식을 얻게 된다. 부모의 대답이란, 말이란 아이에게 새로운 지식을 알려주는 수단이 아니라, 부모가 자신의 무지를 감추기 위한 한낱 도구에 불과한 것이다. 그렇게 볼 때, 사전에서 낱말의 뜻을 찾다가 결국 포기하는 사람은 비단 아이만은 아닐 것이다. 아이뿐만 아니라 부모 역시 어떤 의미에서는 실어증자이다(『숨김없이』에서 실어증자 '뭐'는 '나'의 어머니이다. 김태용이 정확하게 고른 '뭐'는 '너는 누구이며, 내게 무엇을 원하지'라는 부모=타자의 질문을 간명하게 함축하는 한국어다). 어떻게 보면 아이와 부모는 실어증과 무지를 공유하는 셈이다. 다만 영리한 아이는 진실을 알고도 모른 척하고 무지한 부모는 모르면서 아는 척하는 것이 다를 뿐. 그래서 벙어리와 떠버리의 언어장애는 김태용 소설에서 세상에 맞서는 탁월한 위장 전술이다.

머릿속에 이미지로 떠오르지만 생각이 잘 나지 않는 낱말을 발음하기 힘겨워하는 실어증의 증상인 이른바 '유사성 장애'를 앓고 있는 놈은 '떠버리로 불렸다. 머릿속에 이미지가 떠오르고 있는 바로 그 낱말을 발음하지 못해 다른 낱말들로 그 낱말을 대체하려고 하지만, 계속 미끄러지면서 실패하는, 그래서 결국 그 말을 제외한 다른 말만 계속 늘어놓는 수다쟁이, 떠버리. 예를 들면 떠버리는 연필을 생각하면서도 연필이라는 단어를 떠올리지 못해 '글을 쓰는 데 사용되는 것'이라고 말할 뿐이다. 연필이라는 단어는 까마득한 구멍이 되고, 강력한 자석 같은 구멍 주위로 낱말과 문장이 쇳조각처럼 모여든다. 사물을 명명하는 능력이라곤 거의 없는 떠버리는 아담의 후예라고 할 수 없었다.

한편, '인접성 장애'를 앓고 있는 놈은 '벙어리'로 불렸다. 이 녀석은 얼핏 아담의 후손을 닮은 것 같았지만, 녀석의 말을 알아듣는 사물은 없었다. 벙어리가 발음하는 문장은 통사의 규칙을 조금도 지키지 못한, 기껏해야 낱말 뭉텅이에 불과했다. 비슷한 단어만 계속 발음하면서 도무지 문장을 진전시키지 못한다. 녀석은 자신이 지금 먹고 싶은 것이 '사과'임을 잘 알고 있다. 그래서 사과를 먹고 싶으니 주세요, 그렇게 말해야 할 텐데, 녀석의 입에서 겨우 나온 문장은 하나, 사과일 뿐이다. 그런 점에서 녀석은 이제 말을 막 배우기 시작한 어린아이와도 비슷했다. 어린아이도 낱말 하나로 욕망을 표현한다. '엄마. 사과.' 엄마는 가끔 헷갈리더라도 아이의 욕망을 이내 알아차리고 사과를 주거나 사과가 없으면 잘 달래서 귤이나 포도 등 다른 것으로 대체하려고 한다. 보통 아이는 떼를 쓰거나 타협을 하고 그렇게 클 것이다. 그런데 이 녀석, 벙어리는 어떤가. 도무지 온전한 문장 하나 만들지 못한다. '사과'를 발음하면, '사과'가 먹고 싶어지다가도 누군가에게 '사과'를 하고 싶어지고, 그러다가 '사과'를 하고 싶어 하던 그 누군가에게 '사고'를 치고, 그 누군가에게 심하게 얻어맞아 이제는 '고사'를 지낼 처지가 되고, 그렇게 녀석이 발음한 낱말은 사과, 사, 과, 사, 고, ㅅ, ㅏ, ㄱ, ㅗ, ㅅ, ㄱ 등으로 해체되어 공중으로 휘발된다.

어떻게 보면 '떠버리'는 온갖 문장들을 전염병처럼 끊임없이 퍼뜨리며 자신이 욕망하지만 결코 발음하지 못하는 단 하나의 기표를 궁극적으로 사물로 고양시키는 데에 이른다. 이에 비해 '벙어리'는 자신이 동원할 수 있는 몇 안 되는 낱말로 붙잡으려고 하지만 계속 미끄러지고 있는 하나의 사물을 욕망하다가 결국 그것을 대신하는 사물의 껍질들, 기표들만 모방하는 꼴이다.

그래서 어떤 경우에 떠버리의 말은 말한 것보다 적게 말하거나 말한 것보다 많이 말하는 특유의 결핍과 과잉 때문에 사물을 닮아가게 되며, 벙어리의 말은 기존의 단어와 음소로 새로운 낱말 만들기를, 『숨김없이』에 나오는 해변의 돌쌓기처럼 지치지 않고 계속한다. 전자가 가령 '누가 나를 조종하는 거지' 또는 '누가 내 목소리를 어설프게 흉내 내고 있지'와 같은 문장들이 의미하는 것처럼 복화술로 이야기의 육체를 무한대로 증식시킨다면, 후자는 글자 수수께끼anagram, 낭독을 권유하는 낯선 의성어와 의태어, '검은머리시옷새'와 같은 신조어 등으로 새로운 상형문자를 창조하는 작업을 한다. 김태용의 소설은 한마디로 언어로 사물을 호명하고 사물이 되려고 하는, 마법과 주술을 닮은 불가능한 모험이다. 이것은 아는 척하면서도 무지한 어른의 텍스트 중심주의보다는 이제 막 옹알이를 지나 말을 배우려는 아이의 형이상학에 보다 가깝다.

5. 우리 없는 우리

그런데 스킬라와 카리브디스처럼 한 몸이면서도 서로 다른 김태용 소설의 두 인물, 벙어리와 떠버리는 작가 김태용과 그의 독자와는 달리 소설을 위해 노동하는 인물들이 아니다. 벙어리와 떠버리 그리고 소설에서 그(들)의 변종들은 아무것도 하지 않거나, 최선을 다해 아무것도 안 한다. 참 흥미롭다. 소설의 작중인물은 무위도식하는데, 소설 바깥의 작가와 독자는 작중인물의 무위를 위해 땀 흘리면서 노동을 하니 말이다. 예를 들면, 그들은 목적지가 분명한 산책이 아니라 방향도 목적도 없는 산보를 즐겨한다. 김태용 소설의 작중인물이 하는 빈둥대는 산보는 마치 시작도 끝도 없는 김태용의 소설과도 무척이나 닮아 있다. 김태용 소설의 '무위無爲'의 (반)인간학과 그의 소설론 또한 다음 문장들처럼 서로 무관하지 않다. "글은 무료함의 또 다른 이름이었다. 글을 쓸수록 무료함에 가속이 붙었다. 시간의 흐름과 상관없이 무료함의 농도가 진해져 갔다. 무료함의 망망대해에서 썩은 육체가 어딘가로 떠밀려가고 있었다. 무료함에 대해 생각하느라 무료할 틈이 없었다. 육체노동에 시달리던 시절이 그리웠다. 진정 그때가 아무것도 하지 않는 상태였다. 지나간 시간이란 언제나 그렇듯 아무것도 하지 않았다, 라고 요약될 수 있다."(『숨김없이』)

한편 이러한 무위는 어떤 근원으로 되돌아가려는 움직임으로 생각해볼 수도 있다. 이것은 『풀밭 위의 돼지』에서 근원에 대해 전반적으로 부정하던 작가의 어조와 다르다. 김태용 소설에서 보통 시공간은 모호하며, 공간은 대부분 밀실을 닮았다. 그러나 작가가 특별히 선호하는 장소가 없지는 않다. 『숨김없이』에서 그 장소는 모든 것이 모호해지는 경계, 육지와 바다가, 원소와 원소가 만나는 바닷가, 모래사장 등인데, 이곳들은 해변에 그려진 인간의 얼굴을 파도가 씻어버리기에 안성맞춤인 탈인간적 장소이며, 모든 형상이 질료로, 모든 기표의 사슬이 음소로 분해되고 언어 이전의 목소리로 되돌아가기에 적합한 곳이다. 해체의 운동을 통해 작가 김태용이 도달한 곳은 바로 여기이다.

　　우리라는 말이 적절한지 알 수 없다. 우리라는 호칭, 명칭, 지칭, 개념, 정의, 표현이 필요한지 모르겠다. 저들의 언어를 흡수한 이상 그렇게 말해야 한다면, 그렇게 불러야 하리라. 우리는 개별자이면서 개별자가 아니다. 우리 안에는 동일한 개별자들이 무수히 결합되거나 분리된다. 하나로서도 완전하고 둘이라서 불완전한 것은 아니다. 완전이라는 개념도 불필요하다. 사실 하나, 둘, 셋, 이라는 개수로 셀 수도 없다. 수학적 계산법으로 어떻게 우리를 규정할 수 있을까. 저들의 수치 너머에 우리는 있다. 우리에게 접근하는 공식으로는 우리로부터 답을 구할 수 없다. 어떤 대상에도 적용할 수 없는 공식. 풀려고 하면 더욱 엉키는 매듭. 그것이 우리라고 해두자. 우리를 나, 라고 불러도 상관없을 것이다. 그러나 저들의 문법으로는 나가 우리가 될 가능성을 포함하고 있다면, 나가 무한히 열린 우리를 받아들일 수 있다면, 이해받지 못할 속임수로 나의 얼굴을 지우고 우리의 가면을 쓸 준비를 하고 있다면, 우리라고 불러야 하리라. 마땅히.(『숨김없이』)

해체의 종점에서 해체 불가능한 것과 만난다. 위의 문장들은 '우리'라는 말로 쉽게 상상하는 공동체에 대한 해체를 수행하는 해체의 공동체, '우리 없는 우리'에 대한 '선언'이 아닐까. 나는 우리라는 일인칭 대명사에 대한 가장 아름답고도 섬세한 성찰을 김태용의 이 문장들을 빼놓고 최근에 읽은 적이 없다. 이 문장들만으로도 『숨김없이』는 제 몫을 다한 소설이 아닐 수 없다.

작가론으로 쓰고 있는 이 글은 작가가 유년 시절에 겪었을 법한 임상적인 증상을 이야기하는 자리가 아니다. 유사성 장애든 인접성 장애든, 떠버리든 벙어리든 실어증의 증상과 환자는 김태용의 소설에서 정상에 비해 덜떨어지거나 모자란 비정상이나 예외를 강조하는 데 동원된 것이 아니라, 정상이라고 생각했던 것이 실제로는 증상임을 드러낸다는 점에서 방법적인 것으로 간주해야 한다. 김태용의 소설에서 하나의 의미에 닻을 내리지 못해 기표를 무한대로 증식시켜야만 하는 '떠버리'의 작업은 어떤 순간에 도달하면 더 이상 쏟아낼 기표가 없어 서서히 비슷한 기표끼리 서로 주고받으며 모방하다가 급기야 말을 음소 단위로 해체하는 '벙어리'의 작업으로 수렴된다. 그리고 말을 음소 단위로 해체하던 '벙어리'는 어느 순간 더 이상의 침묵을 견디지 못하고 전염병처럼 서서히 말을 증식시키는 '떠버리'로 변신한다. 그리고 이러한 노력은 내 생각에는 텍스트 바깥을 향해, 사물을 향해 분투하고자 하는 것으로 보인다.

우리는 소쉬르 이후, 기표와 기의의 결합이라는 기호의 자의성, 기표의 연쇄작용, 끊임없이 미끄러지는 차이 같은 어휘에 어느 정도 익숙해 있다. 김태용의 소설도 어떤 의미에서 텍스트주의자의 처절한 몸부림으로 읽히며, 텍스트의 철창에 갇힌 자가 울부짖는 음성, 외침, 목소리처럼 들리기도 한다. 그럼에도 모든 언어가 기표로 환원되더라도 모든 기표들이 같은 자질을 갖고 있는 것은 꼭 아니다. 김태용 소설을 읽거나 낭독할 때 복수複數로 들리는 두세 겹의 목소리와 웅얼거림들, 수수께끼 같은 기호들이나 글자놀이, 언어를 낯설게 한 파격적인 구문, 생소한 조합의 의성의태어 등은 에밀 방브니스트 같은 언어학자가 '기호의 자의성'만으로 환원할 수 없는 '표현적 언어'라고 불렀던 것들이다. 김형중은 『풀밭 위의 돼지』에 관한 인상적인 해설에서 이러한 '표현적 언어'를 철저하게 읽어냈음에도 작가를 '텍스트 바깥은 없다'를 실천하는 데리다주의자로 부른다. 형이상학과 그것을 해체하려는 해체주의는 벙어리와 떠버리처럼 닮은꼴일까. 아무튼 내 생각은 철학에 대한 문학의 우위를 옹호하려는 것일 수 있다. 그럼에도 김태용 소설에서 금방이라도 만져질 것 같은 물질적 언어는 자신을 사물로 착각하고 있다. 이것이야말로 작가가 의심하는 '비유의 남용'이라는 전형적인 예이다. 언어는 제아무리 물질성을 띠고 있더라도 결코 사물이 아니며 또 사물이 될 수도 없다. 다만 사물과 긴밀한 관련을 맺고 있을 따름이다. 김태용의 글쓰기는 지금 기표와 사물 사이에서 흔들리고 있다.

앞에서도 말했지만, 김태용의 글쓰기는 사실상 "약으로 무장한 치명적인 병균"(「궤적」)과 같은 것이며, 악순환이고, 끊임없이 처음으로 되돌아가 다시 시작해야 하는 작업이다. 그것은 일 보 전진을 위한 이 보 후퇴이며, 사무엘 베케트가 '다시 시도하라'라고 했던 정언명령에 충실한 글쓰기다. 게다가 이것은 처음부터 실패임을 알고 자처하는 행위이기도 하다. 무모하게도 김태용의 소설은 말하려고 한 것과 말한 것이 자꾸 어긋나고 실패한다는 진실을 끊임없이 증명하려는 글쓰기이다. 우리는 잘 말하고 싶어도 잘 말하기 어려운 존재이다. 잘 말해도 잘못 알아듣는 존재이다. 말한 것과 말해진 것은 어긋날 수밖에 없다는 점에서 모든 말하기는 실패이다. 그러나 이 실패의 궤적은 김태용 같은 작가라면 한번 밟을 만하다. 그리고 그 실패는 언어의 주권자가 되려다가 좌절하고 마는 영웅만의 것이다. 이쯤에서 베케트의 정언명령이 떠오른다. '다시 시도하라, 또 실패하라, 더 낫게 실패하라.' 그런데 그것은 베케트만이 아니라,

작가 김태용에게도 잘 어울리는 명령이다. 김태용 소설의 존재
만큼이나 당위에도 해당될 그런, 정언명령.

토템과 터부

박화영의 『악몽 조각가』에 대하여

1. 담 너머로 사라지는 남자

박화영의 첫 소설집 『악몽 조각가』(문학동네, 2019)를 되풀이해 읽을 때마다 흐릿한 이미지 하나가 내내 나를 떠나지 않았음을 고백하면서 글을 시작하고 싶다. 어린 시절, 표제도 기억나지 않는 어느 어린이 잡지에서 본 그림이었다. 대충 「담 너머로 사라지는 남자」 같은 제목이었을 것이다. 그림은 담을 뛰어넘는 한 남자의 모습을 담고 있었다. 그런데 담 안쪽의 그의 팔과 다리는 그대로 있는데, 담장 바깥으로 넘어갔을 머리와 다른 팔과 다리는 지워져 있었다. 단순한 그림이었지만, 그런 그림을 처음 본 나로서는 충격이었다. 사차원, 버뮤다 삼각지대, 블랙홀 같은 신기한 것들에 한참 호기심을 키울 무렵이었다. 그 남자는 그렇게 담 너머 다른 곳으로 사라졌고, 다시는 되돌아오지 않았으며, 누구도 더는 그를 볼 수 없을 것이었다. 도대체 그는 어디로 간 것일까. 우리가 사는 삼차원은 다른 차원을 은밀하게 품고 있는 걸까. 그리고 어느 특별한 순간에 공간은 다른 차원을 개방하는 것일까. 그때부터 담이나 문, 터널, 화장실 등이 한 차원에서 전혀 다른 차원으로 사람을 이동시키는 경로일지도 모른다는 상상을 제법 진지하게 한 것도 같다.

박화영 단편들의 무대인 화장실, 공터, 기둥, 닭 가공 공장, 호수, 터널, 벽, 골목은 분명 삼차원의 공간이다. 그러면 이 공간들 안에서 도대체 어떤 사건들이 일어나는가. 박화영의 소설에서 한번 그 공간으로 들어간 사람은 다시는 돌아오지 않거나, 다른 존재로 변하거나, 조금도 놀라지 않고 유령을 본다. 아니면 물리적인 세계에서는 한 번도 볼 수 없었던 새로운 공간이 기존의 공간에 틈입한다. 우리에게도 익숙한 일상의 공간은 뭔가 특별한 사연을 가진 사람들과 만나면서 다른 공간으로 구부러지는 것 같다. 어쩌면 사차원 세계란 삼차원 너머의 다른 세계가 아니라, 바로 삼차원 공간의 비밀을 말하는지도 모른다. 따라서 『악몽 조각가』에 묶인 아홉 편의 단편을 환상소설이라고 명명하는 것은 어렵지 않다.

그러면 어떠한 환상일까. 박화영의 소설에서 환상은 현실과 다른 차원에 속한 어떤 것인가. 그렇지 않다. 그의 소설에서 환상은 삼차원 공간이 조금 다른 용도로 구부러질 때 열리는 어떤 것이다. 그러면 어떤 공간인가. 박화영 소설의 공간은 특별하게는 사라져 다시는 돌아오지 못한 사람들과 밀접하게 관련되어 있는 것 같다. 박화영의 소설은 사라진 사람들을 회상하며 이야기를 시작하고, 그들을 애도하면서 이야기를 진행하며, 떠나보내면서 이야기를 맺는 경우가 적지 않다. 글쓰기란 이 작가에게 사라진 이들을 소환하고, 그들을 기억하며, 애도하는 작업이라는 뜻일까. 그의 글쓰기는 감정이 잘 절제된 문장으로 표현되며, 슬프거나 무서운 이야기인데도 유머러스하다. 박화영의 문장은 마치 뭔가를 한참 동안 곱씹고 삼킨 다음에야 상대방에게 나직하고도 믿음직스럽게 건네는 사람의 말을 닮았다. 슬프고 웃기면서도 따뜻한 단편인 「화장실 가이드」를 읽으면 확실히 그렇다는 생각이 든다. 「화장실 가이드」는 박화영이 펼쳐놓은 환상의 세계로 독자를 인도하는 매력적인 가이드가 되겠다.

2. 화장실이란 무엇인가

화장실은 어떤 공간인가. 보통은 대소변을 보는 장소이겠고, 실은 은밀하고 사적인 공간이며, 또한 청결과 불결이 공존하는 곳이다. 그런데 「화장실 가이드」에서 화장실은 무엇보다도 "사람이 갑자기 사라지는 일"이 일어나는 장소이다. 그리하여 화장실은 다른 차원으로 진입한다. 그곳은 누군가가 태어난 곳이지만, 다른 누군가가 태어난 아기를 버리고 영원히 사라진 곳이기도 하다. 무엇보다도 주인공 '나'가 그런 존재이다. "나역시 화장실에서 태어났다." 게다가 그곳은 친구가 '나'와 마지막으로 만난 날 들어간 이후 다시는 모습을 드러내지 않은 공간이기도 하다. 그렇게 화장실은 태어남과 사라짐이, 만남과이별이 교차하는 장소가 된다. 그리고 '나'는 화장실 주변을 영원히 맴돌 수밖에 없는 '화장실 가이드'가 된다. 우리의 화장실 가이드는 무슨 일을 하는가. '나'는 군대 화장실에서 먹었던 초코파이의 맛을 다시 느끼고 싶다는 남자, 화장실만큼 혼자 울기에 적합한 장소는 없다고 말하는 여자, 화장실에서 담배를 실컷 피우고 싶다는 여학생, 화장실에서 자신이 있던 세계와는 조금은 다른 평행세계로 이동한다고 믿는 남학생을 의뢰인으로 만난다. 화장실은 '나'가 그들을 갱생으로 인도하는 제의의 공간이다. 물론 제의의 장소에 걸맞게 화장실에서도 지켜야 할 '규칙'이라는 게 있다.

그것은 이 성스러운 장소에서 의뢰인들이 준수해야 할 가장 중요한 의례이다. "화장실을 나서기 전에 반드시 변기의 물을 내릴 것. 허기진 배가 꾸르륵거리는 소리를 연상시키는 특유의 소음과 더불어 물이 소용돌이를 일으키며 **빠르게** 내려갔다가 천천히 차오르는 동안 당신은 옷을 추스르고 문을 닫은 다음 그곳을 나가기만 하면 된다." 이 문장을 따라 몸에서 나온 이물과 뒤섞인 좌변기의 고인 물이 소용돌이치며 내려간 다음 다시 물이 천천히 차오르는 장면을 가만히 상상해 보자. 마치 한 세계가 다른 세계로 이동한 것 같지 않은가. 그리고 그 순간에 몸은 다른 몸으로 변한 것 같지 않은가. 그렇다. 화장실은 한 몸이 다른 몸으로 태어나는 치유와 갱생, 세례의 공간이다. 물론 화장실 밖으로 나오자마자 우리는 그 경이감을 잊겠지만.

그러나 화장실이 '나'에게 처음부터 그런 장소는 아니었다. 화장실은 '나'에게 근원적인 장소, 태어나자마자 버려진 상실의 공간이다. 변기 속에 바닥 모를 무無가 컴컴한 입을 벌리고 있는 화장실은 결핍과 상실의 우주였을 것이다. '나'의 어머니는 화장실에서 '나'를 낳자마자 그렇게 버렸다. 그렇지만 근원적인 상실을 '나'는 어떻게 대하는가. "어머니는 갓 태어난 나를 좌변기에 밀어 넣고 물을 내릴 수도 있었지만 다행히도 그 정도로 잔인하지는 않았다. 대신 잔인하지 않았던 어머니는 나를 키울 엄두도 나지 않았던 모양이다." 자기 출생의 비극을 마치 남의 일을 대하듯 능청스레 진술하는 이런 문장은 「화장실 가이드」를 포함해 박화영의 다른 단편에서도 볼 수 있는 유머러스한 과소 진술이다. 상실과 고통을 마주하되 그것을 원망과 분노로 표출하는 대신에 천천히 삼키고 오래 되새김질한 끝에 아무렇지도 않은 듯 말하기. 아무렇지도 않지 않겠지만 아무렇지도 않은 것처럼 분노와 원망을 마주할 수는 있다.

화장실에서 구출된 '나'를 데려간 고아원 원장은 어느 날 화장실에서 볼일을 보고 물을 내리지 않은 어린 '나'의 뺨을 후려치면서 참으로 자상하게도 말씀하셨으니, ― "더러운 것들은 이 세상에서 모두 쓸어버려야 한단다. 하나님도 홍수로 그러셨어요. 그러니 너도 더러운 아이가 되면 안 되겠지?" ― '나'는 고아원에서 추방되기 전까지 고아원 생활을 참고 견딘다. 그리고 고아원을 나오던 날, 다음과 같이 통쾌하게 복수한다. "고아원의 모든 화장실 변기에다 옷이며 장난감 등 온갖 것을 쑤셔 넣어 틀어막아 버렸다." 작가는 '나'의 분한을 직접 표출하는 대신에 이렇게 유머러스하게 진술한다. "아마도 그날만큼은 고아원 원장도 더러운 것들을 흘려보내지 못해 꽤나 애를 먹었을 것이다'라고. 같은 방식으로 화장실 가이드인 '나'는 자신을 화장실에 가둬 다른 평행세계로 떠돌아다니게 만든 녀석들에게 남학생이 복수를 다짐하자 이렇게 말린다. "대개의 경우 복수는 처벌을 부르거든. 그러면 결국 마지막까지 넌 피해자로 남는 거야. 나쁜 놈들이 죽어가면서까지 너를 괴롭히는 셈이지." 그 말을 들은 남학생은 화장실로 들어가, 다시는 나오지 않는다. 아마도 다른 평행 세계로 떠났을 것이다.

마치 '나'를 낳자마자 버린 어머니와 '나'를 원망하면서 사라진 친구처럼. 그렇게 믿어보자. 그들은 "화장실에서 화장실로 평행세계를 여행 중이라고" 그런데 이렇게 믿는 것은 그저 자기위안에 불과한 것은 아닐까. 아니다. 사라진 사람들이 다른 평행세계를 살아간다고 믿는 '나'의 환상은 자폐적이지 않고 타자에게 열려 있다.

「화장실 가이드」의 '화장실 가이드'라는 별난 직업은 '나'의 근원적인 상실에서 비롯된 것이다. 그러나 이 직업은 '나'처럼 다른 존재로 변하거나 다른 세계에서 살아가고 싶은 사람들의 상한 마음을 보살피는 일이기도 하다. 그것은 길고양이 식구를 '나'가 집으로 데려오는 소설의 아름다운 마지막 장면처럼, "남학생과 친구와 어머니가 고양이들과 함께 있었으면 하고 바라"는 '나'의 간절한 소망과 무관하지 않다. 화장실의 "문 너머로 고양이가 나를 부르는 소리"는 그렇게 '나'의 상실을 만회한다. 비록 버려진 '나'였지만, '나는 누군가를 버리지 않을 것이다.

3. 휘어지는 일상의 장소들

「화장실 가이드」를 조금 자세하게 읽으면서 얼핏 난해해 보이는 박화영의 소설 세계로 한 걸음 더 친숙하게 들어간 것도 같다. 최소한 두어 가지 중요한 진실을 확인했다. 첫째, 박화영 소설에 등장하는 인물들의 몸과 마음은 근원적인 상실을 겪고 있거나 분한으로 속앓이를 한다는 것이다. "말하자면 사소"할 수도 있지만 "말하지 않고 덮어두기에는 불길한" 어떤 것(「무정란 도시」)으로 언제든 작중인물의 몸과 마음 바깥으로 끓어 넘칠 준비가 되어 있다. 둘째, 작중인물의 몸과 마음이 앓는 증상은 특정한 장소와 결코 분리될 수 없다는 것이다. 「화장실 가이드」에서 배설물을 빨아들이는 변기의 꾸르륵거리는 물소리가 배설물이 빠져나오는 몸의 특정 기관이 내는 소리는 닮았다. 말하자면 몸—화장실이다. 박화영의 소설에서 장소는 마음과 몸의 연장이다. 그의 소설은 비단 거기서 그치지 않는다. 장소가 몸과 마음처럼 앓는 일도 일어난다. 그래서 박화영의 소설은 크게 세 갈래로 나누어지는 것 같다. 하나는 화장실처럼 일견 평범한 것 같지만 수상쩍은 사건들이 일어나는 특정한 물리적·심리적 장소에 대한 흥미롭고도 환상적인 목격담이다. 『악몽 조각가』에 실린 상당수의 단편들은 이 경이로운 목격담의 계열에 속해 있다(「자살 관광특구」, 「벽」, 「악몽 조각가」, 「공터」, 「골목의 이면」, 「주」). 다른 하나는 몸의 특정 기관에서 일어나는 기이한 사건에 대한 관찰지이다. 몸의 한 기관이지만 몸을 초과하는 기관에서 벌어지는 사건에 대한 환상적인 기록 말이다(「혀」). 마지막으로 몸의 변화와 장소의 변화가 마치 감염 주술처럼 서로에게 영향을 끼치는 소설적인 사례도 있다(「무정란 도시」).

박화영의 소설에서 재현되는 장소는, 프로이트의 용어를 빌리면, 토템과 터부의 대상에 가깝다. 「화장실 가이드」의 화장실은 '나'의 출생과 유기遺棄가 함께 일어난 곳이다. 그곳은 삶이 버림받는 장소, 이 세계에서 마음을 앓는 누군가가 영원히 평행세계로 떠날 수 있는 통로, 더러는 소용돌이치면서 내려가는 변기 물에 자신의 분한을 마음껏 쓸려 보내는 치유의 공간이다. 박화영의 소설이 선택하는 장소는 요컨대 유사종교적인 제의와 의식, 삶과 죽음을 둘러싼 비밀이 숨어 있는 곳이다. 「자살 관광특구」를 읽어보면 그렇다. 이 단편은 수많은 유령 목격담이 전해지는 어느 마을의 자살 명소인 호수 주변을 떠도는 수색자 '나'의 이야기이다. '나'는 갑자기 사라진 '그녀'가 엽서에 남긴 단서만 갖고 호수가 있는 마을에 도착하지만 끝내 그녀가 어디로 사라졌는지 알아내지 못한다. 이 단편에는 죽음을 가리키는 기호가 한가득하다. 사라진 그녀의 엽서에 적혀 있는, 저승을 일곱 바퀴 돌아 흐르는 강 '스틱스'로 이름 붙은 펍, 스윈들이라는 이름의 죄수가 마지막 366번째로 매달렸다는 커다란 전나무, 사라진 그녀에 대한 정보를 알고 있는 지나치게 하얀 얼굴로 '나'에게 접근하는 수수께끼의 '알비노 여자', 자살하기 위해 마을로 들어온 사람들과 수상쩍은 복장을 한 유사종교의 교주와 신도들, 죽음을 가리키는 기호를 상품화하여 죽음으로 번창하는 마을과 마을 사람들. 사람들은 죽음을 환기하는 특정한 사물을 토템으로 숭배하며 터부의 대상인 호수 주변을 순례한다.

박화영 소설에 등장하는 비의적인 장소는 사람들이 두려워하면서 숭배하는 토템의 대상으로, 어떤 경우에는 유령이 버젓이 배회하는데도 물리적인 시공간의 법칙을 조금도 거스르지 않는다. 「골목의 이면」은 "골목 안 거주자들 가운데 깨어 있던 마지막 사람이 잠드는 것을 신호로" 골목이 깨어나는 "새벽 2시 10분 22초"에서 "새벽 2시 19분 11초"를 조금 더 지난 시간 안에 벌어지는 이야기이다. 유령은 산 사람을 통과해 지나가고 산 사람은 유령 또는 몽유병자처럼 걷는다. 이 단편은 다소 강박적일 정도로 유령이나 사람 형상이 출현하는 특정한 시간과 장소와 위치를 일일이 알려주고 있다. 다시 말해 우리가 살고 있는 물리적인 시공간이, 이를테면, 이미 사차원으로 휘어 있다는 뜻일 테다. 말하자면, 세계에 신비가 숨어 있는 것이 아니라, 세계 자체가 신비인 것이다. 나로서는 유령이 걷는 골목의 가로등 주위를 맴도는 나방, "날개를 펼치면 네 개의 눈이 드러나고 접으면 사람의 귀 모양"이 되며, "날갯짓을 할 때마다 번뜩이는 네 개의 눈이 나타났다가 사라지기를 반복"하고, "한밤중에 골목에서 일어나는 일이라면 무엇이든 알고 있"으며, "언제나 보거나 듣고 있"는 네눈박이산누에나방이 은유하는 것이 무엇일까 궁금했다. 다만 나는 그것을 환상을 투시하는 작가의 눈에 대한 은유라고 볼 도리밖에 없다. 그리고 이때의 환상은 현실과는 별개의 어떤 것, 세계의 비현실성이 아니라고 말하고 싶다. 그것은 현실과 얼마든지 혼동되어도 좋은 것이며, 오히려 현실을 새롭게 바라보게 만드는 주요한 틀frame이기도 하다. 박화영은 이 틀을 만드는 데 주력하는 작가이다.

4. 불길한 핏자국

그런데 박화영 소설에 등장하는 장소, 삼차원이지만 사차원의 비밀을 품는 장소, 사람들이 그 주변으로 모여들어 뭔가 불길하면서도 신성한 의례를 드리는 장소에서 일관된 공통점이 하나 눈에 띈다. 그것은 그 장소 또는 그곳에 있던 사물에서 '피血'의 흔적이 발견된다는 것이다. 도심 고원지대에 위치한 공터에서 발견된 "마네킹의 손목에서"는 "조금씩 피가 스며나오기 시작"하며(「공터」), 닭 가공 공장에서 일하는 남자는 공장 안을 소독하다가 "탯줄 같은 붉은색 주름관들이 달려" 있는 "새알"을 발견한다(「무정란 도시」). 땅속 깊이 박혀 있는

"이 세상에서 가장 길고 정체가 불분명한 기둥"에서도 "피"가 흘러내린다(「주」). 악몽에 시달리던 한 인물이 악몽 조각가를 만나 통과하는 꿈속의 "터널 안"은 "따뜻했고 주위에서 약하게 피 냄새가" 나는 곳이다(「악몽 조각가」). 그리고 마지막으로 도심 광장 한가운데 갑작스럽게 나타난 "벽에 피가 스며든"다(「벽」). 대규모 집회에서 부상당한 사람이 흘린 피가 벽으로 빨려 들어갔던 것이다. 그렇다면 왜 피는 공터, 새알, 정체불명의 기둥, 터널, 벽에서 발견되는 걸까. 떠올려보면 「화장실 가이드」의 '나' 또한 "핏덩이"로 버려진 채 발견되었다.

앞서 나는 박화영의 소설에서 몸은 장소와 분리되지 않으며, 곧 장소이며 장소는 몸의 연장이라고 말했다. 공교롭게도 일인칭 주인공이 등장하는 「화장실 가이드」와 「악몽 조각가」에서 '피'는 탄생과 결부된 이미지로 살짝 환기된다. 피가 양가적인 터부의 대상, 비체abject라는 점은 어렵지 않게 말할 수 있을 것이다. 그것은 「무정란 도시」를 포함해 박화영의 소설집 곳곳에 나타나는 불임, 불모의 모티프와도 무관하지 않다. 다시 말해 피는 생명력보다는 생명력의 결여를 환기하는 불길한 사건들과 더욱 밀접하게 관련되어 있다. 예를 들면 「공터」에서 버려진 공터는 사람들이 "단지 버리기 위해서만" 찾는 곳이 아니라 "뭔가를 태우거나, 파묻거나, 뿌리기 위해서도" 찾는 곳이다. 그곳을 찾는 사람들은 "마치 음험한 제단에 몰래 제물을 바치러 오는 신자들"과 닮았다. 여자는 공터에 있는 드럼통에 뭔가를 집어넣고 불을 붙이고, 남자는 공터에 뭔가를 파묻으려고 하며, 노파는 공터에 소금을 뿌린다. 누군가는 뭔가를 버리고, 누군가는 비밀을 은폐하며, 누군가는 그에 대한 속죄 의식을 행하는 곳. 공터는, 배설 후 손을 씻는 의례를 수행하는 화장실처럼, 사람들이 행하는 비밀스럽고 수수께끼 같으며 감히 말하기 어려운 사건들이 막강한 자기장을 형성하는 토템과 터부의 장소이다. "공터는 강력한 자석처럼 주변 사람들을 자신에게서 벗어나지 못하도록 옭아맸다. 바야흐로 사람들은 공터가 가진 거대한 힘을 서서히 느끼는 중이었다." 그렇지만 고양이와 공터 주변 사람들이 공유하던 공터의 생태계는 곧 파괴된다. 다른 누군가에게 공터는 개발을 위한 은밀한 사업을 진행하는 곳이다. 그 사실은 검은 승용차에 탄 남자들이 이곳을 다녀갈 때마다 공터 주변의 사람들이 삶의 오래된 터전을 버리고 황급히 떠나는 일과 관련이 있다. 마네킹의 손목에서 피가 나는 사건도 언뜻 이해하기가 쉽지는 않지만, 공터 주변 사람들 모두 개발로 인해 반강제적으로 쫓겨나거나 자살하고 공터의 생태계 절반을 담당했던 고양이가 죽어 나가는 일련의 사건들에 대한 상징적인 환기라고 할 수 있다.

「공터」를 도시 재개발에 대한 환상적인 괴담으로 읽는 것이 허용된다면, 「무정란 도시」는 공터의 마력이라곤 애초에 존재하지 않는 SF적인 도시 괴담으로 읽을 수 있을 것이다. 「무정란 도시」는 일종의 감염 주술, 곧 불모와 불임의 전염으로 인해 몸과 마음이 서서히 황폐해지고 결국에는 사라지는 부부의 이야기이다. 소설에 따르면, 부부가 일하는 "닭 가공 공장에서는 언제나 닭 냄새가 났다." 닭 가공 공장이 세워진 도시는 원래는 사람들이 이따금 하늘로 빨려 올라가 구름 너머로 사라지는 "승천"이 일어나는 곳이며, 지금 사람들의 조상도 이전에는 "반인반조"였다. 그렇다면 무정란을 대량생산하는 닭을 대량 처분하는 닭 가공 공장은 도시에 대한 제유적인 미니어처가 되겠다. 성별을 지니지 않은 아이들이 한동안 태어나다가 어느 때부터는 신생아의 울음소리마저 들을 수 없는 이 도시는 한마디로 비상하는 날개를 잃어버리고 무정란을 낳다가 처분되고 마는 불임의 공간인 것이다. 따라서 남편이 실종되고 홀로 남은 아내가 낳은 "길쭉한 타원형의 알"은 "돌이 되어버린 알"이 되고 만다. 알에서 얼핏 비치던 붉은색 주름관은 오히려 불모의 탄생, 탄생의 불모를 환기한다. 「무정란 도시」에서 더욱 흥미로운 점은 닭백숙 냄새가 나는 여자와 그녀의 남편이 마치 "알을 품은 암탉과 다시 그 암탉을 품은 수탉처럼 서로 웅크리고 포옹한 채 잠이 들곤 했다"라거나 공장을 청소하는 근로자들이 "새의 머리를 닮은 방독면을 쓴 채 소독 작업에 한창"이라고 서술하는 등의 감염 주술적인 은유가 작품 전체로 확산되어 닭 가공 공장도 사물이기를 멈추고 의인화된다는 것이다. 이쯤 되면 몸–장소의 상상은 장소–몸에 대한 상상으로 역전된다.

「주」와 「벽」도 지표면 깊숙한 곳에서 발견된 기둥이나 광장에 느닷없이 세워진 벽이 마치 사람들이 숭배하거나 두려워하는 토템처럼 자체의 생명력을 갖고 있는 존재로 취급된다는 독특한 상상력이 발휘된 흥미로운 단편들이다. 「주」의 '주'는 "이 세상에서 가장 길고 정체가 불분명한 기둥에 관한 이야기"의 주인공인 기둥柱인 한편으로, 이 수수께끼 같은 기둥에 대해 쓴 책 뒤편에 달린 수십 개의 주註를 뜻한다. 순전히 '주'만으로 이루어진 소설로도 흥미롭게 읽히거니와 정체불명의 기둥을 둘러싸고 벌어지는 추론, 음모, 숭배, 제의, 풍자의 말들은 박화영 작가의 상상력의 한 출처를 능히 짐작하게 한다. 「벽」은 『악몽 조각가』에 실린 환상적인 단편들 가운데서 최근 몇 년간 한국의 현실을 다소나마 넌지시 환기하는 단편이 아닐까 싶다. "벽은 원래부터 그 자리에 있었다는 듯이 어느 날 문득 도심 광장 한복판에 들어섰다." 이쯤 되면 박화영 소설에 등장하는 정체 모를 기둥이나 벽이 다른 누가 세우지도 만들지도 않은 사물이라는 것쯤은 충분히 짐작되고도 남을 것이다. 더 정확하게는 기둥이나 벽은 다른 누구와 무엇에 의해서가 아니라 스스로 존재하게 된 것이겠지만, 다른 한편으로는 사람들이 그것들을 둘러싸고 무수한 이야기로 쌓아 올린 경이로운 토템이기도 할 것이다. 시위 도중 부상당한 누군가의 피가 스며드는 벽, 사람들이 적의를 가지고 마주 보는 벽, 웨스트뱅크 장벽을 넘다가 죽은 아랍인이 그 밑에서 깨어난 벽, 자라나는 벽, 불도저 같은 시장의 명령으로 철거될 위기에 처한 벽, 나중에는 스스로를 수많은 다리를 달고 바다로 사라지는 벽, 사람이 터를 잡으면 언제든 다시 쌓아 올려질 벽. 이 환상적인 토템들에 대한 박화영의 목격담은 과연 어디까지 이어질까.

5. 악몽 조각가

「화장실 가이드」에서 시작된 몸―장소에 대한 작가의 상상은 「무정란 도시」에 이르러 장소―몸에 대한 상상으로 한 바퀴 길게 회전했다고 할 수 있다. 그리고 「혀」는 몸―안의―몸, 장소―안의―장소에 대한 또 다른 진귀하고도 환상적인 체험 수기가 되겠다. 박화영의 소설은 첫 문장을 인용하지 않고서는 그에 대해 운을 떼기가 쉽지 않은 이야기가 대부분인데, 「혀」도 마찬가지이다. 도대체 어떻게 하다가 '나'는 혀를 삼켰으며, 나중에는 혀가 '나'와 '나'를 둘러싼 세계를 삼키는 것일까. "그 일은 수면제 30알을 뱉어내다가 일어났다." 그래서 어떻게 되었나. 혀는 몸속을 돌아다니면서 장기에 들러붙어 '나'의 몸을 구석구석 맛본다. 얼핏 이것은 그저 끔찍한 악몽이 아닌가. '나'가 처한 상황은 제법 심각해 보이지만 조금은 유머러스하게 묘사된다. 흥미로운 것은 혀가 몸 안을 돌아다니게 되면서 생긴 일련의 사건들이다. 말하지 못하게 된 '나'를 향한 여자친구의 이런저런 불만 표출, 혀가 머무는 부위와 관련된 잊고 있었던 마음의 상처들, 그리고 회사 내부에서 발생한 불미스러운 일을 고발한 여직원과 연대하지 못한 데 대한 죄의식. '나'는 몸을 구석구석 돌아다니는 혀가 "내 몸 어딘가로 가서 자리를 잡으면" 언제나 환청을 듣는다. "아파."

혀는 아픈 데도 아프다고 말 못 한 채 몸의 한구석에 담석처럼 쌓아둔 통증을 일깨웠던 것이다. 그런데 사건은 여기서 그치지 않는다. 여자친구로부터 이별을 통보받은 날, '나'는 다른 혀가 자라나 원래의 혀를 대신하면서 꿈틀대는 것을 느낀다. 그런데 차이가 있다. 이전의 혀가 '아파'라고 말했다면, 새로운 혀는 마구 욕설을 한다. "욕이 나오는 상황에서 참고 입을 닫아버리는" 삶에 '나'는 염증을 느끼고 있었다. 그리고 '나'는 꿈속 거대한 혀 위에서 문제의 여직원에게 손을 내밀어 준 후, 비로소 깨어나 혀를 되찾는다. 그리고 통쾌하게도, '나'를 괴롭히던 부장에게서 걸려온 전화에 최초의 대꾸를 한다. "그만 때리고 입 좀 다물어. 냄새나니까." 우리 몸은 신음으로조차 나오지 못한 상처와 흉터, 혀 너머로 삼켜진 말들로 얼마나 가득한 것일까. 혀가 몸 안을 돌아다니면서 억눌린 아픔을 일깨워주고, 하고 싶었던 욕을 맘껏 하게 만드는 박화영의 환상은 얼마나 소중한가.

어떻게 보면 박화영이 상상한 이 모든 이야기들, 평행세계로 가는 화장실, 불길한 공터, 유령들이 걸어 다니는 골목, 사람이 알을 낳는 닭 가공 공장 등을 배경으로 하는 수많은 도시 괴담, 정체불명으로 출현한 기둥과 벽에 대한 목격담들, 몸의 한 기관이 몸 전부를 삼키는 꿈은 그로부터 좀처럼 깨어나기 힘든 악몽의 일부분이라고 해도 좋다. 그렇다면 이 작가를 '악몽 조각가'라고 명명해 볼 수 있을까. 비유컨대 작가는 "악몽의 바다 위에 떠 있는 구명정 같은 곳에서 작업을 하는" 존재이고, 악몽은 제아무리 "살아서 날뛰는 거대한 공룡" 같더라도 일단 "마음의 돌"에 조각하고 구체화할수록 "분석 가능한 것", "돌에 새겨진 화석", "거리를 두고 객관적으로 보기 시작"할 수 있는 어떤 것이 된다(「악몽 조각가」). 이러한 설명은 작가 자신이 다소 친절하게 자신의 작품들에 주석을 다는 작가론이며 작품론일까. 그러나 지금까지 박화영의 소설 세계를 차분히 따라온 독자라면 '악몽 조각가'로서 작가가 수행해온 작업이 결코 쉽지 않다는 것을 분명히 알 수 있다. 게다가 고통과 울분에 짓눌리지 않으려는 소설 곳곳의 유머러스한 문장은 박화영의 첫 소설집을 더욱 빛낸다. 이제 작가는 어떠한 상상의 날개를 달고 또 다른 이야기의 하늘로 날아오를까.

우리, 이페머러의 수호자들

조현의 『나, 이페머러의 수호자』에 대하여

1. 소설가 조현은……

……외계인이다. 물론 조현의 장난스러운 표현을 빌리면 '외계인'은 인간 중심적 편견이 실려 있는 '정치적으로 올바르지 못한' 단어이므로 외계 존재로 고쳐 명명해야 할지도 모르겠다. 아무튼 언젠가 만난 적이 있는 조현은 감쪽같이 인간의 형상을 하고 있었기에 외계인이라 해도 무방하다. 그간 작가 인터뷰와 소설, 실재와 허구에서 내내 밝힌 것처럼, 조현의 실체는 클라투 행성의 지구 주재 특파원, 더 정확히는 클라투행성 외계문명접 촉위원회 소속의 현지 특파원이다. 비록 낮에는, 대한민국 사회가 그렇듯이 이따금 밤에도, 서울에 있는 한 대학의 교직원으로 일하고, 밤에는 자상한 아빠이자 남편으로 가정에서 시간을

보낸다고 하더라도, 조현은 외계인이다.

그는 잠든 가족을 물끄러미 바라본 후 자신의 서재로 들어가 밤이 새벽으로 넘어가는 시간까지 "인간의 모든 고결하거나 추악한 것에 대해" 루시드 드림(자각몽)을 꾸며 그것을 고향인 클라투행성으로 송신한다(조현, 「은하수를 건너 — 클라투행성통신 1」). 조현은 단 한 번도 자신의 정체를 숨긴 적이 없다. 문제는 그의 말을 한낱 소설가의 농담으로 가벼이 넘겨버리는 지구인들의 태도이다.

그러므로 클라투행성통신이라는 부제를 달고 있는 「은하수를 건너」는 조현의 자전소설이지, 소설이란 무엇인가에 대한 새로운 가능성을 탐문하는 실험적인 작품이 아니다. 실험과 가능성은 어디까지나 지구인의 시각일 뿐. 이렇게 말하자마자 지구인이 즉각 반론을 한다. 소설가의 루시드 드림 또한 그 자신의 한낱 "주관적인 꿈"에 불과하지 않은가. 자신이 클라투행성의 외계인이라고 말하는 조현은 그저 아스트랄한 지구인에 불과하지 않은가.

그러나 클라투행성 본부에서 조현에게 보낸 답변에 따르면 "상상하는 것은 존재하는 것"이다. 이 말은 우리가 상상하고 느끼는 모든 것이 세계가 된다는 게 아니다. 상상도 존재 못지않게 존재의 권리가 있다는 뜻이다. 말인즉슨 조현이 이 지구에서 외계인인 만큼 다른 평행우주에서는 지구인일 수 있음을 기꺼이 인정하자는 것이다. 조현에게 소설은 이러한 평행우주에 대한 실험이다. 허구는 실재가 아니라지만, 그에게 허구는 엄연히 다른 실재이다. 우리 우주가 있고, 평행우주가 있는 것이 아니라 우리 우주가 다른 우주의 평행우주이다.

우리가 아는 소설가 조현은 누구도, 그 어떤 SF 작가도 지금껏 자신이 외계인임을 드러낸 적이 없을 때 혈혈단신 클라투행성의 외계인으로 말하고 글 쓰는 조현이다. 그는 지금까지 두 권의 단편집 『누구에게나 아무것도 아닌 햄버거의 역사』(민음사, 2011)와 『새드엔딩에 안녕을』(폭스코너, 2018)을 지구인에게 선보인 바 있다. 그리고 「은하수를 건너」처럼 작품집에 묶이지 않은 단편이 더 있다. 그의 단편들에는 조현 고유의 소설적 스타일, 즉 허구와 실재를, 정크푸드 햄버거와 시詩를, 종이 냅킨과 T. S. 엘리어트의 장시 「황무지」를 진지한 듯 장난스럽게 뒤섞는 기발한 방법과 재치 있는 아이디어가 등장한다. 그리고 그는 외계인과 휴머노이드의 관점에서 인간을, 인간의 사랑과 이별을, 선택의 순간에 현실화된 것보다는 가능성으로 버려지는 것에 대한 애정을, 가까이서는 희극(비극) 멀리서는 비극(희극)으로 보이는 세상을, 새드엔딩이 해피엔딩이 되는 반전을 쓸쓸하고도 정답게 묘사한다. 거기에는 작가의 표현을 빌리면 '언령言靈', 곧 말에 깃들어 있는 영적인 힘을 믿을 뿐만 아니라 그 말에 기꺼이 사로잡히고 빙의하려는 열망과 두려움이 있다.

드디어 조현의 소설적 스타일과 메시지의 장점이 잘 발휘된 첫 장편소설 『나, 이페머러의 수호자』(현대문학, 2020)가 출간되었다. 엿들어 본즉 클라투행성은 이 소설로 벌써부터 떠들썩하다는데, 도대체 어떤 이야기일까. 게다가 '이페머러'는 또 무슨 말인가. 조현의 주술적 외계어 '클라투, 바라다, 닉토'를 잇는 신종 외계어?

2. 이페머러는……

……그렇다고 무슨 클라투행성어는 아니고, 영한사전에 따르면 하루살이, 일용직을 뜻한다ephemera. 미술과 공예에서는 잠깐 쓰고 버려지는 것, 미술품과 공예품 전시를 위해 동원되고 전시가 끝나면 버려지고 마는 전단지, 엽서, 초청장 같은 것이다. 소설의 구절을 빌리면, "구텐베르크가 인쇄술을 발명한 1450년부터 1500년까지 유럽에서 활자로 인쇄된 서적"인 값나가는 "인큐내뷸럼"과는 반대로 "이페머러는 극장표나 포스터처럼 한 번 쓰고 버리는 잡동사니"이다.

그러니까 우리가 읽는 소설의 열쇳말인 이페머러에는 적어도 두 가지 뜻이 있겠다. 첫째, '한 번 쓰고 버리는' 잡동사니. 둘째, '한 번 쓰고 버리는' 하루살이. 잡동사니로서의 이페머러가 『나, 이페머러의 수호자』를 직조하는 코드들이라면, 하루살이로서의 이페머러는 대한민국 비정규직 청년으로 정규직을 얻고 여자친구의 SOS 신호에 응답하기 위해 지구 반대편으로 신산辛酸한 모험을 떠날 채비가 되어 있는 처지의 주인공 '나'를 뜻한다. 우선, 잡동사니 이페머러부터 살펴보겠다.

음모론, 조선 시대에 출현한 UFO, 강원도 향촌에서 발견된 괴이한 잡록 『해동잡기』(1812), 1992년 10월 28일 휴거 소동, 히틀러의 『나의 투쟁』 초판본, 외계어 클링온어 사전, 오컬트적 분위기의 유럽 고성古城, 아이작 뉴턴 경의 2060년 묵시록, 태평천국운동의 도참록, 일루미타니 등등. 이런 독특한 것에 취향을 갖고 계신 독자 제위에게 『나, 이페머러의 수호자』는 단연 흡족할 만한 작품이다. 소설은 네 장으로 이루어져 있는데, 모두 미국이 세계를 보다 원활하게 지배하기 위한 전략의 일환으로 만든 세계희귀보물보호재단의 한국지사 소속 비정규직 직원 '나'가 이 음모론의 매트릭스에서 온갖 사건과 맞닥뜨리는 이야기이다.

소설을 한번 요약해 보자. 1장('제인 도우, 마이 보스')은 재단의 본사인 미국에서 강원도의 야산에 이르기까지 주인공이자 비정규직인 '나'가 그의 상사 제인과 함께 국경을 넘나들며 세계희귀보물보호재단의 비밀 프로젝트를 수행하게 된 내력과 재단의 역할을 서술한다. 2장('이페머러의 유령들')은 소설의 수수께끼 같은 존재인 '마이스터 X'의 초청을 받은 CIA가 세계 평화를 수호하기 위한 방편으로 '나'와 제인에게 임무를 부여하고, 그렇게 그들이 경매자들로 위장한 "꼬꼬마 텔레토비의 보라돌이와 뚜비처럼 생긴"(72) 스파이들과 유럽의 한 고성에 다다르게 된 여정을 "슬랩스틱 스파이물" 스타일로 서술한다.

3장('빙의의 시대')은 2장에 이어 계속되는 슬랩스틱 스파이물로, 거의 성배물이라고 해도 좋을 진귀한 경매품, "레어 아이템"을 둘러싸고 벌어지는 각국 경매자 간의 희극적인 모략과 쟁투가 흥미진진하게 묘사된다. 경매는 "마치 대형마트에서 '1+1' 특가 세일을 알리는 안내 방송처럼" 진행된다. 거기서 '나'와 제인은 미국경제를 한쪽에서 지탱하는 온갖 "서브 컬처" 사업에 도움이 될 만한 〈클링온어 사전 및 자료집 세트〉라는 레어 아이템, 인큐내뷸럼을 얻기 위해 준비한 이페머러인 〈피의 어린양 권지영의 순교 환상록〉을 물물교환하려고 한다. 4장('승천하는 청춘')은 일종의 "오컬트 오페라" 스타일로, 1~3장에 이르는 서술 방식과 확연히 다르게 빙의와 방언으로 쓰여 있다. 스토리만을 보자면, 4장에서 '나'는 마이스터 X가 제시한 세 단계의 시련을 모두 통과하고 〈클링온어 사전 및 자료집 세트〉와 관련 부록 아이템('1+1')을 결국 획득한다. 이뿐만 아니라 '나'는 그 과정을 눈여겨본 재단에 의해 그토록 소망해 왔던 "종신 정규직"으로 임명되며, 자신을 믿고 오래 기다려 준 여자친구와

도 함께 할 미래를 약속할 수 있게 된다. 그리하여, 새드엔딩에
안녕을!

3. 음모의 쓸모

잡동사니로서의 이페머러에 좀 더 주목하면 우선, 『나, 이페
머러의 수호자』는 출발 — 통과의례 — 귀환의 성배 찾기 탐색
담에 음모론적인 플롯을 더한 소설이다. 온갖 알 수 없는 음모가
세계에 도사리고 있으며, 조력자의 도움을 받아 초자연적 존재
가 부여한 시련을 통과해 마침내 소망을 성취하고 떠났던 곳으
로 귀환한다는 플롯. 여기서 잡동사니로서의 이페머러는 첫째,
소설 플롯의 구성에 필요한 온갖 요소들, 앞서 우리가 열거한
음모론에서 오컬트에 이르는 수많은 잡동사니의 조합을 의미한
다. 둘째, 그것은 소설에서 오늘날의 세계가 구성되고 작동하는
원리이기도 하다. 예를 들어 음모론의 중심에 있는 세계희귀보
물보호재단은 어떻게 만들어졌던가.

백인이 학살한 북미 인디언의 제례 의식이나 민담을 채록하
던 보스턴인디언클럽이 20세기 중반에 이르러 정부의 지원을
받는 글로벌 재단법인으로 신장개업을 한 것이 세계희귀보물보
호재단이다. 표면적으로는 "미합중국 대통령의 무해한 취미생

활을 서포트"하기 위한 목적으로 온갖 희귀한 물품들을 수집하지만, 이 수집이야말로 음모론적 편집증의 다른 이름이겠다. 소설에 따르면 수집해야 할 이페머러는 물려도 죽지는 않지만 일주일 정도 가려운 몸을 긁어야 하기에 제때 때려잡아야 하는 "산모기" 같은 존재로, 이페머러 수집은 세계평화와 안보를 책임지고 있는 CIA에게도 주요한 임무이다. 궁극적으로 "약탈과 보전, 그리고 독점과 전파라는 이율배반적 성격"을 지니고 있는 재단은, 팍스 아메리카나에 대한 소설 속의 여러 통찰력 있는 언급에서 명시되는바, 미국에 대한 희극적 미니어처이다. 글로벌 세계 작동 원리로서의 음모론은 "톡 쏘는 스파이스" 곧 "주식으로는 가당치 않지만 어떤 요리에 섞어도 멋진 맛을" 내는 세계 지배의 "무해한" 전략이다.

보통 음모론이나 음모 서사로 세계를 이해하는 방식은 가짜 뉴스를 믿는 일만큼이나 어리석은 것으로 보인다. 응당 생각 있는 지식인이라면 산모기처럼 피해야 할 터, 음모론이든 묵시록이든 다들 세계를 제대로 이해하고 파악할 능력을 감당할 수 없게 된 약한 자들의 무기력한 상상에 진배없도다. 그러나 지구인에게는 없는 클라투행성의 지혜를 소유한 조현은 때론 가장 쓸모없다 여겨지는 것이 우리를 구할 수 있다는 카프카의 전언에 충실한 소설가이다. 적어도 또 다른 음모, 음모에 맞서는 음모를 세공하려는 상상이 이 소설에는 있으며, 이것이 『나,

이페머러의 수호자』에서 빛나는 부분이다.

생각해 보면 도대체 미국 CIA와 같은 거드름 피우는 정보기관에게 초청장을 보내어 어쩔 수 없이 그들을 움직이게 하는 또 다른 음모의 산물인 마이스터 X는 누구인가. 기축통화인 미국 달러를 거부하고 물물 교환을 원칙 삼아, 인큐내뷸러를 이페머러와 바꾸는 이 신비한 억만장자의 정체는 누구인가. 여담 한 마디. 얼마 전에 음모론에 대한 좌파적 버전을 읽은 적이 있다. 미국의 마르크스주의 비평가 프레드릭 제임슨은 월마트, 이 다국적기업의 첨병인 대형 슈퍼마켓 체인이야말로 시장을 통해 시장을 파괴하려는 자본주의의 순수한 변증법적 표현이라고 불렀다. 아이러니하게도 가장 저렴한 가격으로 값싸게 물건을 구입할 수 있는 월마트의 비약적 성장과 유통 구조의 혁명적 개선, 바코드 기술 혁신 등을 시장 근본주의자들이 비난한 부분에 주목한 언급이다. 이른바 월마트의 배후에는 경영자 X가 있으며, 이 경영자 X는 첨단 자본주의 미국의 배후에 어른거리는 사회주의의 유령으로, 그 형상은 전형적인 자본주의적 경영자, 러시아의 과두정치 정치가 등으로 나타날 수 있다고 했다. 자본주의의 트로이목마, 월마트!(프레드릭 제임슨, 「유토피아로서의 월마트」)

물론 우리의 마이스터 X, 제정 러시아 말기의 요승妖僧 라스푸틴처럼 생긴 수수께끼의 인물에 각별한 의미를 부여하려는 것은 아니다. 그런데 마이스터 X가 각국 경매자들에게 경매를 위해 준비하도록 한 각종 묵시의 이페머러는 버림받은 자들의 고통을 왜곡한 표현이자, 현실의 아픔을 측정하고 헤아리는 도구가 된다. 그러니까 이페머러는 소설에서 주인공 '나'의 스펙을 위한 도구가 아니라 자신에게 닥친 시련을 극복해낼 도구로 적극 재활용되면서 새로운 의미를 띠게 된다. 이 정도면 최소한 마이스터 X는 시련의 연금술적인 과정을 통해 '나'를 거듭나게 만드는 역할을 하는 수수께끼 같은 존재라고 하겠다.

4. 독사, 에피스테메, 이데아

그런데 하루살이로서의 이페머러에 주목하게 되면 『나, 이페머러의 수호자』는 앞서 와는 조금 다른 소설로 읽힌다. 그렇다고 이 소설을 "1920년대 장편서사시를 세기말의 신비주의와 애매하게 엮은 논문을 쓴" "한 청년이 국경 없이 펼쳐지는 취업의 전쟁터에서 악전고투 끝에 한 명의 샐러리맨으로 기성 사회에 진입하는 휴먼 스토리"로 환원할 수는 없겠다. 물론 소설은 하루살이 처지로 언제 실직할지 알 수 없고, 내일 없는 비정규직의 '나'와 같은 처지의 여자친구를 포함한 우리 시대 젊음의 이야기이다. 그런데 거기에는 입사와 성공을 위한 스펙 쌓기의 과정에서도 결코 외면하기 어려웠던 세상의 고통, 그로부터 비롯된 묵시에 대한 응시와 성찰, 생령生靈에 대한 애도가 담겨 있다.

『나, 이페머러의 수호자』에서 '나'는 "많은 지원서와 응답 없는 전화와 그리고 가끔 얻어걸리는 면접"의 고통스러운 입사 과정을 반복하는 여느 대한민국 취준생처럼, 취준생에서 인턴, 인턴에서 비정규직, 비정규직에서 정규직으로 오르는, 게임 속어로 말하면 쪼렙에서 만렙에 이르는 고된 여정을 걷는다. "경제적인 문제로 이별을 의논하는 것만큼 청춘들에게 비참한 것은 없다"는 소설의 진술에서 암시되듯이, '나'는 자신의 든든한 지원군이었던 여자친구와도 썩 위태로운 관계이다. 그렇기 때문에 '나'는 한마디로 자력으로 획득한 몇몇 아이템으로 전력을 다해 통과제의의 시련을 하나씩 극복해나갈 수밖에 없다. 그리고 독자는 어느새 알게 된다. '나'가 비정규직에서 정규직으로 오르는 시련의 여정이 유럽의 고성에서 마이스터 X가 제시하고 '나'가 통과해야 할 시련의 단계에 해당한다는 것을. 소설도 이렇게 비유하고 있지 않은가. "난 자의 반 타의 반으로 최종 임원 면접장에 들어서는 취준생처럼 습관적으로 슈트를 가다듬으며 무대에 올랐다"라고.

그러면 마이스터 X가 제시하는 시련의 단계는 무엇인가. "독사doxa, 너의 미궁을 시험하라! 에피스테메episteme, 너의 시대를 시험하라!, 이데아idea, 너의 우주를 시험하라!" '나'가 그토록 힘들고 어려운 과정을 거쳐 준비해 급기야 마이스터 X의 언어인 라틴어로 번역한 〈피의 어린양 권지영의 순교 환상록〉은 만렙에 이르기 위해 내밀어야 할 아이템이다. 그런데 시련의 첫 단계에서 『나, 이페머러의 수호자』를 유지해 온 소설적 어조는 지금까지의 희극적인 톤에서 확연히 달라지기 시작한다. 그것은 아무래도 '나'가 경매의 주최 측에서 나눠준 환각의 약물 아야와스카즙을 마시는 시련의 일 단계인 '독사'를 겪는 과정 때문이겠다. '나'는 약물이 주는 어지러운 고통과 과거의 아픈 기억이 뱀처럼 몸을 뒤트는 환각 속에서 인생의 큰 고비들과 관련된 여러 기억이 성의 벽면에 미디어 파사드로 하나둘씩 재현되는 것을 보게 된다.

두 번째 시련인 '에피스테메'는 마지막 남은 세 명의 경매자에게 마이스터 X가 묻는 말로, 각자가 준비한 종말론 이페머러가 의미하는 바에 대한 물음이다. 최후로 남은 '나'는 마이스터 X의 경매에 필요한 이페머러를 준비했을 뿐인데, 준비의 모든 과정이 미디어 파사드에 재현된다. 그리고 와중에 아마도 이 소설에서 가장 가슴 아플 이야기가 언급된다. '나'의 방언과 환각 속에서 전개되는 그 이야기는 1992년 10월 28일의 종말론 소동 전후로 자신의 순교에 대한 환각을 공책에 남기고 사라진 권지영의 말, 공책을 건네받고 다시 '나'에게 넘겨준 목사의 질문 속에 있는 것이다. 한마디로 모든 시대의 묵시는 광기이지만, 그 광기는 현실의 고통에서 비롯된 것이다. 누군가 종교의 피안은 이승의 눈물의 골짜기라고 했다. '나'는 깨닫게 된다. 자신은 그저 그 광기의 묵시록을 성공과 안착을 위한 자기계발서로 이용했음을. 그리고 미디어 파사드에 떠오르는 논문. 그것은 '나'가 오래전 광화문의 대형 서점에 들렀다가 생활고로 동반 자살한 세 모녀를 추모하는 행사에서 그녀들의 마지막 가계부를 보고, 또 그들 중의 한 명이 자신과 동갑내기의 작가라는 사실에 충격을 받고 슬픔을 느껴, 소설에서 인용되는, 식민지 시기에 생령과 송장 취급받던 조선의 청춘들에 대한 만가인 김동환의 장시 「승천하는 청춘」에 대해 쓴, 지금은 잡동사니처럼 방 한구석에 쌓여 있는 논문이다. 이쯤에서 잠시 질문. 도대체 '나'의 먼지 가득 덮인 잡동사니 이페머러인 석사 논문을 경매 주최 측에서는 어떻게 알고 있는가. 이 모든 시련의 단계는 도대체 경매를 위한 것인가, '나'를 위한 것인가.

우리는 소설의 거의 마지막 장에 이르렀고, 이 모든 시련의 단계가 결국에는 '나'를 위해 마련된 것임을 알게 된다. 시련의 세 번째 단계는 이것이다. "다른 차원에서 들고 온 신들의 유품을 선택할지" "그대 여자에게로…… 발걸음을 되돌릴 것인지." '나'는 미디어 파사드에 재현되는 여자친구의 절박한 음성과 그녀의 뱃속, '나'와 여자친구 사이의 아이가 세상을 나와 쑥쑥

자라는 장면을 예지몽처럼 환각 한다. 여자친구의 뱃속 우주(아이)를 지우고 앞으로 나아가 레어 아이템을 획득할 것인지, 뒤로 돌아 여자친구와 우주를 구할 것인지. '나'의 선택은 무엇일까. 어떤 선택을 함으로써 '나'의 우주는 어떻게 전개될까.

5. 원 플러스 원: 우리, 이페머러의 수호자들

조현의 『나, 이페머러의 수호자』는 행복한 결말로 끝난다. '나'는 여자친구와 '나' 사이의 아이를 선택함으로써 포기해야 했던 것마저 얻을 수 있게 된다. 게다가 일련의 임무를 잘 수행한 대가로 소원하던 정규직 직원이 된다. 조현 소설의 제목을 다시 빌리면 '새드엔딩에 안녕을'이다. 그렇지만 우리는 이제 알게 된다. 이 소설은 어쩌면 빙의 들린 언어, 언령의 생생한 체험담이라는 것이자 문학에 대한 믿음을 다시금 확인하는 이야기라는 것을. 황당해 보이는 소녀의 묵시적 환상이 실린 공책과 식민지 젊은이들의 죽음과 부활을 기록한 애가, 그리고 광화문의 세 모녀의 가계부가 만나 빙의하는 순간에 대한 증언이라는 것을. "내가 언어로 읽어낸 무수한 존재들이, 차원을 이격하여, 빙의하여, 한 몸으로 겹쳐"지는 언어의 고통스러운 황홀에 대한 신뢰라는 것을.

나는 슬랩스틱 음모 서사, 성장 소설, 방언의 묵시apocalypse의
결합이라고 불러도 좋을 이 소설의 해설을 마무리하면서 조현
작가에게 오래전 빚을 졌음을 고백해야겠다. 소설에서 '나'가
쓴 논문에 도움을 줬다는 스웨덴 출신의 신비주의 저자에 대한
언급이 있다. "자애의 신이, 죽은 이를 모두 일으켜, 눈물을
닦아준다고 증언"한 에마누엘 스베덴보리(1688~1772). 환각과
예지몽으로 천국과 지옥, 태양계를 오가면서 천사와 악마, 외계
존재를 만난 이야기를 증언한 환상 문학의 대가. 동시대 철학자
인 칸트가 미쳤다고 하면서도 예언 능력만큼은 끝내 인정할
수밖에 없었던 인물.

십 년 전인가, 조현 작가에게 지금 내 곁에 있는 스베덴보리의
책『우주 안의 지구들』(원제: "행성들로 일컬어지는 우리 태양
계에 있는 지구들에 관하여, 그리고 별무리 하늘에 있는 지구들
에 관하여, 그곳의 주민들에 관하여, 그래서 거기 있는 영들과
천하들에 관하여, 듣고 본대로")을 빌려주기로 약속했으나, 좀
처럼 만날 일이라곤 없어, 결국 그러지 못했다. 사실 이 책은
내가 읽기엔 조현의 고향인 클라투행성의 큰 비밀을 담고 있는
매우 놀라운 책인데, 아쉽게도 절판되었으며, 중고 책으로도
구하기 어렵다. 이제 클라투행성뿐만 아니라 지구도 떠들썩하
게 만들『나, 이페머러의 수호자』가 출간되었으니, 덤으로 작가
에게 고향의 비밀이 담긴 책을 건넬 때가 온 것 같다. 그리고

『나, 이페머러의 수호자』를 읽은 누구나 소설의 마지막 구절을 빌려 클라투행성의 작가와 함께 이렇게 말했으면 좋겠다.

　'우리, 이페머러의 수호자들.'

소설, 비
김연수와 이신조의 단편

1. 비

비雨에 대해 이야기해야겠다. 그리고 빗소리와 침묵에 대해서도. 소설을 읽을 때 비 내리는 장면을 만나게 되면 어쩔 수 없이 잠시 숨을 죽이게 된다. 한낱 인물과 사건을 돋우기 위한 분위기나 배경으로 취급되더라도 소설에 잠시 등장하는 빗속의 풍경조차 나를 불안하도록 설레게 한다. 가령 여름에 내리는 소나기 속, 주변의 초록색 풍경이 하나둘씩 멀리서부터 가까이 서서히 흐려지고 풍경을 바라보던 인물도 마침내 지워져 버릴 때, 그럴 때, 어떤 소설은 이야기의 작동을 멈춘다. 소설은 시를 닮게 되는가. 비는 사건의 바쁜 운행을 멈추게 하고, 시간을 일시 중지시킨다. 아무리 작은 소리든 큰 소리든, 들리든 들리지 않든 간에 빗소리는 소설을 읽기 시작하면서 개방했던 주의와 감각을 눈에서 귀로 전이시킨다. 나는 소설을 읽는 것이 아니라 듣게 된다. 소설을 듣는다는 말은 오문誤文이겠다. 빗소리를 본다는 말만큼이나. 언어의 질서정연한 배치는 내리는 비로 인해 어긋난다. 세계는 불길하거나 상서로운 징조를 띤다.

이야기를 만드는 언어의 산문적인 행렬과 연속에서 만난 '비'라는 기호는, 물결 위에서 흔들리는 풀처럼, 환유의 줄기찬 흐름 속에서 돌올하게 솟아난 은유로, 내게 잠시 멈춤을 요구한다. 비, 빗소리가 등장하는 문장을 읽고 나서 이내 다음 문장으로 넘어가더라도 방금 떠나간 비, 빗소리라는 기호의 울림은, 환청처럼, 되돌아온다. 비와 빗소리, 그것들은 문장이 의도하지 않게 자신의 여백에 남긴 보이지 않는 자국이고 얼룩이어서 다음 문장으로 발걸음을 쉬이 옮기는 것을 주저하게 만든다. 소설에서 비가 오게 되면 인물들은 사건과의 연속적인 계열 속에서 기능하는 것을 중지하고, 더러 이탈한다. 소설에서 비가 오게 되면 배경은 전경으로 바뀌게 되며, 인물과 사건은 전경 앞에서 잠시 멈추거나 전경 뒤로 물러나게 된다. 인물들은 비를 피해 원래 가던 길에서 방향을 잠시 잃는다. 만일 비를 맞으면서 그대로 가는 사람이 있다면, 그/녀는 더는 인물로서, 사건과 관계 맺는 행위자로 기능하는 것이 아니라 배경으로, 분위기의 일부로 존재하기 시작할 것이다. 그/녀는 우리가 알던 그 사람과는 조금은 다른 사람이 된다. 그/녀는 방황하고, 중심에서 흩어지며, 동일한 존재로 존재하기를 거부한다.

소설에서 비가 내리는 장면은, 법석이던 인물과 사건을 흐트러뜨리거나 덮어버리는 등 의미심장하게 될 경우, 서사학에서는 보통 징조indices 단위의 하나로 분석된다. 징조는 시간과 사건을 위주로 전개되는 이야기의 기능 단위 맞은편에 자리잡아, 나중에 그것과 결합해 이야기를 촉진하고 생성하는, 소설 속에 산포된, 흩어진, 모호한 기호의 더미를 일컫는다. 그 기호의 더미 중 하나일 비가 수직으로 내릴 일이란 없겠다. 비는 아래로 향하지만 언제나 비스듬히 내린다. 비스듬히 내리기 때문에 빗방울들은 예기치 못하게 부딪치고 원래의 목적과 방향이라곤 없었던 듯이 다른 곳으로 낙하한다. 비는 불길하거나 상서로운 사건에의 예감이고, 전조이며, 복선이다. 소설에 내리는 비는 그렇게 도래할, 닥칠, 마주칠 인물과 사건, 요컨대 불투명한 미래와 깊은 연관을 맺는다. 빗속에서 존재는 자신을 이탈한다.

내가 읽은 두 편의 소설에서 비는 아무래도 불길한 예감이자, 이미 도래한 재앙이었고, 결국 닫힌 미래였다. 소설에서 한 시인은 다른 시인에게 비와 바람과 바다에 관해 이야기했으나, 조만간 비와 바람이 거세게 뭉쳐 폭풍우로 몰아칠 자신의 미래를 예감하지 못하고 있었다. 비는 불길한 전조로, 기차 창밖의 어둠처럼 한겨울의 여행을 기약 없는 미래로 결빙시키고 있었다. 한편으로 다른 소설에서 빗속의 한 여인은 자신이 죽어가고 있음을, 뱃속의 태아에게는 미래가 없음을, 세계는 인간이 만들어 놓고 도망가 버린 재앙의 산물임을 실감하고 있었다. 재앙의 인간과 파국의 세계 사이로, 비는 내렸다.

2. 궁핍한 시대의 시인

그날, 비가 내리던 그때, '낯빛 검스룩한 조선 시인' 기행은 조만간 자신에게 닥칠 불길한 운명을 예감하고 있었던가. 김연수의 「낯빛 검스룩한 조선 시인」(『문학동네』, 2017년 가을호)의 가장 아름다운 장면은 해 저문 저녁에 내리는 비가 예비하고 있다. 만일 그때 비가 내리지 않았더라면, 통역을 맡았던 시인 기행은 소련의 여성 시인 마르가리타와 아래와 같은 대화를 나누지 못했을지도 모른다. 기행은 이미 마르가리타의 시 「조선에 여름이 온다」를 조선말로 번역해 그녀와 인연이 있었던 사이.

둘은 잠시 빗소리 안에 있었다. 그 바깥에는 파도 소리도 있었고 바람 소리도 있었지만, 빗소리에 가려 들리지 않았다. 그렇게 초대소 현관까지 갔을 때는 둘 다 이미 젖을 대로 젖어 있었다.

"조선어로는 비를 어떻게 부르나요?"

머리의 물기를 털어내면서 마르가리타가 물었다.

"비."

기행이 짧게 대답했다. 그러자 그녀가 따라 했다. 비. 기행은 검지를 들어 위에서 아래로 그으며 다시 말했다.

"비. 비는 이렇게 길게 떨어지는 소리입니다."

그러자 마르가리타가 그 동작을 따라 했다.

"그럼 바람과 바다는 어떻게 말합니까?"

기행은 제 손등을 당겨 입 앞에 대고 말했다.

"바람. 바람이라고 하면 이렇게 바람이 입니다."

이번에도 마르가리타는 그 동작을 따라 했다.

"그리고 바다라고 하면, 조선인들은……."

그는 손을 들어 어둠 속 동해를 가리켰다.

"저절로 멀리 바라보게 됩니다. 바다는 멀리 바라보라는 소리입니다."

그러자 그녀는 가만히 기행의 손가락이 가리키는 곳을 바라 봤다. 동해는 두 사람의 바로 앞에 있었다.

여러 번 되풀이해 읽어도 지극히 아름다운 장면이다. 비가 내리는 어둠 속에서 소비에트의 여성 시인은 조선어로 '비'를 어떻게 부르는지 묻고, 조선의 시인은 '비'라고 대답한다. 그리고 '검지를 들어 위에서 아래로 그으며' '비는 이렇게 길게 떨어지는 소리'라고 덧붙인다. 지금 조선 시인은 그저 통역을 하고 있는 것이 아니며, 소비에트 시인도 그것이 통역에만 머무르는 것이 아님을 직감한다. 마르가리타는 기행의 말과 동작을 따라 한다. 이들의 통역, 아니 번역은 차라리 언어가 탄생하는 원초적인 장면이며, 시가 발생하는 근원의 자리라고 해도 좋지 않을까. 조선 시인의 번역에서 '비'는 비라는 음성과 비가 내리는 형상을 모방하는 시인의 몸짓에서 탄생하고, '비'라는 음성과 몸짓을 다시 모방하는 소비에트 시인의 음성과 몸짓에서 공통의 생명력을 얻는다. 조선어 '비'에 기표('비'라는 조선어 음성)와 기의('비'의 의미)가 내재해 있고, 그것은 지금 어두운 하늘에서 내리는 지시 대상인 비를 가리키고 있으니 번역은 이것만으로도 충분할 것 같은데도. 그런데 조선의 시인은 비가 내리는 형상을 자신의 손짓으로 더 보여주고, 소비에트의 시인은 그 손짓을 마저 따라 한다. 서로 다른 말과 더불어 주고받는 그들의 몸짓만큼은 원초적이고 공통적이다. 통역(번역)은 제스처와 함께 말이 탄생하는 미메시스적인 행위가 된다. '비'라는 조선어는 비가 내리는 형상을 모방하거나 그러한 몸짓을 옮기는 수단이 아니다. 차라리 조선어 '비'는 비가 내리는 형상을 모방하는 몸짓을 간직하면서 탄생한다. 조선 시인이 바람이 부는 동작을 보여주면서 '바람'이라고 발음할 때, '바다'는 '멀리 보라는 소리'와 함께 바다를 바라보는 몸짓과 함께할 때, 그때, '바람'과 '바다'라는 단어는 생명을 부여받는다.

그런데 마치 시간이 잠시 숨을 죽인 것 같은 위의 장면, 징조 단위는 곧 닥칠 불길한 사건과 관련되는 기능 단위와 이내 자리바꿈을 하게 된다. 마르가리타를 숙소에 데려주고 돌아오던 바로 그때, 어떠한 일이 벌어졌던가. 조소朝蘇 문화 친선과 교류를 도모하는 일환으로 전후 재건도시였던 흥남으로 소비에트 시인 마르가리타를 초청하는 만찬회에서 조선작가동맹 위원장으로 기행의 선배이자 소설가인 병도(한설야)가 소련 지도부를 좇아 지도자에 대한 개인숭배를 비판했다. 그리고 다른 문인들은 병도의 비판을 일제히 문제 삼았다. 그런데 그때가 언제인가. 한편으로는 창작의 도식주의를 비판하는 문학의 활기가 문단에서 잠시나마 움트고 있었던 시기였다. 그러나 다른 한편으로는 '붉은 편지'를 통해 국가재건을 위한 천리마운동을 독려한 김일성을 원수에서 수령으로 바꿔 부르는 등 수령 체제가 한층 강화되던 시기이기도 했다. 소설이 전하기를, 몇 해 전에 산양을 노래한 기행의 동시에 대한 논쟁에서 그는 "문학을 신비화시키고 있다"(150)는 뭇 반박을 들은 터였다. 대세는 반박하는 쪽으로 기울고 있었다. 기행이 마르가리타와 비와 바람, 바다에 대해 이야기를 나누었던 그때 내린 "비바람은 폭풍의 전조"였던 것이다.

　지금까지의 이야기는 북행 열차가 함흥에서 잠시 멈췄을 때 기행이 회상한 과거이다. 기행은 누구인가. 그는 지금 어디로 가고 있는가. 이 물음은 우리를 소설의 첫머리로 돌아가게 한다. 「낮빛 검스룩한 조선 시인」을 읽은 독자라면 이미 짐작했겠지만, 북행 열차에 탑승한 기행은 시인 백석(1912~1996)의 본명이다. 소설이 일러주는 정황과 시인 안도현이 쓴 『백석 평전』(다산책방, 2014)을 펼쳐보면 기행은 '현지 파견 작가의 좌담회'에 참석한 지 한 달여 후에 백두산 아래에 있는 삼지연 스키장을 취재하러 북행 기차에 몸을 실었을 것으로 추정된다. 그것이 지금 우리가 읽고 있는 김연수 소설의 첫 장면이다. (김연수의 나이이기도 한) 48세의 시인이자 아동문학가, 소비에트 문학 번역가였던 기행은 아동문학 논쟁, 천리마운동을 독려하는 김일성의 '붉은 편지' 지침, 지도자숭배를 강화하기 위해 경쟁자였던 소비에트파와 연안파 지도자들을 숙청했던 종파 사건, "보수주의의 소극성을 불사르"기 위해 지식인들을 농촌의 생산현장으로 보내는 하방下方 운동 등 역사의 거침없는 폭풍우 속에서 시인으로서의 자신의 삶이 거의 끝장난 것임을, "자기 안에서 단어들은 하나둘 죽어가고 있"음을 절감하고 있었다.

　이미 자신의 의지와 상관없이 동향 선배 시인 김소월이 노래했던 '세계의 끝', 삼수갑산三水甲山의 저 삼수군 협동조합으로 파견되어 양 치는 일을 시작하고 그 결과보고서를 당에 제출했던 기행이었다(『백석 평전』에 따르면 백석은 1996년에 사망할 때까지 이곳 삼수군을 벗어나지 못했다. 시인으로서 그는 무려 35년 이상이나 침묵할 수밖에 없었던 것이다). 김연수의 단편은 기행의 삭막하고도 음영陰影 가득한 내면 풍경 안팎으로 펼쳐지는 문학과 국가권력, 문학의 자율성과 당의 공식적인 지령, 문인이 다른 문인을 고발하고 숙청하는 이데올로기, 소설에서는 "마치 숲속에 있는 여우의 눈처럼" 어디에서나 기행을 따라붙고 그를 응시하는 "붉은 눈동자"에 대해 질문과 숙고를 유도한다. 그 정점이 될 만한 질문 가운데 하나는 소설에서 자신에게 부과된 삼수군 협동농장으로의 하방 결정이 잘못된 것임을 호소하기 위해 찾아간 병도에게 물었던 것이 아닐까. "그렇다면 만약 어떤 시인이 시를 쓰되 그 시를 발표하지 않는다면, 그는 존재하는 것입니까, 부재하는 것입니까?"

그러나 이러한 질문을 받은 병도는 이미 지도자의 개인숭배를 비판하던 이전의 병도가 아니었다. 급변하는 현실 논리를 좇아 재빠르게 처신했던 병도는 오히려 "어떤 작가를 부재하게 만드는 일에 관한 한 당은 탁월"하다고 기행에게 냉혹하게 충고한다. 장편소설 『설봉산』(1956)으로 도래하는 영도자의 탄생을 염원하는 건국 서사시를 썼던 병도, 즉 한설야가 실제로 북한 문학사에서 그로부터 얼마 지나지 않아 똑같은 방식으로 당에 의해 숙청되었다는 사실(1962)은 역사의 지독한 간계가 아니라면 무엇일까. 어쩌면 마르가리타의 충고대로 시인은 "자기 안에서 하나둘 죽어가고 있"는 "조선어 단어들"에 "책임감"을 느끼고 "세수를 하듯이, 꼬박꼬박" "그 단어들을 맹렬하게 생각"할 수밖에 없는 존재이리라. 당에 의해 존재증명을 받는 것이 아닌, 지워져 가는 단어들을 떠올리며 자신의 부재로 실존을 증명해야 하는, 궁핍한 시대의 낯빛 검스룩한 시인의 초상. 김연수의 「낯빛 검스룩한 조선 시인」은 함흥을 거쳐 먼 북방, 세계의 끝으로 떠나는 시인의 회상으로 이루어진 짧은 단편이지만, 수많은 이야기들이 웅성거리는 여백을 품고 있어 길게 펼쳐질 서사를 한번 기대해 봄 직한 소설이다.[1]

3. "오래도록 울음소리"

이신조의 「B구역에 내리는 비」(『한국문학』, 2017년 하반기)는 이렇게 시작하는 소설이다. "이윽고, 비가 내리기 시작했다." 그리고 이렇게 끝나는 소설이다. "이윽고, B구역에 비가 내리기

. .

1. 「낯빛 검스룩한 조선 시인」은 장편소설 『일곱 해의 마지막』(문학동네, 2020)으로 확장되어 출간되었다.

시작했다." 비는 소설의 시작과 끝에서 내린다. 그런데 그 비는 재앙을 예고하는 비가 아니었다.

미리는 지방도로를 벗어나 임업도로의 비포장길을 걷기 시작했다. 비와 어둠과 거친 흙길 탓에 차츰 보폭이 좁아졌다. 두려움 때문이 아니라고 미리는 믿고 싶었다. 지난 두 달 남짓, 미리는 자신의 감각이나 감정이 제 것이 아닌 양 낯설어지는 순간을 숱하게 경험했다. 두려움과 마찬가지로 충격도 실망도 고통도 슬픔도 그전까지 알고 있던 것과는 다른 무엇이 되어 있었다. 집은 무너진 집이었고, 다리는 끊긴 다리였고, 나무는 뿌리 뽑힌 나무였고, 길은 갈라지고 뒤틀린 길이었다. 무너지지 않은 집, 끊기지 않은 다리, 뿌리 뽑히지 않은 나무, 갈라지고 뒤틀리지 않은 길에 대한 기억은 흐릿해져 갔다. 미리는 헤드 랜턴 불빛이 둥근 핀 조명처럼 떨어지는 세 걸음 앞에 의식을 집중했다. 좁아진 보폭을 의식하며 발걸음을 빨리했다. 빗줄기는 차가웠고 등줄기에는 땀이 솟고 있었다.

비가 바로 재앙이었다. 소설은 B구역에 내리는 비가 "방사능에 오염된 비"임을, 주인공 미리가 들어가려는 B구역이 방사능으로 오염되어 사람들이 모두 떠나버린 통제구역임을 간헐적으로 상기시켜 준다. 재앙의 비가 주인공 미리에게 가져다준 감각은 일종의 두려운 낯섦이었을 것이다. '집은 무너진 집이었고, 다리는 끊긴 다리였고, 나무는 뿌리 뽑힌 나무였고, 길은 갈라지고 뒤틀린 길이었다.' 그것은 한마디로 사물들의 근거가, 존재 이유가, 지반이 무너지고 사라지는 사후충격이라고 할 수 있다. 이신조의 단편에서 비는 상서롭든 불길하든 간에 인물들에게 예감과 각성, 통찰을 유도하는 에피파니epiphany나 비전과는 무관하다. 그러니까 비는 이 소설에서 전반적으로 어두컴컴하고 닫혀 있는 미래를 환기하는 징조 단위로 작동하지만, 그 자체로 재앙의 사건이자 여파로 기능하기도 한다. 도대체 어떤 일이 일어났던 것일까. 소설에 따르면, 53일 전에 S시에 큰 지진이 있었고, 다음날 S시에서 한 시간 거리에 있는 원자력발전소에서 폭발 사고가 일어나 인근 20킬로미터 이내가 출입통제 구역 'B구역'으로 지정되어 소개령이 내려졌던 것이다. 그런데 미리는 왜 그곳으로 들어가려던 것일까.

「B구역에 내리는 비」는 한동안 그리고 최근까지도 여전히 한국의 젊은 작가들의 상상력을 사로잡고 있는 포스트–아포칼립스 소설이다. 이미 한국소설은 동일본 대지진과 후쿠시마 원전 사고(2011. 3), 세월호 참사(2014. 4) 등을 통해, 최근에는 한반도 남동부 해안 일대의 원전 밀집지역 주변으로 일어나는 잦은 지진으로 인해 원전 사고에서 더 이상 안전한 지대는 없다는 절박한 불안감을 아포칼립스 서사로 여럿 직조해냈다.

이신조의 단편은 얼핏 외부인이 피폭이나 지진으로 인해 출입이 금지된 재난 구역을 답사하는 '다크 투어리즘'(아즈마 히로키) 서사의 한 변종이라고 할 수도 있겠지만, 재난과 참사의 여정에 참여하는 주인공 자신도 거기서 예외가 아님을 형상화한다는 점에서 특별하다. 또한 아포칼립스 서사의 전형적인 공식에서 엿보이는 희망을 환기하는 방식을 잘라낸다는 점에서도 독특하다. 이신조의 단편에서 그것은 보스와의 관계에서 회임한 태아, 아포칼립스 소설에서 절멸의 상황에서도 피어나는 미래의 은유인 태아를 중절하는 장면에서 잘 드러난다. 임신중절을 도와준 마담이 미리에게 말한 것처럼 "어떤 선택을 해도 잘못이지 않을 수가 없는 일이 있다." 다시 말해 미리의 여정을 따라다니는 비는 미래의 미래 없음 속에서 그녀를 조여오는 "마비의 입자"이다.

소설에서 발생하는 사건으로 치자면, 이 소설에는 특기할 만한 사건이라고 할 만한 것이 많지는 않다. 미리는 B구역에 잠입해 누군가에게 살해당한 보스의 별장으로 가서 그가 남긴 물품들을 일일이 확인하고, 그 과정에서 보스와의 첫 만남 그리고 그 이후에 그와 함께 한 1년여의 시간을 회상한다. 미리는 보스의 별장에서 "고액권의 현금다발과 22구경 자동권총"을 발견하고 그것을 들고 길을 떠난다. 한마디로 스쿠터를 타고 B구역의 보스 별장이나 그와 데이트를 했던 구역 내의 Y읍을 답사하는 행위는 죽은 보스와 사산한 아이에 대한 애도 행위이다. 오히려 「B구역에 내리는 비」의 특기할 만한 점은 사람들이 떠나버린 재난지역에 대한 충실한 보고라고 해도 좋을 정도로 미리가 중절을 한 자신의 몸에서 일어나는 조짐과 비가 그친 화창한 봄의 풍경에서 피폭의 끔찍한 장면들과 마주하는 것이다.

냄새와 울음소리, 죽음의 냄새와 죽음 직전의 울음소리, 미리는 등줄기의 경련을 느끼면서도 빨려 들어가듯 축사 쪽으로 향하는 발걸음을 멈추지 못했다. 거미줄처럼 늘어진 정적이 흩어지고, 기운 없이도 맹렬할 수 있는, 무섭도록 절박한 소의 울음소리가 귓전을 메웠다. 그것은 분명 미리의 인기척에 의한 것이었고, 미리의 인기척을 향한 것이었다. 미리는 숨을 멈췄다. 축사 안은 거대한 죽음의 구덩이가 되어 있었다. 4, 50마리쯤 되는 젖소들이 진흙과 오물과 병과 비참함에 뒤범벅이 되어 있었다. 절반쯤은 이미 죽어 있었다. 확고한 죽음의 덩어리가 되어 있었다. (중략) 미리가 서 있던 근처, 죽은 듯 움직임이 없던 소 한 마리가 갑자기 고개를 번쩍 쳐들고 크고 긴 울음을 토해냈다. 간절한 구조요청이자 분노에 찬 항의, 그토록 검게 젖은 소의 눈동자와 입가에 맺힌 불길한 흰 거품을 미리는 언제까지고 기억할 것만 같았다. 소들의 귀에는 어김없이 세

자리 숫자가 적힌 노란 플라스틱 표식이 달려 있었다. 소들은 미리를 향해 버둥대고 들썩이며 아귀다툼처럼 울어댔다. 처참한 죽음의 구덩이, 가혹한 저주의 늪, 자기들을 버리고 도망친 인간의 죄를 오롯이 뒤집어쓰고 소들이 고통스럽게 울부짖었다.

소설에서 이러한 장면은 적지 않지만, 그중에서도 읽기에 가장 고통스러운 대목이라고 할 만하다. 방사능에 오염된 소들이, 사람들이 모두 떠나가 버리고만 축사에 버려진 채, 미리를 향해 울부짖는다. 그러나 소들을 축사에서 꺼낼 수 없다는 괴로움과 자책감 속에서 미리에게 느닷없이 "지진이 아닌 흔들림"이 찾아온다. 어떻게 된 일일까. 그때 미리는 임신중절을 한 뒤였기에 이러한 흔들림이 다시 찾아올 리는 없을 것으로 생각했을지 모르겠다. 결국 그녀는 "풀밭 한가운데 주저앉아 죽음의 구덩이 속에 버려진 소들처럼 들썩이며 오래도록 울음소리를 냈다." 미리의 격한 오열은 소들이 내지르는 비참한 울음소리와 공명한다. 몸속의 생명을 스스로 끊어내고 세상에 홀로 남은 여자와 인간들에게 버려진 채 죽어가는 소들의 울음은 하나이다. 미리가 할 수 있는 일이란 무엇일까. 소설의 마지막 대목, B구역에서 개와 고양이에게 먹을거리를 나눠주는 노인에게 들린 총소리는 미리가 축사에서 울부짖던 소들의 목숨을 거뒀음을 암시한다.

그녀는 노인에게 지폐 다발과 총을 넘기고 길을 떠난다. 어디로 향하는지 도무지 알 수 없는 길을. 그리고 다시 "B구역에 비가 내리기 시작했다."

두 편의 소설을 읽었고, 소설에 내리는 비를, 분위기와 징조를, 미래와 미래 없음을 주목해 봤다. 그러고 보니 두 소설에서 주인공은 모두 어디론가 향하고 있었고, 소설이 끝나는 소실점 너머의 어둠과 길 저편으로 마침내 사라져버렸다. 그 도정에서 시인은 언어를 서서히 잃어갔고, 여인은 생명을 서서히 잃어갔다. 한 사람은 역사 속에서, 다른 한 사람은 역사 이후의 재난 속에서. 그 사이로, 비는 내렸다.

기원과 종말
김희선과 박민규의 단편

1. 소설, 기원과 종말의 이야기를 (탈)구축하는 이야기

    기원과 종말에 대한 소설을 읽어보겠다. 하나의 사물이 탄생하는 기원으로 거슬러 올라가는 이야기와 모든 것이 돌이킬 수 없는 끝으로 향해 가는 종말의 이야기를. 그런데 기원과 종말이라고 써 놓고 나니, 난감하다. 아무래도 '기원'과 '종말'은 무겁게 들린다. 동의어인 시작과 끝보다 진지하게 발음되어야 할 것 같고, 고심해서 적어야 마땅할 낱말 같다. 기원과 종말에는 권위와 신성이 들러붙어서일까. 그런 것도 같다. 성서에 어울리는 낱말 같다. 물론 그렇게 보면 시작과 끝도 기원과 종말만큼이나 부피와 질감을 내포한 말이 되겠지만, 아무래도 다르다는 느낌은 지워지지 않는다. 당연히 모든 이야기에는 저마다의 시작과 끝이 있다. 쉽게 이야기할 수는 있지만, 쉬운 이야기는 아니다. 계속 말해보겠다.

시작과 끝은 이야기의 기본 형식이다. 시작과 끝, 그것들은 명사이지만 속성은 동사에 가깝다. 시작은 시작하기이며, 끝은 끝맺기이다. 그것은 결단이라는 '어둠 속의 도약'을 통해 결정된다. 시작하기와 끝맺기는 두 배로 어렵다. 시작하기와 끝맺기에는 순간과 영원이 함께 하기 때문이다. 순간의 결단과 결단 직전까지의 오랜 기다림, 머뭇거림, 망설임 때문일까. 그런데 도리어 결단의 순간이 영원 같고, 결단 이후에는 그전까지의 기다림, 머뭇거림, 망설임이 한낱 순간처럼 느껴지는 이유는 또 무엇일까. 난제이다. 그렇지만 시작과 끝, 기원과 종말에 순간과 영원의 감각이 한층 동반된다는 것만큼은 알겠다. 한편으로 시작은 끝을, 끝은 시작을 예감한다. 이에 비해 기원과 종말은 시작과 끝에 내포된 만큼의 예감이나 기대가 덜하다. 기원은 시작의 시작이고, 종말은 끝의 끝이다. 그래서 기원 이전에는 아무것도 없으며, 종말 이후에도 아무것도 없다. 그런 느낌을 준다. 이런 경우에 시작과 끝, 기원과 종말은 시작하기 어렵고 끝내기 어려운 이야기의 형식이 된다. 그리고 이야기의 바로 그 내용이 되기도 한다. 어떤 이야기는 시작과 끝을 이야기의 내용으로 삼으며, 그리하여 시작과 끝은 형식과 내용의 이중주 속에서 변화한다. 이야기의 시작과 끝에서 시작과 끝의 이야

기가 나오며, 시작의 시작과 끝의 끝에 어울리는 권위와 신성의
후광을 두른 이야기, 기원과 종말에 대한 이야기가 비로소 탄생
하는 것이다.

「창세기」와 「요한계시록」은, 그리고 그것이 각각 그려내는
기원과 종말은 신화적인 권위와 특권을 부여받은 대표적인
이야기일 것이다. 그것들은 가장 오래되고 가장 대중화된 방식
으로 이야기의 시작과 끝을 선언한다. "나는 알파와 오메가요
처음과 마지막이요 시작과 마침이라."(「요한계시록」 22장 13절)
이미 이 구절에서 시작과 끝의 사역을 담당하는 문자(알파와
오메가)로 구성된 이야기는 신의 권능을 부여받았다. 그것은
중세에는 성당과 수도원에 그려진 무수한 도상icon 속에서 그
권능과 권위를 부여받았다. 그렇다면 오늘날 기원과 종말의
신화는 어떻게 구축되는가. 그것은 사진, TV와 같은 미디어와
방송을 통해 강화되고 확산되는 방식으로 신화화된다. 도상이
중세의 신화 제조기라면, 미디어는 근대의 신화 제조기이다.
그런데 이 글에서 기원과 종말을 다루는 두 편의 이야기, 정확하
게는 두 편의 소설은 어딘지 모르게 수상쩍고 불온하다. 그것들
은 기원을 구축하여 신화로 만드는 이야기를 다시금 불확정적인
것으로 만들거나 배반하는 소설이고, 모든 것을 끝장내는 숭고
한 종말의 신화를 우스꽝스러운 패러디로 다시 쓰는 소설이기
때문이다. 그러니까 이야기와 이야기, 정확하게는 신화를 구축

하는 이야기와 신화를 해체하는 이야기가 서로를 삼투하고, 서로 경쟁한다. 그리하여 시작의 신화와 종말의 신화를 (탈)구축하는 이야기로서의 소설이 탄생한다. 한국소설의 애독자라면 기꺼이 끄덕이겠지만, 김희선과 박민규는 이러한 이야기를 능청스럽고도 능란하게 만드는 달인들이다.

2. "공의 이데아"는 어떻게 만들어지는가: 김희선, 「공의 기원」

김희선의 「공의 기원」[1]은 이렇게 시작하는 단편이다. "군함이 항구에 들어왔을 때 사람들은 삼삼오오 모여들어 생전 처음 보는 거대한 배를 구경했다." 곧 밝혀지겠지만, 소설을 시작하는 이 문장은 1882년 인천 제물포에 처음으로 축구공이 들어오고, 그때 배를 지켜보던 한 조선인 소년의 운명을 "180도"로 바꿔놓은 사건의 시작이었다. 소설의 서술자에 따르면, 군함에서 내린 영국군 수병들은 어느 날 공놀이를 했고, 그것을 신기해하면서도 즐거워하며 지켜보던 소년은 자신의 앞으로 굴러온 "그 신비로운 물건"을 "빵" 차면서 축구(공)와 인연을 맺게 되었다.

. .

1. 김희선, 「공의 기원」, 『문학의오늘』 2018년 봄호(『골든 에이지』, 문학동네, 2019).

서술자는 "사실 증거가 없어서 어디까지 믿어야 할지는 알 수 없지만"이라고 단서를 단 후, 소년의 일취월장하는 축구 실력이 "가히 후일의 마라도나에 필적할 만한 수준에 이르렀었다"라고 덧붙인다. 축구공은 소년에게는 새로운 세계가 펼쳐지는 것이라고 할만했다. 과연 영국인 수병들이 제물포항에 들어온 이유는 "세계전도"를 그리기 위해서였는데, 소년은 자신 앞에 펼쳐진 지도를 보면서 "이 바닷가도 여기에 다 들어가 있느냐고" 수병에게 묻거나 "갈매기가 끼룩대는 항구나 나지막한 초가지붕 같은 것들이 어디 있을지 찾기 위해 한동안 종이 구석구석을" 뒤지기도 한다. 그 종이 안에 축구공도 세계의 기원, 씨앗처럼 감춰져 있었을까. 계속 이야기하자면, 영국군 수병이 떠나면서 건네준 축구공을 받은 이 소년은, 훗날 세계적인 공 장인이 되는 '굿맨 앤드 박 볼 컴퍼니'의 회장인 박홍수의 주장에 의하면, 그의 증조부였다. 그에 의하면, 소년의 눈매와 입매는 자기와 똑 닮았고, 소년이 끌어안고 있던 축구공에는 '토마스 굿맨®'이라는 상표가 새겨져 있었던 것이다.

이 시작의 이야기는, 멋지고, 제법 그럴듯하지 않은가. 그것은 거의 기원에 육박하지 않는가. 세계 전도를 제작하러 온 대영제국 수병과 동북아시아 변방의 나라 조선 제물포항에서 등짐을 지면서 먹고 살아야 했던 가난한 소년의 운명적인 만남, 만남의 매개이자 선물이 되었고 나아가 소년에게 한 세계를 열어준 축구공, 이 모든 것들이 박홍수를 오늘날의 세계적인 공 장인으로 있게 한 기원에 자리 잡은 자못 감동적인 사건이었다. 그런데 이 이야기는 어떻게 백 년 넘게 지나 지금까지도 회자되는가. 소년의 축구 실력을 마라도나의 기예와 비교하는 것은 어떻게 가능하게 되었는가. 물론 그것은 "갯벌과 한창 공사 중인 항구와 갈매기 몇 마리를 배경으로 서 있는 남자의 흑백사진" 덕택에 가능했다. 박홍수에 따르면 그 사진은 "우연히 찍힌" 것이지만, "필연적으로 찍혀야만 했던" 것이다.

기원은 거슬러 올라간다. 계보를 거슬러 올라가는 것이 기원의 속성이며, 거기서 모든 우연은 필연이 되기 위해 존재한다. 「공의 기원」은 우연이 필연이 되는 무수한 곁가지의 이야기들을 한참 뿌려놓다가 그 이야기들을 다시금 기원으로 거둬간다. 그러나 그것은 기원을 구축하기 위해서가 아니다. 서술자는 능청과 딴청의 가정법으로 구축하는 척 해체하며, 해체하는 척 구축한다. 거슬러 올라갔다가 되돌아오며, 되돌아왔다가 거슬러 올라간다. 물론 '토마스 굿맨®' 축구공은, 데이비드 골드블라트의 『축구의 세계사』에서도 지적되었듯이, 영국 제국주의처럼 전 세계로 뻗어나갔고, 영국 아동노동의 실태, 제3세계인 펀자브 축구공 공장의 아동노동 착취와도 연결된다. 소설에서 어린 시절 옆집에 살던 독일인 할아버지(칼 마르크스!)가 남긴 책을 읽으면서 정의감에 불탔던 기자 앤더슨은 '런던 아동노동의 실태'라는 보고서에서 "대여섯 살밖에 안 된 아이들이 유황 연기에 취한 채 손으로 공을 꿰매고 있는 참담한 현장을" 폭로한다. 앤더슨의 기사는 토마스 굿맨의 몰락을 가져오게 된 계기가 된다.

그러나 「공의 기원」은 소설의 표현을 빌리면 "정치적으로 올바른" 방식으로 '공의 기원'과 무관하지 않은 축구의 제국주의를 폭로하려는 의도로 쓴 소설이 아니다. 그런 이야기라면 족히 천 페이지가 넘는 『축구의 세계사』에도 상세하게 씌어있다. 김희선의 관심은 오직 이야기가 만들어지고, 해체되고, 구축되는 과정 그 자체에 있다. 김희선에게 소설이란 최대한으로 가설ᵃˢ ⁱᶠ을 만드는 공정이고 공장이겠다. 만일 제국의 수병 다음으로 제물포에 도착한 앤더슨의 사진기에 찍힌 남자가 박흥수가 확신하는 것처럼 증조부가 아니라 그저 다른 남자였다면, 만일 앤더슨이 박흥수의 증조부를 아예 만나지 않았더라면, 만일 앤더슨에게는 오직 "가짜를 진짜처럼 보이게 하는" "스토리"를 만드는 것에만 관심이 있었고 그리하여 축구와는 아무런 상관없는 남자에게 축구공을 들게 하여 영원을 봉인할 사진을 찍었다고 한다면? 그와는 다른 판본으로 만일 제물포 축구 소년이 훗날 "32장의 육각형과 오각형 가죽을 오려 붙여 태양처럼 둥근 구의 형태로 만든 공의 설계도"를 파라핀 종이에 그렸다면, 만일 그것을 우연히 주웠던 앤더슨이 "공의 이데아"인 설계도를 하와이로 떠난 박홍수의 증조부와는 다른 제물포 축구 소년에게 건네준 것이라면, 이야기는 또 어떤 방식으로 전개되겠는가.

「공의 기원」의 결말로 나아가 보겠다. 서술자가 그럴듯한 썰説로 풀어놓는 우연과 필연의 이야기 가설들은, 아래의 마지막 문장에서 환기되는 것처럼, 영사기에서 흘러나오는 영상으로 수렴된다.

증조부를 기리기 위해 배경 음향으로 틀어 났다는 파도치는 소리와 갈매기 끼룩대는 소리에 섞여 박홍수의 목소리가 들려왔다. 지금은 기계가 이 모든 일을 해냅니다. 그들은 정교하고 치밀한 데다 지치지도 않아요. 이들 덕분에 우린 최고의 공을 만들어낼 수 있습니다. 어떻습니까, 정말로 멋진 신세계 아닌가요? 잠시 후 뱃고동 소리가 울려 퍼지더니, 어딘가에 설치된 영사기가 오른쪽의 넓고 하얀 벽면에 수평선과 배를 비췄다. 그리고 지켜보고 있는 사이에 배는 점점 더 가까이 다가오더니 마침내 벽 전체를 뒤덮는 그림자가 되는 것이었다.

그리하여 「공의 기원」의 첫 문장('군함이 항구에 들어왔을 때 사람들은 삼삼오오 모여들어 생전 처음 보는 거대한 배를 구경했다')은 마지막 문장과 맞물리면서 '공의 이데아'를, 원환

圓環의 고리를 완성한다. 모든 것을 탈신화화한다는 근대에 새롭게 등장한 신인 미디어는 공의 이데아, 공의 이데아가 실현된 '멋진 신세계', 박홍수의 '굿맨 앤드 박 볼 컴퍼니'의 장구한 신화를 비로소 구축하기 시작한다. 이렇게 소설의 끝은 시작과 다시금 연결된다. 한편으로 「공의 기원」에서 볼 수 있었던 것처럼, 우리 시대에 기원의 이야기, '멋진 신세계'는 영사기를 통해 생중계되면서 신화로 구축된다. 마찬가지로 다음에 읽어볼 박민규의 코믹한 단편 「데우스 엑스 마키나」에서 먹고 싸는 인간의 형상을 한 우스꽝스러운 신들의 강림에 의해 닥칠 구원 또는 종말의 이야기는 CNN방송을 통해 전 인류에게 생중계된다.

3. 먹고 싸는 "인간의 형상 그대로" 강림한 신: 박민규, 「데우스 엑스 마키나」[2]

그러면 박민규의 「데우스 엑스 마키나」는 어떻게 시작하는가. "그날 아침엔 조깅을 했다. // 신께서 내려오신 '그날' 말이다." 어떠한 징후도, 예고도 없었다. 서술자이자 주인공인 '나'의

• •

2. 박민규, 「데우스 엑스 마키나」, 『창작과비평』, 2018년 봄호.

여름휴가가 시작된 날이었고, 간만에 조깅을 한 날이었다. '나는 다음날 5박 6일 일정으로 말레이시아 페낭으로 여행을 떠날 참이었으며, 입언저리에 번진 헤르페스로 자신의 삶이 피곤하다고 생각하던 중이었다. 그런데 신이 내려왔다. "어떤 징후도 없이 그분은 내려오셨고, 어떤 의상도 걸치지 않은 알몸이셨다." '나'가 팔로우한 '트친'인 미국 대통령 트럼프가 날린 트윗의 구절을 빌리면 그것은 "Fake News"(가짜 뉴스)가 아닌가. 우선 신의 강림에 해당하는 유서 깊은 두 개의 어휘를 상기해 본다. 첫째는 파루시아parousia로, 최후심판을 앞둔 그리스도의 재림을 뜻한다. 파루시아를 염두에 두면 「데우스 엑스 마키나」는 「창세기」의 여러 구절과 의미에 대한 패러디 소설로 보인다.

과연 '하나님의 형상대로 인간을 만들었다'(「창세기」1장 27절)는 구절에 대비되는 표현으로 소설은 "인간의 형상 그대로 신은 지구 위에 우뚝 서 계셨다"고 적고 있다. 그리고 소설의 마지막에서 커플룩으로 T자형 끈팬티를 입고 "초원처럼 느껴지는 평원"으로 함께 달려 나가는 '나'와 1410호의 여자는 흡사 에덴동산의 아담과 이브를 닮았다. 처음 출현한 신은 거대한 알몸의 남자였는데, CNN 앵커는 아담을 염두에 두고 "우주 공간엔 '나뭇잎'이 없다는 사실을 우리는 알아야" 한다고 위트 있게 말한다. 게다가 후반부에 여자 신이 내려오면서 신은 두 명이 되었다. 마치 아담과 이브 커플처럼. 그러나 파루시아에 어울리는 기독교적인 신이라고 단정하기에는 박민규의 신은 이교도 전통과도 연결되는 측면이 과히 적지 않다. 작가는 파루 시아 대신에 '데우스 엑스 마키나'를 호명했다. '기계장치의 신'으로 번역되는 '데우스 엑스 마키나'는 아리스토텔레스의 『시학』으로 거슬러 올라가는 용어로, 극 중의 갈등과 반목^{agon} 에 대한 플롯 상의 해결을 도모하기 위해 무대에 갑자기 등장하 는 신이다. 소설은 '데우스 엑스 마키나'에 어울리게도 "암흑의 저 공간 어딘가에 기계장치가 있어 드르르르 신을 내려보낸 느낌"과 함께 "어떤 징후도 없이 어둠 속에서 나타난 한 남자가 도르래로 내려지듯 지구에 착지, 지금 우리를 내려보는 상황"을 서술하고 있다. 그러면 1,700킬로미터의 키에 몸 대부분이 대기 권 밖의 우주 공간에 위치해 있으며, 남태평양 바다 한가운데에 발을 딛고 있는 이 거대한 남자의 정체는 도대체 누구인가? 그는 왜 내려왔는가? 그는 신인가, 인간인가. 남태평양에 내려온 '데우스 엑스 마키나'는 처음에는 그 뜻 그대로 인류에게 갈등의 해결사처럼 보인다. 수많은 SF영화에서 반복되는 단골 프로토 콜처럼, 정체불명의 신에게 공동대응하기로 약속하면서 "각국 의 이해관계나 갈등, 지역 분쟁들이 일시에 종료"되고, 북한을 포함한 전 세계 국가가 임시 세계 단일정부의 산하에 소속되며, "결국 인류는 하나가 되었다." 신이 내려온 지 불과 이틀 만에. 전 세계, 특히 종교계는 혼돈에 휩싸이지만, '나'는 그저 생방송으로 덤덤히 지켜볼 뿐이다.

정말로 남태평양에 내려온 신은 최후의 심판 대신에 인류의 해묵은 갈등과 비참을 종식시킬 구원자로 등장한 것일지도 모른다. 확실히 "세계 단일정부의 수장이 된 트친"인 미국 대통령은 신과 대화를 시도하고 있으며, 조만간 "대기권 밖에서 정상회담"이 이뤄질지도 모른다고 희망을 건다. 그날 '나'의 트친은 신의 사진과 함께 트윗 한 줄을 날린다. "Well he is pretty!"라고. '참 보기에 좋더라'라고 해야 할지, '꽤 예쁘군'이라고 번역해야 할지 모르겠다. 게다가 인류의 화해와 상생을 희망하는 팔레스타인 여성이 쓴 시가 통합 채널을 통해 전 세계에 낭독되는 장면이 방송되고, 그 시를 이번에는 이스라엘 소프라노가 노래로 부르자 감동은 더해진다. 들어보자. "왜 이런 세상을 만들지 못했던가. / 단지 하루면 만들 수 있는 세상인데 / 올리브나무 같은 한 남자가 / 서 있기만 하면 오는 세상이었는데."

그렇지만 '나'는 노래를 들으면서 감동을 받기는커녕 오래전의 악몽인 "마요네즈 원샷하기"를 떠올린다. 말 그대로 벌칙으로 벌금 대신에 마요네즈를 원샷하고 메슥거림과 설사에 내내 시달렸던 것이다. "이유는 알 수 없지만, 나는 그 후로 감동적인 시나 노래를 들으면 속이 메슥거리는 인간이 되었다." 앞서 읽은 김희선 소설의 구절을 빌리면, '나'는 '정치적으로 올바른' 시와 노래에 메슥거림을 느꼈을 것이다. 그것은 애초에 '나'가

신을 처음 보았을 때 느낀 불편함이나 위화감과도 무관하지 않다. 처음 그를 보았을 때, '나'는 아랫배가 나온 체형, 꾸부정한 어깨, 친근한 만큼이나 무섭게 느껴지는 느끼한 얼굴의 그는 확실히 누군가를 닮았다고 생각했다. "닮았다…… 가 아니라 그냥 똑같았"다. 누구와? 신은 김경식 아저씨와 똑같았다. 김경식 아저씨는 누구인가? 그는 '나'의 어린 시절 한동네에 살던 독신남으로, 아이들과도 곧잘 어울렸고 꽃밭에 들어가 똥 누는 걸 좋아하는 백치에 가까운 인물이었다. 그리고 이웃집 새댁을 강간 살해한 범죄자였다. 인간의 형상을 한 신이 '나'에게는 김경식 아저씨였던 것이다. 신은 '나'에게 전 인류의 희망과는 다르게 갈등의 해결사가 아닌 음모plot를 획책하는 신일지도 모른다.

"I'll be friends with him?"(나는 그와 친구가 되겠다?) '나'의 트친 트럼프가 트위터에 적은 희망과는 달리 신의 역습은 시작되었다. 그가 내려온 지 사흘째 되고 인류가 하나가 된 이튿날, "신은 비로소 이 땅을 굽어살피기 시작"하더니, 뉴질랜드를 움켜쥐고 통째로 뜯어먹고 나서 길게 트림까지 한다. "전 인류가 전지적 작가 시점"으로 비극을 지켜보고, '나'의 트친은 급기야 "fire & fury"(화염과 분노)로 누구도 "결코, 절대로, 본 적이 없는" 전쟁을 신에게 선포한다. 신은 김경식 아저씨처럼 강간범이었는지도 모르겠다. 미국을 강간하는 그는 "인류가 생각해

온 신의 모습", "인류가 애써 행해온 일들을 몸소 대행하는 존재"였을지도 모른다. 러시아와 중국이 "신의 고환" 양쪽에 공격을 감행하지만 신은 타격을 입지 않으며, 아랑곳하지도 않는다.

신의 이러한 모습을 지켜보면서 '나'는 "잠들 수 없을 만큼 입"의 가려움증을 느끼며, 결국에는 자신의 집으로 와달라던 1410호의 거듭된 요청을 더는 물리치지 못하고 연고를 빌리러 그녀의 집으로 간다. '나'와 1410호는 무엇을 하겠는가. 신의 활약상을 지켜보는 수밖에. 신은 누구인가. "어떤 의미에서 그는 미워할래야 미워할 수 없는 존재였다. 아무런 악의 없이 그저 먹고, 씨를 뿌리고, 자는 게 전부인 인간을 미워한다는 것은 갓난아기를 미워하는 것과 다를 바 없는 일이라고 나는 생각했다." 「창세기」에서 신은 자신의 형상으로 인간을 창조했지만, 「데우스 엑스 마키나」에서 신은 인간의 형상을 한 존재로 내려와 인간을 끝장내버릴 것이다. 소설의 결말로 달려가 보겠다.

또 정오인데도 마치 늦가을이나 된 듯 풀이 죽은 햇살이었다. 하늘도 어둑했다. 에베레스트를 따먹은 신께서 아마도 가까이 오셨다는 증거일 것이다. 세 발치쯤 떨어진 거리에서 그녀를 마주 본 채 나는 불현듯 춤을 추기 시작했다. 그녀는 또 깔깔대더니 자신도 일가견이 있다는 듯 몸을 흔들기 시작했다. 그렇게 마주 선 채 우리는 계속 춤을 추었다. 웃음이 터져나왔다. 도중에 그녀가 팬티를 벗어 던지길래 나도 팬티를 벗어 던졌다. 끈팬티를 벗는 건 일도 아니었다. 그리고 계속 춤을 추었다. 갑자기 1410호의 이름이 궁금했지만…… 이제 와 묻는 것도 미안한 일이고 해서 나는 춤에만 집중했다. 지축을 흔드는 이 울림. 신께서 오고 계셨다.

재앙은 멈추지 않고 더해간다. 뉴질랜드를 뜯어먹고 미국을 강간한 남신에 이어 여신마저 인도양 북부로 내려온다. 그녀는 인도의 일부를 떼어먹고 이어서 "이거 참 쓸 만하다는 얼굴로" 에베레스트를 쓰다듬는다. 이제 「데우스 엑스 마키나」의 두 남녀 주인공은 무엇을 하겠는가. 소설의 첫 부분에서 '나'는 신이 내려왔을 때 T팬티 차림이었는데, 그것을 '나'가 앓고 있는 헤르페스와 연결 지어 보면 불순한 연상의 결과를 끄집어 낼 수 있으리라. 헤르페스는 입가에 번지는 바이러스 감염 증상 이지만, 은밀하게는 사타구니 주변을 감염시키는 성병을 뜻하기도 한다. 특별한 취향이 아닌 한에서야 '나'가 T팬티를 내내 입고 있었던 이유를 여기서 추측해 볼 수 있지 않을까 싶다. '나'의 몸, 하필이면 먹는 입과 (추측컨대) 싸는 성기 주변으로 번져나가고 멈출 줄 모르는 헤르페스 증상이 그러하듯이, "인류란 건 결국, 오랜 교차 감염의 결과물"인 것이다. 그렇다면 지구로 내려온 두 신은 '나'와 1410호의, 나아가 인류의 증상을 해결하는 메시아가 아니겠는가. 「데우스 엑스 마키나」는 한마디로 이렇게 말하는 것도 같다. '인류는 지구가 앓는 헤르페스 질환이다.' 고로 종말은 구원이겠고, 느끼한 마요네즈 원샷도 없을 것이며, 지겨운 게임도 이젠 끝임을 고告하노니, 신들을 맞이하러 나가 팬티를 벗고 춤을 추는 것이야말로 지상에 남은 인간들이 벌일 수 있는 마지막 축제가 아니라면 무엇이겠는가.

소설로 쓰는 성서 해석학

이승우의 단편들

1. 해석학적 충동

이승우가 한국 소설사에서 기독교적 문제의식을 자신의 고유한 소설적 주제로 삼아 줄곧 탐구해온 드문 작가라는 것은 잘 알려져 있다. 문제적인 데뷔작인 『에리직톤의 초상』(1981; 1990)에서부터 이승우는 인간과 인간 사이의 수평적 관계와 인간과 신과의 수직적 관계 속에서 이중으로 고뇌하는 인물들을 등장시켰다. 이승우의 소설에서 인간은 신으로 올라설 수도 없고 그렇다고 짐승으로 떨어질 수도 없는 형이상학적인 열병을 앓는 존재인 반면에, 신은 하늘로 솟구치는 그들의 고뇌와 울부짖음에도 불구하고 침묵하는 숨은 신에 가깝다. 신과 인간 사이의 수직적인 관계는 세속, 다시 말해 인간과 인간 사이의 수평적인 관계에 대한 철저한 질문을 통해서 비로소 의미화될 수 있는 것이기 때문이다. 그것이 이승우의 소설을 따분한 호교론이 아니라 세속에 대한 고뇌로 가득 찬 형이상학적 탐구로 이끄는 동력이리라. 그런데 이승우는 『라하트 하하렙』(1985)의 조성기처럼 세속적 고뇌와 방황 끝에 획득한 특정한 믿음을 간증하는 목사의 길을 선택하지도, 『사람의 아들』(1979)의 이문열처럼 기독교를 탈신화화하는 무신론자 아하스페르츠의 길을 걷지도 않았다는 점에서 더욱 문제적인 작가다.

멀리는 『팡세』의 파스칼에서 가까이는 『카라마조프가의 형제들』의 도스토옙스키와 『죽음에 이르는 병』의 키르케고르의 계보를 잇는 수제자로, 이승우 소설의 형이상학적 주인공 또한 끝까지 침묵하는 예수 앞에서 기어이 무신론을 선포하는 분노에 찬 대심문관이나 절망에 빠져 자기 자신이지 않으려고 하는, 그리하여 신에게서 가장 먼 무저갱에 떨어진 악마적인 반항인과 더욱 닮아 있다. 누군가 말했던 것 같다. 신이 도덕적 총론이라면, 악마는 리얼리즘적 각론이라고. 모든 매혹적인 것은 악마의 몫이니, 그리하여 소설은 지루한 신보다는 끼가 넘치는 악마에게 매혹을 느낀다고. 소설의 세목detail에 머무는 존재는 지상의 인간에게 우렁차게 설교하는 신이 아니라 인간의 귀에 나지막이 속삭이는 악마이다. 그럼 이승우를 신학교를 중퇴하고 리얼리즘적 각론을 전개하는 악마에게 재능을 빌린 작가라고 불러도 좋을까. 그럼에도 이승우 소설의 주변에는 특유의 금욕적인 분위기가 도사리고 있는데, 그것은 그의 소설에서 형상(화)에 대한 열정보다는 관념(화)에 대한 열정이 우세하게 드러나는 것과 무관하지 않다. 이러한 평가는 이승우 소설에 대한 가치절하를 의미하는 것일까. 나는 결코 그렇게 생각하지 않는다. 이승우는 세부에 대한 충실한 묘사로부터 하나의 상징을 형상화하기보다는 집요한 해석을 통해 특정 관념, 가령 사랑, 폭력, 질투 등을 생생하게 만드는 작가에 가깝다. 형상화, 다른 말로 우상 만들기에 대한 기독교적 금지의 영향 때문일까. 그러나 이러한 추측도 안이할 뿐이다.

　최근 들어 이승우는 성서, 특히 구약성서 「창세기」의 몇몇 이야기를 다시 쓰고 있다. 서사학의 용어를 빌리면 이승우는 창조적인 방식으로 기존 서사의 틈, 다시 말해 서사에서 독자가 상상을 하면서 채워 넣어야 하는 부분에 대해 적극적으로 개입하는 '적용하며 읽기'를 수행한다. 악한 도시 소돔을 방문한 나그네들의 경고를 받고 도시를 떠난 롯 가족의 이야기, 신의 명령에 따라 사랑하는 아들 이삭을 바치려고 한 아브라함의 이야기 그리고 사라의 질투와 그의 남편 아브라함의 묵인으로 인해 아들 이스마엘과 함께 광야로 쫓겨나게 된 이집트 출신의 몸종 하갈의 이야기.[1] 그런데 이승우의 「창세기」 다시 읽기(쓰기)는 독특하다. 그것은 한마디로 디테일한 묘사에 대한 열정보

다는 집요한 해석학적 충동에 의해 새롭게 서술된다. 그리고
내 생각에 이승우의 성서 읽기(쓰기)는 「창세기」에서 비롯되는
미메시스적 전통과도 무관하지 않아 보인다.

2. 아브라함의 사흘

물론 나는 「창세기」의 미메시스를 『오디세이아』를 쓴 호메
로스의 미메시스와 비교한 에리히 아우얼바하의 탁월한 논의를
염두에 두고 이승우의 연작 단편에 대해 이야기하려는 것이다.
아우얼바하는 「오디세우스의 흉터」에서 이타카로 막 귀향한
오디세우스의 모습에 대해 호메로스가 수행한 묘사의 구체성에
서 비롯되는 존재의 투명한 현존을, 아브라함이 신의 명령으로
아들인 이삭을 번제물로 바치러 가는 사흘의 여정에 대해 「창세
기」의 익명의 저자가 수행한 서술의 모호성에서 비롯되는 존재
의 불투명한 현존과 비교한다. 한마디로 호메로스의 미메시스
와 「창세기」 저자의 미메시스에서 리얼리즘의 서로 다른 두

. .

1. 순서대로 이승우, 「소돔의 하룻밤」, 『문학과사회』, 2018년 여름호; 「사랑의
   역사(役事): 이삭의 사흘길」(단행본에서는 「사랑이 한 일」), 『자음과모음』,
   2018년 가을호; 「하갈의 노래」, 『문학동네』, 2018년 겨울호. 세 편 모두
   『사랑이 한 일』(문학동네, 2022)에 실려 있다.

유형이 추출되는 순간이다. 편의를 위해 후자 곧 「창세기」의 미메시스에 대해 아우얼바하가 요약한 부분에 집중하도록 하겠다. "어떤 특정 부분을 강력히 조명하고 다른 것은 어둠 속에 버려두는 수법, 갑작스러운 당돌함, 표현되어 있지 않은 것의 암시력, '배경'을 내포한 성질, 다양한 의미와 해석의 필요성, 보편적 만국사적 주장, 역사적 생성관의 발전, 문제가 있는 것에 대한 집념."[2] 그리고 나는 여기서 단 하나, '다양한 의미와 해석의 필요성'이라는 구절에 집중하고자 한다.

「창세기」 22장(1~19절), 곧 신의 명령으로 이삭을 번제물로 바치려 했다가 다시 신의 명령으로 제의를 중단한 아브라함의 이야기에 주목해 보겠다. 아우얼바하의 해석을 좇자면, 원래의 아브라함 이야기는 다소 느닷없으며, 빈틈으로 가득하다. 갑자기 신이 아브라함을 부르고, 아브라함은 대답한다. 나 여기에 있다고. 신은 다시 아브라함에게 명령한다. 너의 사랑하는 아들을 번제물로 바치라고. 다음날 아브라함은 신이 지정한 곳으로 길을 떠난다. 독자는 묻지 않을 수 없다. 도대체 신은 어디에서 말하며, 아브라함은 어디에서 대답하는가. 아무런 설명도 없다. 게다가 묘사는 최소한으로 제한되었다. 아브라함은 "나귀의

• •

    2. 에리히 아우얼바하, 「오디세우스의 흉터」, 『미메시스』, 김우창 · 유종호 옮김, 민음사, 2012, 70.

등에 안장을 얹"고, "번제에 쓸 장작을 다 쪼개어 가지고서" "길을 떠났다."(「창세기」 22장 3절) 이것이 전부다. 게다가 사흘 길을 걷는 동안의 아브라함의 모습은 조금도 드러나지 않는다. 그의 심리적 고뇌, 아들을 바치라는 신에 대한 원망 또는 의혹, 아들을 바라보는 아버지, 아버지의 눈에 비친 아들 모두. 만일 호메로스라면 어땠을까. 그는 이것들을 상세하고도 극적인 카타르시스를 동원하는 방법으로 묘사하지 않았을까. 사흘 밤낮을 제대로 먹지도 자지도 못하는 아브라함의 고뇌에 찬 내면, 천진난만하게 자신이 가는 길을 알지 못하고 그저 아비를 따라가는 이삭, 끊임없이 펼쳐진 황량하고도 뜨거운 사막의 모래를 상세하게 묘사하지 않았을까. 그러나 「창세기」의 저자는 다음 절에서 다만 이렇게 보고할 뿐이다. "사흘 만에 아브라함은 고개를 들어서, 멀리 그곳을 바라볼 수 있었다."(22장 4절) 만일 이승우라면 이삭을 번제물로 바치려던 아브라함의 이야기에 있는 빈틈에 어떻게 서사적으로 개입할까. 그는 호메로스의 방식으로 틈을 메우려고 하는 것일까. 그렇지는 않다.

이승우의 「창세기」 다시 쓰기 또는 다시 읽기의 출발에 있는 「소돔의 하룻밤」은 어떠한가. 그는 여기서 호메로스 대신에 「창세기」의 저자를 따른다. 이승우는 「창세기」의 저자가 언급한 사물을 세밀하게 클로즈업하거나 저자가 서술한 말과 말 사이의 공백, 틈을 상세한 묘사와 서술로 메우려고 하지 않는다.

그는 「창세기」에 전개된 서술과 서술의 틈에 해석학적으로 개입할 뿐이다. 「창세기」의 저자가 전하는 소돔의 이야기(19장 1~29절)는 무엇인가. 한마디로 악한 도시 소돔을 멸망시키기 직전에 두 천사가 방문해 롯의 가족을 소돔으로부터 탈출시키는 이야기이다.

「창세기」에서 해당 이야기의 처음 몇 대목만 읽어보겠다. 두 천사가 저녁에 소돔의 성문에 도착한다. 성문 어귀에는 아브라함의 조카인 롯이 누군가를 기다리고 있다가 그들을 알아본다. 롯은 그들에게 자신의 집에 가서 하룻밤을 묵고 가라고 간청한다. 그러자 그들은 거절한다. "아닙니다. 우리는 그냥 길에서 하룻밤을 묵을 생각입니다."(19장 2절) 「소돔의 하룻밤」초반의 몇 대목은 「창세기」 19장 1~2절을 거의 그대로 따른다. 「창세기」의 '천사'는 「소돔의 하룻밤」에서는 '나그네'로 바뀌어 있지만, 롯은 이미 그들을 자신이 맞이할 타향의 나그네, 손님으로 인식하고 있었다. 만일 호메로스라면 이 대목을 어떻게 묘사했을까. 아마도 그는 우선 나그네로 위장한 천사의 생김새를, 그들의 복장과 목소리를 상세하게 묘사하지 않았을까. 마치 인간으로 변신한 제우스를 묘사하듯이. 그런데 이승우의 해석학적 화자는 호메로스식의 묘사를 취하는 대신에 세 초점화자의 위치에서 천사, 곧 나그네의 말을 반복해 언급하고 그것을 다각도로 해석한다. 첫째는 천사들, 곧 나그네들의 입장에

선 화자로, 둘째는 나그네들을 맞이하는 롯의 입장에 선 화자로, 셋째는 앞의 두 입장을 종합한 화자로. 이에 대해 하나씩 살펴보도록 하겠다.

첫째, 나그네들은 소돔에 쉬러 온 것이 아니라 일하러 온 것이었다. 소돔 성城 "안에 있는 사람들을 규탄하는 크나큰 울부짖음'(13절)이 있다는 것을 알게 된 신은 천사들에게 그곳을 살피라고 명한 것이다. 소설의 화자는 이렇게 덧붙인다. "그들은 일하러 온 길이었다. 그들은 집이 아니라 길에 있어야 했다. 그들이 롯의 초대를 받아들이지 않은, 받아들일 수 없는 이유이다." 그들은 신의 명령을 받고 온 사자使者이기 때문에 롯의 초대를 받아들일 수 없다. 동시에 롯의 초대를 받아들이면 이 성안에서 무슨 일이 벌어지는지를 알 수가 없게 된다.

둘째, 그럼에도 롯은 길에서 노숙하겠다는 나그네들에게 간청을 멈추지 않는다. 롯의 편에 선 소설의 화자는 이렇게 덧붙인다. "그는 왜 그렇게 하는가. 그가 살고 있는 도시가, 특히 나그네들에게 위험하기 때문이다." 롯은 누군가를 무작정 기다리고 있다. 낯선 모습의 나그네들이 오면 그들을 손님으로 맞이할 생각으로. 그것은 절박하며, 무조건적이다. 화자는 그 절박함을 반복을 동원한 문장으로 표현한다. "오는 사람이 누구일지 언제 올지 아무도 모른다. 올지 안 올지도 모른다. 올지 안 올지 모르기 때문에 기다릴 수 없고, 올지 안 올지 모르기 때문에 기다리지 않을 수 없다." 롯은 성안의 악한 사람들처럼 나그네들의 정체에 대해 묻지도 않고, 그들을 무조건 집 안으로 들이려고 한다. 이 성이 나그네들에게 너무 위험하기 때문이다. 롯의 간청에 의해 나그네들은 결국 손님이 된다. 손님을 맞이하는 행위는 무조건적이고도 절박한 정언명령이다. "모든 손님맞이는 다급할 수밖에 없다."

셋째, 그렇다면 신이 천사들을 소돔 성에 보낸 계획은 롯의 간청에 의해 무산되었다고 할 수 있을까. 또한 천사들, 즉 나그네들은 롯의 간청을 받아들임으로써 신의 명령을 어기는 것이라고 말할 수 있을까. 그렇지는 않다. 일면 롯의 간청은 나그네들에게 부담을 준다는 점에서 강요적이다. 그러나 롯에게는 그럴 만한 이유가 있다. '그는 왜 그렇게 하는가. 그가 살고 있는 도시가, 특히 나그네들에게 위험하기 때문이다.' 그럼에도 나그네들이 그 상황을 끝내 인지하지 못할 때 나그네들에게 간청하는 롯의 절박함, 무조건성에 비롯되는 "거절하기 힘든 극진한, 과도한, 간청의 형식을 갖춘 호의는 거절하기 힘든 강요"가 된다. "호의가 강요로 변할 때 자발성은 내면화되고 의무가 관계의 거의 유일한 소통 규칙으로 대체된다." 그러나 이러한 간청이야말로 자크 데리다가 「창세기」의 바로 이 대목을 해설하면서 언급한 환대, 곧 그들이 누구인지, 어디서 왔는지, 여자인지 남자인지, 어떤 종류의 인간인지, 신인지 짐승인지 천사인지 악마인지 묻지도 따지지도 않는 무조건적인 환대[3]라고 할 수 있으리라. 이러한 환대로 인해 사자들의 사역이 변경되고, 신의 계획이 다른 경로를 취한다고 말할 수 있을까. 오히려 바로 롯의 이러한 환대야말로 신의 계획의 일부이며, 그 계획을 충실히 받드는 천사들의 사역이지 않을까.

한편으로 「소돔의 하룻밤」에서 화자는 이처럼 「창세기」 저자의 역할을, 마치 신의 천사들처럼, 지극히 충실히 따라가는 한편으로 후대에 논란을 일으킨 대목에 대한 해석학적인 변경을 적극 수행하기도 한다. 그 가운데 하나가 바로 집안에 있는 롯의 손님들에게 그들을 겁간하겠다고 협박하고 폭력을 저지르는 소돔 성 남자들에 대한 논평일 것이다. 화자의 논평을 참조하면, 소돔 성은 후에 소도미sodomy로 알려진 남성 동성애로 인해 멸망한 것이 아니라, "나와 다른 사람, 나그네, 외지인에 대한 차별과 적대감"의 "눈먼 행위"로 인해 멸망을 초래한 것이다. 이처럼 이승우의 「창세기」 다시 쓰기의 해석학적인 활력은 「사랑의 역사」와 「하갈의 노래」에서는 불가능한 것을 요구하는 사랑의 무시무시함과 버림받은 여인의 신에 대한 절규와 호소를 재현할 때도 효과적으로 작동한다. 우선 '오디세우스의 흉터' 맞은편에 있는 아브라함의 사흘 그리고 이삭의 사흘을

• •

3. 자크 데리다, 『환대에 대하여』, 이보경 옮김, 필로소픽, 2023, 207.

한번 따라가 보겠다.

3. 이삭과 하갈: 항의하는 아들, 저주하는 어머니

「사랑의 역사」는 앞서 「오디세우스의 흉터」에서 아우얼바하가 자세히 분석한 「창세기」의 아브라함 이야기를 아브라함 그리고 무엇보다도 아들 이삭의 입장에서 회고하는 소설이다. 그런데 「창세기」의 이야기는 어디까지나 자기 자신보다 사랑하는 아들 이삭을 제단에 번제물로 바쳐야 하는 아버지 아브라함이 주인공이 된 입장에서 서술된 것이다. 이에 비해 「사랑의 역사」는 아브라함보다도 이삭의 입장에서 자신을 번제물로 바치려고 했던 아버지 아브라함의 행위 그리고 그러한 아버지에게 명령을 내린 또 다른 아버지(신)의 뜻을 헤아리는 쪽으로 이야기가 진행되고 있다. 소설의 1장은 의미심장하게도 이렇게 시작된다. "그것은 사랑 때문에 일어난 일이다, 라고 아버지는 나에게 말하지 않았다." 그런데 이때의 '아버지'는 누구이며, '나는 누구인가. 사랑했기 때문에 나의 가장 소중한 것을 바치라는 말을 끝내 아들에게 말하지 못한 아버지는 누구이며, '나'는 누구인가. 이때의 '아버지'는 아브라함이고, '나'는 그의 아들인 이삭인가. 아니면 '아버지'는 신이고 '나'는 그의 아들인 아브라함인가. 확실한 것은 신이든 아브라함이든 '아버지'는 자신의 사랑 속에서 철저하게 무력無力하다.

아들을 번제로 바치려 했던 아브라함의 행동은 기독교의 구속사救贖史에서 가장 상징적인 사건으로, 훗날 아들 예수를 십자가에 못 박히게 함으로써 인류의 죄를 대속代贖하는 신의 계획을 예표豫表하는 행위이다. 「창세기」의 저자는 가장 사랑하는 것을 번제물로 바치라는 신의 명령 앞에서 느꼈을 아버지 아브라함의 말 없는 고뇌, 어떠한 이의제기도 없이 신의 명령을 충실하게 수행하는 아브라함의 마지막 행위, 즉 자신이 쥔 칼로 이삭을 살해하려는 행위를 중지시킨 신의 위대한 사랑과 아브라함에게 약속된 신의 축복에 대해 감동적으로 기록하고 있다. 아브라함은 어떤 아버지인가. 그런데 그는 신의 명령 앞에서 아들에게 아무것도 할 수 없었던 무능력한 아버지, 신의 부조리한 명령을 무조건 따르는 아둔하고 어리석은 아버지, 아들을 번제로 바쳐야 하는 허무한 행위가 가져올 예견된 파국 앞에서 속수무책인 아버지, 가장 사랑하는 것을 바쳐야 하는 자기 자신을 끊임없이 증오할 수밖에 없었던 아버지가 아닌가. 그래서 키르케고르는 아브라함의 행위에 대해 이렇게 논평했던 것이다. "아브라함은 모든 사람보다 더 한층 위대하다. 그는 강대함이 무력하게 된 힘으로써 위대하고, 그 신비가 우둔하게 된 지혜로써 위대하고, 그 형식이 허망하게 된 희망으로써 위대하고, 자신을 미워하게 된 사랑으로써 위대하다."[4] 그런데 키르케고르의 말은 아들 아브라함에게 이삭을 바치라는 명령을 내린 신에게도 해당되지 않는가.

「사랑의 역사」에서 신은 어떠한 존재인가. 그는 아브라함에게 아들을 "번제물로 바쳐라"(「창세기」 22장 2절)라고 명령했다가 나중에는 이삭 "그 아이에게 아무 일도 하지 말아라!"(22장 12절)라고 명령한다. 신은 자신의 아들인 아브라함에게 명령을 내리는 존재이며, 아들은 아버지의 명령을 수행하는 자다. 그런데 신의 명령은 이율배반적이다. '바쳐라'라고 말했던 자가 나중에 '바치지 말라'고 명령하는 것이다. 뒤의 명령이 앞의 명령을 어긴 것이며, 앞의 명령도 뒤의 명령에 의해 취소된다. 신의 명령은 명령을 무화하는 명령이다. 명령만 취소되는 것이 아니라 명령에 수반되는 권위도 취소된다. 신은 자기 자신이 내린 명령을 어기는 자가 된다. 명령을 내리고 명령을 수행하게 하는 힘이 권능이라면 신은 권능을 가진 것처럼 보이지만 철저하게 권능을 내팽개친 무력한 존재이다. 신은 비일관된 존재인가. 그는 한낱 변덕스러운 자일까. 만일 신이 자신의 명령을 취소할 수 있다면 그것은 무엇 때문일까.

이삭의 입장에 선 화자는 말한다. "'바쳐라'가 사랑인 것처럼

---

4. 쇠렌 키르케고르, 『두려움과 떨림』, 강학철 옮김, 민음사, 1991, 26.

'아무 일도 하지 마라'도 사랑이다." 사랑 때문에 아들의 아들을 번제로 바치라고 했고, 사랑 때문에 아들의 아들을 번제로 바치는 행위를 중지하라고 했다는 것이다. "전능한 신은 사랑 때문에 완벽한 무능력자가 된다." 그러나 여전히 이삭에게 이 사랑은 좀처럼 납득이 가지 않는다. 사랑 때문에 일어난 일이 왜 이리도 잔혹하고 무시무시한가. 사랑은 그래도 되는 것일까. 그것이 사랑의 역설일까. "그것은 사랑 때문에 일어난 일이다, 라고 아버지는 나에게 말했다"라는 소설의 구절에서 짐작되듯 이 사랑을 확신하고 그것을 아들에게 전하는 이는 아브라함이 다. 그러나 아버지의 아들의 아들인 이삭은 아버지처럼 확신할 수 없으며, 이삭 편에서 이야기를 듣는 독자 또한 이삭처럼 확신할 수가 없다. 이 소설에서 사랑은 대답이 아니라, 질문이다. 그러니까 이 사랑 이야기는 끝날 수 없는 이야기이다. 이삭이 말한 것처럼, 아브라함에게 신이 내렸다가 취소한 명령을 들었 던 그 밤, "나는 아직 그 밤에 들은 말들을 다 풀지 못했다."

아우얼바하와 키르케고르에 의해 주목을 받은 아브라함의 숭고한 행위는 「사랑의 역사」에서 주된 초점 화자인 이삭에 의해 상대화된다. 그렇다면 이승우가 수행하는 작업은 「창세 기」에 대한 탈신화화 작업인가. 그렇지는 않다. 이승우의 다시 쓰기는 탈신화화보다는 관점의 근본적인 전환이다. 예를 들면 내 생각에 철저하게 상대화되는 존재는 「하갈의 노래」에서는

'가부장' 아브라함과 신이다. 하갈의 이야기는 아브라함이 이삭을 바치려고 했던 행위보다 앞서 일어난 일들로, 소설에 따르면, 아브라함이 이삭을 바치게 된 행위를 예비하는 사건이기도 하다. 「창세기」가 전해주는 이집트 출신의 여종 하갈과 그의 아들 이스마엘의 이야기(「창세기」 16장 1~16절, 21장 8~21절)는 무엇인가. 아브라함의 아내 사라가 아이를 갖지 못하자 사라의 명으로 하갈은 아브라함과 동침해 아이를 임신한다. 「창세기」의 저자에 따르면 사라의 위치를 넘본 하갈은, 아브라함의 묵인 아래, 사막으로 내쫓긴다. 신의 천사는 하갈에게 떠나온 곳으로 되돌아가라고 명하고, 명령에 따른 하갈은 이스마엘을 낳지만, 또다시 사라의 노여움을 사게 되며, 고뇌에 빠진 아브라함에게 신은 사라의 청을 들어주라고 한다. 비록 하갈에게도 한 민족을 약속하긴 하지만, 하갈을 내쫓는 데 아브라함과 신이 뜻을 함께한 것이다.

그러니까 「하갈의 노래」는 이집트 이방인 출신의 몸종인 한 여인의 입장에서 할 수 있는 아브라함과 신에 대한 가장 강력한 항의다. 「창세기」의 다른 이야기와는 다소 다르게 하갈의 이야기는 반복의 이야기이다. 그녀는 두 번 내쫓기는데, 한 번은 아브라함의 비겁한 묵인에 의해, 다른 한 번은 아브라함의 고뇌를 엿본 신의 묵인에 의해서다. 이승우는 하갈의 내쫓김이라는 반복된 사건 속에서 아브라함 그리고 신의 무능과 비겁에 주목한다. 이 소설에서 가장 문제적인 대목은 두 번째로 내쫓기는 하갈이 아브라함에게 건넨 다음과 같은 비명, 분노, 저주의 말이다. "당신이 섬기는 신이 당신에게 내가 겪은 것과 같은 일을 겪게 하도록 빌겠다. 당신이 섬기는 신이 당신이 가장 사랑하는 사람에게 당신의 사랑을 보여주지 못하게 막아달라고 밤낮으로 간청하겠다." 그런데 이 저주의 말이 겨냥하는 대상은 모호하다. 만일 이 말이 아브라함에게만 내리는 저주라면 첫 번째 문장과 두 번째 문장의 주절主節은 '당신이 섬기는 신에게'가 되어야 한다. '당신이 섬기는 신에게' 간청해 나와 내 아들이 내쫓기는 일을 당신도 겪게 하도록 빌겠다. '당신이 섬기는 신에게' 간청해 당신이 가장 사랑하는 사람에게 당신의 사랑을 보여주지 못하게 막아달라고 밤낮으로 간청하겠다. 아브라함에 대한 하갈의 저주는 신에게 간청하는 방식으로 아브라함에게 내려져야 한다. 그런데 「하갈의 노래」에서 하갈의 저주는 아브라함과 신을 동시에 겨냥한 것이다. 그렇다면 도대체 아브라함−신에 대한 하갈의 간청, 울부짖음, 저주를 실제로 수행하는 존재는 누구인가. 악마인가, 아니면 하갈이 태어난 이방의 신인가.

　「하갈의 노래」는 이렇게 적고 있다. "그 말을 할 때 그녀는 자신의 내부에 누군가 들어앉아 목소리를 내는 것 같은 경험을 했다." 하갈의 내부에 들어앉아 목소리를 내는 존재는 누구인가.

그 목소리는 "나는 여기서 죽겠습니다" "정녕 당신이 내 아들을 원하십니까?"라고 사막 한가운데서 신에게 울부짖는 하갈 자신의 목소리였다. 그런데 우리는 이미 읽었다. 이집트의 몸종으로 아들과 함께 사막으로 내쫓긴 하갈의 울부짖는 목소리는 「소돔의 하룻밤」에서 소돔 성의 죄악을 탄핵하고 고발하고 증언하는 목소리들과 다른 목소리가 아님을. "울부짖음이 신의 법정에서 이루어지는 유죄 판결에 영향을 미치는 가장 확실한, 어쩌면 유일한 증거이다."(「소돔의 하룻밤」) 하갈의 울부짖음에 깜짝 놀란 신은 죽어가는 아들을 안고 있는 그녀에게 마실 물 있는 우물을 가리킨다.

그런데 글을 끝내면서도 여전히 질문은 남는다. 탄원하고, 울부짖고, 간청하고, 저주하는 수많은 하갈의 목소리에서 어떻게 우리는 신이 응답하는 목소리를 확인할 것인가. 우리가 롯의 이야기, 이삭의 이야기 그리고 하갈의 이야기에서 실제로 들었던 것은 오히려 신의 끊임없는 침묵은 아니었을까. 작가의 의도 또한 이것이 아니었을까. 이승우가 소설로 전개하는 흥미로운 성서 해석학은 당분간 계속될 것이니, 우린 그저 지켜보는 수밖에.

제4부

빌려 간 주전자 되돌려주기
자크 라캉의 정신분석과 한국 문학비평

1. 라캉 정신분석 '이론', 빌려 간 주전자

얼마 전 라캉(지젝)과 같은 외국 이론을 빌리거나 그에 의존해 문학을 해석하는 비평(가)을 타매하는 용렬한 문장을 또다시 읽게 되었다. 길든 짧든 대체로 예외 없이 다음과 같은 판본으로 되풀이 제시되는 일견 그럴듯하지만 결국 공허한 문장들. (1) 라캉(지젝) 정신분석을 어느 작품에 적용한(지젝 지젝하고 지절거리는) 비평을 읽었는데, 도대체 무슨 말인지 알 수 없었다. 라캉(지젝)이 문제인가, 비평이 문제인가(둘 다!). (2) 애초에 이론 과잉의 비평은 작품을 섬세하게 다루거나 존중한 적이라고는 없다. 이론은 작품을 훼손한다. (3) 그러니 한국의 문학비평가들이여, 이론에서 작품으로 되돌아가자!

잊을 만하면 주기적으로 이러한 경고를 하는 분들 덕택에 나는 프로이트의 유명한 농담의 사례를 다시금 떠올리게 된다. 앞서 제시한 연쇄의 문장은 조금도 지치지 않고 라캉 정신분석을 포함해 이론에 대한 '부인'이라는 일관된 반이론주의적 '이론'을 내세우고 있었다. 물론 여기서 내가 떠올린 프로이트의 농담은 서로 모순되는 논리가 마치 꿈속에서 그러한 것처럼 아무런 충돌 없이 결합되는 '빌려 간 주전자'의 사례이다.

(1) 나는 주전자를 손상되지 않은 상태로 되돌려주었다.

(2) 주전자를 빌렸을 때 거기에는 이미 구멍이 나 있었다.

(3) 나는 처음부터 주전자를 빌린 적이 없다.

모름지기 새벽닭이 울던 베드로 이후로 '부인'은 세 번에 걸쳐 완성되는 법이겠다. 물론 '빌려 간 주전자' 각각의 진술은 그 자체로 진심일 수도 있고 다음과 같이 보다 사려 깊은 충고로 들릴 수도 있다.

(1) 도대체 무슨 말을 하는 것인지도 모르겠는 라캉 정신분석을 작품에 적용하는 비평가 자신도 무슨 말을 하는지 모르는 것 같은 비평의 사례는 정말로 넘쳐난다.

(2) 작품을 설득력 없이 해석하거나 작품과 별 상관없는 경우 이론은 쓸모없는 남용이고 잉여가 된다. 이론과 작품의 주객전도는 결국 작품을 훼손시킬 뿐만 아니라 이론마저도 훼손시킨다.

(3) 우리는 작품을 읽으려고 한 것이지 이론을 읽으려고
한 것은 아니지 않은가. 이론도 작품에서 발생했으니, 언제
나 작품이 우선이어야 한다.

누군가 실제로 이렇게 말한다면 주전자를 되돌려주는 이웃을
반박하기란 거의 힘들지 않겠는가.

문제는 주전자를 빌려 간 사람 각각의 진술이라기보다는
그 진술이 연쇄로 작동할 때 발생하는 논리이고 상황이다. 그것
은 궁극적으로 틀림없이 자신도 한번은 빌린 적이 있는 이론에
대한 부인이다. 그러자 즉각 반박하는 목소리가 들린다. 무슨
말씀! 나는 라캉이니 지젝이니 이따위 것들은 한 번도 빌려
가 본 적이 없소. 내 글에는 저 이론 과잉 비평가들의 글 하단에
달린 무수한 각주 같은 것도 없소. 물론 당신은 라캉이나 지젝을
인용한 적이 없을지도 모른다. (대개는 읽어보지 않았거나)
읽어 본 경우는 있어도 별 효용을 느끼지 못했을지도 모른다.
그러나 당신이 지젝이나 라캉 따위의 이론이나 그것을 적용한
비평을 부인할 때 적어도 당신은 하나를 인정하고 있는 것은
아닌가. 이론을 부인하고 작품으로 돌아가자는 당신의 주문은
당신이 제시한 최소한의 이론(논리)은 아닌가. 어젯밤에 어떤
여자와 잤는데 그녀가 엄마가 아니었다고 말하는 당신은 왜
그 여자가 엄마가 아니라고 굳이 덧붙이는가. 누가 엄마라고
물어봤는가. 왜 당신은 구멍 난 주전자를 되돌려주면서 주전자

를 빌리지 않았다고 말하는가. 이러한 부인의 비논리에서 최소한 볼 수 있는 것은 모종의 지적 안일함이다. 라캉의 일갈이 떠오른다. "최악의 부패가 최고인 것의 부패이듯 안일함 중 최고로 부패한 것은 지적 안일함이다."[1]

그러나 라캉 정신분석과 같은 이론에 대한 집요한 부인은 라캉의 『에크리』가 실제로 번역되고 읽히더라도 줄어들지는 않을 것이다. 오히려 더 늘어날 것이다. 라캉 정신분석에 대한 명료한 해설가인 브루스 핑크도 라캉 해설서에서 이렇게 토로하지 않았던가. "라캉을 읽는 것은 분통이 터지는 경험이다!"[2] 한국어로 최근에 번역된 『에크리』 국역본의 절반 남짓의 분량을 겨우 읽다가 중단한 채 이 글을 쓰는 나는 라캉의 글에서 분통이 아닌 절망을 느꼈다. 마치 꿈속에서 읽을 수 없는 고대의 상형문자나 수학 공식과 한꺼번에 맞닥뜨리는 것 같은 체험이랄까. 실제로 비슷한 꿈도 꾸었다. 꿈에서 책 커버를 벗겨낸 빨간색의 『에크리』가 보였으며, 책 근처에는 "…싸이 저승의 꽃…"이라는 글씨가 적혀 있었다. 앞뒤에 문장이나 단어가 더 있었지만 도무지 생각나지 않았다. 너무 생생한 표현이어서 한밤중에 깨어나 메모를 해놓고 다시 잠을 청했다. 그리고 아침에 일어나

· ·

1. 자크 라캉, 「프로이트적 물 또는 정신분석에서 프로이트로의 복귀의 의미」, 『에크리』, 홍준기 외 3인 옮김, 새물결, 2019, 477.
2. 브루스 핑크, 『라캉의 주체』, 이성민 옮김, 도서출판b, 2010, 274.

자마자 거친 자기분석을 시도해 봤다. 전날 밤 나는『에크리』에 실린 첫 번째 글「「도둑맞은 편지」에 관한 세미나」를 읽다가 좌절해 다섯 쪽에서 접고 잠을 청했다. 그런데 꿈에서 읽은 잘려진 어구 사이에 있던 "싸이 저승의 꽃"은 어떤 낱말들의 무질서한 연쇄 속에서 튀어나온 것일까. "싸이"는 psychoanalysis 의 psy-의 음역으로 추정되는데, "저승의 꽃"은 또 무엇이었을 까.「「도둑맞은 편지」에 관한 세미나」에는 없는 표현이었으며, 혹시나 해서 다시 읽은 포의「도둑맞은 편지」에도 등장하지 않는 구절이었다. 쉽게 생각하자.『에크리』가 너무 어려워 독자 에게 "죽음"에 가까운 경험을 주는 정신분석 책 중의 책(빨간색 의 꽃 중의 "꽃")이라는 뜻이었을 게다. 그저 라캉 읽기의 절망감 이 꿈에 나타난 것이려니. 그럼에도 "싸이 저승의 꽃"이라는 écrits(글들)는 응축과 전치 작업으로 부분 표상된 나의 무의식을 담은 기표의 결합으로 읽고 싶었으나…….

2. 문학사와 문학비평, 정신분석 학부의 부속 과학

……각설하고, 내게 주어진 과제는 라캉 정신분석이라는 주전자를 빌려 갔다가 구멍을 내지 않고 주인에게 제대로 되돌 려주거나 비록 구멍을 냈더라도 구멍을 냈다고 말하고 주인에게

적절하게 보상하려는 한국문학 비평(사)의 몇몇 사례를 되짚어 보는 것이다. 『에크리』를 읽다가 이런 구절을 만났을 때는 얼마나 반가웠던지. "프로이트가 이상적인 정신분석 학부의 부속 과학을 구성할 것으로 지정한 분과 학문들의 목록은 잘 알려져 있다. 거기서 우리는 정신의학과 성 과학 이외에도 '문명사, 신화학, 종교 심리학, 문학사와 문학비평'을 발견할 수 있다."[3] 정신분석 학부의 부속 과학으로서의 문학사와 문학비평이라.

돌이켜보면 문학비평에 한창 매료되던 대학 4학년(1998년)이었을 당시 나는 김윤식, 김현만큼이나 가라타니 고진, 슬라보예 지젝의 글을 읽었다. 그리고 그들의 글에서 라캉과 프로이트의 정신분석이 어떻게 문화 분석의 놀라운 마술 도구로 변신하는지를 목격할 수 있었다. 두 가지만 말해보면 첫째, 세계가 구성되는 방식, 둘째, 주체가 구성되는 방식이다. 예를 들면 지젝의 『삐딱하게 보기』에서 상상계, 상징계, 실재(계)에 대한 현란하고 어지러운 해설은 최소한 현실reality이라고 단조롭게 부르던 것이 실제로는 세 층위가 매듭으로 꼬여있는 것임을 알게 해주었다. 『삐딱하게 보기』를 읽을 당시에 보았던 스즈키 고지 감독의 〈링〉(1998)의 저 유명한 장면, 곧 TV 속 우물의 사다코가 TV

* *

3. 자크 라캉, 「정신분석에서의 말과 언어의 기능과 장」, 『에크리』, 337.

밖으로 기어 나와 뒤집힌 하얀 눈동자로 희생자뿐만 아니라 관객마저 응시하는 소름 끼치는 장면은 현실이나 가상현실만으로는 제대로 설명되지 않았던 것이다. 저 유명한 신을 구성하는 일련의 쇼트는 상상계(TV 안)가 상징계(TV 밖)를 거쳐 실재(죽음)로 이동하는 사례가 아닌가(아니면 상상계가 상징계를 집어삼키는 실재를 숨기고 있거나). 지금 생각해 보면 낡은 문화 유형론으로 보이긴 하지만 가라타니 고진의 「일본정신분석」[4]에서도 라캉 정신분석은 해석의 마술을 발휘하고 있었다. 이 글은 전후戰後 일본의 고질적인 과거사 부인, 군국주의적 도발, 천황제 존속을 관통하는 '무책임의 체계'(마루야마 마사오)를 작동시키는 기제로 세 가지로 번거롭게 표기되고 억압(거세) 없이 외부적인 것이 고스란히 공존하도록 만드는 일본의 문자 체계(히라가나, 가타가나, 한자)를 분석한다. 가라타니는 일본 문자 체계에 대한 라캉의 독해를 참조하여 같은 한자문화권이라고 하더라도 주체의 거세(억압)와 관련 있는 오이디푸스적(신경증적) 한국 문화와 억압 부재(폐제)의 정신병적 권력을 기초로 한 일본 문화의 근본적인 차이를 읽는다. 가라타니의 라캉 독해에 따르면 들뢰즈·가타리의 분열증적 탈주는 억압(거세)의

4. 가라타니 고진, 「일본정신분석」, 박유하 옮김, 『창작과비평』, 1998년 가을호.

문화에서 유효하지만 폐제의 문화에서는 그리 유효한 전술은 아니다. 그것은 버블 경제 시기 일본의 포스트모더니즘 문화가 '무책임의 체계'와 어떠한 갈등도 일으키지 않고 병존했던 것과도 무관하지 않다(비슷하게도 총체성의 이론가인 프레드릭 제임슨은 연방 국가 미국에서 푸코의 미시 권력 비판이나 들뢰즈·가타리의 전략적인 분열증은 전복적인 효과를 발휘하기 어렵다고 토로한 적이 있다).

앞서 '빌려 간 주전자' 사례에서의 부인 그리고 억압과 폐제가 주체가 현실을 맞이하는 세 가지 방식이라면, 상상계, 상징계, 실재는 또한 주체가 살아가는 현실의 세 가지 층위였다. 자, 하나를 보면 앞으로 그것은 하나가 아니라 셋일 가능성을 늘 명심하라. 하나는 셋이다. 하나에서 하나만을 보는 것은 장님이 장님을 인도하는 꼴이며, 스스로 눈먼 자임을 시인하는 것이니라. 삐딱하게 볼 것looking awry. 이 정도면 라캉 정신분석 학부의 험난한 수업 시대로 들어갈 만한 최소한의 입학식을 마친 것은 아닌가. 그렇게 지젝과 가라타니를 경유해 라캉 정신분석의 위력을 알았으며, 번역되지 않은 라캉 대신에 '프로이트로 돌아가자'라는 라캉을 따라 프로이트를 읽었다. 물론 지젝과 슬로베니아 라캉학파를 경유한 프로이트이겠다. 그래서 『농담과 무의식』에 소개된 '빌려 간 주전자'의 예화[5]는 지젝의 『이라크』의 도입부, 곧 이라크를 침공한 조지 W. 부시 정권의 비일관된 부인의 언술을, 빌려 간 주전자를 되돌려주면서 황당한 변명을 늘어놓는 이웃에 대한 프로이트의 예시를 빌려 효과적으로 비판하는 대목 덕택에 생생히 기억하게 되었다. 만일 지젝이 아니었더라면 부주의하게 스쳐 지나갔을지도 모를.

나는 오래전에 아버지 라캉 정신분석을 강력하게 오독하는 오이디푸스적인 아들이라고 할 만한 슬라보예 지젝의 이론이 한국문학 비평의 담론장에서 어떠한 역할과 위상을 차지하는지 가늠하는 글을 썼다.[6] 나는 사도(그리스도)와 천재(소크라테스)에 대한 키르케고르와 지젝의 구분에 따라 라캉을 천재가 아닌 사도로 간주했다. 즉 그의 내적 속성과 능력을 지닌 천재가 아닌 그가 서 있는 발판, 권위('내가 말하노니')에 기대어 진리를 진리로 자리매김하는 사도로.[7] 그리고 그 방식을 좇아 나는 지젝을 네 가지 담론(주인, 분석가, 히스테리, 대학) 모두에

• •

5. 지그문트 프로이트, 『농담과 무의식의 관계』, 임인주 옮김, 열린책들, 2003, 253~254. 한국어 번역본에서는 '빌린 솥'이며, 구멍 난 채로 빌린 솥을 되돌려주는 이가 그의 이웃에게 변명하는 순서도 다르다(1과 3의 순서가 바뀌었다). 그러나 순서가 문제가 되지는 않는다. 서로 다른 변명(부인), 즉 상호 부정이 아무렇지도 않게 병존하는 사태가 이 어이없는 변명의 핵심이다.

6. 복도훈, 「슬라보예 지젝, 또는 그에 대한 네 가지 담론」, 『자음과모음』, 2012년 가을호. 이 책의 4부 2장.

7. 사도와 천재에 대한 키르케고르식의 구분에 대해서는 슬라보예 지젝, 『당신의 징후를 즐겨라!』, 주은우 옮김, 한나래, 1997, 170.

해당하는 사도로, 어떤 의미에서는 내가 수행하고 있는 비평에 권위를 실어줄 사도로 자리매김해버렸다. 물론 그런 태도가 반드시 "그의 이론은 선험적으로 옳으므로, 그의 이론을 한국문학에 적용하는 것 자체가 연구 목적으로서는 충분하다"는 전제를 조건 없이 승인하거나 또 누군가의 권위를 인정하는 것이 "이데올로기의 존립 근거"로 귀결되는 것은 꼭 아니겠다.[8] 그렇지만 상징적 권위에 의존하는 일은 자칫 권위 뒤에 숨어 권위를 참칭하는 것을 게으르게 승인하려는 유혹에 노출되기도 한다.

권위 뒤에 숨는다는 것은 오해와 달리 타자가 나를 대신해 알고(즐기고) 있다고 가정하는 태도가 아니다. 나를 대신해 타자가 즐기고(알고) 있다는 식의 제스처는 오히려 일상적이며 흔한 것이다(퇴근 후 시청하는 TV 코미디 프로의 녹음된 웃음소리 덕분에 나는 쉬면서 코미디를 코미디로 즐길 수 있다). 그러나 권위 뒤에 숨는 일은 그와 다르다. 그것은 내가 하는 일을 정당화하기 위해 타자에게 그 이유(원인)를 고스란히 전가하는 행동이다. 이것이 '부인'의 리비도 경제에 의존하는 도착증의 참모습이다.[9] 만일 내가 무엇을 모른다면 그것은 지금부터 내 탓이 아니라 네 탓이다. 그렇다면 타자에게 의존하는 척하면서 타자 뒤에

• •

8. 김형중, 「Che Vuoi, Jacques Žižek?」, 『살아 있는 시체들의 밤』, 문학과지성사, 2013, 276.
9. 알렌카 주판치치, 『실재의 윤리: 칸트와 라캉』, 도서출판 b, 2004, 99.

숨는 도착증에의 유혹은 이론에의 경도가 아닌 그에 대해 지겹게 반복되는 비난에서 더 많이 보이는 것이 아니겠는가.

3. '아버지, 제가 불타고 있는 게 보이지 않으세요?': 김영찬의 비평

내가 문학비평가로 활동하기 시작한 2005년 무렵에 비평적으로 가장 활발하게 논의되었던 한국문학의 의제는 '근대문학의 종언'(가라타니 고진)이었다. 비록 그것이 내가 그토록 사숙하고 있던 비평가의 입에서 나온 선언이라고 하더라도, 또한 한국문학이 처해 있는 상황적 정세와 일본의 그것이 현격하게 달랐더라도, 근대문학의 종언은 내게 뭔가를 시작하자마자 그것은 이미 끝났다는 김빠진 탄식이나 허무한 외침으로만 들리지는 않았다. 내 생각에 '근대문학의 종언'에 대한 비교적 성실하다고 할 만한 대응은 당시 한국문학의 부상하는 흐름에 재빨리 올라타거나 반대로 지나가 버린 한국문학의 옛 영광을 고수하는 방식으로 '종언'을 비켜 가거나 무시한 글들이 아니었다. 문학의 대사회적인 역할의 현격한 축소화, 문학적 지위의 주변적인 왜소화 등 한국문학이 모종의 상징적 죽음을 겪고, 앓고, 통과하는 몸부림 속에 있음을 국내외적 정세에 대한 기민한 감각과 분별로 진단하고 성찰하며 이후의 향방에 대한 지도를 몸소 작성하고자 하는 일련의 작업이었다. 종언 이후 한국문학의 정체에 대한 가장 인상 깊은 언명은 그 작업의 한 연장선에서 최근에 제출된 바 있다. "지금의 한국문학은 따라서 죽음 이후의 문학이다."[10]

『비평극장의 유령들』(2006)에서 출발해 『비평의 우울』(2011)을 거쳐 『문학이 하는 일』(2018)에 이르는 김영찬의 문학비평의 지배적인 정조가 하나 있다면 그것은 '……그럼에도 불구하고……' '…… 힘겹게 계속될 것이다'처럼, 말줄임표 앞뒤로 마치 사막을 걷는 낙타의 고행이 연상되는 문장에서 어렵지 않게 감지되는 우울일 것이다. 그러나 김영찬 비평의 리비도 경제학은 우울의 엔트로피화로 고착되지는 않는다. 그의 비평은 우울이 온몸으로 퍼져 무기력으로 함몰되는 것 같으면 갑자기 그것은 아무것도 아니라는 듯 내려다보고 낄낄거리고 위무하는 유머로 종종 되돌아온다. 동시대 작가의 문학적 가능성에 대한 기민할 정도의 의미 부여와 환대의 조증은 어쩌면 그와는 상반되어 보이는 감정, 즉 자신이 통과해온 지난 시절 문학에 보내는 덧없는 망향望鄕/亡鄕의 눈길에 글썽거리는 울증이 없다

· ·

10. 김영찬, 「폐허 속에서, 오늘의 비평」, 『문학이 하는 일』, 창비, 2018, 72.

면 쉽게 설명되기 어려울 것이다. 깊은 한숨을 내쉬는 울증과 썰렁한 농담에라도 기대려는 조증을 시계추처럼 오가는 김영찬 비평의 '감정지출의 경제'(프로이트)는 종언 이후의 문학을 실체가 아니라 실루엣과 같은 '유령/증상'으로 간주하도록 이끌며, 그의 비평적 수행을 종종 메타비평으로 향하게 만드는 동력이리라. 그 자신은 방법론적인 우울과 유머라고 말하지만, 방법론이란 실은 그에 대한 깊은 체감과 육화, 앓기와 견딤을 비평극장에서 수행한 결과이기도 하다.

김영찬 비평의 방법론적인 도구상자에는 여러 공구가 들어있는데, 상자를 열면 프로이트–라캉 정신분석이 먼저 눈에 띈다. 그렇지만 종언, 죽음을 통과하고 있다고 쓰는 비평가에게 정신분석의 방법론은 때론 그의 비평이 반복적으로 되돌아가는 어떤 원장면primal scene으로 무대화된다. 앞 문단의 끄트머리에서 한 구절을 인용한 「폐허 속에서, 오늘의 비평」은 프로이트가 분석하고 라캉이 수정한 한 아버지의 애절한 꿈을 인용하면서 시작하고 있는데, 기실 그 인용이란 김영찬 비평의 원장면을 본격적으로 무대화하기 위한 세팅이다. 다소 번거롭더라도 프로이트와 라캉의 순서대로 문제의 꿈과 그에 대한 상이한 해석을 소개해 보자. 문제의 유명한 꿈은 프로이트의 『꿈의 해석』(1900)에 등장한다. 나는 김영찬이 프로이트가 소개한 꿈을 간명하게 요약한 부분을 다시 인용해 보겠다.

병든 아이가 죽자 며칠 동안 잠을 자지 못한 아버지는 촛불에 둘러싸인 아이의 시신을 놓아둔 채 옆방에서 깜박 잠이 든다. 와중에 현실에서는 촛불이 넘어져 죽은 아이의 수의壽衣와 한쪽 팔이 타고 있었는데, 그때 잠든 아버지의 꿈에 아이가 불길에 휩싸인 채 나타난다. 아이는 아버지의 팔을 붙들고 이렇게 속삭인다. "아버지, 제가 불타고 있는 게 보이지 않으세요?"[11]

잘 알려진 것처럼 이 꿈에 대한 프로이트의 해석은 아버지가 죽은 아들을 살아생전의 모습 그대로 한 번 더 보기 위해 수면을 연장하면서 꾼 꿈이라는 것이다. 프로이트가 말한 것처럼 '감동적인' 이 꿈은 소망 충족의 꿈이다. 그러나 라캉은 이 꿈에 대해 프로이트의 해석과는 전혀 상반되고 그것을 배반하는 해석을 내린다. 이 구절이 핵심이다. "죽은 아들이 아버지의 팔을 잡고 있는 끔찍한 광경은 꿈속에서 들려오는 저 너머의 것을 가리킵니다."[12] '아버지, 제가 불타고 있는 게 보이지 않으세요?'는 아버지의 꿈속에서 들려오는 아들의 목소리가 아니다. 아들의 목소리는 오히려 '꿈속에서 들려오는 저 너머의 것',

11. 김영찬, 「폐허 속에서, 오늘의 비평」, 68.
12. 자크 라캉, 『세미나 11: 정신분석의 네 가지 근본 개념』, 맹정현 · 이수련 옮김, 새물결, 2008, 96.

'더 많은 현실' 곧 '실재The Real'를 가리킨다. 실재란 아버지를 꿈에서 깨어나게 만드는, 꿈속에서는 더는 견딜 수 없어 차라리 깨어나 현실로 도피하도록 만드는 아들의 죽음 그리고 그와 관련된 아버지의 트라우마다. 라캉에 따르면 꿈은 현실로부터의 도피가 아니다. 오히려 현실이야말로 꿈으로부터의 도피다. 아버지는 '꿈속으로' 도피한 것이 아니라 '현실 속으로' 도피한 것이다.

죽은 아들의 목소리를 빌려 아버지를 비난하는 김영찬의 비평을 더 따라가 보자. 김영찬이 아들의 목소리에 빙의해 비난하는 아버지의 모습은 무엇인가? 그것은 근대문학의 죽음(종언)을 외면하고 그저 잠을 연장하려는 모종의 비평적 제스처들이다. 예를 들면 '근대문학의 종언' 선언의 현실 정합성을 문제 삼아 그것을 궁극적으로 부인하거나, 2000년대 문학의 다른 활력을 거대 이념으로 무리하게 포장하거나, 문학 이외의 실천을 강력하게 촉구함으로써 지금은 소실된 근대문학의 영광을 과장되게 되살리려는 일련의 주문呪文들. 김영찬은 이 모두를 '물신주의적 부인'의 사례로 간주하여 강하게 비판한다. "나는 아들이 죽었다는 것을 알아, 하지만 그럼에도……"로 요약되는 부인은 아들의 죽음과 아버지의 상실에 있는 '더 많은 현실'을, '더 많은 문학'을 애써 외면하면서 다른 사물(근대문학, 실천 등등)에 아우라를 부여하면서 매달린다.

'부인'은 구멍이 뚫린(죽음을 통과해 죽음을 살고 있는) 주전자를 되돌려주면서 주전자에는 구멍이 나 있지 않다거나('근대문학의 영광은 지속될 것이다') 처음부터 주전자에 구멍이 나 있었다거나('문학의 역할은 이미 끝났으니 떠나라') 주전자를 빌린 적이 없다('그것은 처음부터 우리와는 맞지 않는 남애기야')고 말하는 것과 다를 바 없을 것이다. 자신이 죽었는지도 모르고 그 사실을 알지 못하는 한에서만 살아 있는 아버지–근대문학.[13]

이 정도면 '아버지, 제가 불타고 있는 게 보이지 않으세요?'는 김영찬의 비평이 우울과 유머를 목발 삼아 나아가다가 되돌아오는 원장면이다. 그런데 프로이트의 원장면은 주체가 보는 환상적인 장면이 아니라, 주체를 응시하고 주체에게 환상을 불러일으키는 원초적 증상이다. 주체가 매혹당하고 그로부터 빠져나오지 않으려는 실재의 원장면. 이에 대해서는 글의 말미에서 다시 톺아볼 것이다.

⋅ ⋅

13. '죽었으나 자신이 죽은지도 모르는' 아버지–문학은 김영찬의 '문학의 종언' 삼부작에서 변주된다. 김영찬, 「1990년대 문학의 종언, 그리고 그후」, 『비평극장의 유령들』, 창비, 2006; 「끝에서 바라본 한국근대문학」, 『비평의 우울』, 문예중앙, 2011; 그리고 「폐허 속에서, 오늘의 비평」.

4. '아버지, 제가 불타고 있는 게 보이지 않으세요?': 김형중의 비평

한국문학 비평계에서 서로에 대한 지극히 애정 어린 비평적 상호 참조를 계속하는 비평가가 있다면 그들은 김영찬과 김형중이다. 나는 김영찬에서 김형중의 비평으로 이야기의 자리를 잠시 옮겨가 보겠다. 그 방법론적 응용이라면 김영찬의 비평에 방불하며, 어떤 경우에는 더욱 자주 다양하게 김형중의 거의 모든 글쓰기가 자동적으로 꺼내 드는 상자 속 도구가 바로 정신분석이 아닐까 싶다. 정신분석에 대한 김형중의 '인용'은 다섯 권의 비평집 전체에 흩어져 있으며, 상대적으로 지젝이나 라캉보다도 프로이트(후기 프로이트)에 더욱 정향되어 있다. 공교롭게도 김형중의 글 제목에 '아버지, 제가 불타고 있는 것이 안 보이세요?'가 있다. 이 글은 기대했던 좀비라고는 눈 씻고 찾아봐도 보기 힘든 『살아 있는 시체들의 밤』(2013)이라는, 겉보기에 꽤 무시무시한 제목의 비평집에 실려 있다. 김형중은 윤성희의 소설집 『웃는 동안』(2011)에 등장하는, 어딘지 모르게 불안하고도 강박적인 주인공들의 언행에서 '억압된 것의 회귀'를 읽어내면서 불타는 아이에 대한 아버지의 꿈을 간접 인용한다. 아니 해석한다.

혹은 심지어 그것이 아주 끔찍한 기억일지라도 주체는 종종 그것을 향해 부메랑처럼 되돌아가곤 한다. 마치 프로이트가 예로 든 어떤 아버지의 반복되는 꿈속에서 아들이 자꾸 뱉어내던 문장처럼. "아버지 제가 불타고 있는 것이 보이지 않으세요?" 강박증에서 프로이트가 소위 '죽음 충동'을 발견한 것도 그 때문이다. 쾌락 원칙이 보편적인 것이라면 주체는 왜 고통스런 순간으로 자주 회귀하는가? 죽음 충동이 거기 있다고 프로이트는 믿었다.[14]

다소 독특한 프로이트 해석으로 보인다. 얼핏 읽으면 이 해석은 별반 라캉적이지도 프로이트적이지도 않다. 원문도 그러하거니와 아버지의 꿈은 반복되지 않으며, 아들의 목소리도 아버지에게 반복적으로 들리지 않기 때문이다. 인용문에는 서로 다른 두 개의 프로이트가, 즉 불타고 있는 아들의 목소리를 듣는 아버지의 꿈에서 소망 충족을 읽어내는 『꿈의 해석』의 프로이트와 인간 언행의 반복 강박에서 죽음 충동을 읽어내는 『쾌락 원칙을 넘어서』(1920)의 프로이트가 공존하고 있다.

김형중이 한 것은 아버지의 꿈을 죽음 충동으로 회귀하는

14. 김형중, 「아버지, 제가 불타고 있는 것이 안 보이세요?: 윤성희론」, 『살아 있는 시체들의 밤』, 문학과지성사, 2013, 492.

강박증으로 겹쳐 읽어내는 켄타우로스적인 비평가의 몽타주 행위다. 그리고 그 결과는 어떻게 보면 라캉과 다소 비슷하게도 아버지의 꿈을 소망 충족이 아닌 실재와의 트라우마적인 만남으로 해석하는 것이다. 그렇지만 실재와의 만남과 죽음 충동으로의 회귀가 반드시 일치하는 것은 아니다. 실재와의 만남이라는 관점에서 아버지는 꿈속에서 자신에게 항의하는 아들의 목소리를 견디다 못해 깨어남 속으로 도피한 것이다. 그러나 죽음 충동으로의 강박적 회귀라는 관점에서는 아버지는 꿈속 죽은 아들의 비난 어린 목소리로부터 깨어나더라도 다시 그 꿈으로 되돌아가야만 한다. 그렇다면 김형중의 이러한 창의적인(?) 프로이트 몽타주는 별 근거가 없는 것은 혹시 아닌가. 그렇지 않다.

오히려 이 글에서는 김형중의 프로이트 몽타주 덕택에 두 가지 생산적인 논의가 가능해졌다. 첫째, 김형중은 죽은 아들의 목소리를 듣는 아버지의 꿈을 마치 원장면으로, 다시 말해 주체가 자신의 증상을 고통스럽게 즐기고, 그로부터 벗어나려고 하면서도 자꾸 되돌아오는 원장면으로 읽었다는 것이다. 그런데 앞서 나는 김영찬의 비평 행위에는 일종의 원장면이 있는데, 그것은 죽은 아들의 목소리를 듣는 아버지의 꿈에 대한 라캉적인 해석을 김영찬이 재구성하는 데서 생겨난 것이라고 환기했다. 곧 근대문학의 종언과 그에 대한 충실한 애도를 한사코 거부(부인)하려는 일련의 비평적 태도들에 대한 김영찬의 일갈은, 『비평극장의 유령들』에서 『문학이 하는 일』까지 계속 반복되고 처음으로 되돌아오는 강박적 행동은 아닌가. 물론 이러한 반복에는 논의의 심화된, 변경된 진전보다는 이전 논의의 반복, 재인용, 되풀이되는 사례에 대한 자기 참조 또한 있을 것이다.

그렇지만 둘째, 김형중이 재가공한바, 불타는 아들의 목소리를 들으면서 소스라치게 깨어나고 다시 듣기 위해 잠을 청하는 아버지의 반복된 행동은 또한 김형중의 글쓰기를 관통하는 것이 아닌가. 불타는 아들의 시신 앞에서 마냥 무기력하기만 했던 아버지는 김형중 자신의 비평적 초상이지 않았던가. 그렇다면 한사코 잠을 연장해서라도 죽은 아이의 얼굴을 한 번 더 보고, 그 목소리를 한 번 더 들으려는 아버지의 소망 충족의 행동을 마냥 비난할 수만도 없겠다.

1980년 5월의 그날, 실종된 여자아이의 행방을 쫓는 최윤의 중편 「저기 소리 없이 한 점 꽃잎이 지고」(1988)에 대한 김형중의 데뷔작인 「세 겹의 저주」[15]에서 '세 겹의 저주'는 5·18이라는 역사적 원죄의 저주, 그것을 원죄로 전이하는 개체의 트라우마

• •

15. 김형중, 「세 겹의 저주: 최윤 중편소설 「저기 소리 없이 한 점 꽃잎이 지고」 다시 읽기」, 『켄타우로스의 비평』, 문학동네, 2004.

적 저주, 그리고 소설이 독자를 유령처럼 붙들고 달라붙는 저주다. 이 세 겹의 저주는 누이 또는 자식이기도 한 아이를 찾는 비평가 김형중을 앞으로 단단히 붙들어 매게 될 비평의 저주이기도 했다. 또한 이 저주는 5·18의 광주에서 4·16의 팽목항, 아우슈비츠에 이르는 학살과 참사의 기록에 대한 비평적 대응에서도 계속될 수밖에 없는 저주다.

라캉이 말하기를 '실재의 침입'에 노출된 자, 즉 엄밀한 의미에서의 트라우마를 겪은 자에게 선택지는 세 가지다. 우선은 상징적 죽음과 실재의 죽음, 그러니까 정신증과 자살. 만약 이 두 죽음으로부터 벗어나(정신증에 빠지지도 않고 자살하지도 않)기를 원한다면, 방법은 하나뿐이다. 트라우마를 껴안고 (그 고통을 당사자가 아닌 우리로서는 다 헤아릴 도리가 없다), 완전히 달라진 '주체'로서 완전히 달라진 세계를 사는 것, 즉 항상적인 애도 상태를 유지하며 사는 것…… 지금 유민 아빠가 치르고 있는 '애도'의 무게는 그러므로 죽음 그 자체의 무게와 전혀 다르지 않다.[16]

16. 김형중, 「우리가 감당할 수 있을까?: 트라우마와 문학」, 『후르비네크의 혀』, 문학과지성사, 2016, 78~79.

'항상적인 애도 상태를 유지하며 사는 것', 즉 "문학은 항상적으로 죽음의 상태를 살아야 한다"[17]는 언명은 비단 세월호 참사 이후의 문학이 스스로에게 선고한 정언명령일 뿐만 아니라, 김형중의 비평 그 자신의 거듭되는 다짐이기도 할 것이다(따라서 그에게는 김영찬과 달리 '근대문학의 종언'이 특별히 트라우마적인 사건일 수 없다. 애초부터 김형중에게 문학은 트라우마적 사건 '이후'의 것이기 때문이다). 이 정도라면 김형중은 프로이트의 꿈에 등장한 아버지와 자신을 동일시한다고 보아도 무방하다. 아우슈비츠 수용소에서 살아남은 작가 프리모 레비가 수용소에서 만난 한 아이로, 비언어=배경 소음의 무의미한 낱말을 중얼거리던 소년 후르비네크, 한강의 장편소설 『소년이 온다』(2014)에 등장하는 소년의 유령 등을 김형중이 돈호법으로 호명하는 행위에는 거스르기 힘든 충절, 그가 애용하는 어휘를 빌리면 '사건적 충실성'(바디우)이 환기된다. 질문을 하나 남겨놓겠다. 그런데 이 사건적 충실성이란 재난을 '사건'으로 간주하며, 필요하다면 애도를 고의적으로 지연시켜 우울증에 머무르려고 하는 고집과 그리 무관한 것일까.

. .

17. 김형중, 「우리가 감당할 수 있을까?: 트라우마와 문학」, 82.

5. 히스테리와 강박증

이 글을 쓰기 위해 다시 읽은 『꿈의 해석』에 소개된 죽은 아이의 목소리가 들리는 아버지의 꿈 이야기는 어떻게 보면 『꿈의 해석』을 관통하는 원장면이라고 할 만하다. 실제로 프로이트는 그러한 유추를 가능하게 할 만한 단서를 『꿈의 해석』제2판 「서문」에 제시한다. "이 책은 나의 자기분석의 일부, 남자의 일생에서 가장 중요한 사건이며 결정적 상실인 아버지의 죽음에 대한 내 반응이었다."[18] 『꿈의 해석』이 출간되기 전(1896)에 죽은 아버지에 대한 프로이트의 소회와 기억은 책에서 다양하게 등장하지만, 그 가운데 가장 인상적이라고 할 만한 것은 유대인인 아버지가 한 기독교인에게 당했던 굴욕적인 사건이다. 그 기독교인은 프로이트 아버지의 모자를 진흙탕에 내던지고 차도로 내려가라고 명령했으며, 아버지는 그 명령에 순순히 따라 차도로 내려가 모자를 집어 들었던 것이다. 아버지로부터 들었던 이 굴욕적인 이야기 때문에 어린 프로이트는 한동안 한니발의 아버지가 아들 앞에서 로마인에 대한 복수를 맹세하게 했던 장면을 떠올리면서 자신을 한니발과 동일시했다.

프로이트에게 굴욕, 다른 말로 수치는 아버지(대타자)의 무능,

18. 지그문트 프로이트, 『꿈의 해석』, 김인순 옮김, 열린책들, 2003, 8.

결여를 틀어막고자 하는 주체의 감정이라고 할 수 있다. 그리고 죽은 아버지가 꿈에 등장한 다른 일화를 소개한 대목 몇 페이지 뒤에 프로이트는 꿈속에서 '자신이 죽은 줄도 모르는 아버지'가 등장하는 어느 남자의 이야기를 소개한다. 아들인 남자가 정성껏 간호한 보람도 없이 아버지는 허무하게 죽고 말았다.[19] 이처럼 『꿈의 해석』에 등장하는 아버지는 아들에게 굴욕, 무능으로 의미화된다. 그렇다면 죽은 아이의 목소리가 들리는 아버지의 꿈은 『꿈의 해석』에서 무의식의 작용에 의해 얼마든지 재가공할 수 있는 이야기의 재료가 된다.

첫째, 그 꿈에는 두 개의 죽음이 있었다. 아이의 실재적 죽음, 그리고 꿈속에서 아이의 목소리를 듣는 아버지의 무능(죽음). 둘째, 그 꿈에는 목소리와 침묵이 있었다. 실재의 환각적인 목소리와 그 목소리 앞에서의 아버지의 참담하기만 한 침묵. 셋째, 그 꿈에는 꿈과 현실이 있었다. 더 많은 현실을 담고 있는 꿈과 그 꿈으로부터 도피하기 위한 현실 또는 그와는 반대로 생전의 아이를 한 번 더 보고자 한 아버지의 간절한 꿈과 더는 그럴 수 없는 참혹한 현실.

김영찬과 김형중의 비평에서 인용된 죽은 아이의 목소리를 듣는 아버지의 꿈은 서로 다른 의미에서 비평의 원장면이라고

••
19. 이 일화와 사례는 각각 『꿈의 해석』의 245~246과 506에 등장한다.

할 만하다. 김영찬에게 그 꿈은 근대문학의 상실에 대한 우울의 태도를 견지하되 그것을 충실히 애도하는 한편으로 이후의 문학과 삶의 향방을 모색하는 행위의 출발에 있는 원장면이다. 그것은 아이의 편에서 무력한 아버지를 애도하는 꿈이다. 김형중에게 그 꿈은 아이를 잃은 참척의 슬픔과 아이를 지키지 못했다는 무능을 감수하면서라도, 중음신의 배를 바다에 대고 기어가면서라도 거듭 직시하고 되돌아와야 할 원장면이다. 그것은 아버지의 편에서 아이의 죽음을 애도하는 꿈이다.

그렇지만 프로이트적 전치轉置를 참조하면 아이와 아버지의 자리는 꿈에서 뒤바뀔 수 있다. 실제로 죽은 아버지에 대한 살아 있는 아들의 애도라고 할 만한 프로이트의 『꿈의 해석』에서 죽은 아들에 대한 살아 있는 아버지의 꿈 장면은 김영찬의 비평에서 최소한 한 번은 전치된다. "근대문학 이후의 문학에서 우리가 보는 것은 (조금 과장해 말한다면) 아비에 저항하기보다 저 스스로 아비의 품속으로 파고드는, 아비의 품속에서 비로소 안도하는 아이의 표정이다."[20] 말하자면 이렇게 과장해(전치해) 말하는 이는 지금까지 아버지의 무능을 비난하는 아이가 아니라 아비의 품에서 안도하는 아이를 힐난하던 아비가 아닌가. 이때 아비는 누구인가. 문학의 왜소화와 주변화를 자인하고 문학제

20. 김영찬, 「폐허 속에서, 오늘의 비평」, 『문학이 하는 일』, 73.

도 안에서 굴종하는 즐거움을 누리는 자는 누구인가. 아비인가, 아이인가. 상세한 정세분석을 소홀히 한다 싶을 때, 김영찬의 글은 신자유주의, 시장 전체주의, IMF, 미디어의 전일적 지배 등 추상화된 대타자의 별명을 거론하는 방향으로 귀결된다. 그러나 문학과 비평이 처한 궁벽한 처지의 원인을 대타자에게 전가하는 태도에는, 라캉의 말을 빌리면 "자기가 비난하는 무질서에 의해 살아"가는 '아름다운 영혼'[21]의 모순이 서려 있는 것은 아닐까(물론 아름다운 영혼의 히스테리적인 위치는 대타자 속의 결여를 공략할 준비가 되어 있다. 특정한 문학적 경향과 시류에 민감한 만큼이나 그것들을 의심의 해석학으로 삐딱하게 흘겨보는 김영찬 비평의 단독성 또한 여기서 비롯된다).

이에 비해 김형중의 비평에서 아이와 아버지의 자리바꿈은 거의 일어나지 않는다. 그것이 그의 비평에서 볼 수 있는 비범하리만치 주체적 태도의 단단한 일관성이겠다. 그렇지만 김형중 비평이 출발하고 회귀하는 원장면에서 아이는 늘 불에 탄 채로 아버지에게 비난의 목소리를 보내고 있으며, 무능하고 무력한 아버지는 늘 그 목소리를 들으면서 죄책감에 시달리면서 그렇게 잠에서 깨어났다가 다시 잠들기를 반복한다. 이 불가피한 반복

• •

21. 자크 라캉, 「프로이트적 물 또는 정신분석에서 프로이트로의 복귀의 의미」, 『에크리』, 492.

강박은 죽음 충동에 매혹된, 그러나 때로는 반복적인 의례의 애도를 수행하는 단조로운 강박 행동으로 나타나는 것은 아닐까. 그의 글에는 종종 세월호 참사, 아우슈비츠의 학살을 4·19 혁명, 5·18 광주 항쟁 등과 함께 바디우적인 의미의 '사건event'으로 지칭하는 경우가 적지 않다. 엄밀하게 전자는 바디우적인 의미에서 사건이라기보다는 악, 즉 진리 사건의 시뮬라크르이다. 개념의 정확한 사용을 주문하는 것은 아니다(김형중이 그것을 모를 리가 없다). 진리의 시뮬라크르의 사건과 진리 사건(4·19 혁명의 봉기와 5·18 항쟁에서의 코뮌의 수립)을 등치할 때 그에 대응하는 방식이 김형중에게는 '사건적 충실성'이다. 사건을 실재로 바꿔 쓸 수 있다면, 김형중은 봉기, 혁명, 절대 공동체뿐만 아니라 파국, 참사, 재난 등 트라우마를 초래하는 실재(사건)에 대해서도 사건성의 예외적 지위를 부여하는 셈이다. 주체는 늘 경악하고, 공포에 떨며, 비명과 신음 속에서 살아야 하고, 상황의 희생자들을 애도할 채비를 갖춰야 한다. 이것은 마치 실재를 찾아내지 못하면, 실재와 맞닥뜨리지 않으면 자신은 도무지 살아 있지 않은 것 같다고 간주하는 강박증자의 심상에 가까운 것은 아닌가(그러나 또 그렇기 때문에 김형중의 비평은 참사 또는 혁명과 관련된 가장 주목할 만한 문학적 목격자를 식별하고 그것을 비평적으로 증언하는 역량에서 가히 타의 추종을 불허한다).

6. 주전자를 되돌려주자

돌이켜보면 지젝 등을 경유해 프로이트와 라캉을 읽은 김영찬, 김형중 그리고 나(를 비롯해 라캉 정신분석에서 비평의 영감과 아이디어를 얻은 비평가들) 또한 실재에 대한 강박, 한 시인과 사회학자가 함께 쓴 표현을 잠시 빌리면 '실재에의 열정에 대한 열정[22]의 흔적을 문학 작품의 도처에서 발견하려고 하거나 현실 속에서 찾아내려고 절치부심했던 것도 같다. 주로 지젝 등에 의해 소개된 라캉 정신분석의 세 현실의 위계에서 실재(계)는 한국의 문학비평에서 한동안 사랑과 관심을 독차지했다고 하겠다. 실재 개념에 몰두했던 사람들은 예기치 못한 외부의 격렬한 유사사건적인 도래를 쫓아다녔으며, 두려움과 절망과 모종의 매혹마저 함께 불러일으키는 재난에 대한 두려운 응시에 매달렸다.

실재에 비추면 상징계는 늘 과도하게 억압적이거나 성가시게 불편한 것이었다. 그것이 아니라면 규범처럼 심심하고, 계약처

· ·

22. 김홍중·심보선, 「실재에의 열정에 대한 열정: 미래파의 시와 시학」, 김홍중, 『마음의 사회학』, 문학동네, 2009.

럼 따분하며, 법처럼 별다른 흥미를 불러일으키지 않는 현실의 그만그만하고도 균질화된 세목이었다. 그것이 아니라면 법(아감벤)은 예외 상태와 폭력이라는 개념 이외에는 흥미를 돋우지 않았으며, 치안(랑시에르)은 정치(적인 것)가 아니라면 곤봉으로 시위대를 구타하는 폭력 경찰의 이미지로 간주되거나 사물들의 강제적인 조합과 배치의 산물에 지나지 않았다. 물론 실재의 효과적인 조명으로 상징계의 정체가 차이, 틈새, 균열, 결핍, 배제, 불안임이 밝혀지기도 했다. 그러나 그것은 또다시 실재(사건)의 도래를 초조하고 애타게 맞이하기 위한 준비 작업으로 환원되었다. 규범적인 도덕을 넘어서는 윤리는 얼마든지 상징계의 구멍, 실재, 도래하는 타자, 환대와 동의어가 되었으며, 그런 한에서 그것은 정치로 쉽게 갈아탈 수 있는 어휘가 되었다. 아이러니하게도 실재의 윤리와 치안을 횡단하는 정치는 상상계적인 거울에 서로를 비추면서 무척이나 자족했다. 그러나 사람들이 이처럼 실재와 상징계에 몰두하는 동안 아이의 놀이터였던 상상계에는 잡초가 무성해졌으며, 아이의 처지는 더욱 소외되고 왜소해졌다. 이제는 누구도 아이와 거울을 돌보지 않게 되었다. 거울 놀이를 하던 아이는 단번에 늙은이로 변했다. 자아, 동일성, 통합, 물아일체, 주객 동일성, 자율성, 반영, 전체 등 상상계의 옛 덕목들은 한낱 그리움으로 추억하는 머나먼 뒤안길로 버려졌다.[23]

그리고 『에크리』가 번역되었다. 거울 단계, 사드의 위반과 칸트의 의무, 충동에 대한 개념화 등 상상계, 상징계, 실재에 이르는 모든 것이 들어있다. 또한 강박증과 히스테리적 억압, 슈레버의 정신병적 폐제, 프로이트가 분석한 부인에 이르는 주체성의 세 가지 양태 또한 『에크리』에서 읽을 수 있다. 최소한 이 정도라면 빌려 간 주전자를 되돌려주면서 구차한 변명을 하거나 듣지 않아도 될 것 같다. 빌려 간 주전자를 제대로 되돌려 줄 때다! 마지막으로, 이 글의 끄트머리에 와서야 나는 꿈에서 본 『에크리』 옆에 쓰여 있던 낱말 '저승'의 정체를 비로소 알 것도 같다. 그것은 압축과 전치의 이차가공 없이도 자기분석이 가능한 것이었다. '천상의 힘들을 꺾을 수 없다면 저승을 움직이 런다.' 바로 『꿈의 해석』의 표어였다. 그렇다면 내 꿈에 등장했던 빨간 표지의 『에크리』는 『꿈의 해석』의 위장된 새 판본으로, 『꿈의 해석』만큼이나 저승을 움직이는 저 매혹적이고도 두려운 대상 a(꽃)라는 뜻일까.

. .

23. 이 대목은 테리 이글턴, 『낯선 사람들과의 불화』, 김준환 옮김, 길, 2017, 17, 148, 505의 내용을 한국 비평의 현황에 맞게 요약적으로 재구성해본 것이다.

지젝이 어쨌다구?

슬라보예 지젝과 네 가지 담론

1. 돈과 목숨 또는 아이와 목욕물

'자크 라캉'과 '알프레드 히치콕'이 한 배에 타고 있다. 각각 이론과 텍스트의 상징적 권위의 기호이자 대표자들이다. 그런데 상황이 좋지 않다. 배에 구멍이 나서 물에 가라앉게 되었으며, 뱃사공은 둘 중에 한 사람밖에 구할 수 없게 되었다. 누굴 구할 것인가. 라캉이냐 히치콕이냐.[1] 이 글에서 '라캉이냐 히치콕이냐'는 '이론이냐 텍스트냐', '꿈이냐 해석이냐'로도 바꿀 수 있다. 영화평론가 정성일이 히치콕의 영화 〈구명 보트〉(1944)를

- -

1. 정성일, 「추천사」, 토드 맥고완·실라 컨클 엮음, 『라캉과 영화이론』, 김상호 옮김, 인간사랑, 2008, 7.

염두에 두고 지어냈을, '강요된 선택'의 이 얄궂은 우화는 두 번의 방한(2003; 2012)으로 더욱 유명해진 세계적 철학자 슬라보예 지젝Slavoj Žižek(1949~)이라는 담론에도 고스란히 적용되지 않을까 싶다. '지젝이냐 히치콕이냐'.

먼저 코카콜라에서 변기까지, 9·11테러에서 묵시록까지, 독일관념론에서 프랑스 현대철학까지, 정신분석에서 마르크스까지 아우르는 지젝이라는 담론, 정신분석 용어로 '대상 a'인 이 매혹적인 담론의 대상은 문학을 뛰어넘어 인문학에서 정치학에 이르는 많은 담론을 포괄하고 있기 때문에 지젝이라는 담론을 평가하는 일은 아무래도 무리수이다. 내가 지젝과 문학비평에 한정해 이야기를 좁히더라도 지젝의 담론 자체를 평가하지 않을 도리란 없다. 그런데 내가 아는 범위에서 지젝의 담론은 실제로는 한국의 문화적 맥락의 몇몇 한정된 영역 곧 영화비평과 문학비평 및 연구 등 문화연구의 일부에서만 활용되는 것이 실상이다. 지젝의 분석적 장처長處 중의 하나인 문명과 테러에 대한 고도의 성찰이나 유전공학에 대한 비판적 담론 등은 우리의 정치철학이나 시사비평에서는 그 활용의 예를 찾아보기가 힘들다. 문학비평가인 나는 실제로 '지젝이 가라사대' 하는 방식으로 비평적 '응용'의 대열에 참여하고 있기 때문에, 이 글은 나의 비평적 작업을 회고하거나(변명하거나) 자기 비판적으로 검토하는 일이 불가피하게 요구된다. 그러나 이 글의 암묵적 주제이기도 할 '슬라보예 지젝과 문학비평'을 짐짓 거리를 두고 객관적인 체하면서 다룰 수는 없다. 지젝이 말하는 언표 주체(객관, 곧 말한 것)와 언표 행위 주체(주관, 곧 말해진 것)를 의식할 수밖에 없다는 뜻이다. 글머리부터 '나'의 위치를 밝히고 드러낸 것은 그 때문이다. 내가 문학비평을 포함해 비평의 일반적 맥락 안에서 지젝의 담론을 수용하고 활용하며 비판하는 상징적 사례의 하나를 검토하면서 이야기를 시작한 것도 그 때문이다.

자신이 지어낸 우화의 뱃사공인 정성일은 히치콕을 선택하겠다고 했다. 이론이 아니라 텍스트를 고르겠다는 것이며, 그럼으로써 히치콕이 아니라 라캉(지젝)을 구하겠다는 이론적 입장을 거절하겠다는 뜻이다. 그런데 정성일이 만든 예화에서 라캉의 '강제된 선택'이나 이것의 지젝식 판본인 '소피의 선택'을 떠올리지 않기란 불가능하다. 소피의 선택이란 무엇인가.

윌리엄 스타이런의 철학 소설 『소피의 선택』에 등장하는 '소피의 선택'은 이런 이야기이다. 나치 장교가 수용소에 수감된 어머니에게 두 아들 중 한 명을 고르라고 한다. 만일 선택을 거부하면 아이들은 둘 다 죽게 된다. 고민 끝에 어머니는 둘째 아이를 선택하며, 첫째 아이는 가스실로 가게 된다. 이후 수용소에서 살아남게 된 그녀는 자신을 미치도록 몰아가는 죄의식

속에서 방황하면서 살아간다. 그러다가 그녀에게는 두 연인이 생긴다. 한 명은 그녀의 생명을 구해 준 정신병 걸린 화가이며, 다른 한 명은 애송이 작가이다. 그녀는 둘 사이에서 괴로워하다가 첫 번째 남자를 선택하고 동반 자살한다. 소피는 선택을 반복하면서(그녀의 삶은 강요된 선택의 반복 바로 그것이었다) 첫 번째 선택에서 남은 잔여(첫째 아이를 구하지 못했다는 죄책감, 둘째 아이를 선택할 수밖에 없었다는 변명에의 유혹 등등)를 떠맡는다. 소피의 선택은 강제된 선택에서 선택을 함으로써 상실될 수밖에 없는 향유jouissance가 어떻게 '실재The Real'로 귀환하는지, 그것을 떠맡는 자살적 제스처에 이르러서야 죄의식과 상실감에 시달리던 주체가 어떻게 비로소 주체가 되는지에 대한 극단적 사례이다.[2]

아무튼 라캉이 말한 '강제된 선택'의 개념은 '돈이냐 목숨이

---

2. 슬라보예 지젝, 『당신의 징후를 즐겨라!』, 주은우 옮김, 한나래, 1997, 130~131. '소피의 선택' 식으로 라캉을 버리고 히치콕을 선택하는 정성일의 선택을 만일 강제된 선택의 전형적인 사례로 간주한다면, 조만간 그는 상실된 대상인 라캉이 '실재'로 귀환하는 반복을 떠맡게 되지 않을까. 정성일의 언술에서 보이는 특유의 부인(denial)의 제스처에 라캉, 지젝 등의 정신분석의 그림자가 얼마나 많이 서성거리는지에 대해서는 그 자신이 제일 잘 알고 있지 않을까. 그런데 정성일의 선택(라캉 대신 히치콕)에는 거세보다는 입장의 재확인이라는 방어기제가 더 작동하는 것으로 보인다. 그것은 선택이 아니라, 선택하는 척하면서 버리는 제스처에 가깝다. 뱃사공 정성일은 처음부터 라캉을 버릴 생각을 하고 그를 히치콕과 함께 배에 태웠던 것은 아닐까.

냐' 앞에서 거세된 주체의 탄생 과정을 설명한다. 강도에게 협박을 당하는 자가 만일 돈을 선택하게 되면 돈과 목숨을 모두 내놓아야 하므로 그는 목숨을 선택할 수밖에 없으며, 돈은 영원히 상실할 수밖에 없다. 그리하여 그는 돈을 상실한, 거세된 주체로 태어나게 된다는 것이며, 상실했기 때문에 그 돈은 한 번도 제대로 가져본 적 없는 불가능한 향유의 대상이 된다.

그런데 정성일의 전략은 라캉(지젝)보다 단순해 보인다. 그는 여러 이항대립 속에서 자신이 곧 버리게 될 라캉이라는 기표에 다른 기표들 가령 라캉이나 지젝을 활용하는 이론적 태도의 양태를 열거한다. 정성일에 따르면 라캉주의 이론이란 작품의 미세한 결을 무시하고 작품을 이론적 적용의 한 사례, 곧 이론이 자신을 전개할 수단이나 도구의 영역에 작품을 위치시키는 오늘날의 지배적인, 본말 전도된 비평적 태도를 가리킨다. 나중에 이야기하겠지만, 정성일의 비판은 라캉의 '네 가지 담론' 중 특히 중립적이며 창조적 열정이 거세된 지식을 산출하는 대학 담론을 겨냥하고 있는 것으로 보인다. 대학까지 스며든 라캉–지젝 계열의 해석적 담론이 영화비평의 이론적 준거 틀로 우세하지만, 정성일이 보기에 그 생산적 효과는 의심스러울 수밖에 없다. 그런데 이론과 그것의 적용은 오르면 치워버리고 마는 사다리에 불과한 것일까. 텍스트에 대한 정성일의 기이할 정도의 과잉 숭배는 그 자체로 자명한 것일까.

정성일의 예화는 라캉의 강요된 선택을 빗대 오히려 라캉을 버리겠다(히치콕을 구제하겠다)는 것이며, 그의 내파 전략은 얼핏 성공하는 것으로 보인다. 그러면서 그는 영화비평가로서의, 이론보다는 작품 자체에서 해석의 즐거움을 찾겠다는 주체적 위치를 정립한다. 이러한 정립은 영화 비평계에서 '정성일'이라는 상징적 권위가 미치는 효력과 무관하지 않으리라. 그런데 정성일의 우화는 문학비평에서 텍스트를 분석하는 데 지젝의 이론을 활용하는 것에 대해 반지성적인 알레르기를 보이거나 지젝이라는 권위에 대한 물신숭배를 비판하는 데 이르기까지 다양한 스펙트럼을 갖고 있는 통념의 '상징'이기도 하다. 그런데 우리는 혹시 목욕물을 버리려다가 목욕물과 함께 아이마저도 내버리는 위험에 처하는 것은 아닐까. 라캉(지젝)을 버리려다가 히치콕마저 버리게 되는 것은 아닐까. 이것이 비단 정성일만의 선택일까. 오늘날 이론 혐오증자들의 대부분이 이런 입장에 서 있지는 않을까. 내 의구심은 이론을 버려야 한다는 명령이 왜 지적 담론에서 합의된 대세이어야만 하냐는 것이다.

2. '슬라보예 지젝'이라는 네 가지 담론

라캉의 제자이자 사위인 자크–알랭 밀레가 말한 것처럼,[3] 라캉은 자신이 수학자들과 협업해 만든 네 가지 담론(분석가 담론, 주인 담론, 대학 담론, 히스테리 담론)에 모두 해당되는 사람이었다. 라캉은 임상 분석가였으며, 임상 분석을 자신의 정신분석 이론과 실천의 최우선에 둔 사람이었다. 또한 그는 파리 프로이트 원인학교 좌장으로 '내가 말하노니'와 같은 주인의 권위와 카리스마로 학파를 이끌고 해산시켰다. 키르케고르의 표현을 빌리면 그는 천재genius가 아니라 사도apostle에 가깝다.[4] 라캉은 자신이 프로이트의 사도임을 공공연하게 자처했다. 사도는 그의 내적 속성이 아니라 그가 서 있는 발판, 권위 그 자체로 진리를 진리로 자리매김하는 자이다. 라캉은 대학에 몸을 담지는 않았지만, 자신이 생산하게 되는 담론이 지식의 형태로 대학에 스며드는 일에 대해서 적극적이었다. 그가 알튀세르와 같은 철학자들의 도움을 받아 23권 분량에 이르는 세미나를 개최한 곳은 대부분 대학이었다. 또한 라캉은 기존의 정신

• •

3. 엘리자베스 루디네스코, 『자크 라캉』 1·2, 양녕자 옮김, 새물결, 2000.
4. 천재와 사도에 관한 키르케고르식 구분에 대해서는 슬라보예 지젝, 『당신의 징후를 즐겨라!』 168~171의 「소크라테스 대 그리스도」 항목에 자세히 설명되어 있다.

분석적 제도에 대해 히스테리적 반항을 일으킨 이단아였다.

그런데 지젝에게도 네 가지 담론의 위상은 모두 들어맞지 않는가. 정치에서 영화, 문학, 일상생활에 이르는 온갖 사회적 증상에 대한 압도적으로 탁월한 분석가(분석가 담론), 오늘날 인문학계에서 갖는 슬라보예 지젝이라는 상징적 이름 또는 권위가 뜻하는 자리(주인 담론), 라캉 정신분석에 대한 정확하고도 저명한 해설자(대학 담론), 이론의 헤게모니적 전장에서 기존의 실천과 담론에 의문을 부치는 히스테리적 도발자(히스테리 담론), 이들 모두에 지젝이라는 이름과 그의 담론생산 또한 부합한다. 그렇다면 한국의 문학비평에서 지젝과 그의 담론 그리고 지젝의 저술이 한국 문학비평에서 실제로 적용되는 예, 그리고 그 효과는 어떠한가. 그러나 나는 라캉의 네 가지 담론을 활용하여 지젝이 오늘날 한국의 문학비평계에서 차지하는 상징적 위치나 지젝의 담론이라는 지식, 그리고 그것이 산출하는 사회적 효과만큼이나 지젝의 담론을 수용하는 주체적 입장에 초점을 맞추고자 한다. 나는 이해의 편의를 위해 네 가지 담론의 기본 매트릭스를 설정한 다음에 네 가지 담론을 차례로 제시하겠다. 지젝을 포함해 네 가지 담론을 설명하는 라캉주의자들은 보통 주인 담론에서 출발해 대학 담론, 히스테리 담론, 분석가 담론 순으로 나아가는데, 거기에는 그럴 만한 이유가 있다.

라캉은 『세미나 17: 정신분석의 이면』(1969~70)에서 '하나의 기표는 또 다른 기표를 위해 주체를 표상한다'는 다소 난해하고도 순환적으로 읽히는 문장을 제시하면서 네 가지 담론에 대해 이야기한다.[5] '하나의 기표는 또 다른 기표를 위해 주체를 표상한다'는 문장에서 중요한 것은 라캉이 정의하는 기표와 주체의 독특한 특질이다. 먼저, 기표는 언제나 그것이 수신자에게 의미하는 것 이상으로 잉여(대상 a)를 포함한 또 다른 기표를 낳는다는 것이다. 예를 들어 환자의 침대에 붙은 표지판(환자 이름, 체온, 혈압, 약제, 담당 의사 등이 명기된 기표)은 그 환자를 표상한다. 그렇지만 표지판=기표는 다른 기표들, 즉 의학 지식의 상징적 네트워크를 위한 것이다. 의사는 표지판(기표)을 통해 자신이 알고 있는 의학 지식(또 다른 기표)에 입각해 표지판의 환자를 환자로 자리 잡도록 하는 것이다. 이른바 주인기표master signifiant는, 환자에게 의학 담론이 그러하듯이, 자신의 정체성이 전적으로 의존하고 또 그로부터 정체성을 정립하는 기표이다. 이처럼 상징적 네트워크를 수용한 환자는 의학 담론이라는 기표의 권위, 주인기표 아래에서 치료를 약속받은 환자 곧 주체가 된다. 동시에 그는 자신이 순전히 의학 지식에 스스로를

5. 이하의 설명은 슬라보예 지젝, 『이라크: 빌려온 항아리』(박제철 외 2인 옮김, 도서출판b, 2004)의 3장 「지배와 그 너머」의 '네 가지 담론'을 따른다. 170~187.

발가벗겨지도록 놔둘 수밖에 없는 부산물(대상 a)임을 알게 된다. 그렇기 때문에 주체는 주체인 동시에 타자의 대상이 된다. "내가 말하는 것 속에는, 내 상징적 표상 속에는 내 언표의 구체적이며 피와 살을 가진 수신자들에 대해 항상 일종의 잉여가 있다."[6] 그렇기에 하나의 기표를 수용하고 자리매김하려는 태도는 특유의 주체적 입장을 표시한다. 동시에 어떤 담론이나 기표를 수용하는, 그 기표에 의해 표상되는 주체의 입장은 또 다른 기표 또는 담론을 예고하기도 한다. 그것은 반드시 메시지의 수신인인 타자를 전제하고 정립한다.

프로이트에서 라캉에 이르기까지 관심을 모았던 세기적인 정신병자인 다니엘 파울 슈레버의 자서전 『한 신경병자의 회상록』은 의사와 의학 지식의 권위에 복종하는 환자로서의 슈레버와 의학적 지식의 네트워크에 의해 철저히 벌거벗겨진 대상인 슈레버의 비참한 모습이 함께 나온다. 슈레버의 주치의로 슈레버라는 주체에게 주인기표의 작인에 해당하는 의사인 파울 에밀 플레히지히 가문은 자신과 자신의 가문을 괴롭히는 신gott으로 종종 표상된다.[7] 이 신이야말로 주인기표에 대한 최상의

· ·

6. 슬라보예 지젝, 『이라크』, 172.
7. 슈레버에 따르면 에밀 플레히지히의 조상에는 아브라함 퓌르히테고트 플레히지히(Abraham Fürchte**gott** Flechsig)와 다니엘 퓌르히테고트 플레히지히(Daniel Fürchte**gott** Flechsig)라는 이름이 등장하며, 후자는 슈레버

이름이 아니라면 무엇일까. 그렇기 때문에 신경의학이라는 지식에 종속된 대상 a라는 위치에 저항하는 슈레버의 반란의 서사는 의사–신이라는 주인기표 또는 담론과는 다른 기표와 담론의 가능성을 열어놓는다. 다시 말해 슈레버는 임상적으로는 정신병자였다. 그러나 의학 담론에 대한 그의 반발은 히스테리적이다. 히스테리증자가 결국 주인에게 호소하듯이 슈레버는 자서전의 후반부에서 주인인 법에 대한 호소를 통해 자신을 변호한다. 이러한 과정에서 의사醫師–신神은 가짜疑似–신神으로 그 정체가 밝혀진다.

3. 슬라보예 지젝이라는 주인 담론

방금 예를 든 것처럼, 네 가지 담론의 출발점을 주인 담론으로 시작하는 것은 의미가 있다. 왜냐하면 주체가 말한 것과 말해진 것이 환영적幻影的으로 일치하는('내 말이 진리다') 주인 담론(라캉이 말한 것처럼, 노예에게 주인은, 제자에게 스승은 본질적으로 사기꾼에 불과하다)에서 작인agent의 자리를 차지하는 것이 이후

· ·

의 신조어인 '보조 악마'의 역할을 했다(gott 강조는 필자). 다니엘 파울 슈레버, 『한 신경병자의 회상록』, 김남시 옮김, 자음과모음, 2010, 40.

작인agent	타자other	S1 = 주인기표master signifiant
———	———	S2 = 지식Knowledge
진리truth	산물production	$ = 주체subject
		a = 잉여향유surplus jouissance

<표 1> 네 가지 담론의 매트릭스

에 전개될 다른 세 담론의 주체적 위치를 예고하기 때문이다.

'하나의 기표는 또 다른 기표를 위해 주체를 표상한다.' 이 문장은 이렇게 바꿔 써도 좋을 것이다. "슬라보예 지젝이라는 하나의 기표는 또 다른 슬라보예 지젝이라는 기표를 위해 주체를 표상한다." 앞으로 전개될 도식에서 중요한 것은 작인agent의 자리이다. 이 작인의 자리를 누가 차지하고 있는지가 관건인데, 지젝이라는 주인기표가 각각 작인, 타자other, 진리truth, 산물production 네 자리에 위치할 때 산출하는 담론의 양태는 상이하게 달라진다. 그러면서 지젝을 수용하는 비평(가)이라는 담론의 주체적 위상도 보다 분명해진다. 미리 말해두지만, 네 가지 담론은 주디스 버틀러와 같은 라캉 비판가들이 흔히 말하는 것처럼, 그것이 수학소라는 형식(공시성)을 띠고 있다고 하더라도 선험적이거나 정태적이거나 자기순환적이지 않다. 오히려 네 가지 담론은 담론의 부상과 그것과 연결되는 주체성의 특정 양식을 표시하는 역사성을 설명하는 데 유용할 수도 있다.

	S1 = 지젝이라는 기표 / 작인
S1 → S2	S2 = 지젝의(에 대한) 담론 / 타자
	\$ = 해석의 주체 / 진리
\$ ← a	a = 해석 / 산물

〈표 2〉 주인담론

　　주인 담론에서 중요한 것은 작인의 자리를 차지하는 S1, '슬라보예 지젝'이라는 주인기표의 위상, 상징적 권위이다. 그것은 오늘날 슬라보예 지젝이라는 이름, 자리가 한국의 인문학계에 자리하고 있는 힘이다. 이 상징적 자리와 힘의 승인 여부에 대해서는 물론 논란이 많을 것이다. 정성일처럼 지젝에게 주인기표의 권위를 부여하지 않으려는 제스처는 지젝에게 상징적 권위를 부여하고 있는 추세에 부정적인 방식으로 응대한 것이다. 그런데 우리가 주목하는 것은 지젝에게 상징적 권위를 부여하지 않으려는 제스처 상당수가 지젝을 대학 담론으로, 즉 유행하는 이론가 중의 하나에 불과한 사례로 취급하는 냉소적 태도이다.

　　오늘날 비평 담론을 주도하거나 새로운 해석을 낳는 몇몇 비평가의 저작에서 볼 수 있는 지젝의 이름은 그의 권위를 얼마간 강화하지만 거꾸로 그의 권위를 허명虛名으로 만들 위험도 있다. 상징적 주인의 자리를 지젝(지젝의 담론)에 놓는 비평가 또한 내기에 걸려 있다. 주인의 이름을 빌리는(S1) 비평가는, 주인 담론의 하단부가 예고하는 것처럼, 새로운 해석을 생산하는가(대상 a를 창출하는가)의 여부에 자신의 비평적 실존이 걸려있다(나 자신의 비평도 포함해서). 반대자들이 보기에 이른바 '지젝 가라사대' 운운하는 비평의 행위(S1→S2)가 오히려 지젝이라는 매혹적인 담론(대상 a)에 무조건적으로 이끌리는 수동적 대상에 지나지 않는 것(S←a)으로 보일지도 모른다. 그런데 이론적 태도를 혐오하는 적대자들이 그렇게 하는 까닭에는 이유가 없지 않다. 대학 담론이 그 이유를 얼마간 설명해줄 것이다.

4. 슬라보예 지젝이라는 대학 담론

$$S2 \rightarrow a$$
$$\overline{} \quad \overline{}$$
$$S1 \leftarrow S$$

S2 = 지젝의(에 대한) 담론 / 작인
a = 해석 / 타자
S1 = 지젝이라는 기표 / 진리
S = 해석의 주체 / 산물

〈표 3〉 대학 담론

대학 담론은 라캉–지젝의 설명이 그렇듯이, "'중립적' 지식의 위치로부터 언표된다.”[8] 대학 담론은 지젝을 소개하고 응용하는 문학비평이 생산되는 장으로 볼 수 있으며, 이 글을 포함해 지젝에 대한 수많은 이차 담론, 대학수업 및 강연과 강의, 해설과 개론서 등이 나오는 현상을 포괄한다. 그것은 지젝이 하나의 지식 담론으로 유행하게 되는 현상과도 무관하지 않다. 특히 지젝의 박식함과 그것을 드러내는 문체는 독자에게 매혹을 선사한다(S2→a). 학문적인 경계를 자유로이 넘나드는 지젝의 현란한 글쓰기는 일종의 지적인 브리콜라주에 가깝다. 레비-스트로스는 브리콜뢰르에 대해 이렇게 말한다.

오늘날 ‘브리콜뢰르bricoleur’는 아무것이나 주어진 도구를 써서 자기 손으로 무엇을 만드는 사람을 장인에 대비해서 가리키는 말이다. 신화적 사고의 특성은 그 구성이 잡다하며 광범위하고 그러면서도 한정된 재료로 스스로를 표현한다는 것이다. 무슨 과제가 주어지든 신화적 사고는 주어진 재료를 활용해야 한다. 왜냐하면 달리 이용할 수 있는 것이 아무것도 없기 때문이다. 그러므로 신화적 사고는 일종의 지적인 ‘손재주’(브리콜라주)인 셈이다. 이것으로 기술적 측면과 지적 측면의 양자의 관계가 설명된다. ‘손재주꾼’은 인간이 만든 제작품의 나머지인

8. 슬라보예 지젝, 『이라크』, 180.

잡동사니들, 즉 문화의 하위 집합과 대화를 하고 있는 것이다.[9]

지젝은 정신분석과 탐정소설이 동시대적인 현상임을 지적하고, 해독해야 할 대상의 무의미한 세부에 집중하고 이질적인 요소들의 몽타주를 작성하는 데서 정신분석과 탐정소설의 방법론이 공통적으로 브리콜라주임을 지적한 바 있다.[10] 그는 들뢰즈나 데리다처럼 자신만의 개념을 생산하는 철학자–장인이라기보다는 라캉의 개념들을 적재적소 자유자재로 응용하는 지적인 브리콜뢰르에 가깝다. 지젝에게 자신만의 독창적인 철학적 개념이 있는가라고 의문을 제기하거나 비판하는 사람들은 얼마간 요점을 놓고 있는 것이다.

대학 담론이 알려주는 진리가 있다면, 첫째, '슬라보예 지젝'이 이제 수많은 지식 중의 하나로 포함된다는 것이다. 지젝이라면 바로 거부했을 중립적, 거리두기식 언표겠지만. 그렇지만 대학 담론은 그 나름의 효과가 없지 않다. 인문학도 중에서 지젝을 담론적인 무기로 삼아 문학비평을 하거나 책을 쓰려는 사람들이 산출되기 때문이다. 사실 지젝의 작업은 다른 어떠한

• •

9. 클로드 레비–스트로스, 『야생의 사고』, 안정남 옮김, 한길사, 1999, 70, 73.

10. 슬라보예 지젝, 『삐딱하게 보기: 대중문화를 통한 라캉의 이해』, 김소연·유재희 옮김, 시각과 언어, 1995, 114.

이른바 포스트구조주의 담론(푸코에서 들뢰즈, 데리다) 이상으로 그가 본격적으로 자신의 저작물을 생산하기 시작했을 무렵에 한국에 그의 글이 처음으로 소개될 정도로 담론수용 면에서 상당히 빨랐다.[11]

둘째, 대학 담론이 알려주는 또 다른 진실은 이것이다. 오늘날 어떤 문학비평가가 문학 작품에 대한 해석을 내놓을 때, 그것의 진정한 진실은 문학비평의 주체가 지젝의 담론에 전적으로 의존한 결과일 경우가 지나치게 많다는 불만이다. 거의 모든 글에서 지루할 정도로 지젝이라는 이름을 발견한다는 것이다. 이른바 '지절거리는' 지젝주의자들Žižekians에 대한 적대자들의 반발 중에 논리적으로 이유가 있다고 읽을 만한 부분은 바로 지젝이 점점 대학 담론의 중심적 작인으로 부상하는 현상일 것이다. 이러한 현상이 수입 오퍼상의 일시적인 수입품으로 끝날지 그렇지 않을지는 당장 판가름 나지는 않을 듯하다.

그런데 '지젝'이라는 기표를 하나의 지적 유행으로 보는 대학 담론식의 전형적인 비판이 가진 맹점 가운데 하나는 지젝을

• •

11. 지젝의 글은 에르네스토 라클라우·샹탈 무페 외, 『포스트맑스주의?』, 이경숙·전효관 옮김, 민맥, 1992에 실린 「담론분석을 넘어서」로 처음으로 소개되었다. 당시 라클라우, 무페처럼 급진적 민주주의자를 자처한 지젝이 이들의 영향 속에서 영어로 쓴 첫 저작 『이데올로기의 숭고한 대상』은 1989년에 발간되었으며(한국어판: 2002), 국내에 처음 번역된 지젝의 저작은 『삐딱하게 보기』(1991)이다(한국어판: 1995).

주인기표의 자리가 아니라 지식생산의 중립적 작인으로 간주한다는 것이다. 권위라면 무조건 배척하는 것이 마치 급진적인 입장이라는 듯이. 심한 경우에 그러한 입장은 지젝에게서 도대체 들을 말이라고는 하나도 없다는 제스처를 취하거나 처음부터 지젝을 자신의 담론영역에서 부정적으로 제외하면서 그를 비판하거나 추종자들을 거부한다. 이러한 거부는 지젝을 일부 수용하는 이들에게서도 볼 수 있다.

지젝의 담론이 갖는 반복적인 특징 때문에 어떤 '대학'교수는 지젝이 비록 수십 권에 이르는 책을 썼더라도 영어로 출간된 첫 번째 책 『이데올로기의 숭고한 대상』(1989)만 제대로 읽는다면 지젝은 다 읽은 것이나 마찬가지라는 말을 한 적이 있다. 이러한 말을 한 사람의 무능함을 지적하는 것은 그리 중요하지 않다. 오히려 이 말은 대학 담론에서 지젝을 지식의 수준으로 자리매김하는 징후적인 언표로 읽는 편이 낫다. 말 그대로 지젝을 대학 담론의 영역에서만 수용하고 그치고 만다면 지젝을 무미건조하게 인용하는 비평만큼이나 특유의 주체적 입장이 없어 보이는 경우는 확실히 문제시될 만하다. 지젝을 '제대로' 인용하는가 그렇지 않은가보다 중요한 문제는 오늘날 문학비평이 논쟁이나 입장과 진영의 분열을 보이는 히스테리의 제스처가 드물며, 대학 담론처럼 중립적인 해석(문학비평이 해설이 되어가는 경향)과 비평적 담합이 갈수록 우세해진다는 점은 아닐까.

누구보다도 히스테리적인 도발과 퍼포먼스의 해석학을 선보이는 지젝의 글을 수사적으로만 인용하는, 아이러니라고는 찾기 어려운 비평을 읽는 일이란 꽤 아이러니하다.

5. 슬라보예 지젝이라는 히스테리담론

$$\$ \rightarrow S1$$

$$a \leftarrow S2$$

$\$$ = 해석의 주체 / 작인
S1 = 슬라보예 지젝 / 타자
a = 해석 / 진리
S2 = 지젝의(에 대한) 담론 / 산물

〈표 4〉 히스테리담론

그런데 행위의 작인의 자리에 선 문학비평가의 입장($\$$)에서는 사실 대학 담론을 통해서 슬라보예 지젝에 대해 알게 되었고 배우게 되었던 것이다. 그리고 지젝이 행하는 비평이라는 것에 매혹을 느낀 바가 없지 않았을 것이다. 더 나아가 이제 해석의 주체는 지젝에 대한 담론을 생산하는 입장에 서게 된다. 나를 포함한 어떤 이들에게 지젝은 일종의 비평적인 자아이상으로 기능할 것이다. 특히 지젝처럼 다양한 분야에서 현란한 솜씨로 글을 쓰는 비평가는 비평가가 되려는, 혹은 비평가인 자신의 실존을 좁은 의미의 문학비평을 넘어서려는 욕망으로 지젝을 모방하고 싶어 할 것이다.

히스테리 담론에서 작인과 타자의 관계($\$\rightarrow S1$)는 상호의존 관계인 동시에 반어와 물음의 관계이기도 하다. 사실 비평가는 지젝을 닮는 것으로 머무르는 것이 아니라, 그 자신이 또 다른 지젝(과 같은 비평가)이 되어야 할 것이다. 그러면서도 비평가의 실존에서 그는 지젝을 넘어서거나 지젝의 해석에 대해 의문을 던질 수 있을 것이다. 비평가가 쓰는 문학비평이라는 산물(a)의 진정한 진실은 새로운, 이전과는 다른 해석을 낳는 것이다.

언제부터인가 한국 문학비평에는 문학비평가 루카치나 프라이 대신에 지젝과 아감벤과 랑시에르와 같은 철학자들의 작업이 더 많이 인용된다. 시학보다 해석학이 압도적이다. 많은 이들이 이것을 우려한다. 확실히 대학 담론의 입장에서 보지 않더라도 지젝은 문학이론가나 문학비평가는 아니다. 그의 이론은 한국의 문학에 관한 담론에서 그동안 주인의 자리를 차지해 온 시학과 해석학의 빈자리를 차지한 이단에 가깝다. 사실 지젝은 문학에 관해 이야기할 때조차도 라캉의 담론을 분석하는 도구나 예로 그것을 활용할 뿐이며, 그렇기 때문에 그에게는 문학 작품의 가치평가에 대한 의식이 없다시피 하다. 브리콜뢰르인 지젝에게는 콜린 맥컬로우의 소설과 카프카의 『심판』이 나란히 대상 a를 설명하는 데 사용되는 유용한 재료이거나 소도구일 뿐이다.

테리 이글턴이 지젝의 현란한 브리콜라주적 글쓰기 속에서 기묘하게 반복되는 단조로움(모든 재료와 수단이 실재와 향유에 대한 지칭인 대상 a를 설명하기 위해 평준화되는 양상)을 지적한 것은 이와 상관이 없지 않다.[12] 그럼에도 지젝의 해석이 탁월한 문학비평의 수준을 보여주는 경우가 많은 것도 사실이다.

지젝의 저작들을 들여다보면 그가 즐겨 취급하는 작가와 작품의 일정한 성향이 드러난다. 앞에서도 이야기했지만, 정신분석의 탄생과 동시대적인 탐정소설의 내러티브와 형식에 대한 지젝의 관심이 보여주듯 그의 글쓰기는 이른바 문학의 정전만큼이나 '대중 서사'에도 친근하다. 지젝은 에드거 앨런 포, 스티븐 킹 등의 공포소설과 로버트 하인라인, 필립 K. 딕 등의 과학소설, 코난 도일에서 레이먼드 챈들러에 이르는 탐정소설(『삐딱하게 보기』『당신의 징후를 즐겨라!』)을 즐겨 다루는 한편으로 소포클레스의 비극『오이디푸스왕』『안티고네』(『이데올로기의 숭고한 대상』『전체주의가 어쨌다구?』 등), 셰익스피어의 비극(『삐딱하게 보기』『How To Read 라캉』)에도 친숙하다. 그런가 하면 그는 메리 셸리의 『프랑켄슈타인』(『잃어버린 대의를 옹호하며』), 프란츠 카프카(『이데올로

---

12. 테리 이글턴, 「즐거운 시간 되세요!」, 『반대자의 초상』, 김지선 옮김, 이매진, 2010, 321.

기의 숭고한 대상』『시차적 관점』등등), 헨리 제임스, 허먼 멜빌(『시차적 관점』)의 모더니즘 계열의 작품을 읽으면서 현대문학과 비평의 주요한 주제이기도 한 미와 숭고의 문제, 분신과 언캐니uncanny, 상상력의 역사적 층위, 언데드undead, 바틀비 등에서 표상되는 저항적 주체의 가능성 등을 즐겨 취급한다. 그중 한 예로 지젝은 『프랑켄슈타인』에 대한 독해에서 사무엘 콜리지가 오래전에 구분한 바 있는 "유기적이고 조화로운 신체를 발생시키는 창조적인 힘"의 상상imagination 대신에 "서로 어긋나는 파편들의 기계적 조합", "괴물 같은 조합"인 환상fancy에 『프랑켄슈타인』의 이야기가 자리 잡고 있다고 말한다.[13] 그것은 사실 지젝이 분해하고 해체하는 힘으로서의 '초월적 상상력' 또는 그것에 상응하는 헤겔의 철학적 표현인 '부정성'이나 '세계의 밤'이라고 불렀던 것에 대한 선호와 연결된다.

지젝이 드라큘라나 프랑켄슈타인의 괴물, 좀비와 같은 언데드, 언데드라고 하면 절대로 뒤처지지 않을 오이디푸스와 안티고네, 바틀비처럼 무위를 실현하는 인물들, 리처드 2세와 같은 '왕의 두 신체'를 즐겨 취급하는 이유는 그들이 이른바 창조적이

· ·

13. 슬라보예 지젝, 「이데올로기의 가족 신화」, 『잃어버린 대의를 옹호하며』, 박정수 옮김, 그린비, 2009, 116.

며 저항적인 주체성의 고유한 표지이기 때문이다. 들뢰즈가 '개념적 인물'이라고 부르기도 했던 이 존재들은 전통적인 재현으로는 표상이 불가능한 주체이자 대상이다. 지젝의 과업은 재현 불가능한 것들의 재현은 보이지 않는 것, 비가시적인 것에 대한 재현의 과잉이라는 과제뿐만 아니라, 제 몫을 가지지 않은 자들의 감각을 발명하는 나눔에 대한 최근 문학비평의 '문학과 정치'의 논쟁에 이르기까지 유효하게 적용이 가능해 보인다. 이론은 필요할 때 기꺼이 꺼내 들 수 있는 상자의 공구와도 같은 것이겠지만, 지젝의 글쓰기가 모든 것에 응용 가능한 만능의 이론은 당연히 아니다. 한국문학에 한정해 말해보면, 편혜영이나 정영문, 배수아의 소설은 지젝과 어울려 보이지만 이문열, 황석영, 조정래의 작품은 어떠한가. 여전히 한국문학의 중추인 다양한 리얼리즘 소설들을 읽을 때 지젝식의 독법이 유효하지 않은 것은 아니더라도 말이다.[14]

..

14. 나는 「연대의 환상, 적대의 현실」(『눈먼 자의 초상』)에서 현재에도 작품 활동을 하는 80년대 민중문학의 작가들(방현석, 김남일 등)의 '국경 소설'을, 자신의 상실감을 타자에 대한 과도한 관심으로 보충하려는 후일담 문학의 연장으로 간주하고 리얼리즘 소설에 이른바 (그들이 강조하는) 현실이 아닌 '환상(fantasy)'이 강하게 작동하고 있음을 증명했다. 그 현실은 물론 환상이 무대화된 현실이다. 이 글은 '국경 소설'을 옹호하는 비평들에게 많은 비판을 받았으며, 나는 「공포와 동정」(『눈먼 자의 초상』)이라는 글로 응수했다. 그런데 내 글을 비판한 비평가들은 지젝 운운하는 내 이론 적용의 태도만을 문제 삼았다.

가령 문학비평가 프랑코 모레티는 유럽 근대의 교양소설 연구서인 『세상의 이치』에서 프로이트에서 푸코에 이르는 정신분석 비평은 자아의 가능성보다는 주체의 탈중심화의 문학적 사례에 더 잘 들어맞는다고 말한다.

질문을 하나 던져보자. 어떻게 해서 우리는 비극과 신화, 동화와 희극에 대해 프로이트적인 해석을 하면서도 소설에 대해서는 이에 비할 만한 것을 갖지 못하는가? 내 생각엔, 마찬가지 이유로 우리는 젊음에 대한 견실한 프로이트적 분석을 본 바 없다. 왜냐하면 심리분석의 존재 이유는 심리를 대립되는 '힘들'로 분해하는 데 있는데, 반면 젊음과 소설은 개인의 품성에서 갈등하는 특성들을 융합하는, 혹은 적어도 합쳐 놓는 정반대의 과제를 지니고 있기 때문이다. 다시 말해 정신분석은 항상 자아 너머를 바라보는 반면, 교양소설은 자아를 지으려고 하며 그 자아를 자기 구조의 확고부동한 중심으로 만들고자 하기 때문이다.

그래서 소설novel이 아니라 대중 서사 곧 "극단적인 병과 극단적인 치유의 문학"에서 정신분석의 이론적 활용과 수사의 예가 풍부한 것이다.[15] 보충 설명이 필요하겠지만, 모레티는 교양소설에 대한 실제 분석에서는 프로이트(부인否認, Verleugnung), 고티에

의 보바리즘, 옥타브 마노니의 물신주의('나는 잘 알아······
하지만'), 사르트르의 '자기기만'의 이론으로 자기를 자기의
완벽한 이상으로 보는 이상적 자아(라캉의 '거울단계')에 대한
분석을 시도한다. 그런데 적어도 1960년대 이후의 한국 교양소설
의 주인공은 정체성 확립보다는 그에 대한 파괴(최인훈, 『광
장』의 이명준), 그에 수반되는 자아와 이드의 불안한 동거, 죄의
식, 강박증(김승옥 소설의 주인공들)이 우세하지 않은가.

6. 잠정적 맺음말: 슬라보예 지젝이라는 분석가 담론

$a \rightarrow \$$

$S2 \leftarrow S1$

a = 해석 / 작인
$\$$ = 해석의 주체 / 타자
S2 = 지젝의(에 대한) 담론 / 진리
S1 = 슬라보예 지젝 / 산물

〈표 5〉 분석가 담론

분석가 담론은 네 가지 담론이 향하는 최종 목적지가 아니다.

●●
15. 프랑코 모레티, 『세상의 이치: 유럽 문화 속의 교양소설』, 성은애 옮김,
   문학동네, 2005, 38, 40.

그것은 오히려 담론과 담론 사이에 개입하는 틈새의 담론에 가깝다. 라캉은 정신분석가의 임무를 이렇게 말했다. 해석은 "실재를 명중시켜야 한다."[16] 분석가 담론은 지젝의 권위를 빌려 비평가 자신이 하고자 하는 해석의 핵심을 이야기하든, 지젝의 개념을 텍스트 분석에 응용하든 간에 '실재를 명중시키는 해석'이 오히려 그 모든 담론을 압도하는 드문 사례일 것이다. 사실 지젝의 글을 읽을 때 그의 독자들이 체감하는 해석의 즐거움은 분석가 담론의 진실이 아닐까도 싶다.

이제 우리는 글머리에 제시한 정성일의 우화로 마침내 돌아갈 수 있게 되었다. 지젝이냐 히치콕이냐. 꿈이냐 해석이냐. 정성일은 알아도 애써 '부인'하겠지만, 꿈에 대한 해석까지 포함해야 꿈은 비로소 꿈이 된다. 텍스트에 대한 해석을 이론적 권위에 결부시키는 것을 성급히 이론 물신주의로 간주하는 사람들이 적지 않다. 나의 생각은 오히려 정반대이다. 텍스트 해석에서 이론을 부인하는 입장이야말로 물신주의로 귀착된다. 텍스트 물신주의. 이것은 이론을 대체할 수 있는 다른 무언가가 이론이 아닌 어딘가에 있다는 부인된 신념의 물질화를 동반한 결과이다. 텍스트에는 그에 대한 해석의 열쇠와 비밀까지 모두

••

16. 브루스 핑크, 『라캉과 정신의학: 라캉 이론과 임상 분석』, 맹정현 옮김,
민음사, 2002, 90.

포함하고 있다는 텍스트 물신주의. 이것은 텍스트에 대한 존중을 모독하는 것이 아닌가. 그러나 텍스트 물신주의자들의 이론 혐오증은 실제로는 이론 공포증에 불과하다. 그것은 텍스트에 대한 존중과는 별 상관이 없다. 이론에 대한 공포로 인해 대체되고 선택된 사물이 하필이면 텍스트였을 뿐이다.

그렇다면 정성일에게 우리는 드디어 한마디 할 수 있게 되었다. 텍스트와 이론은 서로에 대해 충돌하는 두 개의 꿈, 해석적 타자이지 배제와 부인의 관계는 아니다. 물에 빠지게 될 사람은 라캉(지젝)이 아니다. 지젝과 히치콕이 합심해서 뱃사공을 물에 빠뜨리는 경우가 어찌 없을까. 실제로 배를 저을 수 있는 것은 뱃사공이 아니라 누구나 배를 저을 수 있는 두 개의 노櫓이다. 이론과 텍스트란, 라캉(지젝)과 히치콕이란 서로가 서로를 필요로 하는 공구, 한 쌍의 노와 같지 않을까.

가라타니 고진을 '읽는다'는 것

일본의 비평가 가라타니 고진柄谷行人에 대한 글을 준비하면서 이따금 머릿속에 떠올랐던 것은 나쓰메 소세키의 소설 『마음』에서 선생과 주인공이 처음 만난 직후 바다에서 함께 헤엄을 치는 장면이었다. 2009년, 처음 일본에 갔을 때, 에노시마江ノ島가 보이는 자이모쿠자材木座海岸에 들른 적이 있다. 요트가 가득 떠 있던 그 해변이 『마음』에서 주인공과 선생이 처음 만난 바닷가였다는 사실을 알고 잠시 설렜다. 소설에서 서술자이자 주인공은 햇빛이 물과 산을 온통 비추고 있는 바다 한가운데서 선생의 동작 하나하나를 흉내 내면서 자유와 환희를 만끽하며 함께 물결 위에 나란히 눕는다. "넓고 파란 바다 위에 떠 있는 사람은 그 주변에 우리 둘 말고는 없었다. 그리고 강렬한 햇빛이 눈이 닿는 모든 물과 산을 비추고 있었다. 나는 자유와 환희에 가득 찬 근육을 움직여 바다에서 미친 듯이 날뛰었다. 선생님은 다시 손발의 움직임을 뚝 그치고 하늘을 향해 물결 위에 누웠다. 나도 선생님을 흉내 냈다. 파란 하늘빛이 반짝반짝 눈부시게 비치듯이 통렬한 색을 내 얼굴에 내던졌다. "기분 좋네요" 하고 나는 큰 소리로 말했다."(나쓰메 소세키, 『마음』, 현암사, 2016) 바야흐로 주인공은 '선생'을 흉내 내는 제자가 되어 있었다. 그렇다면 내가 이 글에서 내 마음대로 선생으로 부르는 가라타니 고진은 누구인가?

가라타니 고진의 글을 처음 읽은 지 이십오 년이 넘었고, 내내 사숙했으니 그는 내가 선생으로 부를 만한 인물이다. 가라타니에 따르면, 선생은 새로운 것을 가르치는 사람이 아니다. 선생은 제자보다 앞서 태어난 사람도 아니다. 선생先生은 앞에 있었던 것先을 살게 하는 사람生, 남들이 죽었다고, 유통기한이 지났다고 여기는 것을 되살리는 사람이다. 선생은 낡은 것이 낡지 않았으며, 새로운 것이 결코 새로운 것이 아니라고 제자에게 말해야 한다. 마르크스주의가 끝났다고 합창할 때 마르크스를 읽어야 하며, 포스트모더니즘이 새롭다고 주장할 때 포스트모더니즘이 낡은 것의 반복에 불과하다고 해야 한다. 서브프라임 모기지 사태가 일러주듯이 자본주의가 위기(공황)에 처했을 때 자본주의가 끝났다고 말하는 것이 아니라, 자본주의가 그런 위기(공황)를 먹고 사는 것임을 들여다보도록 해야 한다. 그것이 비평이고, 그런 사람이 선생이다. 비평은 새로운 이론이라는 상품에 혹하지 않고 새로운 것에 내재한 반복의 오래된 구조를 들여다보아야 한다. 그렇기에 비평은 어느 한곳에 머무르지 않고 이동해야 하는 숙명을 지닐 수밖에 없다. 비평은 이론적인 문제이기 이전에 살아가는 문제이다. 말하자면 그것은 실천적이다. 그러지 않으면 제아무리 뛰어난 이론이라도 자기중독에서 헤어 나오기 어렵게 된다. 이론이든 사상이든 그것에는 자기의 머리털을 붙잡고 늪에서 빠져나오려는 뮌히하우젠 남작의 운명이 서려 있다. 따라서 비평은 근본적으로 자기비평이지 않으면 안 된다. 그렇게 선생은 제자에게 가르치고 있었다. 그러면 제자는 선생에게 무엇을 배웠을까.

1

아무래도 『마음』에서 주인공이 선생과의 첫 만남을 상기하듯이 나 또한 가라타니 고진과의 첫 만남을 상기해야겠다. 물론 그것은 실제 사람과의 대면이 아니라 텍스트와의 만남이었다. 학부 시절 누군가 내게 읽어보라고 처음 권해준 가라타니의 글은 「언어와 정치」(1994)였다. 언어는 차이의 체계라는 소쉬르의 언어학이 어떻게 정치적일 수 있을까, 이런 의문을 가지며 되풀이해 읽은, 지적으로 대단히 자극적인 글이었다. 가장 비정치적으로 보이는 것이 가장 정치적일 수 있다는 식의 사유는 가라타니를 처음 읽었을 당시 학부생인 내게는 획기적인 것이었다. 가장 내밀한 것이 가장 외부적인 것과 접속할 수 있다는, 아니 가장 내밀한 것에서 외부가 뚫고 나온다는, 내부에 불투명한 외부가 도사리고 있다는 사고의 파격. 비평이란 이러한 사유의 파격이구나.

이어서 읽은 가라타니의 글은 「책임이란 무엇인가」(1995)였다. 지적인 곡예가 돋보였던 「언어와 정치」와는 달리 이 글에는 명료한 주장과 윤리적 감각이 특출했다. 이 글은 가라타니 자신이 쓴 가라타니 입문서라고 할 만한 『윤리 21』(2001; 2018)의 밑절미가 되는 한일문학심포지엄(1995) 강연원고로, 칸트를 그런 식으로 읽는 글은 처음이었으며, 칸트의 사유가 생생하게 현재적일 수 있다는 것도 놀라웠다. 공무원이 주어진 공무를 다 하는 것은, 국가의 공무원으로 일하는 것은 이성의 사적인 사용에 불과하다, 그러나 만일 공무원인 그가 자신의 국가를 비판하거나 그럴 수 있는 자유를 실행하는 것은 이성의 공적인 사용이며, 그것이야말로 계몽의 진정한 시작이라는 것이 칸트의 생각이다. 그때까지 나는 내가 생각해왔던 공공적인 것이라는 의미가 돌이킬 수 없이 전도^{顚倒}되는 것을 느꼈다. 가라타니는 칸트의 생각을 바탕으로 개인과 공동체의 계몽의 수준과 차이,

인간에 내재한 근원적 적대, 전쟁 책임에 이르는 방대한 철학적, 윤리적, 정치적 문제에 대한 그의 의견을 압축적이지만 명료하게 펼치고 있었다. 무엇보다도 전후戰後 일본이 방기하는 전쟁 책임, '무책임의 체계'의 중심에 천황제가 자리 잡고 있음을 분명하게 지적하면서 이에 관한 철저하리만치 주체적인 비판을 요청하는 이웃 나라 비평가의 글은 내게는 꽤 용감한 주장으로 보였다.

나는 「언어와 정치」에서는 데리다를 참조하는 뛰어난 해체론적 독해의 지적인 매력을, 「책임이란 무엇인가」에서는 책임과 자유의 문제를 거론하는 윤리적 결단을 읽을 수 있었다. 한두 편의 글로 강렬한 관심과 호감을 준 비평가는 그때까지 드물었다. 무엇보다도 비평가라는 타이틀로 문학에서 철학, 정치학 등에 이르는 방대한 사유를 자유자재로 펼쳐 보이는 가라타니의 지적인 곡예와 테크닉은 더할 나위 없이 매력적이었다. 그때부터 내가 생각하고 꿈꾸는 비평은 거칠게나마 대략 이런 모습을 갖췄던 것 같다. 가라타니의 글을 처음 읽을 무렵의 내게 비평이란 어디까지나 문학비평이었다. 그때까지 문학비평에 특별히 불만이 있었던 것은 아니지만, 가라타니의 글을 읽고 나서 그 생각은 바뀌었다. 비평은 문학이든 철학이든 정치든 뭐든지 다 해볼 수 있는 사고실험의 장은 아닐까. 비평이 문학비평으로 한정될 필요는 없어 보였다.

돌이켜보면 그때부터 비평이나 이론을 본격적으로 읽기 시작했다.

그리고 가라타니를 처음 읽은 지 얼마 지나지 않아서『일본근대문학의 기원』의 한국어 번역판(1997; 2010)이 출간되었다. 나는 사유의 곡예를 보여주는, 해체인지 구축인지 도무지 확정할 수 없을 정도로 어지럽고도 명석한 이 책을 생각이 무뎌지거나 할 때마다 읽었다. 그리고 그때부터 지금까지 나는 수십여 권에 달하는 가라타니의 책을 몇 번이고 읽고 또 읽었다. 이 정도라면 가라타니의 팬이라고 할만했다. 팬심은 중독이지만, 대상이 탁월한 사상가라면 한번 빠져볼 만한 중독이었다. 한편으로 나는 가라타니의 초기작(1974)『마르크스 그 가능성의 중심』(1999)을 읽고 나서 비로소 마르크스의『자본론』을 읽을 수 있었다. 그렇게 내가 읽은 칸트와 마르크스는 가라타니의 칸트와 마르크스였다. 어쩌다가 문학비평가 행세를 하기 시작하면서 가라타니의 비평을 반박하는 비평이나 그의 신간에 대한 서평을 쓰기도 했다. 그러나 나는 어떤가. 나는 그의 사유로부터 자립했다고 할 수 있을까. 아니 자립을 명석하게 의식한 적이 있을까. 만일 그러한 의식을 성숙이라고 부른다면 나는 과연 성숙하다고 말할 수 있을까.

2

그런데 가라타니의 글을 '읽는다는 것'은 무엇인가. 가라타니는 '읽는다는 것'에 대해 이렇게 말하고 있다. 쓰는 것이 아니라 읽는 것이 비평의 시작이라고. "'작품' 이외의 어떠한 철학이나 작자의 의도로 전제하지 않고 읽는 것, 바로 이것이 내가 말하는 작품을 읽는다는 것이다."(『마르크스 그 가능성의 중심』) 얼핏, 독자반응 이론을 강조하는 구절로 읽힌다. 그러나 그런 게 아니다. 독자반응 이론으로 읽으면 인용한 구절은 가라타니가 비판하는 식의 '이론', 독자반응 '이론'이 되어 버린다. 그러나 "비평은 이론과는 다른 것이다. 그것은 이론과 실천 사이의 거리, 사유와 존재 사이의 거리에 대한 비판적 의식이다."(『일본근대문학의 기원』) 읽기는 불투명한 그늘을 동반하는 행위이다. 저자가 쓰는 대로 독자가 읽지는 않는다. 어떤 경우 읽지 않으면 텍스트는 존재하지 않는다. 쓴 것을 읽더라도 그것은 저자의 의도를 배반한다. 그렇다고 마음대로 읽는 것도, 나의 정체성에 따라 읽는 것도 아니다. 그것은, 후기구조주의 이론이 말하는 것처럼, 읽기가 쓰기라는 말도 아니다. 쓰는 것과 읽는 것 사이에는 근본적인 어긋남, 불투명성이 있다. 바로 이것이다. 그럴 때만 읽기는 '목숨을 건 비약'과 비슷해진다. 이러한 쓰기와 읽기 간의 불투명성은 『탐구』Ⅰ·Ⅱ(1998)에서 어떠한 규칙도 전제하지 않는 타자(외국인, 어린아이 등)와의 커뮤니케이션의 사례인 '가르치다–배우다'(팔다–사다) 사이의 비대칭적 관계로 확대될 때 동반되는 불투명성이기도 하다.

한편으로 '목숨을 건 비약'은 내가 말한 것을 타자가 내가 말한 바대로 듣지 않을 가능성(우연)에서 비롯된다. 타자에게 말할 때 나는 내가 말하고자 한 것을 말한다고 생각하지만, 타자는 내가 말한 것과 얼마든지 다르게 들어버릴 수 있다(필연). "야, 저기 차車가 온다"라는 말은 "차를 타라!"로, "차를 피하라!"로도 들을 수 있다. 단지 "저기 차가 오고 있군"과 같은 지시를 확인하는 발화일 수도 있다. 가라타니는 다만 문자적인 것과 비유적인 것, 지시적 발화와 수행적 발화의 구별 불가능성이나 차이를 지적하는 게 아니다. 오히려 그 차이에서 비롯되는 인간 조건의 한계를, 비극의 가능성을 명시한다. 만일 '야, 저기 차가 온다'를 '차를 타라!'고 알아들었는데, 그것이 실제로는 '차를 피하라!'라는 명령이었다면? 그것을 '사전事前'에 알 도리는 없다. '사후事後'에서야 알게 된다. 안다는 것은 언제나 '뒤늦게' 안다는 것이며, 그것을 미리 앞지를 가능성은 없다.

나중에 가라타니는 『트랜스크리틱』(2005; 2013)에서 녹음된 자신의 목소리를 듣거나 자신의 사진을 볼 때의 낯섦에서 오는 '시차視差, parallax'의 경험을 피력한다. 그것 또한 사전과 사후 사이에 존재하는 불투명한 그늘에 대한 의식이다. 그러나 이것은 마냥 긴장된 자의식이 아니다. 오히려 그것은 사후에서 사전을 깨닫고 뒤늦게 후회하거나 사전에 사후를 예측하려고 하는 자가당착적 의식에 가깝다. 가라타니에 따르면 인간은 그가 말하려는 것과 다른 것을 말하며, 그가 행하고자 하는 것과 다른 것을 행하는 존재이다. '저들은 저들이 하는 일을 알지 못하나이다.'(누가복음) 인간은 자기 자신과 어긋나는 차이이며, 거기서 숙명과도 같은 고통은 비롯된다. 그것을 체험한다는 것은 악몽이지만, 그것이 끔찍한 것은 깨어나도 악몽이 계속되기 때문이다. 초기 가라타니의 글쓰기는 이러한 악몽으로부터 벗어나려는 절박한 몸부림이다.

그런데 이러한 자가당착적인 의식은 또한 의식의 자가당착을 의식하는, 의식의 악순환을 낳는 의식이다. 최악의 경우, 의식은 『은유로서의 건축』에서 말하는 것처럼, 문자적인 것과 비유적인 것, 지시적 발화와 수행적 발화가 서로를 배반하는 이중구속 double-bind에 놓인다. '너, 내 명령 듣지 마'와 같은 이중구속의 사례를 보자. 우리는 문자적(지시적)으로 이 명령('너, 내 명령을 듣지 마')을 들어야 할지, 비유적(수행적)으로 이 명령('너, 내 명령을 듣지 마'라는 명령)을 듣지 말아야 할지 결코 결정하지 못한다. 그런데 가라타니에게 비평은 오히려 이중구속의 분열 중에 위험스럽게 근접하면서 동시에 그로부터 멀어지려는, 제대로 앓아야만 치유할 수 있는 어떤 것이다. 그의 비평은 일인이

역의 곡예이다. 그것은 연기를 닮았지만 연기는 아니다. 병을 앓는 일이지만, 낭만주의자가 탐닉했던 유희는 아니다. 오히려 병은 다른 '시차'에서는 건강이다. 그러나 그것을 깨닫는 데는 한참의 시간이 걸릴 것이다. 그렇다면 일인이역의 곡예를 좀 더 구체적으로 살펴보자.

첫째, 사후에서야 사전을 깨닫고 후회하는 뒤늦은 의식이 있다. 가라타니의 비평 데뷔작인 「의식과 자연: 소세키 시론」 (1969)에서 '의식'과 '자연' 사이의 관계는 사후와 사전 사이의 불투명한, 전도된 관계이다. 나쓰메 소세키의 소설은 뒤늦은 자, 뒤늦게 돌아온 자가 겪는 통한과 후회의 이야기이다. 『마음』에서 선생이 주인공인 제자에게 최후로 행하는 고백(유서)과 고백으로 존재하는 '나'란 젊은 시절에 연인을 두고 경쟁한 친구가 느닷없이 자살해버리는 사건이 벌어진 이후, 즉 사후事後, 死後에 성립된 것이다. 고백에 의해 투명한 '나'라는 의식이 존재하는 것은 아니다. 고백의 비밀은 '의식'으로 회수되지 않는 '자연'에 있다. 선생의 유서(고백)는 그것을 읽는 제자에게 선생이 어떤 사람인지 알 것 같다가도 끝내 불투명한 수수께끼로 남을 수밖에 없음을 보여준다. 이것은 가라타니라는 '선생'의 글을 읽는 제자인 나에게도 마찬가지로 해당되는 일이다.

둘째, 그러나 의식은 '사후'를 알 수 없음에도 그것을 '사전'에 알려고 하는 욕망이기도 하다. 단적으로 그것은 예언자가 되려는 욕망이다. 연합적군 사건을 모델로 쓴 「맥베스론」(1973)은 그런 이야기이다. 무장한 연합적군 대원들이 대원들의 사상을 검증하다가 서로를 죽이고 경찰에 의해 일망타진된 아사마산장 사건(1972)을 겪고 난 후 신예 비평가였던 가라타니는 전향을 하게 된다. 그러나 그의 전향은 공산주의를 포기하겠다는 자백이 아니라, 그것을 근본적으로 사고한다는 다짐이었다. 「맥베스론」에는 맥베스가 '왕이 될 것이다'라는 마녀들의 무의미한 지껄임을 '필연성'으로 받아들이고 그것을 실행하다가 파멸을 맞는 맥베스의 비참한 모습이 그려져 있다. 가라타니가 쓴 문장을 읽는다. "사건은 본디 어떤 현실적 계기도 근거도 없이 그들에게 들러붙은 '필연성'이라는 관념으로부터 생겨났다. 사람이 관념을 붙잡는 것이 아니라, 관념이 사람을 붙잡는다. 사람이 관념을 먹어 치우는 것이 아니라, 관념이 사람을 먹어 치운다." (「맥베스론」) 이 문장들은 맥베스뿐만 아니라 무장봉기로 '세계 동시혁명'이 일어나리라 믿었던 연합적군에게 닥친 비극에 대한 진단이기도 하다.

가라타니는 예언에 집착하다가 파멸당한 맥베스를 비판함으로써 그와 멀어진 것처럼 보인다. 확실히 맥베스는 『마음』의 선생이 아니다. 그러나 가라타니 자신은 맥베스를 연기한 선생이 아니라고 말할 수 있을까. 마르크스의 가치형태론에 주목한 『마르크스 그 가능성의 중심』은 '파는 것'과 '사는 것'을 매개하는 화폐의 예정조화(예언)의 세계가 깨져버리는 순간(공황)의 분석에 몰두하고 있다. 가라타니는 이 책에서 「맥베스론」의 입장을 더욱 철저하게 밀고 나갔다. 하지만 그 자신도 언젠가는 독자가 아니라 저자로서 한번은 파는 입장(말하는, 가르치는 입장)에 설 수밖에 없지 않을까. 그것은 이론적으로는 공황이 온다면 상품을 팔 수가 없다, 눈앞에 사는 사람이 있어도 팔 수가 없다는 통찰이다. 그러나 실천적으로는 공황이 닥치면 상품을 팔 수 없다는 것을 알면서도 상품을 팔기 위해 사는 사람을 필사적으로 찾아야 하는 맹목이다. '의식과 자연'의 악순환을 깨뜨리는 타자(사는, 듣는, 배우는 자)에게 다가가려는 목숨을 건 비약. 누군가를 가르치는 선생의 위치는 그렇게 주어진다. 결국 가라타니는 선생과 예언자 사이를 부단히 오고 갈 수밖에 없다. 어느 쪽도 타자와의 대면을 피하기 힘들다. 읽는 것은 쓰는 것이며, 쓰는 것은 또한 살아가는 일이다. 마찬가지로 살아간다는 것은 누군가와 만나지 않을 수 없다는 의미이기도 하다.

3

돌이켜보면 가라타니의 글쓰기에는 근본적인 일관성이 엿보인다. 나는 거슬러 올라가 가라타니가 처음 지면에 발표한 「사상은 어떻게 가능한가」(1966)를 읽었다. 거기에는 비평의 존립 근거를 되묻고 있는 가라타니라는 고유명이 있었다. 「사상은 어떻게 가능한가」는 이렇게 시작한다. "사상으로 불릴 가치가 있는 모든 사상은 자기가 상대화되는 한계지점에 대한 검증으로부터 시작하고 있다. 또는 사상가는 자기를 상대화하는 현실 질서와 생활 지평을 견뎌야 한다는 공포를 끝까지 지켜보려는 곳에서만 태어난다." 가라타니가 선배 문학가와의 '영향의 불안 anxiety of influence' 속에서 뽑아낸 키워드인 '명석' '자립' '성숙'은 한 비평가가 동시에 취할 수 있는 세 입장이라기보다는 각각이 하나의 위치에서 다른 위치로 끊임없이 이동하는 입장 변환(트랜스크리틱)에 대한 명명이다.

먼저, 가라타니에게 비평은 주어진 사상을 타자('현실 질서와 생활 지평')를 통해 상대화함으로써 '자립'하려는 노력이다. 그것은 글쓰기에서 '명석'한 전도로 나타난다. 가라타니에게 글쓰기는 각성과 망각, 전도顚倒와 도착倒錯을 부단히 오가는 작업이다. 그런데 이러한 이중의 작업은 때로는 그것이 비판하는 대상을 자기도 모르게 긍정해버려, 나와 나 아닌 것이 뒤섞이는 분열(병)을 낳는다. 그러나 가라타니는 병에 대한 의식을 유지하기 위해 병에 머무르는 아이러니를 취하는 대신에 그것을 메타초월적인 위치에서, '아무리 심각해도 그건 아무것도 아니야라고 어른이 아이를 위로하듯이 긍정한다. 그렇게 이율배반을 현실로 긍정하면서 살아갈 수밖에 없다. 이것이 '성숙'이고, 유머이다. 그러나 나는 이 글에서 자립이나 성숙보다는 '명석'에 주목해 보고 싶다. '명석'은 가라타니의 글쓰기가 내게 매혹적이었던 첫 번째 이유였기 때문이다.

'명석'은 무엇보다 가라타니의 문체에서 확연해진다. 프롤레타리아트 시인 나카노 시게하루의 전향에 대한 글에서 가라타니는 나카노의 문체를 분석하는데, 그것은 내게 가라타니 자신의 은밀한 자기 고백으로 읽혔다. "그것들은 결코 애매하지 않다. 하지만 그것들은 불투명하다. 그러나 이 불투명함은, 논리의 결여에서 오는 애매함, 적당한 눈속임에서 오는 애매함이 아니라, 끝까지 짜낸 명석함이 필연적으로 동반하는 '그늘' 같은 것이다."(『유머로서의 유물론』, 2002) 가라타니는 여기서도 불투명한 그늘을 이야기하고 있다. 실제로 간명하고 추상적인 가라타니의 문체는 단순하고 명쾌해 보이지만, 읽고 나면 왠지 그 이전처럼 생각하기는 어려워지고 그때부터 내 머리는 견디기 힘들어진다. 마치 살짝 스치듯 날카로운 검에 베인 것 같지만, 돌이킬 수 없이 상처만 깊어지는 느낌이다. 그 순간에는 모든 것을 잊게 되고, 오직 생생한 아픔만이 팽창한다. 모든 것을 잊게 되는 읽기라는 '사건'만이 남는다. 내게 가라타니의 글을 읽는다는 것은 이러한 견디기 힘든 망각의 순간, 또는 사물들과 사태들의 항상적이고도 순조로운 흐름을 뒤집어놓는 전도에 대한 체험과도 같다. 책을 덮고 나면, 이 견디기 힘든 사고의 순간은, 곧 망각의 저편으로 사라져버릴 것만 같다. 시름시름한 일상이 어느새 제자리를 되찾으려고 분주히 움직이기 시작한다. 전도된 사태를 정상으로 되돌리려는 망각, 도착으로서의 일상이 일어선다.

따라서 비평은 비평의 (불)가능성을 가시화하는 전도를 쉼 없이 수행하는 일이다. 예를 들면 『일본근대문학의 기원』은 비평적 전도를 통해 '일본근대문학'이라는 '의식'의 원근법적 도착, 즉 고백, 풍경, 내면, 아동, 병이라는 '의미'를 해체한 작업으로 읽을 수 있다. 그러나 '가라타니에게 읽는다는 것'은 한편으로는 '가라타니를 읽는다는 것'이기도 하다. 이때 『일본근대문학의 기원』은 전혀 다른 텍스트가 된다. 말하자면 그것은 해체했다고 여겨지는 그것의 실제적인 내용을 온전히 드러내는 구성적 텍스트가 되는 것이다. 마찬가지로 『은유로서의 건축』(1998)처럼 자기지시적인 형식화에 내재한 이율배반을 드러내려는 작업이 가진 엄밀하게 구성적인 성격은 그 내부의 아포리아(이중구속)에 부딪쳐 해체될 위험에 처한다. 해체는 구축이며, 구축은 해체다. 이것은 아이러니가 아니라 역설이다. 나중에 이 역설은 이론이성과 실천이성이, 초월론적 이념의 규제적 특징과 구성적 특징이 쟁투를 벌이는 이율배반으로 확대된다.

4

가라타니에게 '읽는다는 것'은 이처럼 자기지시적인 역설이다. 그것은 또한 '가라타니를 읽는다는 것'이다. '가라타니를 읽는다는 것'은 가라타니에게 가라타니를 읽는다는 것이며, 그러한 가라타니를 독자인 내가 읽는다는 것이기도 하다. 예를 들면 『탐구』에서 언표 행위의 위치는 가르치는 자 곧 '선생'이다. 선생은 반복하는 사람이지만, 똑같은 것을 가르친다는 데서 은연중에 반복을 강조하는 사람이다. 선생은 선생 자신이 쓴 것을 읽는 존재, 자기가 말한 것을 반복할 수밖에 없는 존재이다. 실제로 가라타니의 글쓰기는 이전에 저자가 썼던 것의 나사의 회전과도 같은 반복이라는 인상이 들 때가 많다. 그런데 이것을 단순히 자기 표절로 치부해야 할까. 그렇지는 않다. 반복은 무언의 강조를 불가피하게 낳게 마련이다. 무엇인가가 반복된다고 강조하는 선생, 그래서 앞으로 일어날 일조차 이전 것의 반복으로 예언하려는 자, 이러한 선생은 또다시 예언자가 될 수밖에 없다.

『역사와 반복』(2008)이나 『문자와 국가』(2011)와 같은 저작이 주는 매력은 역사가 반복 강박이라는 근본적인 인식에서 온다. 자크 데리다의 『마르크스의 유령들』처럼, 이 책들에는 망령과 축귀逐鬼 의식이 가득하다. 가라타니에 따르면 역사가 반복된다는 것은 역사적 사건이 주기적으로 반복된다는 것이 아니라, 사건들이 반복되는 구조가 있다는 뜻이다. 가라타니는 근대 최초의 독재자인 보나파르트 황제의 등극(1850년대)이 1930년대 나치즘과 천황제 파시즘의 등장 속에서 반복되고, 그것이 다시 현실사회주의가 해체된 이후, 일본의 군사 재무장화를 금지하는 헌법 9조를 폐기하려 하면서 우경화를 진행시키는 1990년대 일본의 상황에서 반복되는 것을 본다. 거기에서 읽을 수 있는 것은 자본주의적 불황(공황)에 대처하는 자본(그리고 네이션+스테이트)의 반복 강박이다. 그러나 역사적 사건의 반복에서 구조(반복 강박)를 읽어내려는 가라타니의 통찰은 역사와 사건이 갖고 있는 일회성, 반복 불가능성을 놓치는 것은 아닌가.

실제로 가라타니 자신은 메이지 45년과 쇼와 45년을 비교하는 등의 숫자놀이에 자신도 모르게 빠지는데, 그가 만든 도표는 스스로 시인했듯이, 일종의 예언이 되어 도쿄지하철을 공격한 옴진리교의 테러(1995)에 간접적인 빌미를 제공하기도 했다. 비록 해프닝에 가까운 에피소드라도 이것은 예언자 가라타니가 '사전'에 예상하지 못했던 '사건'이었다. 예언에 들린 옴진리교의 테러 또한 연합적군사건에 대한 '사후'적인 반복이었다.

가라타니가 「맥베스론」으로 오래전에 벗어났다고 생각했던 예언자는 자신도 미처 알지 못한 방식으로 그 자신에게로 되돌아왔던 것이다.

따라서 가라타니의 대작magnum opus인 『세계사의 구조』(2012)는 「맥베스론」의 반복이자 그에 대한 자기반성적 참회로 읽을 수 있다. 「맥베스론」을 쓴 지 오십 년이 지나 가라타니는 이렇게 말하는데, 거기에는 연합적군사건에 대한 기나긴 세월의 반향이 숨어 있는 듯하다. "마르크스가 헤겔을 전도시켰을 때, 역사를 끝난 것으로서가 아니라 미래에 무언가를 실현해야 하는 것으로 보게 된다. 그것은 '사후'에서 보는 입장에서 '사전'에 보는 입장으로의 이행이다. 그러나 '사후'의 입장에서 발견되는 필연성을 '사전'에 상정할 수는 없다. 필연성은 가상(이념)일 수밖에 없다. 즉 '사전'의 입장에 설 때, 어떤 의미에서 칸트의 입장으로 돌아가게 된다. 마르크스는 칸트를 무시했다. 하지만 '사전'의 입장이 강요하는 문제로부터 도망칠 수 없다. 예를 들어, 공산주의는 역사적 필연이라고 말할 수 없다."(『세계사의 구조』) 헤겔에게 사건은 그것이 일어난 후에야 비로소 의미를 파악할 수 있다. 미네르바의 올빼미는 황혼이 되어서야 날아가는 것이다.

세계동시혁명이 도래하리라 믿었던 『공산당선언』의 젊은 마르크스와 엥겔스처럼 젊은 가라타니도 혁명이 실패하고 나서야 비로소 그것이 실패할 수밖에 없었던 필연성을 통찰하기 전까지는 미래에 대해서 연합적군처럼 맹목이었을 것이다. "'사후'의 입장에서 발견되는 필연성을 '사전'에 상정할 수는 없다. 필연성은 가상(이념)일 수밖에 없다." 여기에 가라타니의 오래된 이론적 전회의 강력한 첫 표현이 있다. 연합적군은 혁명의 필연성을 가상(이념)이 아니라 실체(실정성)로 여겼던 것이다. 세계동시혁명은 규제적 이념이지 구성적 이념이 아닌 것이다. 한편으로 헤겔에서 칸트로의 전회는 '사후'에서 '사전'으로의 전회이며, 그것은 가라타니에게도 마찬가지이다.

「맥베스론」의 가라타니가 헤겔주의자라면, 『마르크스, 그 가능성의 중심』이후의 가라타니는 헤겔에서 마르크스로 전회한 가라타니이다. 그가 하나의 '텍스트'로써 마르크스를 읽었던 일은 마르크스에게서 혁명의 예언, 즉 필연성을 따지는 것이 아니었다. 그것은 오히려 자본주의라는 필연성이 어떻게 '우연적으로' 구축되었는가에 대한 사유이다. 역사는 필연(의식)이 아니라 우연(자연)이다. 거기에는 이미 헤겔에서 칸트, 사후에서 사전으로의 전회가 내포되어 있다. 그러나 역사가 우연이라는 것은 역사에 대해 개방적이고도 유연한 사유를 끌어낼 수는 있지만, 역사와 결별하려는 포스트모더니즘의 함정을 피하기는 어렵다. '역사는 끝났다'고 말하는 포스트모더니즘은 오히려 포스트모더니즘이 비판했던 헤겔주의에 불과하다. 헤겔의 '역사의 간지奸智'란 그런 뜻이다. 그 자신이 여러 번 불 질러 놓은 교착상태를 돌파하기 위해 가라타니는 다시금 필연성을 맞불로 놓고 사유할 수밖에 없었다. 그러나 그것은 혁명의 필연성으로 되돌아가려는 것은 아니다.

이천 년대에 들어서 가라타니가 마르크스의 선구자로 헤겔이 아니라 칸트를 사유하기 시작한 것도 그 때문이다. 그런데 그것은 '사전'의 입장으로 되돌아가는 것이기도 하다. 칸트에게 필연성은 이런 뜻이다. "'사전'의 입장이 강요하는 문제로부터 도망칠 수 없다." 이것이 가라타니의 이론적 전회의 두 번째 강력한 표현이다. 미래에 공산주의가 실현된다는 것은 예상할 수 있는 것이지, 적극적으로 판정할 수 있는 것은 아니다. 공산주의는 규제적 이념이지 구성적 이념이 아니다. 그럼에도 공산주의는 '억압된 것의 회귀'로서의 필연성이어야만 한다고 말할 때, 가라타니는 또다시 선생이 아니라 예언자가 되려는 것 같다. 『세계사의 구조』에 대한 대담에서 가라타니는 이렇게 말한다. "저는 이번 책에서 미래에 대해 쓰려 했습니다. 이전에는 저 자신도 그랬습니다. 미래에 대해 이야기하는 것은 반동적인 것이라는 식으로 이야기했었어요."(『『세계사의 구조』를 읽다』, 2014) 이처럼 가라타니는 '쓰는' 입장이 아니라 '읽는' 입장, 자신의 사상을 '파는' 입장에 다시 한번 설 수밖에 없다. 그는 추첨제(제비뽑기)와 시민통화 등 구성적 이념을 실천적으로 도모하면서도 이론적으로는 그것을 부정하기 일쑤였다.

그러나 내게 가라타니가 비평의 영웅으로 생각될 때는 그가 규제적 이념으로서의 공산주의를 다소 공허하게 강조할 때보다는 가끔 무모해 보이더라도 구성적 이념에 골몰할 때였다. 슬라보예 지젝은 그러한 가라타니를 두고 '미쳤다'고 말한 적이 있다. 여하튼 가라타니는 이론과 실천, 문자적인 것과 비유적인 것, 지시적 발화와 수행적 발화, 규제적 이념과 구성적 이념을 부단히 오간다. 나는 이것을 트랜스크리티컬한 '이동'이라고 불러야 할지, 이동의 '반복'이라고 해야 할지 모르겠다. 선생이 예언자가 되면 제자도 신도가 될 위험이 크다. 내 생각에 선생도 예언자도 아닌 상태에서 최악의 수행적 효과를 낳은 가라타니의 글은 「근대문학의 종언」(2004)이었다.

내가 문학비평을 시작하던 2005년 무렵에 가라타니는 '문학은 끝났다'라면서 근대문학의 종언을 선언했다. 이것은 그저 '근대문학은 끝났다'라는 문자 그대로의 진술처럼 보이지만, 가라타니 자신이 불을 지피는 방식으로 수행적인 효과를 낳았다. 그에 따라 한국에서도 가라타니를 옹호하거나 비판하는 입장이 나누어지게 되었다. '근대문학의 종언'은 문학이 더 이상 가능하지 않다는 말이 아니다. 다만 문학이 정치나 사회와 맺고 있는 이전의 밀접한 관계가 불가능해졌으며, 문학은 오락 비슷한 것이 되었다는 뜻이다. 앞으로도 그러리라는 것이다. 그리고 바로 그때, 나는 가라타니가 반복을 가르치는 선생을 그만두고 예언하는 교주가 되었다고 생각했다. 결국 '종언'(끝)도 반복되기에. 그러나 내가 따르는 비평가 가라타니는 끝을 적극적으로 상정하는 것이 픽션에 불과하다고 말했던 가라타니였다. "마지막 순간이란, 또는 극한상황이란 언제나 픽션이므로."(『유머로서의 유물론』) 그런데 '문학을 떠나서 생각하라!'라고 가라타니가 말할 때, 그의 목소리는 제자가 아닌 신도에게 행하는 주문呪文처럼 들렸다. 그 무렵 나는 내가 쓴 글에서 '근대문학의 종언'을 문제 삼았으며, 가라타니가 선생이길 그만두고 조악한 예언자가 되었다는 심중으로 그의 생각을 거절했다. 단지 그가 끝났다고 생각하는 문학을 내가 시작했기 때문에 그렇게 한 것만은 아니었다.

「근대문학의 종언」에는 가라타니 특유의 이율배반적 긴장감이 거의 사라져 보였다. 가라타니에게 이율배반은 그가 프롤레타리아트 독재의 사례로 들었던 추첨제를 고안할 경우 또는 LETS와 같은 시민통화를 구상하는 경우, 즉 그가 이성의 구성적 사용에 관심을 적극적으로 피력하는 데에서도 유지된다. 투표제를 대신하는 추첨제는 '중심이 없어서도 안 되며 있어서도 안 된다'(국가가 없어서도 안 되며 있어서도 안 된다)라는 이율배반적 인식에서 비롯된다. 시민통화 또한 '화폐가 없어서도 안 되며 있어서도 안 된다'라는 이율배반을 의식하는 상태에서 제출된 것이다. 마찬가지로 문학을 대하는 태도에도 이율배반이 있다. '문학을 떠나서도 안 되며 문학에 머물러서도 안 된다.' 「근대문학의 종언」이전에 가라타니는 문학에도 이율배반이 있을 수 있다고 생각했던 것 같다. 예를 들면 『일본정신의 기원』(2003)에는 비평과 소설이 나란히 묶여 있다. 「투표와 제비뽑기」에 기쿠치 칸의 「투표」가, 「시민통화의 작은 왕국」에는 다니자키 준이치로의 「작은 왕국」이 대응된다. 이 소설들은 가라타니의 사유를 위해 동원된 수단이 아니라, 가라타니 사유의 근저에 놓여 있는 작품들이다. 가라타니는 「시민통화의 작은 왕국」에서 '문학은 어떻게 상품인 동시에 예술일 수 있는가'라고 질문하면서 비평의 근거를 되묻는다. 그렇다면 가라타니가 다음과 같이 제안했던 적극적인 사고실험은 '문학의 종언'보다 더 중요한 것은 아닐까. "나는 시민통화에 의해 '비평'이 회복될 것이라고 생각한다. 만약 어떤 문학 작품을 제작비에 해당하는 가격(현금)으로 사고, 읽은 뒤에 작품에 대한 평가로서 이를테면 '행하行下'(시민통화)를 지불한다면 예술적으로 평가된 작자는 더욱 많은 시민통화를 획득할 수 있다. 그 결과 상업적 가치와 예술적 가치가 특별히 괴리되거나 배반하거나 하는 일은 없어진다."(『일본정신의 기원』) 내가 아는 한 한국문학의 장에서 이러한 사고실험이 실제로 시도된 적은 아직 없다. 가라타니의 제안은 비평이 작품의 광고로 전락하는 '비평의 죽음'을 넘어설 수 있는 한 가지 방법이겠다. 그것은 '문학을 떠나서도

안 되며 문학에 머물러서도 안 된다'라는 이율배반을 자각하는
데서 비롯된 제안이다.

가라타니를 '읽는' 독자라면, 이러한 이율배반을 의식하는
일 말고는 다른 선택지는 없다. 문학비평가로서의 가라타니와
문학비평을 포기한 가라타니를 나누는 것은 이율배반의 어느
한쪽을 간단히 소거해버리는 꼴이다. '가라타니 고진, 그 가능성
의 중심'에서 비평이나 사유를 실행하려는 사람이라면, 그는
이러한 이율배반을 의식할 수밖에 없으리라.

5

지금까지 나는 선생 가라타니의 제자를 자처했다. 그런데
소설가나 시인이 아닌 어떤 사상가나 비평가에 대해 글을 쓴다
는 것은 그와의 만남과 결별의 예감을 동시에 내포하는 것이기
도 하다. 『일본근대문학의 기원』이 내게 첫 만남이라면, 대담집
『정치를 말하다』(2010)와 같은 가라타니의 자전적인 텍스트는
이별에의 예감이다. 이 텍스트에는 자본-국가-네이션에 대항
한다는 모토로 세운 NAM(신연합운동)을 가라타니가 직접 해산
시키게 된 저간의 사정이 쓰여 있다. 나 또한 팬심으로 가입한
적 있었던 NAM은 실제로 가라타니의 '팬클럽'이 되어버렸던

것이다. 팬클럽이라는 자기중독증상에서 헤어 나오지 못할 때, 이론이든 실천이든 과감히 버려야 한다는 것이 가라타니의 생각이다. 가라타니의 비유를 빌리면, 애인이 생겨 지긋지긋한 결혼생활을 끝내는 것보다 차라리 이혼하고 애인을 찾는 것이 더 낫다. 새로운 가능성(애인이 생길 가능성)은 그렇게 열린다. 보통 교주가 자신에게 자발적으로 모여든 신도를 강제로 해산시키는 법은 별로 없다. 그러나 아차, 싶었다. 혹시 내가 교주로 변해가는 가라타니를 거부한다고 말했을 때, 나는 그의 제자였을까 신도였을까. 제자는 언젠가는 선생을 떠나야 하며, 선생은 자신을 떠나지 않으려는 제자를 부담스러워해야 한다. 또한 선생을 배반하지 않으려는 제자는 제자가 아니라 그를 추종하는 신도가 되거나, 선생은 선생을 배반하지 않는 제자를 신도로 붙잡아 두면서 교주가 된다. 그렇다면 선생의 가르침을 교주의 예언으로 들은 제자는 명석한 제자가 아니라 실제로는 아둔한 신도였던 것은 아닐까. 혹시 나는 선생 가라타니의 가르침을 예언자 가라타니의 교시敎示로 받들어 모신 것은 아니었을까. 선생에게서 떠날 때를 인식하는 것이 선생을 배반하는 일은 아니다. 오히려 그것은 교주가 신도를 과감히 해산시키는 일처럼 용기와 결단을 필요로 한다. 어설픈 사람만이 충성과 배반을 제멋대로 헷갈려 한다.

가라타니의 텍스트를 읽는다는 것은 가라타니를 어설프게

모방하거나 닮으려는 글쓰기일 수는 없다. 그렇게 되면 가라타니는 수많은 이론이라는 상품 가운데 하나에 불과하게 되고 나는 그저 이론이라는 상품의 소비자가 된다. 소비자는 '자연' 앞에 주어진 개체로서의 나라는 '의식'에 불과한 존재이다. 가라타니를 상품으로 취하는 그 순간부터, 나는 다시 '자연'으로 떨어져 버리고 말 것이다. 가라타니의 단독자나 고유명은 이 위험상태에 대해 끊임없는 주체적인 자각을 하면서 있을 수도 있는 자각의 실패에 대해 책임을 방기하지 않는 '이' 나이다. 가라타니 고진의 텍스트라는 상품을 소비한다(읽는다)는 의미를 넘어선다면, 그때부터 가라타니를 읽는다는 것은 결국 가라타니를 읽는 "이' 나란 무엇인가'라는 질문을 스스로에게 던지는 행위일 수밖에 없겠다. 가라타니 고진을 읽는다는 것은 내겐 그런 뜻이다.

저승의 칸트

형이상학의 정원을 어슬렁거리는 유령에 대한 비평 픽션

1. 현상

사람들이 상상하는 것과 다르게 유령은 어둠과 황혼, 그림자 속에서만 나타나는 것은 아니다.[1] 유령은 가을날의 구름과 햇빛이 찬란하게 내려오는 대낮의 정원에도 반짝이면서 나타난다. 1765년 어느 가을날 오후 3시, 쾨니히스베르크 대학의 유명한 철학사 강사 임마누엘 칸트는 저녁 무렵까지 이어지는 긴 산책을 위해 회중시계를 만지작거리며 자신의 집 정원으로 막 나서고 있었다. 그 순간, 그는 오래된 떡갈나무 옆에서

● ●

1. 스티븐 밀하우저, 「유령」, 『밤에 들린 목소리들』, 서창렬 옮김, 현대문학, 2017, 37. 나는 소설의 서술과 묘사 일부를 참조했다. 앞으로 작품을 인용할 경우, 본문에 제목과 쪽수를 제시한다.

무엇인가가 자신을 응시하고 있다는 느낌에 사로잡혔다. 우중 충하고 낡아빠진 쥐색 코트를 입고 지팡이를 쥔 왼팔을 떡갈나무에 기댄 실루엣의 한 노년의 신사가 칸트가 있는 쪽을 바라보며 서 있었다. 칸트는 잠시 멍한 채로 있다가 허락도 받지 않고 남의 집 울타리로 들어온 한 정체불명의 노신사를 노려보았다. 그러자 그는 떡갈나무 그늘로 재빨리 몸을 숨기더니 이내 수증기처럼 사라져버렸다. 칸트는 침착하게 떡갈나무를 향해 걸어갔으나, 거기에는 이미 아무도 없었다. 이 집의 오랜 명물인 떡갈나무는 산책길로 이어지는 집의 입구에 자라나 있었기에 누군가 나무 뒤편에 숨어 있다가 달아나더라도 그가 능란하게 자신을 들키지 않기란 쉽지 않았다. 그러나 칸트는 중얼거렸다. "허어, 환상가의 낙원[2]에 거주하는 손님 가운데 한 분이 이 누추한 지상으로 친히 납셨군그래."

철학자는 몇 달 전 사강사 수입으로 감당하기 어려운 비용을 들여 『천상의 비밀Arcana coelestia』[3]이라는 4절 판 라틴어책 여덟

<hr />

• •

2. 임마누엘 칸트, 『형이상학의 꿈들을 통해 해명하는 어느 시령자의 꿈들』(1766, 이하 『시령자』), 오진석 옮김, 2014, 317. 나는 고(故) 오진석 선생님의 미출간 번역본을 인용하며, 인용할 경우 본문에 제목과 쪽수를 제시한다. 다음 번역본도 참고했다. 임마누엘 칸트, 「형이상학의 꿈으로 해명한 영을 보는 사람의 꿈」, 임승필 옮김, 『비판기 이전 저작 3(1763 ~1777)』, 한길사, 2021.

3. 임마누엘 스베덴보리, 『표징적 교회』, 이영근 옮김, 예수인, 2013.

권을 구입했다. 그러나 그는 책의 일부를 읽자마자 고개를 저으며 중얼거렸다. "헛소리Unsinn!"(『시령자』, 360) 칸트는 "영들 및 분리된 영혼들과 가장 밀접하게 교류하면서 그 영들로부터 다른 세계의 소식들을 들여오며, 반대로 그 영들에게 현세의 소식들을 전달"(『시령자』, 354)하는 스웨덴 신비주의자의 사변적 장광설을 도무지 인정할 수 없었다. 그런데 칸트 자신은 그때까지 몰랐지만 그 신비주의자와는 인연이 없지 않았다. 그는 10여 년 전에 우주 구름이 중력의 영향으로 행성으로 변해간다는 성운설을 전개하는 책을 썼는데, 성운설이 바로 그 신비주의자의 아이디어였던 것이다. 이토록 뛰어난 과학자가 어떻게 몇 년 만에 헛소리꾼이 되었단 말인가. 심지어 그는 자신과 이름도 같지 않은가. 임마누엘. 임마누엘 스베덴보리? 흥. 슈베덴베르크는 어떨까. 좋아, 슈베덴베르크!(『시령자』, 354) 그런데 칸트가 산책길로 나서자마자 떡갈나무가 그늘을 드리워 움푹 패인 곳에서 뚜렷하게 짙은 사람 형상의 그림자가 일어서더니, 칸트의 집으로 획 하고 들어가버렸다.

2. 설명

유령에 대한 가능한 한 가지 철학적 설명은 유령이 이성이 만들어내는 불가피한 가상 가운데 하나라는 것이다. 훗날 『순수이성비판』(1781)의 유명한 논증에서 칸트는 신, 우주의 기원, 자유와 인과성 그리고 사후의 영혼, 즉 유령과 같은 허구적 존재자는 이성이 만들어낸 불가피한 환영이라고 말한다. 누군가 유령의 증거를 들이밀면서 그것을 증명한다고 한다면, 그에 대한 반박도 즉시 가능했다. 예를 들면 칸트보다 "앞서 살다간 모든 주민들의 에너지로 가득 차 있는" 쾨니히스베르크의 "대기는 그 에너지를 보존"하고 있다가 이제 그의 "눈에 보이게 되는 것을 허락한다는 것이다." 고로, 유령은 존재한다! 그러나 유령은 이러이러한 이유로 인해 필시 존재한다는 주장은 곧바로 반대 논증에 의해 "온통 사이비 과학적 어휘로 무장된" 것으로 치부된다. 실제로 "죽은 사람이 빈 공간에 가시적 흔적을 남긴다는 주장을 뒷받침할 만한 아무런 증거"도 없잖은가 말이다(「유령」, 38). 고로, 유령은 존재하지 않는다. 칸트는 누구의 편도 들지 않고, 다만 이를 이성이 초래하는 이율배반이라고 불렀다.

3. "유령 딜레마"[4]

- •
  4. 퀑탱 메이야수, 「도래할 애도, 도래할 신」, 김민호 옮김, 2021. 7. 7. 나는 이 글에 등장하는 유신론자와 무신론자의 '유령 딜레마'를 요약했다. 글의 전문은 다음의 블로그에 실려 있다. https://m.blog.naver.com/ Post

유신론자	무신론자
나는 죽음은 불가피하고, 나의 죽음도 그렇다고 생각한다. 내가 비명횡사를 당할지, 억울하게 죽임을 당할지, 사랑하는 이들이 지켜보는 데서 편안히 눈을 감을지 알 수는 없다. 무신론자인 그대가 바라는 대로 나는 내세와 부활을 믿지 않을 수 있다. 하지만 유령들에 대해서는 결코 그럴 수가 없다. 나는 망자들과 연결되어 있다. 그것이 지금의 나라고 생각한다. 나는 과거의 망자들이 생자에게 요구하는 정의를 모른 척할 수 없다. 내가 그것을 포기하면, 나는 더 이상 살아갈 이유와 희망을 찾을 수 없으리라. 나는 유령들에 대해서 무엇인가를 희망하고 싶다. 그게 내가 살아갈 이유이며, 신이 존재해야 하는 이유이다. 고로, 유령은, 존재해야 마땅하다.	그대는 망자들에 대해 무엇인가를 희망한다. 그대는 저승의 정의를 바란다. 신은 바로 그 정의의 이름이다. 그런데 정의란 무엇인가. 그대는 무구한 아이가 현세에서 부정의하게 죽임을 당하는데도 관망하고, 침묵하는 신이 영원히 통치하는 내세를 상상하고 있다. 그대는 그것을 사랑이라고, 정의라고 말하고 있다. 신이 내세에서 무구한 아이의 억울한 죽음을 보상할 거라고? 그것이 정의인가. 그대가 존재해야 한다고 하는 신은 악을 억지로 선으로 사랑하도록 만드는 신이다. 이러한 신이 통치하는 내세는 지옥이 아닐까. 그러한 신이 존재해야 할 이유가 있을까. 아무것도 없는 편이 차라리 낫다. 유령은, 존재해야 할 마땅한 이유라고는 하나도 없다.

· ·

View.naver?blogId=limitedinc&logNo=222423865-393&navType=by 원문은 Quentin Meillassoux, "Deuil à venir, dieu à venir", in Critique, n° 704~705 (2006/1).

4. 어떻게 아는가

"몸속에서 긴장감이 수반되면서 팔뚝에 소름이 돋는 것으로 알 수 있다. 그들은 우리를 보면 즉시 피해 버리기 때문에 그걸 보고 알 수 있다. 그들을 뒤따르려 할 때 우린 그들이 이미 사라져버린 것을 알게 되는데, 그걸 보고 알 수 있다. 우리는 그렇게 그냥 안다."(「유령」, 40) 그냥 그렇게.

5. 소문과 증언

우리는 칸트가 1765년 가을, 자신이 살던 농가의 정원에서 대낮에 어딘지 모르게 자신을 쏙 빼닮은 유령을 보았던 것을 잊지 않고 있다. 이내 그는 특유의 냉소로 유령을 멀리 치워버렸지만, 바로 그렇게 마음속으로 들어와 버렸다. 칸트는 한해 전에 쓴 광기에 대한 놀라운 보고서 「두뇌의 질병들에 관한 시론」(1764)에서, 훗날 고백한 것처럼, 자신의 건강염려증을 마치 다른 사람의 이야기인 양 쓴 적이 있다.[5] 우선 칸트는

. .

5. 임마누엘 칸트, 「두뇌의 질병들에 관한 시론」, 고병권 옮김, 『문화과학』,

이 글에서 감성의 선험적 형식인 시공간에 대한 감각을 상실한 이를 포함해 감성에서 이성에 이르는 인식능력에서 심각한 장애가 발생한 사람을 광인으로 불렀다. 특히 이 글에는 "깨어 있는 상태에서 꿈꾸는 사람", 즉 "매우 주의 깊게 유령 형상과 기괴한 얼굴에 대해 무언가를 보았다고 확고하게 주장"하고, "자신들의 상상된 경험을 매우 섬세한 이성적 판단과 연결 지을 만큼 충분히 세련된" "공상가"에 대한 흥미로운 언급이 등장한다. 마치 스베덴보리의 등장을 예견한 것 같은 구절이다. 그리고 이듬해 신체와 시공간에 대한 속박 없이 하늘과 저승, 외계를 날아다니는 영을 보는 자인 스베덴보리를 미쳤다고 간주했다. 칸트는 반문한다. '우리는 그냥 그렇게 안다'고? 유령을? 얇은 시공간이라는 감성의 형식을 통해 형성되는 것이거늘. 유령은 감각이 아니라 환각의 결과일 뿐이야. 그런데 칸트는 건강염려증자, 곧 훗날의 칸트 자신에 대해 이렇게 쓰고 있었다. 달빛 가득한 가을밤, 그의 귓속으로 미칠 것 같이 파고든 귀뚜라미 울음소리는 "영혼의 자리 쪽으로 우울한 기운을 끌어당겨 환자로 하여금 자신이 들어본 거의 모든 질병들의 환각을 자기 안에서 느끼게 한다."[6] 이 건강염려증자가 느끼던 환청과 환각

••
    2023년 가을호. 이에 대한 논평으로는 김남시, 『광기, 예술, 글쓰기』, 자음과모음, 2016, 3부에 실린 "철학자의 몸" 참조.
  6. 임마누엘 칸트, 「두뇌의 질병들에 관한 시론」, 297.

의 정체는 이듬해 칸트가 대낮에 마주쳤던 바로 그 유령이기도 했으니.

칸트는 자신의 호기심을 도무지 억누르려 하지 않았다. 그는 슈베덴베르크 씨의 예지력에 대한 놀라운 소문 두셋을 알고 있었으며, 그중에는 자신의 강의를 들었던 덴마크 장교에게 직접 확인받은 것도 있었다. 우선 스웨덴에 파견된 네덜란드 외교사절 미망인의 증언부터 살펴보겠다. 칸트는 이 일화에 대해서는 증명이 곤란한 통상적인 입소문일 뿐이라고 전제한 다음에 일화를 소개한다. 미망인은 남편이 죽고 나서 얼마 후 은세공에 대한 체불금 독촉을 받았다. 그녀는 체불금이 남편의 생전에 이미 지불된 줄 알고 있었다. 남편의 유언장이나 서류 어느 부분에서도 부채에 대한 증거를 발견하지 못했다. 결국 미망인은 슈베덴베르크 씨에게 저간의 사정을 이야기했는데, 며칠 후 이 최고 시령자Erzgeisterseher께서는 저승으로부터 남편의 답신을 가져왔다. 집에 텅 빈 장롱이 있는데, 거기에 영수증을 담은 서랍이 또 하나 있으니 열어보라는 것이다. 즉시 서랍을 수색하자 거기에는 기밀 서신과 채무 관계가 없음을 증명하는 영수증이 발견되었다. 다른 일화는 날짜와 장소가 보다 명확하다. 슈베덴베르크 씨는 1759년 말 출판 업무차 영국에 갔다가 되돌아오면서 오후에 고텐부르크 영방에 들어섰다. 거기서 열린 연회가 시작된 지 한 시간쯤 후에 시령자 선생은 스톡홀름의 쇠더말름에서 큰 화재가 일어났다고 말한 후에 다시 몇 시간 지나 화재가 진압되었으며 화재의 규모가 어느 정도인지에 대해 덧붙였다. 소문은 순식간에 번져나갔다. 더 놀랍게도 이틀 지나 고텐부르크로 쇠더말름의 화재 소식이 전해졌는데, 그것은 슈베덴베르크가 본 바 그대로였다!

6. "형이상학이라는 한량의 나라에서 온 설화"

그럼에도 칸트는 이 믿기 힘들지만 어느 정도 유력한 사실에 가까운 증언들을 곧바로 "형이상학이라는 한량閑良의 나라에서 나온 설화"(『시령자』, 356)로 치부하고 즉시 내팽개쳐버린다. 그러나 우리가 아는 칸트는 매우 겸손한 사람이었다. 그는 자신뿐만 아니라 인간 지성 일반을 타자의 관점에서 바라보는 일의 중요성을 누이이 강조했다. "나는 나를 한 낯설고 외적인 이성의 자리에 놓고 나의 판단들을 그 판단들의 가장 비밀스러운 계기들과 함께 타자의 관점으로부터 관찰한다."(『시령자』, 349) 칸트는 이를 시차視差, Parallaxen로 불렀다. 그러니까 칸트는 시령자의 관점에서 "내가 사랑에 빠질 운명을 가진 형이상학"(『시령자』, 367)을 점검했던 것이다. 물론 시차는 "혼란에 빠진 사람이 순전한 자신의 상상의 대상들을 자기 밖에 옮겨 놓고 실제로 자신 앞에 현전하는 사물[것]들로 간주"(『시령자』, 346)하는 광학적 기만에 빠지지 않는 방법이었다. 그렇다면 형이상학이란 무엇인가. 칸트가 강조한 것처럼 "형이상학은 인간 이성의 한계들에 관한 학문"(『시령자』, 368)이다.

그러나 이것이 형이상학에 대한 칸트의 유일한 정의이고 속성인가. 인간의 이성은 사물의 본질을 탐색하지만 가끔은 주제 파악을 하지 못하고 자신의 한계를 뛰어넘으려는 거만한 습성이 있다. 우주의 기원은 무엇인가, 사후세계는 존재하는가, 영혼은 불멸하는가 등등. 이러한 형이상학적 질문에는 답이 없다. 그러나 이 질문은 인간에게 이성이 있는 한 멈출 수 없는 질문이다. 따지고 보면 형이상학도 "아무런 경험에도 힘입지 않은 사념을 마치 실재하는 것처럼"[7] 다루는 이성의 사변적 탐구이지 않은가. 그렇다면 시차적 관점에서 '형이상학의 꿈들을 통해 해명하는 어느 시령자의 꿈들'은 '시령자의 꿈들을 통해 해명하는 어느 형이상학의 꿈들'로도 바꿔 부를 수 있지 않을까. 칸트는 『시령자』의 결론을 맺기 전에 이렇게 쓰고 있다. "이제까지 우리는 데모크리토스처럼 형이상학이라는 나비의 날개가 우리를 들어 올렸던 허공 속을 헤매었으며, 그곳에

••

7. 가라타니 고진, 『트랜스크리틱: 칸트와 맑스』, 이신철 옮김, 도서출판 b, 2013, 75.

서 영적 형상들과 이야기를 나누었던 것이다. 이제 자기인식의 진지한 힘이 비단처럼 너울거리는 날갯짓을 접게 했으므로, 우리는 다시 경험과 보통 지성의 낮은 지반에서 우리를 만난다."(『시령자』, 368)

방금 읽은 아름답고도 풍자적인 비유의 문장과 비슷한 문장을 칸트의 다른 저서에서 만나기란 결코 쉽지 않다. 그러니까 형이상학은 영적 형상들과 이야기를 나누는 것을 가능하게 한 '나비의 날개'인 동시에 지상에 착지할 '자기인식의 진지한 힘'이기도 하다. 천상을 오르내리는 나비의 날개와 자기인식의 힘 어느 한쪽만이 형이상학의 진실이 아니다. 『시령자』는, 그로부터 20년 뒤에 쓰인 "독일 최초의 유령소설"[8]로 주요 제목이 똑같은 프리드리히 실러의 『시령자』(1787~1789)가 쓰이기 전까지는, 유령에 대해 진지하고도 신랄하게 탐구했던 유일한 형이상학적 픽션이었다. 자신이 본 것을 믿지 못하고, 매혹이 되었으면서도 부인하며, 유령 나비의 날갯짓이 가져다주는 환각의 구름 속에 잠들었다가 이내 범상한 각성의 땅으로 추락하면서 깨어나는 자기 풍자는 대단히 문학적이다. 동시대의 계몽철학자 요한 고트프리트 헤르더는 독자가 『시령자』에서 "미묘하게 사로잡는 진술 방식" 곧 "아리송하면서도 가라앉는 어조를,

· ·

8. 프리드리히 키틀러, 『광학적 미디어』, 윤원화 옮김, 현실문화, 2011, 160.

저승의 칸트 _ 571

그리고 흔히 꿈들의 예복 같은 약간 자욱한 연무를" 발견할 것이라고 썼다. 이어서 그는 칸트의 풍자적인 문체를 로렌스 스턴의 희극소설 『신사 트리스트럼 샌디의 인생과 생각 이야기』(1759~1767)의 그것에 적실히 비유했다.[9]

7. 혼란

그런데 참으로 혼란스럽지 않은가. 산책길의 외진 강가나 들판이 아니라 침실에서 유령이 나타나는 경우가 그러하다. 그럴 때는 유령의 행동에 대한 나의 감각은 충격을 입는다. 나는 인간을 저토록 멀리하려는 존재가 나와 맞닥뜨려 서로 "피할 수 없는 장소에 나타나는 것인지 이해할 수 없다."(「유령」, 56) 내가 유령에 대해 무엇인가 잘못 알고 있었단 말인가. 훗날 순전히 나 자신의 의지력으로 극복하긴 했지만[10], 중년의 나날에

..

9. 요한 고트프리트 헤르더, 「『시령자의 꿈』에 대한 논평」, 1766. 3. 3. 오진석의 『시령자』 번역본에는 본문 분량에 맞먹을 정도로 『시령자』의 생성과 영향을 알아볼 수 있는 다채로운 문헌 부록이 실려 있다. 이 부록에는 스베덴보리에 대한 칸트와 동시대인의 논평, 『시령자』에 대한 서평, 스베덴보리에게 보낸 신학자 친구의 편지 등이 다양하게 실려 있다. 부록의 글들은 출처만 인용하겠다.

10. 임마누엘 칸트, 「순전히 결단을 통해 마음의 병적인 감정들을 제어하는 마음의 권능에 관하여」, 『학부들의 논쟁』, 오진석 옮김, 도서출판 b,

지독한 불면증을 가져온 가을밤 귀뚜라미의 울음소리가 갑자기 뚝하고 그치는 경우가 종종 있었다. 그럴 때면 어김없이 내 "침대에 가장자리에 앉아 있거나 베개에 몸을 기대고 있는"(「유령」, 56) 유령을 발견하는 경우가 있다. 유령이 내게 너무 가까이 접근한 것으로 보아 나는 그가 내게 정말로 무엇인가를 원하고 있다고, 내게 무엇인가 진실되게 할 말이 있다고까지 생각하게 되었다. 차라리 사람들의 발길이 뜸한 외진 들판이나 강가에서 유령과 마주쳤으면 좋으련만.

8. 편지

"철학자였던 자네가 시령자와 예언가가 되었다는 사실은 당연히 나를 극도로 놀라게 했지. 자네로 인해 나를 광신자라 부르는 조롱가들에게 나는 자주 다음과 같이 물었어. '볼프의 방식에 따라 기하학적 방법으로 개별 사물들을 숙고하고 추구하던 철학자가 단 한 번의 행위로, 그들이 말하듯이 '갑자기' 사유의 정연한 규칙들에서 벗어나 있으면서도 22년 동안 줄곧 사후死後 상태에 대해, 체계적인 저술과 특정 구절들에서 서술하

• •

    2012.

는 바대로, 보고 듣는 어리석은 사람이 되는 일이 과연 가능할까요? 과연 철학자들은 이 문제, 즉 어떻게 해서 이토록 아주 크게 상충되는 일이 일어날 수 있는지의 문제를 해결할 수 있습니까?' 우리는 『시령자』라는 책을 갖고 있는데, 그 책은 칭찬으로 자네를 추켜올리면서도 바로 그만큼 또한 광신적으로 비치지 않기 위해 비난을 통해 자네를 깎아내리고 있다네."[11]

9. 『시령자』에 대한 스베덴보리의 상상적 논평

나는 친구이자 루터파 신학자인 외팅어가 내게 보낸 편지의 일부를 인용하면서 임마누엘 칸트, 그대의 『시령자』에 대해 언급하고 싶네. 그대가 저승의 왕국을 여행하는 나를 무의식중에 추켜올리면서도 그렇게 추켜올리는 자신은 광신적으로 비치지 않기 위해 비난으로 나를 깎아내리고 있다는 내 친구의 평가는 정확하네. 그대는 나에 대한 사실을 몇 가지 왜곡하면서 글을 시작하고 있네. 우리는 독일식으로 이름이 같지만 내 성은 슈베덴베르크가 아니며, 한량에다가 그대와 같은 허약한 건강

• •
11. 프리드리히 크리스토프 외팅어, 「스베덴보리에게 보낸 편지」, 1766. 12. 4. 어법의 일부만 수정했다.

염려증자는 더더욱 아니네. 물론 나는 "쾨니히스베르크에 철학 교수직을 가진 콘트Cont라는 어떤 한 신사가 살고 있다"[12]고 쓰면서 그대의 조롱에 응수하지는 않을 것이네. 내 나이(1688~1772)와 이력이 말해주는 것처럼, 나는 자연과학자로 경력을 시작했고 광산에서 오래 근무했네. 스웨덴에서의 내 명성은, 내가 영국의 식당에서 저녁 식사를 하던 도중 강렬한 무지갯빛 속에서 흰옷 입은 이를 만나는 신비 체험을 한 57세(1745) 이후에도, 명예로운 이름인 뉴턴의 그것과 나란히 할 정도였다네. 내 이름을 언급하지 않아 유감이긴 하지만, 그대의 훌륭한 논문인 『일반 자연사와 천체이론 또는 뉴턴의 원칙에 따라 다룬 우주 전체의 구조와 기계적 기원에 관한 시론』(1755)에도 등장하는 성운설을 맨 처음 주장한 사람은 바로 나였네.

나는 그대가 젊은 나이에 쓴 논문을 읽다가 꽤 흥미로운 구절 하나를 발견했네. 『천체이론』은 훗날 그대의 철학이 스스로 좁힌 반경, 곧 우주와 세계는 접근 불가능한 물자체이며 우주는 우리에-대한-우주이며 세계일 뿐이라는 울타리 짓기와는 다른 "거대한 외계"[13]에 대한 감각이 있었네. 나는 그로부터 3년 후에 쓴, 그대의 책보다도 제목이 긴 내 책의 구절과 그대

12. 익명, 「스베덴보리가 도취자에 속한다는 문제는 이미 해결된 것인지에 대한 검토시론」, 1786.
13. 퀑탱 메이야수, 『유한성 이후』, 정지은 옮김, 도서출판b, 2008, 22.

책의 구절을 나란히 인용해 보겠네.

여러 행성의 거주자, 실로 그들의 동물이나 식물조차 형성하는 소재는 일반적으로 태양에서 멀어지면 멀어질수록 그만큼 가볍고 섬세한 종류가 되고, 그것의 신체 구조의 유리한 소질과 더불어 섬유조직의 탄력성도 더 완전하게 되는 것이 틀림없다.

그들은 계속해서, 그들의 지구에서는 나무 열매를 먹는데, 특히 땅에서 나는 어떤 둥근 열매를 먹으며, 채소도 먹는다고 말했다. 그들은 어떤 나무껍질 섬유로 만든 겉옷을 입는데, 그것은 꿰매기도 하고 그들이 가진 점액질 소재로 함께 이어 붙일 수 있다고 했다. 그들은 액체 형태의 불을 만들 줄 아는데, 그것으로 저녁과 밤을 밝힌다고 더 이야기했다.[14]

만일 각주가 없었더라면 독자는 위 구절들 가운데 무엇이

14. 순서대로 임마누엘 칸트, 「일반 자연사와 천체이론 또는 뉴턴의 원칙에 따라 다룬 우주 전체의 구조와 기계적 기원에 관한 시론」, 이남원 옮김, 『비판기 이전 저작 I (1749~1755)』, 한길사, 2021, 413; 임마누엘 스베덴보리, 『우주 안의 지구들(원제: '행성들로 일컬어지는 우리 태양계에 있는 지구들에 관하여, 그리고 별무리 하늘에 있는 지구들에 관하여, 그곳의 주민들에 관하여, 그래서 거기 있는 영들과 천사들에 관하여, 듣고 본대로')』, 김요안 옮김, 한국스베덴보리재단, 2002, 103.

슈베덴베르크가 쓰고 무엇이 콩트가 쓴 것인지를 어떻게 알아맞힐 수 있을까. 화성인의 의식주에 대한 나의 묘사가 한층 구체적이지만, 목성 거주자에 대한 그대의 언급도 못지않네. 그대는 나에 대한 소문을 듣고 저술을 읽기 훨씬 이전부터 나와 비슷한 생각을 하고 있었네. 아니라고 할 수 있는가? 그대가 확신하는 외계의 지적생명체와 내가 만나본 하늘을 나는 영들 그리고 금성과 수성, 목성 그리고 기타 지구와 닮은 수많은 행성에서 내가 만난 영들 사이에는 도대체 어떠한 차이가 있는가. 사람들이 말하는 그대는 겸손한 학인學人이다. 그대는 이성의 위대함은 바로 이성의 한계짓는 능력에 있다고 말한다. 그렇지만 그대는 그대가 한 여인에게 내밀하게 고백했듯이 "신기한 것에 경도되는 기질의 흔적이나 쉽게 믿어버리는 취약함의 흔적"[15]을 지닌 사람이기도 하지. 그대와 내가 모두 알다시피 형이상학은 이성의 한계에 관한 학문이지만, 그 한계 너머에 대한 호기심을 결코 저버릴 수 없는 열광적인 탐구이기도 하네. 그대는 나에 대한 아이러니하면서도 풍자적인 비판을 끝내고 형이상학의 바벨탑이라고 할 만한 『순수이성비판』을 쌓아 올리고 난 이후에도 이러한 문장을 썼다네.

••

15. 임마누엘 칸트, 「샤를로테 폰 크노블로흐양에게 보낸 편지」, 1763. 8. 10.

인간의 역할은 매우 인위적이다. 다른 행성의 거주자와 그의 본성을 우리는 알지 못한다. 그러나 우리가 자연의 지시를 잘 수행한다면, 우리는 우주의 이웃 중에서 낮지 않은 서열을 차지할 것이라고 주장할 수 있다. 아마 이들 이웃 속에서는 각 개인이 자기 소질을 생애 동안 완전히 실현할 수도 있을 것이다. 하지만 우리는 다르다. 우리는 종으로서만 이 실현을 바랄 수 있다.[16]

그대는 내가 죽은 이후에 프랑스에서 일어난 혁명에 열광했네. 그런데 그대는 자유와 평등을 열렬히 갈망하는 한편으로 그와는 반대되게도 지배자 또한 필요로 하는 인류가 어떻게 세계시민적인 존재로 거듭날 수 있을지 고민하다가 '다른 행성의 거주자'를 호출했네. 그대는 외계인의 세계시민적, 우주시민적 자기실현은 자신의 생애에서 가능하지만 인류는 외계인과 다르게 세대에서 세대로 이어지는 점진적이고도 느린 진보의 과정을 통해서나마 그것을 겨우 달성할 수 있다고 썼네. 그대에게 "외계인은 인류가 자기 자신을 찾기 위해 점진적으로 가까워

• •

16. 임마누엘 칸트, 「세계시민적 관점에서 본 보편사의 이념」(1784), 김미영 옮김, 『비판기 저작 I (1784~1794)』, 한길사, 2019, 27의 각주.

지는 경계이자 접선으로서 등장"[17]했던 것이네.

물론 그대는 그대가 강조하는 타자의 관점(시차)이라는 철학적 방법론에서 로빈슨 크루소, 이뤄코이족, 목성의 거주자 그리고 나의 몽상공화국의 영들을 불가피하게 끌어왔을 뿐, 실제로 영이나 외계인의 존재를 나처럼 실제로 믿거나 하지는 않았다고 반박할지도 모르겠네. 그래서 그대와 내가 외계인이나 저승의 영들을 그토록 호출한 까닭은 무엇일까도 곰곰이 생각해봤네. 그대는 죽음과 함께 모든 것은 끝난다는 생각을 견딜 수 있는 무신론적인 영혼이란 거의 없다고 생각했네. 오히려 훌륭한 품행을 저승과 같은 다른 세계에 대한 희망에 근거해 기초짓기보다는, 좋은 품행을 지닌 영혼의 감각으로 다가올 미래를 기초짓는 것이 인간의 본성과 도덕적 순수성에 더 어울린다고 생각했네. 나의 영들의 목적론에 대해서는, 글쎄, 한국의 한 소설가가 쓴 표현으로 대신하고자 하네. "이 스웨덴의 예언자는, 자애의 신이, 죽은 이를 모두 일으켜, 눈물을 닦아준다고 증언했다."[18]

· ·

17. 페테르 센디, 『외계의 칸트』, 이은지 옮김, 필로소픽, 2022, 147. 당연히 이 글은 센디의 흥미로운 '우주정치적 철학 픽션'의 사고실험에서 착안한 것이다. 다만 센디는 칸트의 외계인에 대해서는 거의 모든 저작에서 숱한 증거를 찾아내고 그것을 칸트 철학의 핵심과 놀라울 정도로 연결시키지만, 이상하게도 스베덴보리와 『시령자의 꿈들』에 대해서는 단 한 번도 언급하지 않는다.
18. 조현, 『나, 이페머러의 수호자』, 현대문학, 2020, 179.

자네와 나, 우리의 목표가 다르다고 할 수 있겠는가. 자네가 생각한 것보다 우리는 훨씬 닮았네. 그나저나 내가 자네의 낡은 목제 침대 곁에 앉아 속삭인 지 꽤 오래되었는데도, 자네도 이제는 전처럼 놀라거나 하지는 않는군.

10. 실상

우리에게는 유령이 있지만 그대의 마을은 우리 마을과 다르지 않다. 정원에는 햇빛이 비치고, 떡갈나무의 그림자에 어른거렸던 존재에 대한 소문으로 아이들은 밤중에 잠들지 못하며, 철학자는 유령에 대한 질문을 안고 평생을 살아간다. 그러나 보통 사람들도 그런 의문을 갖고 살아가기는 마찬가지이다. "우리들 대부분은 우리는 다른 사람들과 전혀 다르지 않다고 말할 것이다. 때때로 우리에 관해 생각해 보면"(「유령」, 74), 우리는 실은 그대와 별로 다르지 않은 그대의 이웃임을 알게 될 것이다.

후기

『유머의 비평』은 『눈먼 자의 초상』(2010), 『묵시록의 네 기사』(2012), 『SF는 공상하지 않는다』(2019)에 이은 문학비평집이다. 이 책의 원고에 들어갈 원고들을 모아 교정을 보던 올여름에 예기치 않게 찾아온 병고와 평소의 고질적인 게으름이 겹쳐 책 머리에 들어갈 글을 제대로 쓰지 못하게 된 대신에 이곳에서나마 짤막한 후기를 적게 되었다. 원래 후기에 들어갈 글을 머리말로 옮겨 놓고 나니 그편이 더 어울려 보이기도 한다.

『유머의 비평』은 2010년부터 2022년까지 쓴 한국문학과 관련된 글들을 주로 모은 것이다. 2010년 즈음부터 나는 리얼리즘 계열 문학보다는 이른바 장르문학으로 불렸던 과학소설, 좀비물을 비롯한 포스트 아포칼립스 서사의 형식과 의미를 읽는 일에 주력하기 시작했고, 지금도 그러하다. 그렇다고 『유머의 비평』에 실린 글들이 장르 서사에 대한 내 관심과 동떨어진 것은 아니다. 내 기억으로는, 이 책의 2부에 실린 글 「"여기 사람이 있었다"」를 쓰고 난 후, 나는 좀비 서사물에 대한 내 최초의 글을 썼다. 그즈음에 억울하게 빚지고 내쫓겨 죽은 자들이 중음신으로 되살아나 산 자들의 세상에 복수를 한다는 웹툰을 보았다. 그 작품은 내가 「"여기 사람이 있었다"」에서 읽은, 용산 참사를 비롯한 사회적 재난 대한 르포적 고발의 문제의식과 맞닿아 있었다. 참고로 말씀드리면 이 책은 나의 또 다른 비평집 『키워드로 읽는 SF』와 함께 같은 출판사에서 출간된다. 원플러스원으로 팔면 더 잘 팔릴지도 모르겠다.

『유머의 비평』의 1부에 실린 글들은 '정치적 올바름'이나 정체성 정치와 관련된 여러 논란에 관해 비판적으로 개입한 것들이다. 나는 내가 쓴 글로 이토록 많은 비난과 중상을 앞으로는 받아보지 못할 것 같은 슬픈 예감마저 든다. 나는 인종과 성별 등 정체성과 차이를 강조하는 문학과 정치보다는, 사도 바울의 말을 빌려, '유대 사람이나 그리스 사람이나, 종이나 자유인이나, 남자나 여자나 차별이 없는' 지향점을 모색하려고 했다. 2부에 실린 글들은 한국인인 내가 용산 참사와 세월호 참사 등을 겪어내면서 느꼈던 무력無力, 우울, 분노, 공감에 관해 쓴 것들이다. 3부에 실린 글들은 내가 좋아하거나 관심을 기울인 작가와 작품(최인훈에서 이승우까지)에 대한 비평과 리뷰를 모은 것들이다. 4부에 실린 글들은 내 비평적 실존에 사소하지 않은 영향을 미친 외국 비평가인 자크 라캉, 슬라보예 지젝, 가라타니 고진 등에 대한 메타비평이다. 4부의 마지막에 실린 「저승의 칸트」에 대해서는 한마디 덧붙이고 싶다. 이 글은 다른 글들에 비해 내가 큰 힘을 들이지 않고 비교적 재미있게 썼고, 다시 읽어봐도 적어도 내게는 꽤 만족스러운 글이다. 일종의 비평 픽션이랄까, 규범화된 비평의 형식을 슬쩍 깨고 싶었고, 그래서 책의 마지막 글로 넣었다. 아, 책머리에 들어가는 두 좀비의 대화는 내 첫 책 『눈먼 자의 초상』의 후기에 등장하는 두 좀비의 대화를 연장한 것이다. 당시의 반응은 폭풍과도 같이 별로였지만 이번에는 그럴 것 같지 않은 기대감이 조금 있다.

제목에 대해서 한마디 덧붙이고 싶다. '유머의 비평'이라. 혹시 제목에 이끌려 내 책을 구매하려는 독자가 있다면, 책을 산 그이가 이 후기를 (오, 제발!) 나중에 읽었으면 좋겠다. 유머의 비평은 이 책 1부에 실린 글의 제목이기도 하고, 앞으로 내가 쓰고 싶은 비평이 가질 법한 마음가짐이기도 하다. 유머의 비평은 비평의 유머는 아니다. 그렇다고 그것을 완전히 무시하지도 않는다. 비평이라는 장르는 대체로 엄숙하고 무뚝뚝한 것으로 간주되지만, 원래 이 장르가 갖고 있는 힘인 풍자를 생각하면 그렇지 않다. 그러나 내가 생각하는 비평의 유머는 풍자보다는 위무를 지향한다.

「유머의 비평」을 쓸 즈음, 나는 유머 문학의 위대한 계보에 속하는 작품들, 예를 들면 프랑수아 라블레의 『가르강튀아와 팡타그뤼엘』에서 나쓰메 소세키의 『나는 고양이로소이다』를 거쳐 밀란 쿤데라의 『농담』에 이르는 소설들을 반복해 읽었다. 특히 형식적으로 놀라울 정도로 자유로우며 웃음 짓게 만드는 대목들이 군데군데 보석처럼 박힌 로렌스 스턴의 『트리스트럼 샌디의 인생과 생각 이야기』(1759~1767)를 거듭해 읽었다. 나는 시골 교회의 병약하고도 가난한 아일랜드 출신의 목사가 자신의 소설에 쓴 짧은 헌사를 이따금 읽곤 하는데, 여기에 한 구절을 인용하고 싶다. "이 헌사는 우리 왕국의 한 귀퉁이 한적한 초가에서 작성한 것이고, 저는 그곳에서 병약한 몸 때문에 생긴 질병과 그 밖에 여러 인생사의 괴로움을 유쾌한 웃음을 통해 떨쳐 내려고 노력하는 사람일 뿐입니다. 저는 우리가 웃을 때마다, 크게 웃을 때는 더욱더, 그 웃음이 이 파편화된 삶에 무언가를 보태 준다고 굳게 믿고 있습니다."

이 짧은 후기에서 웃음이나 유머에 대한 논의를 전개할 수는 없다. 일단 내게 유머는 특정한 대상을 조소하거나 야유하는 데 주력하는 기지와 같은 것이 아니다. 그렇다고 유머는 슬픔을 경시하거나 고통의 하중을 외면하지 않는다. 우는 자를 못 본 체하지 않는다. 유머는 일종의 마음가짐, 말하자면 너와 나를 괴롭게 하는 그게 실은 별 게 아니야, 라고 속삭이며 위무하려고 애쓰는 마음가짐이다. 너와 나를 괴롭게 하는 것이 당연히 아무것도 아닐 리가 없다. 다만 내가 생각하는 유머는 고통에 너와 나의 몸과 마음 대부분을 밀어 넣고 그것의 자양분으로 삼거나 그런 삶에 은밀하게 안주하려는 태도와 결별하려는 몸짓이다. 그것은 나를 또 다른 나로 객관화해 바라보려는 안간힘 같은 것이다.

「유머의 비평」에 인용된 일본의 시인이자 나쓰메 소세키의 친구, 그리고 작가 활동을 하던 대부분의 시간을 육 척의 병상에서 지냈던 마사오카 시키는 죽은 후에 자신의 육신이 어떻게 처리될지를, 그의 말을 빌리면 '객관화'해서 상상한 「사후死後」라는 놀라운 산문을 남겼다. 「유머의 비평」을 쓰고 난 뒤에 번역된 시키의 글을 나는 한참 뒤에야 알게 되어 이 후기를 쓰기 얼마 전에서야 찾아 읽었으며, 읽으면서 한껏 위로를 받았다. 예기치 않은 통증으로 몇 달 동안 사람들 앞에서 내내 일그러지고 찡그린 표정을 지어 그들을 괴롭혔을 내 얼굴에 잠깐 햇살이 비치는 듯했다. 그러한 마음가짐을 어떻게 몸짓으로 표현할까. 『트리스트럼 샌디』를 빌리면, 웃고 또 웃음으로써 횡격막이 상승 하강 운동을 반복하고 늑간과 복부 근육을 진동하게 만들어 우리 몸 내장에 쌓인 우울의 액체를 십이지장으로 배출하도록 하자. 지금 내 글이 그렇지는 않겠지만, 앞으로는 그러고 싶다. 가능하다면 내 찡그림을 감수했던 얼굴들에게 웃음을 되돌려주고 싶다. 늘 곁에서 위로와 격려를 아끼지 않은 가족에게, 아울러 책의 출간을 허락해 주고 정성껏 교정을 봐준 도서출판 b의 조기조 사장님과 김장미 편집자님께 감사드린다.

2023년 겨울에

저자

| 발표지면 |

책머리에

「되는대로: 두 좀비의 여담」, 『시인동네』, 2018년 6월호

제1부

「신을 보는 자들은 늘 목마르다: 2017년의 한국문학과 '정치적 올바름'에 대한 비판적인 단상들」, 『문장웹진』, 2017년 5월호

「'정치적으로 올바른' 시대, 책읽기의 괴로움」, 『쓺』, 2017년 하반기

「'도래할 책'을 기다리며」[원제: 「'도래할 책'을 기다리는 '정신적 동물의 왕국'에 대한 비평적 소묘」], 『문학과사회』, 2017년 봄호

「유머의 비평: 축제, 진혼, 상처를 무대화한 비평의 10년을 되돌아보기」 [원제: 「유머로서의 비평: 축제, 진혼, 상처를 무대화한 비평의 10년을 되돌아보기」], 『문학과사회』, 2018년 봄)

「정치적 올바름입니까, 혐오입니까? — 아뇨, 괜찮아요!: 슬라보예 지젝의 '정치적 올바름' 비판을 중심으로」, 『인문학연구』, 조선대학교 인문학연구원, 2018. 8

제2부

「"여기 사람이 있었다": 르포르타주, 죽음의 증언 그리고 삶의 슬로건」,
『창작과비평』, 2012년 겨울호

「애도와 인류: 세월호 참사 100일에 부쳐」,『말과활』, 2014년 7/8월호

「"내 귀에 폭탄": 〈더 테러 라이브〉 또는 실재의 서사」,『자음과모음』,
2013년 겨울호

「인형과 난쟁이: 소설가 황정은과 나눈 말들의 풍경」[원제: 「인형과
꼽추난쟁이: 소설가 황정은과 나눈 말들의 풍경」],『문예중앙』, 2010
년 겨울호

「아무것도 '안 하는, 아무것도 안 '하는' 문학: 우기(雨期)에 읽는 소설들,
무위(無爲)의 주인공들」,『문학동네』, 2010년 가을호

제3부

「책에 따라 살기: 최인훈의 『화두』에 대하여」,『자음과모음』, 2018년
가을호

「"다시 시도하라, 또 실패하라, 더 낫게 실패하라": 김태용론」,『문학과
사회』, 2010년 가을호

「토템과 터부: 박화영의『악몽 조각가』에 대하여」, 박화영,『악몽 조각
가』, 문학동네, 2019 해설

「우리, 이페머러의 수호자들: 조현의『나, 이페머러의 수호자』에 대하
여」, 조현,『나, 이페머러의 수호자』, 현대문학, 2020 해설

「소설, 비(雨): 김연수와 이신조의 단편」[원제: 「소설, 비」],『한국문학』,
2018년 상반기

「기원과 종말: 김희선과 박민규의 단편」[원제: 「'기원'과 '종말', 또는

이야기의 시작과 끝에서 시작과 끝의 이야기로」], 『한국문학』, 2018년
하반기

「소설로 쓰는 성서 해석학: 이승우의 단편들」[원제: 「소설로 쓰는 성서
해석학」], 『한국문학』, 2019년 상반기

제4부

「빌려 간 주전자를 되돌려주기: 자크 라캉의 정신분석과 한국 문학비
평」, 『문학동네』, 2019년 여름호

「지젝이 어쨌다구?: 슬라보예 지젝과 네 가지 담론」[원제: 「슬라보예
지젝, 또는 그에 대한 네 가지 담론」], 『자음과모음』, 2012년 가을호

「가라타니 고진을 '읽는다'는 것」[원제: 「가라타니 고진을 '읽는다는
것'」], 『문학동네』, 2014년 여름호; 『가능한 인문학』, 비고, 2002

「저승의 칸트: 형이상학의 정원을 어슬렁거리는 유령에 대한 비평
픽션」[원제: 「저승의 칸트, 또는 철학의 정원을 어슬렁거리는 유령에
대한 비평 픽션」], 『실천문학』, 2022년 겨울호

ⓒ 복도훈, 2024

유머의 비평

초판 1쇄 발행 | 2024년 01월 22일

지은이 복도훈
펴낸이 조기조
펴낸곳 도서출판 b

등 록 2003년 2월 24일 제2023-000100호
주 소 08504 서울특별시 금천구 가산디지털2로 169-23 가산모비우스타워 1501-2호
전 화 02-6293-7070(대) | 팩 스 02-6293-8080
누리집 b-book.co.kr | 전자우편 bbooks@naver.com

ISBN 979-11-92986-17-3 03810
값 24,000원

* 이 책은 서울문화재단 '2014년 문학창작집 발간지원사업'의 지원을 받아 발간되었습니다.
* 이 책 내용의 일부 또는 전부를 재사용하려면 도서출판 b의 동의를 얻어야 합니다.
* 잘못된 책은 구입하신 곳에서 교환해 드립니다.